Christian Schnalke

Römisches Fieber

Roman

PIPER

MIX
Papier aus verantwortungsvollen Quellen
FSC® C014496

ISBN 978-3-492-05906-0
September 2018

Satz: Satz für Satz, Wangen im Allgäu
Gesetzt aus der Garamond 3
Druck und Bindung: GGP Media GmbH, Pößneck
Printed in the EU

Für Max, Ben und Tom

»Die deutschen Künstler in Rom – das darf man ohne Weiteres behaupten – sind vielleicht das glücklichste Völkchen unter der Sonne. Inmitten dieser unvergleichlichen Umgebung, voll von Plänen, Hoffnungen und Entwürfen …«

E. Eckstein, 1878

»Ja, ich kann sagen, dass ich nur in Rom empfunden habe, was eigentlich ein Mensch sei. Zu dieser Höhe, zu diesem Glück der Empfindung bin ich später nie wieder gekommen; ich bin, mit meinem Zustande in Rom verglichen, eigentlich nie wieder froh geworden.«

Goethe, nach Eckermann, 1828

»Hier, hier lebt der Mensch!«

Ludwig I.

»Die Welt mit ihrem Treiben liegt so fern.«

Caroline von Humboldt

Im Jahr 1818 hat der Künstler Carl Fohr in Rom alle deutschen Maler und Dichter, die zu der Zeit dort lebten, zu zeichnen begonnen. Genau siebenundvierzig Vorzeichnungen für ein großes Gruppengemälde, das aufgrund des Todes von Fohr im selben Jahr nicht vollendet wurde. Eine der Zeichnungen zeigt einen Unbekannten, der nie identifiziert werden konnte. Dies ist seine Geschichte.

I

Franz Wercker schleppte sich die letzten Schritte bis zum Ufer. Seine Beine zitterten, sein Magen verkrampfte sich, Hände und Knie waren aufgerissen vom Rennen, vom Stürzen, vom Klettern, vom Kriechen. Die Streifen seines schwarzen Mantels, die er nach und nach abgerissen hatte, um damit die Fetzen seiner zerlumpten Schuhe zusammenzuknoten, ringelten sich um seine schmerzenden Füße, als ob sich das Schlangengezücht seiner Vergangenheit in seine Fersen verbissen hätte. Vor ihm glitzerte im Licht des spitzen und scharfkantigen Mondes der fantastische See, zu beiden Seiten eng eingefasst von schwarzen, unwegsam aufragenden Bergmassen. Nach vorne zu, in Richtung seines Blicks, legte sich die endlose Wasserfläche schwer um die Biegung der Erdkugel und verschwand im Unbekannten.

Wochenlang hatte Franz sich bis hierher gekämpft. Hatte zu Fuß die Pässe der Alpen überquert, war durch eisige Bäche gewatet, steile Hänge emporgeklettert, Geröllhalden hinabgerutscht, hatte Grenzposten, Zollstationen und bewachte Brücken gemieden und war stundenlang mit fühllosen Zehen durch Schneefelder gestapft. Noch vor dem Brennerpass hatte er die letzten armseligen Münzen weggegeben, er hatte in einem Gasthof die wohl letzte Mahlzeit seines Lebens bezahlt und die vergangenen vier Tage nahezu nichts gegessen, außer ein wenig Schüttelbrot und Käse, die ein schweigsamer Geselle aus Tirol mit ihm geteilt hatte. In Trient schließlich war er trotz aller Vorsicht österreichischen Gendarmen über den Weg gelaufen, denen er aufgrund seiner abgerissenen Kleidung, des struppigen Bartwuchses und der vor Erschöpfung unbeherrschten Angst in seinen Augen verdächtig vorgekommen war und die ihn umgehend festgenommen hatten. Da Franz nichts Besseres eingefallen war, als den Namen Filippo Miller anzugeben, den Namen, unter dem einst Goethe gereist war, und sich ansonsten in Widersprüche verstrickt und durch verstocktes Schweigen verdächtig gemacht hatte, hielt man ihn gefangen. Essen und Trinken verweigerte man ihm, um ihn zu einer ehrlichen Aussage zu zwingen. Doch in der zweiten Nacht, als man einen unbeherrscht brüllenden Betrunkenen in seine Zelle zerrte, nutzte er die Verwirrung aus, als der Säufer einen der beiden Gendarmen ins Gesicht schlug und von dem anderen mit dem Säbelknauf niedergeprügelt wurde, sprang auf und rannte aus der Zelle. Die Gendarmen ließen den blutenden Alten liegen und verfolgten ihn mit blanken Säbeln und lautem Geschrei durch die nächtlichen Gassen des Städtchens, doch er rannte ums Leben, ließ sich nicht aufhalten, auch nicht, als ihm die Seite stach wie von Messern durchbohrt, als seine Lunge unter Krämpfen nach Luft rang und die Brust ihm zu zerreißen drohte. Er rannte aus der Stadt, stolperte über Felder und Wiesen, watete durch einen eiskalten Bach und stürzte erst im Schutz eines Waldes zu Boden. Mehr tot als lebend, aber frei. Von seinen Verfolgern war nichts zu sehen und zu hören, Franz hatte keine Ahnung, wann er sie abgehängt hatte, und dann schwanden ihm die Sinne.

Von da an hatte er die Straßen gemieden, war nur auf Waldwegen und Jägersteigen gegangen, bis an diesem Nachmittag das Land vor ihm jäh abbrach und er zwischen Olivenbäumen hindurch, die sich knorrig und zäh in den felsigen Boden krallten, die riesige blaue Fläche des Sees unter sich liegen sah. Die wuchtigen bewaldeten Hänge zur Linken strahlten in der letzten Abendsonne, die zerklüfteten Berge zur Rechten warfen ihre düsteren Schatten übers Wasser. Unten, auf dem grünen Landstreifen vor dem See, lag das Dörfchen Turbel am Gartsee. Oder, wie es ein verwitterter Wegweiser auch in italienischer Sprache anzeigte: *Torbole sul Lago di Garda*. Franz versteckte sich in einer Burgruine abseits der steil abfallenden Straße, um die Dunkelheit abzuwarten.

Durch eine Fensteröffnung des zerfallenen Gemäuers spähte er immer wieder über den See. Sein Blick wurde wie magisch angezogen von dem schmalen, überirdisch leuchtenden Streifen, wo sich Wasser und Himmel im Dunst zu einem unwirklichen Strahlen vereinten. Dort irgendwo, in entmutigender Ferne, lag sie, im Licht der verschwindenden Sonne, und streckte sich für eine weitere Nacht an den Ufern des Tiber aus, um ihren wohlverdienten Schlaf zu finden: die Königin am Tiberstrande. Rom, die Stadt seiner Träume. Seit er denken konnte, das Ziel seiner Wünsche und Sehnsüchte.

Doch nun, die Wange an den rauen und warmen Stein der Burgruine gepresst, war er am Ende seiner Kräfte. Die Reise, von der er seit jeher geträumt hatte, war keine Reise geworden, sondern eine Flucht. Er hatte sich aus zwei Gefängnissen davongestohlen, von Zuchthaus und Hinrichtung bedroht, hatte nichts mitnehmen, nichts vorbereiten können. Ein Zuhause gab es für ihn nicht mehr, Freunde hatte er keine, nirgendwo auch nur einen, der an ihn glaubte oder seinem unwürdigen Leben den geringsten Wert zumaß.

Jahrelang hatte Franz davon geträumt, aufzusteigen vom Sohn eines Tagelöhners zu einem respektierten, vielleicht sogar angesehenen Dichter, doch seine geduldigen heimlichen Studien, all die durchlesenen und durchschriebenen Nächte, in denen er mit fiebernden Augen und glühendem Herzen in die Welt der Dichtung versunken war, hatten ihm nichts eingebracht als Verachtung und Prügel des Vaters. Seine Liebe und seine Mühen hatten ihn nicht das kleinste bisschen emporgetragen in der menschlichen Gesellschaft, sondern ihn im Gegenteil auf die unterste Stufe stürzen lassen, wo nur menschlicher Abschaum sich wand.

Der stolze Gardasee, über den er in seinen Träumen immer, am Bug eines soliden Fährboots stehend, dem lockenden Rom entgegengefahren war, lag nun vor ihm als unüberwindliches Bollwerk. Niemals würde er ihn überqueren. Das Wasser, das vor seinen Blicken dort unten in der Tiefe immer schattenreicher, immer düsterer und bedrohlicher wurde, war das Ende. In diesen Fluten würde in der kommenden Nacht nicht nur seine Flucht, sondern sein ganzes missratenes Leben einen Abschluss finden.

Wie gerne hätte er den Ort seiner Sehnsucht wenigstens einmal gesehen, bevor er seinem schuldbeladenen Leben ein Ende setzte. Die Träume von Rom hatten ihm Mut gemacht in der Kerkerhaft. Aber vor allem hatten sie ihn am Leben erhalten, als er begraben war. Als er unter der Erde lag und das panische Entsetzen in grausamen Wellen über ihn hinwegrollte. Er hatte das nur ertragen können, indem er sich alles vor Augen führte, was er in Büchern gelesen und auf Stichen gesehen hatte: das Pantheon, das Forum, die Caracalla-Thermen, den Titusbogen, die Säule des Trajan und allem voran das Kolosseum. Franz konnte es sich nicht erklären, aber dort im Waldboden erinnerte er sich plötzlich an jedes Wort, das er über Rom gelesen hatte. Irgendwann hatte er das Grauen unter sich gelassen und wurde in einen unbegreiflichen Zustand der Klarheit gehoben – eines inneren Leuchtens – und hatte alles in strahlenden Farben vor sich gesehen: Goethes Streifzüge durch Rom, in die Sixtinische Kapelle, auf die Via Appia, nach Frascati, schreibend an der *Iphigenie*, aquarellierend im Kreise der Künstlerfreunde, beim Begutachten der täglichen Zeichnungen – Franz hätte nicht sagen können, welches Bild davon Erinnerung war und welches Erfindung. Er wusste nur, dass sie ihm das Leben gerettet hatten – oder zum Mindesten seinen Verstand. Deshalb hatte er sich so sehr danach gesehnt, die Ewige Stadt wenigstens einmal mit eigenen Augen zu sehen. Doch dazu fand er nicht mehr die Kraft. Er konnte nicht weiter. Und wozu sich länger quälen? War es nicht ohnehin nur der Wahn eines Verzweifelten gewesen? Lieber gleich ein Ende finden. Gleich heute Nacht. Gleich dort unten im See.

Cornelius Lohwaldt, der aufstrebende junge Dichter aus Nürnberg, in den man seit der Veröffentlichung seiner *Ode an die erwachende Germania* so viel Hoffnung setzte, dass der König ihm in einer überraschenden Geste eine Leibrente ausgesetzt hatte, mit der es ihm ermöglicht werden sollte, ein Jahr lang in den römischen Bibliotheken und Galerien seine klassischen Studien zu vervollkommnen, war in aller Bequemlichkeit mit der Kutsche über die Berge gerollt. Im Tal der Etsch hatte er den mutwilligen Wunsch geäußert, einen Umweg über Turbel zu unternehmen, wie es Johann Wolfgang von Goethe seinerzeit getan hatte. Er wollte genau wie der große Dichter, anstatt bequem auf dem üblichen Weg weiter durchs Tal zu rollen, das Erlebnis genießen, über das Wasser des Sees aus den Alpen heraus in die fruchtbare Ebene des Po zu gelangen. Er gefiel sich in der Vorstellung, den gleichen Blick zu genießen, mit dem auch der große Dichter zum ersten Mal die Provinz Venetien gesehen hatte. Die Pension zu finden, in der Goethe gewohnt und an seiner *Iphigenie* gearbeitet hatte, um dort ebenfalls, am Fenster den See vor Augen, vielleicht tatsächlich etwas zu schreiben.

Lohwaldt musste sich erst noch daran gewöhnen, dass er nun Dichter war. Von höchster Stelle durch Maximilians Stipendium als solcher ausgewiesen. Er hatte sich sogar einen künstlerisch anmutenden Bart wachsen lassen, der sich allerdings noch ungewohnt und fremd anfühlte. Zufrieden mit sich und der Welt stieg er nach der steilen Abfahrt am Seeufer aus der Kutsche. Auf Deutsch erkundigte er sich bei einem schmutzigen Jungen, welches das Haus sei, in dem einst der deutsche Dichter Johann Wolfgang von Goethe Quartier bezogen habe.

»Ah, *Geethe*!«, rief der Junge, der offenbar Bescheid wusste. »*Lì*! Dort!« Er wies auf ein Haus mit einem bogenförmigen Durchgang, durch den man von der Seepromenade auf einen engen Platz gelangte. Der mit Kopfsteinpflaster belegte Hof ruhte im Schatten, umringt von schmalen und hohen Häusern, deren Fensterläden halb oder ganz geschlossen waren. Durchgänge und Treppen öffneten den Blick auf weitere Häuser, die den Berghang hinauf eng verschachtelt standen, wie es die Felsen gerade erlaubten. Während Lohwaldt noch den Blick schweifen ließ und zum ersten Mal das Gefühl hatte, auf südlichem Boden zu stehen, trat ein kleiner, krumm gewachsener Mann auf ihn zu, der ihm gleich zuwider war.

»*Signore* suchen ein Zimmer?«

»Jawohl. Ich möchte das Zimmer, in dem einst der große Dichter Johann Wolfgang von Goethe genächtigt hat.«

»*Geethe!* Selbstverständlich, der Herr. Es ist unser bestes! Kein anderes hätte ich dem feinen Herrn angeboten. Es hat einen Ausblick auf unseren herrlichen See.«

Nachdem das Gepäck durch den schmutzigen Jungen hinaufgeschafft war und der krumme Wirt ihm eine Karaffe Wein gebracht hatte, wobei er umständlich erklärte, dass es zum Abendessen Fisch aus dem See geben werde, der am selben Tage gefangen worden sei, kleidete Lohwaldt sich um und wusch sich. Nachdem er sich erfrischt hatte, rückte er den wackligen Tisch ans Fenster, holte Papier, Feder und Tinte aus der Reisetasche, setzte sich und gedachte des großen Dichters und seiner *Iphigenie*, in der irgendwo die Worte steckten, die Goethe genau hier, an diesem Tisch, geschrieben hatte. Lohwaldt entkorkte das Tintenfass, nahm die Feder, tunkte sie hinein und überlegte. Der Wein hatte sein Blut angenehm belebt und seinen Gedanken einen freieren und lebhafteren Gang verschafft. Doch recht eigentlich war der Tag viel zu schön, um mit Denken in der Stube verbracht zu werden. War er nicht zum ersten Mal im Süden? War es nicht Sünde, die kostbare Stunde verstreichen zu lassen, ohne sie zu würdigen? Also korkte er die Tinte wieder zu und reinigte die Feder im gebrauchten Waschwasser. Doch die Reise des Tages hatte ihn ermüdet, und so beschloss Cornelius, sich angekleidet auf seinem Bett auszustrecken und für einen Moment die Augen zu schließen.

Als er wieder erwachte, war die Sonne hinter den Bergen gegenüber verschwunden, und die Dämmerung ließ kaum noch Licht in das kleine Zimmer. Lohwaldt blickte hinunter zum See und sah einen Mann am Ufer stehen. Der Fremde erweckte seine Neugier, denn es war nicht zu erkennen, was er dort zu schaffen hatte. Er war kein Fischer, der sein Boot ans Ufer gezogen hatte, denn warum sollte er dort stehen bleiben und aufs Wasser hinausstarren, wenn er von seinem Tagewerk hungrig und müde war? Der Mann führte nichts mit sich, was zum Waschen oder Angeln oder Wasserschöpfen dienen könnte. Und darüber hinaus stand er in seiner Reglosigkeit in einer merkwürdig gebeugten – und dies war der Ausdruck, der Lohwaldt in den Sinn kam: geknickten Haltung. Nachdem Lohwaldt seine Weste zugeknöpft, den schwarzen Rock übergezogen und die Schuhe gebunden hatte, stand der eigentümliche Mann immer noch dort.

Lohwaldt bereute bereits, den unnötigen Umweg über den See genommen zu haben, anstatt direkt in der Kutsche nach Süden weitergefahren zu sein. Der zwischen Bergen und See eingezwängte Ort hatte eine bedrückende Wirkung auf ihn. Die wenigen Menschen, die er bisher zu Gesicht bekommen hatte, schienen ihm von harter Arbeit und einseitiger Ernährung verwachsen und niedergebeugt, mit einer Farbe der Haut, die mehr an Oliven erinnerte denn an Lebewesen aus Fleisch und Blut. Als er die krumme Treppe herabkam, fand er den Wirt äußerst aufgeregt, weil er so spät zum Essen erschien, und der Umstand, dass er der einzige Gast war und allein in dem fensterlosen Speiseraum seine Mahlzeit einnehmen musste, hellte seine Stimmung keineswegs auf. Nichts langweilte ihn mehr, als alleine zu speisen. Und an diesem Ort, der weder Norden noch Süden zu sein schien, sondern eine kränkelnde Zwittergeburt zwischen beidem, in dem die Menschen ihre Oliven dem kargen Boden abrangen und niemand ein Wort zu viel sprach oder einen Gedanken zu viel dachte, war die Hoffnung auf eine anregende Unterhaltung und eine fröhliche Gesellschaft aussichtslos.

»Ich werde gleich morgen früh weiterreisen. Beschafft mir ein Boot, das mich über den See bringt«, wies er den Wirt an.

»Morgen früh? Das ist nicht möglich.«

Die bockige Antwort war nicht das, was Lohwaldt erwartet hatte. »Da ich die Fahrt bezahle, wird es wohl möglich sein.«

»Dann müsst Ihr auch den Wind bezahlen«, erwiderte der Wirt, dem seinerseits die Überheblichkeit des deutschen Gastes missfiel.

»Ich denke nicht, dass Eure Frechheit angemessen ist.«

»Nicht ich bin frech.« Der krumme Wirt richtete sich so gerade auf, wie er nur konnte. »Ihr wäret mir etwas schuldig, würde ich nicht Eure Jugend und Eure Ahnungslosigkeit als Entschuldigung gelten lassen. Ihr wisst nicht, dass unser schöner See von zwei widerstreitenden Winden beherrscht wird. Ebenso unnachgiebige wie verlässliche Herrscher, denen wir uns umso lieber unterwerfen, als sie uns das ganze Jahr über …«

Hier fiel ihm Lohwaldt ins Wort. »Verschont mich mit Eurem Geschwätz! Was habe ich mit Euren Winden zu schaffen?«

»Nicht mehr als dies: Wer von hier aus den See überqueren will, muss um Mitternacht das Boot besteigen.«

»Ihr glaubt doch nicht, dass ich morgen den ganzen Tag hier verbringen werde!«

Der Wirt zuckte nur mit den Schultern.

»Nein. Dann fahre ich diese Nacht noch. Beschafft mir ein Boot, lasst mein Gepäck an Bord bringen, und jetzt will ich Wein.«

Nachdem der missmutige Wirt ihm seinen Platz zugewiesen und eine Karaffe Wein gebracht hatte, verschwand er mit verkniffenen Lippen, um das Essen zu bereiten. Während Lohwaldt schnell hintereinander mehrere Gläser Wein austrank, kehrten seine Gedanken zurück zu dem Geknickten draußen am Ufer. Und um nicht alleine in dem nur von einer einzigen knauserigen Lampe erhellten Raum auf das Essen warten zu müssen, beschloss er, für einen Moment hinauszugehen und zu sehen, ob er immer noch dort stand.

Franz Wercker bemerkte den Mann erst, als er neben ihm stehen blieb. Er schaute auf und sah, dass der andere jung war, wohlfrisierte blonde Haare hatte, die den Glanz des Mondlichts angenehm widerspiegelten, und dass er genau wie er selbst zu seinen knöchellangen Hosen den schwarzen, eng geschnittenen Altdeutschen Rock mit den mittelalterlich anmutenden Ärmeln trug, dessen Schöße bis fast zu den Knien reichten. Letzteres war an sich schon bemerkenswert, galt das Kleidungsstück doch als Ausdruck des freien Geistes und des deutschen Freiheitsdrangs und war in Bayern und einigen anderen Ländern verboten, doch hier in der Fremde war es doppelt ungewöhnlich. Nur war sogar in der Dunkelheit offenbar, dass der Rock des anderen über den glänzenden Schuhen neu und wohlgeschnitten war, während er den seinen lächerlich gekürzt hatte, indem er mit den abgerissenen Streifen des staubigen Stoffs die klaffenden Sohlen seiner Schuhe festgeknotet hatte.

Der Fremde sprach ihn an mit den Worten: »Ich sehe, er trägt denselben Rock wie ich!«

Franz, der seit Tagen mit niemandem gesprochen hatte – wenn man die Haft in Bayern hinzurechnete, die er nach den anfänglichen Verhören alleine in seiner Zelle verbracht hatte, sogar seit Wochen –, kam keine Antwort in den Sinn.

»Er ist doch Deutscher und versteht, was ich sage?«

Er nickte.

»Nun, wenn ihm nicht der Sinn nach Unterhaltung steht ...« Der junge Mann schien ungehalten über seine Einsilbigkeit. Franz roch den Wein in seinem Atem und rechnete die Ungeduld des anderen dem Alkohol zu. Das kannte er von klein auf: Wenn der Vater nach Wein oder sogar Branntwein roch, dann schien er in einem Moment freundlich und dem Sohn zugetan, nur um im nächsten aus dem nichtigsten Anlass heraus in Wut zu geraten und zu schlagen. Und wie auch immer er auf den ersten Schlag reagierte – ob er weinte, ob er aufschrie, ob er die Erniedrigung trotzig herunterschluckte oder verschlossen und in sich gekehrt alles Weitere abwartete –, es brachte den Alten noch mehr in Rage und den Alkohol in seinem Blut zum Kochen. Und so folgten auf den ersten unbeherrschten Schlag immer Prügel, die erst endeten, wenn Franz zu Boden gegangen und unter den Fußtritten des Vaters aus dem Zimmer gekrochen war. Deshalb reagierte seine Nase äußerst feinfühlig auf bedrohliche Ausdünstungen im Atem, und er musste den darauffolgenden Drang zur Flucht willentlich unterdrücken.

»Nur scheint Ihr Euren Rock«, antwortete Franz endlich, »unter glücklicheren Umständen zu tragen.« Der Fremde betrachtete seine abgerissenen Rockschöße und die damit umwickelten Schuhe.

»Ich will nicht leugnen, dass meine Umstände die glücklichsten sind. Was führt ihn hierher an dieses trostlose Ufer?«

»Trostlos ...« Dies Ufer ist nicht trostloser als der lange Weg, der ihn hierhergeführt hatte, dachte Franz, doch er sprach es natürlich nicht aus. Stattdessen fragte er zurück: »Wohin führt Euch Euer Weg?«

»Rom.«

Das Wort traf Franz in die Brust wie ein Pistolenschuss.

»Rom ... Dann verstehe ich Euer Glück.«

»Er kennt die Stadt? Ist er etwa schon dort gewesen?«

»Nein. Aber einst wollte ich auch hin ... Ich habe alles gelesen, was es darüber zu lesen gibt. Seid Ihr etwa Maler?«

»Nein. Ich bin *Dichter.*« Unwillkürlich nahm der blonde Mann eine Haltung ein, die er dem Poeten angemessen fand, wobei er allerdings schwankte.

»Dichter!«

»Jawohl. Mit einem Stipendium des bayerischen Königs ausgestattet, werde ich ein Jahr lang die Spuren der Klassiker studieren.«

Franz sah ihm seinen Stolz an. Er hatte nichts gegen eine gesunde Selbstachtung einzuwenden, doch diese hier paarte sich mit Überheblichkeit und war ihm zuwider. »Wenn der König Euch eine Rente gewährt, müsst Ihr ein berühmter Mann sein.«

»Nun, mein Ruhm gründet sich noch auf eine einzige Dichtung. Aber sie hat den König so sehr bewegt, dass er mir seine Gunst geschenkt hat.«

»Vielleicht kenne ich Euer Werk?«

»Kaum«, entfuhr es Lohwaldt mit einem abfälligen Blick auf Franz' Erscheinung. »Es ist die *Ode an die erwachende Germania*.«

»Ihr seid Cornelius Lohwaldt!« Selbstverständlich kannte er die Ode, die der unbekannte junge Dichter das Selbstbewusstsein besessen hatte, Maximilian von Bayern persönlich zu widmen. Franz hatte sich gewundert, dass Maximilian sich für die *Germania* erwärmte. War er doch wie die meisten anderen Landesherren froh, sein junges Königreich über die Napoleonischen Kriege und den Wiener Kongress gerettet zu haben. Alles mit dem Geruch des Deutschnationalen war dem Monarchen naturgemäß zuwider – weswegen er ja auch den Altdeutschen Rock als Symbol der Freiheit und Selbstbestimmung und des Widerstands gegen die Monarchien verboten hatte.

Die *Germania* war zunächst im *Morgenblatt für gebildete Stände* erschienen, der führenden literarischen Zeitung deutscher Sprache, hatte Wohlwollen hervorgerufen und war in den verschiedensten Kreisen sogar mit Begeisterung aufgenommen worden. Andere wiederum empörten sich über sie, was ihre Bekanntheit mehrte, worauf einige Zeitschriften sie nachgedruckt hatten. So war Cornelius Lohwaldt in nur einer Saison in aller Munde gelangt.

Dass Franz die *Germania* kannte, schien ihn in der Achtung des anderen wachsen zu lassen. Er sah, dass der gerühmte Jungdichter ihn prüfend musterte. Vielleicht überlegte er, ob er ihn zum Abendessen einladen sollte, doch dann schien er sich dagegen zu entscheiden. Franz konnte es ihm nicht verdenken: Sein Äußeres war nicht gesellschaftsfähig. Und doch versetzte es ihm innerlich einen Stich, denn er fühlte nur zu gut – er hatte die Lektion gründlich gelernt –, dass nicht nur sein Äußeres, sondern er selber nicht gesellschaftsfähig war.

Sein Vater hatte sich nach seinen Wanderjahren als Zimmermann in Grunenfurth, einem Ort in der Gegend von Memmingen, niedergelassen. Die Walz hatte ihn weit nach Ungarn hinein gebracht, und auch von der Goldenen Stadt Prag hatte er unglaubliche Geschichten erzählen können. Dies war vielleicht auch der Grund gewesen, dass er eine sehr schöne, aber leider engherzige junge Frau für sich gewann. Aufgrund ihrer Schönheit sah er über ihr zänkisches Wesen hinweg, denn er war gewiss, dass sie weicher werden würde, wenn sie erst für eine Schar Kinder sorgte. Tatsächlich schien sich nach Franz' Geburt eine zufriedene Zeit anzubahnen. Doch zeigte sich bald, dass der Charakter des Vaters von zweifelhafter Natur war. Er verspielte viele Sympathien, als man ihn beim Diebstahl eines Säckchens mit Jesusnägeln erwischte, und als der Geldbeutel des Meisters verschwand, den nur er gestohlen haben konnte, was er allerdings vehement leugnete. Mehrfach übervorteilte er Kameraden bei kleinen Tauschgeschäften, sodass man begann, ihm zurückhaltend und misstrauisch zu begegnen, und bei der Arbeit oft andere Zimmerleute bevorzugte. Auch über die Ehe legte sich ein dunkler Schatten, als zwei Säuglinge nach nur wenigen Lebenstagen starben. Seine Frau verwand diese Unglücke nur schwer, und sie gab ihrem Mann und den ärmlichen Verhältnissen, unter denen sie die Kinder hatte gebären müssen, die Schuld an ihrem Tode. Im selben Maße, wie sie ihr zänkisches Wesen gegen ihn kehrte, zog er sich von ihr zurück. Und eines Tages – sie war zum vierten Mal schwanger – fand sie heraus, dass er sie mit der Tochter eines Nagelschmiedes betrog, der er von dem wenigen, das er verdiente, kleine Geschenke machte. Franz erinnerte sich an Geschrei und auch an Schläge, und als der Vater daraufhin betrunken zur Arbeit ging, erlitt er beim Errichten eines Dachstuhls einen Unfall: Ein herabstürzender Balken, die große Firstpfette, zerquetschte ihm das Bein, das ihm ein kunstfertiger Arzt, als er am Wundfieber zu sterben drohte, amputierte. Zwar rettete ihm der Arzt damit das Leben, aber es war nicht mehr das Leben, das es vorher gewesen war. Als Zimmermann konnte er nicht mehr arbeiten. Er nahm Aushilfsarbeiten an, und während die alten Kameraden das Fachwerk hinauf nach oben in die Dachstühle stiegen, humpelte er am Boden einher, sägte Balken zu, hobelte, bohrte und trank.

Natürlich verdiente er noch weniger als vorher, weswegen sowohl die Mutter als auch später der Sohn dazuverdienen mussten, wo es eben ging. Die Familie gehörte zu den ärmsten im Ort, und es schien, als hätte der kunstfertige Arzt dem Vater nicht nur das Bein, sondern auch den Stolz amputiert. Sein Neid und seine Wut auf Menschen mit zwei Beinen, und später auf alle Menschen mit Hoffnungen, brachen immer gröber aus ihm heraus, und das umso mehr, je betrunkener er war. Wo er anfangs noch aus Mitleid und aufgrund seines Fleißes beschäftigt wurde, war man bald von seinem feindseligen und fordernden Wesen abgestoßen und mied seine Nähe. Er verfiel der Trunksucht und konnte schließlich überhaupt nicht mehr arbeiten.

Als Franz sechs Jahre alt war, hatte die Mutter in die schlimmste Krise des amputierten Vaters hinein ein Mädchen geboren. Inmitten all der Widerwärtigkeiten klammerte sie sich mit ganzer Seele an dieses Kind. Sie sah in der Kleinen irgendetwas, das sie in Franz nicht gesehen hatte, und liebte sie abgöttisch. Eifersüchtig hielt sie jedermann von dem Mädchen ab. Nicht einmal Franz durfte sein Schwesterchen halten. Aber auch er liebte die kleine Schwester, und deshalb nahm er sie manches Mal heimlich, um ihre warme Nähe zu spüren. Als die Mutter ihn einmal mit dem Kind auf dem Arm erwischte, verbot sie ihm tagelang, das Haus zu betreten. Er musste im Holzschuppen schlafen. Doch nach zwei Jahren starb auch dieses Kind an einem Fieber. Dem Vater schien das Ereignis gleichgültig, doch die Mutter erstarrte. Sie wurde hart wie Salz, und als Franz einmal ihre Nähe suchte, stieß sie ihn von sich und zischte ihn an, ihre Tochter könnte noch leben, wenn er sie nicht mit seinem Schmutz befleckt hätte.

Dies waren die letzten Worte, die sie für lange Zeit zu irgendjemandem sprach, und von nun an herrschte bitterste Not. Weder die erstarrte Mutter noch der saufende Vater schienen unter dem ewigen Hunger zu leiden, oftmals überlebte Franz nur durch Diebstähle und indem er unreife Kartoffeln ausgrub und im Wald versteckte.

Am Jahrestag des Todes der kleinen Schwester entschied die Mutter, nicht länger zu trauern, ging zum Schloss Grunenfurth, dem Landgut des Freiherrn Georg von Unold, das nur mit einigem guten Willen als Schloss bezeichnet werden konnte, und forderte eine Stelle als Näherin, die man ihr gnädig gab. Von da an war sie kaum noch zu Hause. Auch wenn ihre Finger vom stundenlangen Gebrauch der Nadeln schmerzten, fühlte sie sich – im abgeschirmten Kreis des Schlossparks und über die schönen alten Stoffe gebeugt – der gehobenen Welt des Adelslebens auf so selige Weise zugehörig, dass sie alles umso mehr verachtete, das sie in die widerwärtige Wirklichkeit zurückzog. Und das waren vor allem ihr prügelnder Mann und ihr geprügelter Sohn.

Dies also war das Elternhaus, in dem Franz aufwuchs. Auch er fand schon früh Arbeiten in Schloss Grunenfurth – bei der Ernte, als Stallbursche, als Hirte. Franz war fleißig und willig, und er glich dem Vater in dessen jungen Jahren, als er voller Hoffnung auf die Walz gegangen und vom zufriedenen Gefühl durchdrungen war, wenn er nur ordentlich zupackte, gehörten ihm der Himmel und die Erde – oder jedenfalls der Flecken Erdboden, auf dem er abends die müden Beine ausstreckte. Franz besaß die Zuversicht seines jungen Vaters, nachdem er von seiner Wanderschaft heimgekehrt war. Vielleicht war dies der Grund, dass die Mutter ihm schon als Kind misstraute und, anstatt dem Jungen seinen aufrechten Geist zu gönnen, voller Neid und Missgunst gegen ihn war. Die Mutter war so verbittert über den Verlauf ihrer Ehe, dass sie wohl am liebsten gesehen hätte, wie der Junge recht bald gemeinsam mit seinem verkrüppelten Vater unterging.

Doch war es genau sein offenes Wesen, das ihm, als er eines Tages Ziegen hütete, die Aufmerksamkeit von Jacob, dem jungen Freiherren, einbrachte, der im Grünen saß und sich davor drückte, seine Lektionen auswendig zu lernen. Franz ließ sich die Bücher zeigen, die achtlos im Gras lagen. Der gelangweilte junge Herr, zwei Jahre älter als er, hatte gleich die Idee, dass er den neugierigen Jungen ärgern konnte, indem er ihm seine Unwissenheit unter die Nase rieb. Doch gelang ihm das nicht: Franz, dem seine Unwissenheit trotz des kindlichen Alters sehr wohl bewusst war, litt keineswegs darunter, sondern sog im Gegenteil alles Wissen, das er dem jungen Herrn abschauen konnte, auf wie ein frisch gepflügtes Feld den Regen. Es dauerte nicht lange, und der Spieß war völlig herumgedreht: Statt dass Jacob von Unold den Kleineren entmutigte und mit der Schwierigkeit seiner ihm selbst so verhassten Bücher niederdrückte, steckte Franz ihn mit seiner Neugier und seiner Begeisterung an, und bald empfand der junge Freiherr Freude dabei, Franz das Lesen beizubringen und ihm später Bücher zu leihen. Die beiden trafen sich oft heimlich, um zu lesen und das Gelesene weiterzuspielen: Sie wurden zu Achill und Hektor, zu Cäsar und Brutus, zu Siegfried und Hagen und irrten als Odysseus und Eurylochos durch Wälder, Schafställe und Schweinekoben. So ging das über mehrere Sommer, bis Jacob zwecks militärischer Erziehung nach München geschickt wurde.

Franz, der kaum jemals die Schule besucht hatte, begann eine Lehre als Zimmermann. Er fand einen Meister, der ihm trotz seines Vaters vertraute, und tatsächlich arbeitete Franz geschickt und fleißig. Immer wieder allerdings lachten die anderen Lehrlinge und Gesellen über ihn, weil er oft abwesend und in eigenen Gedanken war. Er hatte gemeinsam mit Jakob Grunenfurth in aller Heimlichkeit die Dichtkunst nicht nur kennen sondern auch lieben gelernt. Es war dem Jungen, als ob sich ihm die Welt geöffnet hätte, die seine eigentliche Heimat war. Dass er nur versehentlich ins trübe und bedrückende Haus seines Vaters geraten war, während er doch stattdessen, umgeben von Büchern, durch einen französischen Erzieher hätte unterrichtet werden sollen, der alle Segnungen der Klassik, der Aufklärung, der Empfindsamkeit und natürlich das Ungebändigte der Jungen vor ihm ausbreitete. Nur, wo sollte Franz Bücher herbekommen? Nachdem er einen Sommer lang buchlos gelitten hatte, fand er Möglichkeiten: Er bestach einen Diener, der ihm kleinere Bände aus der Bibliothek des Landschlosses stahl. Bis sein Vater die Bücher fand und ihn halb totprügelte. Dann stahl er aus dem Schulhaus eine Übersetzung von Homer, einige Dramen und eine Fibel, die er später zurückbrachte und gegen neue tauschte. Doch trotz aller Vorsicht wurden auch diese Bücher gefunden – diesmal von der Mutter. Der Vater prügelte ihn und verbrannte die Bücher, worauf er natürlich keine neuen bekam. Schließlich behielt er von dem wenigen, das er verdiente, heimlich kleine Beträge zurück und wanderte bis nach Memmingen, wo er bei einem Buchhändler regelmäßig billige Bücher und Schriften kaufte, darunter in großer Zahl auch Mordgeschichten, Geheimbundromane, Schauererzählungen und Liebesromanzen. Es waren zerrissene, schimmelige, von Mäusen angefressene Exemplare, aus denen der Buchhändler noch ein paar Münzen schlug. Franz kaufte auch Bücher, deren Bindung sich gelöst hatte, und deren Anfang oder Ende verloren gegangen war. Diese bereiteten dem Jungen sogar ein besonderes Vergnügen, weil er halbe Nächte lang oder während der eintönigen Arbeit an den unfertigen Holzbalken ein eigenes Ende für die Geschichten ersann. Oftmals sogar mehrere unterschiedliche, die sich zu ganzen Geschichten fortspannen. Das ging mehrere Jahre lang gut, zumal er seine Schätze in einer Kiste im Wald vergrub und nur jeweils einen einzigen mit nach Hause nahm, um ihn im Schein einer Kerze nächtens zu lesen. Franz schloss seine Lehre ab und wollte ebenfalls auf die Walz gehen. Tagtäglich fieberte er dem Tag seiner Abreise entgegen. Sobald die Bürde des Vaters von seinen Schultern wäre, würde er lesen können, wann immer er Zeit fand. Doch der Vater verweigerte ihm die Erlaubnis. Er forderte von Franz, seine Sohnespflicht dem verkrüppelten Vater gegenüber zu erfüllen. Also blieb Franz zu Hause und lieferte seinen Verdienst ab, den der Vater umgehend versoff. So war es zu seiner Wanderschaft nie gekommen. Stattdessen hatte Franz das niederste aller Verbrechen begangen.

»Nun«, sagte Cornelius Lohwaldt, um mit diesem vielseitigen kleinen Wort, diesem Luder unter den Worten, einen Riegel vor ihre Unterhaltung zu schieben. »Er scheint mir recht im Unglück zu stecken. Vielleicht möchte er etwas von mir annehmen, damit er sich ein Abendessen und ein Zimmer für die Nacht leisten kann?«

»Nein danke«, erwiderte Franz. »Wie so oft trügt der Schein. Ich bin nicht so bedürftig, wie ich aussehe. Aber man scheint nach Euch zu suchen.«

Er wies auf die Pension, wo unter dem Durchgang der Wirt erregt hin und her lief und in der Dunkelheit nach seinem Gast spähte. Die beiden jungen Männer wünschten sich Glück, und Franz sah dem Dichter nach, der über den knirschenden Uferkies unsicheren Schrittes und mit missmutig eingezogenen Schultern seiner bedeutenden Zukunft entgegenstolperte.

Er blieb alleine am Strand zurück. Vor ihm plätscherten die Wellen ans Ufer, sonst war nichts mehr zu hören. Eben noch war er sicher gewesen, dass die Sonne seinen Körper nie wieder bescheinen würde, weil er tief unten am dunklen Grund des Sees sein Grab finden würde. Sein zweites und diesmal endgültiges. Doch die Begegnung mit Cornelius Lohwaldt hatte ihn verwirrt.

Alle Gewissheiten waren plötzlich durcheinandergeworfen wie Spielzeug von der Hand eines mutwilligen Kindes. Warum hatte dieser unwirsche Mensch all das Glück, das er sich immer schon erträumte? Warum ging dieser Jüngling auf die Reise, ohne Neugier, ohne Wissensdurst, ohne Neigung – im Erwarten, dass ihm die großen Schätze der Kultur geboten würden, doch ohne den geringsten Willen, sich nach den Kleinoden zu seinen Füßen zu bücken!

Franz sah sich um, wo er ein wenig Schutz finden könnte. Einen Moment lang bereute er, dass er das Almosen Lohwaldts ausgeschlagen hatte, doch im Grunde war er froh darum. Von diesem wollte er nichts annehmen. Sein Blick fiel auf ein Boot, das umgedreht auf dem Strand lag. Darunter, meinte er, ließe sich ordentlich übernachten. Er hatte in seinem Leben unbequemere und auch feuchtere Nächte verbracht als in dem hölzernen Hohlraum, in dem es gewiss ganz gemütlich werden könnte. Er hob das Boot auf einen der Findlinge, die halb im Strand steckten, sodass sich ein Spalt ergab, durch den er bequem in seine Behausung kriechen konnte. Unter dem Boot fand er einen Haufen zusammengelegter Fischernetze, die er ausbreitete, um sich eine warme Unterlage zu schaffen. Und so war es dann tatsächlich recht behaglich. Er dachte, wenn er ein Licht hätte und etwas zu lesen, dann ließe sich die Nacht hervorragend an. Doch er hatte weder das eine noch das andere, und so lag er im Dunkeln und dachte darüber nach, wie es kommen konnte, dass er eben noch den entschlossenen Schritt ins Wasser vor Augen gehabt hatte und nun, ungeachtet dessen, welche Entbehrungen auf ihn zukamen, im Innern seiner bescheidenen Hütte zufrieden und lauschig den Schlaf erwartete. Vielleicht, dachte er, liegt alle Kunst darin, nicht an morgen zu denken. Denn sobald er das tat, wurde ihm übel. Doch seine Erschöpfung war so durchdringend, dass er nicht lange wach blieb, sondern in einen unruhigen Schlummer fiel.

Als Franz von Schritten erwachte, wusste er nicht, wie lange er geschlafen hatte, doch er hatte das Gefühl, noch nicht in die tiefen Träume gesunken zu sein. Jemand näherte sich deutlich hörbar über den Uferkies. Die Schritte knirschten, von der kleinen Ortschaft kommend, bis nah ans Boot heran. Franz fürchtete, man habe ihn beobachtet und wolle ihn aus seinem Heim vertreiben. Er hielt den Atem an und glaubte, zu hören, dass die Schritte unregelmäßig waren, wie von jemandem, der es nicht gewohnt ist, auf solch nachgiebigem Grunde im Dunkeln zu gehen, und deswegen immer wieder um sein Gleichgewicht ringt. Außerdem hörte er das leise Summen eines Lieds. Als er eben glaubte, jetzt werde man gegen das Boot pochen und rufen, entfernten die Schritte sich und stapften weiter. Franz kroch vorsichtig zum Spalt und spähte hinaus. Er sah einen Mann am Ufer entlanggehen. Dem Körperbau nach schien es der Nürnberger Dichter zu sein. Er trug denselben Rock, mit dem er zuvor an ihn herangetreten war, und torkelte wie ein Betrunkener. Ein Stückchen weiter ragte ein roh gezimmerter Bootssteg ins Wasser. Lohwaldt blieb vor dem Steg stehen, schaute sich nach beiden Seiten um und betrat das hölzerne Gestell. Unsicheren Schrittes balancierte er bis ans Ende und dann – knöpfte er sich die Hose auf. Franz hörte, wie sein Strahl ins Seewasser plätscherte. Er zog sich zurück, um nicht doch noch entdeckt zu werden, als er plötzlich durch ein Platschen aufgeschreckt wurde. Lohwaldt war verschwunden! Nach einem Moment des Erstaunens wurde dem schlaftrunkenen Franz klar, dass der junge Günstling des bayerischen Königs in den See gefallen sein musste. Und tatsächlich sah er im Mondlicht hell glitzernde spritzende Bewegungen im Wasser. Eilig kroch er unter seinem Boot hervor und rannte zum Steg. Er tastete sich mit den Füßen über das schwankende Holz zum vorderen Ende. Die Oberfläche lag jetzt ganz still. Nur kleine Wellen deuteten an, dass eben noch etwas das Wasser aufgewühlt hatte. Wo war Lohwaldt? Konnte er etwa gar nicht schwimmen? Und würde ein Mensch überhaupt so schnell untergehen? Er zögerte nicht, sondern sprang. Eiskalt schlug das Wasser über ihm zusammen und drang überraschend eisig in seine Kleider ein. Für einen Moment schien der Schlag seines Herzens auszusetzen, um dann umso wilder wieder Fahrt aufzunehmen. Mit wenigen geübten Bewegungen drückte er sich nach oben und durchbrach die Oberfläche. Noch während er tief einatmete, sah er sich um. Die Wasserfläche kräuselte sich in gegeneinanderlaufenden kleinen Wellen. Noch einmal holte Franz tief Luft und tauchte unter. Er musste Lohwaldt schnell finden! Unter Wasser wühlte er mit Armen und Beinen, bis er tatsächlich mit der Hand gegen etwas stieß. Da war er! Noch ein kräftiger Schwimmstoß, dann fühlte er den Stoff eines Rocks, griff zu und zog. Er wollte hinauf zur Oberfläche, doch plötzlich waren da Finger, die sich an ihn krallten und ihn in wilder Panik nach unten zerrten. Eine Hand umklammerte seinen Arm, sodass er damit nicht rudern konnte, eine andere schlug und kratzte in sein Gesicht. Plötzlich stießen die Finger mit Urgewalt in seinen Mund und packten eisern zu. Die Hand hielt seinen Unterkiefer umklammert, riss daran herum und drohte ihn vom übrigen Kopf abzureißen, als ob ein Wassergeist ihm das warme Blut aus dem Körper schütteln wollte. Der Schmerz war übermächtig, Luft schoss aus seinem Mund. In Todesangst schlug er mit dem freien Arm um sich, traf irgendetwas, irgendwo, und als sich der Griff immer noch nicht lockerte, stieß er mit dem Fuß zu. Zugleich – um den Mann, den er ja retten wollte, nicht zu verlieren – packte er einen Zipfel, den er zufällig erwischte, und hielt daran fest. Doch schon fühlte er das Ende kommen. Wasser strömte in seinen Hals, die Luftnot war kaum noch zu ertragen, Schläge, Tritte, Stöße – plötzlich spürte er sich befreit, ruderte mit den erlösten Armen – und dann Ruhe.

Stille, Frieden.

Franz lag im nassen Kies, als er wieder zur Besinnung kam. Er hustete und spuckte das Seewasser aus sich heraus, erbrach sich in die plätschernden Uferwellen und kroch höher auf festen Boden. Im den ersten Momenten wusste er nicht, wo er war. Doch dann kehrte die Erinnerung schlagartig zurück.

Lohwaldt!

Er stemmte sich auf die Arme und schaute sich um.

Der Holzsteg ragte in den stillen See hinaus, drüben die Häuser, zur anderen Seite das bewachsene Ufer, das sich bald den Blicken entzog und wo – wie Franz tagsüber von der Festungsruine aus gesehen hatte – ein kleiner Fluss in den See strömte. Die Wasserfläche lag unter den feinen, regelmäßigen Wellen ruhig und still. Ihm wurde bewusst, dass seine rechte Hand sich in etwas Nasses verkrallte, und als er es hochhob, erkannte er Lohwaldts Rock. Wie war das geschehen? Wieso hielt er diesen Rock in der Hand? Hatte er daran gezogen, und der Dichter war unter Wasser aus den Ärmeln herausgeglitten? Voller Entsetzen starrte er auf die leere Hülle, in der eben noch ein lebendiger Mensch gesteckt hatte, der nun tot im eisigen Wasser trieb. Denn es konnte nicht der geringste Zweifel daran bestehen, dass

Lohwaldt tot war. Franz lief am Ufer auf und ab. Doch Cornelius Lohwaldt blieb in den Tiefen des Sees verschwunden.

Er ließ sich in den Kies sinken und saß lange da, starrte vor sich hin und versuchte, zu begreifen, was geschehen war. Nicht er hatte sein Grab im See gefunden, sondern der junge Dichter, der behaglich und selbstzufrieden, mit seinem Stipendium ausgestattet, auf dem Weg nach Rom gewesen war. Vielleicht wäre dort, angesichts der Wunder der Ewigen Stadt, aus dem hochnäsigen Jüngling sogar ein anständiger und großherziger Mensch geworden.

Franz hörte aus der Ferne ein Rufen: »*Signor* Lohwaldt!«, erklang es. Jemand stand am Dorfrand und winkte mit einem Hut. »Das Boot ist bereit!«

Ihm wurde schlagartig bewusst, in welcher Gefahr er schwebte: Lohwaldt war verschwunden, und natürlich würde man ihn, den zerlumpten Dahergelaufenen, verdächtigen, etwas damit zu tun zu haben. Umso mehr, als man schnell wissen würde, dass er in Trient aus dem Gefängnis geflohen war, nachdem er einen falschen Namen angegeben hatte. Man würde ihn festsetzen und gründlich prüfen, woher er stammte. Bis man schließlich erfuhr, dass er schon in Bayern dem Kerker entflohen war. Jedermann war dann klar, dass er, vielleicht um ein paar Münzen willen, vielleicht um eine goldene Uhr, Cornelius Lohwaldt ebenfalls getötet hätte. Und immer noch hielt er den Rock Lohwaldts in Händen! Gott im Himmel! Sie mussten ihn für einen Mörder halten! Und – war er nicht vielleicht wirklich einer? Was war dort im Wasser geschehen? Franz erinnerte sich nur in zerrissenen Fetzen. Er erinnerte sich an Schläge. An Tritte. Warum hatte er den Rock Lohwaldts aus dem Wasser geborgen, Lohwaldt selber aber nicht? Hatte er Lohwaldt umgebracht? Vielleicht, um –

»Es ist Zeit! Kommen Sie!«

Franz starrte auf die winkende Gestalt. Man meinte ihn! Der Mann hielt ihn für Lohwaldt! Natürlich, er saß ja dort, wohin man den Gast vor einer Weile hatte spazieren sehen. Offenbar hatte man das Boot aufgetakelt, um den See zu überqueren, und Lohwaldts Gepäck verladen. Nun rief man den Dichter, um abzulegen.

Und ihn hielt man in der Dunkelheit für den Reisenden. Was geschah denn jetzt schon wieder? Spielte diese Nacht ihm etwa noch einen Streich?

»Kommen Sie! *Avanti!* Wir müssen den Wind ausnutzen.«

Und dann hörte Franz aus seinem eigenen Munde: »Ich komme!«

Hatte er das wirklich gerufen?

Ich komme!

Ich, Cornelius Lohwaldt.

»Ich komme!«

Natürlich! Nicht der junge Dichter aus Nürnberg war im See ertrunken, sondern der entflohene Häftling aus Memmingen. Er käme doch noch nach Rom. Und – in seinen kühnsten Träumen hätte er nicht daran gedacht – versehen mit einem Stipendium des königlich bayerischen Hofes! Von heute an könnte er als Cornelius Lohwaldt leben. In Rom wäre es möglich, wo den jungen Dichter aus der Provinz noch niemand kannte. Sicher würden einige seine Ode kennen, seinen Namen. Aber ebenso sicher war niemand dort, der Lohwaldt je gegenübergestanden hatte. Er könnte ein Jahr lang als Cornelius Lohwaldt in Rom leben, und dann –

Und dann?

Nicht daran denken. Niemals an morgen denken. Einer wie er durfte das nicht tun. Als Franz Wercker ebensowenig wie als Cornelius Lohwaldt.

Aber Lohwaldts Leichnam! Würde er nicht ans Ufer treiben? Würde man ihn nicht finden und erkennen? Und dann wäre gleich alles aus. Nein, überlegte er. Einen Steinwurf weiter schob der kleine Fluss sein kaltes Bergwasser in den See. Mit etwas Glück trieb der leblose Körper weit hinaus und wurde von den Umwälzungen in die tiefsten Tiefen gedrückt. Mit etwas Glück …

Und so stand Franz auf, zog den eigenen, zerrissenen Rock aus und streifte den neuen Mantel über. Es war schwierig, in die tropfnassen Ärmel zu gelangen, aber als er sich endlich hineingezwängt hatte, engte ihn der Rock nur um ein weniges ein. In den Schultern spannte der Stoff, weil Franz durch die Arbeit mit dem Holz kräftiger war als Lohwaldt, aber beinahe hätte der Rock sein eigener sein können.

Während er zur Ortschaft hinüberging, fühlte er in den Taschen, ob etwas darin war, doch er fand nichts. Wenn Lohwaldt etwas bei sich getragen hatte, eine Uhr oder vielleicht Geld oder seinen Pass, dann steckte es in seiner Weste und war mit ihm untergegangen. Die Uhr überließ er dem Verstorbenen gerne, doch ohne den Pass würde er Schwierigkeiten bekommen. Bis nach Rom hatte er noch mehrere Grenzen zu überschreiten, überall herrschte Misstrauen: Die Österreicher waren wieder die Herren in Lombardo-Venetien, doch Parma, Modena und Toskana trotzten nervös um ihre Unabhängigkeit, und der Kirchenstaat mühte sich, die Demütigung der Papstentführung durch Napoleon zu vergessen.

Als Franz vom Kies des Strands auf die Uferstraße trat, war kein Mensch zu sehen. Der Ort schlief. Auch das Zollhaus auf der Mole mit dem Wappen der österreichischen Monarchie war um diese Zeit unbesetzt. Tür und Fenster waren verschlossen. Nur an dem Segelboot, das zur Abfahrt bereitlag, waren drei Gestalten beschäftigt. Einer stand an Bord und begann, das Segel zu setzen, ein Junge hielt auf der Mole das Tau, um es zu lösen, sobald der Fahrgast das Boot bestiegen hätte, und ein verwachsener Mann mit Hut kam ihm mit einer Laterne entgegen. Zum Glück war es eine recht armselige Funzel, die noch nicht einmal sein eigenes Gesicht erhellte. »Es ist höchste Zeit, junger Herr! Ich habe persönlich dafür gesorgt, dass von Eurem Gepäck nichts verloren geht.« Das musste der Wirt sein, der sich noch ein Trinkgeld versprach. Franz hoffte, dass Lohwaldt die Zeche für Essen und Zimmer bereits gezahlt hatte, denn er hätte nicht gewusst, wo er in Lohwaldts Taschen und Koffern in der Eile hätte Geld finden sollen. Um nicht angeleuchtet zu werden, wandte er den Kopf ab.

»Schön, ich danke Euch«, murmelte er. »Das Boot sieht gut aus.«

»Natürlich sieht es gut aus. Glaubt Ihr, die Männer überqueren in einem schlechten Boot bei Nacht den See?«

»Also, lebt wohl.« Er wollte gerade ins Boot steigen, als der Wirt sagte: »Aber Ihr seid ja vollkommen durchnässt!«

Er erstarrte. Auf diese Frage hätte er vorbereitet sein müssen. Doch wie hätte er dafür eine vernünftige Erklärung abgeben sollen? Und – einerlei, was für eine Geschichte er erzählt hätte – der Wirt hätte ihn währenddessen in aller Ruhe betrachten können. Also antwortete er nur: »Ja, das bin ich«, und stieg ins Boot, ohne sich noch einmal umzudrehen.

Der Bootsjunge mit der Leine sprang hinterher, das Segel ruckte hoch, flatterte und knatterte, bis es sich brav mit Wind füllte und das Boot vom Ufer wegzog. Erst als sie mehrere Bootslängen hinaus auf dem See waren, wagte es Franz, sich umzuschauen. Aber da sah er den Wirt schon mit seiner Laterne zum Haus zurückeilen. Offenbar froh, den ungeliebten und unverstandenen Gast aus dem Norden so schnell wieder loszuwerden.

Franz kauerte erschöpft auf der hölzernen Bank, während das Boot mit gutem Wind südwärts segelte. Malcesine, das kleine Städtchen mit der malerisch auf dem Felsen thronenden Festungsruine, in der Goethe einst festgenommen werden sollte, als er das verfallene Gemäuer zeichnete und für einen österreichischen Spion gehalten wurde, ließen sie noch in der Dunkelheit hinter sich. Als es dämmerte, rief ihm der Bootsführer zu, sie seien jetzt aus dem Bereich heraus, in dem der Wind ihre Fahrt behindern könnte. Doch Franz begriff kaum, was er ihm sagte, denn er starrte auf das Gepäck Cornelius Lohwaldts, das jetzt seines sein sollte. Indem er die Arme frierend um seine feuchten Kleider schlang, war sein Blick wie gefangen von den Gepäckstücken – zwei kleinere Taschen und zwei große Koffer.

Er wagte nicht, auch nur eine der Taschen anzurühren. Er wäre sich vorgekommen wie ein Leichenfledderer.

Doch was er dringend brauchte, war ein Paar Schuhe. Und so legte er den ersten Koffer um – der Bootsjunge half ihm dabei – und öffnete ihn. Unter Kleidern und Büchern fand er ein Paar halbhohe Schnürstiefel und ein Paar glänzende Schuhe für die Abendgarderobe. Er zog sich die alten Fetzen von den Füßen und streifte Lohwaldts Stiefel über seine seit Stunden feuchten, aufgedunsenen und eiskalten Füße. Die Stiefel waren zu klein. Lohwaldt war schmaler und feingliedriger gewesen, doch mit Gewalt quetschte Franz seine Füße hinein. Er hoffte, in den nächsten Tagen nicht allzu viel laufen zu müssen, und beschloss, bei nächster Gelegenheit eigene Stiefel schustern zu lassen.

Im Licht der Morgensonne, die sich über die flacher werdenden Berge erhob, betrachtete Franz ein letztes Mal die alten Stiefel und dankte ihnen, dass sie ihn so weit getragen hatten. Nun hatten sie ihre Pflicht erfüllt, und er ließ sie über Bord fallen. Während das Boot in zügiger Fahrt über das Wasser glitt, beobachtete er, wie sie zurückblieben und unter der spiegelnden Oberfläche versanken.

II

Isolde hasste das scheinheilige Gebaren ihrer Mutter, sie verachtete die biedere Würde ihres Vaters, sie erstickte im Haus ihrer Eltern, und auch den Park, in dem alles gepflegt, geordnet, sauber und gerade beschnitten war, ertrug sie nicht. Deshalb freute sie sich nicht wirklich, als Professor von Schabeisen – dessen joviale Hilfsbereitschaft sie nicht ausstehen konnte – am Morgen feierlich verkündet hatte, sie dürfe zum ersten Mal wieder hinaus in den Garten. Nachdem sie drei Wochen ausschließlich im Bett verbracht hatte, schien dem Professor ihre Verfassung gekräftigt genug, um der frischen Luft standzuhalten. Wenn sie hustete, fanden sich in ihren Taschentüchern keine Blutstropfen mehr, doch ihre Haut war immer noch durchschimmernd wie Pergament. Die zum Zerreißen gespannte Hülle ihres schmalen Körpers war so überempfindlich und reizbar, dass ihr jede Berührung unangenehm war und nahezu schmerzte. Sie hatte festgestellt, dass enge Ärmel ihr wohler waren als weite, weil sie weniger über die Haut strichen. Ihre knochigen Schultern und den schwungvoll aufragenden Hals hielt sie unbedeckt, und das seidene Tuch, das die Mutter ihr aufgedrängt hatte, im Glauben, zumindest die teuerste Seide sei ihrer Tochter weich genug, hatte sie ins Gras fallen lassen.

Als Frau Kommerzienrat Agnes Lohwaldt sich dem Korbsessel näherte, den man für Isolde im Schatten einer Linde aufgestellt hatte, fuhr ihr der Anblick tief ins Mark: Sie konnte durch ihre Tochter hindurchsehen wie durch einen der Geister aus den Geschichten von E. T. A. Hoffmann, die sie heimlich las, obwohl ihr Ehemann ein entschiedener Feind dieser gottlosen

Machwerke war. Doch dann erkannte sie, dass es lediglich die bewegten Schatten der Blätter waren, die auf Isolde denselben Eindruck wie auf dem Hintergrund hervorriefen, denn der sonnenbeschienene Rasen verlieh ihrer fahlen Haut eine grünliche Färbung. Schlimm genug, dass Isoldes Haut keinen eigenen Ton hatte, sondern die Farbe ihrer jeweiligen Umgebung annahm – das Weiß der Bettlaken, das Rot des Wageninneren, die Glut des Kaminfeuers –, war sie doch zum Mindesten noch kein Geist. Wenn auch an den sorgenvollsten Tagen und in den schlimmsten Nächten nicht viel gefehlt hatte, dass sie von diesem Leben in ein anderes hinübergeglitten wäre.

Agnes Lohwaldt hob das Tuch vom Rasen auf. »Isolde, mein Kind, du darfst dein Tuch nicht ablegen. Professor von Schabeisen hat strikte Anweisungen gegeben.«

Langsam hob Isolde den Blick von dem Büchlein, das sie auf dem Schoß hielt, und wandte ihrer Mutter den Kopf zu, der auf ihrem hohen Halse ein Eigenleben zu führen schien. Das Schwarz ihrer Augen traf die Mutter mit einer Wucht, die der gutmütigen Dame immer wieder aufs Neue den Atem nahm. Auch wenn an ihrer Tochter alles blass und farblos war, kränklich, schwach und hilfebedürftig, Isoldes Augen zu sehen bedeutete einen Schock. Sie kauerten schwarz glänzend in dunklen Höhlen wie zwei starrsinnige Tiere, von denen man niemals wusste, ob sie sich argwöhnisch vor der Welt versteckten oder ob sie verschlagen und bösartig auf eine Gelegenheit lauerten, hervorzuspringen und zu beißen. Die Mutter schämte sich ihrer Gedanken, die sie in ihrem Herzen verschloss, aber gegen die sie sich nicht wehren konnte.

»Heute wieder kein Brief von deinem Bruder«, sagte Agnes Lohwaldt mit einem Seufzen. Ihr fiel auf, dass man keinen zweiten Sessel herausgestellt hatte, in den sie sich setzen konnte, und so blieb sie vor ihrer Tochter stehen, als ob es sich um eine Audienz handelte. Isolde antwortete nichts. Die zwei schwarzen Tiere lauerten in ihren Höhlen.

»Ihm wird doch nichts zugestoßen sein …«

»Mutter. Ihm ist nichts zugestoßen. Er hat Besseres zu tun, als an zu Hause zu denken.«

»Ein paar beruhigende Worte an die Familie wird er doch schreiben können, abends nach dem Essen. Oder am Morgen, zwischen Frühstück und Abfahrt der Kutsche.«

»Er wird schreiben, sobald er in Rom angekommen ist.«

Es waren nicht nur Isoldes Augen. Es war ihr gesamtes Wesen: Agnes Lohwaldt wurde das Gefühl nicht los, dass ihre Tochter sie verachtete. Wenn Isolde zu ihr sprach, schwang in ihrer Stimme ein Unterton mit, der nicht mit Worten zu benennen und der ihr doch unerträglich war. »Jedenfalls freue ich mich«, sagte sie also, »dass es dir besser geht.«

»Mutter, ich möchte lesen.«

Im selben Moment fühlte sich die Kommerzienrätin unwohl. Ihr Nacken verkrampfte sich, als ob jeden Moment ein Raubvogel seine Krallen hineinschlagen würde. Unwillkürlich blickte sie hinauf zum Himmel, aber da war nur strahlendes Blau. Doch dann erkannte sie, woher ihr Unwohlsein kam: Am Rande des Rasens, am seitlichen Zugang zum Haus, stand Theresa. Sie stand gerade wie ein Stock in ihrem taubengrauen Kleid, das sie immer zu tragen schien, in der Hand hielt sie den Beutel mit Pulvern, Tropfen und Tüchern für Isolde. Und sie blickte sie aus ihren kalten und mitleidlosen Augen an, vor denen sie sich noch mehr fürchtete als vor den Augen ihrer Tochter. Theresa war Isoldes Gesellschaftsdame – wenn auch das Wort *Gesellschaft* für ihre Anwesenheit abwegig war – und vor allem Isoldes Krankenpflegerin. Sie hatte Isolde schon mehrfach gebeten, Theresa zu entlassen, weil sie der Überzeugung war, dass sie ein böses Wesen sei, aber Isolde bestand darauf, Theresa zu behalten. Sie war der einzige Mensch, den sie Tag und Nacht neben sich duldete. Sie begriff nicht, warum. Denn sie war sicher: Genau so, wie Theresa jetzt dastand und ihren bösen Blick auf ihr ruhen ließ, würde sie eines Tages dastehen, wenn das Haus lichterloh in Flammen stünde und alle darin verbrannten.

»Natürlich … Natürlich, du willst lesen, Kind, entschuldige.« Die Kommerzienrätin wandte sich von ihrer Tochter ab und ging zurück zum Haus.

Isolde sah ihr nach. Sie wollte nicht lesen, das Buch langweilte sie, doch sie ertrug die Nähe der Mutter nicht, an der alles weich war: ihr Äußeres, ihre Stimme, ihr Wesen, ihre Prinzipien, ihre Standpunkte.

Isolde wusste natürlich, warum Cornelius nicht schrieb. Er war heilfroh, endlich von zu Hause wegzukommen, endlich dem Genörgel des Vaters und der lächerlichen Umsorgung der alten Glucke zu entfliehen. Warum sollten seine Gedanken dem verlassenen Zuhause gelten? Warum sollte er sich darum scheren, ob sich die Mutter sorgte oder nicht? Hatten sie nicht beide längst gelernt, ihrer Bemutterung gleichgültig gegenüberzustehen, um nicht von ihr erdrückt zu werden? Cornelius hatte Isolde hier zurückgelassen, obwohl sie es einander anders versprochen hatten. Denn natürlich war nicht er es, der den Absprung geschafft hatte. Sie hatte ihm ermöglicht, nach Rom zu reisen. Sie hatte ihn auf die Idee gebracht, und ihr hatte er das Stipendium zu verdanken. Ohne sie würde er sein Leben lang den leichten Weg gehen, den Weg der täglichen Ausflüchte und Heimlichkeiten, um Mutter und Vater auszuweichen. Alleine wäre er niemals imstande, einen großen Schritt zu tun.

Isolde war fest entschlossen, ihrem Bruder nachzureisen. Professor von Schabeisen hatte ihr eine Kur im Süden in Aussicht gestellt, doch dafür musste sich ihre Krankheit erst einmal glücklich entwickeln. Und das würde sie. Sie würde ihre gesamte Willenskraft auf dieses Ziel ausrichten. Sie vor allem wollte ja weg von der Mutter, weg vom Vater, weg von der Engstirnigkeit der Kleinstadt. Der übliche Weg einer jungen Frau, das zu erreichen, war eine geschickte Heirat. Doch wenn es eines gab, das sie ganz sicher niemals tun würde, dann dies! Die Vorstellung, sich einem Mann zu unterwerfen, war ihr derart zuwider, dass ihr alleine beim Gedanken daran übel wurde. Dieser Mann würde sie *berühren*! Sie würde *schwanger* werden! Sie würde *gebären*! Sie würde *Kinder* um sich haben! – Niemals!

Sie wird zu ihrem Bruder nach Rom fahren, sie wird ihn zwingen dortzubleiben, und unter dem Deckmantel des brüderlichen Schutzes wird sie dort ein Leben führen, wie sie es will.

Isolde wandte sich wieder ihrem Buch zu und las ein paar Zeilen, ohne im Geringsten zu merken, was sie las. Und als sie tief durchatmete, um die schwarzen Gedanken, die in ihr wühlten, aus sich herauszubringen wie ein alter Bergmann den zersetzenden Kohlestaub, überfiel sie ein erneuter Hustenanfall. Während sich ihre schmale Brust unter den scheußlichen Krämpfen wand, einer Ringelnatter gleich, die man in der Mitte durchgeschnitten hat, flogen rote Blutspritzer auf das Buch. Es fiel von ihrem Schoß ins Gras, und sie presste eilig ihr Taschentuch vor den Mund. Im selben Augenblick schon stand Theresa bei ihr, reichte ihr ein frisches Tuch und Wasser und umfasste mit eisernem Griff Isoldes Schultern, um ihr die Krämpfe zu erleichtern.

An die Schmerzen beim Husten hatte Isolde sich längst gewöhnt. Doch was sie maßlos wütend machte, war das Gefühl des Ausgeliefertseins, der Machtlosigkeit, wenn die Krankheit sie in Form des zähen Hustens packte und erst wieder losließ, wann es ihr gefiel. Und die keineswegs so gnädig war, sich zurückzuziehen, wie alle in den letzten Tagen gehofft hatten, sondern in tiefroter Schrift auf ihrem Buch das geschwächte Menschenkind als ihren alleinigen Besitz bezeichnete. Und so war es ihr kranker Körper, den Isolde am allermeisten hasste.

*

Als Franz in Sirmione von Bord ging, staunte er, wie sich alles von selbst fügte. Das Gepäck wurde ans Ufer gestellt, man verbeugte sich vor ihm, hielt die Hand um ein Trinkgeld auf und verbeugte sich – nachdem er ein paar Münzen gegeben hatte – noch einmal.

Noch auf dem Boot hatte Franz in einer der beiden kleineren Taschen, die der Reisende selber trug und keinem Träger anvertrauen musste, einen Beutel mit bayerischen Gulden und einigen vom Kirchenstaat geprägten Scudi gefunden und eine lederne Börse, zusammengefaltet und mit einem schmalen Band aus demselben Leder zugebunden. Darin, mit dem Siegel des bayerischen Königs versehen, einen Pass. Ausgestellt auf den Namen Cornelius Lohwaldt und mit dem Reiseziel Rom, über Innsbruck, Bozen, Mantua, Modena, Bologna und Florenz. Dazu einige Empfehlungsschreiben, die Franz sich später in Ruhe anschauen wollte.

Er konnte also den Bootsmann bezahlen und einem Beamten in österreichischer Uniform, der auf ihn zutrat, um seinen Pass zu kontrollieren, das Dokument überreichen. Der Mann warf kaum einen Blick darauf, die Kontrolle schien ihm nur eine lästige Formalität, da der fremde Besucher ohnehin nur vom österreichischen Tirol ins ebenso österreichische Lombardo-Venetien wechselte.

Als Franz sich nach der Kutsche in Richtung Mantua erkundigte, wurden die Koffer im Nu auf einen Wagen gewuchtet, der auf dem sonnigen Platz neben einem steinernen Brunnen bereitstand. Franz staunte, wie leicht es sich als wohlhabender Mann lebte! Da bis zur Abfahrt noch Zeit für eine Mahlzeit blieb, führte ihn der Bootsjunge zu einem Gasthof, wo man Franz einen guten Tisch im Schatten wies. Als er den Wunsch äußerte sich umzukleiden, wurden ohne weitere Umstände seine Koffer wieder von der Kutsche heruntergehoben und in ein Fremdenzimmer gebracht.

Franz zwängte sich in einen sauberen Anzug und einen schwarzen Rock Lohwaldts und legte den Altdeutschen Rock, der zwar in der Sonne schnell getrocknet war, aber vom Wasser arg zerbeult aussah, in den Koffer. Seine eigenen Hosen gab er einer Dienstmagd, um Putzlumpen daraus zu machen. Dann ließ er einen Barbier rufen, der ihn rasierte.

Als Franz zu seinem Tisch zurückkam, wartete bereits ein üppiges Essen auf ihn. Brotfladen, Oliven, Eierkuchen, eine Gardaseeforelle, röhrenförmige Nudeln mit Tomaten und geriebenem Käse darüber, verschiedene Käsestücke, die einen intensiven Geruch verströmten, ein geräucherter Schinken und ein Schälchen mit einem körnigen Brei, den der Wirt als *risotto* bezeichnete.

Von der Stunde in Sirmione war ihm aufgrund seiner Erschöpfung und inneren Aufgewühltheit später nichts mehr erinnerlich als dieses erste Essen seit vielen Tagen und zugleich das erste in seinem neuen Leben. Obwohl er schon oft Hunger gelitten hatte, erinnerte er sich nicht daran, das Glück einer Mahlzeit jemals so tief empfunden zu haben. Als er von dem Fladenbrot ein Stück in den Mund steckte, als seine Zähne die knusprige Kruste zerbrachen, als er den aromatischen, leicht salzigen Geschmack auf der Zunge spürte, begann er haltlos zu weinen.

Später dann bestieg Franz zum ersten Mal in seinem Leben eine Kutsche. Nie zuvor war er ein Kutschenmensch gewesen. Immer nur ein Zufußgeher. Und zwar lange Jahre nur ein barfüßiger. Mit ihm in der Kutsche saßen drei Männer, die Sohn, Vater und Großvater zu sein schienen und sich ruhig auf Italienisch unterhielten. Sie trugen alle drei den gleichen Backenbart – der junge noch als durchscheinenden Flaum, der mittlere tiefschwarz und struppig, der älteste schlohweiß. Über sie wusste Franz später nichts weiter zu sagen. Er mied ihre Blicke, weil er sich in seiner neuen Rolle noch allzu unsicher fühlte. Sobald die Fahrt losging, sah Franz aus dem Fenster, um alles aufzunehmen, was sich seinem Blick bot. Wie wundersam die Reise sich seit der Überquerung des Sees gewandelt hatte! Die Landschaft war nicht mehr dieselbe: Die Berge und Täler waren in eine Ebene übergegangen, die einen weiten Blick über Felder und Gärten bot. Doch Franz war zu müde nach allem, was er erlebt hatte. Schon nach wenigen Minuten musste er die brennenden Augen schließen. Einen kurzen Moment nur, um nichts zu versäumen … Und als jemand an seinem Knie rüttelte, um ihn zu wecken, stand die Kutsche wieder still. »Mantova, *Signore*!« Es war der Kutscher, der ihn weckte. Verwirrt fragte Franz ihn, wann es weitergehe nach Modena, Bologna, Rom. Er hob bedauernd die Schultern. »*Domani.*« Und fügte stolz auf Deutsch hinzu: »*Morgen frie!*«

Während sich draußen die Dunkelheit über die Stadt senkte, saß Franz barfuß, ohne die drückenden Schuhe, auf dem verschlissenen Teppich eines Hotelzimmers vor den geöffneten Koffern und machte sich vertraut mit Cornelius Lohwaldts Besitz. Er las die Empfehlungsschreiben, versuchte, sich darüber klar zu werden, von wem sie stammten und an wen sie gerichtet waren, was ihm kaum gelang, und so prägte er sich die Namen ein, so gut es ging: Häffelin, Bartholdy, Niebuhr, Bunsen, Schultheiß ...

Er zählte das Geld. Er musste sparsam damit umgehen. Ob er es überhaupt wagen konnte, das Geld des königlichen Stipendiums beim bayerischen Gesandten am Heiligen Stuhl abzuholen? Die Gefahr, entdeckt zu werden, war dort sicherlich am größten. Wer weiß, ob nicht einer der Beamten – vielleicht der Gesandte persönlich – zwischen München und Rom hin- und herreiste und Lohwaldt sich ihm schon in der Heimat vorgestellt hatte. Und für den Fall, dass sein Betrug aufgedeckt würde, müsste er vielleicht von einem Moment auf den anderen fliehen, und dann wäre er dankbar für jeden Kreuzer und jeden Scudo, der ihm weiterhalf. Wohin auch immer.

Franz fand einige Bücher, die er teilweise schon früher gelesen hatte, aber erfreulicherweise noch nicht alle kannte. Schiller, Hegel, einige Klassiker – und natürlich Goethes *Italienische Reise*, die der Dichter vor nunmehr zweiunddreißig Jahren unternommen hatte, deren Beschreibung er aber erst vor Kurzem – den ersten Teil vor anderthalb Jahren, den zweiten erst im letzten Herbst – veröffentlicht hatte.

Die Anzüge und die Wäsche des ertrunkenen Dichters nahm er aus dem Koffer und faltete sie auseinander. Er hielt sie sich vor den Körper und probierte diese Jacke oder jenes Hamd an, um sich daran zu gewöhnen, dass sie nun ihm gehören sollten, doch er hatte das Gefühl, dass sie sich noch widerborstig gegen die fremde Berührung sträubten. Als Franz sie auf das Bett, auf den Tisch und auf die beiden Stühle seines Zimmers breitete, begannen ihn die verwaisten Anzüge sogar anzuklagen: *Wo ist unser Herr?*, flüsterten sie. *Was hast du ihm angetan?*

Franz wich erschrocken zurück. »Ich habe versucht, ihn zu retten!«, rief er ihnen zu. Aber hatte er das wirklich? Hatte er nicht instinktiv die Chance gefühlt, die sich ihm bot? Ein Leben gegen ein anderes? Hatte er ihn aus einem verborgenen Drang heraus zu Tode gebracht? Wenn er sich doch nur an die Einzelheiten des Ringens im dunklen Wasser erinnerte! Doch so sehr er sich auch plagte: Er fühlte nur in Bruchstücken, was unter der Oberfläche des Sees geschehen war. Die Kälte, die Atemnot, die Todesangst – und alles war so schnell gegangen! »Ich bin kein Mörder!«, rief er aus.

Franz mühte sich, die erschreckenden Gedanken zu verdrängen, denn es war doch offenbar, dass der andere zu viel Wein getrunken hatte und ohne fremdes Zutun vom Steg ins Wasser gestürzt war. Aber hätte er nicht von alleine zur Oberfläche zurückgefunden? War es nicht der unselige Kampf unter Wasser gewesen, der seinen Untergang besiegelt hatte?

So drehten sich Franz' Gedanken immer wieder im Kreis. Er fragte sich, ob es ihm je gelingen würde, sein Leben als Cornelius Lohwaldt in Rom zu genießen.

Nicht an morgen denken, redete er sich schließlich ein.

Doch! An morgen denken! An Rom!

Franz versuchte sich abzulenken, indem er in der *Italienischen Reise* blätterte. Doch er fand keinen Trost darin: Wie sehr unterschied sich seine zerrissene Gemütsverfassung von der in sich ruhenden und zugleich aufgeschlossenen des alten Dichters. Genauso hatte er sich in seinen jugendlichen Träumen die eigene Romreise vorgestellt. Und nun hockte er über fremden Koffern und durchstöberte Kleidung und Papiere, die ihm nicht gehörten.

Er stellte sich ans offene Fenster, um sich in der lauen Nachtluft zu beruhigen, doch der Blick auf die dunkle Stadt brachte seinem Gemüt auch keinen Frieden: War es nicht geradezu ein böses Vorzeichen, dass er die erste Nacht auf italienischem Boden in Mantua verbrachte? Die Stadt, über die er nichts weiter wusste, als dass Shakespeares Romeo hier die zerschmetternde Nachricht von Julias Tod erhalten hatte und dass hier vor wenigen Jahren erst der Tiroler Andreas Hofer, als in der Stadt noch Napoleons Adoptivsohn regierte, von den Franzosen auf grausige Weise exekutiert worden war?

Schließlich gelang es der verheißungsvoll duftenden Nachtluft, seine düsteren Gedanken fortzuwehen, und Franz dachte an all das, was dort draußen auf ihn wartete. Alles, was er noch nicht kannte in diesen seltsamen Ländern im Süden. Guten Mutes ging er schließlich hinüber zu den Anzügen, reichte ihnen die Hand und schüttelte die Ärmel. »Wir werden uns gut vertragen«, sagte er zu ihnen. »Mein Name ist Franz. Aber das darf außer euch niemand wissen. Das bleibt unser Geheimnis.«

Solcherart von überreizten Gedanken getrieben, fand er in der Nacht kaum Schlaf. Und auch nachdem er Lohwaldts Anzüge längst wieder im Koffer eingeschlossen hatte, geisterten sie, mal freundlich, mal anklagend, um ihn herum.

Am folgenden Tag in der Kutsche versuchten die italienischen Mitreisenden, ein paar Worte aus ihm herauszubringen, was sie allerdings bald aufgaben. Nur einer ließ sich von Franz' innerer Abwesenheit nicht entmutigen. Der einzige deutsche Mitreisende, ein beleibter Herr mit sächsischem Akzent, war fest entschlossen, Konversation zu betreiben, notfalls auch alleine. »Darf ich mich vorstellen? Köhler mein Name. Wohin reisen Sie, junger Mann?«

»Nach Rom ...«, erwiderte Franz, ohne das Gespräch durch eine Gegenfrage fortzuführen.

»Rom!«, rief der Sachse. »Die Ewige Stadt! – Künstler?«

»Dichter ...«

»So, also! Ein Diener der Muse Kalliope! He! Meine Kunst ist der Handel. Ich diene der Muse Pecunia. He, he! Zum ersten Mal im Süden?« Er fragte, aber er wartete nicht auf Antwort. »Glauben Sie bloß nicht, dass die Zustände im Kirchenstaat besser werden, seit die Franzosen den Papst zurückgeben mussten. In Wien haben sie ja alles getan, um das Durcheinander zu normalisieren. Aber was heißt hier schon normal? Dies ist ein Scherbenhaufen! Republik Venedig, Herzogtum Parma, Herzogtum Modena, Mantua, Milano, Genua, Großherzogtum Toskana – im einen Moment sind sie noch da, dann von der Landkarte radiert! Napoleon ...«

Köhler aus Sachsen, weil Franz so gar nicht auf das Gespräch einging, wandte sich einem anderen Mireisenden zu, einem älteren Lombarden, der zwar kein Deutsch verstand, aber dafür beständig freundlich nickte.

»Plötzlich liest man von der Cisalpinischen Republik, der Cispadanischen Republik ... Ein obskures Königreich Etrurien taucht auf, dessen Thron Napoleon mit seinen Spielfiguren aus dem Haus Bourbon-Parma besetzt ...« Er wandte sich wieder Franz zu. »Nur um sie kurz darauf ins Herzogtum Lucca zu schieben, weil der Kaiser das Königreich Etrurien wieder ins Großherzogtum Toskana verwandelt und seiner Schwester Elisa zum Geschenk macht, die es dann wieder an den Habsburger Ferdinand III. zurückgeben muss ... Napoleon vertreibt die Fürsten, die Österreicher vertreiben Napoleon und nachdem der Kirchenstaat fast verschwunden war, taucht er wie von Zauberhand wieder auf. Man sagt, ohne Humboldts zähes Verhandeln in Wien würde es ihn gar nicht mehr geben ...«

So rollte Köhlers Erzählung gleichsam wie ein weiteres Wagenrad durch die endlose Ebene. Er hörte nur auf zu reden, während sie mit einer Fähre den Po überquerten, einen gewaltigen Fluss mit weiten Sandbänken. Doch sobald die Fahrt weiterging, rollte auch wieder sein Wagenrad: »Ja, ja, die Deutschen und Rom ... He! Gar nicht zu reden vom Mittelalter, als hier fast alles deutsch war. He! Kartenmaler müsste man sein! Man könnte reich werden, wenn man nicht den Verstand verliert! Und wer hat etwas davon? Auf jeden Fall nicht das Volk! Werden von einem zum anderen geschubst, und dabei zieht man ihnen das letzte Hemd aus. Aber am schlimmsten treiben es die Päpste. Sie werden es ja zu spüren kriegen, junger Mann, wenn Sie im Kirchenstaat sind. Schon im Gesäß. He! Die Straßen sind in einem erbärmlichen Zustand! Ich steige zum Glück in Modena aus. Nicht so fortschrittlich wie die Toskana, aber immerhin österreichische Verhältnisse. Gut fürs Geschäft. Man weiß, die Geschäftspartner vom letzten Jahr sind noch nicht im Kerker verrottet. He!«

Irgendwann schlief Köhler dann ein, Franz hatte den Eindruck, mitten in einem seiner Sätze. Je länger sie die Weite der Ebene durchquerten, umso mehr begann Franz, Hoffnung zu schöpfen. Immer noch wurde er innerlich hin- und hergerissen. Niedergeschlagenheit und Hoffnung, Verzweiflung und Euphorie, Reue und Vorfreude auf ein unverhofft geschenktes Leben stürmten durch sein Gemüt wie die Felder und Haine und Wassergräben, die vor dem Fenster vorbeizogen.

In seiner Haltlosigkeit versuchte er, aus allem Möglichen Zeichen zu deuten:

Das Verschwinden der Berge, die hinter ihm immer dunstiger und kleiner wurden, nahm er als gutes Omen, weil mit ihnen sein altes Leben verschwand.

Auf einer Weide standen sieben Rinder, und die Zahl Sieben bringt bekanntlich Glück.

Dann wieder sah er am Straßenrand eine Stute mit zwei Fohlen, einem weißen und einem schwarzen. Als die Kutsche vorbeirasselte, scheute das weiße, vertrat sich in dem schmalen Wassergraben und stürzte. Das schwarze aber hob wiehernd den Kopf, als ob es lachte. Das konnte natürlich nichts anderes als ein übles Vorzeichen sein!

Einmal begegneten ihm die Blicke dreier junger Frauen mit bunten Röcken und weißen, über der Brust geknoteten Tüchern, die Krüge auf dem Kopf trugen und neugierig zu der vorbeifahrenden Kutsche herübersahen. Franz winkte ihnen zu und dachte im selben Moment, dass die drei Parzen erschienen waren, um ihm sein Schicksal zu verkünden. Erst glaubte er, sie würden seinen Gruß ignorieren, doch dann hoben sie alle drei die Hand und winkten lachend zurück. Wenn das kein gutes Vorzeichen ist, dachte Franz. Die Schicksalsgöttinnen lachen mir zu! Franz schienen die guten Vorzeichen zu überwiegen, und er begann, besseren Mut zu fassen.

Auch die nächste Passkontrolle, als er vom österreichischen Lombardo-Venetien ins Herzogtum Modena wechselte, wo Franz IV., Erzherzog von Österreich, regierte, ermutigte Franz, denn auch sie spielte sich als eine gelangweilte Formalität ab. In Modena verabschiedete sich Köhler aus Sachsen. »Viel Glück, junger Freund. Grüßen Sie Kalliope! Und nehmen Sie sich in Acht vor den *sbirri*.«

»Was sind die *sbirri?*«, fragte Franz.

Und Köhler flüsterte verschwörerisch: »Geheimpolizei. Üble Burschen! Solange Sie nichts anstellen, brauchen Sie nicht mehr zu wissen. He!«

In der folgenden Nacht ließ Franz die anklagenden Anzüge im Koffer und schlief tief und traumlos. Am Morgen fand er sich aus irgendeinem Grunde allein in der Kutsche nach Bologna. Alle anderen Plätze waren frei. Das Gesicht des Kutschers hatte Franz beim Einsteigen nicht gesehen, weil der Mann sich ein schwarzes Tuch um Mund und Nase gewunden hatte, das im Schatten seines breitkrempigen Huts nur die Augen frei ließ.

Ein dünner Nebel hing über dem Land. Ein fahler Dunst wie Asche und Schwefel, durch den eine trübe Sonne schimmerte, die so kraftlos war, dass Franz direkt hineinschauen konnte. Um sie herum stand ein unheilverkündender Ring in der Luft.

Franz sah keine Vögel fliegen, und er hörte auch nicht ihre Stimmen. Bedrückend still lag das Land, und nicht einmal von dem Kutscher war ein Laut zu hören. Er sprach nicht mit seinen Pferden, er rief ihnen nichts zu, und er schrie sie nicht an, wie es die meisten Kutscher taten. Schweigend ließ er sie laufen, still und ohne zu schnauben, zogen sie den Wagen.

Als nach der unheimlichen Fahrt ein seltsames Gebilde im Nebel auftauchte, glaubte Franz zu träumen: Dutzende von unwirklich dürren Türmen schwebten in der Luft. Es dauerte eine Weile, bis er begriff, dass die riesenhaften Pfähle, die sich da vor ihm verdichteten, tatsächlich Bauwerke waren. Niemals hatte er so hohe und so schmale Gebäude gesehen. Das musste Bologna sein. Franz hatte von Köhler gelernt, dass Bologna die erste Stadt seiner Reise war, die zum Kirchenstaat gehörte, und so hing von den Formalitäten dort vieles ab.

Auch in den Straßen der Stadt hing der Nebel. Gespenstisch hallten die Räder der Kutsche von den hohen Türmen wider, die sich weit oben im Nichts verloren. Ein dickbäuchiger Uniformierter mit einer Doppelreihe goldener Knöpfe, einem Zweispitz und einem roten Streifen an der Hose öffnete den Wagenschlag und herrschte Franz an, er möge sich in eine Amtsstube begeben, wo sein Pass geprüft werde.

Als Franz ausstieg, hatte er unsichere Knie vor Angst. Das Licht war trübe und glänzend zugleich, und der Stadtpalast, auf den er zuging, warf einen diffusen Schatten. Auch die Schatten der bizarren Vielzahl dicht gedrängter Türme standen geisterhaft in der trüben Luft. Unter den düsteren Arkaden des Palasts zog er fröstelnd die Schultern zusammen.

Der Beamte, der den Pass entgegennahm, wirkte kränkelnd und übellaunig. Seine Augen fielen an den Seiten stark ab, was ihm einen armselig arroganten Ausdruck verlieh. Er knurrte Franz mit Fragen an, die er nicht verstand, lediglich immer wieder *austriaco* und *bavarese*, wedelte mit dem Dokument und schlug mit dem Handrücken darauf. Offenbar vermisste er einige Stempel und Unterschriften von unterwegs. Franz versagte der Atem. Er stotterte Antworten, die nichts bedeuteten und den Beamten noch mehr in Rage brachten. Schließlich steckte der den Pass in eine große lederne Mappe und wies ihm die Tür. Franz bat um seinen Pass, doch der Mann würdigte ihn keines weiteren Wortes. Es war zum Entsetzen! Sollte seine Reise jetzt schon zu Ende sein? Und nur, weil irgendein gleichgültiger Beamter unterwegs Lohwaldts Pass nicht ordnungsgemäß unterzeichnet hatte? Man wies ihn in der Eingangshalle in einen Bereich, der durch einen Zaun abgegrenzt war und in dem drei Bankreihen hintereinanderstanden. Es sah aus wie ein Ziegengatter. Franz war der Einzige, der darin saß. Menschen kamen und gingen, und niemand beachtete ihn. Dafür lugte er mit umso größerer Sorge immer wieder zu den Uniformierten hinüber, die an verschiedenen Stellen des Raums postiert waren. Franz wusste nicht, wie lange er dort saß. Jedenfalls so lange, dass die Kutsche wohl längst ohne ihn weitergefahren war. Was war mit seinem Gepäck? Stand es ohne Aufsicht draußen auf den glänzenden Steinplatten der *piazza*? Hatte man ihn vergessen? Oder würde es eine genauere Prüfung geben, deren Ausgang für ihn höchst ungewiss war?

Wenn es ein böses und ungutes Vorzeichen für seine Reise nach Rom gab, dann das peinliche Festsitzen in dem erniedrigenden Gatter. Und je länger er dort saß, desto irrsinniger schien ihm die Hoffnung, mit seiner Lüge durchzukommen. Wie hatte er nur glauben können, mit einem gestohlenen Pass über all diese Grenzen zu gelangen? Natürlich musste sein Betrug auffallen! Seine einzige Chance bestand darin, jetzt sofort aufzustehen und zu fliehen.

Doch das wollte Franz nicht hinnehmen. Er dachte daran, wie er zum ersten Mal den Pass vorgezeigt hatte, in Sirmione am Seeufer. An das selbstverständliche Bezahlen des Boots, an die großzügigen Trinkgelder. Er hatte gedacht, wie leicht es sich als wohlhabender Mann lebte. Zum ersten Mal war das Gefühl in ihm aufgeflackert, ein anderer zu sein. Jetzt galt es: Er war nicht mehr Franz Wercker, er war Cornelius Lohwaldt. Würde Lohwaldt sich das bieten lassen? Hier zu sitzen und seine Reise durch die Eigenmächtigkeit eines selbstherrlichen Staatsdieners, der nur dazu geschaffen worden war, Menschen das Leben schwer zu machen, verhindern zu lassen?

Nein.

Franz begriff, dass ihm sein neues Leben am See schicksalhaft zugefallen war, aber dass er es sich auch verdienen musste. Dies war die erste Prüfung, die er bestehen musste, aber gewiss nicht die letzte. Wollte er jetzt schon aufgeben?

Schluss musste sein mit dem Lauern auf Vorzeichen. Wie lange wollte er das treiben? Nicht Zeichen deuten, sondern Zeichen setzen! Er würde sich sein Glück nicht durch so einen Provinzbeamten zerstören lassen! Wenn er in Rom scheiterte – dann war das sein Schicksal. Aber nicht hier, in diesem Nest, das im Mittelalter vielleicht einmal eine bedeutende Stadt gewesen, aber jetzt nur noch eine Ansammlung von baufälligen Türmen war. Franz fasste den Entschluss, sich diese Ironie nicht bieten zu lassen. Er stand auf, ging zu der Amtsstube, in der man seinen Pass zurückhielt – jawohl, *seinen*! –, und trat ein.

Der übellaunige Beamte mit den abfallenden Augenlidern blickte ihn an. Die Arroganz seines Blicks wich Überraschung, als er Franz erkannte. Mit festem Schritt trat Franz an seinen Tisch heran und sagte ebenso freundlich wie bestimmt: »Ich wünsche meine Reise jetzt fortzusetzen.«

Der Beamte blickte ihn ausdruckslos an. Er schien noch nicht entschieden zu haben, wie er auf das eigenmächtige Auftauchen des Fremden reagieren sollte.

»Meinen Pass, bitte«, setzte Franz nach.

Der Mann verstand ihn nicht, begriff aber sehr wohl den Sinn seiner Worte. Er griff nach der ledernen Mappe und klappte sie auf. Darin lag der Pass. Längst gestempelt und unterschrieben.

Offenbar hatte der kleine Übellaunige ihn nur zurückgehalten, um zu demonstrieren, wer der Herr im Lande war. Er stellte eine Frage, die Franz seinerseits nicht verstand. Einen Moment lang war er versucht, etwas zu stammeln, das seine Verständnislosigkeit ausdrücken sollte, aber er besann sich.

Er sagte einfach nur: »Vielen Dank.« Er nahm in aller Ruhe das Dokument, sah dem Beamten in die hängenden Augen und verbeugte sich höflich. Dann wandte er sich um und ging zur Tür. Er erwartete, aufgehalten zu werden, doch nichts geschah. Natürlich, sagte er sich, als er auf die *piazza* hinaustrat, die inzwischen in strahlendem Sonnenschein lag. Er war kein Niemand mehr, mit dem man umsprang, er war jetzt jemand! Und solange er selber daran glaubte, glaubten es die anderen auch.

Dort, wo die Kutsche gehalten hatte, wartete eine andere, doch Franz' Koffer lagen obenauf, als wäre nichts geschehen. Auch Mitreisende gab es jetzt wieder. Der Kutscher war eine hagere Gestalt mit langen Knochen, dessen Mantel lose um ihn herum hing, als ob er echsengleich dabei wäre, sich zu häuten. Er begrüßte Franz überfreundlich und wies in die Kutsche. Franz fand sich darin mit einem nervösen älteren Herrn, der beständig etwas in seinen Taschen suchte, und zwei Damen, einer jüngeren und einer älteren. Die Jüngere sah bisweilen verstohlen zu ihm hinüber, worauf sie von der Älteren geknufft wurde. Dann warf ihm die Ältere böse Blicke zu, bis die Jüngere irgendwann wieder von ihrem Buch aufsah und das Spiel von vorne begann. Das Irritierende war, dass die beiden Damen genau die gleichen herabhängenden Augenwinkel hatten wie der Beamte, der ihn mit dem Pass geärgert hatte. Die Alte warf Franz bittere Blicke zu, wann immer sie glaubte, er beobachte das junge Mädchen. Also schaute er aus dem Fenster, sobald die Pferde anzogen. Und es war ihm gerade recht, denn was gab es alles zu sehen!

Gleich nach Bologna ging es in die Berge, die Täler wurden schmal und steil, der Weg folgte einem rauschenden Bach, der noch das graue Schmelzwasser der Höhen führte. Im selben Grau auch die Bergdörfer hoch auf den Felsen, aus denen sie seit Urzeiten zu wachsen schienen – und zu denen viele von ihnen wieder zerfielen. An den Hängen saftige Wiesen mit Kräutern in allen Farben, auf der Sonnenseite weiß und rosa blühende Obstbäume, gegenüber schattige Wälder. Als sich das Tal wieder öffnete, strahlte in den Ebenen das Rot der Mohnblumen, halbe Häuser waren in violette Fliederwolken gehüllt, gelbe

Akazien prangten in voller Blüte. Ganze Wiesen legten sich strahlend gelb in sanften Wellen übers Land. Junger Weizen wogte im Wind, die Olivenbäume schwebten silbern über ihren dunklen Schatten, und lange Reihen violetter Blumen verströmten einen unbeschreiblichen Duft.

Wieder Grenzkontrollen, als sie das Gebiet des Großherzogtums Toskana durchfuhren, aufgrund seines Stempels aus Bologna nur mürrische Formalitäten. Das viel gerühmte Florenz war ihm faszinierend und fremd. Franz wusste nicht, warum, aber er fühlte sich verloren, es war nicht das, was er suchte. Er zögerte, ob er zwei oder drei Tage bleiben müsste, um die berühmten Sammlungen anzuschauen, aber es waren nicht die Gemäldesammlungen, die ihn trieben, es waren nicht die Paläste der Renaissance. Er wollte so schnell wie möglich nach Rom. Weiter also!

So vieles Kleines, das Franz unterwegs beobachtete: dass sie den Pferden hier nicht Hafer gaben, sondern Bohnen. Er sah zwei schmutzige Kinder, die sich eine Zitrone teilten und dabei die komischsten Grimassen schnitten. Eine Greisin wurde von zwei jungen Mädchen in einem Handkarren gezogen. Weiße Laken auf einer Leine winkten ihm zu. Über fernen Bergen regnete ein Gewitter in feinen Schleiern ab. Die Wege über die Hügel wurden gesäumt von schlanken, spitzen Bäumen. Die Dörfer lagen oben auf den Höhen anstatt unten im Tal, wie er es von zu Hause kannte, und man sah sie lange, während man unten vorbeifuhr.

Arezzo, Perugia, Terni – die Welt flog an Franz vorbei wie ein Traum. Wenn man ihn bat, in die Kutsche zu steigen, dann stieg er ein, wenn man ihn zur Rast herauswinkte oder ihm ein Bett für die Nacht zuwies, dann ging er schlafen. Unzählige namenlose Dörfer zogen an ihm vorbei – Franz wusste später nicht mehr zu sagen, wo er gegessen, wo er geschlafen hatte und wo die Kutsche zwischen alten Häusern hindurchgeklirrt war.

Irgendwann drangen Aufregung und Poltern und Schreien in seine Ohren. Franz musste eingeschlafen sein, er bemerkte, dass die Kutsche stillstand, der Wagenschlag offen und alle anderen ausgestiegen waren. Auch Franz kletterte aus dem Wagen. Neben der schlammigen Straße hinderte ein kräftiger Holzzaun daran, in ein schmales Tal zu stürzen, durch das sich die Gebäude eines Klosters zogen. Der Weg war überschattet von einer ausladenden Eiche. Runzelig und ehrwürdig klammerte sie sich auf einen Felsen, der die Straße auf eine schmale Spur verengte. Dort waren Wagenrillen in den aufgeweichten Grund eingepflügt. Der langknochige Kutscher trieb die Reisenden laut schreiend an, zu Fuß die kritische Stelle zu überqueren, damit der Wagen leichter sei und sich nicht allzu tief eingrabe.

Felsen und Zaun lagen im dunkelblauen Schatten der Eiche, doch weit dahinter, wie eine Erscheinung im schimmernden gelben Dunst, in einer unnennbaren Entfernung, schwebte auf dem Licht eine weiße strahlende Kuppel. Franz war erschüttert über ihre Schönheit. Und noch während die ältere Dame sich empört weigerte, einen Fuß in den Schmutz zu setzen, und der ältere Herr nervös seine Rocktaschen durchsuchte, ging Franz als Erster der Kuppel entgegen. In einer endlosen flachen Landschaft, einer grünen Ebene, durch die sich in weitem Bogen das Band eines erstaunlich gut erhaltenen Aquädukts zog, erhob sich die unglaubliche Stadt in ihren alten Mauern.

Franz stand und staunte.

Bis er eine tiefe, freundliche Stimme hörte: »Wer auch immer du bist – willkommen in Rom!«

Er wandte sich um und sah einen Mann im Schatten sitzen. Er hielt ein großes Brett auf den Knien, worauf ein Zeichenpapier gespannt war. Ein blonder Bart fiel über das reine weiße Hemd, die Hände und die lange Hose dagegen waren vom Schwarz und Rötel der Kreiden mächtig beschmiert. Der Fremde nickte Franz zu. »Du scheinst die gleiche Reise hinter dir zu haben wie ich selber. Maler?«

»Bitte?«

»Ob du Maler bist, Kamerad!«

»Nein …«

»Also Dichter.«

»Ja, ich …«

»Viele Worte scheinst du jedenfalls nicht zu machen.«

»Verzeiht, ich bin nur gerade …« Franz wies mit einer vagen Handbewegung auf die Stadt.

»Sprachlos. Bitte, lass dich nicht stören.« Er zeichnete weiter. Doch dann unterbrach er seine Arbeit erneut und beobachtete Franz, der den Anblick einsog. Franz sah, dass die Kuppel von St. Peter nicht schwebte, sondern auf einem mächtigen weißen Sockel stand. Er sah das Kolosseum, die drei halb nur verbliebenen Kuppeln der Konstantinsbasilika, er sah die Engelsburg und mitten im Gewimmel der Dächer das Rund des Pantheons. Und er sah, ewig in seinem umständlichen Lauf festgelegt, das gelbe Band des Tiber.

Doch schon wurde er aus seinem Staunen gerissen. Der Wagen hatte die lästige Stelle passiert, die Fahrgäste kletterten wieder hinein, und man winkte nach ihm. Als er einstieg, rief der Fremde ihm zu: »Woher stammst du?«

Und noch ehe Franz sich besinnen konnte, antwortete er dem Zeichner durchs Fenster: »Memmingen!« – Siedend heiß durchfuhr es ihn. Er hatte die eigene Herkunft genannt, nicht die von Cornelius Lohwaldt! Noch nicht einmal angekommen, und er verriet sein Geheimnis! Doch schon zogen die Pferde an, Franz drückte sich in seinen Sitz und mied den Blick des winkenden Mannes.

*

Während sie in die weite Ebene hinunterrollten, bot sich Franz ein ungewöhnlicher Anblick: Nicht wie andere Städte, die sich beim Näherkommen immer lebhafter aus Höfen und Vororten, aus Handwerksbetrieben oder Manufakturen verdichteten, lag Rom mitten in einer grasbewachsenen Landschaft. Nur über die Stadtmauern ragten bebaute Hügel, Türme und Kuppel hinaus. Wundersam lag die schlafende Königin am Tiberstrande über den dunstigen Schleiern der weiten und ruhigen *campagna*. Franz reckte den Kopf aus dem Fenster der Kutsche und war seit dem ersten Blick im Bann der Königin.

Sie hielten an einem Stadttor mit wuchtigen Verteidigungstürmen und wurden noch einmal kontrolliert. Ein junger Uniformierter der *carabinieri* mit einem roten Streifen an der Hose nahm ihre Pässe, las die Namen laut vor, und ein anderer notierte sie in ein großes Buch. Franz beobachtete, wie er neben den Namen Datum und Uhrzeit schrieb:

Cornelius Lohwaldt, 2 aprile 1818, alle 11.

Als er die Pässe zurückgab, lächelte der junge *carabiniere* Franz treuherzig an. Für einen Moment glaubte Franz, er wolle ihn rechts und links küssen, doch das schnurrbärtige Gesicht näherte sich ihm nur deshalb, weil er unwillkürlich Schwung nahm, um von den Stufen der Kutsche zu springen.

Der Kutscher zügelte die Pferde mit irrsinnigem Geschrei auf einem weiten Platz, aus dessen Mitte ein Obelisk in den Himmel ragte und an dessen stadtseitigem Ende zwischen den beiden Zwillingskirchen des Marienwunders und der Heiligen Maria in Montesanto eine schnurgerade Straße endlos in die Stadt schnitt.

Franz stand zum ersten Mal auf römischem Boden. Das Pflaster des weiten Platzes schien entweder nicht fertiggestellt worden zu sein, sodass sich im Laufe der Zeiten Staub und Dreck in den ungepflasterten Bereichen festgetreten hatten, oder allerlei Volk hatte sich bei den vielen, verführerisch herumliegenden Pflastersteinen bedient, um sie einem privaten Zweck zuzuführen. Das Gepäck wurde abgeladen, die ältere Dame und das junge Mädchen wurden von einem einachsigen Wagen mitgenommen, dessen Fahrer die gleichen hängenden Augen aufwies. Der nervöse Herr durchsuchte seine Rocktaschen, bis er von einem jüngeren abgeholt wurde, und sie entfernten sich zu Fuß. Schließlich stand Franz alleine neben seinen zwei Koffern und zwei Taschen. Aus dem Schatten des Obelisken löste sich ein rußiger Mann mit bemerkenswert großen Händen und fragte etwas in einem rauen Italienisch, wobei er auf das Gepäck wies. Obwohl Franz nichts antwortete, pfiff er durch die Zähne, und ein gebrechlicher Eselskarren wackelte herbei. Ein zerlumpter Junge sprang herab und wuchtete Franz' Gepäck umständlich, ohne die Hilfe des groben Mannes, auf den Karren.

»*Dove?*«, fragte der Mann. Und das Einzige, was Franz einfiel, war der Name des Palasts, von dem er gelesen hatte, dass der bayerische Kronprinz dort bevorzugt Quartier nahm, wenn er Rom besuchte. Also entgegnete er: »Villa Malta.«

Der Mann schüttelte seine haarigen Hände und widersprach wortreich. Offenbar war er der Überzeugung, jemand wie Franz habe in der prächtigen Villa nichts zu schaffen. Franz wiederholte so selbstbewusst wie möglich: »Villa Malta!«

Also warf der Mann die großen Hände in die Luft, rief dem dürren Jungen etwas zu, und während Franz noch auf das wackelige Gefährt kletterte, zerrte der Junge schon am Halfter des abwehrenden Tiers. Mit einem heftigen Ruck ging es los, und dann holperten sie durch die engen Straßen.

Franz überlegte, wohin der Junge und der Esel ihn wohl fuhren. Ob sie lange Umwege fahren würden, um für den weiten Weg mehr Lohn verlangen zu können? Doch selbst wenn es so sein sollte: Es war ihm nur gerade recht. In Rom zu sein und doch noch nicht angekommen. Rom zu sehen, aber noch nicht um irgendetwas sich kümmern zu müssen. Die Fahrt hätte von ihm aus ewig dauern können.

Vom ersten Moment an fesselte ihn die Stadt und erschien ihm auf eine seltsame Art nah und vertraut. Sie hielt ihm gleichsam die Hand entgegen und lächelte ihn verhalten an. Die engen, staubigen Gassen, die fleckigen, verwaschenen Häuser, die Franz an eine Schauspielerin denken ließen, deren Schminke verlaufen ist, weil sie geweint hat. Die Schlagläden der meisten Fenster waren geschlossen oder standen wie antike römische Kriegsschilde gegen die Sonne, um nur Luft und Schattenlicht einzulassen. Doch hier und da konnte Franz einen Blick in eines der offenen Fenster werfen, und er ahnte eine Pracht, die in überraschendem Kontrast zum heruntergekommenen Äußeren der Häuser stand. Er sah Deckengemälde, er sah Kronleuchter, er sah zwischen den schweren Eichenbalken, auf denen das nächste Stockwerk ruhte, den Glanz goldener Verzierungen. Das alles lag verborgen und im Schutz des krustigen Äußeren wie eine Perle in einer Muschelschale. Sichtbar waren der Schmutz und der Unrat in den Winkeln, Bettler und Sieche. Das Rad des Wagens verfehlte knapp das Bein eines Mannes, der auf der Straße schlief – oder gestorben war. Was Franz zu seiner Enttäuschung in diesem Teil der Stadt nicht sah, das waren die Ruinen des Altertums. Kein weißer Marmor, keine Säulen, keine Statuen.

Bald ging es einen Hügel hinauf, eine lange, gerade Straße, deren drei- und vierstöckige Häuser sich von beiden Seiten gegeneinander zu beugen schienen, um die Sonne abzuhalten. Noch einmal abgebogen, und schon zerrte der Junge an dem Esel, schrie ihn an, und der Wagen blieb mit einem Ruck stehen. Der Junge wandte sich zu Franz um und wies mit der großen Geste eines Theatermagiers auf eine verwitterte Mauer, als hätte er sie herbeigezaubert. Franz sprang vom Wagen und ging zu einem schmiedeeisernen Tor, durch das er, umstanden von Palmen und spitzen Agaven, einen verwinkelten *palazzo* sehen konnte, der aus Würfeln und Klötzen aufgetürmt schien und von einem rechteckigen Turm mit einem flachen Ziegeldach überragt wurde. Der Junge sagte etwas, das Franz nicht verstand, und hielt schließlich einfach die Hand auf. Franz kramte einige Münzen aus der Tasche und legte eine davon in die schmutzige Hand. Der Junge strahlte von Herzen und verbeugte sich wieder und wieder. Offenbar hatte Franz ihm viel zu viel gegeben. Dafür ließ der Junge nicht zu, dass Franz beim Abladen des Gepäcks Hand anlegte, und knallte die großen Koffer tapfer aufs Pflaster. Im nächsten Moment stand Franz in der Gasse alleine. Er schaute sich um, doch niemand war zu sehen. Wohin sollte er sich wenden? Wen sollte er ansprechen?

Was hatte er erwartet? Hätte er sich lieber zur bayerischen Gesandtschaft fahren lassen sollen, falls man schon eine Wohnung für Cornelius Lohwaldt hergerichtet hatte? Doch das hatte Franz nicht gewagt. Noch fühlte er sich kein bisschen wie Cornelius und überhaupt nicht vorbereitet, auf Fragen oder Bemerkungen angemessen zu reagieren. Weil ihm also nichts anderes einfiel, setzte er sich erst einmal auf den großen Koffer und wartete ab. Die römischen Frauen, die gelegentlich mit einem Korb oder einem gebundenen Tuch die Gasse entlangkamen, mieden seinen Blick und eilten im Schatten der Hauswand vorbei. Langsam verschwand seine Anspannung, die Ruhe der Gasse begann, in ihn einzuströmen, er hörte die Vögel, das Plätschern eines Brunnens, die Geräusche der Stadt, und irgendwo in einem der Häuser sang eine Frau ein Lied. Er sah Wolken gelassen über den Himmel ziehen, er sah das Glitzern der Blätter einer hohen Akazie über sich, er sah das warme Leuchten der Sonne auf einer der Hauswände und bemerkte zum ersten Mal, dass die krustigen Mauern im Sonnenlicht ihren ganz eigenen Reiz entfalteten.

Nachdem schon eine Weile lang niemand an ihm vorbeigekommen war, hörte er Schritte die Gasse heraufhallen, die sich langsam näherten. Er wandte sich um und sah eine junge Frau. Sie trug ein lichtblaues Kleid und einen Strohhut mit breiter Krempe, den sie mit Kornblumen bekränzt hatte. In der einen Hand hielt sie einen flachen, großformatigen Koffer, in der anderen einen zusammengeklappten weißen Schirm, und über ihre Schultern ragte das schmale Gestell einer Staffelei, die sie auf den Rücken geschnallt hatte. Sie warf Franz neugierige Blicke zu und blieb vor ihm stehen. Sie nahm ihren Sonnenhut ab, wobei sie geflochtenes blondes Haar und ein von der Sonne gebräuntes Gesicht zeigte, und musterte ihn aus freundlichen Augen.

»Guten Tag«, sagte sie auf Deutsch.

»Guten Tag«, antwortete Franz.

»Maler?«, fragte sie.

»Dichter«, antwortete er.

»Und wie es aussieht, ohne Wohnung.«

Franz nickte. »Ich bin gerade erst angekommen.«

»Ist es nicht herrlich?« Ihre Augen blitzten vor Freude. »Als ich angekommen bin, war das der schönste Tag meines Lebens. Dachte ich jedenfalls ...«

»War er das nicht?«

»Nein. Es wird jeden Tag schöner. – Nun, fast jeden Tag.« Sie lachte. Plötzlich fiel Franz auf, wie unhöflich er war zu sitzen, während sie vor ihm stehen musste, und erhob sich schnell von seinem Koffer. »Seit wann sind Sie in Rom?«

»Seit eineinhalb Jahren. Eigentlich wollte ich nur eines bleiben, aber ...« Sie holte tief Luft, als könnte die Luft am besten erklären, warum sie länger geblieben war. »Aber was machen wir jetzt mit Ihnen?«

»Vielleicht haben Sie eine Idee für mich? Vielleicht wissen Sie ein Zimmer für die ersten Tage ...«

»Ich hätte schon eine Idee. In meinem Haus steht ein Zimmer leer. Aber ...« Sie warf einen Blick auf Franz' große und herrschaftliche Koffer. »Ich glaube, das ist nichts für Sie.«

»Oh, die Koffer! Nein, nein, das ist nicht so, wie es aussieht. Ich bin mit dem einfachsten Zimmer zufrieden!«

»Sie wissen nicht, wie einfach die Zimmer hier sein können.«

»Glauben Sie mir, ich weiß, wie einfach ein Zimmer sein kann.«

»Ich heiße Clara.« Die junge Frau hielt Franz ihre Hand hin, die gebräunt war wie die einer Bäuerin und zugleich schmal wie die einer Dame. »Wir Künstler nennen uns hier in Rom beim Vornamen. Gewöhn dich lieber gleich daran.«

Sie gaben sich die Hand. »Ich heiße Cornelius«, sagte Franz und hoffte, dass der ungewohnte Name ihm bald geläufig sein würde.

Clara verschwand in einem der Häuser und erschien nach einigen Minuten mit einem halben Dutzend Jungen, die sich gegenseitig um die schwersten Koffer zankten, bis sich die größten durchsetzten. Clara lachte freundlich über den Eifer, mit dem die Jungen sie zu beeindrucken suchten. Und so zogen sie schließlich die Gasse hinauf: Vorneweg Clara in ihrem hellblauen Kleid und mit ihren Malutensilien, neben ihr Franz in seinem schwarzen Rock, dahinter die beiden großen Koffer und zuletzt die beiden Reisetaschen – auf einem Dutzend schmutziger, nackter Jungenbeine von groß bis klein. Den kleinsten Jungen aber, der kein Gepäckstück hatte ergattern können, hatte Franz unter die Arme gefasst und auf seine Schultern gesetzt.

»Woher stammst du, Cornelius?«

Diesmal besann er sich besser: »Aus Nürnberg.«

»Und du bist Dichter?«

»Ja ...«

»Um ehrlich zu sein, als ich dich dort habe sitzen sehen, auf deinen schönen Koffern, dachte ich, du bist ein Adelssohn auf Kavaliersreise. Aber du sahst gar nicht aus wie ein feiner Herr.«

»Nein?«

»Nein. Aber auch nicht wie ein Diener, der das Gepäck des Herrn bewacht.«

»Wie sehe ich denn aus?«

»Nun, wie ein – wie ein Dichter mit großen Koffern. Was dichtest du? Kenne ich deinen Namen? Habe ich schon etwas von dir gelesen?«

»Nein, ich ... Das glaube ich nicht. Ich habe eine Ode geschrieben. Es scheint so, der König mochte sie ...«

»König Maximilian von Bayern? Das ist ja fantastisch!«

»Ja, er hat mir ein Stipendium erteilt. Auf ein Jahr.«

»Stell dir vor, ich habe auch ein Stipendium. Aber von Carl August.« Sie lachte. »Ich habe nur einen Großherzog.«

Plötzlich erscholl hinter ihnen eine tiefe, laute Stimme: »Sieh an, der Memminger!«

Franz fuhr herum: Aus einer Nebengasse kam ein kräftiger Mann in weißem Hemd mit einem zerbeulten Strohhut auf dem Kopf. Der Maler, dem Franz vor der Stadt begegnet war!

»Memminger?«, fragte Clara. »Unser Neuer stammt aus Nürnberg.«

»Es tut mir leid, Fräulein Seidler, aber da irren Sie. Zufällig weiß ich aus erster Hand, dass der junge Dichter aus Memmingen stammt.«

»Ich denke, es gibt nur einen, der hier Klärung bringen kann«, erwiderte Clara.

Die beiden schauten Franz neugierig und offen an. Franz verfluchte sich innerlich, dass er sich noch keine Geschichte zurechtgelegt hatte. Jetzt fiel ihm nichts ein. »Nun«, sagte er. »Die Sache ist ganz einfach ...«

»Ja?«, fragte Clara.

»Ja ... Beides ist richtig.«

»Beides ist richtig!«, rief der Maler mit dem blonden Bart. »Unser neuer Freund ist gleich zwei Persönlichkeiten. Bei Mondlicht gehen sie getrennte Wege, bei Sonnenschein sind sie in einem Körper vereint!«

»Nein, keine Sorge. Ich bin bei Mondlicht wie bei Sonnenschein derselbe. Ich komme natürlich aus Nürnberg, aber ...«

»Aber?«

»Aber ... geboren bin ich in Memmingen! Nur geboren! Ganz einfach.«

»Ganz einfach.« Der Maler zuckte mit den Achseln. »Und ich hatte gehofft, endlich kommt jemand, über den es sich lohnt, zu klatschen und zu tratschen. Denn das tun wir hier am liebsten.«

»Das tun wir nicht!«, widersprach Clara.

»Du vielleicht nicht, aber wir Weiber schon!« Der Maler hielt Franz seine Hand hin. »Du nimmst mir wohl nicht übel, dass ich dir die Mondlichtgestalt angedichtet habe? Mein Name ist Georg. Georg Reichhard aus Dresden.«

Franz schlug ein. »Cornelius Lohwaldt. Aus *Nürnberg*.«

Also bekam ihr kleiner Zug mit den auf kleinen Beinen laufenden Koffern noch Zuwachs. Clara stimmte ein italienisches Lied an, das die Jungen lauthals mitsangen, und so erreichten sie bald Claras Haus in Sichtweite eines anderen römischen Stadttors, der Porta Pinciana mit ihren vielfachen gemauerten

Rundbögen und dem einen einzigen Bogen, der noch sein klassisches weißes Marmorkleid trug. Clara sagte, sie wolle den Hausherrn fragen, ob Cornelius das Zimmer bekommen könne, und verschwand im Haus.

III

Das Zimmer war etwas düster, und Feuchtigkeit saß in den Mauern, doch Franz ließ sich von Claras Begeisterung anstecken, als sie ihm die Vorteile des Zimmers anpries, welche eigentlich nur zwei waren: Es lag in Rom, und es stand leer, seit Philipp Veit in den Palazzo Zuccari umgezogen war, wo er die Annehmlichkeit genoss, im Haushalt seiner Mutter Dorothea Schlegel zu wohnen, die für eine Weile nach Rom gekommen war. Das Zimmer war also wahrscheinlich frei von Flöhen, was einem ungestörten Schlaf sehr förderlich sein würde.

Georg verabschiedete sich auf später und ging zu seiner Wohnung hinüber, die nur wenige Gassen entfernt lag. Clara erklärte Franz, dass noch zwei weitere Künstler unter ihrem Dach wohnten: Carl Philipp Fohr und der junge Franz Horny, der wie sie aus Weimar stamme. Franz lernte den Ersteren noch am selben Abend kennen, nachdem Clara ihm ihre eigene Wohnung gezeigt hatte, die allerdings die Bezeichnung Wohnung nicht wirklich verdiente, sondern eher eine Art Atelier mit Schlafgelegenheit darstellte. Ein sichtbarer Ausdruck dafür, dass Clara ihre Kunst *lebte*. Franz, der eigentlich froh war, die Tür seines Zimmers hinter sich zu schließen und alleine zu sein, hatte sich von der hilfsbereiten Clara überreden lassen, sie am Abend zu Caroline von Humboldt zu begleiten, der Ehefrau des preußischen Staatsmannes Wilhelm von Humboldt, die zur Zeit mit ihren drei Töchtern Caroline, Adelheid und Gabriele in Rom lebte und ein offenes Haus führte, wo sie mehrmals in der Woche Gäste empfing. Franz wusste, dass der alte Humboldt in Berlin war und die preußische Bildung auf Vordermann brachte. Eine ganze Universität hatte er aus dem Boden gestampft. Franz hatte keine hohe Meinung von reichen Damen, die sich von ihrem Mann trennten, um irgendwo in Sorglosigkeit ein prächtiges Leben zu führen, und er fragte sich, warum sie einen Dahergelaufenen wie ihn überhaupt empfangen sollte.

Als er alleine war, schaute er sich in seiner kleinen Wohnung um, die aus einem großen Raum bestand, dessen Decke mit Fresken ausgemalt war, und einem Schlafzimmer mit einem gemauerten Kamin. In das Kaminzimmer gelangte man durch einen imposanten Marmordurchgang, der allerdings von unzähligen Berührungen so abgegriffen und vergilbt war, dass er einer aufgeschnittenen Speckschwarte glich. Mobiliar war kaum vorhanden. Außer dem uralten Bett, in dem wohl schon vor Jahrhunderten missmutige alte Komtessen gestorben waren, gab es lediglich einen Stuhl, der auch noch auf einem falschen Bein stand, ein kleines Kaffeetischlein und einen Schrank, der so schwarz und so grobschlächtig wirkte, dass man ihm seine Habseligkeiten kaum anvertrauen mochte aus Angst, dass er sie nicht wieder herausrückte. Franz hatte kaum seine Koffer geöffnet, als es auch schon an der Tür klopfte. Er öffnete, und vor ihm stand ein junger Mann mit einem schmalen, hohlwangigen Gesicht und schulterlangen Haaren, der ihn einnehmend anlächelte. Hinter seinen dünnen Beinen versteckte sich ein großer hellfelliger Hund mit eckigem Kopf und traurigen Augen. Die beiden machten auf Franz den Eindruck, als wären sie der holprigen Zeichnung eines ungeübten Malers entstiegen.

»Carl Philipp Fohr«, sagte der Mann und hielt Franz seine schmale und ädrige Hand hin. Franz schlug ein. »Cornelius Lohwaldt.«

»Ich weiß. Der gute Geist unseres Hauses hat mir schon eingeflüstert, dass der Dichter Lohwaldt aus Nürnberg jetzt bei uns wohnt. Ich habe deine Ode an die *Germania* gelesen.«

»Ja?«

»Ja. Sehr bemerkenswert. Ich hoffe, du hast neue Journale und Bücher aus der Heimat mitgebracht. Das ist das Einzige, woran es hier mangelt. Deshalb freue ich mich umso mehr, dass ein Dichter gekommen ist, der uns mit frisch geschriebenem Wort versorgen kann. Du hast doch etwas fertig?«

»Nein, ich …«

»*Fast* fertig?«

»Sicher … Bald.«

»Sehr gut.« Er trat einen Schritt beiseite und wies auf den großen Hund, der sich plötzlich des Schutzes seines Herrn beraubt sah und verlegen eine seiner beweglichen Augenbrauen hob.

»Das ist Grimsel«, erklärte Fohr. »Wenn du etwas brauchst, wir wohnen zwei Stockwerke höher.«

Und dann war Franz endlich wirklich allein. Das alles ging ihm zu schnell. Er hätte sich besser vorbereiten sollen. Jetzt kam er gleich ins Gespräch, lernte Menschen kennen und musste natürlich seine Geschichte erzählen. Und am selben Abend noch sollte er in Gesellschaft gehen! Zur Gemahlin eines preußischen Ministers! Wie sollte er das durchstehen? Andererseits hatte er noch zwei Stunden, und warum nicht ins kalte Wasser springen? Wie lange wollte er warten, um unter Menschen zu gehen? Er wollte nicht Cornelius Lohwaldt *werden*, er *war* es. Jetzt, in diesem Moment. Und so stellte er sich ans Fenster, blickte über den stillen Garten, hinter dessen Mauer ein Stück der Gasse zu sehen war, holte tief Luft und sagte laut und deutlich: »Ich bin Cornelius Lohwaldt. Ich bin Cornelius Lohwaldt. Ich *bin* Cornelius Lohwaldt!«

Aber ob er es schon glaubte? Es klang eher wie eine Beschwörung …

*

Franz konnte nicht. Nicht am ersten Abend. Als Clara klopfte, um ihn abzuholen, öffnete er ihr die Tür und entschuldigte sich, dass er müde und erschöpft von der Reise sei und nicht gleich zu Beginn einen schlechten Eindruck hinterlassen wolle. Clara versicherte ihm zwar, dass er keineswegs einen schlechten Eindruck hinterlassen würde, zumal ja jeder wisse, dass er gerade erst angekommen sei, aber sie drängte ihn nicht weiter und ging wieder. Er sah ihr nach, wie sie die Treppe hinunterstieg. Am unteren Treppenabsatz schaute sie sich noch einmal um und winkte ihm zu. Doch bevor er zurückwinken konnte, war sie bereits verschwunden.

Lange stand Franz am offenen Fenster und atmete die würzige römische Luft ein. Unten aus einer *osteria* hörte er Stimmen und Lachen, später wurde gesungen, und jemand spielte auf einer Gitarre. Er sah über die Mauer des Gartens hinweg nur einen kleinen Ausschnitt des beleuchteten Gastraums. Licht fiel heraus, und gelegentlich kam und ging jemand. Als später geschlossen wurde, traten einige Männer heraus, die noch eine Weile auf der Gasse beieinanderstanden und sich unterhielten. Vereinzelte deutsche Worte waren zu verstehen. Schließlich verliefen sie sich, und es wurde still. Franz stand in der warmen Nachtluft, und zum ersten Mal wurde ihm wirklich bewusst, dass er in Rom war. Sehen konnte er nichts von der Stadt, aber er spürte sie. Er spürte ihre Gegenwart, und er spürte ihre Vergangenheit. Er ging ins Bett, ohne noch einmal Licht anzuzünden, und schlief sofort ein.

Als er wieder aufwachte, war es noch dunkel, doch die Dämmerung konnte nicht mehr lange auf sich warten lassen. Franz zog sich an und ging hinaus. Ziellos wanderte er durch die Gassen, und im aufkommenden Licht des Morgengrauens stieß er zum ersten Mal leibhaftig auf all die Wunder, die er sich so oft vorgestellt hatte: das Pantheon, das Theater des Marcellus, hoch aufragend das Kapitol, dann das weite Feld des Forum Romanum, wo aus Wiesen und Gärten Säulen und ein Triumphbogen wuchsen, zwischen denen Kühe grasten. Er sah die riesige Säule des Trajan, und er sah das größte Wunder von allen in den Himmel wachsen: das unglaubliche Kolosseum. Die zahllosen Bögen des gewaltigen Rundbaus strahlten orange und rot in der aufgehenden Sonne, oben auf den Mauern bewegten sich das hohe Gras und die Büsche im Wind, und als er durch eine der Rundungen den Innenraum betrat, konnte er nicht sagen, was ihn mehr überwältigte: der schiere Anblick oder die Bilder in seinem Inneren, die er auslöste.

Franz setzte sich auf einen Steinblock und sah sich um. In der Mitte der weiten Arena ragte ein großes Kreuz auf, wahrscheinlich zur Erinnerung an die Christen, die hier einst gestorben waren, und rund um die Arena standen weitere Kreuze, Bilderstöcke, Heiligenfiguren und wachsbetropfte Altäre. Hier und da brannte eine Kerze oder eine kleine Lampe, und vor einem der Kreuze sah er eine schwarze Gestalt knien und beten. Es war eine junge Frau mit langem, glattem schwarzen Haar. Sie verharrten reglos, als ob sie schon immer da gewesen wären, Franz und die betende Frau. Doch als sie aufstand und sich zum Gehen umwandte, erstarrte Franz: Was er für langes Haar gehalten hatte, war ein schwarzes Kopftuch, und anstatt eines jungen Gesichts, wie er es erwartet hatte, starrte ihn durch die dürre, faltige Haut einer Greisin ein Totenschädel an. Im Hinausgehen warf sie Franz noch einen misstrauischen Blick zu, dann verschwand sie gespensterhaft im Schatten der kolossalen Steinbögen.

*

Georg ließ sich nicht so leicht abwimmeln wie Clara. Franz war hundemüde in seine Wohnung zurückgekehrt und hatte sich in Kleidern auf sein Bett geworfen, um doch noch ein wenig zu schlafen, als es an der Tür klopfte. »Ah, du bist schon angezogen«, sagte Georg, als Franz öffnete. »Komm mit, ich zeige dir, wo du frühstücken kannst, und führe dich gleich ein. Wenn wir uns beeilen, sind noch ein paar der Landsleute da.«

Sie gingen nur einmal um die Ecke zu der *osteria*, die Franz am Abend zuvor über die Gartenmauer hinweg gesehen hatte. An der Gassenseite der Mauer lehnte eine Vielzahl zusammengeklappter Staffeleien und flacher Malerkoffer wie eine Schar

Diener, die gelangweilt schwatzen, bis sie wieder ihren Herren folgen müssen. Im Schatten neben dem Eingang lag Grimsel mit der Schnauze auf dem Boden und hob eine Augenbraue, als sie an ihm vorbei die *osteria* betraten.

In dem schmucklosen, düsteren Raum stand und saß weit über ein Dutzend Männer. Die meisten trugen ebenfalls den schwarzen Altdeutschen Rock und lange Hosen, dazu einen hohen Hut, ein Barett oder eine studentische Kappe. Jeder hatte vor sich einen Kaffee, nach italienischer Sitte in einem Glas, und wer nicht rauchte, aß von einem kleinen Gebäck, das Franz nicht kannte. Alle schauten auf und musterten die Eintretenden.

Georg richtete das Wort an alle zugleich: »Guten Morgen, Kameraden.« Er wies auf Franz: »Cornelius Lohwaldt. Dichter. Nürnberg. Stipendiat.«

In die allgemeine Begrüßung hinein machten sie dann die Runde, Franz nahm den festen Händedruck eines jeden entgegen, hörte zu viele Namen auf einmal – Hessemer, Schick, von Cornelius, Wach, von Dillis, Schadow, Schnorr von Carolsfeld, Tieck, Koch, Veit, Reinhart, Buck, Lengerich, Hübsch, Helmsdorf – und wie sie alle hießen. Auch der junge Horny und Carl Fohr aus seinem Hause waren dabei. Landschaftsmaler, Historienmaler, Portraitisten, Kupferstecher, Architekten – Franz bekam einen Eindruck von der ganzen Gesellschaft. Doch er konnte sich nur schwer auf all die Begrüßungen einlassen, weil er befürchtete, einer von ihnen möge Cornelius Lohwaldt kennen. Er spürte ihre Blicke wie Stiche in seiner Brust. Sahen sie sein Geheimnis? Konnten sie ihm ansehen, dass er ein Lügner und Betrüger war? War ihr Lächeln nur aufgesetzt, und lauerten sie in Wahrheit darauf, dass er sich verriet? Und dann wurde ihm klar, dass er es war, der lauernde Blicke warf, wodurch er gewiss keinen angenehmen Eindruck erweckte. Doch schien das niemandem aufzufallen, die ernsthaften, zumeist jüngeren Männer nahmen ihn freundlich und interessiert als einen der ihren auf. Einige wirkten schüchtern und zurückhaltend, und Franz stellte sie sich gleich hinter ihrem Zeichenbrett vor, wo sie ihr eigentliches Leben lebten, andere schienen schon jetzt, in ihren Studienjahren, zu wissen, dass sie dereinst respektable Meister sein würden. Doch auch diese sprachen offen und kameradschaftlich mit Franz. Alle schienen gleichgestellt und durch die ernste Liebe zur selben Sache miteinander verbrüdert.

Auch den Wirtinnen des Etablissements wurde Franz vorgestellt, als Georg Kaffee bestellte. Es waren drei ältere Schwestern mit streng geknotetem Haar und gänzlich in Schwarz gekleidet. Sie hätten perfekt die drei unheilstiftenden Hexen in Shakespeares *Macbeth* geben können. Eine war groß und knochig, sie war ihrem strengen Gehabe nach die Älteste und nahm Bestellungen und Geld entgegen. Die Nächste schien in zwei Hälften geteilt, ihr linkes Auge schielte reglos zur Decke, sie zog einen Fuß nach, und ihre linke Hand sah man nie anders als in einen Putzlappen verkrampft, mit dem sie die Tische wischte. Die Dritte war rund und rollte beständig zwischen dem Schankraum und der höhlenartigen *cucina* hin und her. Man hörte keine von ihnen je ein Wort sprechen, auch untereinander nicht, sie lachten und sie lächelten nie, und auf Bestellungen hin brachten sie nur wortlos das Gewünschte. Die Knochige nannte nicht einmal die Summen, die bezahlt werden mussten, jeder wusste, was er schuldete. Franz konnte sich nicht anders helfen, als Georg flüsternd zu fragen, doch der zahlte für sie beide und meinte, Franz könne sich ja revanchieren, wenn er die Verhältnisse kenne und kleines Geld zur Hand habe. Während Franz sein *cornetto* aß, das ausgezeichnet schmeckte, erklärte Georg ihm, dass er seinen Kaffee hier trinken oder sich von einem Jungen in die Wohnung bringen lassen könne, was einige der Kollegen in Anspruch nähmen, die sich nach dem Aufwachen nicht mit Toilette aufhielten, sondern gleich an ihrem Werk vom Vortage weiterarbeiteten. »Und Milch gibt es frisch von einer Ziegenherde, die sie morgens durch die Höfe treiben.«

Die Gesellschaft löste sich auf wie ein Spuk bei Sonnenschein. Grußworte flogen Franz um die Ohren, Staffeleien wurden geschultert, und man ging festen Schritts seinem Tagwerk entgegen. Die meisten verschwanden in Richtung der Porta Pinciana, andere wandten sich der Stadt und ihren ruhmreichen Trümmern zu. Der Schankraum wurde leer, und der Lappen der asymmetrischen Schwester fuhr an der verkrampften Hand energisch über die Tische.

»So«, sagte Georg. »Ein Anfang ist gemacht. Heute Abend trifft man sich im Caffè Greco, wo sie den besten Wein ausschenken, den wir uns leisten können. Ich hole dich um sieben ab.« Und damit war auch er verschwunden.

Franz stand alleine in der sonnenbeschienenen Gasse und schaute sich um. Die eine Hälfte der Gasse lag im Schatten, während die andere sonnenhell strahlte. Was nun?

Er wusste, dass er sich beim bayerischen Gesandten vorstellen musste. Doch noch scheute er davor zurück. Wenn jemand Cornelius Lohwaldt kannte, dann er. Also verschob er den Antrittsbesuch. Vielleicht morgen, dachte er.

Oder übermorgen. Man wird sehen.

Damit hatte er also für diesen Tag keinerlei Verpflichtungen. Was aber tut ein Dichter am ersten Tag seines Stipendiums in Rom?

Wirklich und allen Ernstes dichten?

Franz wurde bewusst, dass dies der erste Tag in seinem Leben wäre, an dem er das offen und ohne Heimlichkeit tun würde. Ohne die Erwartung brutaler Prügel.

Oder lebendig begraben zu werden.

Und ausgerechnet jetzt fühlte er sich überhaupt nicht danach. Er war hier, in Rom, durfte, sollte dichten – und es schien ihm unvorstellbar.

Er zögerte, ob er bei Clara klopfen sollte. Er wollte auf ihre Hilfsbereitschaft vom Vortag nicht undankbar erscheinen und wortlos verschwinden, aber andererseits wusste er nicht, ob es unpassend war, am frühen Morgen unangemeldet bei einer jungen Dame aufzutauchen. Noch während er zögerte, löste sich das Problem von selbst, indem sie in ihrem hellblauen Kleid und unter dem breitkrempigen Strohhut aus dem Hause trat. Sie erzählte, dass sie am Abend bei Frau von Humboldt von seiner Ankunft berichtet habe, womit er also offiziell eingeführt sei, und dass die Gastgeberin ihm ausrichten lasse, sie würde sich von Herzen freuen, ihn bei allernächster Gelegenheit begrüßen zu dürfen. Und dann war es Clara, die Furcht hatte, unhöflich zu sein, da sie ihn seinem Schicksal überließ, indem sie das Bild, das sie am Vortage begonnen hatte, unbedingt weiterführen wollte. Er entließ sie nachdrücklich aus jeglicher Pflicht und versicherte ihr, dass er sich weder verlaufen noch verhungern werde. Und nachdem sie ihm das Versprechen abgenommen hatte, am Abend getreulich zu erzählen, was er an seinem ersten Tag gesehen, erlebt und gefühlt hatte, nahm sie ihren Abschied, und er sah ihr helles Blau durch die Porta Pinciana davonschweben. Franz blickte sich unschlüssig um, und sein Blick fiel auf seinen eigenen Schatten. »Nun, alter Freund«, sagte er zu ihm. »Wie gut, dass du immer treu zu mir hältst. Geh du voraus, ich folge dir.« Und da der Schatten die Gasse hinunterwies, machten sich die beiden auf den Weg hinab in die Stadt.

*

Franz ärgerte sich, dass er bei der ersten Begegnung mit der Künstlergemeinschaft so verkrampft gewesen war. Er war die ganze Zeit über den Gedanken nicht losgeworden, dass er gar nicht derjenige war, der hier begrüßt wurde. Sein Schuldgefühl, vermischt mit der Angst, entlarvt zu werden, hatte ihm den freien Atem genommen. Jetzt konnte er sich an keinen einzigen der genannten Namen erinnern. Kaum, dass er die Gesichter vor Augen hatte – was ihm bei der nächsten Gelegenheit wieder neue Unannehmlichkeiten verschaffen würde. Mit diesem Ärger in der Brust mochte er sich wiederum gar nicht auf die Wunder Roms einlassen.

Nachdem er eine Weile ziellos umhergeirrt war, verließ er

die Stadt durch ein Tor, um vielleicht auf dem freien Land zur Ruhe zu kommen. Vor dem Stadttor ragte eine Pyramide strahlend weiß in den Himmel. Sie schien so gar nicht hierher zu passen. Monströs und spitz und hart stand sie da und hatte – obwohl sie schon zweitausend Jahre lang dort stand – nicht die geringste Verbindung zu ihrer Umgebung aufgenommen. Wie ein Sinnbild für seine Ängste erschien sie. Welcher Gott, welcher böse Geist, welches Schicksal hatte ihn ausgerechnet hierher geführt? Wo er doch Ruhe suchte und Gelegenheit, sein lästiges Gewissen zu beruhigen. Den Gedanken verinnerlichen wollte, dass ihn keine Schuld traf, dass Lohwaldt auch ohne ihn zu Tode gekommen wäre und niemand persönlich Schaden nahm, wenn er an seiner statt das Stipendium antrat.

Als ein Fuhrmann ihn anschrie, weil er im Weg stand, floh Franz von der Straße. Hinter der Pyramide umgab ihn plötzlich eine ganz wundersame Stimmung: hohe Pinienbäume, schattige Wege und Wiesen, überwachsene Trümmer, ein von Wurzelwerk gesprengtes Relief, ein Auf und Ab zwischen Grabsteinen, Zypressen und Gebüschen – und Stille. Franz fand sich auf einem alten Friedhof wieder. Niemand war zu sehen. Er ging zu einem umgestürzten Grabstein, setzte sich und atmete durch, um sich zu fassen. Wie nur konnte er die wirbelnden Gedanken zur Ruhe bringen? Wie konnte er den Strudel, der ihn immer wieder in die Tiefe zog, beruhigen? Die Inschrift auf einem niedrigen Grabstein fiel ihm ins Auge: eine Lebensspanne, ein Name, ein Sinnspruch. Nichts von dem drang in sein Bewusstsein, nur die einzelnen Buchstaben standen klar und deutlich vor seinem Auge. Und er wusste die Antwort: durch Schreiben. Indem er alles aufschrieb und ordnete. Aber was, wenn jemand die Blätter fände? Dann hätte die Welt ein vollkommenes Geständnis seiner Tat. Natürlich könnte er das Papier einfach verbrennen. Er könnte seine Niederschrift im Schein desselben Feuers verfassen, das sie gleich darauf auffraß. Schon sah er das Feuer vor seinem inneren Auge, als eine Bewegung ihn in die Welt zurückholte. Franz bemerkte eine Dame, die einen kleinen Blumenstrauß vor einem Grabstein ablegte. Es war eine steinerne Säule, und gleich daneben stand eine zweite, ähnlich gestaltete, die die Frau mit einem zweiten Strauß schmückte. Hochgewachsen und von vornehmer Blässe, schien sie keine Römerin zu sein. Obwohl sie ein reiches Kleid trug, war sie alleine gekommen, Franz sah weder eine Begleitung noch einen Diener. Er beobachtete, wie die Frau die Hand beinahe zärtlich auf einen der Grabsteine legte. Sie setzte sich mit ihrem langen Rock in einer anmutigen Haltung ins Gras und begann zu sprechen. Sie führte eine Unterhaltung mit den beiden Gräbern. Franz konnte ihr Gesicht nur im Anschnitt sehen, aber er erkannte, dass sie in einem fort plauderte. Sie schüttete nicht gramvoll ihr Herz aus, sondern sie wirkte bei allem Ernst in sich ruhend, und wer immer dort unter den beiden Grabsteinen lag, sie teilte ihr Leben mit ihnen. Gelegentlich lachte sie auf oder schüttelte den Kopf, ungläubig über das, was sie berichtete. Später saß sie eine Weile schweigend. Franz stand unter dem Bann der rührenden Szene und regte sich nicht. Als sie dann aufstand und sich schwungvoll den Rock gerade schüttelte, beugte sie sich hinab und berührte jeden der Grabsteine zärtlich mit den Lippen, als ob es Kinder wären, denen sie zum Abschied den Scheitel küsste. Sie ging, ohne sich umzuschauen, doch bevor sie sich abwandte, sah Franz für einen Moment ihre Augen. Sie weinte. Er blickte ihr nach, wie sie aufrecht im Schatten der Pinien davonging, wobei ihr Kleid in den Flecken des Sonnenlichts immer wieder aufstrahlte. Als sie um die weiße Pyramide verschwunden war, ging Franz zu den beiden Grabsäulen hinüber. Und als er die Namen und die Lebensdaten las, war er erschüttert: Es waren Wilhelm und Gustav von Humboldt. Zwei Kinder. Der eine in seinem neunten Lebensjahr gestorben, der andere war nur ein Jahr alt geworden. Die Frau, die er beobachtet hatte, war Caroline von Humboldt. Und jetzt begriff Franz beschämt, warum sie nicht bei ihrem Mann war: Sie musste hier sein, weil ihre Söhne hier waren! Und wie sehr musste ihre Liebe zu dieser Stadt, von der er ja gehört hatte, mit Schmerz und Trauer verbunden sein. Wie unverbrüchlich musste die Liebe zu dieser Erde sein, mit der ihre toten Söhne eins geworden waren.

*

Franz mochte am Abend nicht ins Caffè Greco gehen. Er konnte diesen ehrlichen Männern, die ihm so offen und kameradschaftlich begegnet waren, nicht in die Augen sehen. Doch was sollten sie denken, wenn er ihrem Treffen fernbliebe? Was wäre das für ein Anfang? Franz sah nur eine Lösung: Er musste seiner Lüge gleich eine weitere hinzufügen. Er würde Georg bitten, ihn zu entschuldigen, weil er krank sei. Als Georg am Nachmittag klopfte, erklärte er ihm durch die geschlossene Tür, dass er etwas Verdorbenes gegessen haben müsse. Georg fragte voller Sorge zurück, ob er etwas für ihn tun könne, aber Franz schickte ihn fort: »Ich brauche nichts, morgen geht es mir besser. Oder übermorgen …« Also wünschte Georg ihm eine gute Besserung, und Franz hörte ihn die hölzerne Treppe hinabstapfen. Es dauerte nicht lange, und Clara klopfte an seine Tür. »Franz? Ich habe Tee aufgebrüht. Der wird dir helfen!« Franz seufzte. Er musste zur Tür. Es brach ihm beinahe das Herz, als er ihren besorgten Blick sah. »Du musst viel trinken«, riet sie ihm, als sie ihm ihre Teekanne und eine Tasse gab.

»Danke. Das ist sehr aufmerksam von dir …«

Und dann gab sie ihm noch einen Besenstiel, den sie sich unter den Arm geklemmt hatte. »Wenn du etwas brauchst, klopfst du mit dem hier an die Zimmerdecke. Dann komme ich herunter. Ich bleibe heute hier.«

»Nein! Nein, das brauchst du nicht! Geh nur hinaus! So schlecht geht es mir nicht!«

»Es macht mir nichts aus.« Und damit gab sie ihm den Besenstiel und ging.

Der Besenstiel in seiner Hand, die Teekanne, aus deren Tülle ein feiner Faden Dampf emporstieg, die Tasse, aus der sonst

Clara trank – all das drückte ihn noch tiefer in seine missliche Stimmung: Gleich zu Anfang musste er sich dem Wesen der Lüge beugen, dass sie nämlich immer weitere Lügen nach sich zieht! Wie hatte er hoffen können, unter dem schwarzen Mantel des Betrugs eine lichte und beglückende Zeit in Rom erleben zu dürfen? Wie hatte er sich selbst so betrügen können? Angst hatte er nur davor gehabt, entdeckt zu werden. Aber viel mehr Angst hätte er davor haben müssen, unentdeckt zu bleiben. Immerzu in der Furcht vor der Entlarvung zu leben. Sich innerlich zu ducken und zu verstecken.

Er verließ sein Zimmer den ganzen Tag über nicht, und auch am nächsten Tag schloss er sich ein. Zwei Tage lang wagte er nicht einmal, essen zu gehen, aus Angst, er begegnete jemandem, der seinen Zustand aus seinen Augen herausläse. Dann gab es natürlich auch die anderen Momente, in denen ihm klar vor Augen stand, dass dies alles Unsinn war. Dass niemand ihm etwas ansehen, dass niemand auf den Gedanken kommen könnte, etwas stimme mit ihm nicht. Warum auch? Kein Mensch der Welt würde sich für einen mittellosen, ruhmlosen Dichter ausgeben! Was war durch einen solchen Betrug schon zu gewinnen? Der Kreis, in den er geriet, bestand aus armen Schluckern, die selbst zumeist nicht wussten, wie sie Leinwand und Farben für den nächsten Tag beschaffen sollten. Ebenso ehrliche wie weltfremde Naturen, die ohne Arg in den Tag hineinlebten. Und es waren Maler! Wenn sie ihm in die Augen schauten, dann sahen sie nicht seine Gefühle im Innern, sondern sie sahen die Farbe und die Lichtspiegelungen seiner Iris, die Schattierungen seines Lids und die Linie seiner Wimpern. Sie überlegten eher, mit welchem Pinsel und welchem Pigment sie das wiedergeben könnten. Er befand sich also in vollkommener Sicherheit!

Vor allem zögerte Franz weiterhin, beim bayerischen Gesandten vorzusprechen. Doch ließ es sich immer weniger hinausschieben. So lag er in seiner dritten römischen Nacht wieder lange wach.

Schließlich hielt es ihn nicht länger in seinen vier Wänden. Im Dunkeln kleidete er sich an, schloss leise seine Tür und stieg die knarrende Treppe hinab. Er schlich durch die Stadt wie ein Dieb. Und war er nicht auch ein Dieb? Hatte ein Leben gestohlen und ward jetzt nicht glücklich mit seiner Beute, weil er sie verbergen musste. Schließlich fand er sich vor dem ungeheuren Gemäuer des Kolosseums wieder. Das Mondlicht ließ jeden Ziegel, jeden Riss und jeden Vorsprung greifbar hervortreten. Oben schimmerte durch die brüchigen Bögen der Nachthimmel. Ruhig und beharrlich lockte er ihn zu sich nach dort oben.

Und auf einmal wusste er, was er zu tun hatte: diesem Wahnwitz ein Ende bereiten! Wie hatte er sich nur einbilden können, dass die furchtbare Tat, die er begangen hatte, zu etwas Gutem führte! Niemals würde er mit seiner Maskerade glücklich werden. Schon jetzt quälten Täuschung und Heuchelei sein Gewissen. Lüge folgte auf Lüge. Er war nichts als ein lauernder, schleichender und hinterhältiger Schatten. Er war nie ein Kind des Lichts gewesen. Er war ein Sohn der Finsternis. Sein Erbteil waren seit jeher Dunkelheit und Heimlichkeit und Vatermord. Die argwöhnische Mutter hatte es immer schon gewusst.

Deshalb war sie ihm damals nachgeschlichen und hatte seine versteckte Bücherkiste im Wald gefunden. Doch diesmal schlug ihn der Vater nicht halb tot. Er zwang ihn, eine längere Kiste zu zimmern, die er eigenhändig in den Wald schleppen musste. Er befahl ihm, das Loch, in dem die Bücherkiste gesteckt hatte, größer zu schaufeln. Franz fügte sich, ohne zu ahnen, was der Vater dort im feuchten Waldboden vergraben wollte. Plötzlich schlug ihn der betrunkene Alte von hinten nieder, zerrte ihn – die Achselhöhle um die alte Krücke gekrallt – in die Kiste und nagelte sie zu. Als Franz aufgrund eines heftigen Rucks aus seiner Bewusstlosigkeit erwachte, hörte er, wie der Vater Erde auf die Kiste schaufelte. Franz schrie und brüllte, doch weil die Kiste so eng war, konnte er sie von innen nicht aufstemmen.

Er wusste nicht, wie viel Zeit er lebendig begraben verbracht hatte. Vielleicht mochte es eine Nacht gewesen sein, aber Zeit hatte es dort unten bald nicht mehr gegeben. Erinnerungen, Traumbilder, Fantasien – alles begann durcheinanderzugeraten. Er fiel in Gemütszustände, die jenseits all dessen waren, in deren grauenerregender Tiefe und Bodenlosigkeit die Panik mit ihrem alles verschlingenden Rachen lauerte, und er spürte in lichteren Momenten, dass er etwas tun musste, um nicht in diese Abgründe zu stürzen – ohne Hoffnung auf jemalige Wiederkehr. Und so war er auf Rom gekommen, um durch die Konzentration auf ein reiches, weites und zugleich klar umrissenes Feld das Knurren der Panik zu verdrängen. Die Gedanken an eine Reise nach Rom, das gewaltsame Erwecken der Rombilder, die Erinnerungen an Gelesenes und die Erfindung von nie Gesehenem hatten es eine Weile erträglich bleiben lassen. Doch irgendwann war er trotz allem von Sinnen gewesen. Als die Kiste schließlich geöffnet wurde, fuhr er heraus, brüllte wie ein Tier – und ohne zu begreifen, was vor sich ging, erschlug das Tier den Vater.

Franz musste jetzt beenden, was er nie hätte beginnen dürfen. Er würde zum oberen Rand der Arena hinaufklettern, um eine mutige und würdige Tat zu vollbringen.

Die einzige würdige Tat.

*

Isolde hasste die Gesellschaften ihrer Eltern. Die Mutter war engstirnig, der Vater ritt auf seinen Prinzipien herum, die Bekannten ihrer Eltern waren eine Herde Schafe, die blökend durchs Haus getrieben wurde.

Glänzende Westen, schwarze Schnürkleider und steife Hüte sollten die fetten Schafleiber kaschieren, aber überall quoll Speck und Schafswolle hervor. Uhrketten und Ringe konnten nicht schwer genug sein, man sprach von Wien, man sprach von Paris, man sprach von Berlin, und man war froh, in Nürnberg zu leben, wo sich seit Albrecht Dürers Zeiten nichts geändert hatte. Außer dass sich Bayern nur wenige Jahre zuvor die stolze Stadt einverleibt hatte, nachdem der Kaiser das Heilige Römische Reich aufgelöst hatte. Was man beides mit wehmütigem Stolz als Rechtsbruch betrachtete. Auf Isoldes perfiden Einwurf, dass Bayern zumindest die wahnwitzigen Schulden der Stadt bezahlt und der Korruption der alten Familien ein Ende bereitet hatte, ging niemand ein. Lieber sprach man darüber, dass Revolution und Schreckensherrschaft in Frankreich gottlob vorbei waren, die Kriege ausgekämpft und Napoleon verbannt. In Wien hatten die hohen Herren eine neue Ordnung hergestellt, aber man konnte doch froh sein, dass im Grunde alles wieder so war, wie es immer gewesen war.

Blök, blök, blök.

Mit diesen Menschen musste Isolde wieder einmal zu Tisch sitzen. Sie hatte eigentlich vorgehabt, sich wegen ihrer Gesundheit zu entschuldigen, aber sie wollte gesund werden. Sie wollte nicht länger krank sein. Sie musste sich beweisen, dass sie einen Abend in Gesellschaft durchstand. So saß sie also auf der Kante ihres Stuhls, den Rücken gespannt durchgedrückt, das Kinn hoch erhoben, und stand den Abend durch.

Blök, blök, blök.

Ihr Tischherr war Adrian Deichsler, Sohn des Bankiers Deichsler. Adrian hatte mit Cornelius das Gymnasium besucht. Er war im Krieg gewesen und durch ein Geschoss verwundet worden. Seither zog er ein Bein nach und war im Rang eines Oberleutnants ausgemustert worden. Trotzdem trug er immer Uniform. Wahrscheinlich auch im Bett. Er war einer der Männer, die Isoldes Eltern ihrer Tochter regelmäßig zuführten, in der Hoffnung, dass sich etwas daraus entwickeln möge. Es entwickelte sich nichts. Der ausgemusterte Oberleutnant aus dem reichen Haus saß ebenso steif wie Isolde, und während der Konversation wandte sich keiner von ihnen dem anderen zu. Um der gähnenden Langeweile des Abends zu entkommen, versuchte Isolde, sich mit ihm über Literatur zu unterhalten, doch sie wusste, dass es sinnlos war. Und tatsächlich kannte er nichts. Er kannte den *Geheimrat von Goethe* – ehrfurchtsvoll sagte er immerzu *Geheimrat von Goethe* –, und er kannte Schiller, von dem er wünschte, er hätte sein Talent nicht so aufrührerischen Gegenständen wie Räubern und Freiheitskämpfern zugewandt, aber er war ja ohnehin seit ein paar Jahren tot.

»Seit dreizehn Jahren«, erwiderte Isolde.

»Ich hoffe nur, Ihr Bruder entwickelt sich nicht auch in eine – dubiose Richtung. *Germania* … Das klingt ein wenig nach Aufruhr. Aber der König wird schon wissen …«

Isolde ließ das Thema ersterben, denn es war offensichtlich, dass Adrian Deichsler seit der Schulbank nichts anderes gelesen hatte als Dienstvorschriften.

Nach dem Essen wurde sie ihren Tischherren endlich los, als sich die Herren zum Rauchen zurückzogen, um über ihr Lieblingsthema zu sprechen: Geschäfte. Die Damen tranken Kaffee (außer Isolde, deren Magen von Kaffee säuerte) und sprachen über Haus, Dienstboten und Essen. Isolde hörte den Schafen beim Blöken zu und wusste, dass sie den Abend nicht durchstehen würde. Immer die gleichen Gäste, immer die gleichen Gespräche. Niemals war ein Künstler eingeladen, ein Schriftsteller, ein Musiker, ein Reisender. Niemals unterhielt man sich über Kultur. Paris bestand für die Eltern nur aus Aufständischen und Gewalttätigen. Wien war der Kongress, und Preußen war so beängstigend wie ehemals die Türken.

Die Deichsler erkundigte sich höflich nach Cornelius, aber Agnes stöhnte nur mit einer gottergebenen Geste ihrer kurzen Hände: Der *Junge* habe noch gar nicht geschrieben.

»Wir sind ja alle so stolz auf den *Jungen*«, sagte die Deichsler unter lebhafter Zustimmung der anderen Damen. »Ein Stipendium des Königs! Hat man so etwas schon gehört! Und sein Poem ist ja wirklich so nett!«

Nett. Isolde wusste, dass es das einzige Gedicht war, dass die Alte seit Langem gelesen hatte. Isolde wollte sich mit einem dezenten Hinweis auf ihre Konstitution entschuldigen, bevor das unausweichliche Thema aufkam, doch es war zu spät.

»Isolde!«, rief die Deichsler in freundschaftlichem Ton. »Adrian hat sich so gefreut, heute Abend wieder einmal Ihr Tischherr zu sein. Er greift so segensreich in die Geschäfte der Bank ein! Er ist so begabt für die Geschäfte.«

Natürlich, dachte Isolde. Deshalb legt er auch die Uniform nicht ab. Weil er sein Glück gar nicht fassen kann, endlich Bankier zu sein. Blök, blök, blök. Schaf zu verkaufen.

»Sie sind so schweigsam, Isolde …« Die Deichsler war durchaus irritiert, weil Isolde nicht auf die warmen Worte über Adrian einging.

»Das gute Kind ist noch arg geschwächt von der Krankheit«, kam Agnes ihrer Tochter zu Hilfe.

Nein, Mutter, dachte Isolde. Ich verachte die dumme Vettel und ihren zerschossenen Sohn. Ich verachte eure Borniertheit. Ich verachte Schafe in Kleidern. Sobald ich gesund bin, gehe ich auch fort. Ohne einen Ehemann, den ich um Erlaubnis fragen muss. Ich werde nach Rom gehen und ein neuer Mensch sein. Ich werde meinen Traum erfüllen.

Doch von ihrem Traum sagte sie nichts, weil es niemand begreifen würde. Stattdessen bekam sie einen Hustenanfall, zog sich zurück und kehrte nicht wieder.

*

Franz tastete sich durch die riesigen, tiefschwarzen Bogengänge der antiken Arena und schaute zu den mit Gras und Büschen bewachsenen Höhen hinauf. Wäre ein Aufstieg überhaupt möglich? Über diese zerklüfteten Ränge mit ihren Hohlräumen, ihren Abgründen und Schluchten. Aber er musste dort hinauf. Schließlich hatte er die Alpen gemeistert, was sollte da ein altes Bauwerk?

Und so machte er sich an den Aufstieg. Es war anspruchsvoller und kräftezehrender, als er gedacht hatte, doch je höher er kam, desto mehr zog es ihn. Obwohl er schwitzte und seine Schenkel schmerzten, ließ er nicht nach, und bald schon sah er die obersten Bögen zum Greifen nah. Er mühte sich über einen steilen Grat, auf dem sich über die Jahrhunderte so viel Erdreich angesammelt hatte, dass er eher einer mit Bäumen bewachsenen Bergwiese glich als einem Bauwerk –, wodurch ihm die Erinnerung an seine Flucht über die Alpen in die Füße kroch. Ein letzter Kampf mit der Steigung noch – und dann war der Blick plötzlich frei.

Franz stockte der Atem: Gerade ging über den fernen Bergen im Osten die Sonne auf und tauchte die Ewige Stadt in lebendiges Licht. Glutrot strahlten die unzähligen Ziegeldächer. Heraus ragten die prächtigen *palazzi* der Renaissancefürsten und überall dazwischen, nach zweitausend Jahren noch alles überstrahlend, die Monumente der Antike. Die Hügel der Stadt hoben sich klar heraus, denn ihre Ostseite glühte bereits im Morgenlicht, während ihr Westen noch in Nachtruhe lag. Der gelbe Tiber mit seinen Brücken und seiner hoch bebauten Insel wand sich im ersten Glitzern durch das Meer der Häuser, hinter dem machtvoll die riesige Kuppel des Petersdoms aufragte. Und noch andere Bauwerke warfen ihre klaren Schatten über die verwinkelten Dächer: die Engelsburg, das Pantheon, die Trajanssäule und natürlich zahllose Glockentürme aus allen Zeiten des Herrn.

Der Anblick der erwachenden Stadt überwältigte Franz. Er spürte, wie die Sonne sein Gesicht erwärmte und ihn mit der gleichen Seele erfüllte wie all dies, was ihm da so nah und so verwandt zu Füßen lag. Und in diesem Moment gab es keinen Zweifel mehr: Er wollte nicht sterben. Er wollte dies hier trinken bis zum letzten Tropfen. Sein altes Leben war vergessen, diese Sonne ging über seinem neuen auf, und er beschloss, es zu nutzen. Dieses Leben zum Guten zu verwenden. Alles zu tun, um das Menschengeschlecht nicht länger zu verarmen, sondern es zu bereichern.

Wenn er sich mit ernstem Willen darum bemühte, dann wäre Lohwaldts Leben nicht verloren. Dann hätte er es nicht gestohlen, sondern er würde es weiterführen und gedeihen lassen.

Und wenn er es eines Tages hergeben müsste – wann auch immer –, dann sollte es an Wert gewonnen haben und reicher sein als zu dem Zeitpunkt, an dem er es erhalten hatte.

Franz wollte *leben*!

*

Zurück in seiner Wohnung, kleidete er sich frisch, zwängte sich in Lohwaldts gute Schuhe und machte sich auf den Weg. Rom zeigte sich an diesem Morgen von seiner strahlendsten Seite. Ein Straßenschuster hatte seinen Stuhl an einem sonnigen Fleckchen aufgestellt und hielt sein Gesicht, das aussah wie ein rissiger Sessel, dessen Leder erneuert werden musste, in die wärmenden Strahlen. Sein buschiger weißer Schnurrbart wirkte, als wäre das durchgesessene Leder aufgeplatzt und die Rosshaarfüllung herausgequollen. Zwei junge Frauen in weiten Röcken saßen bei ihm und warteten auf ihre Schuhe, doch der Alte hatte es nicht eilig, schließlich konnte er nur so lange mit den Mädchen plaudern und ihnen unanständige Geschichten erzählen, wie seine Arbeit dauerte. Also ließ er sich Zeit. Auch die jungen Frauen, wahrscheinlich Dienstmädchen, hatten es nicht eilig, zu ihrem Dienst zurückzukehren.

Die Brunnen, an denen Franz vorbeiging, rauschten in morgendlicher Frische, und auch hier saßen die Frauen und lachten und sangen, obwohl ihre Krüge längst voll und für den schweren Heimweg bereit waren. Weiße Tücher spannten sich über kraftvolle Busen, aus denen fröhliches Lachen erklang, und Franz hatte den Eindruck, dass dieselben Frauen, die nachmittags mit niedergeschlagenem Blick züchtig an ihm vorbeieilten, nun selbstbewusst und ohne Scheu den Platz für sich beanspruchten. Der Morgen schien ihnen zu gehören, während die Reichen und Mächtigen noch schliefen und ihre Männer in den Cafés standen und das ernsthafte Geschäft betrieben, lauthals über Politik zu zanken.

Schließlich stand Franz vor dem *palazzo*, den man ihm gewiesen hatte, und ließ den Türklopfer schwer gegen das hohe Tor fallen. Ein alter Diener auf dürren Ziegenbeinchen und mit einem dazu passenden weißen Bärtchen, das an einem langen Gesicht hing, öffnete ihm. Franz gab ihm ein Empfehlungsschreiben, das er in Lohwaldts Papieren gefunden hatte, und nach kurzer Diskussion, die Franz nicht verstand, führte der Alte ihn in einen Salon, wo er warten sollte. Die Anspannung war kaum erträglich. Ein dumpfer Geruch nach staubigen alten Teppichen nahm Franz den Atem. Er wagte es nicht, sich zu setzen, doch seine Beine zitterten nervös.

Endlich öffnete sich die Tür, und herein trat der Kardinal Häffelin. In der Hand hielt er das Empfehlungsschreiben. Der Moment war gekommen. Würde er ihn als Cornelius Lohwaldt begrüßen – oder würde sein überraschter Blick in Verwirrung und schließlich in Entrüstung münden? Solange Franz noch nichts gesagt hatte, war Gelegenheit für Ausflüchte und Entschuldigungen. Aber sobald der Satz gefallen wäre: »Ich bin Cornelius Lohwaldt«, gab es kein Zurück. In äußerster Anspannung beobachtete Franz den Kardinal. Es war ein kleiner, etwas rundlicher Mann, dessen freundliches Wesen aus seinem gesamten Auftreten sprach. Keiner, der seinen Posten als Gesandter aus Karrieregründen einnahm, um bald in der Politik wichtigere Ämter zu bekleiden, sondern es bestätigte sich, was man Franz berichtet hatte: ein Mann der Wissenschaft, der Menschen mit Interesse und Hilfsbereitschaft entgegentrat. Seine alten Augen – denn er war sicherlich schon weit über siebzig Jahre alt – blickten Franz offen an. Und während er schwieg, um den gefürchteten Satz hinauszuzögern, trat der Kardinal in seiner glänzenden scharlachroten Robe, deren Furcht einflößende Würde in völligem Gegensatz zu seinem großväterlichen Lächeln stand, auf ihn zu und sagte: »Sieh an, der junge Dichter aus der Heimat.« Seine leise Stimme klang ebenso staubig, wie die Teppiche rochen, und er sprach mit einem weichen pfälzischen Akzent, den er sich aus den Zeiten bewahrt hatte, seit er seinem inzwischen längst verstorbenen Fürsten Karl Theodor vor vierzig Jahren aus seiner Heimatstadt Mannheim nach München gefolgt war.

Er bat Franz zu sitzen, bot ihm ohne Dünkel Kaffee an, den das Ziegendienerchen hereinbalancierte, hieß den Neuankömmling in der Ewigen Stadt willkommen und kündigte seine Hilfe bei der Wohnungssuche an. Erfreut hörte er, dass Franz bereits Bekanntschaften geschlossen und ein passables Zimmer gefunden hatte. Spätestens als der süße italienische Kaffee heiß seine Kehle herunterrann, atmete Franz auf und begann, in seine neue Rolle hineinzuwachsen. Und als er des Kardinals *palazzo* verließ, mit einer offenen Einladung wiederzukommen und mit mehreren Empfehlungsschreiben für Bibliotheken und Sammlungen in der Tasche, verfluchte er sein Zögern und die verquälten letzten Tage. In der Nacht noch hatte er sich als kleinmütiger Betrüger versteckt, und als hoffnungsvoller junger Dichter betrat er nun den neuen Tag. Die gefährlichste Klippe war umschifft.

Auf dem Heimweg blieb er bei dem alten Straßenschuster mit dem buschigen Schnauzbart stehen und bestellte ein Paar Schuhe. Der Mann schien ihn zu verstehen, antwortete aber mit einiger Verlegenheit etwas Bedauerndes und Ablehnendes, das Franz nicht begriff. Im Nu bildete sich eine Menschenmenge, die teilnahmsvoll diskutierte, und von allen Seiten zugleich wurde hilfreich gestikuliert, wodurch die Verwirrung allerdings nur noch zunahm. Schließlich wurde aus einem nahen Hutgeschäft ein junger Mann mit einer kleinen Brille und sorgsam geöltem Haar herbeigeholt, der sich den Sachverhalt erklären ließ und in einigen ungelenken deutschen Worten Franz erklärte: »Tut ihm leid. Macht schon lange keine neu Schuhe mehr. Ist alter Mann. Lebt nur noch von Flicken alter Schuhe.« Er hob bedauernd die Schultern und riet Franz, sich in eines der Geschäfte zu begeben, die er ihm gerne anweisen könne. Die versammelten Neugierigen murmelten zustimmend. Als der Alte sah, dass Franz verstand, blickte er ihn bedauernd an. Doch Franz ging sein betrübter Blick zu Herzen, und er fragte: »Aber er kann neue Schuhe schustern?«

»Kann! Natürlich! Aber niemand will.«

»Ich will«, sagte Franz bestimmt. »Ich möchte von ihm meine Schuhe und von niemand anderem. Und ich nehme zwei Paar.« Nachdem der junge Verkäufer übersetzt hatte, brach ein wohlwollender Sturm los, der alte Schuster nickte dankbar, und sogleich musste Franz auf seinem abgenutzten Schemel Platz nehmen, Schuhe und Strümpfe ausziehen und sich vor großem Publikum seine blassen nordischen Füße vermessen lassen, deren Größe sogleich von Mund zu Mund ging, als wäre es eine gewichtige Neuigkeit.

*

Als Franz auf den Monte Pincio zurückkehrte, lag die *osteria* der drei alten Schwestern verwaist, die Künstler waren in die Landschaft oder in die Antikensammlungen ausgeschwärmt. Franz wusch Claras Teegeschirr in einem Brunnen, füllte die Kanne mit Wasser und stellte ein Sträußchen Blumen hinein, die er am Rande eines kleinen Artischockenfelds gepflückt hatte, das jemand zwischen den hohen Säulen einer römischen Ruine angelegt hatte.

Clara fand er in ihrem Atelier, wo sie sich mit der korrekten Übertragung der Vorzeichnung einer Madonna von Raffael auf eine große Leinwand abmühte. Sie freute sich, Franz wieder gesund zu sehen, und erklärte ihm, dass sie die Kopie der berühmten Madonna Carl August zum Geschenk machen wolle. Als Dank für das Stipendium. »Dafür muss sie aber gut werden. Sonst denkt er, er hat sein Geld zum Fenster hinausgeworfen.«

»Ich bin sicher, dass sie gut wird«, meinte Franz.

Er überreichte ihr die Teekanne. »Es tut mir leid, dass ich in den letzten Tagen so unhöflich war.«

»Aber du musst dich doch nicht entschuldigen, Cornelius!«

»Doch«, entgegnete er. »Und ich möchte dir danken, dass du

meinetwegen zu Hause geblieben bist.« Und damit gab er ihr auch den Besenstiel zurück.

»Oh, dafür musst du mir nicht danken.« Sie wies auf die Vorzeichnung des Gemäldes. »Damit hätte ich längst beginnen sollen. Es jammert mich nur um jeden Tag, den ich nicht draußen an der Luft verbringen kann.«

Franz überließ sie ihrem selbst gewählten Martyrium, nahm in seiner eigenen Wohnung ein paar Bögen Papier von Cornelius Lohwaldt, steckte sie in die lederne Mappe, die sehr künstlerisch aussah, und machte sich damit auf den Weg in die Biblioteca Angelica, für die ihm Kardinal Häffelin ein Empfehlungsschreiben gegeben hatte. Der Eingang lag in einer schattigen Seitenstraße, zu der er sich mehrfach hindurchfragen musste. Franz erstieg eine enge Treppe und war überrascht, oben in einem gewaltigen Saal zu stehen, in dem Bücher über die Höhe mehrerer Etagen ein weites Tonnengewölbe zu tragen schienen. Und nachdem man ihn aufgrund seines Empfehlungsschreibens freundlich aufgenommen hatte, breitete er die unbeschriebenen Papiere auf einem der ehrwürdigen alten Tische aus. Ein Bibliothekar mit einer ebenso winzigen wie dickglasigen Brille, in der zwei aufgequollene Brüder seiner Augen ein reges Eigenleben zu führen schienen, interessierte sich, woher Franz stamme. Weil die Schriften der Reformation keinen unbedeutenden Anteil an der Bibliothek innehatten, konnte er ein wenig Deutsch. Sein welsches Deutsch klang allerdings, als ob er gleich zwei Zungen im Mund hätte, die einen verbissenen Ringkampf ausführten. Sie kamen miteinander ins Gespräch, und der Bibliothekar brachte ihm immer wieder neue Bücher, die Franz unbedingt gesehen haben musste. Er hielt sich die Buchtitel zum Entziffern ganz nah vors Gesicht, als wollte er die ehrwürdigen Bände einzeln küssen. Gerade wenn Franz sich in eines vertieft hatte, musste er schon einen weiteren Schatz entgegennehmen, den der Bibliothekar liebevoll küsste, bevor er ihn begeistert anpries.

Vor allem waren es die Schriften der deutschen Philosophen,

die er Franz andiente: Hegel, Kant, sogar Schelling. Mit besonderem Stolz brachte er einige Werke Immanuel Kants, die nirgendwo in Rom zu kaufen seien, nur er habe Exemplare zum Zwecke des Studiums. Er betonte ehrfürchtig, sie seien gerade erst ganz frisch von der Heiligen Inquisition verboten worden. Franz wunderte sich: »Gerade erst verboten? Ist Kant nicht seit Jahren tot?« Der Bibliothekar lächelte. »*Sì*. Seit vierzehn Jahren. Die Kirche prüft sehr gewissenhaft, bevor sie ein Buch verdammt.«

Nie zuvor hatte Franz sich mit Philosophie befasst. Bücher waren für ihn immer Erfindungen, Fantasien und Träume gewesen. Eigene kleine Welten. Doch dass dieses eigentümliche Ding *Sprache* – dieses unergründliche Nichtding – auch die wirkliche Welt fassen konnte, dass sie mit all ihren erstaunlichen Mitteln darum rang, den Menschen zu begreifen. Manche Sätze verstand er auch nach mehrmaligem Lesen nicht, aber vieles konnte er sich erarbeiten, und allein dies war eine beglückende Erfahrung für ihn: Gedankengänge und Herleitungen, die ihm beim ersten Lesen vollkommen rätselhaft waren, erschlossen sich beim Wiederholen langsam und standen schließlich als klare und überraschende Erkenntnis vor ihm. Zum ersten Mal wurde er damit konfrontiert, dass Ahnungen, die er im Herzen trug, zu Begriffen wurden und sich in seinem Kopf ordneten. Allein dies versetzte ihn in ein Fieber, das ihn Raum und Zeit vergessen ließ. Und das in Rom! Welch eine seltsame Wendung, dass er hierher in die Fremde kam und in einer verwinkelten Gasse eine alte Bibliothek fand, in der die neuesten Gedanken deutscher Denker auf ihn zutraten!

Als der Bibliothekar Franz Stunden später unter tausend Entschuldigungen erklärte, dass die Bibliothek nun schließe, lagen auf seinem Tisch Stapel von Büchern, die er angelesen, durchblättert und überflogen hatte. Seine eigenen Blätter waren immer noch rein und unbeschrieben. Doch war das Lesen wie Wasser in seine ausgetrocknete Seele geflossen, und Franz spürte, wie die Worte in ihm keimten.

Bester Dinge machte er sich auf den Weg zum Caffè Greco, um den anderen Künstlern selbstbewusst und offen als Gleicher unter Gleichen entgegenzutreten.

Aus der Menge der Männer löste sich gleich Georg und flog ihm förmlich entgegen. »Cornelius! Du lebst wieder!«

»Jawohl. Und mehr als zuvor!«

Das Caffè Greco war größer als die kleine *osteria* der drei alten Schwestern. Es waren weitläufige Räumlichkeiten mit allerlei Durchgängen und Winkeln hinter Säulen. Franz sah sich um. Gut zwei Dutzend Männer standen und saßen beisammen, rauchten Pfeife und tranken roten Wein.

»Wir dachten schon, du bist uns gleich wieder abhandengekommen, Cornelius Lohwaldt.« Ein großer junger Mann mit einem hohen Hut stand neben Franz. An das Gesicht konnte er sich nicht erinnern.

»Ich weiß gar nicht, wen ich dir schon vorgestellt habe …«, sagte Georg, als er Franz' Unsicherheit bemerkte.

»Ich auch nicht«, sagte Franz. »Am besten, du beginnst noch einmal von vorn.« Alle drei lachten, und unter freundlichem Gelächter machte Georg mit ihm noch einmal die Runde. Franz war diesmal offen und neugierig, ließ sich von jedem gleich erzählen, ob er Landschaftsmaler war oder Historienmaler oder Kupferstecher oder was auch immer. Er erkannte, wie viel Freiheit sich die Männer nahmen: Die meisten trugen moderne lange Hosen, einige andere kleideten sich historisierend in Kniebundhosen. Wenn auch die meisten Schwarz bevorzugten, leuchteten Rot und Safrangelb und Tiefblau aus der Masse hervor. Am häufigsten sah er schulterlange Frisuren, doch eine ganze Gruppe hatte die Haare so lang wachsen lassen, dass sie ihnen über den Rücken bis auf die Hüften hinunterwellten. Es gab rauschende Vollbärte, Knebelbärte, Kinnbärte und wohlrasierte Schnäuzer. Und was immer sich in der Gruppe als Mode und Uniform andeutete, wurde sogleich von anderen gewandelt oder ins Gegenteil verkehrt. Es überwogen die Jungen, wenn auch alle Mannesalter vertreten waren, und Franz hörte Zungen, die von Dänemark bis Tirol, von Köln bis nach Königsberg das Sprechen gelernt hatten. Eines nur schien diese Männer zu einen: eine entschlossene Freiheit in Wort und Geist, die er nie zuvor erlebt hatte.

Unter den Jüngeren war einer, der auf Franz schon von Weitem Eindruck machte. Georg erklärte ihm, es sei ein Dichter namens Friedrich Rückert. Er war seit über einem halben Jahr in der Stadt und durch sein reges Interesse an der Malerei und durch seine zugewandte Gesinnung vollkommen im Kreise der bildenden Künstler aufgegangen. Als Georg sie einander vorstellte, musterte Rückert Franz aus kleinen stechenden Augen. »So ... Sie sind also Cornelius Lohwaldt«, sagte er und schob beim Sprechen die Worte mit seinem massiven Kinn nach vorne. »Um es nur gleich zu sagen: Ich fand Ihren letzten Brief recht überheblich.«

»Brief ...« Franz war völlig überrascht. Wovon zum Henker redete er? Welcher Brief? Er hatte nicht die geringste Ahnung.

Georg blickte vom einen zum anderen. »Ihr kennt euch?«

Franz überlegte angespannt, ob in den Papieren Lohwaldts irgendein Hinweis gewesen war.

»Dass unser neuer Freund sich nicht daran erinnert, bestätigt die Meinung, die sich mir aufgedrängt hat. Ich habe seine *Germania* veröffentlicht«, erklärte Rückert Georg. »Im *Morgenblatt*. Wir haben zwei oder drei Briefe gewechselt.«

Endlich begriff Franz: Rückert war Redakteur beim *Morgenblatt für gebildete Stände* gewesen. »Das *Morgenblatt*!«, rief er aus. »Natürlich erinnere ich mich, wie sollte ich nicht. Ich war nur im Augenblick etwas – überrumpelt.« Er beschloss, dass hier nur Angriff nach vorne half. Und entwaffnende Freundlichkeit: »Es tut mir leid, wenn mein Brief ... Er war nicht überheblich gemeint. Manchmal bin ich etwas übereifrig.« Franz hoffte inständig, dass er nichts weiter erklären müsste, denn er hatte natürlich keine Ahnung, was in dem verfluchten Brief Lohwaldts gestanden hatte. Er konnte sich allerdings lebhaft vorstellen, dass Lohwaldt überhebliche Briefe geschrieben hatte, und hielt Rückert seine Hand hin. »Sehen Sie es mir bitte nach, und nehmen Sie meine aufrichtige Entschuldigung an.«

Rückert ließ ihn einen Moment lang zappeln, dann nickte er. »Schön. Vergessen wir's.« Er drückte die angebotene Hand. »Du bist jung. Das Leben wird dir noch genug Federn rupfen. Und um auch dies gleich zu gestehen: Mir war das Gedicht zu hoch gegriffen. Cotta wollte seine Wirkung ausprobieren. Und scheinbar hatte er Recht.«

Um ihren Frieden zu besiegeln, stießen sie mit einem Glas Wein an. Doch Franz spürte, dass die Waffenruhe nicht vorbehaltlos war, als Rückert sich nach seinen Plänen erkundigte. Weil er nur allgemein und ausweichend antworten konnte, merkte er, dass er in der Gunst des anderen nicht gerade gewann. Denn dieser hatte im Gegensatz zu ihm sehr genaue Vorstellungen und darüber hinaus einen strengen Tagesplan, um das Anvisierte zu schaffen. Franz erzählte von seinem Tag in der Bibliothek und dass er es bedauere, weder Latein noch Italienisch zu können.

Rückert ließ das Weinglas sinken, aus dem er eben trinken wollte: »Wird in Nürnberg auf dem Gymnasium kein Latein gegeben?« Franz erstarrte und verfluchte sich innerlich. Natürlich lernt jeder Gymnasiast Latein! Nur eben keine verarmten Jungen, die, anstatt zur Schule zu gehen, Schafe hüteten und Balken hobelten. »Latein … sicher … aber kein Italienisch!«

Rückert zuckte beinahe mitleidig mit den Schultern: »Dann lern es.«

»Lernen … natürlich. Mit der Zeit …«

Rückert sah ihn fassungslos an. »Zeit? Fang einfach an. Jetzt sofort. Ich lerne gerade Afghanisch, Arabisch und Kurdisch.« Zum Beleg seiner Worte zog er drei schmale Bändchen aus der Tasche und blätterte eines auf, das sich als Wörterbuch erwies. »Im letzten Jahr Hebräisch, Sanskrit und Neugriechisch.« Er griff sich eine der Zeitungen, die an der Wand hingen, und drückte sie ihm in die Hand. »Setz dich da hin, und leg los.« Und damit ließ er Franz stehen.

Georg lachte. »Da bist du ja an den Richtigen geraten! Unser Rückert ist kein Leichter. Aber ein hervorragender Kamerad, du wirst sehen. Wenn du ihn bittest, wird er dir helfen. Einen besseren Lehrer findest du nicht.« Er nahm Franz die italienische Zeitung fort und gab ihm ein Glas Wein. »Deinen Italienischunterricht beginnen wir mit einem Dialekt aus Frascati.« Sie erhoben ihre Gläser und gesellten sich zu den anderen.

Noch am selben Abend bekam Franz die verwegensten Geschichten zu hören, damit er gleich begriff, was für ein leichtblütiges Völkchen die Künstler waren. Ludwig Ruhl und Carl Wilhelm Tischbein erzählten von Friedrich Salathé, der vor einigen Jahren zusammen mit dem Sohn des Wirts von Olevano durch Räuber entführt worden war, um Lösegeld zu erzwingen. Salathé aber war so begeistert vom abenteuerlichen Aussehen der Räuber unter der Führung des berüchtigten Räuberhauptmanns Nicola mit ihren Messern und Bärten und schwarzen Hüten, mit ihren zahnlosen Mündern und vernarbten Armen, dass er sein Skizzenbuch hervorzog und begann, seine Entführer zu zeichnen. Die Räuber staunten so sehr über seine Kaltblütigkeit, wohl auch geschmeichelt und voller Bewunderung für seine Kunstfertigkeit, dass sie in ihm einen Bruder im Geiste sahen, ihm im Überschwang der Gefühle die Freiheit schenkten und sogar als Gast an ihr Feuer luden. Als er ihnen einige Zeichnungen schenkte, rührte er sie zu Tränen. Am nächsten Morgen nahm er seinen Abschied und bat natürlich auch für den Wirtssohn um Freiheit, aber das lehnten die Räuber rundweg ab. Geschäft sei Geschäft. Und tatsächlich ließen sie den jungen Mann erst laufen, nachdem ihrem Mittelsmann, einem armseligen Dorfpfarrer, die geforderte Summe übergeben worden war. Zum Beweis für die Geschichte zeigte man Franz eine Skizze, die inmitten Dutzender anderer Gemälde und Zeichnungen an der Wand hing und tatsächlich eine verwegene Gestalt an einem angedeuteten Lagerfeuer zeigte, und stieß mit erhobenen Weingläsern auf Salathé an.

Natürlich wurde auch gleich klargestellt, dass die deutschen Künstler ein ganz anderes Kaliber seien als die englischen und französischen. Erstere kämen im Grunde nur her, um die Gemäldesammlungen zu besuchen, sich über Rom abfällig zu äußern und gleich weiterzureisen. Letztere unterhielten in der Villa Medici ihre eigene Akademie, die Académie de France à Rome, wo sie ausschließlich das taten, wovor die deutschen Künstler aus der Heimat geflohen waren: kopieren, kopieren und kopieren. Trotz Revolution und Republik. Deshalb sehe man sie kaum je draußen in der Landschaft. Es seien einige verflucht gute Handwerker darunter, aber das Verlangen der Deutschen nach Ausdruck und Gefühl und Tiefe sei ihnen fremd. Was von Johann Anton Ramboux bestritten wurde, doch das ließ man nicht gelten, weil er ja in Paris in seinen Jahren bei Jean-Louis David auch nichts anderes getan habe, als Gipsabgüsse zu zeichnen und Gemälde zu kopieren.

Vor allem aber musste sich Franz als Novize in Romfragen von mehreren der alten Hasen ihre Liebe zur Wahlheimat in innigen Worten nahebringen lassen. Schon in den weinfühligen Unterhaltungen dieses Abends merkte er, dass es eine der größten Sorgen der Künstler war, ihre Zeit zu nutzen. Über allen Köpfen spürte er förmlich eine unsichtbare Sanduhr, die unaufhaltsam abrieselte, denn fast alle waren für eine begrenzte Weile hier und wussten, dass irgendwann die Verpflichtungen der Heimat rufen würden, das Stipendium ausliefe oder andere Pläne den weiteren Weg festlegten. Die meisten hatten ein Jahr. Es schien gerade dieses schicksalhafte Ende zu sein, das die römische Zeit gleichsam verdichtete und mit einer glimmenden Hitze erfüllte. Das römische Jahr war ein Fieber, das die Sinne schärfte und zugleich die Einbildungskraft märchenhaft übersteigerte. Der Landschaftsmaler Samuel Rösel, dessen Rückreise bald bevorstand, weil er an der Berliner Bauakademie Anstellung als Zeichenlehrer gefunden hatte, sagte: »Wir leiden alle am *römischen Fieber*!« Und als er sein Weinglas in einem Zug austrank, begriff Franz, dass er vor allem darunter litt, vom Krankenbette aufstehen und ins Leben der Gesunden zurückkehren zu müssen.

Die Abreise, auf die alles unweigerlich hinauslief, steigerte die Entschlossenheit zum Auskosten der zerrinnenden Zeit wie die Liebe zu einem Mädchen, das eine tödliche Krankheit in der Brust trägt und ohne Zweifel übers Jahr zu Grabe getragen werden muss. Schon an diesem Abend, an dem einige der neuen Kameraden Franz ihre Hingabe an die Ruinenstadt nahezubringen suchten, hörte er mehrfach das Wort *morbidezza*, mit dem die Einheimischen die schlafende Königin vom Tiberstrande liebevoll benannten und das im Gefühl der Männer mit *Weichheit* und *Zartheit* und *Geschmeidigkeit* noch lange nicht hinreichend übersetzt war. Denn so viel Latein konnte auch Franz, dass er den Klang des römischen Worts *mors* heraushörte. *Tod.*

Auch wenn die Künstler im Caffè Greco Wein tranken, miteinander lachten und lauthals Lieder aus der Heimat sangen, hatte er den Eindruck, dass sie in jeder Sekunde bereit waren, ihre Gläser abzustellen und zum Pinsel zu greifen. Das Caffè Greco war nur ein dünner Schleier vor ihren Augen, der jederzeit beiseitegeweht werden konnte, um das Eigentliche zu zeigen, das fest und unumstößlich in ihren Köpfen stand: Das Werk, das jeder von ihnen gerade erschuf.

IV

Am kommenden Sonntag sollte eine Landpartie unternommen werden. Bei aller Hingabe an die Kunst war es ein für alle Mal ausgemacht, dass die Sonntage dem Vergnügen gehörten. Carl Philipp Fohr ging mit dem Hut herum und sammelte Geld ein, um ein Fuhrwerk mit Kutscher zu mieten, und so traf man sich ein paar Tage später in aller Frühe auf der Piazza del Popolo. Da die meisten der deutschen Künstler auf dem Pincio wohnten, gab es schon beim Herunterlaufen ein großes Hallo, wenn sich mehr und mehr der lärmenden Gruppe anschlossen. Offenbar war die einzige Sorge aller, dass niemand vom Aufbruch des deutschen Kunstvolks Notiz nehmen könnte, und so wurde gleich vollmundig ein Lied angestimmt. Getränke und mitgebrachte Vesper wurden präsentiert und hörbar gewürdigt. Franz hielt sich an Georg und Clara, auch wenn er schon einige Gesichter kannte und von einigen wie ein alter Bekannter begrüßt wurde. Unten auf der *piazza* wartete ein langes Fuhrwerk. Zwei gleichmütige Ochsen mit furchterregenden Hörnern waren davorgespannt, und sowohl Wagen als auch die muskulösen Tiere waren mit bunten Bändern geschmückt. Sobald die letzten Nachzügler gekommen waren, enterte man von allen Seiten das Gefährt und half den Damen hinauf. Außer Clara waren auch Vittoria und Olympia Buti dabei, zwei der Töchter der Familie Buti, in deren Haus Frau von Humboldt und einige der Künstler wohnten. Die jüngere der beiden war noch ein Mädchen, die ältere bereits eine junge Dame und eine römische Schönheit. Der Maler Lengerich war besonders galant zu ihr und half ihr ritterlich auf den Wagen, wobei er sich beeilen musste, weil sie durchaus beim Klettern mehr Behändigkeit zeigte als er selbst. Außerdem waren noch drei Römerinnen mit von der Partie, die Franz nicht kannte und mit denen italienisch gesprochen wurde, sowie das scheue und schweigsame Fräulein Sturmfeder aus Hannover, von dem Clara später seufzend berichtete, es sei ein bedauernswertes Wesen, weil ihm so gänzlich jede Begabung zur Malerei fehle. Der Herr habe ihr aber eine so starke Sehnsucht zum Schöpferischen in die schmale Brust gepflanzt, dass sie Tag für Tag hart daran arbeite, ohne allerdings je die geringsten Fortschritte zu erzielen. Obwohl einige der Künstler sich bemühten, ihr mit Rat und liebevoller Korrektur zu helfen. Trotz allem wankte das Fräulein Sturmfeder in seinem Ziele nicht und war überzeugt, dass es die Zeit richten werde.

Außer diesen war eine weitere Künstlerin dabei, die Franz noch nicht kannte. Sie mochte um die vierzig Jahre alt sein, war eher klein von Wuchs und hatte schöne runde Schultern, über die sie der Hitze wegen nur locker ein seidenes Tuch gelegt hatte. Ihr Kleid war von einem tiefen Rot, mit dem sie aus der Schar der Männer und den bescheideneren Farben der anderen Frauen hervorstach. Der edle Stoff fiel in reichen Falten und brachte ihre schmale Taille wie auch ihren vollen Busen wirkungsvoll zur Geltung.

Sobald die gleichmütigen Ochsen den schweren Wagen in Bewegung gesetzt hatten, wobei die Gesellschaft durcheinanderfiel und vor allem die Stehenden sich aneinander festhalten mussten, erschien die erste Weinflasche aus einer der Umhängetaschen, und bald rollten sie über die offene *campagna*. Grimsel trottete treu im Schatten des Wagens. Immer wieder sprangen einige der Künstler herunter und gingen ein Stück zu Fuß, andere kletterten herauf, um gefahren zu werden. Mittags kehrten sie in einem Landgasthaus ein, wo im Schatten einer ausladenden Eiche eine lange Tafel aufgebaut wurde, an der sie alle Platz fanden. Zufällig saß Franz neben der schönen Künstlerin im tiefroten Kleid.

»Sie sind der junge Dichter aus Nürnberg!«, sagte sie mit

einer warmen Stimme, aus der ein Schweizer Akzent herauszuhören war.

»Ja«, erwiderte Franz.

»Wir hatten bisher noch nicht das Vergnügen ...«

»Oh, entschuldigen Sie. Mein Name ist Cornelius. Lohwaldt. Ich komme aus Nürnberg. Aber – das wissen Sie ja schon ...« Franz war nicht geübt im Gespräch mit Damen.

Sie lächelte. »Ich bin Aura Kauffmann.«

»Sie sind Malerin?«

»Ja. – Und man sagt sogar, eine recht bekannte.«

»Oh, entschuldigen Sie. Das wusste ich nicht ...«

»Sie brauchen sich nicht zu entschuldigen. Es tut gut, gelegentlich daran erinnert zu werden, dass man einfach nur Mensch ist.«

Franz sah, dass ihr Glas leer war, und schenkte ihr höflich ein. Sie stießen miteinander an.

»Auf die Kunst!«, sagte er.

»Auf uns Menschen«, erwiderte sie.

Sie zog aus einer verborgenen Tasche ihres Rocks eine gebogene Pfeife, stopfte sie aus einem ledernen Tabaksbeutel in aller Ruhe und rauchte. Im ersten Moment war Franz überrascht, doch dann bewunderte er ihren Freimut. Nach dem ungeschickten Einstieg ins Gespräch wurde er bald unbefangen und erzählte von der Ode, die er geschrieben habe, und dass sie König Maximilian von Bayern so gut gefallen habe, dass er ihm ein Stipendium gegeben habe.

»Eine Ode! Wovon handelt sie?«

»Der Titel ist: *An die erwachende Germania*.«

»*Erwachende Germania?* Und sie ist dem bayerischen König ein Stipendium wert? Man sollte denken, er belohnt sie eher mit Bespitzelung. Seit er für das Wohl Bayerns Germania mit Füßen tritt.«

»Tja ... Wer weiß ...«

»Aber vielleicht lässt er Sie ja längst bespitzeln!« Sie schaute sich mit schreckgeweiteten Augen um. »Sicher das Fräulein

Sturmfeder! Wer hätte gedacht, dass sie ein Spion im Dienste seiner Majestät ist!«

»Nein, sie ist unschuldig«, erwiderte Franz lächelnd. »Ich denke eher, es war dem König das Geld wert, dass er mich außer Landes weiß.«

Aura lachte, und Franz dachte: Was für ein eigentümliches Gefühl, eine schöne Frau zum Lachen zu bringen. Er fragte sie nach ihrer Geschichte, und sie erzählte, dass sie schon lange Jahre in Rom lebe. »Und nichts wird mich dazu bringen, jemals wieder von hier fortzugehen«, erklärte sie. Dann tat sie einen tiefen Zug aus ihrer schmalen Pfeife und fragte: »Cornelius, was halten Sie davon, wenn Sie uns Ihre Ode, die dem König so gut gefallen hat, vortragen?«

»Was für eine schöne Idee!«, rief Clara, die Auras Worte gehört hatte.

»Jetzt? Hier?«, fragte Franz.

»Natürlich«, erklärte Clara. »In Rom gibt es immer nur jetzt und hier!«

Der Vorschlag wurde allgemein mit großer Begeisterung aufgenommen, Georg und Carl Philipp Fohr rollten einen kleinen Karren heran, der nicht weit von ihrer Tafel am Gebüsch parkte, und luden Franz ein, denselben als Tribüne zu benutzen.

Franz wehrte ab, um nicht ungebührlich im Mittelpunkt zu stehen, doch man ließ ihn nicht vom Haken. Aura atmete eine helle Rauchwolke ins Sonnenlicht und sagte mit ihrer warmen und etwas heiseren Stimme: »So ist das bei uns. Jeder muss beisteuern, was er hat.« Sie wies mit ihrer dünnen Pfeife auf den Wagen und lächelte. Also ließ Franz sich nicht länger bitten und kletterte hinauf. Die anderen zischten sich gegenseitig zur Ruhe, bis ihn zwei Dutzend Augenpaare von unten gespannt ansahen. Über ihm raschelten die Eichenblätter im sanften Mittagswind, der angenehm von den violett dunstigen Bergen herüberwehte.

Franz dankte dem Herrn, dass er eine Situation wie diese erwartet hatte und die Ode von Cornelius Lohwaldt Wort für

Wort kannte. Zum Glück hatte sich unter Lohwaldts Papieren ein Exemplar des *Morgenblatts für gebildete Stände* mit dem Gedicht gefunden. Er hatte es nicht wirklich auswendig lernen müssen. Aber seit er in Lohwaldts Haut geschlüpft war, hatte er es oft gelesen, um den Mann etwas besser zu verstehen, dessen Leben er sich angeeignet hatte. Und ohnehin behielt Franz alles, was er einmal gelesen hatte, in seinem Kopf – oder in seinem Herzen. Schon als Kind hatte er diese Nähe zu Worten und Sätzen gespürt. Sogar wenn er etwas ganz Neues las, war ihm, als ob er einem lieben alten Freund nach langer Trennung wieder ins vertraute Gesicht blickte. Und so gehörten Cornelius Lohwaldts Worte auch schon längst zu ihm.

Er rezitierte die Ode mit einer Wärme und einer Nähe, die seine Zuhörer bannte. Und auch wenn die Worte selber würdevoll und schwer im Raum standen, als wären sie kunstvoll aus Marmor gemeißelt und nicht Wesen aus Fleisch und Blut, so hauchte sein Vortrag ihnen doch Leben ein. Der herrliche Tag im Schatten der alten Eiche, die ihn aus der Perspektive der Zuhörer mit ihrem Eichenlaub gleichsam krönte, die wohlwollende Gesellschaft der Künstler und nicht zuletzt der Wein taten ihr Übriges, und Franz begeisterte. Als er die letzte Strophe beinahe flüsternd beendet hatte, herrschte einen Moment lang Schweigen, dann brach Jubel aus. Während jemand den Italienerinnen in ihrer Sprache versuchte nahezubringen, was Franz gesagt hatte, war Clara aufgesprungen und zu ihm gekommen. Sie beglückwünschte ihn und erklärte, sie sei stolz, mit einem so großen Dichter unter einem Dach zu wohnen. Doch während sie sich offen und ehrlich freute, fiel ihm vor allem Auras Blick auf. Sie saß auf ihrem Stuhl zurückgelehnt, ihr Busen hob und senkte sich unter dem tiefroten Kleid, und sie lächelte ihn hintergründig an, als ob sie über etwas nachdächte, das sie ihm im Kreis der anderen nicht sagen könnte. Dann schob sie langsam die Spitze ihrer Pfeife in den Mund und sog genüsslich daran. Plötzlich musste Franz um sein Gleichgewicht ringen, denn Georg, Fohr, Horny und zwei andere hatten den Wagen gepackt und zogen und schoben ihn unter lautem Geschrei und Gelächter durch die strahlende Sonne rund um die Eiche.

Der Nachmittag verging wie im Fluge, und auf Franzens Premiere folgten noch einige weitere Darbietungen: Brentano, Novalis, Uhland und Hölderlin wurden rezitiert, zwei der Italienerinnen brachten ein herzergreifendes Couplet zu Gehör, und die Schwestern Buti sangen einige italienische Lieder, die von allen mit Inbrunst mitgesungen wurden. Der Schweizer Kupferstecher Samuel Amsler hatte eine Gitarre mitgebracht, die nicht mehr zur Ruhe kam. Philipp Veit skizzierte auf den Tischplatten mit einer Zeichenkohle, die sich in irgendeiner Rocktasche fand, Karikaturen der Anwesenden, die so grotesk und zugleich so treffend waren, dass sie Begeisterung auslösten. Franz beobachtete, dass Clara wie ein blauer Kolibri von einem Gespräch zum anderen flog, ihr Gelächter war überall zu hören, und er freute sich daran, wie sie bei allen gleichermaßen beliebt war. Sie schien so etwas wie der gute Geist der Gesellschaft zu sein, und immer, wenn jemand alleine saß oder das schüchterne Fräulein Sturmfeder nicht wusste, wie es sich einbringen konnte, dann bemerkte Clara das, fand das richtige Wort, hatte eine Idee, und schon war die Kameradschaft wiederhergestellt.

Erst in der Dunkelheit rollten sie trunken von Wein und Luft und Landschaft wieder in die alte Stadt zurück. Auf dem schaukelnden Wagen stehend, machten einige der Männer, vom Wein erhitzt, ihrem Unmut über den politischen Trott in der Heimat Luft. *Keine Luft zum Atmen! – Provinzialismus allenthalben! – Ersticken oder fort! – Unter den Ländern nur Neid und Missgunst, in den Städten nur Schweigen und Lähmung. – Keine Nation, keine Idee, keine Vision.* Besonders verbittert waren diejenigen, die in den Freiheitskriegen gekämpft hatten. *Wofür das alles? Dafür sind so viele der Besten gestorben? Napoleon ist besiegt, aber nichts ist gewonnen!* Und Schnorr von Carolsfeld erntete schließlich großen Beifall, als er darauf hinwies, dass man vor wenigen Jahren noch das ehrwürdige Wort *römisch* im Reichsnamen geführt habe. »Heiliges Römisches Reich Deutscher Nation! Welch ein stolzer Anspruch!«

Währenddessen war Aura Kauffmann vom einschläfernden Gerumpel des Wagens müde geworden und hatte sich an Franz' Schulter gelehnt. Weil ihr Kopf dabei wiederholt den Halt verlor, hatte er sich erlaubt, sie mit dem Arm vorsichtig zu stützen. Und er genoss – bei aller höflichen Zurückhaltung – den ungewohnten Duft einer Frau. Als er ihr auf der Piazza del Popolo vom Wagen half, entschuldigte sie sich bei ihm für die Unbequemlichkeit, die sie ihm verursacht hatte. Und als sie ihm zum Abschied die Hand reichte, lud sie ihn ein, sie doch bald einmal in ihrem Haus an der Spanischen Treppe zu besuchen und ihre umfangreiche Sammlung von Gipsabgüssen nach antiken Plastiken zu betrachten. Vor allem ihr Abguss der Kapitolinischen Venus sei in Kennerkreisen berühmt. Franz versprach, bald zu kommen. Er bot ihr an, sie nach Hause zu begleiten, doch darüber lachte sie, da ohnehin fast alle den gleichen Weg hatten. Franz blieb verlegen stehen, als sie, umgeben von den Künstlerfreunden, zum Monte Pincio hinüberging.

»Cornelius?«

Franz drehte sich um und blickte in die hellen Augen Claras.

»Kommst du?«

»Natürlich ...«

Und so folgten sie den anderen.

*

Seine leichte Tasche mit Papier, Bleistift und Messer über der Schulter, trat Franz hinaus auf die morgendliche Straße. Georg wartete bereits auf ihn und winkte zur Begrüßung mit seinem struppigen Strohhut. Seine Staffelei und den Tornister mit den Farben und Materialien hatte er auf den Rücken geschnallt. »Guten Morgen, mein Guter! Hast du gefrühstückt?«

»Natürlich, wir können sofort los.«

»Um über Mittag zu verhungern und zu verdursten? Ich habe die drei Grazien gebeten, uns Brot und Käse und Wein einzupacken, wir müssen es nur kurz abholen.«

Und so fand sich doch noch einiges Gewicht in Franz' Tasche ein. Zwar hatte Georg darauf bestanden, die Vorräte zu tragen, doch das ließ Franz nicht zu. Der Maler hatte genug zu schleppen.

Bald darauf wanderten sie die Via Appia entlang. Die neuen Schuhe, die Franz wenige Tage zuvor von dem alten Schuster abgeholt hatte, bereiteten ihm bei jedem Schritt Freude. Es waren die bequemsten, die er je besessen hatte. Die Landschaft, durch die sie wanderten, war übersät mit Trümmern – umgestürzten Grabmälern, Gedenksteinen, Säulen und Fragmenten aller Art. Immer wieder mussten Georg und Franz über Marmorblöcke klettern, die den Weg versperrten. Als Franz sich einmal auf einen Sockel stellte, der nach den Jahrhunderten immer noch solide an der Stelle stand, an die ihn einst seine römischen Erbauer gesetzt hatten, und sich umsah, konnte er nur staunen: In den Wiesen, die zu dieser Jahreszeit noch grün und frisch waren, lagen Trümmer, so weit das Auge reichte. Teilweise vom Gras überwachsen, teilweise im Schatten eines niedrigen Gebüschs, das in den Ritzen und Lücken wurzelte, im naiven Glauben, es handle sich um einen namenlosen Felsbrocken anstatt um kunstvoll behauenen, mühsam von weit her geschafften Marmor, dessen jeder einzelne Stein eine Geschichte trug.

An manchen Stellen hatten sich die Schäfer aus kleineren Marmorsteinen und Ziegeln Verschläge für ihre Ziegen und Schafe gebaut, die sie zu krummen Mauern geschichtet hatten und die, wenn man sich die Schönheit und Perfektion der klassischen Bauwerke vor Augen führte, wie jämmerliche Parodien auf die menschliche Baukunst wirkten. Immer wieder tauchte über einer der Mauern oder aus einer Bodensenke das tiefbraune Gesicht eines der Hirten auf, der sich bemühte, sie aus schwarzen Augen feindselig anzufunkeln, um jeden Zweifel auszuräumen, dass er seine Ziegenherde bis aufs Blut gegen die Fremden verteidigen würde.

Aber das Erstaunlichste, das Franz sah, das Wundersamste, das er jemals in einer Landschaft gesehen hatte, war die alte römische Wasserleitung. Kilometerweit zogen sich ihre gewaltigen Backsteinbögen durch die weite Ebene, riesenhaft den blauen, im Dunst schimmernden Bergen entgegen. Welch eine kühne Idee, welch eine Leistung, sie auszuführen – Wasserleitungen hoch oben in der Luft von den fernen Höhen bis in die Stadt Rom zu führen!

Das schlanke Bauwerk, das in einem weiten Schwung die gesamte *campagna* überspannte, war teilweise eingestürzt, immer wieder wurde es unterbrochen, aber das tat der Wirkung des Ganzen keinen Abbruch. Im Gegenteil: Noch mehr hob es die Leistung heraus, dass große Teile seit zweitausend Jahren aufrecht standen.

»Kommst du?«, rief Georg. »Du siehst selber schon aus wie ein antikes Standbild, da oben auf deinem Sockel!«

»Aber ich bin ja ein Standbild! Ich bin das Denkmal meines zukünftigen Ruhmes!« Franz lachte und sprang von dem Marmorblock herunter ins Gras.

So wanderten sie weiter auf das Grabmal der Caecilia Metella zu, das Georg heute zeichnen wollte. Er wollte versuchen, ob es nicht gelang, einige Aquarelle des berühmten Bauwerks in die Heimat zu schicken und Käufer dafür zu finden. Er suchte in seinen Zeichnungen immer wieder die wundersame Wirkung antiker Bauwerke, in die hinein und auf die obenauf jemand im Mittelalter, in der Renaissance oder in der modernen Zeit einen weiteren Gebäudeteil gebaut hatte. So wie das antike Grabmal, das eine römische Adelsfamilie später durch Zinnen und Anbauten in eine wehrhafte kleine Burg umgewandelt hatte – die ihrerseits längst verfiel.

Als sie im Schatten des Turms anlangten, entdeckte Franz zu seinem Erstaunen, dass auch in die Basis des Nebengebäudes großzügig und wahllos antike Grabsteine, Kapitelle, Relieftafeln und sogar Statuen zwischen die roten mittelalterlichen Ziegel eingemauert waren.

Georg umrundete das Bauwerk mehrmals, bis er schließlich eine Stelle gefunden hatte, an der er im Schatten einer Mauer saß und das Grabmal aus einer interessanten Perspektive sehen konnte. Franz und Georg hatten vereinbart, dass sie miteinander den Tag verbringen wollten, während der eine zeichnete und der andere las und schrieb. Jeder konnte sich auf seine Arbeit konzentrieren, und zugleich würden sie die Nähe des Kameraden spüren, wovon sie sich eine stärkende und anregende Wirkung versprachen. Also ließ sich Franz in der Nähe des Zeichners im Schatten nieder und nahm sein Buch, sein Papier und seinen Bleistift aus der Tasche. Doch während Georg sofort loszeichnete und die Linien auf seinem Papier immer mehr Gestalt annahmen, saß Franz vor einem weißen Blatt, den ungeduldigen Stift in der Hand – und schrieb nichts.

So viele Ideen hatte er gehabt, doch nun wollte sich nichts daraus ergeben. So sehr er sich auch mühte, die Linien seiner Gedanken fügten sich nicht zu Bildern, sie flirrten durch seinen Kopf, fanden nicht zusammen, eckten aneinander und stießen sich förmlich gegenseitig ab. Und das seit Tagen und Tagen. Franz hatte gehofft, die Weite der Landschaft, die Nähe des Freundes, die Ruhe des Tages würden ihm helfen, doch er hatte sich getäuscht. Unruhe, Anspannung und Zerrissenheit beherrschten ihn. Er fand nicht zu sich selbst. Und wie sollte er auch? Die Zerrissenheit trug er im Innersten mit sich. Wie sollte er aus sich selbst heraus schreiben, wenn er nicht wusste, wer er war? Was würde er darum geben, wenn er einfach nur er selbst sein dürfte! Wäre das nicht schwer genug?

»Cornelius!«, rief ihm Georg zu. »Mittagspause! Ich verhungere!«

Franz ging zu dem Freund hinüber, der ein reines Taschentuch auf dem Boden ausbreitete, und sie packten aus, was sie zu essen hatten: Polenta, Brot, Käse, Oliven, Wein. »Und zur Feier des Tages – *un salame*«, erklärte Georg feierlich und hielt ein Stück italienischer Wurst in die Höhe.

»Zur Feier? Wieso ist heute ein Feiertag?«

»Weil jeder Tag ein Feiertag ist. Gib mal dein Messer.«

Er schnitt die Wurst und den Käse in Stücke und brach das Brot in der Hälfte durch. Und mit vollem Mund fragte er: »Wie läuft es bei dir, Cornelius? Bist du vom Fleck gekommen?«

Franz zuckte mit den Schultern. »Na ja. – Nein.«

»Nein? Was ist los?«

»Ich weiß nicht. Es ist alles so – neu. So viele Eindrücke. Mein ganzes Leben ist neu! Zu Hause hatte ich viele Ideen ...«

»In deinem vorigen Leben.« Georg lachte.

»Ja, wenn du so willst. Ich dachte, hierüber will ich schreiben. Und darüber. Aber jetzt ...«

»Jetzt hast du keine Ideen mehr?«

»Doch, sicher.«

»Schreib sie auf!«

»Aber das ist es ja. Sie stimmen nicht mehr. Sie sind – falsch!«

»Falsch?«

»Mit einem Mal ist alles anders! Wie soll ich jetzt schreiben? Was soll ich schreiben? Warum soll ich schreiben?«

»Warum?« Georg lachte spöttisch. »Weil du zu den wenigen Glücklichen gehörst, die schreiben können – die Götter haben dir die Gabe geschenkt, der König von Bayern ein Stipendium, und vor allem: In deinem Herzen trägst du die Liebe zum Schreiben. Es ist ein Wunder, und du kannst es wahr werden lassen.«

»Ein Wunder ... Du hast Recht. Aber damit es ein Wunder wird, muss man wohl die Wahrheit schreiben. Und man muss sie auf eine wahrhaftige Weise schreiben.«

Georg gestikulierte, lebhaft zustimmend, mit einem Stück Käse. »Das ist es, warum die meisten von uns Malern hier sind. Um den verlogenen Quark, den der Fürst an seiner Akademie vorschreibt, nicht wieder und wieder runterwürgen zu müssen.«

»Weißt du, manchmal beneide ich euch Maler. Ihr habt einen Pinsel, und daran ist Farbe, und ihr bringt ihn auf die Leinwand. Ein Anfang ist gemacht, entweder ist es gut oder nicht …«

»Uns Maler? Beneiden? So oft ist es nicht gut! Es ist schlecht! Der Anfang ist immer schlecht, und das Ende oft genug auch. Und wenn dir der Herr die Gabe geschenkt hat, gut von schlecht zu unterscheiden und zu sehen, ob ein Gemälde gelungen ist oder nicht – dann ist es ein harter Kampf, nicht darüber zu verzweifeln. Ein täglicher harter Kampf. Glaub mir. Nimm irgendeinen … Schnorr! Einer der Begabtesten hier! Hat sein erstes großes Gemälde nach wochenlangem Ringen verbrannt, weil er die Enttäuschung nicht ertrug. Rudolf Schadow! Er kann in Berlin nicht existieren, weil ihn das Genie des Vaters erdrückt, und er kann hier nicht existieren, weil ihn die Klassiker erdrücken! Johannes Veit! Sie sagen, er arbeitet langsam. Ich sage dir, er ringt mit jedem Pinselstrich. Fohr und Ruhl haben im letzten Frühjahr aufeinander geschossen. Keiner begreift, warum. Die Nerven, sage ich dir. Die Zermürbung. Und wenn du erst anfängst zu grübeln, wenn du nachdenkst, wohin all die Plage führt – ob es sich lohnt – ob eines Tages ein anständiges Leben daraus wird –, dann bist du schon verloren.« Georg hatte sich immer mehr erregt, jetzt warf er sein Stück Brot auf das Tuch, sprang auf und ging ein paar Schritte davon. Dort stand er mit dem Rücken zu Franz.

»Georg?«

Georg wandte sich zu Franz um und setzte sich wieder. »Vom Schreiben verstehe ich nichts. Ich selber habe noch nie eine Seite geschrieben, die nicht anfing mit *Liebe Mutter, mach Dir keine Sorgen um mich*. Aber warum sollte es bei euch Dichtern anders sein als bei uns? Fang einfach an, und dann mach es besser. Mach es so lange besser, bis du es nicht mehr besser machen kannst.«

Franz sah den Freund lange an. »Klingt ganz einfach …«

»Klingt ganz einfach. Und falls du daran zweifelst, zu welchem Zweck du diese Wurst da essen sollst, dann nur heraus damit. Ich esse sie gerne für dich, weil sie mir schmeckt!«

Franz lachte. »Du hast mir einen wertvollen Rat gegeben, und ich will ihn dir anständig belohnen.« Mit großer Geste reichte Franz dem Freund das Papier mit der Wurst hinüber. Und kauend sagte der: »Mach eine *Italia*!«

»Wie bitte?«

»Das Gegenstück zu deiner *Germania*: Dichte eine *Italia*!«

Als Georg später wieder im Schatten saß und zeichnete, beobachtete Franz sein konzentriertes Schaffen. Wie Recht der Freund hatte, dachte er. Und wie Unrecht. Er ahnte ja nicht, welcher Kampf in seinem Herzen tobte. Welche Wahrheit sollte er schreiben? Die von Cornelius? Die von Franz? Die eines vom König Belohnten? Die eines Geflohenen? Es wollte auch am Nachmittag nicht gelingen. Die Quelle war verschüttet, und unmöglich zu sagen, ob sie jemals wieder ans Tageslicht träte. Er warf seine Papiere und den Bleistift ins Gras und ging den Weg hinauf, auf dem Pferdeäpfel, Ziegendreck und Kuhdung trockneten. Er führte vorbei an einer Schar Hütten und kleiner Höfe, an deren oberem Ende ein Bauwerk die anderen um ein Geschoss überragte. Die Italiener würden wahrscheinlich *palazzo* dazu sagen, denn im Vergleich zu den anderen Hütten strahlte es eine gewisse vergangene Würde aus. Unter einem Balkon bildeten Weinranken, die von einem splittrigen Gerüst getragen wurden, einen schattigen Platz, an dem zwei Frauen saßen. Die eine, etwas ältere, putzte mit einem Messerchen Bohnen, die andere begleitete ein Kind, das in eine Laufglocke aus Weidengeflecht eingespannt war und, von der hilfreichen Konstruktion gestützt, erste Schritte ins Leben probierte. Dabei freute sich das Kind maßlos und gluckste. Als es Franz sah, der stehen geblieben war, um das Bild auf sich wirken zu lassen, jauchzte es laut auf und warf seine Ärmchen in die Luft. Auch die beiden Frauen grüßten den Fremden – allerdings etwas zurückhaltender.

Ode an Italia, dachte Franz. Die Idee war halb scherzhaft gemeint gewesen, aber warum nicht? Und als Franz zu seiner Tasche zurückkam, hob er seine Blätter vom trockenen italienischen Boden auf und spürte förmlich, wie sie sich mit allem vollgesogen hatten, was in dieser Erde steckte: von der Caecilia, die einst hier ihre letzte Ruhe gefunden hatte, bis hin zu dem Kinde, das ihn so arglos angelacht hatte.

*

Franz erkannte sie auf den ersten Blick wieder: die schöne Dame vom protestantischen Friedhof hinter der weißen Cestius-Pyramide.

»Darf ich vorstellen?«, fragte Clara höflich. »Cornelius Lohwaldt, Frau von Humboldt.«

Caroline von Humboldt lächelte ihn freundlich an, während er die Verbeugung nutzte, um seine Unsicherheit zu verbergen. Wie hatte er nur so anmaßend sein können, die Frau auf dem Friedhof schamlos zu beobachten! Hoffentlich erkannte sie ihn nicht!

»Der junge Mann vom Friedhof«, sagte sie lächelnd. »Sie sahen so verzweifelt aus, dass ich nicht gewagt habe, Sie anzusprechen.«

»Verzweifelt?«, fragte Clara und sah Franz betroffen an.

»Ach …« Franz beschwichtigte: »Vielleicht die ersten Anzeichen der Krankheit…«

Doch Caroline von Humboldt lächelte ihn, um Nachsicht bittend, an: »Entschuldigen Sie meine Unhöflichkeit. Ich hätte Sie begrüßen müssen. Ich habe mir gedacht, dass Sie der junge Dichter aus Nürnberg sein müssen. Clara hat mir von Ihrer Ankunft berichtet. Seien Sie also herzlich willkommen in Rom!« Sie wies einladend in die Wohnung. »Bitte sehr!«

Als er Clara folgte, fand Franz sich zu seiner Überraschung nicht in einem Salon mit Seidentapeten wieder, wie er der bedeutenden Dame angestanden hätte – immerhin die Schwägerin des berühmtesten Forschungsreisenden überhaupt, die Gattin des preußischen Staatsministers, die berühmte Salonière, in deren Elternhaus schon Herder, Goethe, Wieland und Schiller ein und aus gegangen waren. Sie traten in die Küche der italienischen Vermieter, der Butis, wo ein Berg Weißwäsche auf sein Bad am nächsten Morgen wartete. Dort war eine lange Tafel gedeckt, bei der bereits zwei Gäste im Gespräch standen. Sie begrüßten Clara mit Handkuss. Den Dichter Rückert hatte Franz schon kennengelernt, der andere wurde ihm ebenfalls als Dichter vorgestellt. »Müller«, sagte Rückert. »*Griechenmüller,* nicht zu verwechseln mit *Maler Müller*.«

»Rückert und Müller. Die zwei *Düchter*«, lachte Clara.

»Ich dachte, es ist vielleicht eine nette Idee, wenn ich heute Abend zum Empfang von Cornelius zwei Dichter einlade.«

Dann erschienen noch Dorothea Schlegel, Carolines Freundin aus Jena und Mutter der Künstlerbrüder Johannes und Philipp Veit, sowie – erhitzt von Eile – Margarethe Niebuhr, eine Frau von etwa dreißig Jahren, die viel lachte und die Gattin des preußischen Gesandten war. Sie präsentierte einen Hartkäse, von dem eine Ecke fehlte, und entschuldigte ihr spätes Kommen lachend mit ihren Kindern, die sie nur hatten ziehen lassen, nachdem sie vom Käse hatten abbeißen dürfen.

Als alle am Tisch saßen, schenkte Frau von Humboldt Tee ein, und dann packten alle aus, was sie mitgebracht hatten: Brot, Käse, Oliven. Franz war überrascht, zumal er nichts dabeihatte. Doch Clara beruhigte ihn, sie habe genug. Als Caroline von Humboldt Butter und Öl auf den Tisch stellte und alles auf Tellern anrichtete, wandte sie sich an Franz: »Ich muss mich gleich wieder bei Ihnen entschuldigen. Eigentlich kann ich mir im Moment häufige Gesellschaften nicht leisten. Aber ich möchte doch nicht darauf verzichten. Deshalb bescheiden wir uns alle ein wenig. Ich habe Sie doch alle so gerne um mich!«

Alle dankten ihr und schlürften einen Schluck heißen Tee auf ihr Wohl. Während des Essens, als die beiden *Düchter* sich in einen Disput verstiegen, der von einer speziellen Textstelle ausging, und Clara von Margarethe Niebuhr in Beschlag genommen wurde, die gespannt nach ihrer Meinung zu einem Bild fragte, das sie kaufen wollte, bemerkte Caroline, dass Franz schweigend dabeisaß. Also fragte sie ihn nach seinen Plänen als Poet.

Franz war allerdings nur deshalb etwas in den Hintergrund getreten, weil er Caroline beobachtet hatte, deren Warmherzigkeit, Güte und Offenheit den gesamten Raum belebten. Sie liebte das Leben so sehr, dass sie von dieser Liebe reichhaltig an andere abgeben konnte. Das also war der berühmte Salon: eine Küche mit Tee und Butterbrot. Die einzigen Reichtümer, die Caroline von Humboldt freigiebig unter ihren Gästen austeilte, waren ihr offenes Herz, ihre warme Anteilnahme und ihr reger Geist, mit dem sie sich einem jeden vollkommen zuwandte.

»Ich weiß noch nicht …« Was sollte er antworten? Plötzlich schwiegen alle und blickten Franz gespannt an.

Als Erstes löse ich das Rätsel, als welche Person ich überhaupt schreibe, schoss es ihm durch den Kopf.

»Ich denke, ich werde mit einem kleinen Versuch beginnen«, erklärte er. »Ich werde meiner *Ode an Germania* eine welsche Schwester zur Seite stellen: *Ode an Italia*.«

»Na, das kann ja was werden!«, rief Müller aus.

»Was willst du denn damit sagen?«, bedrängte ihn Rückert.

»Ist gerade ein paar Tage hier, der Grünling, und glaubt, *Italia* zu kennen!«

»Nein«, sagte Franz. »Es kommt mir nicht darauf an, ein gültiges Werk vor die Ewigkeit zu stellen. Es soll meine Eindrücke ordnen helfen.«

»Das klingt mir mehr als vernünftig«, sagte Caroline von Humboldt.

»Vernünftig? Was klingt vernünftig daran, erste Eindrücke in Literatur zu wandeln? Dabei *muss* man doch irren!«, rief Rückert.

»Im Gegenteil, Rückert: Wenn er seine persönlichen Eindrücke aufschreibt, *kann* er nicht irren!«, hielt Müller dagegen.

»Eindrücke? Dann kann er ja gleich einen Reiseführer verfassen.«

»Warum nicht? Wenn er mit Poesie geschrieben ist …«

»Müller! Poesie ist wohl das Schwerste und braucht die tiefsten Einblicke.«

»Trotzdem wäre die Stärke vielleicht gerade die Frische der Eindrücke. Vieles sehen wir schon gar nicht mehr, was unserem neuen Freund noch ungewöhnlich und fremd vor Augen steht.« Und Müller schloss mit dem Gedanken: »Interessant wäre, eine *Italia* jetzt zu schreiben – mit allem Mut, auch einmal danebenzugreifen …«

»… und eine zweite, ausgereifte im nächsten Jahr!«, fiel Rückert ein.

»Und dann diskutieren wir noch einmal«, warf Caroline ein, »welcher der Herren Recht hatte!«

»Natürlich müsste sie in italienischer Sprache geschrieben sein«, sagte Rückert. Franz horchte auf: Machte sich der sprachgewaltige Dichter über ihn lustig? Aber Rückert schien keinen Hintergedanken zu haben.

Und so nahm die Unterhaltung einen Verlauf, in dem allerlei Pläne und Ideen entstanden, die zumeist nur für die Dauer des Gesprächs lebten, aber doch bei Franz – und offenbar allen anderen – eine innere Bewegung und eine schöpferische Anspannung zur Folge hatten. Franz jedenfalls nahm einiges mit, das er bedenken oder sogar ausführen wollte. Die konträre Haltung Rückerts, der ihn mit seinen kritischen Äußerungen über die *Italia*-Idee in Bedrängnis gebracht hatte, erwies sich als gern angewandtes Mittel um der Erkenntnis willen und der Fruchtbarkeit halber. Er verfiel auf jedes Stichwort hin in einen Disput. Und Müller stieg gleich darauf ein. Im Laufe des Abends hielt Franz immer häufiger dagegen, womit er sich zwar nie die Zustimmung, aber sichtlich doch den Respekt der anderen zuzog.

Später kamen noch zwei Bildhauer dazu, die ebenfalls im Haus wohnten: der viel geehrte Bertel Thorvaldsen aus Kopenhagen, der mit sich selber am strengsten war, obwohl er – und da waren sich Rückert und Müller einig – sogar noch weit höher einzuschätzen war als der große Canova, und der Berliner Rudolf Schadow, ein schweigsamer, verdrießlicher Mann mit einem schwachen Kinn, dessen Gesicht allerdings unter der freundlichen Zuwendung der Gastgeberin auftaute wie gefrorene Wanderschuhe am Ofen. Ausgelassen und lebhaft fand der Abend schließlich seinen Höhepunkt, als sich neben den drei Töchtern der Humboldts nach getaner Arbeit auch noch die drei halbwüchsigen Töchter der Butis, Elena, sowie Olympia und Vittoria, die Franz schon auf der Landpartie mit dem Ochsenwagen kennengelernt hatte, zu ihnen gesellten.

Als Franz später mit Clara die Gasse hinauf nach Hause ging, fragte er sie: »Warum ist sie alleine hier?«

»Caroline?«

»Ja, ihr Mann ist ja wohl in Berlin …«

»Inzwischen in London. Als einfacher Gesandter. Fürst Hardenberg hat ihn nach dem Kongress kaltgestellt.«

»Und die Humboldts? Hat er *sie* kaltgestellt, oder sie *ihn*?«

»Sie haben sich nicht getrennt. Caroline hat mir erzählt, ihre Sehnsucht nach Rom sei zu groß gewesen. Der Gedanke, nach London zu gehen, war ihr unerträglich. Sie hat schon einmal ein paar Jahre alleine hier gelebt. Sie geben sich gegenseitig alle Freiheiten.«

»Bemerkenswert …«

»Sie geht davon aus, dass er nicht lange in London bleiben wird. Dann leben sie wieder zusammen.«

Sie gingen eine Weile schweigend nebeneinander her.

»Sie sagt, hier seien ihre Kinder immer am glücklichsten gewesen.«

Dann fragte er: »Warum bist *du* alleine hier?«

Clara blieb stehen und blickte ihn an. »Warum nicht? Die meisten von uns sind alleine hier.«

»Sicher … Ich denke mir nur … für eine junge Frau ist es ungewöhnlich.«

»Aber wusstest du nicht …« Sie lächelte. »Ich *bin* ungewöhnlich.«

*

Tage und Tage mühte sich Franz mit der *Italia*. Und alles, was er zu Papier brachte, war kitschig, banal, naiv – lächerlich. Denn bei aller Unbedarftheit musste er Lohwaldts *Germania* – sowie einigen anderen seiner Epopöen und Hymnen, die er als Skizzen in seinem Gepäck gefunden hatte – doch zugestehen, dass sie frisch in der Sprache und treffend in der Bildfindung waren. Es gab Formulierungen, die überraschten und deshalb überzeugten. Doch Franz gelang das nicht. Seine Worte erschienen ihm wie abgetragene Röcke, die man aus Bequemlichkeit nicht ausmustert, obwohl sie den Träger als gleichgültig entlarven. Er wusste, er konnte es besser, aber es gelang ihm nicht. Er brachte es nicht fertig, aus seinen Funken eine Flamme zu entzünden.

Wenn ihn das widerspenstige Papier vom Schreibtisch forttrieb, ging Franz oft zu dem grobschlächtigen Schrank, dem er dann doch noch Lohwaldts Habseligkeiten anvertraut hatte, zog zwischen der Wäsche ein goldenes Medaillon hervor und klappte es auf. Es barg zwei Miniaturen: ein Portrait von Cornelius und eines einer schmalen jungen Dame. Dass Lohwaldt ein Bildnis von sich selber auf der Reise mitgeführt hatte, bestätigte nur den Eindruck, den Franz von dem jungen Dichter gewonnen hatte. Sorge allerdings bereitete ihm die Frau. War sie Lohwaldts Verlobte? Etwa die Ehefrau? Die Schwester? Würde sie in Rom erscheinen? Wenn Cornelius ihr Portrait wichtig gewesen war, dann gab es ein Band zwischen ihnen, an dem sie womöglich nach Rom gezogen wurde.

Irgendwann.

Vielleicht bald.

Und wer immer sie war: Sie würde Post von Cornelius erwarten. Auch zu Hause erwartete man Briefe von ihm. Die Mutter, der Vater – wer wohl noch? Wie schreibt man einen Brief an jemanden, den man nicht kennt? Wovon berichtet man, was fragt man? Ist man herzlich oder sachlich? Um diese Fragen noch nicht beantworten zu müssen, wandte sich Franz einer Aufgabe zu, die zuvor erledigt werden musste: Er eignete sich Cornelius' Handschrift an. Er nahm sich Notizen und Manuskripte vor, die er in verschiedenen Mappen gefunden hatte, und schrieb sie ab. Er übte einzelne Buchstaben und wiederholte ein Dutzend Mal ganze Wörter. Lohwaldts Schrift war nicht leicht. Auf eine Reihe gleichmäßig gemalter Kleinbuchstaben folgte immer wieder ein schwungvoller Schnörkel, der über die Zeile sprang und eine eigenwillige Eskapade vollführte. Auch die Großbuchstaben – mit weicher Feder gemalt – führten ihre Wörter frohgemut an wie ein Fahnenschwenker seine Schar Trommler und Pfeifer. Die Zeilen lagen gleichmäßig auf dem Blatt und ließen genug Raum für die Artisten und Gaukler. Insgesamt hatte Franz den Eindruck, Lohwaldt habe niemals nur für die eigenen Augen etwas hingeworfen, sondern sei sich bei jedem Wort bewusst gewesen, dass es der Nachwelt gehöre.

Franz hatte mit Georgs Hilfe von einem Trödler in Trastevere einen alten Schreibtisch herbeigeschleppt, ein zerkratztes Leichtgewicht ohne Schubladen und Kästen, der nervös zitterte und den er ans Fenster rückte, um im wechselhaften Schattenspiel des weißen Tuchs, das vor der Öffnung wehte, zu üben. Schließlich schrieb er flüssig ganze Seiten ab, und wenn er sie mit den Originalen verglich, dann schien es ihm, als ob der Betrug wohl durchgehen mochte. Und er fand auch die einzig vernünftige Lösung für Stil und Inhalt seiner Briefe: sachliche und knappe Berichte mit nur den nötigsten zutraulichen Worten. Jeder würde Verständnis haben, dass die Begeisterung des Reisenden für die aufregende Odyssee keinen Raum für Persönlicheres ließ. Im Übrigen war Franz sicher, dass Lohwaldt Höflichkeiten dem englischen Trinkgelde gleich in kleiner Münze herausgerückt hatte.

Und so setzte sich Franz an seinen ersten Brief. Er begann ihn schwungvoll mit: *Ma chère maman! Cher père!* Die französische Anrede schien ihm die sicherste, weil sie sowohl herzlich als auch vornehm und sogar ironisch aufgefasst werden konnte. Dann aber zögerte er und starrte aufs Papier, während der Schatten des Fensterrahmens darüberwanderte: Was, wenn es Mutter oder Vater nicht mehr gab? Wenn einer der beiden längst verstorben war? Und wieder blieb der Brief liegen.

Doch dann spielte das Glück für ihn: Ein Junge kam, von der bayerischen Gesandtschaft geschickt, mit einem Brief der Mutter. Sofort riss Franz ihn auf. Was er las, waren die einfachen und gutmütigen Worte einer schlichten Frau, deren Gedankenkreis über das Haus, die Dienstboten und das Essen kaum hinausgingen. Natürlich ersparte sie ihrem Sohn nicht den Vorwurf der Lieblosigkeit, weil er nicht geschrieben und ihr Mutterherz weggeworfen habe wie ein altes Kinderspielzeug, doch sie entschuldigte sich sofort für ihren Tadel und zeigte größtes Verständnis, weil er so viel erlebe und die Plagen der Reise wohl allzu unkommod seien.

Ein Absatz des Briefs fesselte besonders Franz' Aufmerksamkeit: Die Mutter schrieb über Cornelius' Schwester. Dass es ihr besser gehe, was man vor allem daran sehe, dass Professor von Schabeisen ihr frische Luft verordnet habe – anstatt der ewigen, entmutigenden Bettruhe. Isolde habe auch schon eine viel gesündere Farbe angenommen.

Isolde also.

War sie das?

Franz holte das Amulett hervor und betrachtete sie. Blass war sie. Oben auf der Stirn, wo ein Streifen schwarzen Haars scharf ansetzte, hatte der Künstler sogar zu einem grünlichen Ton gegriffen, um ihre Haut im Gegensatz zu der rosigen Lohwaldts darzustellen.

Das musste sie sein.

Franz las noch einmal den Brief der Mutter, der mit einem Gruß und einer Ermahnung vom Vater zur Sparsamkeit endete. Na bitte. Als Franz die treue Naivität der Eltern so lebendig vor

Augen gestellt wurde, fand er gleich den Mut, seinen begonnenen Brief weiterzuführen.

In einem Fluss beschrieb er die Stationen der Reise vom Gardasee an, er fasste die ersten Eindrücke von Rom zusammen, wobei er das Große und Majestätische hervorhob, und versäumte nicht, von den vielen deutschen Künstlern zu berichten, um den Eltern anzudeuten, dass er in der Fremde deutschen Anschluss gefunden hatte und im Schoße der Landsleute verlässlich aufgehoben war. Einzelne Namen zu nennen, vermied er fürs Erste, um Komplikationen – welcher Art auch immer – zu umgehen. Am Ende war er so gelöst, dass er sich sogar erlaubte, in aller gebotenen Unzweideutigkeit eine Bemerkung über das entzückende Wesen der jungen Römerinnen zu machen. Franz war sicher, dass man es einem jungen Mann, der zum ersten Mal in die Fremde ging, mit Verständnis, vielleicht sogar mit einem gewissen Stolz auf den selbstbewussten Sohn, nachsehen werde.

Als er gleich morgens den Brief zum Postamt brachte, schlug sein Herz vor Aufregung, obwohl er das Schreiben ein Dutzend Mal gelesen hatte. Er wollte sicher sein, dass er keinen Fehler begangen hatte.

Um sich abzulenken, schlug er vom Postamt aus den Weg zur Spanischen Treppe ein und klopfte an die Haustür von Aura Kauffmann. Ihr kühnes Lächeln, mit dem sie ihn im Schatten der Eiche gemustert hatte, die selbstbewusste Spannung, mit der sie ihr Kinn gehoben hatte, um sich in schimmernden Pfeifenrauch zu hüllen, ihr Duft, während sie an seiner Schulter geschlafen hatte – all das war in ihm lebendig geblieben, während er mit dem Brief an die fremde Familie gerungen hatte.

»Die Kauffmann«, wie Georg sie nannte, wusste immer genau, was sie wollte. Als Franz bei ihr klopfte, wusste er wohl nicht, was er wollte, aber er hatte gewiss eine dunkle Ahnung, was kommen würde. Sie tranken Tee, sie bewunderten die wirklich sehr hervorragenden gerühmten Gipsabgüsse mit all ihren klassischen Muskeln, ihren durch geschickten Faltenwurf unterstrichenen Brüsten und ihren feinen Händen, deren Haltung

Aura so anmutig nachahmen konnte, sie tranken türkischen Kaffee und französischen Cognac, Aura sog an ihrer eleganten Pfeife und lachte viel, wobei sie kleine weiße Zähne zeigte. Als Franz zu später Stunde – weit jenseits jeglicher Schicklichkeit – ihr Haus verließ, um durch die schwüle Nacht nach Hause zu gehen, war in ihm etwas durcheinandergeraten. Die Flamme, die sich in ihren Augen spiegelte, wenn sie ihren Tabak entzündete, das Heben ihres Busens, wenn sie an der Pfeife sog, und der aromatische Rauch, den sie aus ihrem Inneren strömen ließ, hatten ihn benebelt und entflammt. Er setzte sich auf die Stufen der Kirche Trinità dei Monti und ließ den Blick auf ihrem Haus ruhen, wo Aura sich wohl gerade für die Nachtruhe frisch machte.

Schon am nächsten Tag lud sie ihn zu einer Spazierfahrt ein. Sie wollte ihm den Blick vom Dach des Petersdoms aus zeigen. Unzählig waren die Stufen, die sie erst in den engen Rundungen einer Wendeltreppe und dann zwischen der inneren und der äußeren Kuppel hinaufstiegen. Aura lachte, als sie auf einem Treppenabsatz zu Atem kommen musste. Obwohl es im Innern des Gemäuers kühl war, nahm sie ihren Schal ab, weil sich glänzende Feuchtigkeit auf ihrem Dekolleté gebildet hatte. Die restlichen Stufen bis zur Laterne reichte Franz ihr seine Hand, um ihr den Aufstieg zu erleichtern. Als sie oben aus der schmalen Pforte ins Licht traten und zur Balustrade gingen, war der Ausblick überwältigend. Die unglaublichste aller Städte breitete sich unter ihnen aus: Hinter dem weiten Petersplatz mit den imposanten Kolonnaden Berninis floss in einem weiten Bogen der Tiber, und zu seinen Seiten hob und senkte sich das lebhafte Gewirr der Häuser und Kirchen und Gärten in weiten und ruhigen Wellen über die sieben Hügel. Aura lachte, als sie Franz' ergriffenes Gesicht sah, und zog ihn an der Hand zur rückwärtigen Seite des Doms, wo sich nur grünes Land erstreckte, das durch die mächtigen Stadtmauern scharf vom Gewimmel der Häuser getrennt wurde. Über die Ebene hinweg kam ein angenehmer Wind vom entfernten Blau des Meeres herübergeweht.

»Schließ die Augen!«, forderte Aura Franz auf.

Franz schloss die Augen. Er spürte den warmen Wind auf der Haut. Und dann spürte er noch etwas: Aura strich ihm sanft mit den Fingerspitzen eine Haarlocke aus der Stirn. Als er die Augen wieder öffnete, sah er, dass sie ihn ruhig betrachtete.

Franz konnte sein Glück kaum fassen: Er schwebte hier oben zwischen Himmel und Erde, eine Frau an seiner Seite, die sich ihm aufrichtig zuwandte. Das war mehr, als er je erwartet hätte.

Nachdem sie ganz hoch hinaus gestiegen waren, ging es einige Tage später in düstere Tiefen: Mit Aura besichtigte Franz die Priscilla-Katakomben. An der Via Salaria gelangten sie in einem Abhang, der von einer überwucherten Mauer gestützt wurde, zu einem unscheinbaren Zutritt. Aura hatte einen Führer gemietet, einen dürren Kerl mit einer riesenhaften Nase, die durch einen Schlag oder Sturz einen bemitleidenswerten Knick erhalten hatte, und dessen Stimme dadurch klang wie ein verbeultes Posthorn. Er hatte zwei Fackeln dabei, von denen er eine Franz überreichte. Sobald er sie entzündete, setzte er das stolze Gesicht eines allwissenden Fremdenführers auf. Er erklärte Franz, dass aus Gründen der Sicherheit die Dame immer in der Mitte zu bleiben habe, und schritt wacker voraus. Doch schon als sie ins Dunkel der altertümlichen Gänge eintraten, wurde es Franz mulmig zumute.

Die Stille war unheimlich. Im Tageslicht schallten all die Geräusche und Klänge der lebendigen Stadt, hier unten fehlte nicht nur jegliches Licht, sondern auch das geringste Geräusch. Die Ohren fühlten sich dumpf an, als ob sie in der toten Umgebung ebenfalls abgestorben wären. Franz begriff schnell, warum ein Führer lebensnotwendig war: Die Wirrnis der Gänge und Treppen, der Kammern, Nischen und Durchschlupfe war unbegreiflich. Es dauerte nicht lange, und Franz hatte alles Gefühl dafür verloren, wie oft sie abgebogen waren, wie tief sie die in den Untergrund gemeißelten Stufen hinabgestiegen waren. Der Führer zeigte ihnen lange Reihen von Grabnischen, die sich im Nichts verloren, und hielt seine Fackel an Namen und ungelenke Zeichen, die eine längst verflogene Seele in einem anderen Jahrtausend in den Fels geritzt hatte. In einigen Nischen lagen noch halbe Skelette, in anderen Kammern waren ganze Haufen von Knochen und Schädeln zusammengeworfen worden.

War Franz anfangs voller Spannung und Neugier in die Gänge vorgedrungen, Auras Schultern und ihre schmale Taille im flackernden Schein vor Augen, so kroch doch immer drückender eine namenlose Angst in seinen Hals, umklammerte seine Eingeweide und schnürte ihm beklemmend das Herz ab. Je niedriger die Gänge wurden, je weiter sie sich vom Eingang entfernten und je mehr ihm bewusst wurde, dass er ohne den Führer im Labyrinth verloren wäre, desto quälender wallte Panik in ihm auf. Schließlich weigerte sich seine Lunge, die feuchte Luft aufzunehmen.

»Cornelius!«, rief Aura. »Was ist mit dir?«

Seine Hände zitterten, und er lehnte sich mit dem Rücken an den kühlen Stein. Mit einem brutalen Schlag war die Erinnerung da: er, Franz, im Grab. Lebendig eingegraben. Die Holzkiste so eng, dass er nicht einmal die Arme an den Kopf bringen konnte. Die Stirn schlug gegen das Holz und schlug und schlug, Dreck rieselte in seine Augen, die er nicht säubern konnte, und am dumpfen Klang des Holzes, wenn die Stirn hämmerte, erkannte er, dass er eingegraben war in Erdboden, und er wusste nicht, ob er in dieser Kiste sterben würde, und er wusste nicht, ob die Erde das Holz eindrücken würde, und die Luft war stickig, und die Panikwellen tobten in seinem Inneren, aber er konnte sich nicht rühren, und er schrie, und seine Schreie erfüllten den Kasten und erstarben in der schweren Erde, und da stiegen die Panikwellen wieder auf, und eine übermächtige rollte den engen Gang entlang und riss ihn von den Füßen, und sein Gesicht klatschte in eine schwarze Pfütze, in die noch niemals ein Strahl Sonnenlicht gefallen war.

V

Blendendes Licht schmerzte Franz, und er bedeckte das Gesicht mit der Hand. Er spürte Gras unter sich, und als er die Augen vorsichtig öffnete, sah er Aura über sich gebeugt. Sie lächelte ihn an. »Du hast mir einen Schrecken eingejagt.«

Sie nahm seine Hand und führte sie an ihren warmen Busen. »*Carpe diem*«, flüsterte sie. »Kurz ist das Leben, und hauchdünn die Sphäre des Lebendigen auf dem kalten Felsen unter unseren Füßen …«

Franz erkannte eine Verzweiflung in ihren Augen. Einen schmerzenden Hunger nach diesem Leben. »Es tut mir leid«, sagte er.

Aura lächelte. »Entschuldige dich nicht bei mir. Nur unser armer Führer war sehr wütend, weil er dich herausschleppen musste.«

»Ich wollte dich nicht ängstigen. Es war eine Erinnerung, die ich … Sie war mit einem Schlag wieder da …« Franz glaubte, ihr eine Erklärung schuldig zu sein, nachdem er sie so sehr erschreckt und dem unbarmherzigen Zorn des Führers ausgesetzt hatte. »Ich … Einst hat mich jemand begraben … lebendig begraben … Und deshalb …« Und noch im selben Moment wusste er, dass es nicht gut gewesen war, ihr davon zu erzählen, denn es beruhigte ihre Verwirrung natürlich nicht, sondern steigerte sie. Und warf neue Fragen auf, die er nicht beantworten konnte. Und er scherzte: »Genug davon. Man soll abgestandenen Mokka nicht aufrühren.«

Und als er sich aufrappelte, um dem erbosten Führer ein gutes Trinkgeld zu geben, bemerkte er, dass Aura ihm gedankenschwer nachblickte.

Am Abend aßen sie bei ihr. Nach dem Essen schickte Aura ihre Dienerin zu Bett, und mit einer Flasche Wein stiegen sie eine enge Stiege hinauf auf die Dachterrasse. Oben standen bequeme Sessel bereit, und während Franz Wein einschenkte, erklärte ihm Aura, dass viele Häuser in Rom eine solche Dachterrasse besäßen, um darauf die Abendkühle zu genießen, es sei also durchaus eine römische Sitte, die sie pflegten. Als er eine Bemerkung über ihre schöne Halskette machte, einen geschliffenen Bernstein von tiefwarmer Farbe, in dessen Innerem ein winziges Insekt mit fein geäderten Flügeln eingeschlossen war, beugte sie sich weit vor, um sie ihm genau zu zeigen. Und bald saßen sie in ihren Sesseln weit zurückgelehnt, um sich vom Sternenhimmel berauschen zu lassen. Irgendwann – ob sie noch saßen, ob sie schon lagen – fühlten sich beide so traulich und in der warmen Nachtluft so sinnlich, dass sie alles um sich herum vergaßen. Auf einmal weinte Aura, und sie küsste ihn, und später liebte sie ihn mit einer solchen Hingabe, dass er erschrak. Zum ersten Mal bekam er eine Ahnung, aus welch tiefem Brunnen sie die Empfindsamkeit schöpfte, die sie in ihre Malerei legte.

Spät in der Nacht schlief Aura in Franz' Armen, er aber lag wach, denn wieder einmal hatte sich die Welt für ihn vollkommen gedreht. Er betrachtete Aura, wie sie unter dem dünnen italienischen Laken lag. Ihre Schultern schimmerten im Mondlicht. Er kannte diese Schultern von den Statuen. Den Göttinnen, die aus schillerndem weißen Marmor geformt waren. Doch wie anders waren diese Schultern hier: weich und warm und lebendig. Er berührte sie und spürte ihr Leben unter seinen Fingerspitzen. Es gab wärmere Partien und kühlere. Sie bewegten sich, und in jedem Moment wandelte sich ihre Form. Ihre Linie führte zu Auras Hals, zu ihrem Kinn, das im Schlaf hoch aufgereckt auf dem Kissen lag, und zu ihrem ruhigen Gesicht. Und sie strömten einen Duft aus, der ihn ganz trunken machte.

Niemals zuvor hatte er die Berührung eines Menschen gespürt. Einzig bei seiner Schwester, die er als Kind heimlich aus der Wiege genommen und geherzt hatte. Bis er von seiner Mutter erwischt und aus dem Hause gejagt worden war. Damals hatte er frierend im Schuppen die Lektion gelernt, dass er niemand war, der einen anderen Menschen liebevoll berühren und herzen durfte. Mit diesem Bild von sich selber war Franz Wercker groß geworden. Und jetzt …

»Bin das wirklich ich, der das spürt und riecht und erlebt?«, fragte er sich. »Bin das wirklich ich?« Und er war glücklich über die Antwort, die er sich geben konnte: »Ja, das bin ich.«

Er sprach es leise aus, im Dunkel ihres Schlafzimmers:

»Ich!«

Er spürte, wie sein Inneres sich mit dem nie gekannten Ich-Gefühl anfüllte, gerade wie in ein Glas berauschender Wein geschenkt wird.

Indem Aura ihn dann im Morgengrauen aus dem Gartentor hinaus auf eine Nebengasse entließ und die Tür eilig hinter ihm schloss, begriff Franz hinreichend, dass er über diese Nacht mit niemandem sprechen durfte. Und er schwieg.

*

Eines Abends im Caffè Greco kam das Gespräch auf die Tasso-Eiche. Als sich herausstellte, dass Franz noch nicht dort gewesen war, schimpfte sich Georg einen gewissenlosen Hund, weil er den Freund noch nicht hingeführt hatte. Ein Raunen ging durch die Umstehenden: »Er kennt die Eiche nicht!« Im gesamten Saal breitete sich mit Gelächter und gespieltem Entsetzen der Ruf aus: »Er kennt die Eiche nicht! Er kennt die Eiche nicht!« Vor allem Rückert und Müller, die *Düchter*, machten ein großes Gewese darum: Dies sei doch für jeden Jünger der Poesie der erste Gang, wenn er nach Rom komme. Die ehrwürdige Eiche, in deren Schatten der große Torquato Tasso in den letzten Jahren seines Lebens Ruhe gefunden habe. Wo der größte italienische Dichter seit Dante begraben liege. Eine Wallfahrtsstätte für jeden Literaten!

Jemand schlug vor, am nächsten Abend hinzupilgern, doch Müller tat das barsch ab: »Gleich jetzt! Wer ist dabei?« Es war noch früh am Abend, die Sonne noch nicht untergegangen, und also fanden sich einige, die mitgehen wollten. Münzen für Wein klimperten in Müllers offene Hand, und bald zog eine Traube junger Männer mit einem großen Hund durch die Gassen den Monte Gianicolo hinauf zum Kloster Sant'Onofrio. Unterwegs traf man auf den bleichen und missmutigen Rudolf Schadow mit dem dunklen Backenbart. »Ridolfo!«, rief man ihn. »Komm mit zur Eiche!« Schadow winkte ab und wollte sich davonstehlen, aber Fohr in seiner offenen und aufrichtigen Art hakte sich bei ihm unter und überredete ihn mitzukommen. Und so waren sie insgesamt elf, als sie an die Klosterpforte klopften, um zunächst das Zimmer Tassos zu besichtigen: außer Franz und Georg also Rückert, Müller, Fohr, Ridolfo Schadow, Philipp und Johannes Veit sowie Franz Horny, Heinrich Hübsch und der aufrechte Julius Schnorr. Da die anderen die Kammer des Dichters zur Genüge kannten, betrat nur Müller mit Franz den düsteren Raum, in dem noch Feder und Tinte auf dem Schreibpult standen, als wäre der Dichter gerade erst verstorben und nicht schon vor zweihundert Jahren. Der Mönch, der sie hineinbegleitet hatte, zeigte dem faszinierten Franz, dass sogar die Tinte noch flüssig war. Doch Müller klärte Franz lächelnd auf, dass der Mönch eher auf eine Spende hoffe, weil er sich der Mühe unterziehe, die Tinte regelmäßig aufzufüllen.

Als sie dann zu den anderen ins Freie kamen, spürte Franz sofort das Besondere des Orts: Die mächtige Eiche überspannte einen herrlichen Klostergarten, in den man einige alte Stühle gestellt hatte, um den Platz in aller Ruhe würdigen zu können. Aus einem Brunnen plätscherte frisches Wasser in ein Becken, Schwalben schnitten durch die Luft und man blickte weit über Rom, das im Licht der Abendsonne strahlte und von dieser Höhe aus Frieden und Ruhe verströmte. Vor allem aber spürte Franz noch etwas anderes, nachdem sie sich zu den anderen gesetzt und mit dem roten Wein auf den verstorbenen Dichter angestoßen hatten. Denn nach einigem Gespräch verfielen die Kameraden in einvernehmliches Schweigen, die langen Haare Fohrs und Veits und einiger anderer wehten im Abendwind, und es war weniger der einsame Geist des verstorbenen Dichters, der sich auf sie legte, es war der lebendige Geist der Gemeinsamkeit. Ein unsichtbares freundschaftliches Band, das sie hier oben umgab.

Als Franz sich später etwas abseits stellte, um unter dem Vorwande, den Ausblick zu bewundern, in Wahrheit die Künstler zu betrachten, sah er es auf jedem einzelnen Gesicht: eine Gelassenheit, die im Schutz des Rudels nichts und niemanden fürchtete. Die Ironie, mit der die Künstler im Caffè Greco zum Sturm auf die Eiche geblasen hatten, war verschwunden und hatte wahrem Genuss Platz gemacht. Sogar Schadow, der zu Beginn noch unwillig und mürrisch gewesen war, kam sichtlich zur Ruhe und genoss das Miteinander.

Nach einer Weile, im letzten Licht des Tages, kam Carl Fohr zu Franz, wobei er aufmerksam von seinem Hund beäugt wurde, ob er sich auch nicht zu weit fortbewege. Fohr setzte sich neben ihn auf die steinerne Umfassung der Quelle und erklärte ihm, dass er an einem großen Werk arbeite, das alle deutschen Künstler, die sich zur Zeit in Rom aufhielten, auf einer Leinwand vereinen solle. Er nahm aus einer Mappe eine Kompositionsskizze des Bildes und gab sie Franz. Die Zeichnung deutete einen Abend im Caffè Greco an, während alle Maler, Zeichner, Kupferstecher, Architekten, Bildhauer und Dichter in die Unterhaltung vertieft waren. Obwohl die einzelnen Gestalten nur mit eiligen Bleistiftstrichen aufs Papier gebannt waren, konnte Franz aufgrund Fohrs beeindruckenden Geschicks einige der Kameraden erkennen. »Ich würde dich gerne dazunehmen«, sagte Fohr. »Darf ich dich portraitieren?«

Franz war zutiefst gerührt von Fohrs Ansinnen. Glücklich fühlte er zum ersten Mal bewusst, dass er dazugehörte. Dass die Künstler ihn als einen der ihren ansahen. Und er erwiderte: »Es würde mich sehr stolz machen.«

Als er am nächsten Nachmittag zu Fohr hinaufging, sah er staunend all die Vorzeichnungen, die dieser bereits angefertigt hatte. Sein Zimmer war einfach, aber wohnlich eingerichtet. Er besaß ein schmales Sofa, einen kleinen Teppich, einen Tisch, auf dem ein schräg gestelltes Zeichenbrett lag, und sogar drei Stühle. Die Wände mit fein gemusterten Tapeten waren über und über vollgehängt mit Bleistiftportraits der Deutschrömer. Alle waren sie da – so lebendig!

Sie setzten sich auf Stühle einander gegenüber, und Grimsel ließ sich schläfrig zwischen ihnen auf dem Boden nieder. Während Fohr abwechselnd Franz studierte und den Bleistift über sein Papier führte, war es ihm zunächst unangenehm, von dem anderen so forschend angeschaut zu werden. Er erinnerte sich nicht, jemals so intensiv betrachtet worden zu sein. Vielleicht von der Mutter, während er als kleines Kind im Schlaf gelegen hatte? Oder hatte sie schon damals den Blick unleidig von ihm abgewandt, wie es ihm später oft aufgefallen war? Auch die Blicke des Malers waren auf eine seltsame Art zwiespältig: Während sein Auge auf ihm ruhte, konzentrierte er sich schon auf die Zeichnung, die er anfertigte. Den Verlauf seiner Stirn etwa nahm er nicht als einen Teil seiner Persönlichkeit wahr, sondern er gehörte, indem er ihn im eigenen Kopf in eine Linie verwandelte, bereits zum Werk. Und Franz schien es, als ob er selber im Kopf Fohrs mehr und mehr verblasste, während das Bild immer deutlicher Gestalt annahm.

Während er sich bemühte, unbeweglich zu sitzen, entdeckte Franz mitten unter den anderen Portraits auch eines von Clara. Eine feine Strichzeichnung mit angedeuteten Schattierungen, auf der sie sehr glücklich getroffen war. Sie hob eben an zu lächeln, und es schien fast, als ob sie im Begriff stünde, etwas zu sagen.

»Jetzt sitzt du endlich still«, sagte Fohr.

»Du hast ja auch Clara gezeichnet.«

»Natürlich. Unser Fräulein Seidler darf wohl nicht fehlen. Leider ist die Zeichnung unbrauchbar.«

»Warum? Sie ist genau getroffen! Man meint fast schon, ihre Stimme zu hören.«

»Mag sein, aber es passt nicht mehr in meine Komposition. Ich brauche den Kopf weiter eingedreht. Mehr ins Profil. Damit sie natürlicher im Gespräch ist. Ich muss noch einmal ran.«

Und während Fohr weiterzeichnete, ruhte Franz' Blick auf dem Bild der Freundin. Für ihn war es gerade richtig. Denn so, wie sie dargestellt war, war sie mit ihm im Gespräch.

Am Ende des Nachmittags hängte Fohr auch sein Abbild, mit erstaunlich sicheren Umrisslinien und wenigen Schraffuren treffend charakterisiert, zu den anderen an die Wand. »Und? Wie findest du es?«

»Das bin ich?«

Fohr betrachtete das Bild prüfend. »Das bist du.« Auf einmal fiel ihm etwas auf: »Ach, ich muss noch deinen Namen dazuschreiben.« Er wollte schon den Bleistift aufs Papier setzen, als Franz die Hand auf seinen Arm legte. »Nein«, sagte Franz, »nicht!«

»Nein? Warum nicht?«

»Weil ... Es ist schön, so wie es ist ... Ich finde ... Lass es einfach so.«

Fohr blickte Franz prüfend an, dann das Bild. Schließlich zuckte er mit den Schultern: »Warum nicht? Wir werden auch so wissen, wer du bist, nicht wahr?«

Franz antwortete lieber nichts darauf. Aber er hatte noch etwas anderes auf dem Herzen: »Carl ... sag einmal ... wenn du dann die zweite Zeichnung von Clara angefertigt hast ...«

»Ja?«

»Dann brauchst du doch diese hier nicht mehr ... Vielleicht könnte ich sie haben? Als Leihgabe?«

»Natürlich! Ich freue mich, wenn sie dir gefällt. Ich schenke sie dir!« Vorsichtig nahm er sie von der Wand und gab sie Franz.

»Ich danke dir!«, sagte Franz. »Wenn du eines Tages berühmt bist, werde ich sie allen Leuten zeigen und ihnen sagen, dass ich dich kannte, als du noch jung und unbekannt warst.«

*

Wenn Franz abends ins Caffè Greco kam, wurde er längst wie ein alter Bekannter begrüßt. Er unterhielt sich mit diesem und jenem, der freundliche Joseph Anton Koch aus Tirol, der wie der Däne Thorvaldsen oder der eigensinnige Reinhart zur älteren Generation gehörte, lud ihn ein, sein Atelier zu besuchen, und der junge Franz Horny, der in der Wohnung neben Clara wohnte, schüttete ihm eines Abends sein Herz aus, denn unter all den ernsthaften und erfahreneren Künstlern fühlte er sich als Jüngster oft verloren und sogar minderwertig. Franz führte ihm vor Augen, dass das in einem Jahr schon ganz anders aussehe, dann gebe es sicher einen Jüngeren, dem er mit Verständnis und Rat helfen könne. Vielleicht war es ein schwacher Trost, aber die Vorstellung gefiel Horny sehr. Wer Franz allerdings mehr Sorgen bereitete, war Georg. Während er mit Horny sprach, beobachtete er, dass Georg zu schnell trank, in einem Moment lautstark über die französische Kunst spottete, um sich im nächsten auf eine Bank zu werfen und in Grübeln zu verfallen.

Als sie später auf dem Heimweg nebeneinanderher durch die Nacht gingen, überlegte er, ob er Georg darauf ansprechen sollte. Vor ihnen gingen, in ein Gespräch vertieft, Franz Horny und Carl Fohr mit Grimsel, der hier und da schnüffelte und das Bein hob. Georg und Franz schwiegen. Wie sollte er es zur Sprache bringen? War es nicht vermessen, Georg zu sagen, dass er zu viel trank? Und trank er überhaupt zu viel? Hatte er sich nicht nach der Anspannung der Arbeit ein paar Glas Wein verdient? Schließlich raffte sich Franz doch auf: »Wie geht es dir, Georg?«

»Hm?«

»Geht es dir nicht gut?«

»Doch. Sicher … Warum fragst du?«

»Du bist so …«

»Ja?«

»Grüblerisch.«

»Grüblerisch …«

»Ja, ich habe dich beobachtet. Du … Wie soll ich sagen …«

»Ich weiß nicht, was du meinst.«

Franz rang mit den Worten. »Na ja, ich mache mir Sorgen, ob du …«

»Du machst dir um mich Sorgen? Ich bin doch kein altes Weib!« Und damit beugte er sich herab, packte Franz mit eisernem Griff und legt ihn sich, ohne dass der andere auch nur die geringste Chance zur Gegenwehr hatte, auf die starken Arme. Spielend hielt er ihn wie ein junges Mädchen, wobei ihn das Gewicht des Mannes nicht im Geringsten kümmerte. Lachend lief er mit Franz los und sprengte zwischen Horny und Fohr hindurch, die erstaunt beiseitestolperten. Während Grimsel, dem das nächtliche Spiel augenblicklich gefiel, bellend hinter ihnen hersprang, hörte Georg nicht auf zu laufen, bis sie an der Gasse anlangten, wo sich ihr Heimweg trennte.

»Du zweifelst an meinen Kräften? Ha!« Er setzte Franz aufs schimmernde römische Straßenpflaster.

»Was ist mit euch beiden los?«, fragte Fohr lachend, als er mit Horny hinterhergeeilt kam. »Seid ihr vom Fieber befallen?«

»Der Frischling hier glaubt, ich sei nicht beieinander. Kommt her, ich trage euch zu dritt.«

Doch der Vorschlag wurde dankend abgelehnt, indem man Georg versicherte, dass er das zweifelsfrei schaffe.

Sie wünschten sich gegenseitig eine gute Nachtruhe, und Georg ging in die schmale Seitengasse – wobei er noch einmal zu Franz zurückschaute und sich kraftstrotzend in die Brust warf.

Franz sah dem Freund nach, der von der düsteren Gasse verschluckt wurde. Ihm fiel auf, dass Georg ihn noch nie eingeladen hatte, sein Zimmer oder sein Atelier zu besuchen.

»Cornelius, kommst du?«, fragte Horny.

Einem Strome gleich, der nach einem Hochwasser ein neues Bett gefunden hat, änderten die Stunden mit Aura den Fluss von Franz' Zeit. Sie mäanderten über Stromschnellen, Furten und tiefe Gründe hinweg einem namenlosen Meere zu. Doch so nah sie einander auch waren, sie redeten nicht viel. Franz hatte sich zwar längst vorbereitet und für Cornelius Erinnerungen und Geschichten erdacht, um sie im Gespräch anzubringen, doch kaum eine nutzte er, denn Aura fragte nicht nach seiner Vergangenheit.

Einige Male, anstatt eines der Modelle zu mieten, die sich auf der Spanischen Treppe den Künstlern anboten, ließ Aura für das Gemälde, an dem sie gerade arbeitete, Franz sitzen. Das Werk trug den Titel *Der trauernde Telemach auf der Insel der Kalypso*. Aura zeigte Franz, wie er auf einem Stuhl zu sitzen habe, in einer niedergeschlagenen, trauernden Pose. Sein Gesichtsausdruck interessierte sie dabei nicht, sie würde später ein stilisiertes Gesicht malen, das ihr vorschwebte. Es ging ihr nur um den Körper. Franz musste nackt sitzen, obwohl Telemach ein Gewand tragen würde, denn sie wollte seine Haltung und seine Anatomie genau begreifen, bevor sie ein Gewand darüberlegen würde. So saß Franz also nackt und trauernd in ihrem nächtlichen Atelier. Und obwohl sie sich eben noch umarmt hatten und ihre Körper einander vollkommen nah gewesen waren, fühlte er sich unter ihren Blicken unwohl.

Manches Mal stand Aura nachts auf, ging in ihr Atelier, entzündete Lichter und begann, konzentriert zu malen. Franz, wenn er merkte, dass sie ihr gemeinsames Lager verließ und sich einen Hausrock anzog, tat so, als ob er schliefe. Denn er spürte, dass sie für sich sein wollte. Und so blieb er alleine mit dem milden und verwirrenden Duft der Ölfarben, ihres Körpers und des Tabakaromas, der ihr Haus immer durchströmte. Wenn sie ihn vor Morgengrauen durch das Tor hinausließ und er in der dunklen Gasse stand, um alleine nach Hause zu gehen, dann spürte er noch wohlig ihre Haut auf der seinen, doch er fragte sich: Ist das die Liebe? Kann das die Liebe sein, die die Dichter seit jeher in ihren schönsten Liedern besingen?

Er wusste es nicht.

Auch sonst sog Franz das Leben in Rom mit aller Intensität ein wie ein Blinder, der wundersam das Sehen gelernt hat. Er ging weiter regelmäßig in die Bibliothek, um Bücher zu lesen, doch zog es ihn mit aller Macht an die Luft und ans Licht. Einige Male schloss er sich dem Dichter Müller an, der leidenschaftlich die Umgebung Roms erkundete. Sie ritten auf Eseln durch die Albaner Berge, und Müller lehrte ihn, wie man auf steilen und steinigen Wegen gefahrlos reiten konnte, indem man nämlich das Tier überhaupt nicht lenkte, sondern seiner Trittsicherheit vertraute und es gehen ließ, wie es wollte. Müller sprach hervorragend Italienisch und stürzte sich förmlich auf jeden Menschen, der ihm etwas über Land und Leben erzählen konnte: Einen Bauern fragte er nach dem Wechsel von Saat und Brache, nach der Pacht und den Erträgen, bei einer Magd erkundigte er sich nach ihrem Lohn, bei einem Pfarrer nach den Besitztümern der Kirche. Er wollte alles wissen, und zum Ausgleich erzählte er den Menschen von seiner nördlichen Heimat: wie man in den deutschen Landen wohnte, arbeitete und lebte. Sie wurden manches Mal zum Essen eingeladen, und die Bauern gaben sich größte Mühe, den *prussiani* die Reichtümer des Landes aufzutischen. Auch wenn Franz anfangs noch kaum mitreden konnte, so bemühte er sich doch, Wort für Wort, Satz für Satz, die italienische Sprache zu lernen, und er war selber am meisten überrascht, wie zutraulich die Begriffe sich ihm näherten und einer sich zum anderen gesellte. Bald schon waren es nicht mehr nur einzelne Wörter, die er sich einprägte, sondern Ausdrücke, Wendungen und ganze Sätze. Und wenn sie weiterritten, erklärte Müller ihm, auf dem Eselsrücken wippend, geduldig die Zusammenhänge und Hintergründe der Sprache.

Sie kletterten über Ruinen von Säulen und Mauern, die auch dort oben überall zu finden waren, da sich in den fruchtbaren

Albaner Bergen mit ihrem herrlichen Blick über die gesamte Ebene, über Rom, über den Lauf des Tiber, über Felder, Alleen und Dörfer hinweg bis zum schimmernden Glanz des Meeres in der Ferne, römische Adelige und Kaiser ihre Landhäuser, Villen und Sommerpaläste gebaut hatten. Am Nachmittag lagen sie dann mit einer Flasche Wein im Schatten uralter Kastanien und immergrüner Eichen und besprachen, was sie gesehen hatten. Franz bewunderte, wie sehr Müller sich für alles interessierte und alles aufschrieb. Und wenn es für die Heimkehr zu spät wurde, dann suchten sie sich ein preiswertes Zimmer. Franz hielt Augen und Ohren offen und lernte viel von Müller. Auch wenn er sich gelegentlich fühlte wie der junge Horny gegenüber den ruhmreichen Nazarenern, während er im Schein einer Kerze italienische Vokabeln in ein kleines Oktavheft kritzelte.

Öfter aber noch war Franz mit Georg unterwegs. Ganz anders waren die Wanderungen mit dem Maler. Er fragte weniger, er sprach weniger. Georg hielt gleichsam ein Blatt Papier zwischen sich und das Land. Aber er beobachtete. Er brachte Franz bei zu sehen. Über die weisende Spitze seines Bleistifts hinweg sah Franz das unendlich feine Blau der fernen Gebirgszüge, er sah all die reichen Abstufungen von Gelb und Ocker und Sand und Braun. Er sah die feinen Nebel, die das Land in der Abenddämmerung ausatmete und die der unwirklichen Stadt Rom die Anmutung gaben, als wäre sie unter der Oberfläche eines schwebenden Meeres versunken. Mit Georg sah Franz die dunkelvioletten Schatten der immergrünen Eichenwälder, den silbernen Glanz der Olivenhaine und die bronzenen Stämme der Pinien in der tiefen Nachmittagssonne. Doch Georg war mehr als schweigsam. Manchmal, in diesen späten Stunden, bemerkte Franz, dass der Künstler zur Schwermut neigte. Dann saß er lange vor seinem halb fertigen Blatt, den Blick nach innen gekehrt, und zeichnete nicht. Seine kräftige Faust presste sich um den Bleistift, als ob sie etwas aus ihm herausquetschen wollte, das er nicht freiwillig hergab.

Auch der Einladung Joseph Anton Kochs folgte Franz und besuchte ihn in seinem Atelier. Als er an die Tür des kleinen und hübschen Hauses klopfte, öffnete ihm Kochs Frau Cassandra, die Franz herzlich begrüßte und ihn in den Garten führte, wo der rundliche Koch gerade die Beete wässerte, wobei ihm drei barfüßige Kinder halfen. In ordentlichen Reihen wuchsen Bohnen, Artischocken, Tomaten, Melonen, Zitronenbäumchen und allerlei Kräuter. Koch zeigte Franz nicht ohne Stolz sein kleines Atelier, wo gewiss ein Dutzend seiner harmonischen idealisierten Landschaften an den Wänden lehnten. Auf einer Staffelei nahe der Gartentür stand ein erst halb gemaltes Waldstück, und Franz hatte den Eindruck, die so lebendig anmutende Landschaft stehe in einer Reihe mit Obst und Gemüse des Gartens und werde von dem freundlichen Künstler nicht gemalt, sondern gehegt und gegossen, damit sie von selbst gedeihe.

Wie anders erlebte Franz dann wieder das Atelier des berühmten Bertel Thorvaldsen an der Piazza Barberini. Er betrat durch ein Tor einen Innenhof, wo große Marmorblöcke, Travertinklötze und Fässer mit feuchter Tonerde lagerten. Das Atelier bestand aus mehreren Sälen, in denen von einem halben Dutzend Gehilfen an den Werken gearbeitet wurde. Überall wurde bosseliert, geknetet, gehämmert, poliert und skizziert. Franz sah den marmornen Kopf eines Kriegers mit griechischem Helm, mehrere Portraitbüsten in Ton, die teilweise in feuchte Tücher gewickelt waren, Basreliefs mit griechischen Göttern, zerschlagene Gussformen und überall kleine, grob modellierte Bewegungsstudien, manche nur Fragmente. Im größten und hellsten Atelierraum baute man über ein Holzgerüst mit großen Mengen feuchten Tons in Lebensgröße ein Reiterstandbild auf.

Überall waren die charakteristischen klaren Linien zu erkennen, für die Thorvaldsen berühmt geworden war. Der Ort wurde nicht nur von schöpferischer Genialität belebt, sondern ebenso vom Atem des Handwerks, denn neben den Modellierstäbchen, den Bleistiften und feinen Schleifpapieren gab es Unmengen an derbem Werkzeug – Hämmer, Sägen, Meißel, Brechstangen –, und von den hohen Deckenbalken hingen starke Ketten mit massiven Flaschenzügen. Im Gegensatz zum nahezu gleichaltrigen Joseph Anton Koch, der bescheiden und genügsam an seinen Landschaften malte, beaufsichtigte der schmale Thorvaldsen strengen Blickes die Arbeiten und konzentrierte sich unnachgiebig auf das Wesentliche.

*

Eines Morgens saß Franz in der Biblioteca Angelica und hatte sich einige Bücher geben lassen, die ihm Müller empfohlen hatte. Der *Düchter* bestand darauf, dass Franz auch Italienisch las, doch es fiel ihm ungleich schwerer als das Sprechen, wenn die Augen und die Hände und das Herz mithalfen. Franz kämpfte gegen die Verständnislosigkeit, und er kämpfte gegen den Schlaf. Clara hatte ihn am Vorabend mitgenommen zum preußischen Gesandten Niebuhr, dessen Ehefrau er bereits bei Caroline von Humboldt kennengelernt hatte. Niebuhrs lebten in einem bemerkenswerten *palazzo*, der einst auf die halbrunden Überreste des Theaters des Marcellus gebaut worden war. Die ehemals hohen Bogengänge des antiken Rundbaus waren durch Ablagerungen von Hochwassern des nahen Tiber und den Staub der Jahrhunderte zu niedrigen Höhlen geschrumpft, in denen sich Trödler und Handwerker eingenistet hatten. Sie waren vollgestopft mit Lumpen, Töpfen und reparierten Stühlen. In einem dieser Bögen gelangte man über eine tief ausgetretene Treppe, die wohl einst auf die Zuschauerränge des Theaters geführt hatte, in die Zimmer der Familie, die äußerst wohnlich und einladend eingerichtet waren. Zur anderen Seite hinaus, wo das Rund des Theaters vor Zeiten von einem Erdbeben zerstört worden war, schloss sich auf den Überresten, und damit hoch über der Straße, ein malerischer und schattiger Garten an.

Niebuhr, ein schmaler Mann mit präzisen Gesichtszügen und hellem Blick und, wie man Franz erzählt hatte, ungemein gelehrt und begabt, empfing Clara und Franz sehr freundlich – wenn er auch ständig wirkte, als ob er zugleich im Kopf an der Übersetzung eines römischen Textes arbeitete, den er auswendig kannte. Margarethe Niebuhr erkundigte sich lebhaft, wie es Franz seit seiner Ankunft in Rom ergangen war. Als sie Clara und Franz in den Salon führte, erkannte er als Erstes Aura. Sie saß in einem ihrer tiefroten Kleider am offenen Fenster und zündete gerade ihre schmale Pfeife an. Es war nicht das erste Mal, dass sie sich in Gesellschaft begegneten, und sie begrüßten sich in unschuldiger Kameradschaftlichkeit.

»Guten Abend, Aura.«

»Hallo, Cornelius. Wie geht es dir?«

Mehr sagten sie nicht zueinander, denn Margarethe Niebuhr stellte Franz Friedrich Prinz von Gotha vor, einem sehr stillen und sanften Mann, dem man seine hohe Geburt nicht anmerkte. Clara erklärte ihm später, dass seine Gesundheit durch einen Kriegsunfall, als nämlich ein Pulverwagen auf ihn gestürzt war, so angegriffen war, dass er im rauen Klima des Nordens kaum noch leben konnte.

Des Prinzen Schweigsamkeit wurde wettgemacht durch eine junge Frau namens Elise, eine ebenso heitere wie praktische Wienerin, die als Gesellschafterin bei Dorothea Schlegel angestellt war, mit der sie gekommen war. Franz schaute immer wieder zu Aura hinüber, doch nicht ein einziges Mal konnte er einen Blick von ihr auffangen.

Sie trafen sich nach wie vor ausschließlich im Verborgenen. Niemals wandte sich Aura in Gesellschaft ihm zu, es sei denn mit der gleichgültigsten Notwendigkeit. Franz hatte natürlich Verständnis dafür: Ihr Ruf war die Lebensgrundlage der allein lebenden Frau. Doch es irritierte ihn, wie ungerührt sie beides trennen konnte, denn sie warf ihm nicht einmal in günstigsten Momenten einen einvernehmlichen Blick zu.

Und wenn er ehrlich zu sich war: Auch wenn es ihm einen Stich versetzte, dass sie sich in der Öffentlichkeit nicht zu ihm bekannte, er selbst verspürte diesen Wunsch auch nicht. Wenn die Kameraden gewusst hätten, dass er mit Aura ein inniges Verhältnis hatte, es wäre ihm unangenehm gewesen. Unpassend. Ganz zu schweigen von den Damen. Oder erst Clara! Was würde sie von ihm denken, wenn sie davon wüsste? Welcher Art war eigentlich dieses Verhältnis?

Als Clara bemerkte, dass Franz gedankenverloren abseits stand, zog sie ihn zu Niebuhr, den sie bat, von seinem »geborgenen Schatz« zu erzählen, wozu er sich auch nicht lange bitten ließ. Während Niebuhr sprach, schaute Franz noch einige Male zu Aura hinüber, doch sie war ins Gespräch vertieft und dachte nicht an ihn.

»... durch Verona gereist. Und mussten pausieren, meiner Frau und den Kindern zuliebe. Ich hatte ein bisschen Zeit. Also frage ich nach der Bibliothek. Ich gehe immer in die Bibliothek, wenn ich in irgendeiner Stadt bin. Oder an einem Kloster vorbeikomme. Eine Marotte. Ich gehe also in die Bibliothek und frage nach mittelalterlichen Kirchentexten. Es gibt ja nichts Langweiligeres als mittelalterliche Kirchentexte!«

Franz horchte auf: »Aber warum lesen Sie sie dann?«

Niebuhr hatte die Frage erwartet und blickte Franz tief in die Augen. »Ich lese sie nicht. Ich schau durch sie hindurch.«

»Durch sie hindurch?«, fragte Franz verständnislos.

»Sie wissen wohl, dass den Mönchen im Mittelalter die Texte der heidnischen und ungläubigen Römer nichts bedeuteten. Wohl aber die Pergamente, auf denen sie geschrieben waren. Denn die waren rar und wertvoll. Also haben sie die Texte abgewaschen!« Niebuhr schüttelte fassungslos den Kopf, als würde ihn immer noch, wann immer er diesen ungeheuerlichen Vorgang bedachte, ein Schauer überlaufen. »Abgewaschen! – Nun gut. Aber es lässt sich nicht völlig abwaschen. Nicht immer jedenfalls. Deshalb kann man manchmal noch Spuren des alten Texts entdecken. Wenn man gut genug hinschaut. Und ich schaue gut hin. Wann immer ich Gelegenheit finde. Wer weiß, was man entdeckt. Wo war ich?«

»Verona. Bibliothek«, sagte Clara lächelnd.

»Richtig. Sie gaben mir Abschriften von Briefen des Kirchenvaters Hieronymus. Und tatsächlich! Unter dem Text waren ältere Buchstaben! Ich konnte mit dem bloßen Auge ein wenig davon entziffern. Stellen Sie sich vor, es waren die *Institutiones des Gaius*!«, rief Niebuhr aus. »Vollständig! Jahrhundertelang verborgen unter banalen Briefen!« An seinen vor Begeisterung blitzenden Augen erkannte Franz, dass es sich um eine sehr bedeutende Entdeckung handeln musste. Niebuhr seinerseits erkannte an Franz' Augen, dass der nie zuvor von den *Institutiones des Gaius* gehört hatte. Er erklärte ihm geduldig: »Die *Institutiones* sind die wichtigste und bis heute einflussreichste Darstellung römischen Privatrechts! Und das, obwohl sie bisher nur aus Fragmenten anderer Autoren bekannt waren. Und plötzlich tauchen sie auf!«, rief er voller Begeisterung.

Es schien Franz, als könne der Gelehrte selbst am wenigsten glauben, was für ein Bravourstück ihm da gelungen war. Ihre Unterhaltung wurde unterbrochen, weil Niebuhrs Sohn und Tochter dem Kindermädchen entkommen waren und ihren Vater belagerten, bis er sich lachend mit einer Handvoll Weintrauben freikaufte. »Sie entschuldigen mich«, sagte er zu Clara und Franz, als die Kinder noch einen Gutenachtkuss am Bett einforderten.

Clara wandte sich Franz zu und hob ihr Weinglas. »Auf das, was im Verborgenen noch auf uns wartet!«, sagte sie lächelnd.

Franz erschrak, doch an ihrem offenen Lächeln erkannte er, dass sie damit nichts Hintergründiges andeuten wollte.

Sie setzten sich zu den anderen an den großen Tisch, wo die Wienerin Elise die anderen Gäste mit ihrer lebhaften Art mitriss. Ihre gute Laune, während sie kleine österreichische Schnaderhüpfln sang, wirkte so ansteckend, dass sogar der stille Prinz zu später Stunde noch mitsang.

Und dann erst, bei dieser Gelegenheit, sagte Aura ein Wort zu Franz: »Kommst du gleich? Ich erwarte dich …« Und schon wandte sie sich wieder ab.

Nachdem Franz Clara durch die dunklen Gassen nach Hause begleitet hatte, war er also noch zu Aura gegangen, und so hatte er nicht viel geschlafen.

Vielleicht lag es an seiner Müdigkeit, jedenfalls las er nicht, sondern grübelte in der Stille der Bibliothek vor den geschlossenen Bänden. Seine Beziehung zu Aura begann ihn mehr und mehr zu verwirren. Die Tiefe der Empfindung, die ihn anfangs in ihren Bann gezogen hatte, erlebte er nicht mehr. Es war nicht nur die strikte Trennung zwischen ihrer vertrauten Zweisamkeit und dem öffentlichen Missachten, die ihn schmerzte. Er hatte den Eindruck, dass sie ihn holte, wenn ihr danach war – ganz wie es ihren eigenen Bedürfnissen entsprach, aber nach seinen Wünschen fragte sie nicht. Und noch etwas anderes begann ihn zu bedrücken, mit dem er nicht gerechnet hatte: Ihre Beziehung im Verborgenen bereitete ihm Beklemmungen. Es war ihm anfangs schwergefallen, die Doppelbödigkeit seines Lebens zu verdrängen, doch nun war er doppelt unaufrichtig, und es fiel ihm doppelt schwer.

Während er so vor seinem Lesetisch saß, beobachtete Franz einen jungen Priester mit kurzen schwarzen Haaren und klaren blauen Augen, der konzentriert las und zugleich unaufhörlich schrieb. Als der Bibliothekar mit den dicken Augengläsern Franz später ein weiteres Buch brachte, das er ihm in seinem gebrochenen Deutsch lebhaft empfahl, wurde der junge Priester aufmerksam. Er kam zu Franz herüber und stellte sich mit freundlichem Selbstverständnis ebenfalls in deutscher Sprache vor. »Ich bin Bruder Lukas«, sagte er und hielt Franz eine kräftige Hand hin.

»Cornelius Lohwaldt«, erwiderte Franz.

Lukas hatte gerade Schultern und schmale Hüften, und aufgrund seiner langen schwarzen Soutane mit dem weißen Kollar wirkte seine hochgewachsene Gestalt noch größer. Über die Dreieinigkeit der Fragen in der Fremde – woher man stamme, seit wann man da sei, wie lange man bleibe – kamen die beiden miteinander ins Gespräch. Lukas interessierte sich für Cornelius' Stipendium, für seine Eindrücke von Rom, für Neuigkeiten aus der Heimat und nicht zuletzt für die Bücher, die Franz gelesen hatte. Als Franz über die Mühe seufzte, die es ihm noch bereitete, Italienisch zu lesen, bot Lukas ihm an, ihn zu einem Buchladen zu führen, in dem deutschsprachige Bücher angeboten wurden. Franz wies das Angebot bescheiden zurück, doch der Priester bestand darauf, dass es ihm Freude bereite.

Während er Franz durch das Gewirr der Gassen zu dem Laden brachte, erzählte er, dass er im Vatikan für den Kardinalstaatssekretär della Somaglia arbeite, den obersten Hüter der katholischen Kirche vor Häresien, in welcher Funktion er auch in der Biblioteca Angelica gewesen sei. »Viele der Bücher, mit denen ich arbeite, stehen auf dem Index. Der Bibliothekar scheint Sie zu mögen, Cornelius. Das ist gut. Er ist der Hüter der verbotenen Bücher.«

Nicht lange, und sie gelangten zum Theater des Marcellus mit der Krone des aufgesetzten *palazzo*. Franz berichtete von dem geselligen Abend bei Barthold Niebuhr, den Lukas natürlich auch kannte. Gleich hinter dem Theater gingen sie durch das offen stehende Tor des *ghetto*. Franz staunte: Waren die Gassen in anderen Teilen der Stadt schon schmal und die alten Häuser hoch aufragend, so hatte die Not hier im Judenviertel, da die Päpste seinen Bewohnern das Wachsen ihres Lebensraumes seit Jahrhunderten verweigerten, wahre Wunder gewirkt. Die Häuser ragten so hoch auf, dass sie der Schwerkraft spotteten. Ohne Plan hatte man immer wieder noch ein Stockwerk auf die krummen Wohngebilde gestapelt, und sie wären unweigerlich zusammengestürzt, hätten sie sich nicht gegenseitig gestützt. In verwirrender Unordnung führten Treppen von einer Ebene in eine andere, unter baufälligen Bögen waren Durchgänge in verwinkelte Gassen zu erahnen, und über den Köpfen ragten gemauerte oder gezimmerte Bogengänge von einem Haus zum nächsten. Um die Wirrnis noch zu steigern, hing kreuz und quer Wäsche zum Trocknen zwischen den Gemäuern, spielende Kinder rannten Franz durch die Beine, und von jedem der zahllosen Fenster aus unterhielten sich alte Frauen lautstark und für Franz völlig unverständlich.

Die Buchhandlung, zu der sie eine enge Stiege hinaufmussten, entpuppte sich als rußiges Gewölbe voller Bücherstapel auf Tischen, Bänken und Stühlen. Regalbretter bogen sich unter der Last von Büchern und brachen nur deshalb nicht durch, weil sie von unten durch andere Bücher gestützt wurden. Der Buchhändler, ein kleiner, wohlgemuter Mann, der an einen fröhlichen Maulwurf mit Hut erinnerte, begrüßte Lukas mit einer altmodischen Verbeugung als *eccellenza.* Er zog unter seinem Ladentisch einige Bände hervor, von denen er behutsam den Staub blies, und breitete sie vor Lukas aus.

Lukas stellte Franz vor: »Dies ist mein Freund Cornelius Lohwaldt, und ich wünsche, dass er keine überteuerten Preise bezahlt.«

»*Eccellenza!*«, rief der Buchhändler tief verletzt und riss seine kleinen Maulwurfsaugen erschrocken auf. »Bei mir zahlt jeder nur den geringsten Preis! Ihr wisst, dass ich die Bücher liebe und nicht das Geld!«

»Natürlich. Deshalb führe ich Euch auch gerne neue Bücherfreunde zu.« Lukas wählte unter den angebotenen Büchern einige aus und bezahlte sie. Während der Maulwurf sie mit einem Band zusammenschnürte, schaute Franz sich ein wenig um. Dabei fiel ihm ein welliger Kupferstich ins Auge, der an die bröckelnde Wand genagelt war. Er zeigte den Titusbogen auf dem Forum Romanum, aber das Siegesdenkmal stand im Wasser! Das *acqua alta* des Tiber hatte das Forum völlig überschwemmt, Bäume und Säulen, Mauerreste und Ruinen ragten aus den Fluten wie Ertrinkende. Franz wunderte sich über den märchenhaften Eindruck, den die klassischen Ruinen, im Wasser stehend, hervorriefen. Er fragte den Händler mit Lukas' Hilfe, ob er das Blatt kaufen könne, doch der Händler lehnte ab: Das Blatt hänge immer schon an der Wand und müsse dort hängen bleiben. Weder Franz noch Lukas verstanden, warum er das Geschäft verweigerte, und Lukas scherzte, dass der Mann wohl fürchte, die Wand werde einstürzen, wenn sie nicht mehr von dem Papier zusammengehalten werde. Also betrachtete Franz die Zeichnung noch einmal und nahm sie im Herzen mit.

*

Tag um Tag wehte luftig davon, und die Abende genoss Franz unter dem ewigen Sternenhimmel mit Aura auf ihrer Dachterrasse. Während es immer wärmer und sommerlicher wurde, fiel ihm eines Morgens auf, dass er Georg seit Längerem nicht mehr gesehen hatte. War der Freund in Arbeit versunken? War er krank? Er beschloss, zu ihm zu gehen. In der düsteren Gasse, die zu seiner Wohnung führte, musste Franz vorbei an zwei Bettlern, die habgierig irgendeine armselige Beute teilten und sie eilig verbargen, als er an ihnen vorbeiging. Im düsteren Treppenhaus saß auf der schadhaften Holzstiege ein kleines Mädchen, das eine Stoffpuppe ohne Kopf an die dürre Brust presste. Franz fragte sie auf Italienisch, wo Georg, *il pittore di Sassoni*, der Maler aus Sachsen, wohne. Sie zeigte mit einem Finger nach oben. Als er an der Dachwohnung klopfte, bekam er keine Antwort. Besorgt rief er und öffnete die Tür. Er trat in eine schräge Kammer mit rohen Dachbalken. An den Wänden hingen Georgs Zeichnungen, die Franz von ihren Wanderungen wiedererkannte, darunter lehnten Ölbilder, und auf der Staffelei stand ein halb fertiges Gemälde, über das ein wüster Pinselstrich gezogen war. Auf dem Boden lagen allerlei Kleider, Unrat und mehrere Weinflaschen. In einer Ecke, auf einer Strohmatratze, schlief Georg. Als Franz ihn an der Schulter schüttelte, fuhr er auf und starrte Franz verwirrt an. Er roch nach Wein.

»Georg! Was ist los mit dir?«

»Geh!«, knurrte der Freund. »Lass mich allein!«

»Du hast am frühen Morgen getrunken!«

»Und?«

»Warum malst du nicht? Es ist ein herrlicher Tag!«

Georg lachte nur zynisch auf. Er ging mit der Hand fahrig

über die umherliegenden Weinflaschen und hob eine an, um zu sehen, ob noch ein Schluck darin sei, aber sie war leer.

Franz riss ihm die Flasche aus der Hand.

Georg starrte ihn aus brennenden Augen an. »Ich gehe zurück.«

»Was?«

»Ich muss zurück, es geht nicht mehr. Schluss mit Malen. Aus!«

»Was redest du da?«

»Ich kann nicht mehr, Franz …« Und dann begann er, haltlos zu weinen. »Ich weiß nicht, wozu! Ich weiß nicht, wie! Ich habe nicht mehr die Kraft … Hab nichts zum Leben …«

»Aber da liegt ja Geld!«, erwiderte Franz und wollte nach ein paar Münzen greifen, die am Boden verstreut lagen. Doch Georg packte seinen Arm und trat die Münzen mit den Füßen davon, als wären es giftige Skorpione. »Lass das verfluchte Geld!«

Es gelang Franz, den Freund so weit zu beruhigen, dass sie reden konnten. Er erinnerte Georg an seine eigenen Worte neulich in der *campagna*: »Du hast mir Mut gemacht!«

»Worte …«, erwiderte Georg. »Es ist eine Sache, das zu wissen, es ist eine ganz andere, das durchzuhalten. Tag für Tag. Und wofür am Ende?«

Es fuhr aus ihm heraus, dass es ihm immer schwerer falle, den Willen aufzubringen, weil er nicht einmal wisse, wozu er male. Er sei nicht von einem innigen Glauben getrieben wie die Lukasbündler, er wolle nicht die Klassik verherrlichen, die Schönheit sei ihm ein hohler Begriff voller Willkür und ohne Herz.

»Es ist *dein* Herz, das ihr die Willkür nimmt!«

»Mein Herz … Ich bin nichts als ein Lump. Ein Dieb.« Voller Abscheu sah er auf die Münzen.

»Was ist das für Geld, Georg?«

»Ich habe es gestohlen.« Mit abgewandtem Gesicht berichtete er, dass er bei Zafelli gewesen sei. Der Laden, in dem die

Künstler ihr Material kauften. Ihre Pigmente, Leinwände, Pinsel, alles, was sie zum Malen brauchten. Zafelli sei ins Hinterzimmer gegangen, um Pigmente zu holen, da habe Georg gesehen, dass die Schublade mit dem Geld offen gestanden habe, und – ohne Sinn und Verstand – hineingegriffen.

»Du musst es zurückbringen! Du entschuldigst dich!«

»Wie das? Sobald er mich sieht, ruft er die Gendarmen! Soll Rom für mich im Kerker enden? Soll ich als verurteilter Dieb nach Hause zurückkehren? Lieber stehle ich mich einfach davon.«

Franz überlegte, ob er das Geld für den Freund abgeben sollte, doch er wusste, dass Georg nicht mehr glücklich würde, wenn er in Schande davonlief. »Wir gehen zusammen hin.«

Als Franz den Laden betrat, hatte er Angst. Wenn er hierdurch mit den Behörden zusammengeriet, konnte das sein eigenes Ende sein. Ein Glöckchen über seinem Kopf klingelte schrill. Der Laden war ein verwinkelter Raum mit vergitterten Fenstern, deren Simse bis oben mit Waren zugestellt waren. Es gab unendlich viele kleine Schubladen, Regale und Vitrinen, und man hätte ein Gemüt aus Stein haben müssen, um beim Anblick all der Leinwände und Säckchen und Pinsel und Fläschchen und Stifte und Kreiden nicht die Sehnsucht zu spüren, malen zu können. Zafelli war ein robuster Mann mit kurzen schwarzen Locken, deren Dichtheit jedem Künstlerpinsel zur Ehre gereicht hätte. Er erkannte in Franz gleich den Deutschen und begrüßte ihn mit ein paar Brocken, die allerdings klangen, als habe er sie von einem Schwaben gelernt. *»Was kann i fia oich doe?«*

Franz kam direkt zur Sache. Er erklärte dem Händler in höflichen Worten – teils Deutsch, teils Italienisch –, dass ein Freund draußen warte, der sich von Herzen entschuldigen, von Mann zu Mann eine Schuld abtragen wolle und sein Schicksal in die Hand des ehrenhaften Herrn lege. *»Garantisco per l'amico!* Ich bürge für die Aufrichtigkeit des Freundes und bitte einzig, ihn anzuhören«, schloss er. Zafelli verstand sofort, als Franz die

Tür öffnete und Georg, zerknirscht und elend, hereintrat. Das Gesicht Zafellis verhärtete sich. Er presste die breiten Lippen zusammen. Doch da er stehen blieb und nicht sofort die Gendarmen rief, erkannte Franz, dass es eine Chance gab. Und so war es dann auch. Durch Georgs Reue und Scham erweicht, ließ der stolze Römer mit sich reden. Georg händigte ihm die vollständige Summe aus und erklärte seine verzweifelte Lage, die natürlich nichts entschuldigen könne – das stehe allein *signor* Zafelli zu. Zafelli war hin- und hergerissen, schaute von Georg zu Franz und von Franz zu Georg. Dann ließ er eine lautstarke und wortreiche Schimpftirade über Georg, über sich selber, über das Schicksal und über Franz los – und er entschuldigte. Er war gerührt von der Aufrichtigkeit der beiden Freunde. Und nicht nur, dass er sie in Frieden ziehen ließ – sie gewannen einen neuen Freund in ihm. Er wollte Georg nicht gehen lassen, ohne ihm zu helfen, und bot ihm an, hier und da im Laden zu arbeiten. Er könne Waren abholen, Botengänge erledigen und – da die deutschen Künstler bekanntermaßen ihr Handwerk verstünden – vielleicht sogar Farben anrühren. Natürlich könne er nicht viel bezahlen, aber wenn es aus Georg wieder einen ehrlichen Menschen mache … *un uomo onesto …*

Georg war fassungslos. Der starke Sachse rang so bemitleidenswert um Worte, dass Zafelli sich seinerseits bei ihm entschuldigte, worauf Georg sich wiederum bei Zafelli entschuldigte und gar nicht aufhörte, mit seiner blond behaarten Hand die schwarz behaarte zu schütteln. Das Durcheinander konnte nur durch ein paar klare Worte Franzens entwirrt werden, und als die beiden Freunde den Laden später verließen, hatten sie sogar noch ein paar Aquarellfarben als Geschenk dabei.

Draußen auf der Gasse dann blieb Georg stehen, blickte Franz an und sagte: »Danke.« Es war nur ein einziges Wort, aber wie er es sagte, steckte mehr darin, als manche Männer im gesamten Leben zueinander sprechen.

Franz begleitete Georg, der einige Ansichten des Petersdoms aus der Ferne, mit römischen Gärten und Ruinen im Vordergrund, zeichnete. Ein Kupferstecher aus Dresden hatte ein paar Blätter dieses Motivs verkauft und Georg geschrieben, dass er durchaus ähnliche Zeichnungen abnehmen würde, die er dann stechen und drucken wollte. Georg geriet gleich in Aufregung über die Gelegenheit, etwas zu verdienen, das ihn bei der gebotenen Sparsamkeit vielleicht mehrere Wochen durchbringen könnte, und wollte sofort an die Arbeit gehen. Sie waren also auf den Monte Celio spaziert. Beim Aufstieg hatten sie so getan, als müssten sie schnaufen und stöhnen wie bei einem steilen Felsanstieg, und hatten sich darüber amüsiert, dass hier nicht nur jedes Haus mit mehr als vier Fenstern *palazzo* hieß, sondern auch jede Bodenerhebung als *monte* bezeichnet wurde. Der Celio, obwohl er innerhalb der alten Stadtmauer Roms lag, war weithin bedeckt mit grünen Gärten und Feldern, Äckern und Beeten, die von antiken Mauerresten in planlose Parzellen geteilt wurden. Aus dem Grün ragten auf der einen Seite pompös die Ruinen der Caracalla-Thermen empor, andererseits schmiegte sich die heutige Stadt Rom in die Senke des Tibertales, und jenseits davon schimmerte die weiße Kuppel von Sankt Peter vor dem hügeligen Horizont. Franz und Georg hatten sich einen Platz im Schatten einer Hecke gesucht, doch mit der Zeit wurde der Schatten immer schmaler, und ihre Füße begannen schon, heiß zu werden.

»Bist du am Sonntag dabei?«, fragte Georg irgendwann beiläufig, während er mit feinem Bleistift die Blätter eines Baums zeichnete, der den Vordergrund seiner Landschaft belebte und dem Bild Tiefe gab.

»Sonntag?«

»Einige gehen zu den Grotten.«

»Die Grotten?«

»Die Cervaro-Grotten.«

»Oh, die Grotten … das ist wohl eher was für euch Zeichner und Maler.«

»Wir trinken auch Wein und rezitieren Gedichte.«

»Und ihr zeichnet.«

Doch Georg ließ nicht locker: »Müller geht auch mit.«

»Müller?«

»Müller. Der *Düchter*.«

»Danke, ich weiß, wer Müller ist.«

»Auch kein Maler!«

»Tut mir leid, aber mir ist nicht nach Wandern. Geht nur einmal ohne mich.«

»Einmal? In letzter Zeit gehen wir nur ohne dich!«

Franz zuckte die Achseln. Er hörte natürlich den Unterton in Georgs Rede. Der lockte ihn, endlich aus der Reserve zu kommen. Doch Franz tat so, als bemerkte er nichts, und so musste der Freund deutlich werden.

»Für jemanden, der nie Zeit hat, scheint es dir recht gut zu gehen. Obwohl du nichts schreibst, wirkst du ganz zufrieden.«

Franz blickte den Freund an.

Und Georg fügte hinzu: »Man möchte fast sagen, *selbstzufrieden*.«

»Ich denke, du kannst mit deinem Versteckspiel aufhören und mir rundheraus sagen, was du zu sagen hast.«

Georg erwiderte Franz' Blick selbstbewusst. »Ich gönne dir natürlich deine Stunden mit Aura ...«

Nach den Füßen wurde nun auch Franz' Kopf heiß. »Du weißt davon?«

»Cornelius, jeder weiß davon!«

»Jeder? Oh mein Gott ... Ich werde Aura ins Unglück stürzen! Ich habe ihren Ruf ruiniert! Durch meine Schuld wird sie nie wieder ...«

»Cornelius! Du wirst sie nicht ins Unglück stürzen. Sie weiß natürlich, dass es alle wissen.«

Franz wusste vor lauter Verwirrung nicht, was er sagen sollte.

Georg zuckte mit den Schultern. »Und alle gönnen es dir. Außer zweien oder dreien vielleicht.«

»Was meinst du damit?«

»Die zwei oder drei, die vor dir das Glück hatten, der Liebling der Kauffmann zu sein.«

Jetzt begriff Franz. Das meinte Georg. Deshalb hatte er ihn angesprochen: Er war nicht der Erste. Er war eine lächerliche Figur. Franz stand auf, wobei seine Papiere zu Boden segelten, und ging ein paar Schritte. Die Sonne brannte auf sein Gesicht. Trotzdem stand er eine Weile und schaute über die weite Ebene.

»Ich musste es dir doch sagen«, beteuerte Georg leise aus dem Schatten heraus.

»Ich danke dir«, erwiderte Franz und wandte sich zu dem Freund um. »Ich habe nicht lange gebraucht, mich lächerlich zu machen.« Franz dachte an den Sonnenaufgang, den er hoch oben auf dem Kolosseum erlebt hatte. An seinen Vorsatz, Lohwaldts Leben zu etwas Gutem zu nutzen. Stattdessen hatte er den geliehenen Namen entehrt und entwürdigt. »Weiß Clara es?«

Georg blickte auf: »Wieso Clara?«

»Weiß sie es?«

»Schwer zu sagen. Aber niemand würde natürlich vor einer Frau über solche Angelegenheiten sprechen. Wieso fragst du nach ihr?«

»Es wäre mir besonders peinlich, mich vor ihr zu blamieren …«

»Du blamierst dich nicht …«, beschwichtigte Georg, der sah, wie aufgewühlt der Freund war. »Andere haben auch ihre Abenteuer.«

»Aber ich *bin* das Abenteuer. Ich bin ihr Spielzeug.«

»Wenn ich dir einen Rat geben darf …«

»Sicher …«

Georg zuckte mit den Schultern. »Genieß es!«

Eine Weile herrschte Stille. »Das ist dein Rat? Das Einzige, was du dazu zu sagen hast, ist: Ich soll es *genießen*?«

Georg nickte. »Ja …«

»Gut«, sagte Franz. »Denn das habe ich.«

Die Freunde lächelten sich einmütig an.

»Also, was ist?«, fragte Georg. »Kommst du am Sonntag mit zu den Höhlen oder nicht?«

*

Franz mied Aura in den nächsten Tagen. Er konnte ihr nicht unter die Augen treten, seit er ihren Umgang in dem neuen Lichte sah. Er liebte sie nicht, das wusste er inzwischen, und er hatte natürlich auch nicht geglaubt, von ihr geliebt zu werden, aber doch hatte er ihre Beziehung als etwas Besonderes gesehen, das einem originellen Augenblick im Lauf der Zeit entsprungen war – und nicht einem stillschweigenden Vorsatz.

Aura schrieb ihm eine Einladung für den Abend, doch er antwortete nur mit einer kurzen Notiz, dass er arbeiten müsse. Umgehend kam Antwort von ihr, die man als Scherz verstehen konnte oder auch nicht, dass er sich nicht lächerlich machen solle: ob er es allen Ernstes vorziehe, ein paar trockene Buchstaben auf ein Papier zu kritzeln, anstatt einen Abend mit ihr zu verbringen? Doch Franz wollte alleine sein.

Bald schon merkte er, dass die Kauffmann niemand war, die ein Nein hinnahm. Sie schrieb noch zweimal, wobei sie es nicht unterließ, seine Arbeit mit feiner Ironie herabzuwürdigen, und schließlich sogar anmerkte, dass er doch ohnehin nichts zu Papier bringe. Georg riet ihm, für zwei oder drei Wochen nach Neapel zu reisen, dann hätte sie ihr Interesse an ihm wahrscheinlich verloren. Doch das kam für Franz nicht infrage. Auf keinen Fall würde er sich verstecken. Auf keinen Fall würde er die Liaison mit einem ehrvergessenen Abschluss beschmutzen. Er beschloss, gleich am nächsten Morgen zu ihr zu gehen.

Und das tat er. Er fand sie in ihrem Atelier, wo sie einige Bröckchen Ocker in einem Mörser zu feinem Pulver zerrieb. Es war ein besonderer Ocker, ein warmer, fast lebendiger Farbton, den sie für die Hautpartien ihrer Gemälde bevorzugte. Noch bevor Franz Gelegenheit fand, ihr zu sagen, was er zu sagen hatte, kam sie ihm zuvor: »Unsere Beziehung behagt dir nicht? Hast du eine kleine Römerin gefunden, die dir den Kopf verdreht hat? Ist es das? Ist sie braver als ich? Dienstbarer?«

»Nein, Aura! Das ist es nicht! Aber … es ist … nicht richtig. Die Heimlichkeit ist für mich schwerer zu ertragen, als ich gedacht hatte. Die Heimlichkeiten vor den Freunden. Vor Georg. Vor Clara.«

»Clara?« Sie blitzte ihn an.

»Nein, Aura, so meine ich das nicht. Es sind auch deine Freunde. Sie … verdienen mehr Respekt. Und wir beide auch. Ich möchte aufrichtig sein. Ich achte und … bewundere dich zu sehr, als dass wir …«

»Ja?«

Er sah, dass seine Worte bei ihr keinen Eindruck machten. Anstatt des Verständnisses, um das er warb, las er in ihrem Blick nur Verachtung.

»Als dass wir … lügen sollten.«

»Lügen … So also bezeichnest du unser süßes Geheimnis. Ich dachte, du würdest schönere Worte dafür finden.«

»Natürlich, Aura. Ich …«

»Zumal du Dichter sein willst.«

»Versteh doch, Aura.«

»Ich verstehe sehr gut. Und ich möchte jetzt allein sein.«

»Aura!«

»Bitte geh.«

Es blieb ihm nichts weiter übrig, als sich bei ihr von Herzen zu entschuldigen. Als er draußen auf der Straße stand, fühlte er sich nicht erleichtert, wie er gehofft hatte, sondern elend und schuldig. Warum nur waren die Worte, die, als er noch alleine gewesen war, so aufrichtig und zwingend geklungen hatten, unter ihrem Blick hohl und ausweichend geworden?

Clara und Carl Fohr waren herabgekommen, um ein paar Drucke anzusehen, die Clara bei einem Trödler gekauft hatte. Es waren schön komponierte Blätter, deren Landschaftsauffassung sie lebhaft diskutierten. Fohr ließ den geschickten Aufbau der Szenerie gelten, verwarf die Bilder aber aufgrund der in seinen Augen fehlenden inneren Kraft.

»Nanu«, sagte Clara plötzlich. »Da hängt ja Carls Zeichnung von mir.« Jetzt erst hatte sie die Skizze bemerkt, die Fohr von ihr angefertigt und die Franz von ihm bekommen hatte. Sie hing neben anderen Zeichnungen, die Franz gelegentlich auf gemeinsamen Exkursionen von dem einen oder anderen Künstler bekommen hatte, mit Nadeln festgesteckt an der Wand neben seinem Schreibtisch.

»Ja«, erklärte Fohr. »Cornelius gefiel sie so gut, da habe ich sie ihm gegeben. Es ist dir doch recht?«

»Sicher«, erwiderte Clara. »Warum nicht?« Sie blickte Franz an, der nun unter ihrem Blick verunsichert nach Worten suchte, obwohl es ihm beim Aufhängen der Zeichnung als die natürlichste Sache der Welt vorgekommen war.

»Ich wollte dich nämlich bitten«, wandte sich Carl weiter an Clara, »mir gelegentlich noch einmal zu sitzen. Mir ist klar geworden, dass ich dich anders in die Komposition einbauen muss.«

In diesem Augenblick knarrte draußen der Treppenabsatz. Als es klopfte und Aura Kauffmann eintrat, waren alle erstaunt. Sie wirkte aufgewühlt und sagte nur: »Cornelius, ich muss dich sprechen.«

In Claras Augen sah Franz noch mehr als nur die Überraschung über das unvermittelte Erscheinen Auras: Eine Frage blitzte auf, die tiefer gründete als die kameradschaftliche Neugier Fohrs. Doch als Franz sie anblickte, verschloss Clara ihre Frage hinter einem freundlichen Lächeln.

»Vielleicht können wir die Blätter später anschauen ...« Franz überlegte, ob er etwas vortäuschen sollte, vielleicht über ein Buch, das er Aura leihen wollte, aber noch bevor er entschieden hatte, ob der Schwindel allzu fadenscheinig klänge, war der Moment für seine Glaubwürdigkeit verstrichen.

»Natürlich«, erwiderte Clara. »Ich muss ohnehin wieder hochgehen. Ein wenig zeichnen … Kommst du, Carl?«

Kaum waren Claras und Fohrs Schritte auf der Treppe verklungen, warf sich Aura auf den Stuhl und begann zu weinen. Ratlos stand Franz im Raum und wusste nicht, was er tun sollte. Er bot ihr ein Glas Wein an, goss ein und stellte es, ohne dass sie geantwortet hätte, vor ihr auf den Tisch, wobei er ein wenig verschüttete, denn unversehens klammerte sie sich an ihn und zog sich an ihm empor. »Cornelius!«, flüsterte sie und blickte ihn aus verweinten Augen an. Mehr sagte sie nicht. Nur noch einmal: »Cornelius …« Ihr Schal glitt von ihrem Hals, als sie seine Wangen umfasste, ihr tränenüberströmtes Gesicht dem seinen näherte und versuchte, ihn zu küssen. Franz wich zurück. Ihre plötzliche Offenheit, wie eine aufgeplatzte Frucht, deren Fleisch freiliegt, erschreckte ihn. Ihr Drängen stieß ihn ab, und er erschrak über seine eigene Mitleidlosigkeit und Kälte. Doch da rollte sie mit den Augen, ihre Lider flatterten, und sie sank in seine Arme. Beherzt umfasste er die Ohnmächtige, zögerte noch kurz – und trug sie hinüber zu seinem Bett.

Bei alldem war der Träger ihres Kleids von ihren weißen Schultern gerutscht. Als er sie wieder bedecken wollte, öffnete sie die Augen, nahm seine Hand, drückte sie auf ihren warmen Busen und entblößte sich vollends. Erschrocken wollte Franz aufspringen, doch sie hatte seinen Kopf umfasst und zog ihn an sich. Ein peinliches Ringen setzte ein, das damit endete, dass Franz ihre Hände von sich stieß und bis an die Wand zurückwich.

Sie bedeckte ihre Nacktheit schamhaft mit den Händen. Fassungslos und tief verletzt starrte sie ihn an.

»Es tut mir leid«, sagte Franz. »Ich bitte um Entschuldigung für dieses – Missverständnis …« Er lief hinüber ins andere Zimmer, und als sie kurz darauf vollständig bekleidet und bedeckt aus seinem Schlafzimmer kam, warf sie ihm nur einen hasserfüllten Blick zu. »Dafür wirst du bezahlen, Cornelius Lohwaldt.«

*

Der entwürdigende Vorfall in seinem Schlafzimmer hatte sein Denken und Fühlen haltlos aus der Bahn geworfen. Wie gerne hätte Franz mit jemandem darüber gesprochen, doch er schämte sich sogar, Georg davon zu erzählen. Er überlegte, ob er Lukas, den jungen Priester, mit dem er noch mehrmals in der Bibliothek ins Gespräch gekommen war, ins Vertrauen ziehen könne. Aber wie sollte er zu einem Geistlichen über solche Dinge reden!

Mehrere Tage lang hörte er nichts von Aura. Doch eines Morgens, die Künstler waren bereits zu ihrem Tagwerk aufgebrochen, wollte sich Franz eben aufmachen, um in die Biblioteca Angelica zu gehen, wo er vielleicht Lukas begegnen würde, als eine Kutsche vor dem Haus hielt. Franz schaute aus dem Fenster, doch er konnte die Kutsche nicht sehen. Kurz darauf trat Aura ein.

»Ist dir nicht bekannt, dass man eine Dame nicht benutzt und fortwirft?«, fragte sie anstatt einer Begrüßung in hartem und verschlossenem Ton.

»Es tut mir leid, wenn dieser Eindruck entstanden ist«, erwiderte Franz.

»Natürlich ist dieser Eindruck entstanden! Was bildest du dir ein?«

»Bitte glaube mir, Aura: Ich habe dich nicht benutzt!«

»Nein, du hast Recht, und das hätte ich auch nicht zugelassen. Ich habe dir ein Geschenk gemacht, und ich werde nicht hinnehmen, dass du es in den Dreck wirfst.«

War das dieselbe Aura, die vor wenigen Wochen noch so weich gewesen war? Nun schien es ihm, als hätte sich ihr Fleisch in Stein verwandelt. Die Süße ihrer Zuwendung in bitteres Gift.

Aura betrachtete das Portrait Claras an der Wand über seinem Tisch. Doch sie sagte nichts dazu, sondern wandte sich abrupt von dem Bild ab.

»Ich wünsche Kaffee.«

»Ich habe keinen Kaffee, Aura.«

»Dann hol welchen.«

Also ging Franz hinunter in die *osteria* der drei Grazien und bestellte Kaffee. Während er ungeduldig wartete, stand er in der offenen Tür und blickte hinauf zu den Fenstern seiner Wohnung. Was wollte sie? Drohen? Überzeugen? Sich versöhnen? Wollte sie ihren weiteren gemeinsamen Weg auf ein freundschaftliches Gleis stellen? Wohl kaum, nach ihrem grußlosen Erscheinen. Endlich war der Kaffee fertig, und er eilte mit dem kleinen eisernen Tablett zurück zum Haus und die Treppen hinauf. Doch als er seine Wohnung betrat, war Aura verschwunden. Franz stellte den Kaffee auf seinen Tisch. »Aura?« Er schaute im Schlafzimmer nach, ob sie vielleicht dort war, und sah, dass der Schrank offen stand. Seine Kleidung war durcheinandergeworfen. Glühend heiß durchfuhr es ihn. Wie ein Besessener durchwühlte er seine gesamte Wäsche: Das Medaillon mit den beiden Miniaturen war verschwunden.

VI

Etwas stimmte nicht. Isolde ließ den Brief ihres Bruders auf den Schoß sinken. In ihrem Salon war es düster. Graue Wolken bedrängten das Haus, brachten Regen und Kopfschmerzen.

Es war seine Schrift, zweifelsfrei. Sie nahm einen Brief, den Cornelius ihr im letzten Jahr von einer Reise nach München geschrieben hatte, und legte ihn neben das Papier aus Rom. Die Schrift war eindeutig die seiner Hand. Auch seine Vorliebe für breite Schreibfedern fand sich darin, und sogar die Unart des Bruders, die Zeilen großzügig zu beginnen, um am Ende doch noch ein gedrängtes Wort hinzuklemmen, erkannte sie wieder. Und doch wurde sie das Gefühl nicht los, jemand anderes habe vor diesem Papier gesessen. Der Gesamteindruck war nicht richtig. Wie bei der Kopie eines Gemäldes: Alles stimmt, und nichts stimmt.

Es war Cornelius' Papier. Die gleiche Größe, die gleiche Textur, der gleiche Weißton. Eben das Papier, das die ganze Familie benutzte, weil es der Vater aus dem Geschäft mitbrachte. Das Papier, von dem Cornelius einen ganzen Stoß in seiner ledernen Mappe mitgenommen hatte. Mutter hatte sie ihm zum Abschied geschenkt und eigenhändig das Papier eingelegt.

Isolde hob das Blatt sogar an ihre Nase und roch daran. Aber das war natürlich albern. Sie war ja kein Trüffelschwein. Woher kam also ihr Gefühl? Cornelius hatte immer schon oberflächlich und an den Alltäglichkeiten entlang geschrieben, doch dieser erste Brief aus der Fremde war *ausweichend*. Es fing schon mit der neckenden Grußformel an. *Ma chère maman!* Mutter fand das natürlich ganz rührend und hatte gleich ihre Freundinnen eingeladen, um es ihnen zu zeigen. Aber Cornelius und Isolde hassten das französische Getue der Leute, die für fein gelten wollten. Wie oft hatten sie sich in Gesellschaft Blicke zugeworfen, wenn die Damen ihr Gespräch mit französischen Wendungen schmückten, als ob diese Sprache dem Himmel entstammte und nicht den scheußlichen Revolutionären und Kriegstreibern. Und wieso sollte er langatmig römische Ruinen beschreiben? Das Klassische war ihm seit dem Gymnasium zuwider, das wusste Isolde. Vor allem aber diese anzügliche Bemerkung über die reizenden Römerinnen. Als ob er je die Anmut und die Grazie einer Frau bemerkt hätte!

Wer auch immer diesen Brief geschrieben hatte, er wusste nicht, dass für Cornelius das weibliche Geschlecht nicht existierte. Dass er von zu Hause geflohen war, um seine Seele nicht mehr täglich mit den abstoßenden Heimlichkeiten, Lügen und Verstellungen um seine Treffen mit Männern zu belasten. Endlich wollte er die Blicke des Vaters, der Mutter und all der anderen freundlich zugewandten Nürnberger nicht mehr im Nacken spüren. Selbst in München war er die lästige Angst vor Entdeckung nicht losgeworden. Deshalb hatte Isolde ihn ja überhaupt für die Idee erwärmen können, nach Italien zu gehen. Und auch wenn er sich erst in Venedig gesehen hatte, war es ihr doch gelungen, ihn dazu zu bringen, sich um das römische Stipendium zu bemühen und die Kontakte der Bankiersfamilie Deichsler zum bayerischen Hofe spielen zu lassen.

Und jetzt von alldem keine Spur in seinem Brief? Verlogenes Geplänkel um inspirierende Ruinen und bezaubernde Römerinnen? Wenn Cornelius unterwegs nicht den Verstand verloren hatte, dann schrieb hier jemand anderes. Nur, warum? War er doch heimlich nach Venedig gereist und wagte nicht, es zu gestehen, weil es dem Zweck des Stipendiums entgegenstand? Hatte er deshalb einen Freund gebeten, an seiner statt aus Rom zu schreiben? Steckten hinter dem nichtssagenden Brief vielleicht Schuldgefühle, weil er sich in irgendein unwürdiges Abenteuer gestürzt hatte? Oder war etwas Böses im Gange?

Isolde beschloss, dem verlogenen Bruder und dem hilfreichen Freunde eine Falle zu stellen. Sie würde einen Brief schreiben, mit dessen Hilfe sie die Wahrheit ans Licht brächte. Das wäre ja noch schöner, dass ihr Bruder Geheimnisse vor ihr hätte!

*

Francesco war der Schönste von allen. Er war perfekt. Dies war einhellige Überzeugung der gesamten Künstlerschaft. Für Francesco machte sich das bezahlt. Er wurde öfter gebeten, den Künstlern Modell zu stehen, als jeder andere. Und Rom war gewiss nicht arm an kräftigen jungen Männern in der Blüte ihrer Jahre, von harter Arbeit und den belebenden Strahlen der Sonne geformt. Doch bei Francesco kam dazu, dass er davon wusste. Dass ihm bewusst war, wie die anderen ihn sahen. Die Frauen, die anderen Tagelöhner, die Maler. Ein Blick von ihm zurück, und jeder begriff, wie der Fall lag: Francesco war eigentlich für etwas Besseres geboren, aber er lehnte dankend ab. Seine ganze Haltung, wenn er seinen kurz gestutzten Vollbart von der Brust erhob und die Hände lässig nach hinten fallen ließ, drückte das aus. Niemals mussten die Künstler, die für ihn bezahlt hatten, ihm Anweisungen geben über eine Pose. Er stellte sich hin, und es war gut.

Die Künstler nutzten das Tageslicht während der hellen Jahreszeiten bis spät, um in der Landschaft zu zeichnen. Die Studien des menschlichen Körpers konnten genauso gut bei Kerzenlicht betrieben werden, und deshalb waren vor allem die Abende im Winter dafür reserviert. In den vergangenen Monaten hatte Francesco ausgezeichnet verdient, doch jetzt wurde er seltener gebucht.

Franz stand an der rückwärtigen Wand des Raums und sah dem Dutzend schweigender Männer zu, deren Blicke zwischen ihren Zeichenbrettern und dem nackten Mann hin- und hergingen. Während er das Entstehen der Studien beobachtete, staunte er, wie unterschiedlich man die Figur mit dem Bleistift erfassen konnte. Keine Zeichnung glich der anderen! Sie sagten mehr über den Zeichnenden aus als über den Gezeichneten.

In einer der Pausen, die man Francesco gönnte (obwohl er länger ausharren konnte als alle anderen), machte Georg sie miteinander bekannt. »Darf ich dir Francesco vorstellen?«

»Francesco!«, sagte Franz mit spontaner Freude. »Dann bin ich ja dein Namensvetter!«

Francesco schaute ihn ratlos an, und im selben Moment bemerkte Franz, welche Dummheit er begangen hatte. Er hätte sich auf die Zunge beißen mögen!

Zum Glück schien Georg nichts gehört zu haben, da er im selben Moment ein Blatt aufhob, das heruntergefallen war. Doch der junge Italiener fragte: *»Namf – stätter?«*

»Oh … Das Wort kennst du nicht … ja … gut …«

»*Namfstätter* …«, wiederholte Francesco und lachte. »Deutsche Wörter … Uiuiui … – Du bist auch *pittore?*«

»*No. Io sono* – Dichter.«

»Dichter?«

»Poeta!«

»Ah, poeta!«

So kamen die beiden lebhaft miteinander ins Gespräch. Francesco war ein aufgeweckter Kerl und hatte sich einige Brocken Deutsch abgehört, Franz setzte die Redewendungen, die er bereits kannte, zu einem kruden, aber brauchbaren Italienisch zusammen. Ähnlich den antiken Ruinen konnte man zumindest die Idee dahinter erkennen. Franz hatte Müller bei ihren Ausritten abgeschaut, sich nicht zu genieren, sondern geradeheraus mit italienischen Worten, deutschen Worten und beiden Händen zu fragen und zu erzählen, und so ließ er seiner Neugierde über den schönen jungen Mann freien Lauf. Dabei war genauso offensichtlich, dass der aufrichtige Francesco ein Herz für Franz gefasst hatte.

Das Verhältnis der beiden war wohl auch deshalb leicht und unbeschwert, weil Franz kein Maler war und also kein zahlender Kunde für den idealen jungen Mann. Und so lud Francesco, als er wieder auf sein Podest musste, Franz ein, bei ihm und seiner Familie zu essen.

Gleich am nächsten Abend fand sich Francesco zu verabredeter Stunde bei Franz ein, begrüßte ihn fröhlich mit den Worten *»Ciao, Namfstätter!«* und führte ihn zu sich nach Hause. Durch die geraden Straßen am Trevi-Brunnen vorbei ging es über den Tiber und dann hinein in verwinkelte und enge Gassen bis zu einer rissigen, bewachsenen Mauer, hinter der neben einem Gemüsegarten ein langer Tisch gedeckt war, um den Francescos Familie wuselte: Kinder, halbwüchsige Mädchen, Jünglinge mit Flaumbärten sowie Vater und Onkel mit schwieligen Händen. Francescos Mutter und seine Schwester Allegrina, eine lebhafte junge Frau, die viel lachte und gern tanzte, brachten Töpfe, und der Vater schnitt Brot. In der Mitte des Tisches, wie ein grauer Fels in einem bewegten Fluss, saß die Großmutter, die mit gebrochenem Auge ins Nichts schaute und der man ins Ohr schrie, dass Francesco mit dem *poeta tedesco* gekommen sei.

Franz wurde herzlich aufgenommen. Während die Großmutter sein Gesicht betastete, zog sich ein Krabbelkind an seinem Bein hoch, und Allegrina lehrte ihn zugleich lachend italienische Ausdrücke. Als sich beim Essen herausstellte, dass Vater und Onkel *carpentieri* waren, hätte er am liebsten erzählt, dass er selbst sowie sein Vater ebenfalls Zimmerleute waren, doch diesmal dachte er noch rechtzeitig daran zu schweigen. Und ebenso, dass er den Vater erschlagen hatte. Die böse Erinnerung fuhr ihm heiß in die Eingeweide. Durch sein ereignisreiches neues Leben hatte sie sich tief in ihn zurückgezogen, aber sie war da. Und sobald sie sich rührte, schmerzte es.

Weil alle Franz gerne mochten, wurde er fortan oft eingeladen, seine Abende mit der Familie zu verbringen. Vor allem Francesco und seine Schwester Allegrina waren unermüdlich darin, ihm italienische Redewendungen beizubringen, und alle hatten Freude daran, wie seine Wortgewandtheit von Mal zu Mal besser wurde. Schließlich wagte es Franz sogar, um sich für die Gastfreundschaft der Familie zu revanchieren, ein kleines Lied auf Italienisch zu dichten. Die Melodie lieh er von einem Gassenlied, das er gerne mochte, und mit der Hilfe eines Bruders von Francesco, der ihn auf der Laute begleitete, sang er es der Familie vor und erntete begeisterten Beifall. Wieder und wieder musste es gesungen werden, und alle sangen mit.

*

Eines Tages besuchte Franz mit Georg die Nazarener bei der Arbeit. Sie waren die bekanntesten der jüngeren Deutschrömer. Vielleicht wirklich wegen der Qualität ihrer tief religiösen Bilder, vielleicht aber auch, weil die Künstler selbst durch ihr Auftreten und ihre Lebensweise jedermann ein Begriff waren. Sie nannten sich Lukasbund, nach dem Schutzheiligen der Kunstmaler, doch die spottlustigen Römer sagten nur *i Nazareni*, wegen ihrer jesusgleichen langen Haarpracht. Da sie sogar zwei Jahre lang als malende Bruderschaft in einem verlassenen Kloster der Franziskaner auf dem Monte Pincio gewohnt hatten, strahlte ihre Religiosität weit über Rom hinaus. Erst recht aber in Rom kam niemand an ihnen vorbei, seit sie einige Jahre zuvor die aufsehenerregenden Fresken in der Villa Bartholdy gemalt hatten. Es wurde sogar von der Wiedergeburt der Freskenmalerei in der deutschen Kunst gesprochen, aber vor allem hatten sie großes Glück gehabt, einem alten römischen Handwerker zugeführt zu werden, der die komplizierte Technik beherrschte und sie darin unterwies.

Zur Zeit arbeiteten sie an einem weiteren Freskenauftrag, doch es gab Meinungsverschiedenheiten über diese Arbeit. Der Marchese Massimo hatte Friedrich Overbeck, Peter Cornelius und Julius Schnorr von Carolsfeld beauftragt, drei Räume seiner Villa nach Werken Dantes, Torquato Tassos und Ariostos auszumalen. Doch Overbeck, der von Anfang an zögerlich gewesen war, kündigte wiederholt an, die Arbeit abzubrechen, da er nur noch religiöse Themen malen wollte. Und Cornelius war von Niebuhr als Direktor für die neu gegründete Königlich-

Preußische Kunstakademie in Düsseldorf empfohlen worden. Die Künstler überlegten, ob Koch oder Philipp Veit für Overbeck einspringen sollten, aber der perfektionistische Schnorr sah nicht, wie das gehen sollte, und hatte seinerseits die Arbeit entnervt unterbrochen. In diese Stimmung hinein gerieten Georg und Franz. Für Georg war der Besuch der Arbeiten etwas Besonderes, und Franz merkte ihm an, wie sehr er die erfolgreichen Kollegen bewunderte.

In der Villa betraten sie eine Flucht von Räumen, deren reiche Pracht sich in einen Tempel der Malerei verwandelt hatte: Überall standen Gerüste vor den halb fertigen Fresken. Auf den Plattformen und auf Tischen lagen Pinsel und Schwämme, standen Schachteln mit Pigmenten und Flaschen, auf Paletten waren Farben angerührt, Venezianisch-Rot, Terra di Siena, Zinkgrün, Ultramarinblau, wie es gerade gebraucht wurde, und auf den Stoffbahnen, die den Boden abdeckten, wurde in Eimern Putz angerührt. Auf Staffeleien oder direkt an die Wände waren Zeichnungen geheftet: Gesamtansichten der Kompositionen, Farbskizzen und Detailstudien von Gesichtern, Händen oder Faltenwürfen. Franz war zutiefst beeindruckt. Nie zuvor hatte er das Miteinander von Inspiration und Handwerk in der Malerei so augenfällig gesehen. Das Leichte entstand durch mühsame Arbeit.

Franz und Georg unterhielten sich mit dem ernsten Overbeck, dessen streng gescheiteltes Haar sich auf der Stirn teilte wie die beiden Überzeugungen, mit denen er rang. Er tat sich wirklich nicht leicht, seine Zusage zur Arbeit an den Fresken zu brechen, aber er erklärte, dass ihm gerade durch diese Arbeit klar geworden sei, seine Zeit und seine Kraft nur noch der Religion widmen zu müssen. Und er könne doch nicht ein ganzes Jahr, wenn nicht länger, Tag für Tag gegen seinen Glauben anmalen!

Gerade während sie sprachen, kam ein anderer Besucher: Zusammen mit dem Dichter Rückert und dem jungen Maler Franz Horny erschien ein Mann, dessen wuchtiges Kinn auf einem zu eng gebundenen glänzend weißen Halstuch balancierte. Es war dies, wie Georg Franz zuraunte, der Kunsthistoriker und Kunstkritiker Caspar Friedrich von Rumohr. Obwohl noch nicht alt, umgab er sich mit dem herablassenden Gehabe eines väterlichen Mentors und schritt besitzergreifend in den Raum. Er ließ sich von den Künstlern mehr begrüßen, als dass er sie begrüßte, und zeigte sich zugleich als Gönner, der den bewunderten Künstlern gewillt war, seine Gunst zu schenken. Franz konnte ihn auf den ersten Blick nicht leiden. Als Georg ihn Rumohr vorstellte, beachtete der ihn auch kaum. Zumindest Rückert wechselte ein paar Bemerkungen mit Franz. Indem er auf die Tische voller Farben, die Gerüste und Materialien wies, sagte er: »Wenn wir Dichter arbeiten, sieht es nicht so beeindruckend aus, *nicht wahr?*« Franz konnte sich täuschen, aber dieses *nicht wahr* schien ihm wieder einmal eine Spitze zu haben. Doch schon wandte sich Rückert den anderen zu.

Zumindest gab Rumohrs Auftritt Franz Gelegenheit, die Skizzen und halb fertigen Fresken in Ruhe zu betrachten. Er konnte sich schwer darüber klar werden, warum, aber sie lösten bei ihm Unbehagen aus. Und schließlich wurde ihm bewusst, was ihn an dem religiösen Gebaren des Bundes störte: Während die anderen Rumohr herumführten, beobachtete er, dass die Nazarener alle dieselbe bleiche Gesichtsfarbe hatten, dass sie beim Reden die Augen theatralisch rollten und die Köpfe verletzlich zur Schulter neigten. Mag sein, dass die angespannte Stimmung dazu beitrug, aber der Eindruck war ein affektierter.

»Und mit ihren Bildern ist es dasselbe«, sagte er später zu Georg, als sie die sonnige Straße zur Stadt zurückgingen. »Die Figuren gehen nicht, sie schreiten! Sie stehen nicht, sie sind aufgestellt. Überall die geneigten Köpfe und die inbrünstig betenden Hände. Alles wirkt so … überhöht. Vielleicht soll das den Glauben zum Ausdruck bringen, aber auf mich wirkt es *gekünstelt*.«

Georg blieb stehen und starrte ihn entgeistert an.

»Georg? Habe ich etwas Falsches gesagt?«

»Nein …«

»Was ist mit dir?«

»Jetzt, wo du es sagst, erkenne ich zum ersten Mal, dass ich genauso fühle. Ich habe nur …«

»Nur?«

»Alle sind immer so begeistert von den Nazarenern. Der König, die Kameraden, das Publikum. Ich habe vor lauter Zuhören nie wirklich – hingeschaut! Aber mir geht es genauso wie dir!«

Am Abend waren rund zwei Dutzend Künstler im Caffè Greco versammelt und genossen ein paar Gläser Wein nach einem fruchtbaren Tag voll konzentrierter Arbeit. Auch Rumohr hatte sich mit Rückert und dem jungen Franz Horny im Gefolge eingefunden. Georg hatte erzählt, Rumohr sei ein väterlicher Mentor Hornys und habe ihm sein Stipendium für Rom verschafft. Sie scherzten, dass er sich mit Rückert wahrscheinlich deshalb schmücke, weil der als Sprachgelehrter unangefochten und das *Morgenblatt für gebildete Stände* die herausragende Zeitschrift für Literatur und Kunst des nicht minder herausragenden Verlegers Cotta war.

Im Laufe des Abends, während Franz Wilhelm Schadow zuhörte, der ihm mit großem Eifer seine Vorstellungen darlegte, wie eine Kunstakademie beschaffen sein müsse, bemerkten sie plötzlich, dass sich ein Streit entfacht hatte, in dessen Mittelpunkt Rumohr stand und bei dem es um E. T. A. Hoffmann ging. Dessen Geschichten brachten Rumohr regelrecht in Rage. Der Kritiker hatte sich wiederholt vehement gegen Hoffmann gewandt und schon in der Heimat widersprüchliche Diskussionen ausgelöst. Es war dem großen Kritiker eine regelrechte Mission, Hoffmann als das zu diskreditieren, was er seiner Überzeugung nach war: ein überschätzter Provokateur, der sich aus uferloser Fabuliersucht und ohne soliden Grund mit Gespenstergeschichten für lesehungrige Kindermädchen unmöglich machte. Das Thema deckte augenblicklich einen Bruch in der römischen Künstlerrepublik auf, den Franz bei dieser Gelegenheit zum ersten Mal bemerkte: die Klassiker – ebenso wie die Religiösen – postierten sich auf Rumohrs Seite, die Romantiker warfen sich vehement dagegen. Man führte das Neuartige und Eigenständige Hoffmanns an, das von Rumohr mit einem Hinweis auf die unbeständige und willkürliche Erzählhaltung – bis hin zu den letztlich veröffentlichten *Nachtstücken* Hoffmanns – vom Tisch gefegt wurde. Das Argument, man habe es hier mit einer originär deutschen Erzählweise zu tun, entlockte Rumohr nichts als ein hämisches Lachen: »Wenn dies deutsch ist, dann sage ich zu den *Nachtstücken*: Gute Nacht, Deutschland!«

Diese selbstgefällige Äußerung ließ Franz den Kritiker nicht sympathischer werden, weil sie zwar geistreich formuliert, aber ebenso ohne Grundlage war wie angeblich das, was er kritisierte. Franz, der mehrere Geschichten von E. T. A. Hoffmann gelesen hatte, bewunderte die ebenso treffende wie blühende Sprache, den Reichtum der Erfindung und die exakte Charakterisierung. Doch er wagte es nicht, sich in den Streit einzumischen. Er beobachtete Rumohr, der sich im Mittelpunkt der Diskussion mehr als wohlfühlte. Er hatte beide Arme raumgreifend über die Lehne seines Stuhls einerseits und die Lehne eines leeren Stuhls andererseits, den er damit gleich mit für sich beanspruchte, gelegt. Seine kurzen, fleischigen Hände hingen behäbig herab, und auch sein massiges Kinn fiel in ähnlich selbstgefälliger Weise über sein zu eng gebundenes weiß glänzendes Halstuch.

Franz bemühte sich, die Ursache seines Widerwillens gegen den Mann zu ergründen. Er bemerkte, dass Rückert ihn nicht aus den Augen ließ, während die Argumente für und gegen Hoffmann hin und her geworfen wurden. Nachdem Rückert zu Beginn einige sarkastische Bemerkungen über das Unkritische und sich zugleich jeder Kritik Entziehende der Romantik hatte fallen lassen, schwieg er nun, und als sich seine Blicke mit denen von Franz trafen, lächelte er ein hintergründiges Lächeln, das Franz zunächst erwiderte, bis ihm auffiel, dass es kalt war. Und tatsächlich kam in einer kurzen Gefechtspause des allgemeinen Streitgesprächs von Rückert laut und deutlich die Frage an Franz: »Was sagt denn unser junger Dichter aus Nürnberg dazu?« Die Frage war so geschickt in eine kurze Stille platziert, dass jedermann sie hörte und alle Blicke auf ihn gerichtet waren.

»Nun ...«

»Nun?«

Rumohrs herablassender Blick ließ vermuten, dass ihn die Meinung eines jungen Stipendiaten kaum interessierte.

»Hoffmann hat mir viel gegeben«, sagte Franz. »Ich denke, wer sein Schreiben als uferlose Fabulierkunst abtut, hat sich nicht die Mühe gemacht, genau hinzuschauen. Die Charaktere sind vortrefflich, und wenn er Stilmittel des Trivialen benutzt, so bereichert er sie kunstvoll. Wie er jedes Ding mit Leben und Symbolkraft bereichert, ist ...«

Die schlaffen Hände Rumohrs verkrampften sich. Er musterte Franz feindselig.

»Das ist jedenfalls meine Meinung ...« An Rückerts Lächeln merkte er, dass er einen Fehler begangen hatte.

»Noch nicht zwei Monate in der Fremde – und verrät schon die eigenen poetischen Wurzeln? Die *Germania* wächst noch auf einem anderen Boden«, sagte Rückert.

»Kann eine Pflanze nicht zur Nahrung dienen – egal, aus welchem Boden sie wächst?«, erwiderte Franz mit einer Frage.

Doch jetzt setzte Rumohr an: »Wenn man gern Unkraut frisst!« Als einige der Versammelten die Replik mit Gelächter goutierten, wippte Rumohr unwillkürlich mit dem Kopf. Beinahe schien er sich vor seinem Publikum wie ein Akrobat, dem eine besonders hübsche Volte gelungen ist, verbeugen zu wollen.

Doch Franz mochte sich nicht so leicht geschlagen geben. »Ich bin noch nicht lange hier, aber – ist nicht gerade das Miteinander der Gegensätze das Geheimnis des römischen Geistes? Was an den Akademien als Unkraut ausgerissen wird, gedeiht hier prächtig und erweist sich sogar als Heilkraut. Und wir gesunden alle daran.«

Und für diese Beobachtung erntete Franz nicht nur Zwischenapplaus, sondern alles rief zustimmend durcheinander und ließ ihn hochleben. Rumohrs Lächeln erstarb. Er wusste, dass er nicht Franz ausgegrenzt hatte, sondern dieser ihn.

Doch Rückert wollte den Jüngeren so nicht davonkommen lassen: »Spannend ist nun, was auf deinem Boden wachsen wird, lieber Cornelius«, sagte er lächelnd. »Wir warten alle auf ein paar Zeilen aus deiner Feder …«

*

Drei Tage später wurde Franz in die bayerische Gesandtschaft gebeten. Häffelin hatte ihm eine freundliche Einladung geschickt, und nun spazierte er mit ihm durch den Garten des *palazzo*, während der kleine Kardinal mit einer Gießkanne Blumen goss. Sobald die Kanne leer war, hielt er sie Franz hin, der sie in einer Wassertonne wieder auffüllte und zurückgab. »Diese Arbeit ist eine meiner herausragenden Freuden«, sagte der Kardinal, während er bienengleich von Blumentopf zu Blumentopf steuerte. »Ich nehme mir diese halbe Stunde jeden Tag. Vielleicht sieht es aus wie die Marotte eines spinnerten alten Mannes, aber es ist ungemein beglückend. Es ist eine halbe Stunde, in der ich weiß, dass ich auf jeden Fall etwas Gutes und Richtiges tue. Einer Pflanze Wasser zu geben ist zweifellos etwas Gutes und Richtiges, meinen Sie nicht?« Er hielt Franz lächelnd die leere Kanne hin.

»Sicher, Eure Eminenz, zweifellos.«

»Wie haben Sie sich in Rom eingelebt, Cornelius?«

»Sehr gut, ich danke.«

Als er die gefüllte Kanne zurückgab, fiel Franz auf, dass Häffelin recht kleine Hände hatte.

»Ich höre, Sie haben Anschluss an unsere Künstlergemeinschaft gefunden.« Der Kardinal klaubte mit spitzen Fingern ein paar getrocknete Blätter aus einem Blumentopf und warf sie auf den Boden, wo sie wohl später von einem Diener aufgefegt werden würden.

»Oh ja. Man ist sehr hilfsbereit zu mir.«

Franz streckte die Hand aus, um die Kanne zu nehmen, doch der kleine Mann machte keine Anstalten, sie ihm zu geben.

»Und Ihre Arbeit? Kommen Sie voran?«

Das war es also. »Ja ... Ja, es geht voran ...«

»Wann bekommen wir etwas zu lesen?«

»Bald! Sehr bald! Ich ... habe bald etwas fertig.«

»Woran arbeiten Sie?«

»Eine Ode. Ich schreibe eine Ode. Ihr Titel ist *An Italia*.«

»Eine Ode ...«

»Ja, sie bezieht sich auf die *Germania*.«

»Ich dachte, Sie würden vielleicht eine längere Gattung wählen. Etwas – tiefer Greifendes.«

»Tiefer greifend?«

»Nun, eine Ode ist doch für Sie eine Fingerübung. Sie sind kaum den beschwerlichen Weg über die Alpen gereist, um uns mit einem Gedicht zu beglücken.«

»Nein, natürlich nicht ...«

»Cornelius, Sie sind nicht hier, um sich der Geselligkeit zu ergeben. Man erwartet etwas von Ihnen.«

»Die *Italia* ist ... Sie hilft mir, die ersten Eindrücke zu verdichten. Natürlich schreibe ich auch an einem großen Werk.«

»So! Ich freue mich, das zu hören!«

»Es ist bald ... Ich schreibe daran ...«

»Ausgezeichnet. Und soll ich Ihnen etwas sagen, ich hatte eine ausgezeichnete Idee. Ich selber weiß wenig über die Dichtung unserer Zeit. Wenn Sie es mir zu lesen geben, kann ich wenig damit anfangen.«

»Eure Eminenz sind zu bescheiden ...«

»Aber wir haben das Glück, einen bekannten Literaturkritiker unter uns zu haben. Sie kennen vielleicht Caspar Friedrich von Rumohr.«

Rumohr! Dieser verfluchte …

»Ich glaube nicht, dass das notwendig ist …«

»Aber das ist ja das Gute an der Idee! Sie sind jung, Sie sind unerfahren, Sie kennen sich nicht aus mit der Zensur. Deshalb ist es sehr freundlich von Herrn von Rumohr, dass er sich bereit erklärt hat, einen Blick darauf zu werfen … Aber er ist nicht ewig in Rom, es wäre also hilfreich, wenn Sie uns nicht mehr lange warten ließen.« Der kleine Kardinal lächelte Franz freundlich an und hielt ihm die leere Kanne hin.

*

Franz schrieb.

Er strich aus.

Schrieb erneut.

Korrigierte.

Probierte.

Strich aus.

Er zerriss ganze Blätter, sprang rastlos von seinem Stuhl auf, wobei er seinen nervösen Tisch so sehr erschreckte, dass der beinahe umfiel, und stapfte erregt auf und ab. Sein Leben lang träumte er davon zu schreiben. Und jetzt? Nach allem hatte er endlich die Chance, war frei zu schreiben – *musste* sogar schreiben – und konnte es nicht. Er nahm seinen Rock und riss die Tür auf. Nur hinaus, weg von hier, sich beruhigen, die Gedanken sammeln und neuen Anlauf nehmen. Doch als er schon die halbe Treppe hinabgelaufen war, blieb er stehen.

Nein.

Zurück.

Er musste ehrlich zu sich sein. Wenn er schreiben wollte, dann musste er nur eines: schreiben.

Also ging er zurück, warf den Rock aufs Bett, hob die zerrissenen Blätter auf und setzte sich wieder an den Tisch. Er hatte es sich in den Kopf gesetzt, zunächst die *Italia* zu vollenden, doch nicht einmal das wollte ihm gelingen. Warum nicht? Er war erfüllt von seinen Erlebnissen in Rom, und er hielt mit Lohwaldts *Germania* ein Muster in der Hand, dem er nur zu folgen brauchte. Warum also gelang ihm nicht einmal dieses?

Spätabends war Franz immer noch so sehr vertieft, dass er nicht bemerkte, wie seine Kerze, die auf dem Holz des Tisches im zerflossenen Wachs steckte, immer kleiner wurde. Schließlich brannte der Stumpf völlig ab, und der letzte Rest des Dochts versank in der kleinen Wachspfütze. Franz saß im Dunkeln. Er ärgerte sich, weil er noch nicht aufgeben mochte. Aber es war seine letzte Kerze gewesen. Während er überlegte, was er tun sollte, hörte er von oben leises Knarren der Fußbodendielen. Clara schien noch wach zu sein.

»Clara …«, flüsterte er und klopfte leise an ihre Tür.

Als sie ihm öffnete, sah sie ihn aus erschöpften, geröteten Augen an. In der Hand hielt sie einen Pinsel.

»Du bist müde«, sagte er. »Du solltest nicht so lange arbeiten.«

»Ich kann noch nicht aufhören«, erwiderte sie und ging zurück zu ihrer Staffelei, von der Raffaels Madonna milde auf sie herablächelte. Das Gesicht war schon plastisch herausgemalt, doch die Falten des Kleids waren noch Skizze.

»Erstaunlich!«, sagte Franz. »Es sieht aus wie Raffael!«

»Nein. Es sieht aus wie Seidler.« Sie betrachtete kopfschüttelnd das Bild und seufzte. »Es ist zum Verzweifeln. Seit Jahren bemühe ich mich um einen eigenen Strich, um einen eigenen Umgang mit Licht und Form, und jetzt muss ich von einem Tag auf den anderen alles aufgeben und Raffael sein! Ich will Raffael sein, aber ständig mogelt sich die dusselige Seidler dazwischen!«

Franz erstarrte.

»Cornelius, was ist mit dir? Was starrst du mich so an?«

»Entschuldige, ich muss wieder runter.«

Als er hinauslief, rief sie ihm noch hinterher: »Was wolltest du eigentlich?« Doch er hörte sie nicht mehr.

Unten warf er seine Tür zu und setzte sich an den Tisch.

Er saß im Dunkeln.

Einen Moment später stand er wieder vor ihr. »Eine Kerze. Kannst du mir eine Kerze borgen?«

Als sie ihm die Kerze gab, lachte sie: »Und ich dachte immer, in eurer Dichterwelt könne man auch im Dunkeln sehen!«

»Sehen schon«, erwiderte Franz. »Aber nicht schreiben.« Und schon rannte er wieder treppab. Während er frisches Wachs auftropfte und die Kerze festdrückte, glühte er innerlich.

Endlich war ihm klar, woran er wieder und wieder scheiterte: Er wollte es besser machen als Lohwaldt! Lohwaldt hatte in seiner Ode die Bilder und Formulierungen der Klassik benutzt, was ihm auch tatsächlich mit Geschick und mit einer gewissen Frische gelungen war, aber es führte zu nichts. In Franz' Augen war es hohler Pathos. Einem König musste es gefallen, einem fühlenden Menschen nicht. Und daraus erwuchs sein Fehler: Er wollte beides. Er wollte Lohwaldts Stil kopieren, und er wollte seine eigenen Gefühle, seinen Standpunkt, seinen Blick bereichernd einbringen. Aber das funktionierte nicht. Nicht erst seit Ikaros wusste man, dass derjenige, der zu viel wollte, alles verlor. Franz musste sich entscheiden. Er konnte nicht als Cornelius schreiben und zugleich als Franz. Wenn er die *Italia* vollenden wollte, dann ging nur eins von beidem: Raffael oder Seidler, Cornelius oder Franz. Und da es Cornelius' Werk werden sollte, musste Franz Wercker schweigen. Es war Lohwaldts Werk, nicht seines. Nachdem er das begriffen hatte, ging es wie von selbst. In einer Nacht vollendete er die *Italia*. Und als er am Morgen über die Gartenmauer hinweg hörte, wie die Künstler sich unten vor der *osteria* ihren Morgengruß zuwarfen, nahm Franz ein sauberes Blatt, um das Gekritzel der Nacht in Cornelius' schönster Schrift abzuschreiben.

Noch ehe er damit fertig war, klopfte es an seiner Tür, und Georg stand draußen. Er hielt Franz einen Brief hin.

»Morgen, Cornelius. Ein Brief für dich. Habe ihn gestern im Caffè Greco mitgenommen, weil du nicht gekommen bist.«

»Danke dir.« Franz wollte die Tür gleich wieder vor dem Freunde schließen, doch der wies neugierig auf den Umschlag: »Isolde Lohwaldt … Mutter oder Schwester?«

»Schwester. Entschuldige, ich arbeite.«

Und damit schob er den Freund hinaus und schloss die Tür.

Durchs Holz rief Georg noch: »Ich gehe aufs Forum. Kommst du mit?«

»Nein, heute nicht!«

Beim Reinschreiben der Ode fand er einige Stellen, die er verbessern wollte, weswegen er mehrmals von vorne beginnen musste. Als er endlich fertig war, las er Isoldes Brief, und da ihm nach der Reinschrift Cornelius' Handschrift gut aus der Hand floss, beantwortete er ihn gleich. Isolde berichtete unter anderem von einer gewissen Tante Hedwig, die mit einer üblen Grippe liege, und dass man sich größte Sorgen um sie mache. Das alte Haus in der Putzgasse, in dem sie als Kinder oft gespielt hätten, sei Isolde beim Krankenbesuch gespenstisch still vorgekommen, und Hedwig lasse fragen, ob der Brief angekommen sei, den sie geschickt habe. Franz antwortete, ein Brief sei nicht gekommen, aber er lasse der Tante die herzlichsten Genesungswünsche ausrichten. Nach ein paar unverfänglichen Betrachtungen klassischer Monumente erwähnte er noch die *Italia*, die er versprach bald zu schicken, und brachte den Brief dann gleich zur *posta*.

*

Die Ode war nicht mehr gewesen als eine Fingerübung.

Für das längere Werk, das man von ihm erwartete, funktionierte die Taktik, Franz schweigen zu lassen, damit Cornelius sprechen konnte, nicht mehr. Was auch immer er schreiben würde – einen Roman, ein Drama, eine größere Erzählung –, er würde sie als Franz schreiben müssen. Für ein großes Werk, das hatte er bei der Ode deutlich gespürt, würde sich Franz nicht unterdrücken lassen. Im Kleinen konnte man sich verstellen und lügen, im Großen nicht. Nicht so sehr wegen möglicher Entdeckungen von außen, nein, er selber war die Schwachstelle. Die Lüge war schwer zu ertragen. Sie kostete Kraft. Das merkte er inzwischen schmerzlich. Wenn Clara ihn mit *Cornelius* anredete, wenn Georg ihm vertraute, sich auf ihn einließ und ihm die Idee mit der *Italia* gab, dann stach das in der Brust. Es tat ihm in der Seele weh, die Menschen, die ihn mit offenen Armen annahmen, zu belügen. Irgendwann musste die Wahrheit sich Bahn brechen.

Doch gerade wegen der Lebenslüge durfte er ja nicht als Franz schreiben. Es gab kein Zurück, es gab nur das Vorwärts: Er war jetzt Cornelius Lohwaldt, und er musste es vollkommen werden. Bis zum Ende. Und hatte nicht Franz Wercker sein Ende längst gefunden?

Also mühte er sich, als Cornelius zu schreiben. Und doch gelang ihm nicht einmal der Anfang: Welchen Stoff sollte er wählen? Die Lohwaldt-Stoffe, die sich in den erhabenen Worten und theatralischen Gesten der *Germania* erzählen ließen, waren ihm alle gleichgültig und zuwider. Es war wie mit den Gemälden der Nazarener: Anderen mochten sie aus dem Herzen sprechen, ihm nicht. Er spielte mit allerlei klassischen Stoffen herum. Er könnte einen wie den anderen bearbeiten – und damit keinen. Mit Leichtigkeit ließen sich die Figuren der Mythen greifen – aber festhalten konnte er keine. Sie glitten ihm durch die Finger.

Das alles trieb ihn um und um. Und wenn er gedacht hatte, die Ode sei ein quälender Prozess gewesen, und wenn er gehofft hatte, den Weg, den er dafür gefunden hatte, könne er weitergehen, dann irrte er. Und was ihn am heftigsten beklemmte: Es war nicht so sehr der Druck, den Kardinal Häffelin aufgebaut hatte, es war nicht so sehr die Sorge, sich von Rumohr beurteilen lassen zu müssen, es war die Angst vor sich selber. Den Traum seines Lebens zum Greifen nah vor sich zu haben – und zu scheitern.

Und dann geschah etwas, das Franz noch mehr aus der Bahn warf. Nicht nur ihn, sondern die gesamte Künstlerschaft.

Es war an einem Freitag. Ein herrlicher Freitagnachmittag zu Beginn des Monats der Göttin Juno, die als Beschützerin Roms gilt, des Monats, wie Müller den anderen erklärt hatte, der unter Kaiser Nero in *Germanicus* umbenannt worden war, was sich bekanntlich nicht durchgesetzt hatte. Einige der Künstler hatten sich am Tiberufer zusammengefunden, um sich beim Zeichnen gelegentlich im Wasser abkühlen zu können. Auch Franz, um der Düsternis seines Schreibtischs zu entfliehen, hatte sich den anderen angeschlossen und saß im Schatten einer hoch aufragenden Hauswand, von wo aus er die Malerfreunde und über sie hinweg die Engelsbrücke, die Engelsburg und in der Ferne den Dom sah. Tatsächlich hatte er, auf seinem Rock im trockenen Gras sitzend, einiges notiert, was vielleicht nicht gut sein mochte, aber zumindest waren es Worte auf Papier und somit nicht ganz falsch.

Er beobachtete lächelnd, wie einige der Freunde mit Geschrei ins träge strömende Wasser gesprungen waren und jetzt mit ihrer Schwimmkunst voreinander mächtig angaben. Philipp Veit und Julius Schnorr veranstalteten ein kleines Wettschwimmen, das Schnorr gewann, was aber von Veit beanstandet wurde, weil er sich zu sehr vom Ufer entfernt und so die Strömung ausgenutzt habe.

Franz las gerade in einem Buch, das er sich mitgebracht hatte, als er gerufen wurde: »Cornelius! Lohwaldt!« Er blickte auf und sah, dass die Schwimmer ihm vom Wasser aus zuwinkten. »In die Fluten, Lohwaldt! Hoch das Gesäß! Lass die bleiche Schaluppe zu Wasser!«

Er hatte eigentlich nicht schwimmen wollen, doch es war zu verlockend, und die anderen ließen ihn nicht entkommen. Also zog er wie sie Schuhe, Strümpfe, Hosen und Hemd aus und rannte schnell zum Fluss, bevor ihn eine der Römerinnen, die in einiger Entfernung am Ufer wuschen, zu Gesicht bekam. Als er das kühle Wasser spürte, erinnerte sich sein Körper augenblicklich an den Sprung in den Gardasee. *Nicht daran denken*, beschwor sich Franz.

»Kannst du schwimmen?«, fragte ihn Horny, der mit Heinrich Hübsch und anderen, die es ebenfalls nicht konnten, im flachen Uferwasser stand.

»Natürlich!«, rief Franz zurück. »Komm her, ich bring es dir bei!«

»Nicht so weit!«, rief Hübsch in diesem Moment laut aus, denn Fohr, Veit, Cornelius und Müller waren in die Strömung geschwommen, um sich gegenseitig zu übertrumpfen.

»Kommt zurück!«

Tatsächlich kehrten sie um und näherten sich mit kräftigen Schwimmstößen wieder dem Ufer. Doch plötzlich kam Unruhe und Verwirrung auf.

»Carl! Wo ist Fohr? Carl Fohr!« Die Männer am Ufer beschatteten die Augen, um die Wasserfläche besser sehen zu können, die Schwimmer drehten sich suchend um sich selber: Fohr war verschwunden.

»Carl! Gütiger Gott, Carl!«

Einige der Schwimmer tauchten unter, doch das war zwecklos, das Wasser war viel zu trübe. Also kamen alle ans Ufer zurück und suchten von dort aus nach dem Unglücklichen. Grimsel bellte laut auf die Wasserfläche hinaus. Franz lief mit den anderen Künstlern und einigen hilfsbereiten Römern am schlammigen Ufer entlang, wo sie mit langen Stangen, die jemand aus einer nahen Bootswerkstatt brachte, in das gelbe Wasser stakten. Vor allem der sonst so ruhige und gefasste Heinrich Hübsch watete wie von Sinnen durch die Wellen. Grimsel rannte aufgeregt am Ufer auf und ab, bellte begrifflos den Fluss an, sprang hinein und mit triefendem Fell wieder zurück. Die Versuche, ihn zu halten und zu beruhigen, wurden schnell aufgegeben. Er regte sich zu sehr auf, weil er nicht verstand, dass sein Herr nicht zurückkam. Plötzlich ein schriller Ruf, ein Körper wallte auf, mehrere wateten ins Wasser und zerrten ihn heraus. Als Franz im Zwielicht bestürzt zusah, wie sie den triefenden Leichnam ans Ufer schleppten, wurde er plötzlich von einem anderen Grauen gepackt: Es war in seinem Bewusstsein nicht mehr Fohr, der aus den Fluten auftauchte, sondern es war Cornelius Lohwaldt!

Er war gewiss, wenn sie den Toten auf den Rücken drehten, würde ihn das schaurig aufgedunsene Gesicht Lohwaldts anstarren und seine Schuld ans Licht bringen. Schon fasste Hübsch den Ertrunkenen an den Schultern und drehte ihn – doch natürlich war es Fohr, der überaschenderweise vollkommen friedlich aussah, als ob er nur schliefe. Grimsel aber begriff immer noch nicht. Nachdem er den Toten beschnüffelt und sogar über seine Wange geleckt hatte, schien er etwas Entscheidendes zu vermissen. Ob es der Geruch des Lebendigen war oder die Gegenwart seiner Seele – wer weiß. Jedenfalls setzte er seine rastlose Suche am Ufer fort und war auch später nicht dazu zu bewegen, mit den Männern zu gehen.

Heinrich Hübsch als engster Vertrauter des Verunglückten übernahm die Pflicht, einen Brief an Fohrs Eltern in Heidelberg zu schreiben, und schon in der nächsten Nacht fand die Beisetzung statt. Gemäß den Gesetzen des Kirchenstaates mussten Protestanten nach Einbruch der Dunkelheit beerdigt werden, deshalb begleiteten die Künstler und die vielen anderen Fohr mit Fackeln auf seinem letzten Weg durch die Porta San Paolo hinaus zum Ausländerfriedhof hinter der Cestius-Pyramide. Alle waren erschüttert über das Unglück, das so plötzlich eingetreten war. Jeder dachte an das ehrgeizige Werk Fohrs, das zum ersten Mal alle deutschen Künstler Roms auf einer Leinwand hatte vereinen sollen. Und mancher fragte sich, ob es symbolhaft zu verstehen sei, dass es nun niemals vollendet werden würde.

Nach dem Begräbnis ging man schweigend in die Stadt, jeder zog sich nach Hause zurück, doch Franz konnte nicht. Er war zu aufgewühlt. Die letzten Tage des quälenden und fruchtlosen Schreibens hatten sein Innerstes aufgebrochen und ihn schutzlos und verletzlich gemacht. Deshalb hatte er dem Schock nichts entgegenzusetzen. Und so fand er sich spätnachts alleine in der *campagna*.

Waidwund und ziellos trieb er durch die weite Ebene. Der Mond strahlte hell. So hell, dass es blendete hineinzuschauen. Franz wusste, dass man sich vor Räubern in Acht nehmen musste, aber es war ihm gleichgültig. Hier und da im Schwarz und Blau sah er die Feuer der Hirten, und er hielt sich fern von ihnen, um nicht seinerseits für einen Räuber gehalten und angegriffen zu werden. Eine Zeit lang folgte er dem riesenhaften, unglaublichen Aquädukt. Abwechselnd lief er im strahlenden Mondlicht und im tiefschwarzen Schatten der mächtigen Pfeiler. Er lief und lief. Und merkte irgendwann, dass etwas mit ihm nicht stimmte. Wenn er durch die Schwärze stolperte, fror er aus dem Innersten heraus. Wenn der Mond auf seine Wange schien, dann brannte das Licht heiß und immer unerträglicher. Er wusste nicht mehr, wie weit er gelaufen war, längst schien er nicht mehr durch die Landschaft zu stolpern, sondern tiefer und tiefer in sein Inneres. Irgendwann ahnte er, dass er auf dem Boden lag. Ob er gestolpert war oder ob er sich hingelegt hatte, um etwas zu schlafen, begriff er nicht. Dann brannte wieder sein Gesicht vor Hitze, und er erkannte, dass er an dem lodernden Feuer in seinem innersten Kern angelangt war. Doch ein Hirte gab ihm aus einem Schlauch zu trinken, er fand sich an einem Lagerfeuer liegend und spürte, wie er vor Kälte zitterte. Franz träumte wirr und böse, Gestalten und Bilder zogen durch seinen Kopf, bedrohliche, liebenswerte, wilde, verlorene Seelen. Er sah seine Schwester wieder, die gestorben war, als sie noch Kinder waren, er kroch durch Gänge, die immer enger wurden und ihm furchtbare Angst einjagten, und er wusste, tief im Dunkeln wartete etwas unnennbar Grauenerregendes auf ihn. Gequälte Schreie ließen ihn auffahren, doch er begriff nicht, dass es seine eigenen Schreie waren, mit denen er die Hirten ängstigte.

Als er das nächste Mal erwachte, lag er in seinem Bett. Clara saß bei ihm und flößte ihm heißen Tee ein. Sie erzählte ihm, dass Hirten ihn gefunden hatten, und weil sie an seiner Kleidung und einigen Worten, die er ausgestoßen hatte, den *prussiano* erkannt hatten, hatten sie ihn morgens auf einen Wagen gepackt, der in die Stadt zum Markt gefahren war, und zum Monte Pincio gebracht. Dort hatte man die Hirten zu Caroline von Humboldt geschickt, weil sie jeden kannte. Zunächst wollte sie Franz in ihre Wohnung holen, doch Clara, die ebenfalls gerufen wurde, ließ ihn nach Hause bringen, um ihn dort zu pflegen.

Nah vor sich sah er Claras sanftes Gesicht – und plötzlich wusste er, was er schreiben wollte. Schreiben musste. Im Nachhinein erinnerte er sich nicht, ob es seine Fieberträume waren, die in seiner Erzählung Gestalt annahmen, oder ob es Geschichten waren, die sich die Hirten am Feuer erzählt hatten, er wusste nur, dass er zum ersten Mal in seinem Leben klare Bilder und Geschehnisse vor sich sah, die es zuvor nicht gegeben hatte. Und im Gegensatz zur wirklichen Welt, wo die Dinge nebeneinander sind oder hintereinander folgen, war in ihm alles auf einmal. Gleichzeitig war es so klar, dass er jede Kleinigkeit deutlich erkannte und begriff. Er wusste nicht, wie das möglich war, aber es war das Beglückendste, das er je erlebt hatte.

Nur trieb ihn die maßlose Angst um, etwas davon – oder alles! – zu vergessen. Wie sollte er all dies festhalten, wenn er nicht einmal begriff, wie es zustande gekommen war?

Schreiben!

Jetzt, sofort.

Als Clara aus dem Zimmer schlich, weil sie glaubte, er schlafe, warf er die Decke von sich und sprang aus dem Bett. Doch er schaffte es nicht ins andere Zimmer zum Tisch, wo Papier und Stift und Feder lagen, sondern ein Schwindelanfall fällte ihn von den Füßen, sodass er hart mit dem Kopf aufschlug. Er kroch und stolperte hinüber, zog sich auf den Stuhl und fing an.

Er schrieb.

Er strich nicht aus.

Er korrigierte nicht.

Er probierte nicht.

Er schrieb in einem Fluss.

Als Clara zurückkehrte, wollte sie ihn von seinem Tisch vertreiben und ins Bett zurückzwingen, doch ließ er das nicht zu. Er blickte aus entzündeten Augen durch sie hindurch. »Cornelius! Du bist krank, du hast Fieber! Bitte bleib im Bett!« Sie merkte schnell, dass seine Gedanken nicht bei dem waren, was sie sagte. Das einzige Wort, das er schließlich hervorstieß, war: »Papier!«

Einmal kam Georg mit, der ebenfalls auf ihn einredete, um ihn ins Bett zu bringen. Doch Franz hörte nicht. Also brachte Clara ihm Papier und Kerzen, sie brachte ihm Wasser und Tee, sie brachte ihm Polenta und kochte Gemüsesuppe für ihn. Dann blieb sie, setzte sich auf ihren Stuhl, den sie mit heruntergebracht hatte – Franz besaß ja nur den einen –, und beobachtete ihn eine Weile. Franz schrieb und schrieb. Nachmittags kam Georg und setzte sich ein paar Stunden zu ihm, denn Clara und Georg befürchteten, dass er irgendwann einfach entkräftet umkippen könnte. Doch das geschah nicht. Der unsichtbare Faden, an dem er entlangschrieb, hielt ihn fest. Der Kokon in ihm rollte sich ab und brachte eine endlose Seide hervor, der er schnell genug folgen musste, damit sie sich nicht verwirrte, und an der niemand zerren durfte, damit sie nicht riss. Franz hatte kein Gefühl für die Zeit. Er schrieb, bis er alles aufgeschrieben hatte.

Als Clara am achten Tag wieder einmal voller Sorge zu ihm kam, um nach ihm zu sehen, fand sie ihn schlafend. Tisch und Boden waren übersät mit Blättern. Sie nahm einige auf und sah voller Verwunderung den durchgehenden Fluss der Buchstaben: Alle Worte waren miteinander verbunden. Kaum jemals hatte er den Bleistift abgesetzt, die Blätter waren eng beschrieben von Rand zu Rand, von oben bis unten, Vorderseite und Rückseite.

Clara erkannte, dass nichts durchgestrichen und korrigiert

war. Während Franz schlief, suchte sie das erste Blatt heraus und machte sich an die mühsame Arbeit, die Papiere in die richtige Reihenfolge zu bringen. Sie las Blatt für Blatt und fand das nächste und immer das nächste und staunte über die wundersame und rätselhafte Geschichte, die vor ihrem inneren Auge erstand.

*

Unter der Überschrift *Römisches Fieber* schrieb Franz von einem jungen Mann namens Godwin Born, Sohn eines deutschen Kaufmanns, dessen Väter schon mit dem Handel von Farbpigmenten zwischen Venedig und dem Norden zu Reichtum gelangt waren. Godwin kam nach Rom, um den Tod seiner Schwester zu verwinden. Godwin und Gesine hatten sich nahegestanden, als wären sie Zwillinge, doch Godwin war zwei Jahre älter als die Schwester. Mit ihr hatte er seine engste Vertraute verloren, das verständigste Wesen, das er kannte. Während er sein Leben, durch den familiären Reichtum der täglichen Pflicht entbunden, der Poesie gewidmet hatte, studierte Gesine unermüdlich Philosophie. Sie hatte mit erstaunlicher Klarheit die Ideen der Vorgeborenen verinnerlicht und stand mit den bedeutendsten Köpfen der Gegenwart in Korrespondenz.

Zwischen den Geschwistern war das innigste Band geknüpft, das man sich vorstellen kann, es verging kein Tag, an dem sie nicht zusammen waren. Sie lasen zusammen, sie aßen zusammen, sie fuhren gemeinsam aus, und in Gesellschaft wurden sie nur Seite an Seite gesehen. Bis zu jenem unglücklichen Tag, als Gesine durch skrupellose Mörderhand aus dem Leben gerissen wurde. Den Schuldigen aber hatte man nie gefunden.

Godwin erlebte keinen glücklichen Tag mehr. Man hätte die Hälfte seines Körpers abreißen können, und der Schmerz wäre nicht schlimmer gewesen. Der junge Mann verfiel und kam selber dem Tode nahe.

Als die Hoffnungen schließlich schwanden, den Mörder noch aufzuspüren, beschloss Godwin zu reisen. Er überquerte die weiße Barriere der Alpen, versuchte Verona, probierte Florenz, ertastete Venedig und gelangte schließlich nach Rom. Es war seine letzte Hoffnung, dass die schlafende Königin am Tiberstrande seine Leiden lindern könnte. Hier bezog er einen *palazzo* aus längst vergessenen Zeiten, dessen vergangene Pracht ihm gerade recht war. Auf dem Anwesen wohnten außer ihm nur noch die alte Verwalterin *signora* Donati und deren Tochter Allegrina, eine junge Römerin, für deren Schönheit Godwin allerdings keine Augen hatte.

Godwin aber litt nicht nur am Verlust der geliebten Schwester, auch seine eigenen Erinnerungen wandelten sich auf verstörende Weise: Teils verloren sie sich in Nebeln, teils tauchten neue auf, die sich fremd anfühlten, als wären sie die Erinnerungen eines anderen. So sah er sich in mancher Begebenheit, die er selbst erlebt hatte, von außen. Als ob ein anderer ihn beobachtete. Da er die betreffenden Erlebnisse aber nur mit einem Menschen teilte, konnte es niemand anderes sein als Gesine. Godwin gewann die Gewissheit, dass Gesines Erinnerungen in ihm lebten.

Eines Tages dann hatte er auf einer seiner rastlosen Wanderungen durch die Ruinen Roms eine beängstigende Begegnung: Unter einem der verfallenden Bögen des Kolosseums sah er seine Schwester. Ihre Gestalt verschwand im nächsten Augenblick im Schatten. Godwin hetzte durch Gänge, Gewölbe, Schluchten und Kammern des riesigen Bauwerks, allein er sah sie nicht wieder. Doch jemand anderen sah er: sich selbst! Durch die Augen eines anderen sah er sich nach Gesine suchen – und spürte zugleich, dass er beobachtet wurde. Doch als er sich umdrehte, um zu sehen, durch wessen Augen er sich beobachtete, sah er im Dunkel nur eine lichtlose Gestalt, die sich im Nichts auflöste.

Diese Überspanntheiten – denn als solche wollte er die Ereignisse deuten – zogen ihn in ein schweres Fieber, das ihn ans

Bett fesselte. In seiner Krankheit wurde er von Allegrina gepflegt, die mit ihrem lebhaften Wesen das genaue Gegenbild seiner nordischen Schwermut war. Als er durch ihre liebevolle Pflege wieder zu Kräften kam, erkannte er, dass sie gerne lachte, vergnügliche Geschichten zu erzählen wusste und in ihrer freundlichen und naiven Liebenswürdigkeit den kleinen Freuden des Lebens zugewandt war. Godwin wusste wohl, was er der hübschen Allegrina verdankte, doch schmerzte ihn ihr liebenswürdiges Wesen nur umso mehr. Er floh ihre Nähe und nahm seine einsamen Wanderungen wieder auf.

Und so sah er, nicht weit von der Tiberinsel, wo die *Cloaca Maxima*, das weitverzweigte antike Kanalrohr, in den Tiber mündet, wieder Gesines Gestalt. Diesmal verschwand sie nicht. Doch als er ihr näher kam, fand er sie verwandelt. Seine Augen bekamen sie nicht zu fassen. Sie war einmal da und einmal nicht, geriet vor sich und hinter sich, und wo eben noch Haut war, schimmerten im nächsten Moment grünliche Schuppen wie die einer glänzenden Hydra. Auch schienen unter ihrem langen Rock keine festen Beine zu stehen, sondern ein grässlich schlängelnder Leib sich zu winden, dessen Schuppen gelegentlich unter dem Rocke zu ahnen waren. Mal erschien das Wesen seiner verstorbenen Schwester zu ähneln, mal einer namenlosen dunklen Schönheit, und für aufblitzende Augenblicke zeigte sie die abstoßende Gestalt einer grässlichen Hexe. Mit einer Stimme, die wie keine klang – oder wie mehrere zugleich –, erklärte sie ihm, dass sie das Leid seiner Seele erkenne und helfen wolle: Tagsüber dürfe er mit seiner Schwester sein, nachts aber gehöre er dann ihr. Und da die Trugbilder Gesines ihn so sehr in ihren Bann gezogen hatten, nahm er den Handel an. Die Gestalt aber kroch ins Dunkel der *Cloaca* und verschwand.

Als er in seinen *palazzo* zurückkehrte, sah ihm *signora* Donati an, dass er Unerhörtes erlebt hatte, und er, der Gewissheit haben musste über die Gestalt, die ihm so herrliche Versprechen gemacht hatte, öffnete ihr sein Herz. Sie erbleichte und war sicher, das Wesen, mit dem er gesprochen hatte, war die schreckliche Mora gewesen, über die sie als Kind von der Urgroßmutter allerlei Märchen gehört hatte, die aber nie jemand leibhaftig gesehen hatte. Sie bekreuzigte sich und forderte von ihm, kein Sterbenswort davon ihrer empfindsamen Tochter zu erzählen.

Tatsächlich hielt die Mora ihr Versprechen: Als er am nächsten Morgen erwachte, war Gesine da. Wie freudig war das Wiedersehen der beiden! Gesine fühlte sich, als hätte sie lange, lange geschlafen, aber an mehr erinnerte sie sich nicht. Und so nahmen sie ihr gemeinsames Leben wieder auf, ähnlich wie sie es im alten Schloss der Familie geführt hatten. Sie lasen, sie sprachen, sie unternahmen Fahrten in die *campagna*, in die Albaner Berge, an den Nemisee, zu den Wasserfällen von Tivoli. Gesine führte ihre Korrespondenzen fort, und sie wurden ein Stern am Himmel der römischen Gesellschaft. Doch jede Nacht verschwand Gesine auf geheimnisvolle Weise, und Godwin verwandelte sich und gehörte der Mora. Anfangs waren seine Veränderungen kaum zu merken, aber es wurde Nacht für Nacht schlimmer. Sein Körper krümmte sich zusammen, der Rücken bog sich zu einem grotesken Buckel, unter furchtbaren Schmerzen schwoll eines seiner Augen an, das andere aber verkümmerte ihm im Schädel, der mit brutaler Kraft seine Form verlor und knackend und krachend sich beulte. Godwins Beine schrumpften und krümmten sich, die Muskeln der Arme quollen auf und zerrten die Hände zum Leib zurück.

Es zog ihn unwiderstehlich in die *Cloaca Maxima*, wo die Mora auf ihn lauerte und ihren widerwärtigen kalten Leib mit dem seinen vereinte. Am Morgen fiel es ihm immer schwerer, seine alte Gestalt anzunehmen, die Spuren seiner nächtlichen Verwandlung blieben deutlicher zurück.

Tagsüber aber schwand sein Glück ebenso bald. Er umgab sich zwar mit der Gestalt seiner geliebten Gesine, aber sie blieb hohl und unbeseelt. Sie war ein Trugbild, und ihr Zusammensein wurde immer mehr wie ein flüchtiger Rausch, der kein wirkliches Glück verschafft, sondern nur Mattheit und Schmerzen zurücklässt. Als Godwin von der Mora forderte, ihren Handel rückgängig zu machen, hallte nur ihr unheimliches Gelächter durch die tausendarmige *Cloaca*.

Godwin versuchte, mehr über die Mora herauszufinden, er fragte die Alten, die doch eigentlich alles wissen, er wühlte in den Bibliotheken und er ging hinaus aufs Land zu den Hirten, die sich Nacht für Nacht Geschichten erzählen. Doch niemand hatte je von der Mora gehört. Und *signora* Donati, die Verwalterin seines *palazzo*, die sich seit dem Erscheinen der unheilvollen Schwester beunruhigt zurückzog, konnte und wollte nicht mehr über die Sagengestalt erzählen.

Sein *palazzo* wurde Godwin immer grauenhafter. Die Dinge alterten auf beunruhigende Weise. So gab es ein Gemälde dreier Grazien, eine mit hellem Haar, eine dunkle, und das Haar der dritten rötlich schimmernd. Ihre Gesichter wurden fahler, ihre Körper zusehends knochiger.

Tag für Tag verbrachte Godwin mit der falschen Gesine, die ihn immer mehr ängstigte. Bis er erkannte, dass sie niemand anderes war als die Mora in der schönen Gestalt seiner Schwester. Als ihm das klar vor Augen stand, ergriff er in seiner Wut ein Messer und holte weit aus, um es ihr ins Herz zu stoßen. Im selben Moment aber erinnerte er sich an dieselbe Bewegung. Er sah sich, wie er mit dem Messer zustieß, aber es war nicht im römischen *palazzo*, sondern daheim im Schloss – im Zimmer Gesines. Wie ein Schleier fiel es ihm vom Herzen: Er selbst war es gewesen, der die Schwester einst getötet hatte! Weil sie fortgehen wollte! Ihn alleine lassen! Das Messer fiel aus seiner Hand. Die Mora aber nahm ihre Hexengestalt an und kroch auf ihrem Schlangenleib davon. Jetzt wusste Godwin auch, warum niemand in Rom von der Mora je gehört hatte: Er selbst hatte sie mitgebracht! In sich! Und sie war Gestalt geworden und stark und mächtig in der fiebrigen Wärme, in der paradiesischen Fruchtbarkeit des Südens.

Als er sich in der folgenden Nacht wieder unter den furchtbarsten Schmerzen in das abstoßende bucklige Wesen verwandelte, verkroch er sich, um der Mora zu entkommen, in den tiefsten Winkeln der *Cloaca*. Doch der Mora entkam er nicht: Sie ließ die Wasser des Tiber anschwellen, und die Fluten strömten in die Gänge und Rohre der *Cloaca* und drängten ihn hinaus. Die Ruinen Roms wurden überschwemmt, er aber fand Unterschlupf in den wirren Winkeln des riesigen Kolosseums. Nachts sprang er über die bröckelnden Steine und die grasbewachsenen Ränge bis zu den höchsten Höhen empor, wo die Büsche ihm Schutz boten, und starrte voller Wehmut über die Stadt seines Unglücks. Der Mond schien auf die starren Ruinen, die knochenfahl aus dem schwarzen Wasser ragten.

Tagsüber aber hing die böse Luft über der Wasserfläche, aus der die Trümmer des Forum Romanum ragten. Der Triumphbogen, die Säulen und die Basilika spiegelten sich im Wasser, und in der Hitze herrschte das Fieber.

Die schöne Allegrina erkannte, dass Godwin in ein Unheil verstrickt war, und wollte ihm, den sie sehr bewunderte und liebte, helfen. Als er noch seine Tage im *palazzo* verbracht hatte, war sie ihm einmal bis zum Kolosseum gefolgt. Jetzt nahm sie ein Boot und ruderte über die fiebrigen Wasser zu der monumentalen Ruine. Dort aber lauerte der Bucklige, und als er Allegrina kommen sah, wusste er, dass die Mora ihn gefunden hatte, die in Gestalt der schönen Römerin zu ihm kam, um ihn zu sich zu holen. Er brach einen schwarzen Stein aus den alten Mauern und lauerte ihr auf. Als ihr Boot still durch die hohen Bögen ins Innere des Kolosseums glitt, sprang er auf sie und erschlug sie. Doch dann musste er voller Entsetzen erkennen, dass es nicht die Mora war, sondern wirklich Allegrina, die ihn in ihrer Liebe nicht aufgegeben hatte.

In der Nacht zog sich das Hochwasser zurück und nahm das Mädchen mit sich. Der Bucklige versuchte, sich aus Gram zu töten, doch es gelang nicht: Selbst der Tod wusste, dass Godwin der Mora gehörte. Er blieb in der furchtbaren Gestalt und fristete sein Leben fiebrig und leidend auf den Straßen der Ewigen Stadt.

VII

Franz erwachte in seinem Bett und fühlte sich wie zerschlagen. Er stand auf, und als er hinüber ins andere Zimmer ging, sah er Clara am Tisch sitzen. Vor ihr lag auf dem Tisch der Stapel Papiere, sauber und ordentlich Stoß an Stoß. Clara blickte ihn ernst an. »Du machst mir Angst, Cornelius Lohwaldt. Nie hätte ich gedacht, dass du …«

Er sah auf den Stapel.

»Ist es sehr schlimm?«

Sie suchte nach den richtigen Worten. »Es ist – bedrückend. Es ist bewegend. Es ist ergreifend. Und wunderschön.«

Franz nahm sich eine Woche, in der er die Geschichte noch einmal durchging, und er fand doch einiges, das er verbessern konnte, um es stimmiger zu machen. Er fand Stellen, die zu ausführlich waren, er fand Stellen, die zu knapp waren, er strich Wiederholungen und fand gelegentlich treffendere Formulierungen. Doch verglichen mit dem Weg der ersten Niederschrift, die der Überquerung eines Gebirges nahekam, war dies ein Spaziergang. Und als er diese Arbeit erledigt hatte, gab er es auch Georg zu lesen.

Gleich am nächsten Morgen kam der Freund zu ihm. Er hatte die ganze Nacht hindurch gelesen. Er glühte vor Erregung. »Du hast Worte gefunden für das, was ich malen möchte!«, rief er. »Es ist so tief empfunden! Es ist in jedem Ding, das du beschreibst, so voller – *Leben*! Ich möchte dir etwas zeigen, Cornelius.« Er nahm behutsam ein Blatt aus einer Mappe und legte es auf den Tisch. Es war eine Bleistiftzeichnung von Franz beim Schreiben. Auf den ersten Blick war zu erkennen, dass das Blatt etwas Besonderes war. Franz war kein Kunstexperte, aber er spürte die Zartheit jedes Strichs, die Geschlossenheit des Gesamten. Anders als die Portraitskizze Fohrs, die bei aller Treffsicherheit vor allem seinen anderen Zeichnungen ähnelte, war Georgs Blatt einmalig. Das Blatt atmete die Konzentration des Dargestellten. Franz' Versenkung ins Schreiben ruhte darin, geborgen und aufbewahrt für die Ewigkeit.

Georg sah den Freund gespannt an, doch er konnte nicht warten, bis der sein Urteil aussprach. »Es ist das Beste, was ich je gezeichnet habe! Es hat eine Seele – deine Seele!«

Franz nickte. Es stimmte. Die Zeichnung war herausragend. Nicht nur waren seine Gesichtszüge perfekt eingefangen, sondern vor allem die Stimmung. Obwohl es nur aus feinen Bleistiftlinien bestand, lebte das Blatt. Und unten stand neben Georgs Signatur und dem Datum der Name des Gezeichneten: *Cornelius Lohwaldt*.

In diesem Moment klopfte es, und Clara kam herein. Fertig gekleidet und den Sonnenhut in der Hand, um in die *campagna* zu ziehen. Sie brauchte nur einen Blick auf die Zeichnung zu werfen, um auszurufen: »Georg! Was für ein herrliches Blatt!«

»Das habe ich dir zu verdanken, Cornelius. Deine Aufrichtigkeit, die Wahrhaftigkeit, nach der du suchst, sind ein Wegweiser für mich. Ich fühle mich wie jemand, der lange ziellos durchs Dunkle gestolpert ist und dann endlich ein Leuchtfeuer sieht. Dank dir, mein Freund.«

Als Franz aufblickte, sah er, dass Tränen über Georgs sonnengebräunte Wangen in den hellen Bart liefen. Georg versuchte gar nicht erst zu verbergen, dass er weinte. Er blickte Franz tief ins Gemüt. Und bevor Franz vor Verlegenheit beiseiteschauen musste, umarmte ihn Georg.

Als Georg die Umarmung löste, wischte er sich mit dem Handrücken die Tränen von der Wange. »Und deine Geschichte fasst das alles in Worte und Bilder.«

Georg und Clara waren sich einig, dass sie nichts Derartiges von Cornelius erwartet hätten. Clara sagte: »Als ob du dich auf dem Weg über die Alpen verwandelt hättest! Als ob das, was du früher geschrieben hast, ein anderer geschrieben hätte!«

»Du hast Recht«, antwortete Franz.

Clara und Georg blickten ihn erstaunt an.

»Du weißt doch: Ich bin zwei Persönlichkeiten. Bei Mondlicht gehen sie getrennte Wege, bei Sonnenschein sind sie in einem Körper vereint!«

Sie lachten alle drei. »Und jetzt möchte ich euch gerne zum Essen einladen, um euch zu danken, dass ihr so liebevoll für mich gesorgt habt.«

*

Isolde saß an ihrem Schreibpult und sortierte Briefe, die sie mitnehmen wollte. Sie würde lange fort sein – vielleicht für immer – und wollte nichts Wichtiges vergessen. Sie bemühte sich, ihre Mutter zu ignorieren, die aufgebracht hinter ihr stand.

»Professor von Schabeisen ist äußerst besorgt. Er kann deine Reisepläne nicht gutheißen, die Fahrt ist viel zu anstrengend. Deine Verfassung ist stabiler, aber du bist noch nicht gesund.«

»Ich bin gesund.«

»Der Wille ist nicht alles.«

»Der Wille *ist* alles!« Isolde funkelte ihre Mutter wütend an. Dann fügte sie kühl hinzu: »Wir haben das alles besprochen, Mutter.«

»Wir haben das nicht besprochen. Du hast es uns mitgeteilt.«

»Ich bin entschlossen.« Mehr antwortete Isolde nicht. Sie ließ ihre Mutter mitten im Raum stehen wie eine lästige Bittstellerin. Agnes Lohwaldt knetete unbehaglich ihre weichen Hände, bis ihr Blick an dem Theresas hängen blieb, die hinter ihr geisterhaft in der Tür erschienen war. »Auf keinen Fall lasse ich zu, dass du mit diesem scheußlichen Menschen reist!«

»Ich nehme an, du redest von meinem Kutscher.«

»Ich ertrage seinen Anblick nicht.«

»Dann kannst du ja froh sein, wenn er mit mir aus dem Haus ist.«

»Er ist stumpfsinnig! Er begreift nichts! In den Bergen wird er dich in den Tod fahren – wenn er nicht noch Schlimmeres mit dir anstellt, sobald er Vaters Aufsicht enthoben ist.«

»Er hört ohnehin nur auf mich.«

»Aber es ist unsinnig, mit dem eigenen Wagen zu fahren. Warum fährst du nicht mit der Postkutsche?«

»Mama! Ich werde mich doch nicht in eine fremde Kutsche setzen! Hast du dir je klargemacht, was für *Menschen* auf diesen Polstern gesessen haben? Das ist *widerwärtig*!«

Agnes Lohwaldt stöhnte.

»Ich habe jetzt zu tun, Mutter.«

Theresa trat hinter ihr aus dem Türrahmen heraus und stellte sich ostentativ neben die Tür, um sie des Zimmers zu verweisen. Agnes Lohwaldt war fassungslos über die Impertinenz dieser Person. Doch sie hatte dem nichts entgegenzusetzen. Also verließ sie fluchtartig das Zimmer.

»Wann soll Morten die Kutsche fertig machen?«, fragte Theresa.

»Wir reisen morgen früh.«

Als Theresa in die Remise kam, fand sie Morten beim Einfetten der Geschirre. Er warf nur einen scheuen Blick über seinen Buckel und arbeitete weiter.

»Morgen früh«, sagte Theresa hart. »Wehe, du bist nicht fertig!«

Ein unwilliges Grunzen ertönte aus seinem schiefen Gaumen.

»Antworte gefälligst richtig! Und schau mich dabei an!«

Morten fuhr zu Theresa herum. Im Gegensatz zu ihr, die stockgerade stand und aus ihrer Haltung niemals das Geringste über ihren Gemütszustand erahnen ließ – falls sie überhaupt jemals Gemütszustände hatte –, war Mortens Leib ein verdrehtes Etwas, als hätte ihn ein zynischer Gott aus den unbrauchbaren

Resten der Schöpfung widerwillig zusammengeworfen, standen auf ungleichen Füßen knotige Beine, sein Mantel hing auf einem verdrehten Oberkörper, den er offenbar nicht in der Lage war aufzurichten und auf dem ein grotesker Buckel thronte. Die Arme baumelten bei seinem schwankenden Gang linkisch herum, doch waren sie stark wie Baumstämme, und er wäre imstande gewesen, mit seinen monströsen Händen ein Pferd zu erwürgen. Aus seiner Brust ragte ein abscheulicher Kopf mit einem hasenschartigen Mund, einer Nase, deren Löcher eher oben zu sitzen schienen als unten, und einem glotzenden Auge, aus dem beständig eine gelbliche Flüssigkeit troff und in dem Theresa nichts erkannte als Stumpfsinn. Er hatte nur wenige Haare, die vor allem auf der einen Hälfte seines Kopfs in abstrusen Büscheln wucherten und die unbrauchbaren Reste seines zweiten, zugeschwollenen Auges ungenügend bedeckten. Ob aus Achtlosigkeit oder aus einem tierischen Drang absurder Eitelkeit heraus, ließ sich nicht sagen.

Als Theresa ihn scharf an die Umgangsformen mahnte, deren einfachste man tagtäglich von Neuem in seinen klobigen Kopf hämmern musste, schwankte er also herum und funkelte sie aus seinem triefenden Auge wild an. Doch er sagte nichts.

»Komm her!« Theresa umfasste mit ihren kalten Händen den Rohrstock, den sie immer bei sich führte, wenn sie mit Morten reden musste, und als er sich ihr schaukelnd genähert hatte, hieb sie ihm einen scharfen Schlag auf die Schulter. Er zuckte nicht einmal zusammen. Von klein auf hatte er mehr Prügel hingenommen als an ihn gerichtete Worte. Niemand wusste, wie er seine Kindheit überlebt hatte. Niemand wusste, wer diese Missgeburt auf der Straße ausgesetzt hatte, aber von den paar Almosen, die man ihm zuwarf, konnte er kaum gelebt haben, zumal sie ihm zumeist von anderen Straßenkindern oder Bettlern wieder weggenommen worden waren. Mit Leichtigkeit hätte er diesen Dieben das Genick brechen können, aber er setzte sich niemals gegen irgendein Unrecht zur Wehr.

Isolde war auf den damals Halbwüchsigen aufmerksam geworden, weil ihm immer ein Hund folgte, der trotz allem gepflegt, sauber, gesund und wohlgenährt war und im Grunde mehr Menschlichkeit ausstrahlte als das makabre Wesen an seiner Seite. Eines Tages war der Hund einem übellaunigen Fuhrmann zu nahe gekommen, der blutige Schlachtabfälle auf einen Wagen lud und in seiner stumpfen Wut einen Rinderknochen nahm und dem edlen Tier mit einem einzigen Schlag den Schädel zertrümmerte. Auch dieses Mal regte sich in dem Missgestalteten keinerlei Wut oder Rachelust, vielmehr trug er den toten Hund ziellos durch die Straßen und begriff nicht, wieso seine Welt zusammengestürzt war. Er verkroch sich mit dem geliebten Tier in einen Winkel unter einer Treppe, wo er mehrere Tage lang reglos hockte. In der Stadt war man ratlos, was zu tun sei, denn mit Sicherheit würden dort unten bald zwei tote Körper stecken. Isolde gab Anordnung, dass er zu ihr nach Hause geschafft wurde, und ließ den Hund hinter der Remise begraben, wo der Bucklige fortan eine Kammer bewohnte. Dies geschah wohl nicht aus Mitleid, sondern aus dem Gefühl heraus, nun ein Wesen zu besitzen, dem sie bedingungslos vertrauen konnte. Und im Übrigen war er ihr nicht widerwärtiger als alle anderen Menschen auch.

Obwohl niemand daran glaubte, lernte er von Olof, dem alten Kutscher der Familie, alles, was man in dieser Funktion wissen musste. Doch als sich Olof zur Ruhe setzen wollte, weigerten sich Kommerzienrat Lohwaldt und seine Gattin rundheraus, von der *Kreatur*, wie sie Morten nannten, gefahren zu werden, und so kam es zu einer Übereinkunft, dass Morten bis hin zum Einspannen alle Arbeiten erledigte und auch Isolde fuhr, während der alte Olof weiterhin die Eltern kutschierte. Isolde hielt jedenfalls hartnäckig an Morten fest, weil sie entschlossen war, ihn mitzunehmen, wenn sie dereinst das Haus verließ.

»Also?« Theresa hob ihre spitze Nase.

»Jawohl, Fräulein Theresa …«, antwortete er mit einer gurgelnden Stimme, als wäre sein Hals mit Schleim angefüllt.

Längst hatte Theresa aufgegeben, ihn das Prinzip des Räusperns zu lehren.

Theresa beobachtete ihn ungerührt, wie er sich wieder seiner Arbeit zuwandte. Wie immer fand sie darin nichts, was sie ihm vorwerfen konnte. Die einfachen Verrichtungen, die er als Kutscher zu tun hatte, führte er gewissenhaft aus. Der Wagen und das Geschirr waren immer in tadellosem Zustand, und nie hatte sie gepflegtere und gesündere Pferde gesehen als die, um die er sich in seiner eigenen Tierhaftigkeit kümmerte.

*

»Ein elendes Gemenge romantischer Ideen!« Mit einer verächtlichen Geste warf Caspar Friedrich von Rumohr das Manuskript auf den Tisch.

Der kleine Kardinal Häffelin saß in seinem prunkvollen Sessel, der ihn noch kleiner erscheinen ließ, und hatte die Fingerspitzen der Hände aneinandergelegt. Er schaute von Rumohr zu Franz. Franz stand mitten im Raum, man hatte ihm keinen Platz angeboten. Auch Rumohr stand auf seinen stämmigen Beinen, aber nicht etwa aus Höflichkeit Franz gegenüber, sondern vielmehr, um seinen Worten theatralischen Nachdruck verleihen zu können.

»Effektheischend, ohne Niveau, ohne Tiefe, ohne Respekt vor Tradition, Glauben und deutschen Tugenden. Nichts als ein belangloser Schauerroman!«

Franz musste tatenlos anhören, wie sich das vollzog, was er hatte kommen sehen: Rumohrs Rache für das Widerwort.

»Sie gehen recht hart mit unserem jungen Freund ins Gericht«, sagte der Kardinal mit seiner leisen Stimme.

»Ich bitte um Verzeihung«, Rumohr verbeugte sich vor dem Alten in gespielter Würde, wobei sich sein massiges Kinn gleichsam respektvoll von dem weißen Halstuche erhob. »Aber was die Kunst anbelangt, kann ich mir Nachgiebigkeit und Schmeichelei nicht erlauben. Mein eigener Ruf ist dafür zu tadellos. Und im Übrigen …« Er wandte sich Franz zu, »hat Herr Lohwaldt ja seine Begabung und seinen Stilwillen bereits bewiesen. Nur scheint er dem Weichen und Verlorenen des welschen Klimas erlegen zu sein. Wir würden ihm einen Bärendienst erweisen. Wir würden ihn dem Spott einer erwartungsfrohen Leserschaft aussetzen! Wir würden ihm die Möglichkeit rauben, sich zu entwickeln. Und Seine Majestät, den bayerischen König, so zu enttäuschen … – was soll ich sagen …«

Dem welschen Klima erlegen?

Spott?

Enttäuschen?

»Nun, wenn das so ist …« Häffelin wandte sich in seiner freundlichen Art Franz zu. »Sie werden natürlich verstehen, junger Freund, dass ich Ihre Geschichte unter diesen Umständen nicht weiterreichen kann.«

Häffelin schüttelte besorgt den Kopf, doch als Franz Rumohr anblickte, fand er auf seinem weichen Gesicht dasselbe hintergründige Lächeln, das er im Caffè Greco gesehen hatte. Häffelin schob Franz das Manuskript über den Tisch hinweg zurück. »Dies ist nicht das, was der König billigerweise von Ihnen erwartet.«

»Aber …« Franz wollte es versuchen, auch wenn er wusste, dass es aussichtslos war. »Woher wollen Sie wissen, was der König erwartet?«

Häffelin fuhr auf: »Werden Sie nicht frech!«

Zumindest hatte Georg, als Franz ihm zu Hause niedergeschmettert von dem Treffen erzählte, eine ganz andere Ansicht: »Rumohr! Dieser Hundsfott! Man sollte ihm seinen Hals umdrehen – wenn man ihn mit zwei Händen überhaupt umfassen könnte!« Aufgebracht ging Georg auf und ab. »Diesem fetten, gemästeten, selbstgefälligen …«

»Er nennt es einen Schauerroman.«

»Schauerroman! Warum nicht? Dann hast du eben den Schauerroman zur Kunstform erhoben. Nennen wir das *Römi-*

sche Fieber einen Schauerroman! – Weißt du, woran er selber arbeitet, Cornelius? An einem Kochbuch!«

»Ach, Georg«, erwiderte Franz entmutigt. »Vielleicht hat er ja Recht mit seinem Urteil.«

»Recht? Was meinst du mit *Recht*?«

»Er ist so erfahren in allen Belangen der Kunst.«

»Aber das ist es doch, wovor wir über die Alpen und bis nach Rom geflohen sind! Engstirnige Männer, die genau wissen, wie es immer schon zu machen ist. Die alles Neue und Eigene als Bedrohung sehen und unterdrücken. Und für diesen Rumohr zählt doch nur er selber! Er überwirft sich mit jedem, der ihm widerspricht! Die Brüder Riepenhausen bekommen verkniffene weiße Lippen, wenn von ihm die Rede ist. Horny wird von Rumohr protegiert und kennt ihn seit Längerem. Und Horny hat mir erzählt, dass Rumohr mit Brentano und mit Tieck befreundet war. Mit beiden ist er jetzt zerstritten!«

»Romantiker …«

»Vielleicht die besten ihrer Generation! Es ist nur eine Frage der Zeit, bis er den Nazarenern in den Rücken fällt.«

Die Wut des Freundes tat Franz gut, wenn sie ihm auch wenig nützte. Was sollte er jetzt mit seiner Geschichte anfangen? Und was sollte er nach München schicken? »Vielleicht ist es wirklich anmaßend, eine solche Geschichte ernsthaft einreichen zu wollen.«

»Cornelius! Ich weiß nicht, ob deine Geschichte irgendwelchen Ansprüchen genügt. Ob sie je im Olymp unserer Besten stehen wird. Ich weiß nur eines: Du hast mir aus der Seele gesprochen. Du hast meine Empfindungen in Worte gefasst. Seit Tagen geht sie mir im Kopf um und um. Mir ist endlich klar geworden, in welchem Geiste ich malen möchte. Und dafür werde ich dir ewig dankbar sein.«

Als Franz sah, wie dem Freund vor Leidenschaft das Blut zu Kopfe stieg, verblasste die herrische Gestalt Rumohrs, der immer so genau wusste, was richtig ist und was falsch, zu einem bleichen Nebel.

Auch Clara war empört, nachdem sie ihr von der Angelegenheit erzählt hatten: »Wenn du mich fragst, hat sein vernichtendes Urteil deine Geschichte überhaupt erst geadelt.« Und praktisch, wie sie veranlagt war, hatte sie sofort eine Idee, was zu tun sei: »Ich helfe dir, eine Abschrift zu erstellen, und die schicken wir an Goethe.«

»Goethe? Warum sollte Goethe einen Brief auch nur lesen, den wir ihm schicken?«

»Ganz einfach: weil ich ihm regelmäßig schreibe.«

»Du kennst ihn?«, fragte Franz erstaunt.

»Weimar ist klein. Ich habe als Mädchen oft mit seinem Sohn August gespielt.« Sie lachte. »Der alte Goethe hat Kuchenstücke an einem Bindfaden aus dem Fenster gehalten und sich amüsiert, wenn wir Kinder danach gesprungen sind!«

»Sie hat ein Portrait von ihm zeichnen dürfen!«, fiel Georg ein.

Clara winkte ab. »Aber es hat ihm nicht gefallen, er sagt, ich hätte ihn nicht getroffen. Aber immerhin hat er bei Carl August mein Stipendium für Rom unterstützt. Deshalb berichte ich ihm regelmäßig über meine Fortschritte und schicke ihm Mineralien und kleine antike Fundstücke für seine Sammlungen.«

Franz schüttelte den Kopf: »Clara Seidler. Was stecken in dir noch alles für Überraschugen!«

Clara lächelte und zuckte mit den Schultern.

»Aber ausgerechnet Goethe!«, meinte Franz. »Wenn einer die Romantik verachtet, dann er. Und wenn eine Geschichte im romantischen Geist geschrieben ist, dann diese!«

»Aber sie ist gut geschrieben. Und wenn einer gut geschriebene Geschichten erkennt und würdigt, dann auch er.«

»Clara hat Recht«, stimmte ihr Georg zu. »Vielleicht gibt er sie weiter. Vielleicht hat er auch nur ein wohlwollendes Wort für dich übrig. Ein wohlwollendes Wort von Goethe wiegt mehr als alle Verrisse Rumohrs. Und obendrein hast du nichts zu verlieren.«

Was allerdings stimmte. Also fügte sich Franz und begann,

alles noch einmal sauber abzuschreiben. Weil sich allerdings zeigte, dass er dabei mehr Fehler machte als bei seiner urspünglichen Niederschrift, nahm sich Clara Zeit und ließ es sich von Franz diktieren.

Und so saß sie gleich am nächsten Morgen an seinem Tisch und füllte Blatt für Blatt mit ihrer feinen Handschrift. Das Sonnenlicht fiel milde durch das Tuch, das sie vors Fenster gehängt hatten, auf ihre feine gebräunte Hand, und beim Schreiben hielt sie den Kopf leicht zur Seite geneigt, wodurch an der schwungvollen Linie ihres Nackens feinste Härchen im Gegenlicht erstrahlten.

»Cornelius?«

»Hm?«

»Was ist? Träumst du? Willst du nicht weiter vorlesen?«

»Natürlich, entschuldige ...«

*

Das Päckchen nach Weimar war abgeschickt. Franz versuchte nach der Aufregung der letzten Zeit, wieder zur Ruhe zu kommen und sich darüber klar zu werden, wie es weitergehen sollte. Wieder einmal war er mit Georg in der *campagna* unterwegs. Die Ausflüge mit dem zeichnenden Freund waren ihm so lieb geworden. Diese Tage, in denen die Zeit eine warme Temperatur bekam, die Weite zu fließen begann und der Anblick der Ebene Haut und Seele erwärmte, brachten ihn zur Ruhe wie nichts anderes. Vielleicht die Tage seiner Kindheit, wenn er mit den Ziegen draußen war und in einem einfachen Stein noch so viel Wunder steckte wie hier in den vereinzelten Kapitellen oder Säulen, über die man immer wieder zwischen Gras und Büschen stolperte.

Der Wind strich über die Grashalme, und Franz sah mitten in den grünen Wellen das weiße Hemd des Freundes, der über ein Blatt gebeugt saß und nur durch seine beeindruckende Konzentration ein Wunder vollbrachte. Denn es war nichts weniger als ein Wunder: Georg nahm ein Blatt Papier und einen Kohlestift, brachte beides zusammen, und nach einigen Stunden Konzentration – vielleicht der menschlichsten und fruchtbarsten aller Fähigkeiten – war aus diesen einfachen Dingen etwas geworden, in dem so unendlich viel mehr steckte, als man vorher für möglich gehalten hätte.

Eben dieses Wunder versuchte Franz mit seinen dichterischen Mitteln ebenfalls zu vollbringen.

Papier – Stift – Wunder.

Das war ihre Gemeinsamkeit.

Und weil es immer wieder so sehr die Kräfte verzehrte, war es gut, den Freund in Sichtweite zu haben. Jeder von ihnen arbeitete still für sich, und doch konnten sie sich gegenseitig Mut geben. Und weil der eine zeichnete und der andere schrieb, gab es zwischen ihnen keinen Neid, keine Konkurrenz, keinen Wettstreit. Zugleich waren die Gemeinsamkeiten so naheliegend, dass sie tiefstes Verständnis füreinander hegten.

Franz hatte das Manuskript des *Römischen Fiebers* mitgebracht, um darin zu blättern und vielleicht einen Punkt zu finden, aus dem heraus er ein neues Werk entwickeln konnte. Offen und frei versuchte er, die eigenen Worte noch einmal zu erfühlen, die Ideen und Wesenszüge, aus denen sie erwachsen waren, zu ergründen, um zu spüren, an welchen Stellen er am nahesten bei sich selber war. Mittags hatten sie wie immer zusammen gegessen, und als der Freund am Nachmittag wieder zu seinem Zeichenbrett hinüberging, setzte sich auch Franz hin und notierte Ideen.

Irgendwann bemerkte er in der Ferne einen Mann, der scheinbar müßig durch das weite Feld der antiken Trümmer spazierte. Er ging hierhin und dorthin, kletterte auf einen Mauerrest, bückte sich nach einem Fundstück, das er aufhob und eingehend betrachtete, um es dann doch wieder fallen zu lassen, und ließ den Blick weit über die Ebene schweifen. Dabei erblickte er Franz und kam auf ihn zu. Der Fremde trug ebenso wie Franz und die meisten der Künstlerfreunde den eng geschnittenen

schwarzen Altdeutschen Rock und in der Hand einen Stock, dessen geschnitzten Knauf er nervös betastete.

Als er nah heran war, sagte er auf Deutsch: »Ein Landsmann!«

Übermütig fragte Franz zurück: »Welches Land meint Ihr? Elysion? Arkadien?« Und mit einer alles umfassenden Geste: »Oder den gesamten Erdkreis?«

Der andere lächelte. »Ihr habt Recht. Wo ist man Weltbürger, wenn nicht hier?« Sein kräftiges Haar umspielte ungebändigt seinen Kopf, er hatte kleine, freundliche Augen und schmale Lippen, die auf den ersten Blick verschlossen wirkten, sich aber immer lebhafter zu öffnen begannen.

»Darf ich Euer Blatt anschauen?« Er kam näher und sah interessiert auf Franz' Papier. Doch als er erkannte, dass Franz nicht zeichnete, sondern schrieb, zog er sich gleich höflich zurück. »Bitte um Entschuldigung, ich dachte, Ihr seid Künstler!«

Franz lächelte. »Das bin ich. Aber meine Farbe ist das Wort.«

Er lud den freundlichen Fremden ein zu sitzen, was dieser gerne annahm, und bot ihm einen Schluck Wein an, was der allerdings dankend ablehnte. Er stellte sich als Ludwig vor und erzählte auf Franz' Nachfragen, dass er die Kunst liebe und schon mehrfach hier gewesen sei, um die Klassiker zu erleben – aber auch, um die deutschen Künstler, von denen ja einige hier arbeiteten, kennenzulernen.

»Ihr malt auch?«, fragte Franz.

Ludwig lachte. »In der Jugend wohl. Hier und da kaufe ich ein Gemälde.«

So kamen die beiden ins Gespräch. Ludwig war überrascht, zu hören, dass Franz mit einem Stipendium von König Maximilian von Bayern ausgestattet war. Als er sich aufgeschlossen bei Franz erkundigte, was er denn schreibe, zögerte Franz, von seinem Schauerroman zu erzählen. »Man sagt mir«, erwiderte er auf die Frage des anderen, »es sei nicht das, was der König billigerweise für sein Stipendium erwarten könne.«

»Ho!«, rief der andere aus. »Man scheint genau zu wissen, was der König erwartet.«

»Tja …« Franz hob die Schultern. »Da es der Gesandte des Königs ist …«

»Na dann …«

»Er sagt, mein Werk sei effekttheischerisch, ohne Niveau, ohne Tiefe, ohne Respekt vor Tradition, Glauben und deutschen Tugenden!« Jedes dieser Worte hatte sich in Franz' Gedächtnis gebrannt und schmerzte noch genauso heiß wie beim ersten Hören.

Ludwig blickte ihn aus seinen kleinen Augen nachdenklich an. »Und was soll jetzt werden?«

»Ich werde etwas Neues schreiben.«

»Etwas, das dem König gefällt?«

Wieder hob Franz ratlos die Schultern.

»Und Ihr glaubt, es fliegt Euch hier draußen zu? Man sollte meinen, Ihr geht in die Bibliotheken. Lest Bücher. Lasst Euch anregen von anderen Geschichten. Von den Klassikern. Mythen. Italienischen Romanen. Chroniken. Deshalb seid Ihr doch wohl hier in Rom.«

»Ich weiß«, erwiderte Franz. »Aber das will ich ja gerade nicht! Ich will nicht noch einmal aufrühren, was schon längst geschrieben wurde. Den alten Eintopf wieder aufkochen. Mit ein paar frischen Gewürzen und in einer neuen Schüssel. Ich …« Franz rang nach den richtigen Worten. »Ich bin hier, um zu mir selbst zu finden. Um meine eigene Stimme zu hören. Wenn man nur zuhört, was andere reden, dann schweigt die eigene Stimme.«

»So …«, erwiderte der andere nachdenklich.

»Es gibt Momente, in denen ich sie höre«, fügte Franz verzweifelt hinzu. »Aber sie spricht so leise!«

Ludwig betrachtete ihn fasziniert. »Ihr seid leidenschaftlich … und begeistert …«

»Entschuldigt.«

»Nichts, für das Ihr Euch entschuldigen müsst. Das wären doch schon einmal zwei hervorragende deutsche Tugenden …«

Sie lachten, und dann tranken sie doch gemeinsam einen Schluck aus Franz' Weinflasche.

»Vielleicht würdet Ihr mir die Ehre erweisen, Eure Geschichte lesen zu dürfen?«

Franz sah ihn erstaunt an. »Ihr wollt sie lesen?«

»Warum nicht? Dafür habt Ihr sie doch geschrieben, oder?«

»Ja, schon.«

»Morgen kommt Ihr zu mir zum Abendessen, dann gebe ich sie Euch zurück.«

In diesem Moment bemerkten sie in der Ferne zwei Männer, die sich suchend umsahen und nach jemandem riefen. Ludwig winkte ihnen. »Man sucht nach mir. Was sagt Ihr?«

»Warum eigentlich nicht?« Während Franz die Tasche mit dem Manuskript aufhob und Ludwig gab, hatten die Suchenden sie entdeckt. Auch Georg war aufmerksam geworden und kam herüber. Als er den Fremden sah, erstarrte er förmlich und vollführte eine steife Verbeugung. »Majestät …«

Ludwig lächelte und hängte sich die Tasche über die Schulter. »Also, morgen Abend? Villa Malta.« Und ging winkend davon.

Franz begriff nicht. »Majestät? Wer war das?«

»Du weißt nicht, mit wem du dich da unterhalten hast?«

»Georg, wer *war* der Mann?«

»Kronprinz Ludwig von Bayern!«

*

»Ich Ochse!« Franz raufte sich die Haare. »Ich Kretin! Einfaltspinsel! Unglückswurm! Wie kann ein Mensch so dumm sein!«

So ging es den gesamten Fußmarsch zurück in die Stadt. Es munterte Franz kein bisschen auf, dass Georg über die Geschichte herzlich lachte. »Aber Cornelius! Das ist das Beste, was dir passieren konnte!«

»Er wird mein Stipendium streichen lassen! Ich werde zurück nach Hause müssen!«

»Du wirst nicht nach Hause müssen.«

»Wie konnte ich diese unselige Geschichte ausgerechnet ihm geben! Dem einzigen Menschen, dem ich sie nie hätte geben dürfen!«

»Dem einzigen Menschen, dem du sie geben musstest.«

»Und dann liefere ich ihm noch Rumohrs Widerwärtigkeiten mit. Effektheischerisch, ohne Niveau, ohne Tiefe! Damit er's nur gleich weiß!« Franz war nicht zu beruhigen. Als sie in die Stadt kamen, schlug er sich sogar mit der Faust am Stadttor einen Knöchel blutig.

Auch Clara lachte über die Geschichte. Georg war sofort die Treppe hochgepoltert, um es ihr zu erzählen, und sie half ihm in seinen Bemühungen, Franz aufzumuntern. »Ludwig ist nicht Maximilian! Er gehört zu unserer Generation!« Doch trotz aller guten Zusprache verbrachte Franz eine schlimme Nacht und fand keinen Schlaf. Im Winter hatte er noch im königlich bayerischen Kerker gesessen, um auf seine Verurteilung vor dem königlich bayerischen Gericht zu warten, und jetzt plauderte er mit dem Kronprinzen – und gab ihm den Roman, in den er so viel von sich selber eingewoben hatte!

Am Morgen fühlte er sich wie gesteinigt. Clara kam und brachte ihm ein *cornetto* und einen Kaffee. Das bittere Getränk kam ihm gelegen, aber das Gebäck klebte zäh in seinem Hals, der sich ohnehin anfühlte, als würde keine Luft hindurchgehen.

»Selbstverständlich kann ich heute Abend nicht dort hingehen«, sagte er entschieden zu Clara.

»Selbstverständlich gehst du hin! Erkennst du nicht, was für ein Glück du hast? Der Kronprinz liest deine Geschichte! Er lädt dich ein, mit ihm über deine Geschichte zu reden!«

»Effektheischerisch. Ohne Niveau. Ohne Tiefe. Ohne Respekt vor Tradition, Glauben und deutschen Tugenden …«, flüsterte Franz.

»Cornelius! Wollen wir Angst haben?«

»Nein …«

»Wollen wir mutig sein?«

»Ja …«

»Na also. Der heutige Abend wird dein Leben verändern. So oder so.«

Franz stöhnte auf.

»Und mach einen Mittagsschlaf. Du siehst grauenvoll aus. – Ach so …« Clara brachte aus einer Tasche irgendwo in den Falten ihres Rocks einen Brief zum Vorschein. »Den hat mir Georg gegeben. Er lag im Caffè Greco für dich. Von deiner Mutter.«

Franz nahm den Brief und legte ihn beiseite.

»Willst du ihn nicht lesen?«

Das wollte er nicht. Auf keinen Fall vor Clara. Und das war gut so, denn als er ihn später öffnete, war es ein Schock. Clara hatte prophezeit, der Abend werde sein Leben verändern, aber das tat bereits der Morgen: Die Mutter kündigte die Ankunft der Schwester an. Sie schrieb, dass Isolde ihn überraschen wolle mit ihrer Reise. Dass sie der Schwester natürlich nicht die schöne Überraschung verderben wolle, aber doch müsse sie schreiben: Sie mache sich die größten Sorgen um Isolde, die sich eigentlich gar nicht anstrengen sollte. Ihre Gesundheit sei immer noch sehr angegriffen, und Professor von Schabeisen habe dringend von der Fahrt abgeraten, aber aus irgendeinem Grunde sei Isolde nicht aufzuhalten gewesen.

Aus irgendeinem Grunde.

Nicht aufzuhalten.

Sie weiß es!

Irgendwie hatte er sich verraten!

Voller Sorge bat ihn die Mutter noch, dass er auf die Gesundheit der Schwester achtgeben solle.

Die Schwester kommt!

Alles wird auffliegen!

Einen Moment lang stieg die Hoffnung in ihm auf, das kränkelnde Wesen werde die kraftraubende Überquerung der Alpen ohnehin nicht überleben, aber das war natürlich lächerlich. Tausend Gedankenfetzen hetzten durch seinen Kopf. Wie lange noch? Von wann war der Brief? Vor über zwei Wochen hatte sie ihn geschrieben. Wie lange dauerte die Fahrt von Nürnberg? Er wusste es nicht, er selbst war zu Fuß über die Berge. Hatte sich oft versteckt. War festgenommen worden.

Wie lange hatte er noch?

Er musste weg. Er musste weg von hier. Und zwar sofort.

»Neapel?«, fragte Clara. Sie kam gerade mit ihrem Malkoffer die Treppe herab, als Franz aus seiner Tür stürmte.

»Ja, Clara. Wir wollten doch nach Neapel!«

»Ja, schon … Am besten im August, wenn hier die böse Luft einzieht.«

»Jetzt! Sofort! Warum nicht sofort? Du sagst selbst, wenn man etwas tun will, dann sollte man niemals warten!«

»Was meinst du mit sofort?«

»Wir nehmen die Kutsche heute Mittag.«

Clara lächelte verstehend. »Cornelius! Du gehst heute Abend zu Ludwig!«

»Darum geht es doch gar nicht …«

»Cornelius, das ist lächerlich. Ich muss jetzt los, bevor die Sonne zu hoch steht. Und heute Abend werde ich dich an die Hand nehmen und persönlich in der Villa Malta abliefern.«

Also alleine fort. Schweißnass hetzte Franz in seinem Zimmer von einer Wand zur anderen. Aber was brachte ihm die Flucht? Einen lächerlichen Aufschub von zwei Wochen. Vielleicht drei. Und natürlich hatten Georg und Clara Recht: Der heutige Abend war der Höhepunkt seines bisherigen Daseins. Er musste hören, was der Kronprinz zu seiner Geschichte sagte. Er musste dort hin.

Also morgen früh. Zwei Wochen waren immerhin etwas. Er könnte nachdenken, er könnte einen Plan machen. Er könnte noch etwas schreiben. Noch etwas hinterlassen …

Ja, so wollte er es machen: Er würde den Tag nutzen, um zu packen, er würde heute Abend die Einladung annehmen, er würde morgen bei Tagesanbruch in der ersten Kutsche sitzen, die die Stadt verließ …

Der restliche Tag war ein böser Rausch. Franz brauchte nur wenige Minuten, um seine Sachen in die zwei Koffer zu stopfen. Danach riss er das meiste wieder heraus, um die Garderobe für den Abend zusammenzustellen, und zwängte den Rest wieder hinein. Sorgfältig und behutsam verstaute er lediglich die Skizzen von seiner Wand und vor allem die Portraitzeichnung Claras, die er lange betrachtete, bevor er sie in ein sicheres Fach im Deckel des Koffers schob. Die verbleibende Zeit bis zum Abend verbrachte er wieder damit, in seinem Zimmer hin und her zu hasten.

Abends begleitete ihn Clara tatsächlich zur Villa Malta. Allerdings weniger, um seine Flucht zu verhindern, als vielmehr, weil sie selber so aufgeregt war. »Der Kronprinz lädt oft zwei der Künstler zum Abendessen ein, du wirst also wahrscheinlich nicht alleine sein. Die anderen wussten auch nicht, wer heute noch zu ihm geht, aber du wirst ja sehen.« Am Gartentor drückte sie Franz ermutigend die Hand und wünschte ihm viel Glück. »Er liebt deine Geschichte, ich weiß es.«

Und als der Diener ihn in den Salon führte, wo die beiden anderen Gäste warteten, sah Franz, wen der Kronprinz noch zu Tisch eingeladen hatte: Caspar Friedrich von Rumohr und Friedrich Rückert. Rumohr lächelte ihm süffisant entgegen: »Da haben Sie ja doch noch einen Weg gefunden, an den Richtigen heranzukommen. Woher wussten Sie, dass es der Kronprinz war, der Ihnen Ihr Stipendium bewilligt hat? Sehr geschickt ...«

Der Kronprinz hatte Lohwaldts Stipendium gestiftet und nicht der König? Endlich begriff Franz, warum die *Germania* auf Wohlwollen gestoßen war: Die Gesinnung des Prinzen war eine ganz andere als die seines Vaters! Während der alte König eifersüchtig alles bekämpfte, was die Souveränität seines jungen Königreiches bedrohte, hatte sein Sohn einen ganz eigenen Blick. Wann immer Ludwig in Rom war, lebte er die Ideale der Künstlerrepublik und sah die reichen Früchte, die sie hervorbrachte!

Rückert sagte nichts. Er blickte Franz nur aus seinen kleinen Augen nachdenklich an.

Als sie zu Tisch geführt wurden, erschien auch der Kronprinz. Unter dem Arm trug er die offene Tasche mit dem *Römischen Fieber*, die Blätter nur eilig hineingeschoben. »Ah, der junge Weltbürger!«, begrüßte er Franz freundlich mit einem festen Händedruck. »Ich hoffe, Ihr verzeiht mir, dass ich mich gestern nicht mit vollem Namen vorgestellt habe. Aber hier in Rom halte ich es lieber so.«

»Selbstverständlich, Majestät … Ganz wie Sie … wie Ihr … wie Euer Majestät …«

»Ich dachte, es ist eine gute Idee, Euch mit Caspar Friedrich von Rumohr bekannt zu machen. Herr von Rumohr ist ein bedeutender Mann und kann sicher einiges für ein junges Talent bewirken!«

Rumohr verbeugte sich höflich und erwiderte nur: »Wir hatten bereits das Vergnügen.«

»Oh, wie schade«, sagte der Kronprinz enttäuscht. »Aber umso besser.«

Sie unterhielten sich eine Weile über dies und jenes, bis Ludwig endlich die Geschichte ansprach. »Ich war tatsächlich überrascht«, sagte er. »Eine Schauergeschichte …«

Rumohr lehnte sich behäbig zurück, um den bevorstehenden Verriss zu genießen, und wechselte einen Blick mit Rückert.

»Sie ist vielleicht noch unausgegoren und in Teilen zu – *exaltiert* …«, begann Ludwig. Er wandte sich an Rumohr: »Was halten Sie davon?«

»Nun …«, erwiderte Rumohr und setzte genüsslich an.

Doch Rückert kam ihm zuvor: »Ich möchte gerne eine Lanze für die Geschichte brechen. Bei allem Respekt, aber es greift doch etwas kurz, sie als Schauergeschichte zu bezeichnen. Sicher besitzt sie viele Stilmittel einer solchen, aber – Cornelius nutzt sie geschickt, um gewisse Dinge sehr treffend zu zeichnen. Mir ist einiges über unser aller Liebe zu Rom klar geworden.«

Der Kronprinz nickte lebhaft. »Ja!«, pflichtete er bei, während Rumohr einen giftigen Blick zu Rückert sandte, der wiederum so tat, als würde er ihn nicht bemerken. »So erging es mir auch. Und ich muss sagen, bei aller Düsternis habe ich einige gute Tugenden darin gefunden.« Ludwig wandte sich an Franz: »Es ist Ihnen gelungen, in die hohle Form klingendes Erz zu gießen und bemerkenswerte Momente zu schaffen. Machen Sie weiter so, Cornelius. Vielleicht ist dies noch nicht der große Wurf«, er nickte Franz zu. »Aber ich kann Ihre Stimme schon vernehmen.«

Ludwig wandte sich an Rückert und Rumohr und schloss: »Und ist es nicht in der Kunst ebenso wie im Leben? Manches Mal bekommt man nicht das, was man erwartet!«

Rumohr kochte. Er wagte es nicht, dem kronprinzlichen Urteil zu widersprechen. Doch seine Kiefer mahlten so krampfhaft, dass sein massiges Kinn auf dem weißen Halstuch bebte.

Rückert kümmerte sich nicht weiter darum, legte seine kräftige Hand auf das Manuskript und sagte einvernehmlich zu Franz: »Respekt, Cornelius. Das hätte ich nicht von dir erwartet.«

Auf dem Heimweg schwebte Franz förmlich. Er konnte es kaum erwarten, Clara zu berichten. Sie hatte ihm eingeschärft, unbedingt noch bei ihr zu klopfen, egal, wie spät es sei. Ludwig hatte die Geschichte nicht gerade geliebt, wie Clara vorhergesagt hatte, aber sein Urteil war ermutigend. Franz wusste, dass er seinen Weg gefunden hatte. Und selbst wenn es nur die ersten Schritte einer langen Wanderschaft wären – er war entschlossen weiterzugehen. Ihm war klar, dass er noch in dieser Nacht fliehen musste, um seinem Weg überhaupt ein paar Schritte hinzufügen zu können, aber er war voller Hoffnung: Es würde sich eine Möglichkeit finden. Zuversichtlich sein! *Nur nicht an morgen denken!*

Schon sah er sein Haus, schon sah er sich zu Clara die Treppe hinaufeilen, als er wie angewurzelt stehen blieb. Was war das? Vor sich in der dunklen Gasse, beschienen nur vom flackernden

Gaslicht einer der wenigen Laternen, die in Rom funktionierten, schwankte auf krummen Beinen, bucklig und verwachsen, eine entsetzliche Gestalt. War dieser humpelnde Albtraum dem *Römischen Fieber* entstiegen? War seine Schauergeschichte wahr geworden? Der Missgestaltete glotzte ihn dumpf aus einem gelben Auge an und wandte sich mit einem gleichgültigen Grunzen zwei Pferden zu, die vor einer leichten Kutsche angespannt waren. Das eine fraß aus einem Sack, den es umgebunden hatte, das andere tänzelte nervös. Schaum troff von seinem Maul, den der Bucklige ohne Scheu mit einer seiner viehischen Pranken abwischte.

Voller Entsetzen wich Franz zurück. Er machte einen Bogen um den Verwachsenen und flüchtete ins Haus. Doch als er in seine Wohnung sprengte – zu Clara konnte er in seiner Aufgewühltheit nicht –, zersplitterte sein Leben endgültig. Franz erkannte sie sofort von der Miniatur in Lohwaldts Medaillon. Kaum nahm er ihr schwarzes, straff geschnürtes Kleid wahr und kaum den grünlichen Schimmer am Ansatz ihrer streng zusammengezwungenen Haare oder ihre dürren, spinnenartigen Hände. Was ihm vor allem die nackte Angst ins Herz trieb, war ihr Blick. Nicht überrascht, nicht anklagend, nur kalt und angewidert. Hinter ihr stand in einem grauen Kleid die stockgerade Gestalt einer Gouvernante oder Gesellschaftsdame. Ihre Augen hatten eine abstoßende schwartige Färbung, für die es kein Wort gab, und aus ihrer Mimik las Franz *nichts*.

»Sie haben gepackt?« Die Stimme der Schwester klang unangenehm hart wie die einer Krähe.

Franz wusste nichts zu antworten.

»Für den Fall, dass Sie zu fliehen versuchen, hat mein Kutscher Anweisung, Sie zu erwürgen.«

VIII

Da es in seiner Wohnung nur den einen Stuhl gab, auf dem Isolde saß, musste Franz stehen. Obwohl es die zweite Nacht in Folge war, in der er wach blieb, kämpfte er nicht gegen den Schlaf. Vielmehr befanden sich Körper und Geist in einem Zustand der Trance, in einer Verfassung, die dem Traum ähnlicher war als der Wachheit.

»Wer sind Sie?«

»Mein Name ist Franz Wercker.«

»Wo ist mein Bruder?«

»Er … ist …«

»Reden Sie!«

»Er ist gestorben.«

Die Frau nickte schweigend. Es war nicht zu erkennen, was sie empfand. Ob sie überhaupt etwas empfand. Eher schien sie die Bedeutung seiner Aussage abzuwägen.

»Er ist ertrunken. Auf der Reise. Im Gardasee. Er ist – ins Wasser gefallen. Ich habe versucht, ihn zu retten, aber …«

»Aber?«

»Ich habe es wirklich versucht!«

»Oder Sie haben ihn getötet.«

»Nein!«, rief Franz aus. All sein Flehen, mehr als alle Worte, mit denen er bitten könnte, ihm zu glauben, lag in seinem Ausruf. »Nein … ich habe ihn nicht getötet.«

Und so berichtete er ihr, dass sie zuvor nur einige Worte gewechselt hatten. Dass Cornelius getrunken und sich in den See erleichtert hatte, wobei er ins Wasser gefallen war. »Ich war nicht dabei, ich habe nur gesehen, wie er über den Strand lief.«

»Woher wissen Sie dann, dass er getrunken hatte?«

»Als wir miteinander gesprochen haben, vorher, hat er nach Wein gerochen.«

»Sie scheinen eine feine Nase zu haben. Sind Sie sich nahegekommen?«

Franz verstand die Frage nicht. »Nah? Ja. Natürlich. Er stand vor mir.«

Die Schwester hörte ihm konzentriert zu. Glaubte sie ihm? Die andere, die Gesellschaftsdame in dem grauen Kleid, stand reglos und steif hinter ihr. Auch sie folgte seinen Worten aufmerksam, doch ihren blassen Augen war keine Regung abzulesen.

»Und Sie? Was haben Sie gemacht, alleine an diesem Strand? Mitten in der Nacht?«

»Ich wollte dort schlafen. Unter einem umgedrehten Boot.«

»Unter einem Boot!« Der Umstand, dass man am Strand unter einem Boot die Nacht verbringen konnte, schien sie mehr zu überraschen als alles andere.

Mit nervösen Bewegungen ihrer dürren Hände zupfte sie an den Ärmeln ihres Kleids und versuchte, sich mit unwilligen Verrenkungen ihrer Schultern unter dem eng anliegenden Stoff Platz zu schaffen. Die Berührung des Gewebes schien sie zu reizen. »Warum haben Sie seinen Namen angenommen?«

»Ich … das Stipendium.«

»Das Stipendium?«, fragte sie überrascht. »Das lächerliche Stipendium? Das ist alles?«

»Es ist nicht lächerlich. Für ihn vielleicht. Für Sie. Aber nicht für mich … Für mich ist es alles. Für mich ist es das Leben.«

»Erzählen Sie.«

Franz beschloss, nichts zu verschweigen und nichts zu beschönigen. Wozu jetzt noch taktieren? Sein Schicksal lag in ihrer Hand. Es war vorbei. Der Traum von Rom war ausgeträumt. Das Gebäude seiner Lügen war eingestürzt. Und wie gut es tat, endlich die Wahrheit zu sagen. Leid tat es ihm dabei nicht für sich, aber die Enttäuschung, die Clara empfinden würde, den

Verdruss, den er Georg bereitete – die schmerzten ihn am meisten. Aber das half nun nichts mehr. Es war vorbei.

»Die Wahrheit ist – ich wollte mein Leben beenden. Dort am See. Ich wusste nicht weiter. Ich war am Ende meiner Kräfte. Ich war auf der Flucht, aber – ich konnte nicht mehr. Wenn ich ihm nicht begegnet wäre – Ihrem Bruder –, dann hätte ich es beendet. Aber die Begegnung mit ihm hat mich – verwirrt ... Als er mir von Rom erzählt hat ...«

»Flucht? Wovor?«

Geradeheraus antwortete er: »Ich habe meinen Vater erschlagen.«

Zum ersten Mal bemerkte er eine Regung in den Augen der anderen, der grauen Frau. Ein düsteres Blitzen. Ein Aufmerken.

»Sie haben den eigenen Vater erschlagen?«, fragte die Schwarze, die Schwester.

»Ja.«

»Meinen Bruder aber nicht?«

»Nein. Erst danach – alleine, dort am Strand – bin ich auf die Idee gekommen, seinen Namen anzunehmen. Er war tot. Ich lebte. Ich dachte, ich schade niemandem ...«

»Erzählen Sie mir alles.«

Also erzählte Franz. Wann immer sie etwas genauer wissen wollte – und sie wollte alles ganz genau wissen –, fragte sie nach. Wie er den Betrug bewerkstelligt hatte. Was er dem bayerischen Gesandten erzählt hatte. Was er über Cornelius erzählt hatte, wenn er doch angeblich kaum etwas über ihn wusste. Vor allem aber fragte sie, wer er war, woher er stammte und was ihn dazu gebracht hatte, das eigene Leben zu beenden und das von Cornelius Lohwaldt zu stehlen. Seine Liebe zu den Büchern, seine Begabung zum Schreiben, die unbarmherzigen Prügel des Vaters bis hin zum Grab im Wald, in dem er lebendig verscharrt wurde, und den irrsinnigen Totschlag, mit dem er aus dem Grabe auferstanden war. Den Verrat seiner Mutter, die Kerkerhaft, die Flucht über die Berge. Die Schwester hatte eine mühsame Reise hinter sich, doch schien sie kein bisschen müde zu werden. Seine Berichte nahm sie so wachsam und bedächtig auf, als ob sie jede Kleinigkeit auswendig lernte. Sie wurde nicht müde, zu hören, was er in Rom erlebt und gesehen, was er gefühlt und getan hatte. Eine Regung ihres Herzens nahm Franz nicht wahr, aber er konnte sehen, wie hinter dem grünen Schimmer an ihrem Haaransatz und an ihren Schläfen bläuliche Adern pulsierten. Ihre schwarzen Augen saßen in tiefen Höhlen wie zwei hungrige Tiere, die nach jedem kleinsten Häppchen schnappten, das Franz ihnen zuwarf.

Was ihn allerdings wunderte – in dem Nebel, durch den seine Gedanken sich quälten, realisierte er es erst später: Sie hakte nicht noch einmal nach, was Cornelius' Tod betraf. Den Unfall hatte er ja lediglich behauptet. Entweder so glaubhaft, dass sie nicht zweifelte, oder aber es war ihr gleichgültig. Aus ihrem abweisenden Gesicht ließ sich weder das eine noch das andere herauslesen.

Aber sie wollte wissen, was er geschrieben hatte. Wie er es geschafft hatte, Cornelius' Schrift zu imitieren. Sie ließ sich die *Italia* aushändigen und das *Römische Fieber*. Sie wollte eine genaue Beschreibung aller Personen, die er kennengelernt hatte. Sie ließ sich Clara beschreiben, sie ließ sich Georg beschreiben, und sie ließ sich alle anderen umreißen: die Künstler, den Gesandten und alle Bekanntschaften. Als er von Caroline von Humboldt berichtete, horchte sie auf. Sie schien ihr von besonderem Interesse. Die Verhältnisse, unter denen sie lebte, ihre Freundinnen Dorothea Schlegel, Henriette Herz und Margarethe Niebuhr, und genauestens die Art und Weise, wie die Gesellschaften bei ihr abliefen. »Tee und – *Butterbrote?*«, fragte sie verächtlich, als Franz ihr von Carolines beengten Verhältnissen und der einfachen Kost an ihren geselligen Abenden berichtete. *»Und jeder bringt etwas mit?«*

Dann fragte sie weiter, und Franz erzählte weiter. Sein Mund war trocken, seine Zunge geschwollen, er spürte die Beine nicht mehr, er sah dunkle Flecken und helle Blitze vor Augen, und schließlich kippte er einfach um.

Als Franz aufwachte, lag er auf seinem Bett. Der Anzug vom Vortag, in dem er zur Einladung des Kronprinzen gegangen war, klebte an seinem Körper. War das alles wirklich geschehen? Warum lag er hier und nicht in einem Kerker? Sein Kopf drohte vor Schmerzen zu platzen. Dennoch mühte er sich hoch und wankte zur Tür. Auf dem Stuhl am Tisch saß in ihrem grauen Kleid nur die andere. Die Stocksteife mit den abstoßenden Augen, immer noch ohne einen Gesichtsausdruck. Lohwaldts Schwester war verschwunden.

»Wo ist sie?«, fragte er.

»Es ist nicht an Ihnen, Fragen zu stellen.«

»Warum verrät sie mich nicht?«

»Vielleicht tut sie das.« Sie stand vom Stuhl auf, ohne sich dabei nach vorne zu beugen, als ob eine unsichtbare Macht sie emporgezogen hätte. »Kleiden Sie sich anständig. Man wartet unten im Wagen.«

Der Kutscher stand gekrümmt neben der Haustür. Sein triefendes Auge starrte aus dem schief angewachsenen Kopf bedrohlich zu Franz herauf, und mit einer seiner klobigen Pranken wies er auf die Kutsche, in der die Frau im grauen Kleid wartete. Als Franz zu ihr in den Wagen stieg, sah er überrascht, wie behände der Verwachsene, einem riesigen Käfer gleich, unter seinem speckigen Mantel hinauf auf den Kutschbock krabbelte, wo er sich als formloser Haufen ausbreitete. Nach einer Fahrt, auf der kein Wort gesprochen wurde, hielten sie vor der Casa Teutonica, dem Gästehaus für wohlhabende Pilger des Deutschen Ordens.

Als die ausdruckslose graue Frau Franz in die Suite einließ, erwartete ihn Isolde Lohwaldt lesend. Sie saß am Fenster, und ihre wächserne Haut spiegelte auf eine beunruhigende Weise die warme Farbe ihrer Umgebung wider. Sie war zu kantig und zu spitz, um dem Auge angenehm zu sein, und doch hatte sie einen morbiden Reiz. Wie eines jener alten Marmorbilder, die kalt und steinern, aus unverständlichen Zeiten überkommen, in die Welt des Lebendigen geraten sind. Aus archaischen Zeiten, in denen die Darstellungen noch steif und ungelenk wirken, aber durch einen rätselhaften Lebenswillen reizen. Und deren Schönheit sogar noch gewinnt, wenn sie zerbrochen und gleichsam verkrüppelt – ohne Gesicht, ohne Arm, ohne Fuß – dem Gang des Irdischen trotzen.

Es war Franz' Manuskript, in das sie vertieft war. Isolde schaute auf, legte die Blätter sorgfältig aufeinander, brachte sie zu einem Schreibpult und klappte es zu. Über das Gelesene verlor sie kein Wort. Wieder – und obwohl der Raum diesmal reich an Sitzgelegenheiten war – ließ sie Franz stehen.

»Es gibt einen Grund, warum mein Bruder nach Rom kommen wollte. Er liebte Männer. Er hatte die Hoffnung, hier in der Fremde seiner Neigung nachgehen zu können ohne die tägliche Angst vor Entdeckung und Kerker.« Sie sah Franz an. »Das hat wohl nicht sein sollen.« Aus ihrem Blick ließ sich nicht erkennen, wie diese letzte Bemerkung gemeint war – bedauernd, gottergeben oder zynisch.

»War es die kranke Tante?«, fragte Franz. »In deren Haus Sie angeblich als Kinder gespielt haben? War das Ihre Falle?«

Sie blickte ihn verächtlich an, antwortete aber nicht. Stattdessen gab sie ihm einen Auftrag: »Sie werden zu Caroline von Humboldt gehen. Sie scheint mir die Nützlichste zu sein. Sie werden ihr sagen, dass wir eine respektable Wohnung suchen. Sie soll sich für uns erkundigen.«

»Wir?«, fragte Franz nur. »*Wir* suchen eine Wohnung?«

»Natürlich«, erwiderte sie. »Ich hatte erwartet, dass Sie schneller von Begriff sind. Was ist natürlicher, als dass Schwester und Bruder zusammenleben?«

Franz verstand nicht, was sie meinte. »Was haben Sie vor?«

»Gehen Sie jetzt zu ihr. Und dann sofort nach Hause. Verlassen Sie Ihre Wohnung nicht. Ich werde Theresa zu Ihnen schicken, wenn ich Sie sehen will.«

»Ich … wollte gerade abreisen …«

»Abreisen?«

»Nach Neapel …«

Isolde lachte krächzend auf, mit einer ruckartigen Bewegung ihres Kopfs, als ob eine Krähe der anderen das Auge aushacken wollte.

*

Franz traf Caroline von Humboldt noch zu Hause an. Sie freute sich, ihn zu sehen, und freute sich noch mehr, zu hören, dass seine Schwester in Rom angekommen sei. Sie versprach ihm sofort, bei der Wohnungssuche zu helfen, und hatte auch schon eine Idee. Jedenfalls war sie zuversichtlich, dass es einfach sein würde, etwas Angenehmes zu finden. Besorgt war sie allerdings über sein Aussehen. »Geht es Ihnen nicht gut, Cornelius? Darf ich Ihnen einen Tee anbieten?«

»Nein, danke, ich – habe nur schlecht geschlafen.«

»Sie leiden doch nicht etwa an Migraine?«

»Migraine? Ja … Migraine …«

»Bitte, setzen Sie sich einen Moment. So kann ich Sie auf keinen Fall gehen lassen.«

»Danke, aber ich lege mich lieber zu Hause etwas hin.«

»Dann begleite ich Sie.«

Und davon ließ sie sich nicht abbringen. Sie bestand darauf, dass er ein Glas kalten Tee trank, setzte nur ihren Hut auf, und draußen auf der Gasse hakte sie sich sogar bei Franz unter.

Später kam Clara zu ihm, sie hatte früher als gewöhnlich ihre halb fertige Zeichnung eingepackt, weil ihr sein kurz entschlossener Vorschlag, nicht erst im Sommer nach Neapel zu fahren, sondern jetzt gleich, nicht aus dem Kopf ging. Warum eigentlich sollten sie nicht dorthin reisen? Caroline von Humboldt hatte ihr neulich einige Namen genannt von Bekannten, die in Neapel lebten und denen sie schreiben würde, um ihnen weiterzuhelfen. »Wir könnten bei den Hestermanns wohnen«, sagte Clara. »Sie müssen sehr herzlich sein. Stell dir vor«, lachte sie und entbrannte vor Begeisterung, »er hat eine ganze Insel im

Meer gekauft, um sie mit Tieren und Pflanzen aus aller Welt zu bevölkern und eine Attraktion erster Güte darauf zu errichten, aber nach all der Mühe sind die Tiere und Pflanzen eingegangen. Hestermann wäre beinahe bankrottgegangen darüber, aber er soll schon wieder viele neue Ideen haben! Ich könnte in Neapel im Museum zeichnen. Die Sammlung ist erstklassig. Wenn ich ein paar Aquarelle schaffe, könnte ich sie vielleicht verkaufen. Und du könntest in der Zeit … – Cornelius, was ist mit dir? Geht es dir nicht gut?« Jetzt erst bemerkte sie in ihrem Eifer, wie elend er aussah.

Es brach ihm das Herz, ihre Vorfreude zerstören zu müssen. Er brachte nicht mehr als ein Flüstern heraus: »Wir können nicht nach Neapel fahren, Clara.«

»Warum nicht?«

»Weil … – Meine Schwester ist gekommen.«

Schwester!

Am liebsten wäre er aufgesprungen, hätte Clara an den Schultern gepackt und geschüttelt. *Sie ist nicht meine Schwester! Ich habe dich angelogen! Ich habe euch alle angelogen! Ich bin nicht Cornelius Lohwaldt! Mein Name ist Franz! Ich bin ein Betrüger, aber ich bin ein guter Mensch, und meine Freundschaft ist echt!*

»Aber das ist doch herrlich! Deine Schwester! Wo wohnt sie? Wie lange bleibt sie?«

»Wie lange sie bleibt?«

»Cornelius! Was ist mit dir?«

»Und wenn wir doch abreisen, Clara? Jetzt sofort? Nach Neapel, nach Venedig, irgendwohin!«

»Cornelius, was ist mit deiner Schwester?«

*

Natürlich war an eine Reise nicht zu denken. Sobald Franz aus dem Haus trat, bemerkte er den Missgestalteten, in einen schattigen Winkel gedrückt. Sogar wenn er sich nachts in seiner Schlaflosigkeit ans Fenster stellte, ahnte er im Dunkel, hinter der Gartenmauer, seine unförmige Masse, und tatsächlich glotzte plötzlich, im Mondlicht schimmernd, das gelbe Auge zu ihm herauf. Isolde verlangte von ihm, Clara kennenzulernen, dann Georg, und obwohl Franz ihr verschwieg, dass Caroline von Humboldt sie zum Tee eingeladen hatte, brachte sie es doch aus ihm heraus.

»Wir müssen natürlich Du zueinander sagen«, erklärte sie Franz. »Und damit dir kein Fehler passiert, werden wir es immer tun. Auch wenn wir alleine sind. Das hat nichts mit Nähe zu tun, damit das klar ist. Es dient einzig der guten Sache.«

Mit Clara trafen sie sich im Empfangsraum des Deutschen Ordens, wo Isolde durch einen effektvollen Auftritt den Eindruck vermittelte, als wäre sie es, die die mittellose Künstlerin empfing. Sie thronte auf einem einzelnen Sessel, bei ihr standen wie ein kleiner Hofstaat Franz und Theresa. Als Clara hereinkam, ließ Isolde sie durch den gesamten Raum gehen und erhob sich erst im letzten Moment. Franz durchbrach ihre Inszenierung, indem er sich zuerst an Clara wandte: »Clara, darf ich dir Isolde vorstellen, meine ... Schwester.« Und zu Isolde: »Clara Seidler.«

Isolde reichte Clara gnädig die Hand.

Clara, der wie immer jeglicher Arg fremd zu sein schien, umschloss sie herzlich mit beiden Händen. »Herzlich willkommen in Rom! Ich freue mich so, Sie kennenzulernen!«

Isolde lächelte dankend.

»War die Reise sehr anstrengend? Jetzt ist es sicher angenehm frisch in den Bergen.«

»Es war nicht so schlimm, wie ich befürchtet habe.«

»Wenn ich gewusst hätte, dass Sie kommen, dann hätten wir etwas vorbereitet. Aber Cornelius hat bis zuletzt ein Geheimnis darum gemacht.«

»Es *war* ein Geheimnis. Ich habe ihn überrascht.« Isolde lächelte Franz zurückhaltend an. »Aber wollen Sie nicht Platz nehmen, Fräulein Seidler?«

Sie setzten sich um ein Kaffeetischchen, und Theresa, die von

Isolde als ihre Gesellschaftsdame vorgestellt wurde, nahm auf einem entfernteren Stuhl Platz.

»Sind Sie zum ersten Mal im Süden?«, fragte Clara. »Sie werden es lieben!«

»Nun«, erwiderte Isolde. »Um ehrlich zu sein, bin ich überrascht, wie schmutzig und heruntergekommen es hier ist.«

»Das ist wahr, aber es gibt so viele Schätze zu entdecken! Und gerade da, wo man es am wenigsten erwartet. Ich gehe am liebsten auf die Märkte. Die Händler lassen einen von allen Köstlichkeiten probieren!« Als Clara jedoch Isoldes abgestoßenen Blick sah, fügte sie höflich hinzu: »Und die Museen! Die werden Ihnen gefallen. Dort ist es angenehm kühl, und nirgendwo gibt es herrlichere Antikensammlungen als hier. Allein der Laokoon! Zum Glück ist er aus Paris zurückgekehrt!« Clara lachte: »Sogar er reist heutzutage!«

Sie plauderte, erzählte, fragte und lachte, und ob sie Isoldes steife und abweisende Art ignorierte oder gar nicht bemerkte, war nicht zu erkennen. Claras Herzenswärme hätte das in Stein gemeißelte Haupt der Gorgone aus den kapitolinischen Sammlungen zum Leben erweckt. Isolde begann auch tatsächlich, mehr zu lächeln und zu lachen, aber es fühlte sich falsch an. Wie der gefährliche, durch menschliche Züge verwirrende Geist aus einem Zauberspiegel. Clara schlug einen Spaziergang vor, und Franz war heilfroh darum, da er im Sessel zwischen den beiden so unfassbar verschiedenen Frauen zu ersticken drohte. Die eine dunkel – Haare, Kleider, Augen, und schieferfarbene Dunkelheit schimmerte sogar aus ihrem Inneren durch die fahle Haut hindurch –, die andere farbig und licht mit ihren blauen Augen, den gebräunten Händen und den gepflückten Blumen, die sie sich zur Feier des Tages ins leuchtende Haar gebunden hatte. Die eine mit einem Lächeln, das nach wenigen Augenblicken wieder erstarb, die andere mit einem einnehmenden Lachen. Mond und Sonne, Nacht und Tag, Winter und Frühling. Franz konnte Clara nicht in die Augen sehen, und beieinandersitzend wurde es ihm immer unerträglicher, ihren Blick zu meiden.

Während die beiden Frauen unter ihren Sonnenschirmen – ein schwarzer, ein weißer – durch die Stadt schlenderten, wusste Clara von jedem *palazzo*, von jeder Ruine und jedem Denkmal eine Geschichte zu erzählen. Sie wies Isolde auf ein Gebetshaus hin, das mit allerlei Totenschädeln verziert war, weil es einst von der Bruderschaft vom guten Tode erbaut worden war; sie erklärte, dass der Travertin der Fassade des Palazzo Farnese – des größten privaten Hauses in Rom – wahrscheinlich dem Kolosseum entnommen worden war; sie zeigte Isolde den scheinperspektivischen Gang im Palazzo Spada, der äußerst lang erschien, in Wahrheit aber nur wenige Schritte maß; und die Form einer halbrunden Gasse erklärte sie damit, dass die Häuser auf den Grundmauern des Theaters des Pompejus erbaut worden seien, in dem im Übrigen Julius Cäser erdolcht worden sei – wahrscheinlich an genau der Stelle, an der sie gerade standen. Clara führte sie zur Bocca della Verità, zum Mund der Wahrheit, wo sie ihnen erzählte, dass unlängst genau davor der Räuberhauptmann Spadolino mit vieren seiner Spießgesellen hingerichtet worden sei. Und gleich um die Ecke, gegenüber der Kirche San Giorgio in Velabro, zeigte sie ihnen den alten Zugang zur *Cloaca Maxima*, zum großen Entwässerungsrohr des antiken Rom, in dem, wie sie mit schreckgeweiteten Augen flüsterte, bekanntlich die grausige, gestaltwandlerische Mora hause.

Sie aßen Eis wie eine Gruppe Reisender, sie besichtigten das Pantheon, Berninis Elefanten, die Säule des Trajan, die Engelsbrücke, und alles erschien Franz durch Isoldes Blick entweiht und wie mit Ruß überzogen. Immer folgte ihnen in enervierender Distanz Theresa, die den ganzen Weg über nicht ein Mal sprach oder lächelte. Die Schätze der Vergangenheit schienen ihr keines Blickes würdig, sie ließ die kalten Augen nicht einen Moment lang von Franz.

Am frühen Nachmittag rasteten sie an einer schattigen Stelle, von der sie einen herrlichen Blick über Rom genossen, als eine Kutsche in ihrer Nähe an einem plätschernden Brunnen hielt. Ein kleiner weißhaariger Mann stieg aus und segnete freundlich die zufällig anwesenden Menschen. »Der Papst!«, rief Clara. »Kommt mit!« Sie zog Isolde und Franz an der Hand näher zu ihm und Clara fragte ihn respektvoll, ob er sie wohl auch segne, wenn sie protestantischen Glaubens sei, worauf der Papst lächelte und erwiderte: »Der Segen eines alten Mannes hat wohl noch nie geschadet.« Die beiden jungen Frauen bekamen seinen Segen, und weil Pius am Klang Claras italienischer Worte erkannt hatte, dass sie Deutsche war, fragte er nach ihren Umständen und war interessiert, zu hören, dass sie Malerin sei. Der Papst wünschte ihr eine glückliche Zeit in Rom, dann trank er aus dem Brunnen und stieg wieder in seine Kutsche. Isolde aber rieb sich gereizt die Hand, wo Clara sie berührt hatte.

Am Nachmittag schrieb Isolde mehrere Briefe nach Nürnberg, in denen sie berichtete, dass sie gleich am ersten Tag mit Papst Pius VII. geplaudert habe, der sie herzlich in Rom begrüßt und ihr einen glücklichen Aufenthalt gewünscht habe. Sie beschloss, nicht zu erwähnen, dass es nicht ungewöhnlich war, wenn der Papst auf seinen Spazierfahrten irgendwo rastete, und ebenso wenig, dass lediglich Clara mit ihm gesprochen hatte.

Caroline von Humboldt nahm die bleiche und dunkle Schwester am Abend dann herzlich auf. Während sie Tee tranken und die Damen *confetti* naschten, schien bei Isolde eine Verwandlung stattgefunden zu haben. Sie sprach und lächelte deutlich mehr, ihr Lächeln überlebte länger, bevor es erstarb, und sie rühmte in glitzernden Schmeicheleien die Gastgeberin, von der sie schon so viel Gutes gehört habe. Franz drängte sich der Eindruck auf, dass sie sich Caroline gezielt zur Freundin machen wollte.

Keine drei Tage später konnten sie eine gründlich gereinigte Wohnung im Palazzo Zuccari beziehen, in dem auch Dorothea Schlegel und ihr Sohn Philipp Veit wohnten. Die prächtigste Etage aber bewohnte der ehemalige preußische Gesandte Bartholdy, der einen Raum von den Nazarenern mit Fresken hatte ausmalen lassen. Auch Winckelmann hatte seinerzeit in dem

Haus gewohnt, das am oberen Ende der Via Sistina nur wenige Schritte von der Spanischen Treppe entfernt stand. Ein würdiger Mittelpunkt der römischen Kunstwelt. Denn nicht weniger sollte es in Isoldes Vorstellung bald sein. Sie war sehr zufrieden. Die Wohnung kostete zwar ein Vermögen, aber Isolde würde die Rechnungen nach Hause schicken. Was konnte der Vater schon anderes tun, als sie zu bezahlen?

Es gab einen großen Salon, ein Esszimmer und für jeden einen Schlafraum. Der Missgestaltete hauste hinter dem Haus in der Remise bei Pferden und Kutsche. Theresas lichtlose Kammer lag gleich neben dem Zimmer von Franz, und noch in der ersten Nacht rückte er sein Bett von der Wand zu Theresas Kammer weg an die gegenüberliegende Seite, weil er es nicht ertrug, so nahe neben ihr zu liegen. Durch die Wand hindurch lastete ihre Bösartigkeit wie ein Albdruck auf seiner Brust.

Am nächsten Morgen stellte Theresa eine junge Köchin ein, ein scheues Reh, das erstarrte, wenn man es ansprach, und es kamen Träger mit weiteren Möbeln: Sessel und Stühle für den großen Salon. Franz verließ sein Zimmer und beobachtete, wie Isolde sie hierhin und dorthin tragen ließ, bis sie ihr angenehm zu einladenden Gruppen aufgestellt schienen. Dabei hatte sie zum ersten Mal gute Laune. In ihrer Geschäftigkeit summte sie sogar ein Lied – ein krächziges Krähenlied.

Als die Träger fertig waren, bemerkte Isolde ihn. »Guten Morgen, *Cornelius*! Würdest du den Herren bitte Trinkgeld geben, *Cornelius*?«

Nachdem die Männer unter dankbaren Verbeugungen gegangen waren, fragte er Isolde: »Was geschieht jetzt?«

»Theresa und ich fahren aus. Du kannst den Tag nutzen und schreiben!«

Ihre gute Laune wirkte auf ihn aufgesetzt und peinlich. »Ich meine nicht nur heute!«

»Man stelle sich das vor, ich bin in Rom und habe einen eigenen Salon!«

»Einen *Salon*?«

Isolde hustete. Theresa kam herbei und öffnete ein Fläschchen mit einer Medizin, doch Isolde winkte ab.

»Während wir unterwegs sind, kannst du schon ein paar Gäste einladen. Vielleicht für den Anfang Georg und ein paar Künstlerfreunde. Wen, das überlasse ich dir. Morgen vielleicht ein paar Damen. Die Humboldt, die Schlegel, die Herz, Niebuhr … Ich denke, das wäre ein netter Kreis.«

»Was reden Sie da von *Salon*?«

»Du!« Sie schlug ihm das Wort scharf ins Gesicht. Es war keine Zurechtweisung, es war ein Befehl. Eine Drohung. »Vergiss niemals, Franz Wercker: Ein falsches Wort von dir, und du hängst am Strang. Betrüger, Dieb, Mörder des eigenen Vaters, Mörder meines Bruders.«

Franz entfuhr ein wütender Schrei: *»Ich habe Ihren Bruder nicht umgebracht!«*

Isolde entgegnete seelenruhig: »*Deinen* Bruder.«

*

Franz hatte Georg einen Brief an den Türrahmen gesteckt, in dem er ihn mit Franz Horny, dem Magdeburger Friedrich Helmsdorf, Heinrich Hübsch und Theodor Rehbenitz aus Lübeck für den Abend einlud. Als die vier Künstler kamen, staunten sie über den schönen Salon. Während Isolde noch auf sich warten ließ, scherzten sie mit Franz und probierten ausgelassen dieses und jenes Sitzmöbel aus wie eine Schar Gassenjungen, die in eine fremde Welt eingedrungen sind. Dem jungen Franz Horny wurde zum Spaß der Kragen gerade gerückt und der Rock abgestaubt, damit er sich dem Anlasse würdig erweise. Dabei merkten die Kameraden nicht, dass Franz nicht mitlachte. Als Georg sich auf die Chaiselongue warf und mit einer dekadenten Handbewegung nach Wein und Weibern verlangte, stand Isolde in der Tür. Erschrocken sprang er auf, und ihr Eintreten erstickte die ausgelassene Stimmung einem schadhaften Ofen gleich, dessen giftige Gase in den Häusern der Armen über Nacht ganze Familien sterben lassen. Die freundschaftliche Atmosphäre erstand nicht wieder auf. Befangen rührten die Freunde in ihrem Tee, Isolde lachte und plauderte und fragte und hörte zu, aber sie merkte nicht, dass die Antworten knapp und pflichtschuldigst waren.

Einen Moment lang schien sich die Stimmung noch zu wenden, als Rehbenitz fröhlich von dem Wunder berichtete, in seiner Wohnung gebe es einen Brunnen, der wahlweise Wasser oder Wein spende. Obwohl er nämlich im zweiten Stockwerk wohne, befinde sich ein tiefer Brunnenschacht in der Wand, aus dem man mit einem Eimer Wasser schöpfen könne. Der Schacht aber habe im Erdgeschoss einen Durchbruch zu einer *osteria*, und wenn er in den Brunnen rufe *vino, per favore!*, dann werde von unsichtbarer Hand eine Weinflasche hineingelegt, die er nur noch nach oben zu ziehen brauche. Isolde aber entgegnete nur humorlos: »Dann gibt also der Brunnen gar keinen Wein her, sondern nur der Wirt.« Was Rehbenitz durchaus zugeben musste, während sein freundliches Lachen in Erwartung der komischen Wirkung seiner wunderlichen Geschichte erstarb.

Als die Männer Isolde von ihrer Arbeit erzählten, stellte sie befremdliche Fragen, auf die es kaum eine Antwort gab, und einmal fragte sie Helmsdorf sogar allen Ernstes, für wie viel Geld er sein bisher teuerstes Gemälde verkauft habe. Als er der Antwort auswich, bohrte sie nach, bis er schließlich gestand, dass er im Grunde noch überhaupt nichts verkauft hatte, wenn man von ein oder zwei gutmütigen Käufen absah, um ihn zu fördern.

»Na immerhin«, rief Isolde lächelnd aus. »Was wäre die Kunst ohne ihre Förderer!«

In das folgende Schweigen hinein erzählte Georg, dass er gerade voller Begeisterung und nahezu rauschhaft arbeite, was er Cornelius verdanke, der ihm durch Rat und Tat ganz neue Wege eröffnet habe. Daran knüpfte sich tatsächlich ein lebhaftes Gespräch über das Wahrhaftige in der Kunst an, das allerdings durch eine Bemerkung Isoldes wieder erwürgt wurde, die zu dem Thema Goethe zitierte, und zwar auf eine belehrende Weise, die allen das Gefühl gab, das endgültige Wort in der Sache sei damit gesprochen. Isolde redete mit Menschenzungen und Engelszungen, aber sie war nichts als tönendes Erz. Und früh verabschiedeten sich die Gäste mit dem fadenscheinigen Hinweis, nach kurzem Schlaf wieder an die Arbeit zu müssen.

Kaum war die Tür hinter ihnen geschlossen, platzte es aus Franz heraus: »Ich ertrage dieses Spiel nicht. Was auch immer du vorhast, ich ertrage es nicht, mit dir gemeinsam unter Menschen zu sein.«

»Du wirst dich bemühen. Ich bin endlich da angekommen, wo ich schon immer hinwollte, und ich werde es mir von niemandem zerstören lassen. Von niemandem.«

Langsam begriff er. Ihm dämmerte, welch groteske Strafe ihm das Schicksal auferlegte. »Das ist es?«, fragte er. »Das ist alles?«

Empört starrte Isolde ihn an. *»Alles?«*

»Der Salon! Darum geht es?«

»Du glaubst, es ist etwas Geringes. Du siehst nicht den Wert. Es *ist* alles. Der Mittelpunkt. Der fruchtbare Boden, auf dem alles gedeiht. Kunst, Literatur, Philosophie – sogar die Staatskunst. Es wird mein Teil an der Geschichte sein. Glaubst du, Schiller und Goethe hätten ihre Geister je vereinen können? Schelling, Schlegel, Tieck und Novalis? Niemand kann ermessen, welchen Wert die berühmten Salons für die Kunst hatten. Die großen Salonièren! Dorothea Schlegel! Henriette Herz! Amalie Beer! Amalie von Imhoff! Marie von Kleist! Dorothea von Kurland mit ihrem Musenhof! Caroline von Humboldt!«

Franz erschrak. Caroline von Humboldt! Deshalb dieser Zirkus mit den Sitzmöbeln! Sie wollte der großen Dame den Rang ablaufen. Wer konnte ahnen, was passieren würde? Wie weit würde diese Frau gehen?

»Und Isolde Lohwaldt!«

»Aber wieso Rom? Wieso nicht Nürnberg?«

Isolde krächzte spitz auf. »Nürnberg? Was gab es denn je in Nürnberg? Dürer ist seit dreihundert Jahren tot! Und soll ich etwa nach Berlin gehen? Nach München? Das unbekannte Mädchen vom Lande? Glaubst du, dort wäre ich je mit einer Humboldt zusammengekommen? Mit aufstrebenden Künstlern? Nein, hier muss es sein. Rom! Das Ewige. Das Heilige. Die Sehnsucht aller. Hier werde ich meinen Ruf begründen. Hier werde ich die Künstler um mich scharen. Hier kommen sie alle her. Hier ist das einzige und wahre Zentrum der deutschen Kunst. Sie werden mich lieben. Ich werde sie befruchten und protegieren und stark machen. Ich werde in einem Atemzug genannt werden mit Genies. Sie werden in ihre Länder und Städte zurückkehren und meinen Ruf verbreiten!«

Wie eine Krankheit, schoss es Franz durch den Kopf.

»Aber warum ich? Was hat das mit mir zu tun?«

»Na, soll ich etwa alleine hier leben? Als Frau? Wie würde das wohl aussehen! Nein, Bruder und Schwester, das ist statthaft. Das hat einen Reiz. Das atmet Kunst. Der dichtende Bruder und seine schöne Schwester – die berühmte Muse.«

Franz schüttelte vor Entsetzen den Kopf. Welcher Teufel hatte diese Frau erschaffen? Aus welcher Hölle war sie gekrochen? »Und deshalb spielt es auch keine Rolle, ob es dein wirklicher Bruder ist – oder ich …«

»Aber sei nicht so bescheiden! Natürlich spielt es eine Rolle. Du bist viel besser als er! Cornelius war vollkommen mittelmäßig. Die Begabung seiner ganzen Jugend ist von dem einen Gedicht aufgezehrt worden! Und ohne meine Hilfe hätte er noch nicht einmal passende Reime gefunden! Du aber kannst es weit bringen. Dein Roman ist gut. Offenbar lieben ihn manche, und andere verachten ihn. Besser kann man es nicht machen!«

IX

Obwohl Isolde schnell in den deutschen Kreisen Roms bekannt wurde, kam ihr Salon nicht recht in Schwung. Nachdem sie mehrere Abende im Kreise verschiedener Künstler verbracht hatte, war sie enttäuscht, denn sie spürte, dass die Abende nicht gerade geperlt hatten wie Champagner. Diese Künstler waren doch langweiliger, als sie gedacht hatte. Vielleicht brachten sie mit Zeichenstift und Pinsel Bewegendes zustande, aber eine geistreiche Unterhaltung war nicht eben das, wofür sie geboren waren. Aber gut, da musste man dann nun einmal hindurch. Es gab ja auch noch die Damen. Und so hielt sie sich zunächst an Caroline von Humboldt und folgte der Einladung zu einem ihrer Abende.

Isolde hatte beschlossen, alleine zu gehen, weil sie glaubte, ohne den falschen Bruder an ihrer Seite unbefangener zu sein, und außerdem hatte sie das Gefühl, in seinem Schatten zu stehen, weil er schon mit allen befreundet war. Sie wollte aber selber der Mittelpunkt sein und ihn über kurz oder lang in die Nebenrolle weisen.

Als Isolde aufbrach, war sie bester Dinge, sie hatte sich sogar vor dem Spiegel an ihrem Toilettentischchen warmgelächelt und sich mehrere Gesprächsthemen zurechtgelegt, die sie für passend und geistreich hielt. Bei ihrer Ankunft im Hause der Butis wurde sie von Caroline aufs Herzlichste begrüßt. Isolde legte ihr schönstes Toilettentischlächeln auf, machte der Hausherrin Komplimente über ihr elegantes Kleid (das sie in Wahrheit bieder und matronenhaft fand) und ließ sich begeistert über die Villa Borghese aus, die sie am Tag zuvor besichtigt hatte.

Caroline war so freundlich, Isolde ihre privaten Zimmer zu zeigen, die zwei Stockwerke höher lagen. Nachdem sie schon schwer daran zu schlucken gehabt hatte, dass Caroline im Wohnraum der Butis empfing, der der Familie zugleich als Waschküche diente, wurde ihre Geduld hier oben erneut auf die Probe gestellt: Die berühmte Frau lebte in einfachsten Verhältnissen. Sie lebte *billig*! Drei Zimmer, die sie mit den Töchtern teilte, die alten Ziegelböden ausgetreten, die Wände nur weiß gekalkt, keine Vorhänge, die wenigen Möbel in einem traurigen Zustand. »Nein, wie wohnlich!«, begeisterte sich Isolde. »Und mit einfachsten Mitteln so einladend!« Am meisten aber begeisterte sich Isolde über die Kunst. Denn was Caroline an Ausgaben für Einrichtung gespart hatte, das hatte sie hundertfach an Künstler weitergegeben, denen sie immer wieder Werke abkaufte, um deren Überleben zu sichern. Die Wände hingen voller Gemälde und Zeichnungen. Doch als sich Isolde schon zur Tür wandte, um wieder zu den übrigen Gästen hinabzugehen, gefror ihr herrliches Bewunderungslächeln zu einer Grimasse des Hasses. Zum Glück stand sie mit dem Rücken zu Caroline.

»Sie haben ihn erkannt? Ist das nicht ein herrliches Blatt?«, fragte Caroline. »Ich musste es kaufen. Sind nicht die Freundschaften der Kern unseres Lebens hier in Rom? Und noch nie habe ich den Geist dieser Freundschaften so lebendig eingefangen gesehen.«

Isolde kämpfte damit, ihr Gesicht unter Kontrolle zu bekommen.

»Ich werde es meinem Mann zum Geburtstag schicken.«

Für den restlichen Abend hörte Isolde kaum noch, was geredet wurde. Sie brachte keine Freundlichkeiten über die zusammengekniffenen Lippen und verabschiedete sich als Erste.

Kaum zu Hause angelangt, stürmte sie, ohne zu klopfen, in sein Zimmer. »Du willst meinen Traum vernichten! Du willst mir alles kaputtmachen! Aber dafür wirst du bluten, Franz Wercker. Dafür wirst du bluten!«

Die Bugwelle ihres Hasses war zutiefst abstoßend. »Wovon redest du?«, fragte Franz, der an seinem Schreibtisch saß und in Goethes *Italienischer Reise* geblättert hatte. Er hatte gehofft, seine Liebe zu Rom durch die Betrachtungen des alten Meisters wieder aufleben lassen zu können. Aber im Gegenteil waren ihm Goethes Beschreibungen hohl und tot, als ob der Blitz hineingefahren wäre.

»Ich rede von der Zeichnung!«

»Welche Zeichnung?«

»Du weißt genau, welche Zeichnung! Dieser Sohn einer sächsischen Hündin! Er zeichnet dich – und verkauft dein Bild an die Humboldt! Und du verschweigst es mir *bewusst*!« Das letzte Wort zischte sie wie eine Schlange.

»Ich wusste nicht …«

»Sie will es nach Hause schicken! Sie will ein Portrait von Cornelius Lohwaldt mit deinen Zügen in die Welt hinausschicken!«

Isoldes dünne Haut spannte sich über ihr hoch aufgerecktes Gesicht. Zum ersten Mal wurde Franz bei ihrem Anblick bewusst, dass unter der Haut eines jeden menschlichen Gesichts ein Totenschädel steckte, der auf seine Zeit wartete.

Er bemerkte, dass Theresa im Dunkel der Tür stand und alles mit angehört hatte.

»Ich gebe dir einen Tag Zeit, mir das Bild zu bringen.« Mit einem unangenehmen Knistern ihres Kleids verschwand sie. Nachdem Theresa die Tür lautlos hinter Isolde geschlossen hatte, fiel Franz' Blick auf Goethes *Italienische Reise*. Er packte das Buch und warf es voller Wut gegen die Tür, wo es mit einem leblosen Flattern zu Boden fiel. Was wusste dieser Mann!

*

Inzwischen hatten die meisten der Künstler und Dichter seinen Roman gelesen. Die ersten Blätter wurden schon weitergegeben, während man noch die letzten Seiten vor sich hatte. Natürlich wurde die Geschichte lebhaft diskutiert. Überwiegend herrschte Begeisterung, einige reagierten zumindest wohlwollend, einige wenige mochten sie nicht. Diesem war sie zu kurz, jenem zu lang, der eine war gefangen von den übernatürlichen und traumhaften Elementen, der andere kritisierte das Fantastische – vor allem natürlich, wenn es im Widerspruch zum eigenen strengen Glauben stand. Auf alle Fälle aber war das Herumreichen des Manuskripts ein Ereignis. Neue Zeichnungen gab es täglich zu sehen, die Fertigstellung eines Gemäldes sprach sich schnell herum, man wurde zur Betrachtung ins Atelier eingeladen oder lud sich gleich selbst ein. So oder so kam jeder, um sich einen Eindruck zu verschaffen. Eine Geschichte aber, einen wirklichen Roman, das gab es hier selten. Rückert und Müller, die *Düchter*, brachten Gedichte und Lieder, taten sich aber vor allem als Gelehrte hervor, die Sprachen und Texte studierten. Dass also ein Roman hier im Kreise der Künstler entstanden war, erfüllte alle erst einmal mit Stolz. Und im Gegensatz zu den Gemälden, die man innerlich gleich mit der eigenen Arbeit verglich, die man kaum betrachten konnte, ohne ein wenig Neid zu spüren, vielleicht ein wenig Bewunderung, die einen empfindlichen Stich ins Herz setzte, oder vielleicht etwas Überheblichkeit, weil man das Werk nicht wirklich würdigte – im Gegensatz zu den Gemälden also konnte man das geschriebene Wort neidlos anerkennen. Etwas zu lesen war an sich immer etwas Gutes, und wenn es spannend war, womöglich ergreifend, im Idealfall erkenntnisreich, dann ging das Herz auf. All das fand sich in seiner Geschichte nach Meinung der meisten in gelungener Mischung. Vor allem aber spürten alle die Wucht, mit der sich die Fabel ihren Weg in die Welt gebahnt hatte, und Georg hatte in seiner Bewunderung dafür gesorgt, dass jeder von den Umständen ihrer Entstehung, von der fiebernden, schlaflosen und rätselhaften Woche zu hören bekam. Das spaltete die Gemeinde zwar noch tiefer in ein Lager der Bewunderer und eines der Zweifler, doch alle waren sich einig: Das hatte Rom zustande gebracht!

Als Franz am nächsten Abend zu Caroline von Humboldt kam, war seine Geschichte wieder Thema. Er fühlte sich elend wie nie zuvor. Die Gastfreundschaft und Offenheit Carolines, die er über alles bewunderte, würde er an diesem Abend mit Füßen treten, indem er sie belog und bestahl. Isolde hatte sich rundweg geweigert, mit ihm zu kommen. »Glaubst du, ich will die Komplizin eines Diebs werden? *Ich?* Diese Suppe hast du dir eingebrockt, und du löffelst sie aus.«

Als Franz hereinkam, wurde er von Carolines Töchtern lebhaft begrüßt. Rückert und Müller waren anwesend, Rudolf Schadow und Thorvaldsen, die ja im selben Haus wohnten, ausnahmsweise der Tiroler Koch, der schon seit über zwanzig Jahren in Rom lebte und so viele junge Künstler hatte kommen und gehen sehen wie kaum ein anderer, weshalb er sich gewöhnlich etwas abseits hielt, Franz' ehemaliger Mitbewohner Horny war herübergekommen, und auch Heinrich Hübsch, der zum ersten Mal seit dem Tod seines Freundes Fohr wieder in Gesellschaft ging. Außerhalb des Kerzenscheins lag der schlafende Grimsel, den Hübsch zu sich genommen hatte, und schlief. Hübsch berichtete, dass der treue Hund nach Fohrs Ertrinken tagelang den sehnsüchtigen Blick nicht vom Fluss gelassen hatte, sogar das Futter, das er ihm brachte, missachtet hatte und ihm erst am dritten Tage mit hängendem Kopfe und schicksalsergebener Enttäuschung gefolgt war.

Doch dann kam die Sprache auf das *Römische Fieber*. Thorvaldsen drückte Franz bewegt die Hand und wollte vor allem in der Entstehung der Geschichte viel von sich selber erkennen. Der berühmte Bildhauer war ja seinerzeit mit einem Stipendium für vier Jahre aus Kopenhagen nach Rom gekommen, hatte dann aber drei Jahre lang nur geschaut und beobachtet und nichts geschaffen. Erst am Ende seiner Zeit hatte er in einem einzigen, gleichsam genialischen Wurfe seinen *Jason* aus einem Marmorblock gelöst, der ihm auf Anhieb in ganz Europa Ruhm verschafft hatte. Es entbrannte eine lebhafte Diskussion zwischen Rückert und Müller, ob sich dies bildende Schaffen aufs Schreiben übertragen ließe. Rückert wandte sich dabei immer wieder Franz zu und war interessiert, seine Meinung zu hören. Das *Römische Fieber* schien ihn tatsächlich beeindruckt zu haben. Franz saß auf glühenden Kohlen. Er hoffte, dass die Aufmerksamkeit sich endlich von ihm weg auf irgendein anderes Thema wenden würde. Wann immer er sich in Schweigen hüllte, nötigte ihn Müller, Licht ins Dunkel zu bringen und die geheimen Rezepte seiner Hexenküche zu verraten. Was ihn allerdings am meisten quälte, war die zugewandte Bewunderung Carolines. »Ich habe Ihre Geschichte verschlungen, ohne sie beiseitelegen zu können!«, erklärte sie. »Ich muss zugeben, dass ich mich manches Mal gewundert habe, wie ich dem morbiden Reiz Ihrer Figuren so sehr verfallen konnte, aber Ihr schöpferischer Wille war einfach zu verführerisch!« An jedem anderen Tag wäre ihm nichts heiliger gewesen, als die Meinung Caroline von Humboldts über sein Werk zu hören – aber nicht ausgerechnet an diesem unseligen Abend!

»Wo nur haben Sie über die Mora gelesen? Die haben Sie doch nicht erfunden, oder?« Die Zunge schien Franz im Munde versteinert. Und auch als die *Düchter* seine Fähigkeit lobten, heimische Motive mit fremden zusammenzubringen – nordische mit südlichen – bis hin zur Gestalt von Isoldes bemitleidenswertem Kutscher, den er ja von zu Hause kenne und bravourös in die Fantasie eingeflochten habe, wusste Franz nichts zu erwidern.

Bis weit über die Grenze der Unhöflichkeit – ja, Schroffheit – ignorierte er ihr Lob und ging auf ihre Fragen nicht ein. Schließlich entschuldigte er sich und floh aus dem wohlwollenden Kreis in den dunklen Hausflur. Tränen standen ihm in den Augen. Er wusste, dass ihm nur wenige Minuten blieben, um seinen schändlichen Verrat auszuführen, und so wischte er sich die Tränen fort und stahl sich die Treppe hinauf. Zum Glück waren die Töchter Carolines ebenfalls bei Tisch, und die Gelegenheit war günstig. Die Treppe knarrte und knurrte ihn bedrohlich an, er überstieg drei Stufen auf einmal und drückte die Klinke an

Carolines Tür herunter. Die Zimmer lagen still, und das friedliche Abendlicht Roms strömte durch die offenen Fenster herein. Franz sah den hellblauen römischen Abendhimmel mit seinen strahlenden Streifen orangefarbener Wolken, an dem sich seit Jahrhunderten so viele Maler versucht hatten. Drinnen herrschte mildes Halbdunkel. Isolde hatte ihm beschrieben, wo die Zeichnung hing, sodass er sie auf Anhieb entdeckte. Einen Moment lang stand er seinem gezeichneten Ich gegenüber. Was für eine unglaubliche Ironie: das eine Ich im Moment der tiefsten schöpferischen Konzentration – diesem unvergleichlich edlen Zustand –, das andere Ich im Moment eines schäbigen Diebstahls, nur um eine ganze Kette von Betrügereien und Verbrechen durch ein neues zu decken. Das eine Ich eine Fantasie, das andere Wirklichkeit. Franz riss die Zeichnung von der Wand. Die Nadeln, mit denen sie befestigt worden war, flogen davon. Franz schob das Blatt in sein Hemd und floh die Treppe hinab. Die Tür ließ er auf seiner überstürzten Flucht offen stehen, und kurz darauf setzte er sich wieder zu Tisch, um noch eine Weile den Anschein zu wahren. Die Unterhaltung war inzwischen auf andere Bahnen geraten, sodass er Hoffnung hatte, sein Schweigen werde nicht auffallen. Als er einmal das Lächeln Carolines auffing, die seine Zurückhaltung selbstverständlich bemerkt hatte, lächelte er verkrampft und war sich bewusst, dass dies dieselbe verlogene Grimasse war, die er an Isolde so sehr verachtete.

Zu Hause fand er die *Schwester* vor dem Kamin, in einem Buch lesend. Sie hatte nicht gehört, wie er hereingekommen war, so tief war sie in ihre Lektüre versunken. Theresa dagegen, die im Schatten des Raumes saß und nichts zu tun schien – sie hatte weder eine Handarbeit noch ein Buch auf dem Schoß –, blickte Franz feindselig entgegen.

»Isolde?«

Sie zuckte erschrocken zusammen. Als sie den Kopf hob, sah er, dass Tränen in ihren Augen standen. Sie nahm ein Taschentuch und tupfte sie ab. In das Buch legte sie sorgsam das Lesebändchen ein, klappte es zu und bettete es in ihren Schoß. »Hast du sie?«, fragte sie.

Franz zog die Zeichnung, die er unter seinem Hemd getragen hatte, heraus und hielt sie ihr hin.

Isolde nahm das Blatt vorsichtig und betrachtete es lange.

»Sie ist wunderschön«, sagte sie nach einer Weile. »Ich wünschte, es wäre möglich, Menschen so sehr zu lieben, wie man die Kunst liebt …« Sie fuhr mit den Fingerspitzen sanft und auf eine befremdliche Weise liebevoll über das Papier. Über den gezeichneten Franz.

Seufzend trennte sie sich vom Anblick des Blatts und ließ es ins Feuer des Kamins gleiten. Es landete auf einem Holzscheit, wo es einen Moment liegen blieb, als ob ihm die Flammen nichts anhaben könnten, bis mit einem Mal in Franz' fein gezeichnetem Gesicht schwarze Flecken entstanden, aus denen die Flammen Löcher herausfraßen, bis das ganze Blatt brannte und schließlich sich krümmend zu Asche zerfiel.

Isolde verlor sich noch eine Weile im Anblick der Flammen, dann schlug sie ihr Buch wieder auf, suchte die Zeile, an der sie gestört worden war, und las ruhig weiter.

*

Wenn auch die meisten der Künstler mit Isolde nicht so recht warm wurden, gab es doch einen Kreis, in dem sie gerne gesehen wurde: der Lukasbund. Sie schienen in ihr etwas zu finden, das sie in ihrem religiösen Drange – sogar hier in Rom! – so oft vergeblich suchten. In Isoldes unnahbarer, kränkelnder und mysteriöser Ausstrahlung lasen sie etwas Märtyrerhaftes und dem Irdischen Enthobenes. Bei ihnen war Isolde stets willkommen, und namentlich der strenge Overbeck sah in ihr ein Tableau für seine Glaubenssehnsucht. Da Isolde bald merkte, dass dieser Künstlerkreis von allen Deutschrömern der strahlendste war, suchte sie gerne ihre Nähe. Sie gab sich gläubig und erstand bei einem Trödler einige Kruzifixe, mit denen sie ihrem Salon ein ernsthafteres Gepräge verlieh. Sie gab sogar Geld für eine Reliquie aus: ein kleines Stück verrottetes Holz in einem Glassturz, das angeblich aus dem Tisch stammte, an dem das Letzte Abendmahl gefeiert worden war. Diese »Reliquie« war kirchlicherseits nicht anerkannt und nicht geweiht, aber das brauchte sie ja niemandem zu erzählen. Isolde erhandelte sogar eine schwarze, lächerlich überdimensionierte Säule für ihren Glaubenssplitter und war sehr zufrieden mit dem Arrangement. Es ist doch erstaunlich, was eine Säule und eine Vitrine aus einem abgebrochenen Stückchen Holz machen können! Und tatsächlich hatten Overbeck, Wilhelm Schadow, Johannes und Philipp Veit, Schnorr und Peter Cornelius die Reliquie bei einer Einladung zum Tee gebührend bewundert. Keiner von ihnen war so unhöflich gewesen, den verehrten Splitter anzuzweifeln, wenn auch Overbeck eine Unterhaltung über die Echtheit von Reliquien im Allgemeinen ausgelöst hatte.

Wenige Tage nachdem Franz Georgs Zeichnung bei Caroline von Humboldt gestohlen hatte, war Isolde auf dem kurzen Heimweg von der Santa Trinità dei Monti, wo sie mit Overbeck, Schadow und Philipp Veit die Vesper besucht hatte. Während der ermüdenden Messe im Dämmerlicht der Kirche, umnebelt von Weihrauch, waren Isoldes Gedanken auf Wanderschaft gegangen, sie war sehr zufrieden damit, was sie bisher erreicht hatte, und überlegte, wie ihre nächsten Schritte aussehen sollten.

Nachdem sie bei den Lukasbrüdern Fuß gefasst hatte, wollte sie endlich die deutschrömischen Damen für sich gewinnen. Gleich in den nächsten Tagen wollte sie die Humboldt einladen. Dazu die Schlegel mit ihrer schwatzhaften Gesellschafterin Elise, Henriette Herz, Margarethe Niebuhr und Auguste Klein aus Berlin, deren launige Theaterdichtungen bei Feierlichkeiten so herzlich Beifall fanden, wie man Isolde erzählt hatte. Während der Messe hatte Isolde überlegt, ob sie auch Clara Seidler einladen solle, die junge Malerin, die in Franz' ehemaligem Haus wohnte, oder diese andere, unbegabte, Fräulein

Sturmfeder. Es wäre natürlich folgerichtig, sie zum Frauenkreis dazuzunehmen. Doch schwebte Isolde vor, dem Zirkel etwas unausgesprochen Aristokratisches zu geben. Eine Zusammenkunft der großen Damen und klangvollen Namen. Wenn sie in Briefen über den Abend berichten würde, dann sollten allein schon die Namen Bewunderung erregen. Und ihr eigener in diesem reinen Klang mit zum Tönen gebracht werden. Nichts sollte den Wohlklang stören. Clara Seidler, das fleißige arme Mädchen aus Weimar – das klang überhaupt nicht. Und dazu kam etwas anderes: Zwischen Clara und Franz spürte Isolde eine Nähe, die ihr missfiel. Eine Atmosphäre der Zugewandtheit. Der Hilfsbereitschaft. Und wer weiß, ob noch mehr dahintersteckte. Auf dem gemeinsamen Spaziergang hatte Isolde versucht, herauszufinden, was das war – Freundschaft? Sogar Liebe? Sie witterte Gefahr. In ihrer Naivität könnte die junge Frau Franz dazu verleiten, irgendwelche albernen Tugenden in sich zu entdecken, sich in Schwärmereien zu steigern und ihr am Ende sein Herz auszuschütten. Wer weiß. Am besten, das Wesen auf Abstand zu halten. Sie würde ganz sicher nicht zu den Künstlern gehören, die im Glanz des Lohwaldt'schen Salons erstrahlten. Warum sich also unnötig mit ihr abgeben? Aber die Kauffmann! Aura Kauffmann war eine berühmte Künstlerin. Wenn sie in Isoldes Salon ein und aus ginge, dann ließe sich für spätere Generationen vielleicht der Eindruck erwecken, ihr Ruhm sei durch die inspirierende Flamme des Lohwaldtkreises überhaupt erst wirklich entfacht worden. Wer würde später schon so genau hinschauen? Gut also, die Kauffmann war dabei. Sobald die Damen zutraulich würden, wäre sicher dieser tölpelhafte Prinz von Gotha bald auch dabei. Und – plötzlich elektrisierte sie eine Idee: Ludwig! Der Thronfolger! Er spielte ja hier den Privatmann, und Isolde wusste, dass er gelegentlich bei Caroline, bei Niebuhrs und auch bei anderen zu Gast war. Wie könnte sie ihn dazu bringen, zu ihr zu kommen? Wenn sie ihm einfach so eine Einladung schickte, würde er sicher ablehnen. Und das wäre eine empfindliche Schlappe. Bisher war sie ihm noch nicht einmal vorgestellt worden. Und warum? Heiße Wut brodelte in Isolde auf. Daran erkannte man ja gleich die Doppelzüngigkeit von Caroline von Humboldt. Sie tat auf gleichberechtigt, auf schrankenlos, auf freundschaftlich über alle gesellschaftlichen Schichten hinweg. Aber hieran merkte man dann doch, dass sie sich als etwas Besseres fühlte: Sie wusste genau, wen sie dazubat, wenn der Thronfolger zu ihr kam. Dann schied sich Spreu von Weizen. Und Isolde war in ihren Augen offenbar Spreu. Nun gut. Dann wusste man wenigstens, woran man war. Aber lange würde es nicht so bleiben. Es würde auch ohne die Humboldt gehen. Und – natürlich! Der *Bruder* war ja bereits bei Ludwig gewesen! Zum Abendessen wegen des Romans! Was lag also näher als eine Revanche? Eine Gegeneinladung?

Jetzt nur nichts falsch machen. Sie wusste, dass eine Gegeneinladung vermessen war. Sogar hier in Rom. Der Standesunterschied war einfach zu groß. Wie könnte es gelingen? Irgendwie musste es gelingen. Isolde glühte. Sie hatte ein Ziel.

In aufgeräumter Stimmung kam sie nach Hause und wunderte sich, dass Franz ausgehen wollte. »Wo willst du hin?«, fragte sie in strengem Ton.

Als er erklärte, dass er zur Familie Francescos zum Abendessen gehe, wollte sie es rundweg verbieten, aber dann besann sie sich anders: Warum sollte er nicht gehen? Viel wichtiger war, dass sie seine Kontakte zu den Künstlern und zur Gesellschaft kontrollierte. Dass sie die Zügel des gesellschaftlichen Lebens in der Hand hielt. Sollte er doch zu der braven italienischen Familie gehen und sich ein bisschen frei und ungezwungen fühlen, warum nicht? Vielleicht war es sogar ganz nützlich. Es gab seinem Künstlertum etwas Authentisches, wenn er mit einfachen Leuten verkehrte. So wie diese Grimm-Brüder. Wer würde diese langweiligen Sprachforscher schon kennen, hätte man nicht das Bild im Kopf, wie sie über die Dörfer wanderten und sich von gutmütigen alten Muttchen am Herdfeuer Märchen erzählen ließen. Die Leute waren ja ganz närrisch auf so etwas.

Tatsächlich bedeuteten Franz die Abende im Kreis von Francescos Familie viel. Dort konnte er für einige Momente die Bedrängnis, in die er geraten war, vergessen. Mit ihnen freute sich Franz über einfache Dinge: über ein gutes Essen, über ein Glas Wein, die Klänge einer Laute, gemeinsamen Gesang, die Spiele der Kinder. Und als ein paar Brüder und Vettern in der letzten Woche nach dem Essen getanzt hatten, hatte Francescos Schwester Allegrina Franz an der Hand dazugezogen und gesagt: *»Balliamo, Namfstätter?«* Also musste er mittanzen. Er wusste, dass er keine glückliche Figur dabei gemacht hatte, aber das Lachen der Familie über seine ungeübten Schritte war freundlich und einvernehmlich gewesen. Für einige glückliche Momente hatte Franz nichts weiter im Sinn gehabt als die Hand des Mädchens, die Schrittfolge seiner Füße, die den schmalen Mädchenfüßen folgten, und ihr fröhliches Gesicht, während sie sich in der warmen Abendluft zur Musik im Kreise drehten.

Franz ließ sich von Francesco und seinen Vettern das Morra-Spiel beibringen, bei dem er allerdings nicht viel Glück hatte, weil seine Finger mit der Flinkheit der anderen nicht mitkamen. Er spielte lieber mit den älteren Männern Boccia. Doch vor allem genoss er es, wenn er in der Dunkelheit mit den Kindern – eines von ihnen auf dem Schoß – bei der Großmutter saß, die Geschichten erzählte. Auch die Großen saßen dabei, erhitzt vom Tanz, und kamen bei den Worten der alten Frau zur Ruhe. Erinnerungen, Märchen, Legenden – alles schien sich auf ihren Lippen zu vermischen und zu ganz eigenen Erzählungen zu verschmelzen, mit denen sie die Vorstellungskraft der Kinder und jungen Leute bannte.

Und die von Franz.

Doch schon am nächsten Abend saß er wieder in Isoldes Salon und fühlte sich wie ein Gefangener.

Aura hatte nicht gezögert, Isoldes Einladung zu folgen. Sie wusste natürlich, dass sie auf Cornelius treffen würde, aber dann konnte sie ihm gleich zeigen, wie gleichgültig er ihr war. Sie achtete allerdings darauf, spät zu kommen, weil sie vermeiden wollte, mit Cornelius womöglich alleine zu sein, bevor die anderen eintrafen. Deshalb war bei Auras Ankunft schon ein wohlgelauntes Völkchen beisammen. Dorothea Schlegel und Elise, ihre Gesellschafterin, amüsierten die Runde, indem sie von einer reichen britischen Reisegesellschaft erzählten. Elise imitierte überaus komisch die Sprachmelodie der *lady*, die in einem fort besorgt gewesen war, dass sich eines ihrer Kinder oder ihr Gatte zu sehr der unbarmherzigen Sonne aussetzten. Dabei sei sie die Einzige gewesen, die von der Unbarmherzigkeit der Strahlen krebsrot im Gesicht geworden sei. Caroline hatte ihre jüngste Tochter mitgebracht, Niebuhrs waren beide anwesend, und sogar Prinz Friedrich war gekommen. Er saß schweigsam dabei und amüsierte sich über die Parodie der Damen.

Aura wurde von Isolde wie eine alte Freundin begrüßt, was ihr unangenehm aufstieß. Sie wunderte sich über die übertriebene Pracht des Salons, die sie sonst nur vom römischen Adel kannte, in dessen Salons sich gerne ein hilfloses Sammelsurium von zusammengeerbten Möbelstücken häufte, und fragte sich, warum Cornelius sich das hier gefallen ließ. Nicht, dass sein altes Zimmer schöner gewesen wäre, aber unbedingt hatte es mehr Würde besessen. Wie er da am Tisch saß, inmitten der lachenden Damen, wirkte er völlig fehl am Platze. Er kam ihr vor wie der alte Holzsplitter auf seinem roten Samtkissen unter dem albernen Glassturz, der hinter ihm stand. Während Isolde ihr Tee einschenkte, beobachtete Aura ihn unauffällig.

Lebendig begraben.

Aura hatte oft an Cornelius' Zusammenbruch in den Katakomben denken müssen. Und an seine Erklärung.

Lebendig begraben.

Warum schleppte ein junger Mann aus gutem Hause eine solche Erinnerung mit sich herum? Wie konnte so etwas in seiner kleinen heilen Welt in Nürnberg geschehen? Im Krieg war er nicht gewesen. Ein Unglück? Ein bösartiger Kinderscherz? Aber wenn es harmlos war, warum hatte er dann nicht mehr darüber erzählt?

Etwas stimmte mit diesem Menschen nicht. Wenn sie zusammen gewesen waren, hatte er kaum je von sich gesprochen. Und wenn er etwas aus seiner Vergangenheit erzählte, passte es nicht dazu, wie sie ihn in der Gegenwart erlebte.

Dann dieses Medaillon. Wen nahm er da mit auf seine Reise? Und versteckte ihn im Schrank! Das eine Portrait zeigte unzweifelhaft seine Schwester. Wenn es überhaupt die Schwester war – und nicht eine Komplizin. Denn Aura wurde das Gefühl nicht los, einem Betrüger gegenüberzusitzen. Nur, warum sollte sich jemand für einen namenlosen jungen Dichter ausgeben? Was war dabei zu gewinnen? Und wen zeigte die andere Miniatur?

Aura war entschlossen, mehr ans Licht zu bringen. Und sie hatte ein Werkzeug gefunden, das ihr dabei willfährig sein könnte: den jungen Franz Horny.

Bei verschiedenen Gelegenheiten schon hatte sie seine Zweifel erlebt, mit den erfahreneren und künstlerisch reiferen Kameraden mithalten zu können. Beim Aktzeichnen war er weniger geübt als andere, die schon akademische Jahre oder zumindest größere Erfahrung in die Waagschale werfen konnten. Vor allem aber auf seinem eigensten Gebiet, den Landschaften, die er mit feiner Begabung zeichnete, stand er auf verlorenem Posten. Die Religiösen unter den Malern forderten vehement von jeder gemalten Landschaft, dass aus ihr Gott spreche, und verwiesen sie in den Hintergrund einer biblischen Szene. Auch die weltlicheren Kameraden waren auf der inbrünstigen Suche nach einem tieferen Sinn in ihren Bildern, einem starken und eigenwilligen Empfinden. Nun zeichneten sich aber die Landschaften des jungen Franz Horny gerade dadurch aus, dass sie mit freundlicher Leichtigkeit genau das waren, was sie waren. Keine tief im Wasser liegenden Frachtkähne, beladen mit einem schweren Weltbild, sondern leichte Segler, die wendig vor dem Wind fuhren. In seiner Not hatte sich der junge Horny den Religiösen zugewandt und dadurch den eigenen Kurs verloren. Er war sogar mit seinem Gönner Rumohr aneinandergeraten, der einerseits die Lukasbrüder über die Maßen verehrte und ihre Bekanntheit bei jeder Gelegenheit mehrte, aber zur Verwirrung Hornys den Jungen aus dem Garten des Religiösen vertreiben wollte. Rumohr wollte ihm klarmachen, dass sein Talent ein anderes sei, aber er tat dies auf so belehrende und fordernde Weise, dass er den Jungen zum Trotz trieb und seinerseits von dessen Bockigkeit vor den Kopf gestoßen ward. Zuletzt blieb dem jungen Horny also nichts als die zweifelhafte Nähe zu den Lukasbrüdern, die ihn allerdings nicht wirklich ernst nahmen, weil sie nur ihre eigene Gottesfürchtigkeit gelten ließen. Dies alles gipfelte darin, dass der junge Horny unter Heimweh zu leiden begann und sich darum noch unwerter fühlte. Als Aura dies beobachtete, ließ sie ihn kommen. Sie ermunterte ihn, bestätigte ihn und benutzte ihn.

Er war so erleichtert, in der erfahrenen und berühmten Malerin eine verständnisvolle und vielleicht sogar ein wenig verwandte Seele gefunden zu haben, dass er ihr hörig wurde und sein Urteil über ihre Motivationen ins Schwimmen geriet. Ohne dass er es in seiner vertrauensseligen Dankbarkeit merkte, horchte sie ihn aus. Und ohne dass er es begriff, stand im Zentrum ihrer beiläufigen Fragen immer wieder der junge Dichter, der mit ihm unter einem Dach gewohnt hatte: Cornelius Lohwaldt. Sie erfuhr, dass der große Rumohr Cornelius verachtete für seine dichterische Kehrtwendung, die er seit seiner Ankunft in Rom vollzogen hatte. Sie erfuhr, dass Lohwaldt sich gelegentlich mit einem jungen Priester traf, der allerdings eher das gewandte Auftreten eines Offiziers hatte. Sie erfuhr, dass Cornelius und sein Malerfreund Georg immer wieder gemeinsam der Stadt den Rücken gekehrt hatten, um erst nach Tagen wieder aufzutauchen. Dass Cornelius mit der Ankunft seiner Schwester diese Angewohnheit abrupt aufgegeben hatte und Georg darüber verletzt schien. Und sie erfuhr, dass Cornelius regelmäßig zu dem schönen Francesco Kontakt pflegte, was vielleicht die eigentliche Ursache für Georgs Enttäuschung sein könnte.

Diese letzteren Überlegungen des jungen Horny waren natürlich in aller Unschuld auf die tiefe Freundschaft bezogen, die es nur zwischen Männern geben kann, aber die welterfahrene Aura wusste, dass man sie auch anders verstehen konnte. Und um diesen Gedanken auch in seinen Kopf zu pflanzen – denn unzweifelhaft würde er ihn in seiner Verunsicherung weitertragen –, sprach sie ihn aus: »Du meinst«, fragte sie den jungen Horny verwundert, »Georg ist *eifersüchtig*?«

»Eifersüchtig?« Horny schien wirklich nicht zu verstehen.

»Du willst doch nicht andeuten, dass Cornelius sich zu – *Männern* hingezogen fühlt?«

»Ob ich das andeuten wollte? Nein!«

Das brauchst du auch nicht, dachte Aura, jetzt habe ich es angedeutet. Und sie sagte nur bedeutungsschwanger: »Das würde natürlich *einiges* erklären ...«

Dieses Gespräch hatte nur wenige Tage zuvor stattgefunden, und während Aura Isoldes Tee trank, beobachtete sie die beiden Geschwister. Je länger sie die beiden beobachtete, desto sicherer war sie, dass sie keine Geschwister waren. Niemals fließt in diesen beiden das selbe Blut! Aura war eine von Natur aus begabte und über lange Jahre geschulte Beobachterin, und in ihren Augen hatte nichts Bestand: Die Haut der beiden war fremd, ihre Züge waren fremd, selbst die Ohren, die bekanntermaßen so viel über Verwandtschaft verraten, konnten nicht unterschiedlicher sein. Als Aura später die Wohnung der Lohwaldt-Geschwister verließ, war sie endgültig sicher, dass es ein Geheimnis gab.

*

Es war Isolde, die Franz auf die Hinrichtung aufmerksam machte, indem sie ihm das Zeitungsblatt mit der entsprechenden Anzeige auf seinen Platz am Frühstückstisch legte. Man hatte einen jungen Mann des Mordes verurteilt, nachdem er offenbar über Monate hinweg mehrere Pilger vor den Toren Roms erschlagen und ausgeraubt hatte. Dies schien ihm ein sicheres Geschäft gewesen zu sein, da es lange dauerte, bis jemand einen Pilger vermisste, und dann war längst nicht mehr herauszufinden, wo auf seinem weiten Wege er abhandengekommen war. Solange nur die Leichname der Erschlagenen nicht gefunden würden. Dieses Problem hatte er gelöst, indem er sie in den schmalen Spalt eines zerfallenen Tempels schob, unter dem er einen Hohlraum entdeckt hatte. Leider hatten Hirten eine Rotte streunender Hunde beobachtet, die sich um eine menschliche Hand rauften, und so war die ganze erschlagene Gesellschaft wieder ans Licht gekommen. Und als der junge Mann seinen nächsten Pilger in den Spalt zu quetschen versuchte, wurde er von einem Hirtenstab niedergestreckt. Nun sollte also seine Hinrichtung stattfinden.

Die Sache wurde im Kreise der Künstler aufgeregt diskutiert. Eine Partei empörte sich über die Barbarei einer öffentlichen Enthauptung, andere sahen darin einen Akt der Gerechtigkeit. Da Franz in seiner Zurückgezogenheit von dem Streit nichts mitbekommen hatte, berichtete ihm Isolde davon. »Einige wollen hingehen und es sich anschauen«, sagte sie eines Morgens beim täglichen gemeinsamen Frühstück, auf das sie bestand. Sie dachte bei sich, dass es eine gute Idee sei, wenn sich auch Franz das Schauspiel ansah, um zu verinnerlichen, welches Schicksal ihm jederzeit bevorstehen könnte. Sie brauchte den Gedanken auch gar nicht auszusprechen, denn er hatte augenblicklich denselben – wenn auch nicht mit der gleichen Genüsslichkeit wie sie. Schon oft hatten ihn die Vorstellungen umgetrieben, was ihm selber einst blühte, wenn er die Überzeugung nicht entkräften konnte, Cornelius Lohwaldt mit Vorsatz getötet zu haben. Und als entflohener Vatermörder würde ihm das kaum möglich sein. Er stieß den Gedanken, das Ende seines Schicksalsbruders anzusehen, schnell wieder von sich, doch es ließ ihm keine Ruhe. Ein dunkler Trieb, sich zu quälen, die düstere Überzeugung, dass er zumindest diese Qual verdiene, drängten ihm den Gedanken immer wieder auf, und am festgesetzten Morgen fand er sich auf dem Hinrichtungsplatz ein.

Er war früh gekommen, doch schon einiges Volk war da und fieberte dem Schauspiel entgegen. Man hatte eine grobe Plattform gezimmert, auf der ein hohes Gerüst in den Himmel ragte, an dessen oberem Ende eine schwere Klinge in der Sonne glänzte. Pastetenverkäufer und ein Zigarrenhändler mit einem qualmenden Feuertopf boten ihre Waren an, und eine Kompanie verschlafener Dragoner lagerte auf der schattigen Seite des Platzes, die sie eifersüchtig für sich beanspruchte. Lediglich den Kindern, die spielend herumliefen, gestattete sie gönnerhaft, ihren Schatten zu betreten.

Während Franz noch überlegte, von wo aus er zuschauen sollte, hörte er einen Pfiff. »Cornelius!«, rief jemand. Auf einem alten Wagen mit zerbrochenem Rad, der zwischen anderem Gerümpel an der Mauer eines fensterlosen, in die marmornen Überreste eines antiken Tempels hineingebauten Speichers abgestellt worden war, standen mehrere der Künstlerfreunde und winkten. Es waren Helmsdorf, Wach, Gmelin, Eggers, Ramboux, von Rohden und Schnorr. Friedrich Helmsdorf, der Franz gerufen hatte, reichte ihm die Hand, um ihm auf ihre Tribüne zu helfen.

Sie rauchten Zigarren, die sie dem Händler abgekauft hatten, um ihre Unsicherheit zu überspielen. Denn obwohl sie beteuerten, dass sie als Künstler, die sich dem Studium der Wirklichkeit verschrieben hätten, geradezu verpflichtet seien, alles zu beobachten, war ihnen doch nicht geheuer zumute. Sie mussten lange warten, und es wurde heiß vor der sonnenbeschienenen Wand. Immer häufiger nahmen sie ihre Zylinder und Kappen ab, um sich den Schweiß von der Stirn zu wischen, bis plötzlich Bewegung in die Dragoner kam. Unter gebrüllten Befehlen umringten sie das Podest, und schon näherte sich der Zug mit dem Verurteilten. Vorweg ein Priester mit einem hohen

Kreuz, dahinter der Wagen mit dem Delinquenten und berittene Dragoner mit glänzenden Helmen. Seine Hände waren gefesselt, der Kragen seines Hemdes war rundherum abgeschnitten worden. Die Menge drängte gebannt bis an die Reihe der aufgerichteten Bajonette, die Verkäufer vergaßen ihre Geschäfte und wandten sich der Plattform zu, wo der Mörder ohne viele Umschweife seinen Hals in die dafür vorgesehene Vertiefung unter dem Fallbeil legen musste. Sein Blick war so voller Verwirrung und Grauen, dass es kaum ein Gebet sein konnte, was über seine erregt stammelnden Lippen kam. Die Künstler starrten schweigend auf das Geschehen.

Und dann sah Franz unten in der Menge, ganz nah an den Dragonern, ein Gesicht, das in völligem Gegensatz zu der aufgewühlten Grimasse des Verurteilten stand. Es war Theresa. Ungerührt und hoch erhobenen Hauptes sog sie den Anblick der Hinrichtung auf. Ein quecksilbriges Glänzen schien in ihren Augen zu schimmern, eine Gier, den Todesstoß in sich aufzunehmen. Als im selben Moment schon das Eisen herabknallte und der Kopf des Mörders in einen ledernen Sack fiel, schien ein Schauer Theresas Körper zu schütteln.

Der Scharfrichter nahm den Kopf an den Haaren heraus, und während unten Blut heraustroff, zeigte er ihn in die Runde. Die Kameraden nahmen ihre Hüte ab und bekreuzigten sich, doch Franz starrte nur auf den leblosen grauen Kopf mit den verdrehten Augen. Und dann griff es ihn eiskalt ans Herz: Theresa drehte sich um und blickte ihn direkt an. Während die Menge um sie herum bereits in Bewegung geraten war, stand sie reglos und fest. Und zum ersten Mal konnte Franz die Farbe ihrer Augen beschreiben: Es war das gleiche Grau wie das der leblosen Haut des abgeschlagenen Kopfes.

Als sie gingen, tauschten sich die Kameraden lebhaft über alle Einzelheiten des Gesehenen aus. Wie erstaunlich schnell die Farben des Lebens aus Kopf und Körper gewichen waren. Das wundersame Verschwinden des Halses, von dem weder am Kopf noch am Körper ein Ansatz zu sehen gewesen war, als man ihn in die Kiste hob. Der bemerkenswerte Gleichmut des Publikums, das nicht die geringste Regung der Teilnahme und der Betroffenheit gezeigt hatte.

Noch während die Menge sich verlief, um möglichst schnell der Hitze des Platzes zu entkommen, wurde das Podest abgebaut, und Helmsdorf verscheuchte einen Knaben, der seine Hand in seine Rocktasche steckte. Theresa aber war verschwunden.

Franz bereute zutiefst, die Hinrichtung besucht zu haben. Vielleicht war es auf die Hitze zurückzuführen oder eine Folge der Überspanntheit, die in einem fort an ihm zerrte, doch die vage Möglichkeit war ihm zur Gewissheit geworden: Er kannte jetzt das Schicksal, das ihn erwartete.

*

Isolde ließ sich durch die Gesellschaften und Salons der Stadt treiben, besuchte Opern und Konzerte und wurde auch in den Kreisen der Einheimischen höflich aufgenommen. Ihre Art, den Eindruck von Bedeutsamkeit zu erwecken, verfing bei den Italienern, die die deutschen Verhältnisse nicht kannten, hervorragend. Durch Caroline von Humboldt hatte sie einige Angehörige adliger Familien kennengelernt, deren Glanzzeiten weit zurücklagen und die sämtlich irgendeinen Papst zur Verwandtschaft zählten. Die Bedeutung Frau von Humboldts und ihre Nähe zum preußischen Königshause kannte man, und auch wenn über Isolde sonst nicht viel in Erfahrung zu bringen war, vermittelte sie durch allerlei vage Andeutungen, durch effektvolles Schweigen und nicht zuletzt durch ihre an Weltschmerz gemahnende Kopfhaltung den Eindruck, ein respektabler Vertreter der deutschen Gesellschaft zu sein. Und so konnte sie bald in den vielen Briefen, die sie schrieb, über den Prunk im Palazzo Orsini (drei Päpste) berichten und über den Besuch der reizenden Marchesa Riario Sforza (ein Papst) in ihrem Salon. Im Konzert fanden sich immer Herren, die ihretwegen aufstanden und sich verbeugten, und im Teatro Argentina wurde sie bald aus dieser oder jener der anderen Logen, die von den römischen Familien mit herrlichen Seiden und edlen Samten höchst eigenwillig ausgeschmückt worden waren, mit einem höflichen Kopfnicken gegrüßt.

Isoldes Rechnung, sich auch in italienischen Kreisen zu bewegen, ging aus noch einem anderen Grunde auf: Obwohl die römischen Adeligen alles andere als reich waren, nährte Isoldes Nähe zu ihnen doch die Hoffnung der deutschen Künstler auf den einen oder anderen Verkauf. Und so suchte man auch Isoldes Nähe. Denn wo Verzweiflung und Hoffnung gleichermaßen zu Hause sind, lässt man Gelegenheiten, und seien sie noch so vage, nicht ungenutzt.

Auch Isolde selber brachte den Schein einer Käuferin und Vermittlerin in die Ateliers. Der berühmte Thorvaldsen führte sie persönlich durch seine Werkstätten und zeigte ihr Arbeiten, an denen seine Assistenten gerade meißelten und polierten. Der Däne hatte wie immer sein selbstsicheres Auftreten, das Franz an einen Seemann erinnerte, der bei rauem Wind auf seinem Segler aufrecht steht und den Horizont nicht aus den Augen lässt. Was vielleicht daran lag, dass er der Legende nach auf einem Schiff geboren worden war, als sein Vater, ein isländischer Holzschnitzer, nach Kopenhagen übersiedelte. Er jedenfalls schien sich durch den Ruhm des Geschaffenen nicht aus der Ruhe bringen zu lassen, sondern hielt den Blick konzentriert auf das Ungeschaffene. Ein bedrückender Kontrast aber zu den edlen reinweißen Statuen war die bleierne Schwärze Isoldes. »Ist das nicht ein schönes Stück!«, rief sie bisweilen aus und wandte sich an Franz, ob es nicht herrlich wäre, es immer um sich zu haben. Sie erkundigte sich sogar nach den Modalitäten eines Transports über die Alpen. Natürlich verbreitete sich wie ein Lauffeuer die Neuigkeit, dass die Lohwaldts erwogen, eine Plastik von Thorvaldsen zu kaufen. Wer sich einen Thorvaldsen leisten kann, der wird wohl an dem einen oder anderen Gemälde nicht vorbeigehen. So und ähnlich dachten die Künstler, und so erweckte Isolde den Anschein, eine Mäzenin zu sein, und wurde ein gern gesehener Gast. Ihre trockene und linkische Konversation wurde zur liebenswerten Marotte stilisiert.

Franz litt darunter, zu sehen, dass diese aufrechten Künstler, die unter unsagbaren Entbehrungen aus der Heimat fortgezogen waren, um einem devoten Künstlertum unter den Augen von Fürst, Zensur und Akademie zu entgehen, unmerklich kriecherisch wurden. Es war erbärmlich, dass diese, die hier stolz und aufrecht ein bescheidenes Künstlerleben führten und der ehrlichen Entwicklung ihrer Kunst alles opferten – ihre Zeit, ihren Fleiß, ihr Wissen und ihre Liebe –, durch Isolde lächerlich gemacht wurden. Denn auch wenn Isolde keinen Schaden anrichtete, der zu beziffern war, auch wenn die fragile römische Welt nicht in Splitter ging – sie bekam für Franz einen unschönen Sprung. Der reine Klang der unschuldigen Tage war dahin.

Er erkannte, dass Isolde die Menschen nur als Staffage für ein idealtypisches Leben benutzte. Eine Inszenierung, durch die sie wandelte wie eine romantische, einsame, tief empfindende Romanfigur. Tief empfindend, aber nicht tief empfunden. Die Widersprüchlichkeit zwischen dem, was man in ihr zu sehen glaubte, und dem, was man ihr gegenüber fühlte, war für alle verwirrend.

Wenn sie in der Wohnung waren, saß Franz in seinem schönen Zimmer an dem schönen Schreibtisch und schrieb – nichts. Manches Mal zog er die Portraitzeichnung Claras, die Fohr ihm geschenkt hatte, aus einem Stoß unbeschriebener Papiere, zwischen denen er sie verbarg, und betrachtete sie. Dann hörte er ihre Stimme: »Wollen wir mutig sein?« Ja, das wollte er, aber es gelang ihm nicht. Er wollte eine zweite Geschichte schreiben, doch er wagte kein Wort, weil seine erste auf so grauenhafte Weise wahr geworden war. Denn wann immer er einen Fuß vor die Tür setzte, folgte ihm ein missgestalteter Schatten. Das abscheuliche und widerwärtige Spiegelbild seines Inneren.

Franz konnte ihr unter diesen Umständen nicht unter die Augen treten. Er vermied es, ihr zu begegnen, doch er ging zu ihrem Haus – seinem ehemaligen Zuhause – und drückte sich in der Nähe herum. Dass er dabei seinerseits von seinem Schatten beobachtet wurde, war ihm gleichgültig, doch hineinzugehen und bei Clara zu klopfen, wagte er nicht. Da es heller Vormittag war und niemand aus dem Künstlerkreis um diese Zeit zu erwarten, ging er zumindest zu den drei Grazien und bestellte Kaffee. Die runde Schwester nahm seine Bestellung entgegen und rollte in die *cucina*, um das Gewünschte zu bringen. Während Franz wartete, stelle er sich in den Eingang, von wo aus er über die Gartenmauer hinweg die Fenster seiner ehemaligen Wohnung sehen konnte und darüber die Fenster Claras. Seine Fenster versteckten sich hinter geschlossenen Läden, Claras Fenster waren der Hitze wegen halb verschlossen und mit einem weißen Tuch abgehängt. Als die runde Schwester den Kaffee neben Franz auf einen Tisch stellte, lächelte sie ihn freundlich an. Beinahe erschrak Franz darüber. Nie zuvor hatte er sie lächeln sehen. In ihrem weichen römischen Akzent sagte sie ihm, man sehe ihn so selten in letzter Zeit. Franz setzte sich vor seinen Kaffee und deutete an, er habe viel zu arbeiten. »*Lavorare, lavorare, lavorare!*«, rief sie lachend, wobei sie ihre kleine runde Hand in die Luft warf. Die deutschen Künstler arbeiteten so viel, dass man gar nicht wisse, wann sie Zeit für die Kunst fänden! Und sie war Franz gegenüber so zutraulich, dass sie sich sogar zu ihm setzte. Franz fiel auf, dass von den beiden anderen Schwestern nichts zu sehen war. Offenbar nutzten sie die leblose Vormittagsstunde, um Besorgungen zu machen, und hatten die runde Schwester alleine gelassen. Vom strengen Blick der anderen befreit, entspannte sie sich – doch vielleicht lag das auch an der Hitze. Unter ihrem Einfluss begannen sich viele Formen aufzulösen. Franz lobte ihren Kaffee, was die kleine Frau sichtlich zu freuen schien. In ihrer Gelöstheit nötigte sie ihm sogar noch mehr Zucker auf, um den Kaffee schmackhafter zu machen, doch plötzlich erstarrte sie. Franz folgte ihrem Blick nach draußen, wo hinter einer Hausecke das gelbe Auge des Buckligen zu ihnen herüberstarrte. Die kleine Frau bekreuzigte sich eilig mit einer gemurmelten Heilsformel, rutschte von ihrem Stuhl und trippelte in die *cucina*. Als Franz kurz darauf verärgert auf die Gasse trat, stieß er beinahe mit einer Frau in einem hellblauen Kleid zusammen.

»Cornelius! So eine Überraschung!«

»Clara ...«

»Wolltest du dein altes Zuhause einmal wieder besuchen?« Sie wies mit ihrem Sonnenschirm, den sie hier im Schatten der Gassen zusammengeklappt hatte, zu den Fenstern hinauf. »Deine Wohnung steht noch immer leer ...« Franz glaubte, in ihren Worten so etwas wie Bedauern zu hören. Ein Anklang ihrer schönen und hilfreichen Nachbarschaft lag darin.

»Und du ...«, stammelte Franz. »Du ... malst heute nicht?«

»Doch, sicher. Ich war schon draußen.« Wie zum Beleg hob sie ihren Malerkoffer. »Aber ich gehe doch lieber in die Sammlungen ...«

Einen Moment lang stand ein verlegenes Schweigen zwischen ihnen. »Stell dir vor«, sagte sie dann strahlend. »Wir dürfen jetzt protestantische Gottesdienste abhalten! Niebuhr hat die Erlaubnis erwirkt, dass wir bei ihm zu Hause am Sonntag Gottesdienst feiern dürfen. Er darf sogar Lutherbibeln von zu Hause kommen lassen!«

»Wie schön, das freut mich ...«

»Es gibt beim Heiligen Offizium wohl einen jungen deutschen Priester, der die Inquisition von unserer Harmlosigkeit überzeugt hat.« Sie lachte.

Franz lächelte.

Wieder die Verlegenheit.

»Es bleibt doch bei Neapel? Der August ist schon in Sichtweite!« Sie verzog das Gesicht zu einer gespielten gruseligen Grimasse. »Huh! Der gefürchtete August!« Und lachte.

Sein Lächeln fiel allerdings etwas schmerzhaft aus. Er konnte sich nicht mehr vorstellen, dass aus ihrer gemeinsamen Reise etwas werden würde.

»Ob wir vielleicht Georg mitnehmen?«, fragte Clara.

»Georg? Sicher … Warum nicht …«

»Um ehrlich zu sein, mache ich mir Sorgen um ihn. Er arbeitet zu viel. So – verbissen. Weißt du, er redet viel davon, dass er voller Hoffnung ist. Aber immer, wenn er Hoffnung sagt, ist es mir, als ob er die Hoffnung beschwören möchte. Als ob er sich Hoffnung erhofft … Ich habe kein gutes Gefühl, ihn alleine hierzulassen.«

»Nein, du hast sicher Recht …« Natürlich hörte er, was sie ihm eigentlich sagte: *Geh zu ihm, kümmere dich um ihn!* Aber wie konnte er dem Freunde unter die Augen treten? Nachdem er Isolde die Zeichnung, die Georg so sehr geliebt hatte, übergeben und zugesehen hatte, wie sie das Blatt ins Feuer warf. Wie sein Gesicht – von Georg so liebevoll gezeichnet – aufbrannte und zu Asche zerfiel.

An der Hausecke hinter Clara sah Franz eine Bewegung seines buckligen Schattens.

»Deiner Schwester geht es gut?«, fragte Clara.

»Sicher. Sehr gut.«

»Sie scheint sich blendend eingelebt zu haben.«

Franz antwortete mit einer vagen Geste.

»Ich höre, sie kauft etwas von Thorvaldsen?«

»Nein!«, entfuhr es Franz.

Clara sah ihn überrascht an.

»Nein, sie … sie würde natürlich gerne. Aber ob sie sich das leisten kann …«

Clara spürte, dass er noch viel mehr zu sagen hätte. Aber niemals würde sie ihn drängen.

»Ja, also …« Franz ertrug es nicht länger.

»Sehen wir uns?«, fragte Clara.

»Natürlich …«

Sie lächelten sich an, aber es mochte auch dieses Lächeln nicht unbeschwert geraten, und schon floh Franz aus der schattigen Gasse und drehte sich nicht noch einmal zu Clara um. Und auch nicht zu Morten, dessen formlose Masse sich schwankend von der Mauer löste, um ihm zu folgen.

*

Nach der Begegnung mit Clara verfiel Franz tagelang in schweres Brüten. Das alles musste aus ihm heraus, doch unmöglich konnte er sich Clara anvertrauen. In welche Lage würde er sie bringen, wenn er sein Geheimnis mit ihr teilte! Wenn sie aus Freundschaft zu ihm schwieg, würde er sie zur Mitschuldigen machen. Er würde nicht nur ihr Gewissen schwer belasten, sondern auch durch weltliche Schuld ihr Leben bedrohen. Wer durch Schweigen einem Betrüger hilft – einen Mörder deckt! –, der macht sich schuldig. Wenn sie aber so enttäuscht von ihm wäre, dass sie ihn anzeigte, dann würde der Verrat auf ihrer Seele lasten. Konnte er sie diesen Kämpfen aussetzen? Niemals! So viel hatte sie für ihn getan, und das wäre sein Dank?

Auch Georg gegenüber konnte er sich unmöglich öffnen. Der Gute nahm alles so schwer und gewissenhaft, er rang mit seiner künstlerischen Wahrhaftigkeit und schien gerade ein Gleichgewicht gefunden haben, das sich auf ihrer beider Freundschaft stützte. Wenn nun ans Licht käme, dass diese Freundschaft auf einer Lüge beruhte, dass er vom vermeintlichen Freunde all die Zeit betrogen wurde? Was würde geschehen?

Dennoch musste alles heraus. Und so sah Franz keine andere Möglichkeit, als zu schreiben. Ein Tagebuch verbot sich natürlich. Es musste eine Geschichte sein. Ein Roman. Erfundene Figuren, erdachte Namen, Orte, eine mutwillige Zeit – er könnte die Handlung dieses zweiten Romans nach Venedig verlegen – und doch unter all diesen spiegelnden und verwirrenden Oberflächen die wahre Geschichte. Eine dunkle Geschichte, tief aus dem Gefängnis seiner Seele. Eine Geschichte, weit düsterer und bedrohlicher und wilder, als es die erste gewesen war.

Aber war es nicht verlogen und feige, die eigene Schuld zu

etwas Ewigem und Menschlichem zu erheben und ihr ein Denkmal schauriger Schönheit zu setzen?

Über diesen Gedanken brütend, saß Franz hinter halb geschlossenen Fensterläden in seinem Zimmer. Doch schließlich hielt es ihn nicht länger am Schreibtisch, er streifte ziellos durch die leere Wohnung. Isolde war mit Theresa ausgefahren. Sie wollten irgendeine Therme oder einen Tempel besichtigen, Franz hatte nicht richtig zugehört. Sogar in ihrer Abwesenheit hing ihr Geist noch in der Luft, und die Stille in der Wohnung war bedrückend. Franz stand im großen Salon und betrachtete die vielen Sitzmöbel, die noch nie alle in Gebrauch gewesen waren. Wieder einmal malte er sich aus zu fliehen. Sicherlich konnte ihm das gelingen. Unmöglich würde der Bucklige ihn finden, wenn er rastlos marschierte – am besten in eine Richtung, in die keine Postverbindung verkehrte. Er hatte sogar schon darüber nachgedacht, zum Meer zu gehen und auf dem erstbesten Schiff anzuheuern.

Und dann?

Irgendwo ein menschenunwürdiges Dasein fristen?

Überleben, bis ihn die Not langsam auffraß?

Er wusste – und hatte es in seiner Kindheit zur Genüge erlebt –, was den Besitzlosen blieb, den Fremden, den Heimatlosen. Er hatte die Wanderarbeiter gesehen, wenn sie krank wurden und dem Tode entgegenhungerten. Vor allem im unseligen Sommer vor zwei Jahren, als es düster blieb und Gott seinen erbärmlichen Geschöpfen sogar die Sonne nahm. Er hatte gesehen, wie sie sich würdelos um eine Tagesarbeit prügelten, wenn es zu wenig Arbeit gab – und es gab immer zu wenig Arbeit. Er hatte die toten Kinder gesehen, die sie zurückließen, wenn sie sich davonstahlen. Er hatte miterlebt, wie die Würde der Menschen von Armut und Hunger zerfressen wurde. Wie Stolz, Selbstachtung und Anstand quälend langsam krepierten. Franz wusste, dass das Leben nicht das Schlimmste war, das einem genommen werden konnte. Und wenn er einmal davonliefe, würde es eine Rückkehr niemals geben. Weder in die Heimat, die ihm ohnehin längst abgeschnitten war, noch hierher nach Rom.

Während er in Isoldes Salon stand, klopfte es an die Wohnungstür. Franz wunderte sich, denn unten an der Straße gab es eine Glocke, die von Lieferanten oder Boten benutzt wurde. Und als er die Wohnungstür öffnete, stand Georg vor ihm.

»Cornelius ... Es tut mir leid, dass ich hier unangemeldet erscheine ...«

War das zu glauben? Der Freund entschuldigte sich für sein ungeplantes Erscheinen! War es so weit gekommen? Und das, wo er ihm kaum ins Gesicht sehen konnte, denn wieder sah er vor dem inneren Auge die brennende Freundschaftszeichnung, die er gestohlen hatte.

»Georg! Entschuldige dich nicht!«

»Ich habe gesehen, dass deine Schwester ausgefahren ist. Und da dachte ich ...«

»Komm herein!«

»Ich möchte nicht unhöflich sein, aber können wir lieber woanders hingehen?«

Georg wünschte sich, zum Trevi-Brunnen zu gehen. Sie fanden einen Platz zwischen den italienischen Familien, die der Hitze ihrer engen Wohnungen entflohen und hier im Freien, im kühlenden Nebel der Wasserkaskaden, die Kinder laufen ließen und ihr Abendbrot aßen. Männer spielten mit fliegenden Händen Runde um Runde Morra, die Frauen fächerten sich Luft zu, und selbst die sonst so strengen Dragoner sahen tatenlos zu, wenn die Kinder in den Brunnen sprangen und im flachen Wasser spritzten, um sich abzukühlen. Franz hatte bisher nicht viel Besseres zu sagen gewusst als Bemerkungen über die erstaunliche Hitze, doch Georg hatte ihm versichert, dass es bald im August, in der Zeit des *sole del leone*, der Löwensonne, noch schlimmer kommen würde.

»Wie geht es dir, Georg? Ich habe gehört, du arbeitest fleißig ...«

»Ja, ich habe große Hoffnung. Man hat mir gesagt, dass ich

im Gespräch bin, an den sächsischen Hof berufen zu werden. Um die Nichten Friedrich Augusts im Zeichnen zu unterrichten.«

»Aber das ist ja großartig! Was für Neuigkeiten!«

Die Vorstellung, dass dieser starke Mann mit dem struppigen sonnengebleichten Bart in der Blüte seiner Schaffenskraft blutarmen jungen Damen beibrachte, wie man auf einem Bild die Perspektivpunkte korrekt setzte, hatte etwas Beschämendes. Aber eine solche Anstellung würde ihn in die Lage versetzen, ohne zu verhungern eigene Bilder zu malen. Jedenfalls solange diese Friedrich August dem Gerechten gefielen.

»Wann müsstest du beginnen?«

Abreisen.

»Ich weiß nicht. Jederzeit. Wenn überhaupt ...«

Aber es schien etwas anderes zu geben, das Georg auf dem Herzen lag. Er wusste nicht, wie er seine kräftigen Hände stillhalten sollte, die mit irgendetwas rangen. Also fragte Franz geradeheraus: »Was ist los, Georg? Worüber möchtest du mit mir reden?«

»Ich – möchte dich um einen Gefallen bitten, Cornelius.«

»Natürlich! Was immer ich tun kann! Jederzeit, alles!« Franz freute sich von Herzen über die Möglichkeit, dem Freunde etwas Gutes zu tun.

»Ich habe mich verliebt, Cornelius.«

»Georg! Das ist wundervoll!«

Georg hob die breite Schulter und ließ sie kraftlos wieder fallen.

»Und sie? Liebt sie dich auch?«

»Das ist es ja. Ich weiß es nicht.«

»Dann finde es heraus!«

»Ich weiß nicht, Cornelius, ich weiß nicht, sie ist viel zu gut für mich. Aber vielleicht, eines Tages, wenn es mit der Berufung klappt ...«

»Was redest du? Niemand ist zu gut für dich! Wer ist es?«

»Ich dachte, vielleicht könntest du ... wenn du mit ihr redest … dass du ihr vielleicht andeutest … als Freundschaftsdienst …«

»Georg, heraus damit, wer ist sie?«

Georg blickte ihn an: »Es ist Clara.«

*

Franz beobachtete von seinem Fenster aus, wie Theresa unten, am Gartenausgang der Remise, den Kutscher schlug. Ihr dünner Rohrstock sauste auf seinen Nacken, und vor allem prügelte sie mit bitterer Wut auf seinen Buckel ein. Morten kniete vor ihr, und es sah aus, als ob er sich demütig vorbeugte. Das lag aber wohl nur daran, dass sein Kopf nicht oben auf den Schultern saß, sondern vorne herausragte. Jedenfalls ließ er die Prügel über sich ergehen, ohne zu zucken und ohne zu murren. Franz wollte sich gerade angewidert abwenden, zu sehr erinnerte ihn die Szene an die Hinrichtung des Mörders – nur dass der Kutscher nicht schnell und schmerzlos gerichtet wurde, sondern Streich für Streich das bisschen Seele, das dieser Unglückliche noch haben mochte, zerschlagen wurde. Bei allem Widerwillen und aller Abscheu, die Franz seinem ständigen Verfolger gegenüber hegte, ging ihm sein Schicksal doch zu Herzen. Zu oft hatte er gesehen und gehört, wie der Rohrstock Theresas auf ihn niederfuhr. Er war sogar schon morgens erwacht, weil die Treffer durchs offene Fenster von unten heraufzischten. Sie war es vielmehr, Theresa, die er wirklich verachtete. In ihrer abstoßenden Hülle schien kein Rest Menschlichkeit zu wohnen. Franz hatte schon oft versucht, sich vorzustellen, welche frühen Erlebnisse sie so hart und kalt hatten werden lassen. Doch im Gegensatz zu dem missgestalteten Kutscher, dessen lebenslanges Leiden so offensichtlich war, gab es bei ihr nicht den geringsten Anhaltspunkt. Sie duckte sich niemals, sie zuckte niemals zusammen, nicht einmal, wenn ein Wagen plötzlich lärmend an ihr vorbeirasselte. Wenn ein Hund sie anbellte, wich sie nicht den kleinsten Schritt zurück. Sie hielt den Kopf immer stolz und unnahbar hoch, als wolle sie ihr Gesicht so weit wie möglich über den gewöhnlichen Schmutz unter sich erheben. Franz konnte noch nicht einmal sagen, dass sie hässlich war. Man hätte das Gleichmaß ihrer Züge sogar als gefällig bezeichnen können – bis man ihre leichenfarbenen Augen sah.

Franz wollte sich also von der niederträchtigen Szene unten beim Kutschhaus abwenden, als Isolde hinzukam. Der Bucklige ließ sich ihr entgegenfallen, umfasste kriecherisch ihren schwarzen Schuh und blickte mit seinem gelben Auge flehend zu ihr empor. Theresa sagte etwas, das Franz nicht verstand, Isolde blickte schweigend auf Morten hinab. Schließlich strich sie ihm mit einer gnädigen Geste seinen lächerlich dürren Haarstrang aus dem Gesicht. Er aber warf sich zu Boden, und sein absurder Buckel wurde von dankbarem Schluchzen geschüttelt.

*

»Das ist ein schwerer Vorwurf«, sagte der kleine Kardinal Häffelin und lehnte sich in seinem viel zu großen Sessel zurück.

»Ich möchte festhalten«, erwiderte Rumohr, »dass es kein Vorwurf ist. Es wird darüber geredet. Um Schaden von Euch abzuwenden und um den makellosen Ruf des königlichen Stipendiums nicht zu gefährden, hielt ich es für meine Pflicht, Euch dies zuzutragen.«

»Das ist sehr anständig von Ihnen.«

»Es tut mir in tiefster Seele weh. Aber ich hätte mir niemals verziehen, Euch die Respektlosigkeit zu erweisen, zuzulassen, dass hinter Eurem Rücken geredet wird.« Rumohr griff sich mit seiner fleischigen Hand ans Herz, um zu zeigen, wo es ihn schmerzte. Und indem die Hand theatralisch zudrückte, zitterte sein hängendes Kinn mitfühlend.

Als Rumohr vor zwei Tagen zu Horny gegangen war, um ihm noch einmal versöhnlich ins Gewissen zu reden, von seinen religiös aufgeladenen Landschaftsversuchen abzulassen, hatte er einen höchst verwirrten jungen Mann angetroffen. Horny war drauf und dran, nach Hause zu reisen und Rom den Rücken zu kehren. Alles werde ihm zu viel. Anstatt in der Fremde die Welt kennenzulernen, verstehe er überhaupt nichts mehr. Als er Rumohr gegenüber seine Treffen mit Aura Kauffmann erwähnte, brauchte Rumohr nicht lange zu bohren, um das unritterliche Verhalten Cornelius Lohwaldts ihr gegenüber zu erfahren und darüber hinaus ihre Erklärung dafür, die mit dem schönen Francesco und dem enttäuschten Georg zusammenhing.

Nun gut, hatte sich Rumohr gedacht. Wenn Cornelius es unbedingt auf ein Kräftemessen mit ihm anlegte, dann war es dumm von ihm, so offene Flanken zu präsentieren. Da Häffelin ohnehin regelmäßig von ihm über die Entwicklung der deutsch-römischen Künstler unterrichtet zu werden wünschte, hatte er genau das getan. Manchmal gibt es eben Erfreuliches zu berichten und manchmal nicht so sehr.

»Was sollte ich also Ihrer Meinung nach tun, lieber Rumohr?«

»Es wäre vermessen, Euch raten zu wollen«, beeilte sich der Kunstkritiker mit einer beflissenen Verbeugung zu versichern.

»Wir wollen auf bloßes Gerede hin natürlich niemandem schaden …«, sagte der Kardinal.

»Selbstverständlich nicht. Wenn es eben auch schädlich sein könnte, nichts zu unternehmen …«, wandte Rumohr ein. »Immerhin ist zu bedenken, dass sich Seine Majestät in diesen Kreisen bewegt.«

»Und gerade deshalb wollen wir kein Porzellan zerschlagen. Ich werde mich also umhören. Und ich werde einen Brief an die Geheime Polizei in München schreiben, ob es vielleicht Erkenntnisse aus einschlägigen Kreisen in der Heimat gibt.«

Und zur Sicherheit schickte Häffelin, gleich nachdem Rumohr unter Verbeugungen gegangen war, zwei Anfragen: eine nach München und eine nach Dresden, in die Heimatstadt Georgs.

Zur selben Zeit, als die beiden Briefe abgingen, kam ein anderer aus Weimar in Rom an. Adressiert war er an Clara Seidler, und der Absender war Johann Wolfgang von Goethe. Nachdem Clara ihn gelesen hatte, war sie so aufgeregt, dass sie sofort zu Franz rannte und sogar ihren Hut vergaß.

Ohne an die Schwester zu denken, der sie nicht gerne begegnete, weil sie in ihr immer ein Unbehagen weckte, das ihr für den Rest des Tages den guten Mut trübte und ihr das Arbeiten mühsam erschwerte, klopfte sie an die Wohnungstür. An Theresa vorbei, die ihr missmutig öffnete, lief sie gleich in die Wohnung.

»Cornelius! Cornelius, schau!«, rief sie. Er kam aus seinem Zimmer, und auch Isolde erschien aus dem Salon. »Goethe schreibt!«

Als sie Franz den Brief gab, war allein dies schon ein bewegender Moment für ihn: »Ein Blatt … in meiner Hand … das Goethe beschrieben hat! Diese Buchstaben hat seine Feder aufs Papier gezogen!«

Clara lachte: »Goethe schreibt schon seit Langem kaum etwas selbst. Er diktiert alles.«

Trotzdem war das, was Franz las, höchst aufregend: Goethe schrieb, er habe Cornelius' Geschichte gelesen und sei beeindruckt von der Schaffenskraft und der Wortgewalt des jungen Dichters. Einige Abschnitte hob er sehr wohlwollend hervor. Allerdings ließ er keinen Zweifel daran, dass er das Romantische, das Schauerhafte, das Ichbezogene nicht gutheißen könne. Es führe zu nichts außer zu sich selbst. Doch da es in diesem Zusammenhang einem höheren Zweck diene, nämlich die Zerrissenheit des Helden zu illustrieren, könne er es goutieren. Und folgerichtig gehe derselbe ja auch am Ende unbeweint in den Untergang. Was er durchaus mit Ergriffenheit gelesen habe! Und er schloss mit der Bemerkung: *Wenn ich jetzt, im Alter, ein Buch lese, frage ich nicht mehr wie in jungen Jahren, was es ist, sondern was es mit mir macht.* Und deshalb wolle er das Manuskript an Cotta empfehlen.

Franz erstarrte.

»An Cotta!«, rief Clara aufgeregt. »Es wird ein Buch daraus!«

»Vielleicht …«, wandte Franz ein. Er war immer noch ganz benommen davon, dass Goethe seine Geschichte nicht nur gelesen, sondern auch gelobt hatte. Und er fand sie so gut geschrieben, dass er sie trotz grundlegender Meinungsverschiedenheiten seinem Verleger weiterempfehlen wollte.

Während er bis ins Innerste aufgewühlt war und seine Empfindungen heillos verworren, freute sich Clara doch geradeheraus. Isolde registrierte sogar, dass Clara in ihrer Begeisterung ihre Hand freundschaftlich auf sein Knie legte. Doch Isolde lächelte zufrieden. Dieser Brief war ein Geschenk des Himmels. Ein gutes Vorzeichen! Und weit mehr als das: Hier bot sich die Möglichkeit, auf die sie gewartet hatte: Wenn der Thronfolger erfuhr, dass Cornelius Lohwaldt mit niemand Geringerem korrespondierte als mit Geheimrat von Goethe, dann würde er eine Einladung vielleicht annehmen. Der Name Lohwaldt bekam mehr und mehr Klang. Und sie wollte dafür sorgen, dass dieser Klang auch weithin gehört wurde.

Franz begleitete Clara nach Hause. Auch wenn er wusste, dass es Isolde am liebsten verhindert hätte, ließ er ihr doch keine Möglichkeit, es unauffällig zu unterbinden. Claras Heimweg war nicht weit, und sie gingen unausgesprochen beide sehr langsam. Erst fanden sie nicht ins Gespräch, bis Clara plötzlich lachte: »Wenn du jetzt berühmt wirst, dann sollte ich dich vielleicht vorher portraitieren!«

»Ich könnte mir nichts Schöneres vorstellen, als von dir gemalt zu werden.«

»Noch! Bald malen dich nur noch die Großen. Vielleicht die Kauffmann!«

Franz erschrak. War das eine Anspielung? Doch in Claras ehrlichem Lachen war nichts davon zu sehen. »Was heißt schon berühmt …«, sagte er. »Ein Buch schreiben viele …«

Wieder schwiegen sie. Claras Haus war schon in Sichtweite, als Franz sich endlich besann, weswegen er alleine mit ihr sprechen wollte. »Ich muss mit dir reden«, begann er zögerlich.

Clara blieb stehen und sah ihn erwartungsvoll an.

»Es ist … wie soll ich es sagen …« Auch er war stehen geblieben und sah die Straße hinunter, um Claras Blick auszuweichen.

»So ernst?«, fragte sie.

Er suchte nach Worten.

»Sag es einfach geradeheraus«, versuchte sie, ihm lächelnd zu helfen. »Vielleicht ist es gar nicht so schwer.«

»Es geht um …«

»Ja?«

»Georg.«

»Georg?« Ihr Lächeln zog sich zurück. Das war wohl nicht das, was sie erwartet hatte.

»Er ist so ein treuer Freund.«

»Sicher.«

»Ein unglaublich begabter Künstler.«

»Natürlich. Seine Zeichnung von dir war wirklich überraschend!«

Franz atmete tief durch. »Ich glaube, er wird seinen Weg gehen.«

»Cornelius, warum sagst du mir das alles?«

»Wusstest du, dass er vielleicht bei König Friedrich August in Anstellung kommt?«

»Ja, das hat er mir erzählt. Cornelius, ich habe ihn genauso lieb wie du!«

Franz sah sie nur an. Warum nur fiel es ihm so schwer, auszusprechen, dass der Freund sie liebte?

Doch Clara begriff langsam, ohne dass er es aussprach. »Georg hat dich gebeten, mit mir zu reden?«

»Ja, Clara.«

»Oh …«

»Was kann ich ihm sagen, Clara?«

Als Clara ihn ansah, lag so vieles in ihrem Blick. So vieles, das er sich nicht eingestehen wollte.

»Sag ihm … nichts.«

»Nichts?«

»Ich muss los.« Und damit wandte sie sich ab und lief mit flügelschlagenden Röcken zu ihrem Haus.

»Clara!«

Doch sie blieb nicht stehen, und Franz sah sie im Hauseingang verschwinden.

*

Isolde setzte, nachdem alles so hoffnungsvoll angelaufen war, große Hoffnungen auf die Einladung. Sie war entschlossen, das Äußerste aus ihrem großen Abend herauszuholen, an dem sie Goethes lobende Worte über den Roman ihres Bruders verlesen wollte. Sie hatte Claras Brief behalten, damit sie sich die Passagen kopieren konnte. Sie hatte Kronprinz Ludwig eine Einladung geschrieben und Caroline gebeten, ein gutes Wort für sie einzulegen und ihm zu erklären, worum es ging. Caroline war begeistert, als Isolde ihr von dem Brief erzählte, und Isolde hoffte, dass sie möglichst vielen Leuten davon weitererzählen würde, damit möglichst viele kommen würden.

So wurde also Isoldes großer Salon geputzt und penibel vom Staub der trockenen römischen Tage gereinigt. Sie überwachte nervös jeden Handgriff der Römerinnen, die sie für den Tag der Vorbereitungen gemietet hatte. Die jungen Frauen begannen ihre Arbeit fröhlich plaudernd und singend, doch je ungeduldiger und strenger sie zwischen sie fuhr, umso stiller wurde es, und mittags beendeten sie ihre Pflichten in bedrücktem Schweigen.

Und genau so ging es am Abend weiter. Es waren längst nicht so viele gekommen, wie Isolde gehofft hatte. Die Damen waren neugierig, weil Caroline ihnen tatsächlich eine Überraschung angekündigt hatte. Overbeck und die Maler des Lukasbundes hatten sich eingefunden, doch von den anderen Künstlern waren nur wenige da. Vor allem war Isolde wütend darüber, dass Ludwig nicht kam. Franz dagegen vermisste am schmerzlichsten Georg. Er zog Clara beiseite und fragte sie nach ihm. Clara berichtete, dass sie am Morgen zu ihm gegangen sei und mit ihm geredet habe.

»Du bist zu ihm gegangen?«

»Ich dachte, es ist doch albern, wenn ich dich mit ihm reden lasse.«

»Was hast du ihm gesagt?«

»Ich habe ihm erklärt, dass es nicht sein kann. Ich muss malen. Das ist mein Leben. Er hat gesagt, seines doch auch, und wir könnten doch beide malen! Aber das glaube ich nicht. Das kann nicht gut gehen. Zwei Maler in einer Ehe? Es ist schon schwer genug, Freunde zu bleiben! Weißt du, was ich denke, Cornelius? Vielleicht ist dies das Geheimnis eurer Freundschaft: ein Maler und ein Dichter. Man versteht einander, aber tritt sich niemals gegenseitig auf die Füße.«

Franz lächelte schmerzlich.

»Ich habe Georg gesagt, wenn er und ich Freunde blieben, dann wäre ich mehr als glücklich.«

In diesem Moment hörten sie Isoldes Stimme, die laut krächzte: »Er ist von Johann Wolfgang von Goethe, und ich möchte ein paar Stellen daraus vorlesen!«

»Ich glaube, wir müssen«, sagte Clara. Doch bevor sie zu den anderen zurückgingen, hielt Claras gebräunte Hand Franz am Arm fest. »Du solltest nach ihm schauen, Cornelius.« Und bedauernd fügte sie hinzu: »Ich musste doch ehrlich zu ihm sein …«

Franz wunderte sich, dass Isolde den Brief Goethes gleich zu Beginn zum Besten gab. Die Gäste waren kaum angekommen, es herrschte noch die erste Gebäck- und Teeunruhe. Doch offenbar konnte sie es nicht abwarten.

Während sie die Sätze vorlas, herrschte gespannte Stille, und anschließend applaudierte man höflich. Franz ließ Händeschütteln und Schulterklopfen über sich ergehen. Einige der Künstlerfreunde witzelten, ob sie ein Exemplar vorbestellen könnten. Doch als Carl Lengerich scherzte, wahrscheinlich habe es Goethe so gut gefallen, weil der Alte inzwischen so durcheinander sei, dass er aus Versehen sein altes Manuskript vom *Werther* gelesen habe, traf ihn mitten im wohlwollenden Gelächter der Kameraden Isoldes missbilligender Blick, und von da an war es mit den Späßen vorbei.

Dorothea Schelling nötigte Franz, dass er ein paar Seiten aus dem Manuskript vorlese, und tatsächlich fesselte er die Zuhörer innerhalb weniger Sätze. Doch als er fertig gelesen hatte, ruinierte Isolde die Stimmung, indem sie es sich nicht nehmen ließ, Goethes Brief noch einmal vorzulesen. Die Gäste verabschiedeten sich früh, und bald standen Franz und Isolde alleine in der abendlichen Wohnung.

Isolde war wütend. Sie spürte genau, dass der Abend gezwungen und uninspiriert gewesen war – trotz des vielversprechenden Anlasses.

»Sie kann mich nicht leiden.«

»Wer, bitte?«

»Die Humboldt. Es ist alles ihre Schuld.«

»Das ist lächerlich.«

»Was hat sie, was ich nicht habe?«

»Liebe, Ehrlichkeit, Interesse, Kunstverstand, Opferbereitschaft ...«

»Opferbereitschaft? Diese großtuende Ministergattin?«

»Sie könnte jetzt auch in ihrem Palast in Berlin leben, oder in London in der Botschaft. Inmitten der ganz großen Gesellschaft. Stattdessen bewohnt sie eine Wohnung in Rom, isst mit ihren Wirtsleuten und gibt sich mit armen Schluckern ab, die das Einzige mit ihr teilen, was sie haben: die Liebe zur Kunst!«

»Albernes Geschwätz. Diese intrigante Kuh hat dafür gesorgt, dass Ludwig nicht gekommen ist!«

Und damit rauschte sie hinaus.

Als Franz in Georgs überhitzte Dachkammer kam, packte der gerade seine wenigen Habseligkeiten zusammen. Er hatte seine Kleider in einen alten Rucksack gestopft und war dabei, einige Gemälde und unbemalte Keilrahmen zusammenzuschnüren.

»Was tust du da? Wo willst du hin?«

»Weg hier.«

Franz erschrak. »Weg aus Rom?«

»Weg von den anderen. Ich habe ein anderes Zimmer gemietet. Ich muss mich konzentrieren. Ich muss mehr arbeiten. Hier oben auf dem Pincio laufen einem ständig alle über den Weg. Ich muss für mich sein, ich muss zu mir selbst finden.«

»Georg! Was ist los? Ist es wegen Clara?«

Georg hielt inne und blickte zu Franz auf. »Das spielt keine Rolle«, sagte er dann. »Ab sofort zählt nur noch die Malerei.« Wütend riss er an der Schnur, um die Schleife festzuzurren.

»Georg! Lass das doch jetzt! Lass uns einen Kaffee trinken gehen. Ich lade dich ein.«

»Die Malerei, verstehst du nicht? Nur noch die Malerei.« Er warf das Bündel mit den Keilrahmen zum Rucksack und fing an, Zeichnungen von der Wand zu reißen. »Das taugt alles nichts. Das muss besser werden. Das muss alles besser werden …«

»Ich liebe deine Zeichnungen. Sie sind großartig. Was ist los mit dir?«

Georg griff in sein Hemd und holte das gefaltete Blatt einer Zeitung heraus.

»Aus dem *Leipziger Kunstblatt für gebildete Kunstfreunde.*« Er warf ihm das Blatt vor die Brust. Franz faltete es auf. »Ein Artikel über dich!« Doch dann erstarrte er. »Rumohr?«

»Der große Kunstkritiker.«

Franz überflog die Zeilen. Es war eine sarkastische und polemische Bösartigkeit. Der Kritiker sprach Georg schöpferische Kraft und Eigenständigkeit ab, behauptete, er beherrsche sein Handwerk nicht, sein Strich sei linkisch, seine Farben öde, und es fehle Georgs Bildern an jeglicher Tiefe, die der deutsche

Künstler dankenswerterweise suche und finde, was das Bestreben der deutschen Kunst so glücklich über die französische – die russische und englische sowieso – hinaushebe. Das Ende schließlich war ein Messer in Georgs Rücken: Rumohr schrieb, er würde seine Zeit überhaupt nicht mit Georg verschwenden, wenn der nicht im Gespräch wäre, der königlichen Familie zur Kunsterziehung zu dienen. Dies zu verhindern, gebiete ihm, Rumohr, nun aber sein Pflichtgefühl.

Während er las, hatte Georg seine Zeichnungen in eine Mappe gesteckt und band sie zu. Franz ließ das Zeitungsblatt entsetzt sinken. »Das entbehrt jeglicher Grundlage! Das ist … Das ist … einfach nur bösartig! Nimm das nicht ernst!«

»Wer auch immer in Sachsen mit Kunst zu tun hat, der hat das gelesen. In Preußen. In Bayern. In Österreich. – Überall!«

»Wir … Man muss das richtigstellen!«

»Ja. Ich werde das entkräften. Ich werde noch mehr arbeiten. Ich werde meinen linkischen Strich verbessern.«

»Georg, bitte! Dein Strich ist großartig! Deine Art, die Farbe aufzutragen, hebt dich über die anderen hinaus. Das ist ja gerade das Kraftvolle an deinen Bildern. Dieser Strich – das bist du!«

Georg schulterte seinen Rucksack, nahm das Bündel Bilder in die eine Hand, seine Mappe mit den Zeichnungen und die Staffelei in die andere. »Ich muss los.«

»Wo willst du denn überhaupt hin? Wo ist dieses Zimmer?«

»Lässt du mich bitte vorbei?«

»Georg! Wo ist dieses Zimmer?«

»Unten am Tiber.«

»Bist du verrückt? Bald ist August! Dann steht dort die böse Luft! In den Gassen da unten wird das Fieber herrschen!«

»Dann kommt mich wenigstens niemand besuchen.«

»Georg, geh da nicht hin, bitte! Mit dem Fieber ist nicht zu spaßen!«

Georg drängte sich an ihm vorbei.

Franz sah verzweifelt, dass er nichts bewirkte. »Ich helfe dir tragen.«

»Nein!«, schrie Georg ihn an. »Ich will alleine sein.«

Auf der Treppe drehte er sich noch einmal um, und Franz sah die Tränen in seinen Augen: »Warum macht er das? Ich habe ihm doch nichts getan.«

Aber ich, dachte Franz, als Georg die Treppe hinabpolterte. *Aber ich …*

*

Die Sorge um den Freund ließ Franz keine Ruhe. Doch niemand wusste, wo Georg jetzt wohnte. Keiner der Kameraden hatte ihn gesehen, seit er mit seinem Rucksack und seinen Leinwänden verschwunden war. Irgendwo unten am Tiber, das war alles, was Franz zu hören bekam. Aber ob auf der Seite des Ghettos oder drüben in Trastevere, konnte niemand sagen. Franz fiel der Pigmenthändler Zafelli ein, und er ging zu ihm. Das Glöckchen über der Ladentür klingelte freundlich und der robuste Zafelli mit den pechschwarzen Löckchen freute sich, ihn zu sehen. Er begrüßte ihn mit einem herzlichen: »Griaßgodd, *signor* Lohwaldt!«. Doch über Georg wusste er nichts zu sagen. Der Maler habe tatsächlich eine Weile bei ihm ausgeholfen und sich dabei als sehr verlässlich erwiesen, aber seit fast zwei Wochen sei er nicht mehr aufgetaucht. Deshalb konnte Zafelli auch nicht sagen, wo er jetzt wohnte. Er war bestürzt, zu hören, dass Franz sich Sorgen um den Freund machte, und Franz musste versprechen, ihm Neuigkeiten über Georg zu berichten, sobald er ihn fände.

Draußen blieb Franz ratlos stehen. Er konnte doch nicht all die labyrinthischen Gassen absuchen! Sich in jedem der unzähligen Häuser erkundigen, ob sich unterm Dach ein verarmter deutscher Maler verkrochen hatte! Doch plötzlich zupfte ihn jemand am schwarzen Rock. Es war ein Gassenjunge, der auf der Stufe des Ladens gesessen und sich in den Winkel gedrückt hatte, als Franz das Geschäft betreten hatte. Der Junge sah ihn aus großen Augen an und fragte: »*Giorgio?*«

»*Sai! Sapete dove si trova?*«

Der Junge hielt seine kleine, schmutzige Hand auf, und Franz lachte. Er kramte ein paar Münzen aus der Tasche und zählte sie in die Hand. Mit jeder Münze wurden die Augen des Knaben größer, und dann lief er los. Franz wünschte, er hätte ihm weniger bezahlt, denn er konnte kaum mit ihm Schritt halten.

Nach einem unbegreiflichen Weg hielten sie in einer winkligen Gasse, deren Pflaster nur noch an wenigen Stellen unter dem Dreck zu sehen war, vor einem tristen Haus, in dessen Türangeln keine Tür mehr hing.

»*Ecco*«, sagte der Junge und verschwand. Franz klopfte an mehrere Türen, bis er die richtige fand. Doch sie wurde nicht geöffnet. »Georg?«, rief er.

»Ich meine es ernst!«, rief Georg von drinnen.

»Georg, bitte!«

»Lass mich allein!«

Also ging Franz wieder. Zumindest hatte er seine Stimme gehört. Er wusste, wo Georg steckte, und er würde wiederkommen.

*

Als er an Claras Tür klopfte, öffnete sie fast augenblicklich. Sie stand vor ihm in dem einfachen Kleid, das sie zum Malen meist anzog und auf dem schon der eine oder andere farbige Fleck verewigt war.

»Cornelius! Komm herein!«

»Guten Abend, Clara. Ich habe eine Flasche Frascati mitgebracht.« Er hielt eine Weinflasche hoch, die mit Bast umflochten war.

Clara lachte. »Zum Glück besitze ich *zwei* Gläser!«

»Zur Not würde wohl auch eines reichen«, sagte Franz. »Ich

kann mir Schlimmeres vorstellen, als mir mit dir ein Glas zu teilen.«

»Da hast du Recht.«

Anfangs war es nur ein Spaß gewesen, dass sie ihn portraitieren wolle, bevor er berühmt werde. Doch Franz ließ der Gedanke keine Ruhe. Nicht, um ein Bild von sich zu haben, sondern weil es eine Gelegenheit wäre, zwanglos in ihrer Nähe zu sein. Natürlich müsste es in aller Heimlichkeit geschehen, damit Isolde nichts davon bemerkte. Franz hatte sich größte Mühe gegeben, den widerwärtigen Schatten abzuhängen, der ihm natürlich wieder gefolgt war. Er hatte verwirrende Umwege genommen, war hinter einer Hausecke losgerannt, um dem Verfolger zu entkommen, war sogar in einem Hof über eine Mauer geklettert und hatte sich schließlich lange in eine Toreinfahrt gedrückt, um sicher zu sein, dass er endlich alleine war. Und was mit dem fertigen Bild geschehen sollte – darüber wollte er sich später Gedanken machen. Da Clara jedenfalls froh war, ein Modell zu haben, um das Portraitieren zu üben, ging sie gern auf seinen Vorschlag ein. Und dass es lediglich eine Übung sein sollte, darin waren sie sich einig.

Als Franz die Tür hinter sich schloss, sah er, dass Clara bereits alles für ihre Sitzung vorbereitet hatte: Sie hatte die Staffelei und ihr klappriges Sofa einander gegenüber aufgestellt und den kleinen Tisch neben die Staffelei. Ihre Materialien lagen ohnehin immer alle auf dem Tisch ausgebreitet. Er bemerkte, dass sie genau in der gewohnten Weise geordnet waren. Alles lag so, dass es beim Malen griffbereit war und nicht gesucht werden musste. So brauchte sie kaum den Blick von ihrem Bild oder ihrem Modell abzuwenden, wenn sie nach einem anderen Pinsel oder einem Malspachtel griff.

Sie hatte einige Kerzen aufgestellt, die sie eben anzündete, und als sie fertig war, sah ihr einfaches Zimmer einladender aus als der prächtigste Salon. Franz dachte, dass dieses schlichte Zimmer, dem man so sehr die Arbeit und den Fleiß und die Hingabe zur Malerei ansah, mehr als alles andere verdiente, ein Tempel der Kunst genannt zu werden. Mehr als die so oft gemalte Kuppel des Pantheons, mehr als der reiche und mit bedeutenden Gemälden geschmückte Salon eines gönnerhaften Mäzens, mehr als die Hallen im Vatikan, in denen die Marmorbüsten bedeutender Köpfe in mehreren Reihen übereinander standen. Vor allem in diesem Augenblick, in dem alles vorbereitet war, um den ersten Kohlestrich auf die Leinwand zu setzen und ein Werk zu beginnen. Egal, ob dieses Werk bedeutend sein würde oder bescheiden – der Moment, in dem es geschaffen wurde, war vielleicht der wertvollste und heiligste. Dieser schöpferische Augenblick, der sich tapfer dem mächtigen Fluss der Ereignisse entgegenstellte und ihn in eine neue Bahn zwang, klein und bescheiden, aber unwiderruflich und nie wieder zurückzunehmen – dieser Moment berührte Franz immer wieder zutiefst. Und wenn es dann nicht irgendein Mensch war, sondern Clara, die Freundin, die immer so frohgemut und aufgeschlossen und tapfer war, dann umso tiefer.

»Ich will etwas Neues ausprobieren«, erklärte sie. »Etwas Freieres und Offeneres. Ich will mutig sein.«

»Dann wünsche ich dir viel Glück. Du wirst das alleine schaffen müssen, denn ich werde dir keine Hilfe sein können.«

»Oh, aber du bist mir die allergrößte Hilfe! Du musst nur schön stillhalten – und wenn es geht, recht bedeutend dreinschauen. Dann halten die Leute das Werk vielleicht auch für bedeutender.«

»Ich glaube kaum, dass ich so bedeutend wirken kann, wie deine Kunst es verdient!«

Clara lachte auf. »Ich wünschte, das würden noch mehr Leute so sehen!«

»Ich weiß nicht, ob es deiner Bedeutung auf die Sprünge hilft, aber ein Glas Wein wird sicher deinen Mut beflügeln.«

»Trink du nur ein Glas, ich will es mir erst verdienen.«

»Gut, dann trinken wir beide später.«

Franz setzte sich auf das mürrisch knarrende Sofa. »Hoh, ruhig, alter Knabe! Wirf mich bloß nicht ab!«

Doch Clara lachte nicht über seinen Scherz, sie war schon in Gedanken. Sie betrachtete ihn, drehte seine Schultern, ließ ihn die Beine mehr strecken, dann wieder anziehen, stopfte ihm ein Kissen in den Rücken, damit er aufrechter saß, und hob mit den Fingerspitzen sein Kinn. Wieder betrachtete sie ihn, dann sagte sie: »Zu bedeutend«, und drückte seinen Kopf wieder ein wenig hinunter.

Er nuschelte durch die geschlossenen Lippen: »Wie lange muss ich so sitzen?«

»Ach!« Sie seufzte. »Setz dich einfach so bequem hin, wie du willst. Wir wollen ja ohnehin nur ehrlich sein.«

»Ich atme auf«, kommentierte Franz, während er sich ins Kissen zurücklehnte und die Beine überschlug.

»Perfekt!«, rief Clara. »Genau danach hatte ich gesucht!«

Eilig lief sie zur Staffelei und setzte sich dahinter. Eine Weile musterte sie ihn konzentriert, und er spürte förmlich, wie sie langsam in sich hineinversank. Wie ein Lesender, der sein Buch aufschlägt und von der Geschichte gefangen genommen wird. Schließlich hob Clara mit einer entschlossenen Bewegung die Hand mit dem dünnen Kohlestift. Und während sie die Formen, die sie sah, in Linien verwandelte, fühlte Franz, dass er gerade wieder Zeuge dieses Wunders wurde, das er nicht oft genug miterleben konnte: wie sich ein Mensch über die Wirklichkeit erhob und ihre machtvolle und niederdrückende Gegebenheit, ihre Leere und Zufälligkeit, ihre entmutigende Macht in etwas Würdevolles verwandelte. Wie ein Mensch der Natur etwas hinzufügte, das von seinen Tugenden erfüllt war, von seinem Willen, seiner Konzentration, seinem Fleiß, seiner Inspiration und Gestaltungskraft. Wenn man so wollte: von seinem *Genie*.

Franz saß völlig still, um Claras Portrait nicht zu verderben. Er wusste nicht, wie viel er sich bewegen durfte, also rührte er sich lieber gar nicht. Umso intensiver beobachtete er sie. Wie sie, in sich gekehrt, in aller Stille arbeitete, wie sie Handgriffe ausführte, die durch unzählige Wiederholungen sicher und elegant wirkten, wie sie immer wieder ihre Augenbrauen runzelte und sich in der Mitte ihrer glatten Stirn ein paar Falten bildeten, wenn sie mit einem Strich nicht zufrieden war und sich über sich selber ärgerte. Sie hatte einen Fuß unter ihren Stuhl gebeugt, während der andere unter der Staffelei locker nach vorne gestellt war. Nachdem sie die Vorzeichnung beendet hatte, hielt sie in der Linken die Palette mit den Farben, in der Rechten den langen Pinsel. Ihr ganzer Körper drückte eine Spannung aus, die Franz nur bewundern konnte. Die Haltung ihres Arms, wie sie den Pinsel führte, wirkte so edel und elegant, dass Franz sich nicht einmal zwingen musste, still zu sitzen. Vor Staunen und Bewunderung erstarrte er. Wie schön sie war! Hatte er das vorher nie bemerkt? War er so blind gewesen? Oder hatte er es nicht sehen wollen?

»Was schaust du so?«, fragte Clara.

»Schaue ich?«

»So – erstaunt. Hast du noch nie jemanden malen sehen?«

»Noch nie jemanden – wie dich …«

Franz sah ihr an, dass sie nachfragen wollte, was er damit meinte. Doch ihr Mund, der sich schon geöffnet hatte, schloss sich wieder. Sie vergaß zu fragen, versank wieder in ihre Konzentration, und die Frage blieb ungefragt.

Auf den warmen Dachziegeln eines römischen Hauses hockte ein formloser Schatten und harrte ebenfalls reglos aus. Sein gelbes Auge war auf zwei erleuchtete Fenster gegenüber gerichtet. Hinter dem einen Fenster sah er Cornelius sitzen. Er sah nur ein Stück seines Rückens und seines Hinterkopfs. Hinter dem anderen Fenster saß im Kerzenlicht die schöne Frau mit den hellen Haaren und malte, wie sie es so oft machte. Flüssigkeit rann aus dem kränkelnden Auge, doch der Bucklige spürte es nicht und wischte sie nicht weg.

Während er saß, kam eine streunende Katze über die welligen Ziegel zu ihm. Er hatte längst bemerkt, dass sie geduldig hinter einem Schornstein gehockt und ihn beobachtet hatte.

Und weil er so vollkommen reglos saß, vergaß sie schließlich ihre Scheu, kam zu ihm und drückte sich an seinem Bein entlang. Er hob seine klobige Hand und streichelte ihr glattes Fell. Doch seinen Blick nahm er keinen Moment lang von Clara. Von ihrem ruhigen Gesicht, von ihren runden Schultern und von ihrer malenden Hand.

X

Die herrliche Villa des Bankiers Schultheiß wurde zum Ameisenhaufen. In ihrer Dankbarkeit für Prinz Ludwig, der ihnen mit seiner Begeisterung und seinen Ankäufen so viel Auftrieb gegeben hatte, waren die Künstler zu dem Entschluss gelangt, dem verehrten Prinzen ein Abschiedsfest zu seiner Heimreise nach Bayern auszurichten. Wer zuerst die Idee gehabt hatte, war unklar, zumal ein jeder die Sache gleich für sich adoptierte. Einiges sprach dafür, dass es Overbeck gewesen war, doch es konnte genauso gut der alte Koch gewesen sein, der ja immer allen gegenüber aufmerksam war. Er war Ludwig schon seit dessen erstem Romaufenthalt vor über zehn Jahren verbunden. Doch einerlei, wer den Gedanken zuerst gehabt hatte, dabei sein wollten alle. Nachdem wochenlang in konspirativen Kreisen verdeckt geplant und gestritten, skizziert und aufgeschrieben worden war, herrschte in der Villa mit dem unvergleichlichen Ausblick über die Stadt, übers Kapitol bis hin zum Petersdom fern im Dunst Kommen und Gehen. Gemälde wurden hineingetragen, Staffeleien zum Aufstellen derselben geliefert, auf Leitern stehend, wurden lange Bahnen ausgerollt, die kunstvoll bemalt waren. Jeder brachte das Prächtigste, was er zu bieten hatte, und einer mühte sich, den anderen zu übertreffen. Diener hängten Girlanden und dekorative Stoffe auf, Tische und Stühle wurden hereingeschleppt und die Kulissen für verschiedene lebende Bilder gemalt. Auch Clara hatte sich einen Wagen geliehen, um eines ihrer größeren Gemälde zu zeigen: die Kopie der Madonna nach Raffael, die sie inzwischen fertiggestellt hatte. Eigentlich hätte das Bild längst nach Weimar verschickt werden sollen, wo es Carl August als Dank für ihr Stipendium zum

Geschenk bekommen würde, doch das musste noch bis nach dem Fest warten. Franz begleitete sie auf der Fahrt zur Villa Schultheiß und staunte über den Aufwand, mit dem die Feier für Ludwig vorbereitet wurde. Heinrich Hübsch und Philipp Veit hatten ihn überredet, zur Gestaltung des Abends beizutragen, indem er etwas für den Kronprinzen dichtete und vortrug. Obwohl ihm der Gedanke nicht lieb war, merkte er bald, dass er sich dem nicht verschließen konnte. So hatte er sich an den letzten Abenden hingesetzt und einen Hymnus auf Maecenas und Ludwig entworfen, wobei er die Anrede aus der Ode des Horaz *atavis edite regibus* nutzte – Spross aus altem königlichem Geschlecht –, die natürlich bei Maecenas schon ebenso übertrieben war wie beim bayerischen Prinzen. Aber es würde im Überschwange des Abends sicherlich trotzdem Begeisterung hervorrufen. Der Hymnus war in seinen Augen die Tinte nicht wert, mit der er geschrieben war, aber wenigstens lenkte er ihn ein paar Tage lang ab.

Als sie das in Papier eingeschlagene Gemälde in die Villa trugen (Clara ließ es sich auf keinen Fall nehmen, selbst anzufassen), begegnete ihnen Rückert, der die Festrede dichtete.

»Ah, *la belle et la bête*!«, begrüßte er sie, indem er einen Buckligen nachahmte und so auf Franz' Schauergeschichte anspielte. Von einer Leiter herab rief Philipp Veit: »Ich wünschte, ich wäre so schön wie Fräulein Seidler, dann würde mir auch mal jemand zur Hand gehen.«

Clara konterte gleich zu Veit hinauf: »Seit du Fresken malst, scheinst du doch gerne auf Leitern zu steigen, um auf uns herabzusehen, Philipp Veit!«

»Recht so, lassen Sie sich nichts bieten, Clara«, lachte Rückert.

Wilhelm Schadow kam mit einem Plan der Villa und wies auf einen Platz unter der Treppe. »Dahin«, sagte er in seiner entschiedenen Art, die keinen Widerspruch duldete.

Rückert half mit, Claras Gemälde auszupacken und auf die dafür vorgesehene Staffelei zu stellen. Seit der Abreise von Müller, der sich vor drei Wochen gemeinsam mit Ruhl nach Florenz aufgemacht hatte, war Rückert Franz gegenüber regelrecht zutraulich geworden. Während Clara die Wirkung des Lichts auf ihr Bild begutachtete, wirkte sie nicht eben glücklich.

»Was ist?«, fragte Franz. »Nicht zufrieden?«

»Um ehrlich zu sein ... Da haben die Herren wohl die besten Plätze für sich selbst gesichert ...«

»Du hast Recht. Ich rede mal mit Schadow.«

»Nein, Cornelius, lass. Ist schon gut so. Ich will ja ohnehin keine Münchner Aufträge.« Sie lächelte ihn an. »Und im Kerzenlicht übermorgen sieht es wieder ganz anders aus.«

Überall gab es etwas zu dekorieren oder aufzustellen. Während Clara noch bei den Kostümen für die lebenden Gemälde half, machten sich Franz und Rückert in den Räumen der Villa auf die Suche nach einem geeigneten Möbel für ein Rednerpult, weil das eigentlich vorgesehene vergessen worden war.

Auf dem oberen Treppenabsatz, an einem der wirkungsvollsten Plätze, da man von unten direkt auf die Leinwand zustieg, sah sich Franz unvermittelt einem alten Bekannten gegenüber: dem trauernden Telemach auf der Insel der Kalypso, dem er selbst seine Gestalt geliehen hatte. Dieses Wiedersehen versetzte ihm einen Stich, sein Gewissen trug ihm die Erlebnisse mit Aura immer noch nach, und vor allem erinnerte er sich wieder an das Amulett, das sie entwendet hatte. Er musste oft daran denken, es bereitete ihm Sorgen, ob es in ihrer Hand eines Tages zur Waffe werden könnte.

Als er gerade mithalf, ein riesiges Gemeinschaftswerk mehrerer Künstler, eine Darstellung Ludwigs im Kreise der Künste – Malerei, Bildhauerei, Architektur und Dichtung –, vor die Fenster im großen Treppenhaus zu hängen, sah er durch die Balustrade, wie unten in der Eingangshalle Clara von einem Jungen einen Brief überreicht bekam. Sie las, schaute sich kurz um – und verließ die Villa. Franz hob die bemalte Stoffbahn an und sah durch das hohe Fenster Clara über den Kies des Vorplatzes zum Tor laufen. Warum verschwand sie so hastig, ohne sich zu verabschieden? Er zögerte nur kurz, dann lief er ihr hinterher.

Er wusste, es war nicht recht, ihr heimlich zu folgen, aber er konnte nicht anders. Schon ein paar Mal war ihm aufgefallen, dass sie ihre Arbeit früher als gewöhnlich beendet hatte, um am Nachmittag für ein par Stunden spurlos zu verschwinden. Auch den Jungen hatte er schon einmal gesehen. Kürzlich hatte er Lengerich und Horny aus Neugier zum Gipssaal im Vatikan begleitet, wo sich einige der Künstler zum Zeichnen verabredet hatten, weil es im Freien einfach zu heiß war. Clara war auch dabei gewesen. Und irgendwann war dieser Junge hereingekommen und hatte ihr einen Zettel gebracht. Sie hatte eine Antwort darauf geschrieben und ihn dem Jungen wieder mitgegeben. Selbstverständlich war es ihr Recht, Geheimnisse zu haben. Und selbstverständlich hatte er nicht einmal das Recht, etwas, das er von ihr nicht wusste, ein »Geheimnis« überhaupt zu nennen. Aber der Stachel in seinem Herzen trieb ihn hinter ihr her. Und er kam sich dabei so schäbig vor, als wäre er der missgestaltete Kutscher.

Ironischerweise hatte er von dem Buckligen gelernt, wie man jemanden verfolgt. Wie man beim Überqueren eines freien Platzes wartet, wie man sich in engen Gassen beeilt, wie man sich unauffällig hinter beladenen Wagen oder Marktständen verbirgt.

So folgte er ihrem lichtblauen Kleid, bis sie an die Pforte eines *giardino* klopfte, die einen Moment später einen Spaltbreit geöffnet wurde und sich hinter ihr gleich wieder schloss. Franz blieb in der Gasse zurück.

War dort, hinter der Mauer, der Grund zu finden, warum sie Georgs Werben abgelehnt hatte? Der verborgene Garten gehörte zu einem alten *palazzo,* dessen schrundige Fassade mit den halb geschlossenen Fensterläden nichts über seine Bewohner verriet. Der Garten schien mit seinen schattenspendenden hohen Bäumen ein angenehmer Ort zu sein, um unbeobachtet einen Nachmittag zu zweit zu verbringen. Die Palmen, die ihre langen Blätter über die Mauer hielten, waren gepflegt und sauber beschnitten, doch auch das verriet ihm nichts weiter über den Bewohner des Hauses. Er wollte wieder gehen – wohin auch immer –, aber es war ihm nicht möglich. Sobald er dem *giardino* mit Clara darin den Rücken zuwandte, gehorchten ihm seine Beine nicht mehr. Also setzte er sich auf einen steinernen Brunnen gegenüber und konnte den Blick nicht von der Gartenpforte abwenden. Was war los mit ihm?

Vor seinem inneren Auge sah er sie, auf einer Bank, vor ihr ein kniender junger Adliger, der ihre Hände hielt. *Was war los mit ihm?* Er sah Clara auf einem der Gartenwege, am starken Arm eines hochgewachsenen Offiziers. *Was war los mit ihm?* Er sah Clara im Dunkel eines weinumrankten Pavillons, eng umschlungen von den Armen eines würdevollen römischen Dichters, der ihr verführerische Reime ins Ohr hauchte. *Was war los mit ihm?*

Er sah Claras blaues Kleid auf dem Mosaikboden eines –

»Cornelius! Sie sitzen ja in der prallen Sonne! Was ist los mit Ihnen?«

Wie vom Skorpion gestochen sprang Franz auf. Caroline von Humboldt lächelte ihn freundlich an.

»Ich …«

»Haben Sie Clara begleitet?« Sie wies auf die Gartenpforte.

»Clara?«, fragte er zurück.

»Aber warum sind Sie denn nicht mit hineingegangen?«

Franz wusste nicht das Geringste zu erwidern. Manchmal sind die einfachsten Fragen die verwirrendsten.

»Das ist ja Unsinn, wenn Sie hier draußen alleine sitzen. Kommen Sie, gehen wir gemeinsam.«

»Ich … habe Clara nicht wirklich begleitet …« Noch nie in seinem Leben war sich Franz so dumm vorgekommen.

Caroline lächelte. Sie hakte sich kurzerhand bei ihm unter und führte ihn über die Gasse. Vor der Gartentür blieb sie stehen, einen Moment lang geschah nichts.

»Wollen Sie so nett sein?« Sie deutete auf die Tür.

»Entschuldigung, natürlich.« Franz klopfte leise gegen das alte Holz.

»Ein wenig fester vielleicht, wenn man uns hören soll.«

Er klopfte lauter.

Momente später öffnete ein Diener in Livree, und als er Caroline erkannte, trat er mit einer Verbeugung beiseite. Sie bedankte sich bei ihm und führte Franz in den *giardino*, der noch traumhafter war, als er ihn sich ausgemalt hatte. Schattige Bereiche wechselten mit sonnenstrahlendem Grün, die Schatten waren so gehalten, dass sie nicht zu düster wurden, sondern immer noch feine Sonnenstrahlen ihren Weg durch das lichte Laub fanden. Nur eine einzige Art Blumen blühte hier: blaue Kornblumen. Überall strahlte ihr Blau. Und das war es auch, was dem Garten sein einzigartiges Gepräge gab: Es gab nur lichtes Grün, schattiges Violett und glühendes Kornblumenblau.

Tatsächlich stand zwischen den Bäumen ein weinumrankter Pavillon, doch niemand war darin. Vielmehr war ein Stückchen weiter ein Sonnensegel aufgespannt. Darunter saß in einem Korbsessel, auf weichen Fellen, ein würdevoll ergrauter Mann vor einer Staffelei und malte. Er trug einen steifen schwarzen Anzug mit einem dunkelblauen seidenen Tuch am Hals. Neben ihm saß Clara auf einem Stuhl und wies erklärend auf sein Bild. In der anderen Hand hielt sie einen kleinen Perspektivrahmen, wie Franz ihn gelegentlich bei Georg gesehen hatte, wenn er die Komposition einer Zeichnung skizzierte. Erstaunt blickte Clara auf, als Caroline und Franz auf sie zukamen. Auch der alte Mann sah ihnen entgegen.

»Eccellenza Umbolde! Che gioia!«, sagte er mit einer heiseren Stimme auf Italienisch. »Sie verzeihen mir, dass ich sitzen bleibe. *Le gambe* …« Er klopfte auf eines seiner Beine. »Sie wollen heute nicht recht.«

»Behalten Sie Platz, lieber Conte. Darf ich Ihnen Cornelius Lohwaldt vorstellen. *Un giovane poeta dotato e un buon amico.*« Und indem sie auf den Alten wies: »Conte Andrea di Santigliani. Ein Stern am römischen Himmel.«

»Ein Stern, ha! Warum nicht gleich der Mond? Ein abnehmender Mond allerdings! Willkommen in meinem Garten, *signor* Lohwaldt.«

Es stellte sich also heraus, dass der alte Graf bei Clara Zeichenunterricht nahm. Er hatte es sich in den Kopf gesetzt, in seinem Alter noch das Zeichnen zu üben, weil er auf diese Weise lernen wollte, wahrhaftig zu *sehen* – bevor sein Augenlicht langsam erlosch. Clara wiederum beteuerte, dass sie ebenso von den Unterrichtsstunden profitiere, indem er seine Begeisterung, seine Ernsthaftigkeit und seine Liebe für alles Gesehene mit ihr teile.

Als der Conte bei seinem Diener Tee bestellte, fragte Clara Franz leise, wie um alles in der Welt er hierherkomme, und als er nur ausweichend antwortete: »Mit Caroline ...«, nahm sie ihn bei der Hand, um ihm den Pavillon zu zeigen.

Die Beobachtungsgabe des Conte schien noch recht scharf zu sein, denn während er ihnen nachsah, registrierte er, wie Clara weitere Fragen an Franz richtete, die er aufrichtig beantwortete. Er beteuerte etwas, sie blickten sich in die Augen – und mieden schließlich die Blicke des anderen. Auch Caroline hatte gesehen, was Santigliani sah.

»Da scheint es wohl etwas zu geben, das die beiden jungen Leute nicht aussprechen wollen ...«, bemerkte der Conte.

Caroline nickte. »Wissen Sie, was ich denke, lieber Conte di Santigliani, ich habe schon so manchen herrlichen Tag in Tivoli verbracht. Die Höhlen an den Wasserfällen sind so kühl in diesen Tagen, und niemand ist dort ... – Vielleicht brauchen Sie ja Ihren Wagen morgen nicht ...«

Der Conte lächelte.

*

Clara und Franz konnten ihr Glück kaum fassen. Sie saßen in einem schwarzen Zweispänner, auf dessen Türen das Wappen der Santiglianis glänzte, und ein athletischer Kutscher mit breiten

Schultern in einer schwarzen, goldbestickten Uniform fuhr um die Wette mit den feinen weißen Wölkchen am blauen Himmel. Clara hatte ihren Hut mit einem leichten hellblauen Tuch um ihr Kinn gebunden, damit er im Fahrtwind nicht davonflog, und Franz hatte Cornelius' besten Anzug aus dem Schrank geholt, den er bisher nur beim Kronprinzen getragen hatte. Vor ihnen auf den Polstern stand ein Korb mit Leckereien und Wein, den ihnen der Conte in seiner Großzügigkeit mitgegeben hatte. Als er ihnen am gestrigen Nachmittag seinen Wagen angeboten hatte, um einmal aus der heißen Stadt herauszukommen, hatten sie beide abgelehnt, aber er hatte darauf bestanden, weil es nicht angehe, dass Franz Tivoli nicht kenne, zumal dort – Franz hatte im Gespräch seine Ode an Ludwig und Maecenas erwähnt – die Überreste der Villa des Maecenas zu besichtigen seien. Und wie könne er seinen Vortrag halten, ohne den herrlichen Blick von dort aus erlebt zu haben? Sie hatten sich diesen fadenscheinigen Argumenten schließlich gebeugt und die Leihgabe dankbar angenommen. Franz hatte Isolde gegenüber nichts davon erzählt, weil er sicher war, dass sie den Plan hintertreiben würde. Am Morgen hatte er sich also heimlich aus der Wohnung gestohlen und sich wieder über Umwege zu Claras Wohnung geschlichen, wo der Wagen sie abholte. Nachdem sie Rom verlassen und eine Zeit lang über die Ebene gefahren waren, führte sie die staubtrockene Straße durch einige Dörfer, die wie alle kleinen Ortschaften im Kirchenstaat in einem erbärmlichen Zustand waren. Als sie endlich durch Tivoli fuhren und der breitschultrige Kutscher am Tempel der Vesta anhielt, war Franz sprachlos. So schön hatte er es sich nicht vorgestellt, obwohl er die Wasserfälle auf Zeichnungen und Gemälden schon oft gesehen hatte. Unter ihnen in dem grün bewachsenen Tal rauschte der Aniene, der bis hierher so ruhig und beschaulich strömte, in sprühenden weißen Kaskaden in die Tiefe. Strahlende Nebel zogen im sanften Wind davon und umhüllten einen feinen Regenbogen.

Als sie über den steilen Weg ins Tal hinabstiegen, spürten sie die winzigen Wassertröpfchen kühl auf der Haut. Franz reichte Clara seine Hand, die sie gern annahm. Auf feuchten Steinen kletterten sie schließlich in die Neptun-Grotte. Es war herrlich, in der kühlen Höhle zu sitzen, während das Wasser draußen herabrauschte. Lange blieben sie in der Grotte und genossen den Ausblick auf den lärmenden Wasserfall. Franz spürte immer noch ihre Hand in der seinen, seit er sie auf dem Weg gehalten hatte. Wie gerne hätte er ihre Hand wieder genommen, doch das wagte er nicht. Wie könnte er in seiner Lage mehr wagen! Wie könnte er ihr guten Gewissens Hoffnungen machen? Clara mit sich zu ziehen bedeutete nur, zu seinen bisherigen Sünden eine weitere auf sich zu laden. Diesen einen Tag hatte er sich davonstehlen können, doch es war nicht vorherzusehen, was Isolde anrichten könnte, wenn sie Gefahr witterte.

Je länger sie in der Höhle allein waren, umso weniger war es zu leugnen: Wie der feine Nebel um die mächtigen Wasserfälle lag auch um Clara und Franz etwas in der Luft, das keiner von ihnen aussprach und das sie doch spürten. Während die beiden den Ausblick durchs Tal auszukosten schienen, genoss Franz den Anblick Claras, und sie spürte seine Blicke auf ihrer Haut. Schließlich ertrug er es nicht länger und drängte darauf, weiterzugehen.

Über eine beängstigende Holzbrücke überquerten sie den schäumenden Fluss und folgten seiner Biegung, bis sie oben die Überreste der Maecenas-Villa sahen und sich zwischen den kleineren Wasserfällen, die als weiße Streifen im saftigen Grün den Abhang heruntersprangen, wieder an den Aufstieg machten.

Es war mühsamer und anstrengender, als sie von unten her erwartet hatten, und sie mussten herzlich lachen, als sie sich keuchend den Weg hinaufschleppten. Jetzt nahm Franz wieder Claras Hand, um ihr behilflich zu sein, doch aufgrund ihrer vielen Wanderungen in der *campagna* war sie es schließlich, die ihn zog. Was er wiederum partout nicht auf sich sitzen lassen wollte und sich umso mehr bemühte, der Führende zu sein.

Oben dann durchstreiften sie die antiken Ruinen. Sie versuchten, sich die weiten Hallen vorzustellen, durch die unter der Villa ein Strom des Wassers geflossen war. Leider hatte erst wenige Jahre zuvor ein Plan der päpstlichen Regierung die Herrlichkeit nach zwei Jahrtausenden zum Einsturz gebracht, da man sich in den Kopf gesetzt hatte, die Kräfte des Wassers zu nutzen und auf die antiken Fundamente eine Geschützgießerei zu bauen. Statt der Fabrikation von Kanonenkugeln war also nun aus der Villa ein Weinberg geworden, an dessen Reben schwarze Trauben reiften. Clara und Franz erkundeten die Ruinen und die Gärten und vergaßen die Welt um sich herum. Bis sie auf die beiden schwedischen Maler Toderhorst und Hjalmar Mörner stießen, die sie von Rom her kannten, da sie ebenfalls auf dem Pincio wohnten. Da keiner die Muttersprache des anderen beherrschte, sprach man Italienisch miteinander, und es war eine nette Abwechslung, die italienischen Worte von den schwedischen Zungen rollen zu hören. Die Schweden mit ihren blonden Wikingerbärten freuten sich herzlich über die Begegnung, zeigten ihre Zeichnungen der letzten Tage und boten Clara und Franz etwas zu essen an. Doch obwohl die beiden inzwischen schon quälenden Hunger hatten, lehnten sie dankend ab und beeilten sich lieber durch das verschlafene Dorf zurück zum Tempel der Vesta. Dort, zwischen den Säulen des Tempelrundes, packte Clara auf einem weißen Tuch den Korb aus, und sie genossen Obst und Oliven, gesalzenen Fisch und eingelegte Weinblätter, helles Brot und süßes Gebäck, Wasser und Wein.

Bis sie plötzlich von den Rufen des Kutschers aufgeschreckt wurden. Er stand draußen auf der Terrasse und wies mit seinem muskulösen Arm besorgt auf den Himmel, wo sich in der Nachmittagshitze bedenkliche Wolken türmten. Und ehe sie von dem unvergleichlichen Orte noch recht Abschied genommen hatten, fanden sie sich im Wagen wieder, der unter den antreibenden Rufen des Kutschers aus Tivoli davonrasselte.

Morten kniete vor der grauen Theresa auf dem Boden. Ihr Rohrstock sauste unbarmherzig auf seinen Rücken hinab, wieder und wieder. *Wo ist er? … ist er hin? … weg ist, wirst du büßen … ans Ende deiner Tage … dich verjagen … widerwärtiger Dummkopf!* Er begriff keinen ihrer Sätze. Er sah nur ihre hasserfüllten Augen und ihren verzerrten Mund, der die scharfen Worte ausspuckte.

Die Schläge beunruhigten ihn nicht, Schläge kamen und gingen wie Tag und Nacht. Aber warum verwandelte Theresa ihr Gesicht zu dieser fremden Grimasse?

Da! Isolde! Endlich kam sie, um ihn aus dieser Verwirrnis zu erlösen. Als er seinen Körper abrupt herumwarf, traf ihn ein scharfer Schlag Theresas unglücklich am Auge, und unwillkürlich jaulte er im Schmerz auf. Doch es war ihm gleichgültig. Denn endlich war die Herrin da, um ihm ihre Hand zu reichen. Um seiner armen Seele die Verlassenheit zu nehmen. Um Ruhe und Frieden zu bringen.

Doch als er zu seiner geliebten Gebieterin aufblickte, war alles anders. Zu seiner unendlichen Bestürzung wurde auch sie von dieser unbegreiflichen Grimasse beherrscht. Sie starrte ihn voller Abscheu an. *Du Unglücklicher! … Finde ihn!* Und dann tat sie etwas, das sie noch nie getan hatte: Sie hob ihre Hand und versetzte ihm eine Ohrfeige.

Als er ihr hinterhersah, wie sie in ihrem schwarzen Kleid im Haus verschwand, fühlte er sich vom Elend der Einsamkeit gepackt wie noch nie zuvor in seinem Leben.

*

So sehr der athletische Kutscher die Pferde antrieb, um noch vor dem Gewitter Rom zu erreichen: Es war zu spät. Die Wolken dräuten immer bedrohlicher über ihnen, es wurde düster und drückend, und lange bevor Rom in Sicht kam, brach mit einem gigantischen Donnerschlag das Sommergewitter los. Schwerer Regen rauschte auf sie herab, der Lärm war ohrenbetäubend, Blitze gingen überall nieder, und bald hatte sich der Staub der traurigen päpstlichen Straße in klebrigen Schlamm verwandelt, durch den die Räder der Kutsche immer mühsamer pflügten. Schließlich ging nichts mehr. Die Pferde, auf deren Rücken das Regenwasser hoch aufspritzte, scheuten und brachten den Wagen nicht mehr von der Stelle, als er schief in einer schlammigen Rinne stecken blieb.

Der klatschnasse Kutscher rief ihnen zu, sie sollten sich zu Fuß auf den Weg machen, nicht weit sei ein Gasthaus, wo sie Schutz fänden. Er selber wolle bei den Pferden bleiben und erst ausspannen, wenn das Schlimmste vorbei sei.

Sobald sie aus dem Wagen stiegen, war Franz klar, dass es auf der morastigen Straße sinnlos wäre, und so streiften sie durchs nasse Gras. Clara hatte ihren Sonnenhut wieder ums Kinn gebunden, doch der Wind zerrte daran, als wollte er sie gleich mit hochheben. Franz' Hut dagegen wurde weggerissen. Und so kamen sie völlig durchnässt im Gasthaus an. Eine eigentümliche Gesellschaft war hier vom Sturm zusammengeweht worden. Neben bessergestellten Herrschaften hatten Hirten vor dem großen Kamin Schutz gefunden, und eine englische Reisegesellschaft beäugte vorsichtig einen Haufen dubioser Kerle, die sehr gut Räuber sein könnten, was aber niemand wagte, genauer herauszufinden.

Die erwachsene Tochter der englischen Familie erbarmte sich Claras und lieh ihr ein trockenes Kleid. Franz und Clara bekamen zwei Zimmer zugewiesen, die noch frei waren, denn die meisten der Schutzsuchenden konnten sich kein Bett leisten und würden auf einer Bank im Gastraum schlafen, oder sie wollten nach dem Gewitter gleich wieder hinaus.

Clara und Franz setzten sich an einen Tisch. Die Wirtin stellte eine Schüssel mit einer heißen Minestrone zwischen sie, die sie gemeinsam löffelten und die ihnen guttat. In der eigentümlichen Stimmung dieser bedrohlichen Nacht kamen die beiden inniger ins Gespräch als jemals zuvor. Clara erzählte von ihrem Zuhause, von ihrer Kindheit, von ihrem Vater, damals Universitäts-Oberstallmeister in Jena, und der frühen Musik-

und Kunsterziehung unter dem sorgsamen Blick der Großmutter, vor der sie aber am liebsten heimlich floh, um bei den Pferden zu sein. Lächelnd sah Franz sie als kleines Mädchen in einem zierlichen blauen Kleide auf sich zulaufen. Als sie ihn nach seiner Kindheit fragte, schmerzte es ihn sehr, dass er lügen musste. Er beschrieb sich und seine kleine Schwester im guten Nürnberger Hause, eine erdachte Mutter, einen erfundenen Vater. Und als ob dieser Jammer nicht brennend genug an sein Herz greifen würde, kam es noch schlimmer: Nach einigem Zögern und einem tiefen Entschlusse eröffnete Clara ihm, dass sie einst verlobt gewesen sei. Während der Besetzung Jenas durch französische Truppen hatte sie sich in einen Oberarzt verliebt. Sein Name war Geoffroy. Doch noch vor ihrer Hochzeit wurde sein Corps nach Spanien verlegt. Sie hofften auf ein baldiges Ende der Kriege, doch in Spanien starb Geoffroy am Fieber. Dieser Schlag hatte ihr altes Leben beendet, und nur durch die vollkommene Hingabe an Malerei und Zeichnen, durch tägliche Arbeit und den ununterbrochenen Willen, in der Kunst Fortschritte zu machen, habe sie zu einem neuen Leben gefunden. Und schließlich gipfelte ihre Geschichte in einem aufrichtigen Geständnis: »Erst durch die besondere Freundschaft zu dir, Cornelius, habe ich zum ersten Mal die Stärke gefunden, das Vergangene loszulassen. Dafür danke ich dir aufrichtig.«

Franz war erschüttert. Er hätte schreien mögen. Nach draußen rennen, damit ein barmherziger Blitz in ihn einschlage. Diese tapfere Frau offenbarte ihm ihr Innerstes und er – log sie an! Er kämpfte mit sich, ob er endlich reden solle. Ob er ihr – wenigstens ihr! – endlich die Wahrheit gestehen solle. Doch es war ja unmöglich. Er würde auch ihr Leben zerstören. Endgültig wurde ihm klar, dass er sie liebte – und nicht einmal das durfte er ihr sagen.

Das Dilemma, in dem er gefangen war, zerriss ihm nahezu das Herz: Wenn er sie weiter anlog, war seine Liebe wertlos. Wenn er ihr die Wahrheit sagte, war alles vorbei. Wie könnte sie ihm jemals verzeihen, dass er sie wieder und wieder und an diesem besonderen Abend noch angelogen hatte.

Er sah ihre Verwirrung, weil sie natürlich die Kämpfe spürte, die in seinem Inneren tobten, als ob das nachlassende Gewitter von draußen in ihn hineingezogen wäre. »Es war ein anstrengender Tag«, sagte er. »Es ist wohl am besten, wenn wir schlafen gehen.«

Nachdem Clara sich verlegen in ihr Zimmer zurückgezogen hatte, fand Franz in seinem Bett keinen Schlaf. Er stand wieder auf und ging hinaus, wo nach dem Sturm eine wundersame Ruhe herrschte. Die Wolken waren zu kleinen Fetzen zusammengeschmolzen, die scharf im Mondlicht strahlten und den Blick auf den Sternenhimmel freigaben. Als er die Gestirne in ihrer ewigen Ordnung betrachtete, wusste er, dass er etwas unternehmen musste. Er würde die Schicksale der Menschen, die er durch seine Lüge so unselig ineinander verknäult hatte, zur gleichen Ordnung und Ruhe zurückführen. Er spürte die Kraft dazu in sich. Und er beschloss, wenn sie nach Rom zurückkehrten, zu Georg zu gehen und ihm die Wahrheit zu gestehen.

*

»Du wirst dieser Frau fernbleiben«, forderte Isolde.

»Es ist nichts vorgefallen«, erklärte ihr Franz in aller Ruhe. »Sie ist eine Künstlerin wie alle anderen hier in Rom.«

»Du bist ein Dummkopf wie kein Zweiter hier in Rom! Glaubst du, ich bin blind?«

Sie saß vor dem Kamin, wo sie in handgeschriebenen Blättern gelesen hatte, als er hereingekommen war. Er hatte sofort das Manuskript seines neuen Romans erkannt, an dem er in den letzten Wochen Nacht für Nacht gearbeitet hatte.

Im ersten Moment hatte er sich gefragt, welcher andere Mensch im Juli den Kamin einheizen würde, wenn jeden Tag die Hitze zunahm. Hatte sie sich so weit von allem Menschlichen entfernt, dass ihr kränkelnder Körper fühllos geworden war? Doch als er seine Blätter erkannte, ahnte er, warum das Feuer brannte.

Ihr Empfang war so kalt und bedrohlich gewesen, wie er erwartet hatte. Sein heimliches Verschwinden über Tag hätte sie vielleicht noch hingenommen. Aber als er über Nacht ausblieb, musste jede einzelne Stunde sie wütender und wütender gemacht haben.

»Der Conte di Santigliani hat uns seine Kutsche für den Ausflug angeboten, und es wäre mehr als seltsam gewesen – und höchst verdächtig –, sein Angebot abzulehnen.«

»Wer ist der Conte di Santigliani?«

»Ein alter Mann, dem Clara Zeichenunterricht gibt.«

»Ich werde mir von der Kuppelei eines Greises nicht meine Pläne ruinieren lassen. Wenn du sie wiedersiehst, schicke ich Morten zu ihr. Er begreift nicht, was er tut, aber er tut, was ich ihm sage. Verstehst du?« Sie sah Franz bedrohlich an.

Bei ihren letzten Worten kochte der Hass in ihm auf. »Wenn du ihr auch nur den geringsten Schaden zufügst, werde ich keine Skrupel mehr haben, zum Äußersten zu gehen. Auch wenn du nur eine kranke Frau bist.«

Isolde lächelte bösartig. »So, so ... Eine Künstlerin wie alle anderen. Und dann wirst du so wütend ...«

Keiner der beiden wandte den Blick vom anderen. Schließlich zuckte sie mit ihrer spitzen Schulter, als wäre es ihr gleichgültig.

»Das Leben ist so kurz! Es gibt Wichtigeres als dieses kleinliche Gezänke, meinst du nicht?« Sie wies einladend auf den Stuhl ihr gegenüber. »Setz dich zu mir, Cornelius ...«

»Ich bin nicht Cornelius.«

»Weißt du noch, als wir jung waren? Wie haben wir die Bücher geliebt! Wie oft haben wir einander vorgelesen! – *Handwerker trugen ihn. Kein Geistlicher hat ihn begleitet ...«* Ein tiefer Seufzer entfuhr ihrer schmalen Brust. »In Tränen aufgelöst, haben wir gleich wieder von vorne begonnen. Und der *Rinaldo Rinaldini*! Sind wir mit ihm nicht zum ersten Mal über den Appennin? *Hermann und Dorothea! Die Marquise von O.! Die Wahlverwandtschaften! Der Liebeszauber! Heinrich von Ofterdingen!* Und immerzu Gedichte! Wie herrlich konntest du vortragen! *Unendlich und geheimnisvoll / durchströmt uns süßer Schauer – Mir däucht, aus tiefen Fernen scholl / Ein Echo unsrer Trauer …«*

Eine Weile verlor sie sich in ihren Erinnerungen. Dann fand ihr Blick das Romanmanuskript wieder, das sie die ganze Zeit über auf ihrem Schoß hielt, und strich mit der Hand liebevoll darüber.

»Und wenn ich dieses hier lese – deine wundervollen Kapitel –, wenn ich deine Worte lese, dann höre ich wieder deine Stimme im Ohr. Dieser Roman ist einzigartig geschrieben. Er übertrifft bei Weitem den ersten, der ja in seinem jugendlichen Schwung etwas – naiv war. Dieser hier ist sehr viel reifer. Dein Stil ist so – direkt. Er trifft mich mitten ins Herz. Es ist, als ob du jedes Wort für mich geschrieben hättest. Als ob du mir jedes Wort vorliest! Nur mir.« Das Flackern des Kamins spielte unwirklich auf ihrem Gesicht.

»Ich bin nicht Cornelius«, wiederholte Franz.

Sie blickte ihn klaren Auges an: »Glaubst du, ich weiß nicht, wer du bist? Aber niemand außer mir darf das wissen. Niemand außer mir, verstehst du? Ich muss dich davor bewahren, derart durchsichtig deine wahre Geschichte aufschreiben! Jeder erkennt, wer du bist und was du getan hast!«

Sie hielt ihm die Blätter hin.

Franz nahm sie. Als er sie mit einem vertrauten Gefühl in seinen Händen spürte, dachte er an all die Stunden, die er über diesen Papieren zugebracht hatte. An all das, was er in sie hineingeschrieben hatte und was jetzt darin steckte. Aber steckte wirklich etwas darin? Es war Papier und getrocknete Tinte. Nichts weiter. Gleich würde er zu Georg gehen und ihm die Wahrheit sagen. Das war es, was zählte. Menschen. Freundschaften. Er hatte sich geschworen, sein Leben zum Guten zu verwenden. Georg zu helfen, das zählte. Clara zu schützen und Isolde von ihr fernzuhalten, das zählte. Wenn dies hier der Preis war –

Entschlossen warf er das Manuskript in den Kamin. Es dauerte einen Moment, bis es anfing zu brennen. Die Flammen loderten auf, als sie sich seelenlos über die Blätter hermachten. Papier ist dünn, und es war ein kurzer Rausch. Wie beim Lesen: Hingabe und Hochgefühl lodern auf – und verlöschen wieder. Es bedeutet nichts.

Franz stand auf und ging zur Tür.

»Wohin willst du?«, fragte Isolde in seinem Rücken.

Er blieb stehen und blickte zu ihr zurück. Wie sie da vor dem Kamin saß, schmal und schimmernd, das bisschen lebendige Farbe auf ihrer Haut nur von der Glut geliehen, wusste er, dass sie nichts weiter war als ein böser Spuk. Und dass ihre Stunde bald vorüber sein würde.

Ohne ihr zu antworten, verließ er die Wohnung.

*

Es war vor Mittag, als Franz das ärmliche Haus mit dem leeren Türrahmen betrat und an Georgs Tür klopfte. Die Hitze brannte noch nicht mit ihrer ganzen Macht. Auch wenn sie sich nachts schon in den engen Gassen hier unten am Tiber staute und nicht wie auf den Hügeln von einem mitfühlenden Wind gemildert wurde. Der Weg zu Georg war ihm nicht nur wegen der bösen Luft schwergefallen. Denn auch wenn er entschlossen war, endlich das Richtige zu tun, hatte er Angst davor, was passieren würde.

Georgs Anblick war besorgniserregend. Wo war das breite Kreuz seines Freundes geblieben? Der blonde Bart, der vor Kurzem noch auf einer runden Brust gelegen hatte, fiel nun in wirren Strähnen über ein knochiges Gerüst, auf dem das fleckige Hemd kaum noch Halt fand. Unruhig beäugte er den überraschenden Gast. »Du … hier …«

»Ich muss mit dir reden, Georg.«

»So …«

»Darf ich hereinkommen?«

»Nichts zum Sitzen hier …«

»Dann lass uns in eine *osteria* gehen.« Der Gedanke war Franz doppelt lieb, denn dann könnte er dem Freund etwas zu essen bestellen. Georg wollte zunächst nicht mitkommen, weil er zu arbeiten habe, aber schließlich konnte er ihn dazu bewegen.

So fanden sie sich bald in einem dunklen Gastraum wieder, dessen Schatten ihnen Kühle versprochen hatte, aber darin sahen sie sich getäuscht. Die Hitze kroch inzwischen überallhin.

»Versuch nicht, mich zu überreden, auf den Pincio zurückzukehren«, sagte Georg, nachdem Franz zu essen und zu trinken bestellt hatte. »Ich habe noch nie so entschlossen und kraftvoll gearbeitet!«

»Um ehrlich zu sein, muss ich über mich reden, mein Freund.«

»Du willst doch nicht abreisen?« Zu seiner größten Freude erkannte er in Georgs Gesicht echte Besorgnis. Ja, der Gedanke schien ihn trotz allem zu bestürzen. Ermutigt und voller Hoffnung, endlich das Richtige zu tun, begann Franz den ersten, den schwierigsten Satz: »Georg, ich bin nicht der, von dem alle glauben … Ich will sagen, ich bin ein anderer als …« Und doch war es so schwer! »Georg, ich bin nicht Cornelius Lohwaldt.«

Georg starrte ihn an und verstand natürlich nichts.

»Mein wirklicher Name ist Franz. Franz Wercker. Ich bin der Sohn eines Zimmermanns aus Memmingen.«

»Memmingen …« Dies Wort stellte beiden ihre allererste Begegnung vor Augen. Als sie sich noch nicht kannten und vielleicht doch schon Freunde waren.

Und dann berichtete Franz. In einem einzigen, getriebenen Schwall strömte seine wahre Geschichte hervor. Unaufhaltsam wie die Wasserfälle, die er am Tag zuvor erlebt hatte. Seine Kindheit unter der Krücke des verkrüppelten, versoffenen Vaters, die mitleidlose Mutter, seine Liebe zu Büchern, seine jugendlichen Versuche zu schreiben, bei denen schon das gleiche Fieber in ihm glühte wie bei dem Roman, den er in Rom geschrieben hatte. Er erzählte von seinem grauenhaften Begräbnis in der selbst gezimmerten Kiste im Wald. Und dann … »Ich habe ihn erschlagen«, gestand er. »Wie ein Tier bin ich über ihn. Ein Tier … Der Mensch lag noch in der Grube – man kann den Menschen verlieren, Georg, ich hab's erlebt …« Weiter quoll es aus ihm heraus: der Verrat der Mutter. Der Kerker. Die Flucht über die Alpen, hin- und hergerissen zwischen der nebelhaften Sehnsucht nach Rom, über das er so viele dankbare Erinnerungen gelesen hatte, und dem Entschluss, das eigene unwürdige Leben zu beenden. Er malte Georg die Begegnung mit Cornelius Lohwaldt aus, dem überheblichen Jungdichter, der so gar keine Dankbarkeit für das Glück des Stipendiums gehabt hatte, und wie er sich so leichtsinnig zu Tode gebracht hatte. »Ich habe um sein Leben gekämpft! Es ist die Wahrheit. Ich wollte, dass er lebt, und niemals war ich selber dem Tode so nahe!« Und schließlich gestand er den Entschluss, sein Leben tatsächlich zu beenden, indem er ein neues begann.

Georg starrte ihn nur an und erwiderte nichts. Also berichtete Franz weiter. Vom Erscheinen der Schwester Lohwaldts, bei dem er überzeugt gewesen war, dass alles aus und vorbei sei. Wie er aber seither von ihr gezwungen wurde, das Spiel weiterzuspielen. Nach ihren Regeln, weil sie um jeden Preis ihren eigenen Traum verwirklichen wollte.

»Alles andere weißt du. Du selbst hast mich tagtäglich erlebt. Du weißt, dass ich nie leichtfertig war, sondern immer bemüht, aus dem gestohlenen Leben das Beste zu machen! Ich habe geschworen, es zum Guten zu verwenden, Georg. Sie hat mich beinahe davon abgebracht, aber diesmal habe ich den Menschen nicht verloren. Ich habe gelogen, Georg, aber den Menschen habe ich festgehalten. Und ich werde es immer tun!«

Georg saß wie vom Blitz getroffen. Das Wort der Absolution, das Franz sich so sehr erhoffte, es kam nicht.

»Und du hast mir nie etwas gesagt …«, flüsterte Georg.

»Wann hätte ich dir etwas sagen sollen?«

»Wann? Jeden Tag! Jedes Mal, wenn wir uns gesehen haben. Jedes Mal, wenn ich dich *Cornelius* genannt habe …«

»Georg, am Anfang ahnte ich doch nicht, wie nah wir uns sein würden. Und als wir dann Freunde waren …«

»Freunde?«

»Freunde! Ist es nicht gleichgültig, ob ich Cornelius heiße oder Franz? Du kennst mich! Mein Herz ist dasselbe!«

»Und nur deine Geschichte ist eine andere? Wie soll das gehen? Dann ist ja alles wertlos, worüber wir gesprochen haben. Die Wahrhaftigkeit. Die Kunst. Aus sich selbst heraus zu schöpfen, die eigene Stimme zu finden. Alles lächerlich?« Er starrte auf seine farbverschmierten Hände. Die Zeugen seiner einsamen Kämpfe. Das Karminrot. Das Ockergelb. Das Berliner Blau. Das Veroneser Grün. *»Alles lächerlich?«*, schrie er plötzlich. »Ich wollte alleine sein, um meinen Frieden zu finden!«

»Georg, bitte! Wir finden Frieden. Gemeinsam. Als Freunde! Gestern mit Clara bei den Wasserfällen ist mir endgültig klar geworden …«

»Clara?« Georg fuhr auf. »Wasserfälle?«

Sofort war ihm klar, dass es das falsche Wort im falschen Moment gewesen war. »Georg, ich …«

»Und ich habe dich gebeten, in meinem Namen mit ihr zu sprechen, *Cornelius … Franz …*« Krachend stürzte der Stuhl um, als er aufsprang. Er rang mit seinen farbverschmierten Händen, als könnte er sie kaum daran hindern, Franz zu erwürgen. Plötzlich waren sie wieder da, seine Muskeln, seine Kraft. »Lass mich! Lass mich allein …«, flüsterte er und stürmte blindlings aus der *osteria*.

*

So einen Abend hatte man in Rom noch nicht gesehen. Gewiss hatte die Kirche mehr Pomp zu bieten, mehr Gold, mehr Purpur, mehr Inbrunst, gewiss feierte der römische Adel rauschendere Feste. Aber ein Abend für die Kunst, ausgeführt und ausgestattet nur von Künstlern, jeder einzelne beseelt von dem

Willen, sein Bestes zu zeigen, das war einzigartig. Alle waren stolz auf die Gemeinsamkeit, auf die Leistung nicht eines einzelnen Genies, sondern dieses Zusammentreffens so vieler Begabter, Beseelter und hart Arbeitender, voller Hoffnung und Vision. Hier wurde es wirklich spürbar, das immer wieder auftauchende Wort der *Künstlerrepublik*. Jeder Einzelne ein Besonderer, und alle zusammen noch weit mehr. Jeder Einzelne ein Gebender – und am Ende konnte jeder noch etwas nehmen. Geadelt wurde diese Idee durch Ludwig, der den Künstlerfreunden seine Hand reichte.

Hauptsächlich waren es natürlich die deutschen Künstler, die Bayern, die Preußen, die Sachsen, die Hannoveraner, die Weimaraner, Tiroler, Österreicher und Rheinländer, doch auch Dänen, Schweizer, Schweden und ein Niederländer gehörten an diesem Abend dazu. Die Künstlerrepublik nahm jeden auf, der gleichen Geistes und gleichen Mutes war.

Umso tiefer schmerzte es Franz, dass Georg sich ausschloss. Er selbst hätte viel darum gegeben, wenn er an diesem Abend nicht unter Menschen hätte sein müssen, doch er fand nach dem enttäuschenden Gespräch mit Georg nicht die Kraft, gegen Clara, gegen Isolde, gegen Rückert und alle anderen durchzusetzen, dass er fehlen würde. Was hätte er sagen sollen? Dass er krank war? Er konnte an diesem Tag nicht mehr lügen.

Die Künstler hatten viele Gäste geladen, die sich ihrer Kunst verbunden fühlten: mehrere deutsche Gesandte, Prinz Friedrich von Gotha und seinen kleinen Hofstaat, den Kreis der Frauen um Caroline von Humboldt, deutsche Geschäftsleute und Bankiers. Rückert hielt seine festliche Ansprache, die unvermeidliche Auguste Klein war nicht davon abzubringen gewesen, ebenfalls ein Gedicht zum Besten zu geben, und dann wurden in wechselnden Rollen die lebenden Gemälde gestellt. Es gab großes Hallo, als Overbeck, den Körper in einem Sockel verborgen, das abgeschlagene Haupt des Holofernes darstellte, während Clara ihn mit feurigem Blick an den Haaren gepackt hielt. Die Dramatik der Szene erlitt allerdings Schiffbruch, als jemand auf Sächsisch rief: »Nu, den Riesenriecher kenn ich! Das ist doch der Overbeck!« Worauf das abgeschlagene Haupt in Gelächter ausbrach, was auch Clara kichernd aus ihrer Rolle fallen ließ, bis schließlich der ganze Saal bis hin zum königlichen Ehrengast lachte. Momente wie dieser taten der Würde des Abends allerdings keinen Abbruch, im Gegenteil, sie zurrten das freundschaftliche Band aller Anwesenden noch enger.

Nachdem Franz, auf der Treppe stehend, seinen Hymnus auf Maecenas rezitiert hatte, dankte ihm der Kronprinz mit einem festen Händedruck und bat um eine Abschrift. Unzählige Männerhände klopften Franz auf die Schulter, und Clara, in einem wunderschönen weißen Kleid, für das ihr Caroline den Stoff geschenkt hatte, und mit kunstvoll ins Haar geflochtenen blauen Kornblumen, sagte ihm strahlend, wie stolz sie auf ihn sei – und gab ihm sogar einen Kuss auf die Wange. Im selben Moment, als sie ihn berührte, sah er Aura. Sie musterte ihn abschätzig, dann wandte sie sich ab, und ihr tiefrotes Kleid verschwand in der Menge.

Als der offizielle Rundgang begann, um Ludwig jedes einzelne Gemälde vorzustellen, wurde Franz' Aufmerksamkeit auf den oberen Treppenabsatz gezogen, wo Isolde stand – ein schwarzer Strich auf dem farbenprächtigen Tableau des Abends. Mit einem herrischen Wink ihres Kopfs befahl sie ihn zu sich. Er schaute sich um, und da alle Aufmerksamkeit dem Kronprinzen zugewandt war, stieg er zu ihr hinauf. Vorbei an Auras Gemälde folgte er ihr in einen abgelegenen Salon, wo sie ihn anwies, die Tür zu schließen. Der Salon, in den sie geraten waren, wurde nur spärlich von wenigen Kerzen beleuchtet. Franz erkannte einige der Plastiken und Gemälde wieder, die er vor zwei Tagen gemeinsam mit Rückert auf der Suche nach einem geeigneten Rednerpult bewundert hatte. Vor allem eine liebliche Venus aus Bronze, ungefähr eine Elle groß, hatte ihm gut gefallen.

»Was willst du?«, fragte er Isolde.

»Warum hast du mir nicht erzählt, dass du etwas rezitierst?«

»Du hast mich nicht gefragt.«

»Das ist eine Bosheit, und das werde ich nicht dulden! Ich lese alles, was du schreibst. Alles, verstehst du?«

»Beruhig dich, es war nichts als ein alberner Hymnus.«

»Eben! Es war lächerlich! Ludwig mit Maecenas zu vergleichen – wie billig.«

»Den Leuten hast es gefallen.«

»Ich warne dich, Franz Wercker. Du hast keine Heimlichkeiten vor mir. Niemals!« In ihrer Wut wurde Isoldes Stimme immer krächzender. »Und wenn du dich jemals wieder von der Seidler küssen lässt ...«

In diesem Moment wurde die Tür geöffnet, und Aura kam herein. Im Licht der wenigen Kerzen leuchtete das Rot ihres Kleides unheilvoll.

Isolde stand für einen Moment der Mund offen, bis sie daran dachte, die Wut in ihrem Gesicht zu verbergen und eine lächelnde Maske aufzusetzen. »Aura!«, rief sie voller Freude.

Doch sofort ließ sie ihr Lächeln wieder fallen, denn Aura bemühte sich nicht einmal, höflich zu wirken.

»So ...«, sagte sie. »Habe ich euch beide hier zusammen ...«

Franz wusste, dass sie das Amulett aus der Tasche nehmen würde, bevor sie es tat. »Nur auf ein Wort. Wer weiß, wie lange wir ungestört sind.« Sie kam näher. »Was spielt ihr?«, fragte sie und klappte das Amulett auf. Isolde erkannte es gleich und starrte Franz giftig an.

»Dies ist wohl Cornelius Lohwaldt«, sagte Aura zu Isolde. »Ihr wirklicher Bruder. Geht es um Geld? Wen betrügt ihr?«

Franz wich unwillkürlich zurück, als Aura ihm das Amulett vors Gesicht hielt. »Hast du ihn umgebracht, Franz Wercker? Du bist doch Franz Wercker? Geflohen aus bayerischer Kerkerhaft, eingesperrt wegen Vatermordes, und ...« – Ein brutaler Schlag auf ihren Kopf riss das süffisante Lächeln aus ihrem Gesicht und schnitt jedes weitere Wort ab. Ihre starren Augen rollten nach oben, und dann sank sie in ihren bauschigen roten Rock hinein und kippte zur Seite. Ihr Kopf schlug auf, Blut spritzte auf das kunstvolle Muster des orientalischen Teppichs.

Isolde hielt die bronzene Venus mit beiden Händen umklammert. Franz starrte fassungslos auf das blutige Büschel Haare, das der römischen Göttin an ihren winzigen Bronzebrüsten klebte.

»Was … hast … du … getan …«

Der Blutstrahl aus Auras Kopf versiegte, die rote Flüssigkeit wurde vom Teppich aufgesogen.

Isolde bückte sich und wischte die Bronzefigur an Auras Kleid sauber. Dann stellte sie sie sorgfältig auf ihren Podest zurück.

Franz war nicht in der Lage, alles zu begreifen, was in seinen Kopf drang. Aura auf dem Teppich – tot – Isolde hat sie erschlagen – Aura wusste seinen Namen – woher – unten alle deutschen Künstler Roms – Prinz Ludwig – Prinz Friedrich – Caroline – *Clara!*

Währenddessen sah Isolde sich aufmerksam um und verriegelte die Tür.

Sie ging zum Fenster, öffnete es weit und schaute nach unten. Aromatische Nachtluft strömte herein.

»Schnell jetzt«, sagte sie streng. »Steh nicht tatenlos herum.«

»Tatenlos? Du hast sie … Sie ist *tot!*«

Isolde bückte sich und hob das Amulett auf, das auf den Boden gefallen war. »Es ist allein deine Schuld. Und selbstverständlich bist *du* es, der sie erschlagen hat.«

Franz schüttelte nur noch den Kopf, während er zusah, wie Isolde der toten Aura die Halskette mit dem glänzenden rotbraunen Bernstein, in dem das winzige Insekt eingeschlossen war, abnahm und einsteckte. Ebenso nahm sie der Toten Ringe und Ohrgehänge ab.

»Roll sie ein«, hörte Franz. »Wir können den blutigen Teppich nicht hierlassen.«

Draußen vor der Tür waren Stimmen zu hören. »Schnell jetzt!«, zischte Isolde.

Franz brauchte Zeit. Zum Denken, zum Begreifen, zum Entscheiden. Um Zeit zu gewinnen, tat er, was Isolde sagte.

»Aus dem Fenster.«

Er schleppte den Teppich mit Aura darin zum Fenster – und ohne weiteres Nachdenken stürzte er ihn ins Dunkle. Isolde wischte mit ihrem Taschentuch ein bisschen Blut, das durch den Teppich gesickert war, vom Parkett. Als sie aufstand, sah sie Franz in die Augen. Er erkannte ihre äußere Gestalt wieder – das spitze Gesicht, die tierhaften Augen, den grünen Schimmer auf ihrer Stirn –, doch das Wesen, das er sah, war ihm fremd und grauenhaft.

»Du wirst das Fest jetzt verlassen und sie in den Tiber werfen.«

»Man wird sie vermissen!«

»Ich werde ihren Mantel holen und unter ihrer Kapuze zu ihr nach Hause fahren. Unterwegs lasse ich den Kutscher anhalten, um ein paar Schritte durch die Nachtluft zu spazieren. Daran wird er sich später erinnern. Auf dem Spaziergang ist sie dann wohl überfallen worden.«

»Und der verschwundene Teppich?«

»Was kümmert dich der verfluchte Teppich! Man wird ein oder zwei Diener prügeln und aus dem Haus jagen! Wen schert das! Und jetzt geh!«

Wie im Traum stolperte Franz an Auras Gemälde vorbei und lief die hell erleuchtete Treppe hinab. Sah ihm nicht jeder an, was eben geschehen war? Eilig holte er im Garderobenraum seinen Hut und lief zur Haustür.

»Cornelius!«, rief eine schöne Stimme. Es war Clara. »Du willst schon gehen?«

»Ja, ich … Mir ist übel.« Er hielt sich die Hand vor den Mund, als ob er jeden Augenblick speien müsste. Und wirklich fühlte er sich genau so.

»Soll ich dich begleiten?«, rief sie ihm hinterher, doch schon war er aus dem Haus.

Nachdem er sich ein Stück weit vom Vorplatz mit den brennenden Fackeln entfernt hatte, blieb er im Dunkeln stehen und sah sich um. Auf welcher Seite lag das Fenster, aus dem er Aura … Im Geiste ging er noch einmal über die Treppenaufgänge und entschied sich für links. In einem weiten Bogen, außerhalb des Bereichs der erleuchteten Fenster, schlich er ums Haus. An der Seite wuchsen riesige Agaven, die ihre spitzen Arme gespenstisch in die Nacht reckten. Franz fand den zusammengerollten Teppich auf einem dieser Gewächse, und bei den Bemühungen, ihn herunterzuzerren, zerstachen ihm die biestigen Pflanzen böse die Haut. Franz kümmerte sich nicht darum, fuhr erst zurück, als ihm eine Spitze fast das Auge ausstach und sich in seine Schläfe bohrte. An tausend Zacken hakte sich der Teppich fest. Endlich gelang es ihm, das Gewebe zu befreien. Um am Tor nicht gesehen zu werden, warf er ihn über eine Seitenmauer. Als er hinterherkletterte, donnerten ihm plötzlich Schüsse um die Ohren. Er sprang ins Dunkel und drückte sich so lange auf den Boden, bis ihm klar wurde, dass es nur die Salutschüsse für den Kronprinzen gewesen waren.

Über Umwege, durch Parks, Gärten und üble Seitengassen, schleppte er die Tote zum Tiber. Endlich erreichte er den Pfad zum Ufer, wo er im Dunklen über ein angeschwemmtes Brett stolperte und auf den weichen Teppich fiel. Er watete ins Wasser und dachte im letzten Moment daran, Aura aus dem Teppich auszuwickeln. Er nahm sie auf die Arme. Ihr weißer Hals, durch den zurückgefallenen Kopf glatt und gespannt, strahlte im Mondlicht. Wie oft hatte er diese warme Haut berührt in den schönen Zeiten, die in so unendlicher Ferne lagen. Doch warm waren jetzt nur noch seine Tränen, die auf sie fielen. Er watete weiter in den Fluss. Sanft legte er Aura aufs Wasser und ließ sie los. Während sie von der Strömung übernommen wurde, versank sie langsam, drehte sich im Wasser, und als Letztes sah Franz ihre weiße Hand, als winkte sie ihm zum Abschied. Dann nur noch die Engelsbrücke mit ihren schwarzen Figuren, die Engelsburg, in der ein Fenster erleuchtet war, und die düstere Kuppel des Doms.

Nachdem Franz den Teppich mit Steinen gefüllt und mit einem Seil aus einem Boot zusammengeknotet hatte, versenkte er ihn an einer Mole, wo der Fluss tief gründete. In der drückenden Hitze kochte ihm der nasse Anzug auf der Haut. Franz hätte nicht sagen können, ob er bewusst in die unseligen Gassen geraten war oder von einer bösen Kraft getrieben, jedenfalls stand er irgendwann unter dem Fenster Georgs. Wieder rannen ihm Tränen übers Gesicht, als er zu dem flackernden Licht hinaufschaute. Wie nah ihm der Freund jetzt war – und wie unendlich weit entfernt.

XI

Als mit dem nächsten Morgen der erste Augusttag kam, reichte man sich die Hand und wünschte sich der Sitte gemäß Glück und Gesundheit, um die böse Luft im gefürchteten August ohne Fieber oder Herztod zu überstehen. Jeder *bottegaio* hatte die guten Wünsche auf den Lippen, allerdings eher des Trinkgeldes wegen. Wer es sich leisten konnte, zog in die Albaner oder Sabiner Berge, um den bedrohlichen Krankheiten zu entgehen. Und sei es auch nur für ein paar Tage, um guten Atem zu schöpfen, denn in den winzigen Dörfern waren selbst die einfachsten Zimmer plötzlich wertvoll geworden und nur noch über gute Beziehungen zu haben.

Einige kehrten jetzt zurück in die Heimat, andere reisten weiter. Als Heinrich Hübsch nach Athen abreiste, verkroch sich der treue Grimsel und war durch nichts zu locken, in die Kutsche zu steigen. Also erboten sich der alte Joseph Anton Koch und seine Frau Cassandra zur Freude ihrer Kinder, für den Hund zu sorgen und ihn bei sich aufzunehmen. Neben dem großen Fest für Prinz Ludwig gab es weitere gesellige Abende, auf denen man nicht wenige Tränen sah. Jeder der Abreisenden machte seine wehmütige Abschiedsrunde durch die Stadt und trank einen Schluck Wasser aus dem Trevi-Brunnen, denn die Römer behaupteten, dann kehre man wieder. Es gab niemanden, der das nicht tief in seinem Herzen erhoffte und jetzt schon herbeisehnte.

Nach guter Tradition wurde natürlich auch Ludwig, wie jeder andere Scheidende, von einer Wagenladung Künstler – in seinem Fall waren es drei Wagen – zur Ponte Molle draußen vor der Stadt begleitet, um dort Abschied zu nehmen. Diese Abschiede gingen jedem zu Herzen, denn nicht nur verlor man einen Freund, auch wusste jeder, dass er selbst irgendwann derjenige sein würde, der nach Norden musste.

Die schlafende Königin am Tiberstrande, die ohnehin seit Jahrhunderten nur noch ein Traum ihrer einstigen Größe und Lebendigkeit war, wurde noch stiller und verlassener. Doch rückten diejenigen, die blieben, umso enger zusammen.

In den Wirrnissen der Aufbrüche und Verabschiedungen war zunächst nicht klar, wo Aura Kauffmann steckte. Ob sie vielleicht ein paar Tage in die Berge gefahren war? Doch dann fand man den Leichnam einer Frau in rotem Kleid, und obwohl die Aale und Flusskrebse sie übel zugerichtet hatten, wusste man schnell, wer sie war.

Als der Kutscher befragt wurde, gestand er, dass er die Herrin alleine nach Hause hatte spazieren lassen. Allerdings auf ihren ausdrücklichen Wunsch hin! Und obwohl er sie ermahnt hatte, dass es nicht ungefährlich sei! Deshalb war allen klar, dass sie überfallen worden war. Innerhalb der Stadtmauern waren die Nächte nicht wirklich gefährlich, aber eine unbegleitete Frau mit auffälligem Schmuck, in den düsteren Gassen am Wasser … Und sicher gibt es kaum einen Fluss, der in seiner langen Geschichte so viel Mord und Totschlag erlebt hat wie der Tiber.

Clara ging zu Franz, der ebenfalls seit dem Künstlerfest in der Villa Schultheiß nicht mehr gesehen worden war, um ihm die schreckliche Nachricht ihres Todes zu bringen, doch an der Wohnungstür wurde sie von Theresa abgewiesen, die ihr mitteilte, der Herr liege krank im Bett und könne nicht zum Begräbnis kommen. Clara fragte, ob sie irgendwie behilflich sein könne.

»Man dankt«, erwiderte Theresa nur. »Man ist durchaus in der Lage, einen Kranken zu pflegen.« Und damit schloss sie die Tür.

So erfuhr Franz nichts davon, dass Aura bereits gefunden worden war und gleich in der nächsten Nacht unter großer Anteilnahme der Künstler auf dem Friedhof hinter der Cestius-Pyramide bestattet wurde.

*

Es war keine Krankheit des Körpers, die Franz ans Zimmer fesselte. Es war die bittere Qual der Reue. Wie viel Unglück hatte seine Lüge verursacht! Immer wenn er glaubte, dies sei nun das Äußerste gewesen, kam es noch schlimmer. Für ein Geständnis war es endgültig zu spät. Dies war der dritte Mord, den man ihm zur Last legen würde. Und was würde als Nächstes passieren?

Eines war ihm zum Mindesten klar: Isolde würde niemals ablassen. Sie würde niemals die Geschichte der bedeutenden Muse, der Salonière, der edlen Förderin der Künste aufgeben – weil sie selbst daran glaubte! Sie glaubte so ohne jeden Zweifel daran, wie sie an das Dasein ihrer zehn Finger glaubte, die sie tagtäglich vor ihren Augen sah. Wie hätte sie daran zweifeln können? Um das Bild von sich, dessen sie sich so sicher war, zu bewahren, würde sie eher die restliche Welt in Trümmer legen. Sobald er also die geringste Regung machte, die ihr Bild ins Wanken brachte, war das sein Todesurteil. Gut, sollte es so sein. Es sei denn – *sie* …

Er würde sie –

Und warum auch nicht?

Er könnte es.

Sie selbst war ja eine Mörderin!

Jetzt. Auf der Stelle.

Aber wie?

Ein Dolch? Gift? Würgen? Schießen?

Nein. Nein, nein!

Jeder wusste, dass die Schwindsucht in ihr steckte.

Er könnte ihr ein Kissen aufs Gesicht drücken. Ein Kissen, bis sie erstickte. Niemand würde merken, woran sie gestorben war.

Theresa war nicht zu Hause. Theresa war – wo war sie? Gleichgültig! Sie war fort!

Doch schon spürte Franz den Zweifel, dass er es könnte.

Also schnell! Bevor es zu spät war!

Er stürmte aus dem Zimmer und platzte in den Salon, wo sie im Schatten der Schlagläden am offenen Fenster stand, um Luft zu bekommen. Doch wie immer strömte nur Hitze herein. Harte Schatten lagen auf ihrem blassen Gesicht.

Als Franz auf sie zuging, ungeschickt stolpernd, blickte sie ihn kalt und hart und durchdringend an. Als ob sie genau wüsste, was in ihm vorging. Sie hustete. In letzter Zeit war ihr Husten wieder schlimmer geworden. Manchmal verkroch sie sich ganze Tage in ihrem Zimmer, und Franz hörte durch die geschlossene Tür ihre Krämpfe, während Theresa mit Wasser und Medizin ein und aus lief. Doch er hatte die Hoffnung längst aufgegeben, dass Isolde in absehbarer Zeit von selber sterben würde.

Franz zögerte. Ein Kissen! Er schaute sich um. Wieso war hier in diesem Salon kein Kissen? Nie war ihm aufgefallen, dass auf all den Sofas und Sesseln kein Kissen lag. Nicht einmal auf der Chaiselongue! Und als er sich nach diesem *grotesken* Kissen umsah, wurde ihm bewusst, was er tat.

Franz schauderte. Wie konnte er nur? Er hatte doch geschworen, dieses Leben zu etwas Gutem zu nutzen. Und jetzt dachte er an *Mord*? War es wirklich so weit mit ihm gekommen? Verdiente er nicht den Tod, wenn er solche Vorstellungen auch nur zuließ? Und wenn diese Frau der Teufel selber wäre – niemals dürfte er sich von ihr so weit treiben lassen!

»Was willst du? Wieso führst du dich so seltsam auf?«, fragte sie.

»Ein Kissen!«, sagte Franz. »Ein lächerliches Kissen …«

Sie ging zum Tisch, schenkte aus einer Karaffe ein Glas Wasser ein und hielt es ihm hin. Doch er nahm es nicht.

»Wie weit wirst du noch gehen?«, fragte er sie.

»Ich?«, rief sie entrüstet aus und knallte das Glas auf den

Tisch, dass das Wasser aufspritzte. »Sie hat uns bedroht! Es war allein ihre Schuld!« Ihre schmale Brust bebte vor Erregung. Mühsam beherrschte sie sich. »Und deine natürlich.«

»Natürlich. Nichts ist deine Schuld ... Und deshalb wird es nie enden, nicht wahr?«

»Was willst du? Du redest wirr!«

»Wir können nicht ewig Bruder und Schwester sein. Irgendwann wirst du auch mich töten. Du wirst es müssen. Es wird natürlich nicht deine Schuld sein ...«

»Dich töten? Aber warum sollte ich so etwas Grausames tun?« Sie schien ehrlich erstaunt über diese Idee.

»Du kannst deine Geschichte nur weiterleben, indem du irgendwann auch mich tötest. Es ist die zwingende Folge.«

»Sag so etwas nicht! Du bist doch alles, was ich habe, Cornelius.«

»Ich bin nicht Cornelius!«

»Doch, das bist du.« Unwillkürlich hob sie die Hand, um ihm in einer gedankenverlorenen zärtlichen Geste eine Locke von der Schläfe zu streichen. Doch sie besann sich rechtzeitig und faltete die Hände vor der Brust. »Wenn du es willst, dann bist du es. Wenn du wirklich willst, kannst du alles sein. Du musst es nur wirklich, wirklich wollen.«

Theresa wies noch mehrere Besucher ab. Rückert kam, um sich nach Cornelius zu erkundigen, Philipp Veit kam, um mit ihm über Aura zu sprechen, deren Tod ihn sehr mitnahm, und noch zwei oder drei weitere klopften vergeblich an die Wohnungstür. Doch dann kam ein Besucher, den Isolde einließ. Es war ein Fremder namens Theodor von Greifstein, der karierte Hosen, feine Mailänder Stiefel und einen gelben Rock trug. Er drückte sich sehr gewunden aus und sprang behände vom Deutschen ins Italienische und zurück, wobei er einen Gehstock mit einem silbernen Knauf, der folgerichtig als geflügelter Greif gestaltet war, wie einen Zauberstab schwenkte. Von Greifstein stellte sich als Agent und Bevollmächtigter des Verlegers Cotta aus

Stuttgart vor. Er, der mehrere deutsche Verleger und Kunsthändler vertrete, lebe und arbeite in Mailand und sei wegen verschiedener Geschäfte nach Rom gekommen, von denen vor allem eines für Cornelius Lohwaldt von vorrangigem Interesse sei. Nach diesen einleitenden Phrasen wies er einen Brief von Cotta – persönlich! – vor, in dem dieser schrieb, er wolle Cornelius Lohwaldt fünfhundert württembergische Gulden aushändigen für die uneingeschränkte Erlaubnis, seinen Roman frei zu bearbeiten, zu drucken und zu vertreiben.

Fünfhundert Gulden!

»Bearbeiten?«, fragte Isolde.

Von Greifstein beeilte sich, zu versichern, es handle sich lediglich um eine vertragliche Formel, zu der der Verleger gezwungen sei, aber von diesem speziellen Werk sei er durchaus so angetan, dass er kaum die Not zu Verbesserungen sehe.

Und wie um das zu belegen, zog er die Kopien zweier weiterer Briefe hervor. Einer stammte von Friedrich Schlegel und war an Ludwig Tieck gerichtet, der zweite stammte von Tieck und war an Schlegel gerichtet, welch Letzterer sie beide an Cotta weitergeleitet hatte. Beide hatten den Roman gelesen und fanden ihre ästhetischen Forderungen aufs Treffendste gestaltet.

Franz hörte dies alles aus weiter Ferne. Was sollte jetzt dies? Welcher hämische Gott machte sich über ihn lustig?

Da der verehrte Dichter keine weiteren Fragen hatte, wertete von Greifstein dies als Zustimmung und wurde sich mit Isolde schnell einig, dass er die fünfhundert Gulden der Einfachheit halber in Form von fünfhundert Scudi übergebe, die ungefähr den gleichen Wert darstellten. Man legte ihm ein Schriftstück vor, unter das er in der Schrift von Cornelius Lohwaldt den Namen von Cornelius Lohwaldt schrieb. Isolde lud von Greifstein aufs Herzlichste in ihren *Salon* ein, da sie natürlich hoffte, sich durch ihn weitere Kreise von Künstlern erschließen zu können, doch er bedauerte, dass er sogleich nach Mailand zurückreise, um sich der bösen Luft in Rom so wenig wie möglich auszusetzen. Nach einigen Komplimenten breitete der Greif seine Flügel aus und entschwebte.

Das Geld sah Franz nur für einen kurzen Moment, bevor Isolde es wegschloss. Danach kleidete sie sich sofort um und ließ Morten die Kutsche anspannen, um die Neuigkeit mit leichter Hand unters Volk zu streuen.

In Rom, das an skurrilen Gestalten sicher nicht arm war, hatte man sich längst an den Anblick des Wagens mit dem grotesken Kutscher und der ätherischen jungen Dame gewöhnt. Trotzdem waren Isoldes Fahrten immer von Aufmerksamkeit begleitet. Sie hatte Glück, denn es war Sonntag – was sie wie so viele glückliche Zufälligkeiten als Beleg dafür nahm, ein Günstling des Schicksals zu sein und das Richtige zu tun.

Es dauerte nicht lange, bis Isolde einem fröhlichen Trüppchen deutscher Künstler auf Sonntagsspaziergang begegnete. Es waren die Veit-Brüder, Lengerich und Horny, die auf dem Weg waren, das Schauspiel der gefluteten Piazza Navona zu erleben. Isolde lud sie gleich zur Mitfahrt ein, und sie waren überglücklich, dass sie nun nicht nur zuschauend am Rande stehen mussten, sondern auf dem Wagen mitten hinein ins Vergnügen rollen konnten.

Die weite Piazza Navona, deren lang gestreckter Form man immer noch das antike Stadion ansah, auf dessen Rängen später die ersten Häuser erbaut worden waren, wimmelte vor Menschen. Ganz Rom schien zusammengeströmt, um sich am Anblick des Wassers zu erfrischen. Aus den steinernen Urnen der vier Kolosse, die Donau, Nil, Ganges und Rio de la Plata personifizierten, strömte unablässig Wasser, das die Mitte des Platzes knietief flutete. Während die römische Straßenjugend sich am Rande mit Wasser bespritzte, das allerdings recht schlammig war, fuhren Dutzende von Wagen mitten hinein und um den Vierströmebrunnen herum. Man sah Liebespaare in leichten Kaleschen, Familien in schweren Wagen, berittene Offiziere in Paradeuniformen und sogar einen bunt geschmückten hölzernen Bauernwagen, auf dem der gesamte herausgeputzte Hofstaat mit Kindern, Mägden und Knechten durchs Wasser pflügte. Am Rande des Platzes nahm Isolde noch einen Schwarm deutscher Künstler auf, die mit dem alten Joseph Anton Koch hergekommen waren. Sofort überließ man dem Älteren den Sitz neben Isolde, die anderen standen scherzend und rufend in der Kutsche und auf den Trittbrettern. Obwohl auf dem Kutschbock noch Platz gewesen wäre, setzte sich niemand neben den formlosen Haufen des Kutschers, der denselben Mantel wie zu allen Jahreszeiten über sich geworfen hatte.

Gleich zu Beginn hatte Isolde die Neuigkeit zum Besten gegeben, dass der Roman ihres Bruders beim großen Johann Friedrich Cotta verlegt werde, der auch Goethe, Schiller, Jean Paul, Schelling, Fichte, Kleist und nicht zuletzt Alexander von Humboldt drucken ließ.

Die Begeisterung kannte keine Grenzen. Obwohl der Gefeierte nicht einmal dabei war, geriet die Fahrt durchs Wasser zur Triumphfahrt für Cornelius Lohwaldt. Die Künstler gönnten dem Freunde aufs Herzlichste den Erfolg und adoptierten ihn begeistert für sich selber, da er schließlich einen der ihren krönte. Wann immer ein bekanntes Gesicht am Ufer gesichtet wurde, ob es ein deutsches, ein dänisches, ein schwedisches, französisches oder italienisches war, schrien alle zugleich und durcheinander hinüber: »*Cornelius wird bei Cotta verlegt!*« Da an Land niemand aus der Schreierei schlau wurde, brüllte man Morten an, näher zum Ufer zu lenken, und setzte das Geschrei fort: »*Cornelius wird bei Cotta verlegt!*« Sobald Morten nah genug ans Trockene steuerte, sprangen noch mehr Künstler an Bord, wobei mancher Zylinder wieder aus dem braunen Wasser gefischt werden musste.

Franz aber, der von alldem nichts mitbekam, nahm unter den strengen Blicken Theresas seinen Hut. Er musste zu Georg. Er konnte dem Freund nichts von der Neuigkeit erzählen. Nicht in der jetzigen Lage. Aber er musste sich vergewissern, dass es Georg gut ging. Franz wollte an Theresa vorbei, doch sie stellte sich ihm in den Weg. »Wenn man wieder davonläuft, weiß man, was passiert«, sagte sie.

»Weiß ich das? Was soll passieren?«

»Sie sind es nicht wert, die junge Künstlerin unglücklich zu machen.« Sie lächelte nicht. Sarkasmus war ihr fremd. Sie meinte es genau so, wie sie es sagte.

»Ich gehe nicht zu ihr.«

»Sondern?«

»Es geht Sie nichts an.«

»Bei Ihrem Freund Georg sind Sie kaum willkommen.«

Franz fuhr getroffen herum: Dieses Ungeheuer! Mit welchem höllischen Instinkt hatte sie gespürt, wohin er wollte? Natürlich merkte sie ihm an, dass sie richtiglag.

Franz drängte an ihr vorbei, doch als er die Türklinke schon in der Hand hielt, fügte sie hinzu: »Er wird die Anstellung bei Hofe nicht bekommen.«

Franz erstarrte. Langsam drehte er sich um.

»Man hat sich gegen ihn entschieden.«

»Was … Seit wann wissen Sie das?«

»Seit zwei Tagen.«

»Und Sie haben mir nichts gesagt?«

»Gehen Sie besser nicht zu ihm.«

Franz hetzte durch ausgestorbene Gassen. Sogar das Plätschern der Brunnen wurde von der Hitze geschluckt und klang dumpf und filzig.

Als Franz klopfte, öffnete der Freund nicht. Er stand in dem bröckeligen Treppenhaus, in dem es modrig und nach Schimmel roch. Er spürte, dass Georg zu Hause war, und rief durch die geschlossene Tür: »Georg … Ich habe gehört … Es tut mir so leid!«

Keine Antwort.

»Georg, bitte lass mich ein!«

Nach einer Weile öffnete sich die Tür. Franz sah in die entzündeten und fiebrigen Augen des Freundes. »Aber warum?«, fragte Franz. »Haben sie gesagt, warum?«

»Nein«, erwiderte Georg tonlos. »Sie begründen nichts. Warum sollte der Hof einem wie mir einen Grund nennen?«

»Komm mit mir, Georg. Wir fahren in die Berge. Raus hier. Durchatmen. Zur Ruhe kommen.«

»Ich kann nicht. Ich muss besser werden. Ich muss arbeiten.«

»Nein!«

»Respektierst du mich so wenig? Achtest nicht einmal meinen Willen?« Aus seinen entzündeten Augen sah er Franz an. Dann schloss sich die Tür wieder.

»Georg …«

Doch der Freund antwortete nicht mehr.

»Georg, bitte!«

Keine Antwort.

»Ich komme wieder, Georg, ich komme später und bringe dir etwas zu essen!«

*

»Sie verstehen, dass die Sache besonders prekär für uns ist, da Sie sich im Umfeld des Kronprinzen bewegt haben.«

»Ich verstehe *nicht* …«

Franz stand im prächtigen Empfangszimmer von Kardinal Häffelin. Der bayerische Gesandte am Heiligen Stuhl hatte ihn zu sich bestellt. Es war keine höfliche Einladung gewesen, sondern ein knapper Zettel mit nicht viel mehr als einer Uhrzeit. Und nun stand er vor dem kleinen Kardinal, der in seinem prächtigen Sessel hinter seinem prächtigen Schreibtisch saß und ihm keinen Platz anbot.

»Wenn Sie nicht verstehen, muss ich deutlich werden. Wir wissen, dass Sie Unzucht getrieben haben.«

Franz blieb vor Überraschung der Mund offen stehen. *Männer!* Isolde hatte ihm bei ihrer Ankunft erzählt, dass Cornelius von Männern angezogen wurde. Darüber sollte er stolpern?

»Wir haben sogar Namen. Ein junger Römer namens Francesco Forsole und der sächsische Künstler Georg Reichhard.«

»Das ist nicht wahr! Das ist eine Lüge!«

»Ich wusste, dass Sie mich der Lüge bezichtigen würden«, erwiderte der Kardinal ungerührt. »Deshalb habe ich Erkundigungen eingeholt.« Er zog eine Schublade auf und nahm einen Zettel heraus. »Die geheime Polizei der Staatskanzlei in München schreibt mir, man habe die Aussage eines inhaftierten Studenten, der zu Protokoll gegeben hat, von Ihnen zur Unzucht verführt worden zu sein.«

Alles, alles hätte Franz erwartet. Aber sicher nicht, dass ihm die Schlinge von dieser Seite um den Hals geworfen wurde!

»Auch in Sachsen habe ich um Amtshilfe ersucht und eine Anfrage wegen Reichhard verschickt, bisher ohne Antwort. Aber darauf brauchen wir jetzt nicht mehr zu warten.«

Seine Beine drohten einzuknicken. Ihm wurde glühend heiß. *Georg!* Mit einem Schlag begriff er, was passiert war: Man hatte die Anschuldigung in Dresden gelesen. In Dresden, wo Georgs Anstellung am königlichen Hofe zur Prüfung lag. Allein die Anfrage und der Verdacht hatten gereicht, um Georg fallen zu lassen. Man wollte das Königshaus natürlich nicht mit dem geringsten Ruch in Verbindung bringen. Deshalb hatte man Georgs Anstellung abgelehnt!

Danach hörte Franz kaum noch, was der kleine Kardinal hinter seinem Schreibtisch ausführte. Irgendetwas davon, dass er als Stipendiat des Königs den Ruf des Königshauses in den Schmutz gezogen habe, dass er den Kronprinzen persönlich, der ihm als Tischgast vertrauensvoll die Hand gereicht habe, in Bedrängnis bringe, dass man die Zahlung der Leibrente natürlich mit sofortiger Wirkung einstelle und die Heilige Inquisition aufgefordert habe, ihn gefangen zu nehmen und nach Bayern zu transportieren. Schließlich stand Häffelin auf – wobei er kaum größer wurde als im Sitzen – und forderte ihn auf, die bayerische Gesandtschaft zu verlassen.

Als Franz aus dem *palazzo* trat, warteten drei Uniformierte der päpstlichen *carabinieri* auf ihn. Er blickte die Straße entlang und sah sich bereits davonrennen. Loslaufen. Nicht mehr stehen bleiben. So, wie er es in Trient gemacht hatte. Vielleicht würde es ihm gelingen, die *carabinieri* in ihren Uniformen und mit ihren Säbeln im Gewirr der Gassen abzuhängen. Doch er wollte nicht. Er wollte nicht fliehen. Er hatte sich für dieses Leben entschieden, und er würde dafür kämpfen. Er würde dies durchstehen. Das Erniedrigende der Flucht wollte er nicht noch einmal erleben müssen.

Die *carabinieri* legten ihm Handeisen an und geleiteten ihn zu einer Wache, wobei sie es sich nicht nehmen ließen, vor dem Pantheon an einem Marktstand stehen zu bleiben, wo zwei junge Römerinnen mit ihrem alten Vater Geflügel verkauften. Die Hühner waren an Stricken aufgehängt, und in ihre aufgesperrten Schnäbel hatte man kleine Büschel von Kräutern gesteckt. In verschiedenen Körben lagen Hühnerfüße, Innereien und Flügel, die von Fliegen umschwirrt wurden. Die *carabinieri* ließen sich Zeit, um mit den jungen Frauen zu scherzen, und blickten immer wieder stolz auf ihren hochgewachsenen Gefangenen im dunklen deutschen Anzug. Die nächsten Stunden verbrachte er in einer stinkenden Arrestzelle, gemeinsam mit einem zerlumpten alten Säufer, dessen Nase fehlte und dessen Gesicht nur zwei grotesk verwachsene Löcher sehen ließ, und einem jungen Italiener, der in aller Seelenruhe auf einem großen Taschentuch saß und die meiste Zeit mit dem Hut auf dem Gesicht schlief.

Franz stapfte in einem fort in der Zelle auf und ab. Sollte etwa alles mit solch einer absurden Festnahme enden? Nicht wegen Lohwaldts Verschwinden, nicht wegen des Vatermordes, nicht wegen des Totschlags von Aura – sondern weil Cornelius Männer liebte, sollte er in den Kerker? Als einer dieser bemitleidenswerten Kettensträflinge enden, die den Vorübergehenden gelegentlich ein paar römische Münzen, die sie bei Straßenarbeiten gefunden hatten, verkauften, um nicht zu verhungern? Nicht, weil er der Betrüger Franz Wercker war, sondern weil niemand daran zweifelte, dass er Cornelius Lohwaldt war! Wenn er aber seine wahre Identität preisgab, dann tauschte er die Ketten gegen den Richtblock. Und was, wenn zu einem Prozess gegen Cornelius Lohwaldt die Eltern anreisten?

Franz ging auf und ab, argwöhnisch beäugt von dem alten Säufer, der Franz' rastlose Wege mit schnurrenden Geräuschen aus seinen Gesichtslöchern begleitete.

Nach endlosen Stunden wurde Franz zum Verhör geführt. Ein junger *brigadiere* mit einem großen Muttermal auf der Wange, der einen recht aufgeweckten Eindruck machte, saß hinter einem Tisch, las in der Akte, die in knappen Worten die Anschuldigung enthielt, während neben der Tür zwei der *carabinieri*, die ihn hergebracht hatten, warteten. Franz blieb vor dem Tisch stehen. Nachdem er fertig gelesen hatte, blickte der *brigadiere* ihn an.

»Cornelius Lohwaldt?«

»Si.«

Er fragte ihn auf Italienisch, ob er der Unzucht schuldig sei.

»No.«

Ob er je mit Männern intim gewesen sei.

»No!«

Er warf noch einen Blick auf die Akte. Dann wandte er sich den anderen *carabinieri* zu und erzählte ihnen, sie würden nicht glauben, mit wem Franz intim gewesen sei, wenn man der Akte glauben wolle: mit einem Mann namens Francesco Forsole.

Die beiden anderen staunten. »Forsole? – Francesco?«

Sie grinsten.

»Francesco! Il divino!«

In kürzester Zeit war die Amtsstube voll mit *carabinieri*, die sich köstlich amüsierten und durcheinanderlachten. Franz begriff überhaupt nichts. Doch schließlich winkte ihn der *brigadiere* mit dem Muttermal zu sich und erklärte ihm den Grund der Belustigung. Jeder hier kenne Francesco. Er sei der gefährlichste Mann im Viertel – für junge Frauen! Sie verfielen reihenweise seinen schönen Augen und seinen verführerischen Lippen. Aber – und er musste wieder lachen – keine von ihnen habe sich je bei der Polizei über Francesco beschwert! *Il divino!* So nannten sie ihn. Dass ein Mann den Reizen des schönen Francesco verfalle, wundere ihn nicht. Aber Francesco habe dafür sicher kaum genug Zeit zwischen zweien seiner Frauengeschichten.

Nachdem sich alle genug über die Sache amüsiert hatten und sich verzogen, um sie auf ihren Rundgängen auf der *piazza* weiterzuerzählen, wurde der *brigadiere* wieder ernst. Er erklärte Franz, dass man ihm darüber hinaus noch den unzüchtigen Umgang mit einem deutschen Künstler vorwerfe und wegen des gleichen Vergehens in der Heimat seine Auslieferung verlange. Doch jeder in Rom schätze die Ehrenhaftigkeit, den Fleiß und den Ernst der deutschen Künstler, die den Ruhm der Stadt in der Welt mehrten. Was hinter verschlossenen Türen geschehe, gehe ihn nichts an. Und um die bayerischen Aussagen mögen sich die bayerischen Behörden alleine kümmern. Damit setzte er einen Stempel und eine Unterschrift auf die Akte, klappte sie zu, und er war entlassen.

*

Als er zurück in die Wohnung kam, war Isolde längst über seine Festnahme informiert worden. Sie befahl ihm, nicht darüber zu reden und sich vollkommen normal zu verhalten. Doch Franz wagte sich nicht mehr unter die Augen der Künstlerfreunde. Denn auch wenn die Anschuldigungen, Francesco betreffend, allgemeines Amüsement hervorriefen, so sah die Sache mit Georg anders aus. Der Verdacht stand im Raum wie die böse Luft. Franz konnte nichts dagegen tun.

Doch er hielt sein Versprechen, machte sich gleich auf den Weg zu Georg und brachte ihm eine Schüssel Minestrone von den drei Grazien, eine Melone und einen Beutel frischer Aprikosen, die er einer alten Bäuerin abgekauft hatte. Weil Georg auf sein Klopfen und Zureden nicht öffnete, stellte er die Suppe vor die Tür und legte Aprikosen und Melone daneben. »Bitte hol die Sachen herein und iss, hörst du, Georg?« Doch der Freund antwortete nicht.

Am nächsten Morgen erhielt Franz eine Lektion über die römischen Künstlerfreunde, die ihn zutiefst berührte: Gleich zur frühesten Morgenstunde – gerade erst war die Ziegenherde mit lautem Glockengebimmel und Geschrei der Hirten durch die Gassen getrieben worden, und die Köchin hatte Milch für den Kaffee heraufgeholt – klopfte es an der Tür, und eine Abordnung der Künstler drängte in die Wohnung. Es waren Philipp Veit, Peter Cornelius, Overbeck, Schnorr, Rehbenitz und Friedrich Helmsdorf. Sie nahmen ihre Hüte ab, stellten sich in würdevoller Positur vor Franz auf und gaben eine Erklärung ab: Man habe am vorigen Abend ausführlich über den *casus* diskutiert und sei in geschlossener Einstimmigkeit empört über Vorgehen und Ansinnen des Gesandten. Die Freundschaft zweier Männer – Künstler noch dazu! – sei etwas Heiliges. Man werde sich im Schulterschluss gegen jeden Versuch stellen, sie in den Schmutz zu ziehen. Wie Cornelius wisse, seien die schönsten Blüten dieser ehrbaren Tradition die Freundschaftsalben, die sie alle ausnahmslos pflegten und in denen sie kleine Portraits oder andere Zeichnungen sammelten, die sie sich gegenseitig zum Beweis ihrer Freundschaft schenkten. Nachdem dies erklärt worden war, zog Veit ein Album aus lackiertem Papier hervor, löste die Bänder und öffnete es. Er nahm Zeichnungen heraus und legte sie überall hin, wo er gerade Platz fand: auf den Esstisch, auf den Kaffeetisch, auf die Sessel, die Stühle. Er ging herum und verteilte die Papiere sorgsam, bis alle Möbel des großen Salons mit Zeichnungen belegt waren. Kleine, liebevoll gezeichnete Blätter. Jeder Deutschrömer hatte eines gegeben.

Nacheinander drückten die sechs Männer Franz die Hand. Da sie ihren Auftrag erfüllt hatten, erübrigte sich jedes weitere Wort, und sie gingen an ihr Tagwerk. Franz blieb alleine inmitten der Zeichnungen stehen – und weinte.

Isolde aber, die die Szene durch die geöffneten Flügeltüren

zum Esszimmer mit angesehen hatte, stieß verächtlich die Luft aus und wandte sich ab.

*

Doch war die Sache noch nicht ausgestanden. Der kleine Häffelin wütete, weil man sein Ersuchen, Cornelius Lohwaldt auszuliefern, ignorierte. Er wandte sich an das päpstliche Staatssekretariat, weil Cornelius als Stipendiat und Tischgast des Kronprinzen nicht nur der Unzucht, sondern darüber hinaus der Majestätsbeleidigung beschuldigt werde. Er habe den Ruf des Kronprinzen, der sich regelmäßig mit besten Ambitionen im Kreis der römischen Künstler bewege, aufs Schwerste beschädigt. Da die Angelegenheit also das Königshaus direkt betreffe, verlangte Häffelin, sie den nachsichtigen *carabinieri* zu entziehen und an die *sbirri* zu übergeben.

Zum Glück erfuhr Caroline von Humboldt über den Conte di Santigliani davon und bat Niebuhr zu helfen. Alle kannten den Ruf der *sbirri*, der Spitzel, nur zu gut. Immer schon waren sie für brutales Vorgehen und Korruption berüchtigt. Sie würden mit aller Rücksichtslosigkeit vorgehen – nicht zuletzt, um sich gegenüber der neuen Polizei zu profilieren, die ja vor Kurzem erst gegründet worden war. Doch genau an diesem Punkt setzte der kluge Niebuhr den Hebel an: Da er als preußischer Gesandter in der Sache nicht zuständig war, sprach er bei seinem Freund vor, dem mächtigen Cardinal-Diaconus Hercules Consalvi, der schon in der Angelegenheit der protestantischen Gottesdienste in Rom Gutes bewirkt hatte. Er legte dem Staatssekretär nahe, den *carabinieri* den Rücken zu stärken, da schließlich allen am Erfolg der neu geschaffenen Polizeitruppe gelegen sein müsste. Consalvi folgte dem klugen Rat des Preußen, und die Inquisition ließ den Fall in den Tiefen ihrer Behörde untergehen.

Allerdings verlor Franz das Stipendium. Und schließlich wurde ihm klar, dass die Sache sogar etwas Gutes bewirkt hatte:

Da die Anschuldigungen in Bayern nach wie vor gegen ihn erhoben wurden, konnte Cornelius Lohwaldt nicht mehr in die Heimat zurückkehren. Was er natürlich ohnehin nicht gekonnt hätte. Aber jetzt hatte Franz eine jedermann einsichtige Begründung. Seinen guten Ruf und seine Ehre hatte Cornelius Lohwaldt verloren – aber nicht mehr als das! Jetzt konnte er als Cornelius Lohwaldt in der Fremde bleiben. Ehrlos, aber unbehelligt. Mit etwas Glück würden sogar Cornelius' Eltern mit ihrem schändlichen Sohn brechen und ihn nicht mehr sehen wollen.

Er musste nur noch eine Idee finden, wovon er leben sollte. Aber die Künstlerfreunde, von denen einige für ihre Sache bitterste Armut auf sich nahmen, boten ihm auch hierin ein Vorbild. Also war Franz guten Mutes, dass er eine Lösung finden würde. Die fünfhundert Scudi aus dem Hause Cotta waren immerhin ein ermutigender Anfang – auch wenn Isolde sie kaum je wieder herausrücken würde.

Und noch etwas ging Franz durch den Kopf: Vielleicht bot sich hier sogar die Lösung, Isoldes Geschichte mit ihrem *Bruder* zu beenden. Wenn sie sich eines Tages entschloss, ihren Salon nach München zu verlegen, oder nach Berlin, oder von ihm aus auch in die Hölle, dann könnte sie Rom verlassen und ihren unzüchtigen Bruder in der Ewigen Stadt zurücklassen. Sie würde Franz nicht zwangsläufig töten müssen.

*

Unter den vielen zugeeigneten Zeichnungen war auch eine, die mit »Clara Seidler« signiert war. Es war eine feine Strichzeichnung der kleinen Kapelle, die im Kolosseum stand. Und das Datum war erst zwei Tage alt. Da Franz wusste, dass sie sich immer gründlich in ein Thema einarbeitete, hatte er Hoffnung, sie dort zu finden. Er wusste, dass Isolde gefährlich nervös wurde, wenn er sich mit Clara traf, aber wenn er einen Tag am Forum Romanum verbrachte, dann war das unverdächtig. Und wenn er irgendwann verschwand, würde Morten ihn im Kolosseum nicht suchen. Er musste sie sehen! Seit ihrem Ausflug nach Tivoli hatten sie nicht mehr miteinander gesprochen – wenn man von den wenigen Worten auf dem Fest in der Villa Schultheiß absah, bevor er überstürzt davongelaufen war. Tivoli war mehr gewesen als ein kameradschaftlicher Ausflug. In manchen Momenten spürte er in seiner Handfläche jetzt noch ihre Hand, die er gehalten hatte, als sie inmitten des Wasserrauschens aus dem Tal aufgestiegen waren. Beide hatten sie gespürt, dass etwas zwischen ihnen war. Deshalb hatte Clara abends vom Verlust ihres Verlobten erzählt. Und deshalb hatte er die Pflicht, zu ihr zu gehen. Genau, wie sie zu Georg gegangen war.

Als Franz durch einen der mächtigen gemauerten Bögen ins Kolosseum kam, sah er sie gleich: ein hellblauer Farbtupfer im schattigen Teil eines der oberen Rundgänge. Sie trug ihren Sonnenhut, der ihre Augen beim Zeichnen gegen den blendenden Himmel abschirmte, und saß in aufrechter Haltung vor einem Zeichenblatt, das sie entspannt auf ihrem Schoß hielt. Als er zu ihr hinaufstieg, bemerkte sie ihn und lächelte ihm entgegen.

»Guten Tag, Clara.«

»Guten Tag, Cornelius.«

»Darf ich?« Er wies auf den verwitterten Stein neben ihr.

»Du hast die freie Platzwahl«, lächelte sie und wies mit ihrem Bleistift in die Runde des Amphitheaters.

Franz blickte prüfend herum. Dann sagte er: »Ich denke, der Platz zu Ihrer Rechten scheint mir der beste, meine Dame.«

»Das trifft sich, denn den hatte ich für Sie reserviert, mein Herr.«

Als er sich setzte, betrachtete er ihre halb fertige Zeichnung, auf der sie mit wenigen Strichen Hell und Dunkel getrennt hatte. Franz nickte beeindruckt. »Man spürt nach den wenigen Strichen schon das gewaltige Rund.«

Clara seufzte. »Ich weiß nicht … Wohl eher das gewaltige *Schief*.«

Sie lachten verlegen.

»Vielen Dank für deine Zeichnung in der Freundschaftsmappe.«

»Ich hatte gehofft, du verstehst die Einladung.«

Franz blickte sie überrascht an. »Die Einladung? Und ich kam mir besonders schlau vor!«

»Dann hat sie ihren Zweck ja erfüllt.«

Clara legte ihr Zeichenbrett beiseite. »Ich wollte dir sagen, wie leid es mir tut, dass du durch diese unselige Anschuldigung dein Stipendium verloren hast.«

Franz lächelte. »Es hätte schlimmer kommen können.«

»Wenn du Hilfe brauchst, sag es mir bitte.«

»Hilfe? Aber du hast doch selber kaum genug zum Leben!«

Sie zuckte mit der Schulter und lächelte. »Ach, weißt du, ich sage immer: Wo es für einen nicht reicht, reicht es auch nicht für zwei.«

»Ich danke dir, Clara. Aber du weißt ... Ich kann das natürlich nicht annehmen ...«

»Ich habe noch oft an Tivoli gedacht ...« Sie blickte ihn an und schaute dann nach unten in die Arena, wo gerade eine Klasse violett leuchtender Seminarschüler in Zweierreihen der schwarzen Soutane ihres Lehrers folgte. »Schau nur der schöne Farbkontrast!«, sagte sie, um von der Befangenheit seines Schweigens abzulenken. »Das will ich mir merken!« Sie nahm ihr Zeichenbrett, skizzierte kurz die Doppelreihe der Schüler und schrieb daneben *Violett auf Ocker*.

»Clara ...« Nie war Franz etwas so schwergefallen wie das, was er jetzt tun musste. »Tivoli ...«

Jetzt sah sie ihn auch noch an!

»Ich weiß, dass wir beide etwas gespürt haben ...«

Die violett strahlenden Schüler traten nacheinander an das große Kreuz in der Mitte der sandigen Arena heran und küssten es.

»Clara, ich muss dir sagen ... Es darf nicht sein.«

Franz hatte niemals erlebt, dass Clara ein Unglück, ein Missgeschick, irgendeine Unbill oder Not nicht in wenigen Augenblicken in einen hoffnungsvollen Gedanken verwandelte, den sie im besten Mute auch gleich aussprach.

Doch jetzt schwieg sie.

»Es tut mir leid, Clara. Wir ... können uns nicht wiedersehen.«

»So ...« Sie blickte in die andere Richtung. Franz sah nur die Linie ihres Halses und ihr Ohr. Ihr Gesicht wandte sie von ihm ab. »Dann ... war es wohl ein Missverständnis ...«

»Clara ... Ich werde dir alles erklären ... bald ...«

Plötzlich sprang sie auf. Immer noch verbarg sie ihr Gesicht, als sie sagte: »Entschuldige, hier draußen ist's zu heiß.«

Auch er sprang auf. »Darf ich dich begleiten? Ich bringe dich nach Hause.«

»Nein«, erwiderte sie. »Lieber nicht ...«

Und damit nahm sie ihre Tasche und lief zum nächsten Treppenabgang. Kurz darauf sah er sie unten in der Arena erscheinen.

Hellblau auf Ocker.

Erst als die dunklen, halb zerfallenen Rundbögen sie verschluckt hatten, bemerkte Franz, dass sie ihr Zeichenbrett mit der Skizze vergessen hatte. Vor dem Kolosseum begegnete er dem Dessauer Tischbein, der den Konstantinsbogen aquarellierte. Franz gab ihm das Brett mit der Zeichnung und bat ihn, es später bei Fräulein Seidler abzugeben.

*

Als Franz zu Hause ankam, fand er zu seiner Überraschung den jungen Franz Horny im Schatten des Gartentors stehen. Das Gartentor des Palazzo Zuccari war wie ein wütendes Monstrum gestaltet, dessen weit aufgerissenes Maul durch die Gartentür verschlossen wurde. Franz Horny sah also aus, als ob er gerade verschlungen würde. Wenn Franz ihn nicht angesprochen hätte, dann hätte Horny ihn übersehen, denn er stand mit geschlossenen Augen an die Wand gelehnt.

»Franz Horny! Was tust du da?«

»Oh, Cornelius ... Ich habe auf dich gewartet.«

»Hier unten? Warum wartest du nicht in der Wohnung?« Er sah, dass der junge Mann vom Fieber befallen war. Es war noch nicht schlimm, aber an den Augen war ihm die Krankheit schon deutlich abzulesen, und der Schweiß stand ihm auf der Stirn.

»Ich wollte nicht ... unhöflich sein.«

»Du gehörst ins Bett!«

»Ja, ich sollte heute früh schon in die Berge fahren. Rumohr hat mich in sein Landhaus eingeladen, seine Wirtin will mich pflegen ... Aber ich habe noch auf dich gewartet ... – falls ich nicht wiederkomme ...«

»Franz! Natürlich kommst du wieder!«

»Ich muss mein Gewissen erleichtern, Cornelius.« Obwohl er schwankte, schien es ihm wichtig zu sein, auf den eigenen Beinen zu stehen und nicht an der Wand zu lehnen. Er blickte ihn aus seinen fiebrigen Augen an. »Es ist meine Schuld, Cornelius. Ich habe Aura Kauffmann erzählt ... von deinen Treffen mit Francesco ... von Georgs Wut auf dich. Aber mehr habe ich nicht gesagt. Mehr nicht! Und ich wusste doch nicht, was daraus wird! Und jetzt hast du dein Stipendium verloren, und Georg seine Anstellung. Es tut mir so leid, Cornelius.«

»Ich verstehe nicht, Franz.«

»Aura hatte mich gebeten, ihr von dir zu erzählen. Alles. Was ich beobachte. Ich habe nicht begriffen, dass sie wütend auf dich war wegen eurer ... Ich war so dumm! Verzeihst du mir, Cornelius?«

Jetzt begriff Franz, welchen verschlungenen Weg die Gerüchte genommen hatten, um von einer unschuldigen Beobachtung zu einer bösartigen Waffe zu werden. Von Horny über Aura zu Rumohr bis hin zu Häffelin. Jeder hatte seines dazu getan.

»Franz, natürlich verzeihe ich dir. Ach was! Es gibt nichts zu verzeihen. Du hast dir nichts vorzuwerfen. Du am allerwenigsten! Geh und werde gesund, die Luft in den Bergen wird dir guttun! In ein paar Wochen bist du wiederhergestellt. Dann werden wir noch manches Glas Wein zusammen trinken und über die alte Geschichte lachen!«

»Ich danke dir, Cornelius. Du bist ein guter Mensch!«

»Wo wartet deine Kutsche? Ich bringe dich hin.«

*

Georg konnte nicht mehr arbeiten. Das Fieber lag schwer auf all seinen Gliedern, es brannte in ihm und machte jede Bewegung zur Qual. Aber auch wenn er nicht mehr malen konnte – schreiben musste er. Auf dem Schoß, im Bette sitzend. Mit dem Bleistift kritzelte er die Worte auf ein Papier, das schon feucht war von seinen schweißnassen Händen und den zitternden Beinen. Aber der Brief musste geschrieben werden. Jetzt, sofort, bevor es zu spät war.

Seit der junge Franz Horny bei ihm gewesen war und sein Gewissen erleichtert hatte, wusste er, was zu tun war. Horny hatte ihm von den Anschuldigungen erzählt gegen Cornelius, gegen Francesco, gegen ihn. Georg begriff jetzt, warum seine Anstellung in Dresden geplatzt war. Er war ein Opfer dieser bösartigen Gerüchte geworden. Er begriff, dass es ein Wahn war, das Schicksal beherrschen zu wollen. Durch noch mehr Arbeit, durch noch mehr Fleiß. Am Ende strauchelte man über einen bösen Witz.

Auch Cornelius – *Franz!* – kämpfte. Genau wie er. Sie kämpften auf der gleichen Seite. Gemeinsam sollten sie kämpfen! Franz hatte doch auch nur Gutes gewollt. Hatte dem Schicksal mit dessen bösen Witzen auch nur etwas abtrotzen wollen.

Durch sein eigenes Unglück urteilte er über den Freund sehr viel milder und verständnisvoller. Und stimmte es nicht? Kannte er nicht das Herz des Freundes, und war es nicht gleichgültig, ob der Mann, der ihm so viel gegeben hatte und ihm so viel bedeutete, Cornelius hieß oder Franz?

Wie viel verbundener fühlte er sich doch eigentlich diesem

Franz Wercker, der sich aus widrigsten Umständen hierhergekämpft hatte, niemandem ein Leid zugefügt hatte und immerhin einen bitteren Preis für seinen Betrug bezahlte. Wie viel näher als einem Cornelius aus gutem Hause, mit seinem Glück vorne und hinten, mit den hehren Worten, in denen er den bayerischen König besungen hatte.

War es mit diesem Cornelius nicht immer nur ein *trotzdem* gewesen? Er hatte sich diesem Cornelius verbunden gefühlt *trotz* alldem. Hatte er nicht immer gedacht, ein Wunder, dass sie beide ein und dieselbe Sprache sprachen und ein und dieselben Gefühle im Herzen trugen, obwohl der eine sonntags Fleisch gegessen hatte, der andere aber immer nur hartes Brot? Aber es war kein Wunder. Aus demselben Stall stammten sie. Sie waren beide mit hartem Brot aufgewachsen – und sonntags manches Mal auch ohne. Wachgerüttelt hatte ihn der Freund mit seinem Roman. Und da war er doch am meisten Franz gewesen! Nur hatte er den eigenen Namen nicht darauf schreiben dürfen!

Georg quälte sich mit Selbstvorwürfen: Wie eigensinnig war er gewesen! Wie egoistisch! Wie selbstversessen! Hatte nur die eigene Not gesehen, nicht aber die Not des Freundes. Franz hatte ihn gebraucht, und er war nicht da gewesen. Der Freund hatte nach seiner Hand gegriffen, und er hatte sie zurückgezogen. Und jetzt kam ausgerechnet der junge Horny, nahm alle Schuld für die Intrige auf sich, in der er doch selbst nur benutzt worden war, und lehrte ihn, was es hieß, Mensch zu sein und zu seinem Gewissen zu stehen und sich zu entschuldigen! Aber das sollte sich ändern: Er war fest entschlossen, Cornelius – *Franz!* – zu helfen, seinen bitteren Preis abzuzahlen. Wenn nur dieses verfluchte Fieber nicht wäre! Er kam ja noch nicht einmal auf die Beine! Wie sollte er den Weg zu Franz schaffen? Also ein Brief. Schwer genug mit den entzündeten Augen. Ein Brief der Entschuldigung, eine Einladung. Franz musste zu ihm kommen, und bald würde alles gut werden.

Franz, schrieb er. *Franz – Noch fällt es mir schwer, diesen Namen zu nennen, doch will ich mich daran gewöhnen. Ich bitte Dich, komm her, wir müssen reden, Dein Freund Georg*

*

Isolde starrte ungläubig auf das schmutzige Blatt, das der widerwärtige Junge abgegeben hatte.

Franz!

Er schrieb *Franz*!

Georg Reichhard wusste alles. Franz hatte ihm alles verraten. Franz war ein Verräter.

*

Georg wachte im Dunkeln auf. Er hatte trotz des Fiebers tief geschlafen. Alles würde gut werden. Was sollte er in Sachsen am Königshof? Franz war nie begeistert gewesen von der Idee, den Nichten des Königs das Zeichnen beizubringen. Anstatt die eigene Kunst voranzutreiben. Warum hatte er nicht gleich auf Franz gehört? Jetzt gewöhnte er sich sogar schon an den Namen. Georg tastete nach dem kalten Tee, den ihm die Wirtin gebracht hatte, doch seine zittrigen Finger warfen den Krug um.

Kam er da nicht schon die Treppe herauf? War das sein Schritt? Doch als die Tür sich öffnete, schwebten Röcke herein. Ein schwarzer Rock, ein grauer Rock. Es wurde Licht, trübe, kaum erhellend, und da stand sie vor ihm. Die Schwester. Sie war nicht die Schwester! Wer war sie? Warum gab sie sich als Schwester aus? Franz hatte nicht von ihr erzählt. Noch nicht. Isolde. Hieß sie Isolde? Sie war ihm unheimlich gewesen, immer schon, vom ersten Moment an. Schlimmer noch die andere, die Dienerin. Ihn schauderte in ihrer Nähe. War das das Fieber? Verfluchtes Fieber!

Georgs brennende Augen sahen nur durch trübe Schleier. Die sich für die Schwester ausgegeben hatte, presste sich ein

Taschentuch vor Mund und Nase, als sie sich über ihn beugte. Dann schwang ihr Rock weg von ihm, zum Fenster. Der graue Rock der anderen schwebte herüber. Sie füllte etwas in seinen Becher. Sie hatten Wasser mitgebracht. Medizin! Franz hatte sie geschickt zu helfen! Wo war Franz? Kam er auch?

»*Fr…nz…*« Sein Mund war zu trocken zum Sprechen. Die Dienerin setzte sich zu ihm, richtete ihre kalten Augen auf ihn. Sie umfasste seinen steifen Nacken, half ihm auf und setzte den Becher an seine Lippen. Endlich trinken. Bitter schmeckte das Wasser und tat so gut. Behutsam ließ sie seinen Kopf wieder aufs nasse Kissen sinken. Ein quecksilbriges Strahlen erhellte ihren Blick. Sie ließ die Augen nicht von den seinen, ein Schauder durchlief ihren Körper und ein Keuchen entfuhr ihr, als er seinen Atem aushauchte.

Georg sah schon nicht mehr, wie ein schwarzes Kleid und ein graues Kleid umeinander zur Tür tanzten und aus dem Zimmer schwebten.

XII

Franz saß bei Georg. Er ließ es sich nicht nehmen, den Leichnam des Freundes zu waschen und ihm ein reines Hemd für seinen letzten Weg anzuziehen. Die Gefährten kamen, um Abschied zu nehmen, und gingen wieder. Doch Franz blieb. Den ganzen Tag über saß er an Georgs Bett.

Es war Mitternacht, als der Fackelzug mit dem aufgebahrten Leichnam zum Stadttor hinauszog. Unbedeckt lag Georg auf dem Tuch der Bahre, als sollte er sich ein letztes Mal vom herrlichen Sternenhimmel verabschieden, bevor er auf ewig in die enge Grube musste. Zwölf der Künstlerkameraden trugen ihn. Als Letzter, neben Georgs kühlem Haupt, aus dem die unselige Hitze des Fiebers gewichen war, schritt Franz. Das Gewicht der Bahre, das anfangs so leicht gewesen war, als wäre mit Georgs Seele sein bester Teil zum Himmel aufgestiegen, wurde mit jedem Schritt schwerer. Franz ging den schwersten Gang seines Lebens.

Hoch ragte die mondbeschienene Pyramide in den schwarzen Himmel. Der Schein der Fackeln huschte über Grabsteine, Zypressen und Gebüsch. Groß war die Menge, die um das geschaufelte Grab stand, als Georg von der Bahre in den Sarg gelegt wurde. Ein letztes Mal umfasste Franz die Schultern des Freundes. Zum letzten Mal wurde er von ihm getrennt, als der Kasten kratzend und holprig in die Erde hinabgesenkt wurde. Anstelle eines protestantischen Pfarrers las Niebuhr im Schein einer Fackel aus der Lutherbibel und sprach das Gebet.

Dann Schweigen.

Als die Menge sich still verlief, steckten einige ihre Fackeln in die Erde, damit sie noch eine Weile für den Verstorbenen leuchteten.

Clara wartete auf Franz und wollte ihn mit sich führen, doch er musste bleiben. Lange noch kniete er alleine am Grab und konnte sich nicht trennen.

Er bemerkte nicht, dass ein anderer in der Nähe saß und auf ihn achtgab. Erst im Morgengrauen kam er zu Franz, um ihm zu zeigen, dass er nicht alleine war. Es war Lukas, der junge Priester. Franz bat ihn um die Beichte, obwohl er nicht katholischen Glaubens war, und während die Spitze der weißen Pyramide in den ersten Sonnenstrahlen erglühte, beichtete er alles.

*

Ruhelos streifte Franz durch Rom. Doch die Stadt war ihm abstoßend und widerwärtig geworden. Alles war ein einziges Gräberfeld. Bettler und Arme, Kranke und Verworfene hatten sich einst hereingeschlichen, um die verrottenden Winkel und Ritzen zu besetzen und ihre zähe Brut zu vermehren. Alles war Ruine und Verfall. Was hatte er an dieser Stadt gefunden? Was fanden all diese in Rom, die hierher pilgerten auf der Suche nach etwas, das es nicht gab? Alle legten doch auf dieses Trümmerfeld nur das Leichentuch ihrer eigenen Sehnsüchte. Die dogmatischen und harten Nazarener fanden hier Raum für ihre religiösen Schwärmereien und ihren naiven Glauben. Die Klassizisten belogen sich mit einer reinen und klaren Antike, die es nie gegeben hatte, denn die Wahrheit war grausam, waffenstarrend und herzlos gewesen. Und die Romantiker? Hohl und bodenlos waren die Abgründe ihrer sinnlosen Ichsucht. Alle glaubten an etwas, das es nicht gab – im Grunde gab es überhaupt nichts außer einem Haufen Trümmer, halb versunken in Erde unter schwüler, fiebriger Luft. Rom war nichts weiter als eine leere Leinwand, auf der jeder etwas anderes sah. Jeder fand in der Ewigen Stadt, was er suchte, weil hier nichts war. Nichts. Nur böse Luft. Rom widerte ihn an.

Ganze Nächte irrte Franz ziellos durch die Stadt. Er fand keine Ruhe. Auch tagsüber nicht, wenn er sich in seinem Zimmer einschloss und trotz der Hitze zu schlafen versuchte.

Isolde spürte, dass er verloren ging. Dass der Boden, auf dem er stand, ins Rutschen geraten war. Es musste etwas geschehen, damit er sie nicht mit sich in die Tiefe riss. Noch am selben Abend also stellte sie ihn an der Wohnungstür, gerade als er ausgehen wollte.

»Reiß dich zusammen, Franz Wercker!«, mahnte sie ihn bedrohlich.

Er wandte sich in aller Ruhe zu ihr um. »Wozu noch? Wie willst du mir Angst machen? Ich bin nicht mehr zu retten. Womit kannst du mir noch drohen?«

Sie musterte ihn angewidert von oben bis unten. Sie registrierte seinen matten Blick, seine gebeugte Haltung, seine vernachlässigte Kleidung. »Recht hast du.« Sie nickte. »An dir ist nichts mehr, was noch zu zerstören wäre. An dir nicht …«

Jetzt war er doch aufmerksam. »Aber euer Rom! Das kann ich zertreten.«

»Rom zertreten? Es ist ja ohnehin alles in Schutt. Das haben vor dir schon Erdbeben, Vandalen und deutsche Landsknechte besorgt.«

»Was interessieren mich die Ruinen. Ich rede von *eurem* Rom. Eurer Haltung, eurem Blick, eurer Vision – von dem Nebel, in den ihr alles gehüllt habt. Eurem Vertrauen, eurem Gemeinsinn, eurer Zuversicht und Hoffnung, euren schwankenden Gewissheiten, eurer Schwärmerei – hindere mich, ein Teil davon zu werden, und ich richte das alles zugrunde. Wie leicht es wäre! Ein wenig Argwohn bei einem, etwas Neid bei einem anderen, ein Gran Missgunst, ein kleines Vorurteil – und was bleibt, sind Überdruss, Arglist, Schadenfreude und Verbitterung.«

Franz stieß voller Abscheu Luft aus. »Zu spät«, raunte er nur. »Zu spät …«

Er floh aus der erstickenden Wohnung und irrte die ganze Nacht durch die Gassen. Er floh, ohne zu wissen, wovor und wohin. In der Stunde vor Morgengrauen gelangte er an den Trevi-Brunnen, als er vor dem weißen Marmor etwas seltsames Schwarzes sah: Mitten im flachen Wasser stand ein Rappe und soff. Auf dem Pferd saß ein Mann und schlief. Er trug keinen Hut und hielt eine leere Flasche in der Hand. Der Mann hatte schwarzes, glänzendes Haar wie sein Pferd und schien von ähnlich edlem Geblüt, obwohl seine zusammengesunkene Haltung mit dem Kinn auf der Brust eher von zu viel Alkohol sprach. Als ihn der Rappe sah, hob er den Kopf, tat einen Schritt, und der schlafende Mann sank langsam aus dem Gleichgewicht. Er rutschte seitlich an seinem Pferd hinunter und schlug im Wasser auf. Sein Fuß aber blieb im Steigbügel hängen. Dadurch geriet sein Kopf unter Wasser, und nach wenigen Sekunden begann er, spritzend um sich zu schlagen. Für einen Moment gelang es ihm, das Gesicht an die Luft zu bringen, er prustete und verschwand wieder unter der Oberfläche. Wann immer er versuchte, den Arm aufzustützen, um sich hochzustemmen, tat das gleichmütige Pferd in aller Unschuld einen Schritt, und der Kopf des Mannes versank aufs Neue. Das wilde Aufbäumen der marmornen barocken Pferde stand im komischsten Gegensatz zur Gelassenheit des Rappen. Doch Franz erkannte, dass es nicht lange dauern würde, bis der Mann im flachen Wasser des städtischen Brunnens ertrinken würde, während Oceanus unter seinem Triumphbogen mitleidlos auf ihn herabsah. Er rannte zum Brunnen, watete zu dem verzweifelt um sich Schlagenden und packte ihn an den Schultern, wobei er einen derben Hieb aufs Auge einsteckte. Als der junge Mann merkte, dass ihm geholfen wurde, krallte er sich an Franz' Rock fest. Er prustete und hustete krampfhaft Brunnenwasser aus.

Eine Weile später saßen die beiden tropfnass auf den flachen Steinrängen des Brunnens. Als der Dunkelhaarige wieder in der Lage war zu sprechen, bedankte er sich bei ihm. Jedenfalls schienen seine Worte so etwas wie ein Dank zu sein, denn sie wurden, dem Klang nach, auf Russisch gesprochen. Franz erklärte ihm, dass er kein Russisch verstehe.

»Ein Deutscher!«, rief der andere begeistert auf Deutsch. Er hatte eine tiefe, wohlklingende Stimme und schien sich, obwohl er gerade erst dem Tode entronnen war, wieder bester Stimmung zu erfreuen. »Ich verdanke dir mein Leben, Kamerad«, lachte er. »Und vor allem meinen Ruf! Den Tod fürchte ich nicht. Schon mehr als einmal hatte er mich am Schopf. Aber in einem Zierbecken zu ersaufen, in dem eine Katze stehen kann – das hätte mich auf ewig lächerlich gemacht. Noch die Kinder meiner Kinder wären verspottet worden!« Bei der Vorstellung begannen sie beide zu lachen. »Eine Katze! – Und kriegt ...« Er lachte. »... kaum ... einen nassen Bauch!«

Sie lachten und konnten überhaupt nicht mehr aufhören zu lachen. Franz' Magen verkrampfte sich, das Gelächter wandelte sich in eine Besessenheit, die ihn ängstigte, weil er ihr nicht Herr werden konnte. Sie kicherten und prusteten. Bis der Russe aufstand und zurück in den Brunnen stieg. Er watete zu der Flasche, die auf dem Wasser trieb, fischte sie heraus – sie war halb voll – und trank einen Schluck, den er sofort wieder ausspuckte. »Wasser!« Er schüttete sie aus, nahm das Pferd am Zügel und führte es aufs Trockene.

»Wie heißt du, Kamerad?«

Franz sah ihn an und antwortete nicht.

»Hast du keinen Namen?«

»Ich will keinen mehr haben.«

Der andere nickte. »Gut. Mann ohne Namen. Ich bin Rubinov. Aleksander Rubinov.«

Franz sah ihn erstaunt an. Jetzt erst erkannte er den jungen Russen, den er gelegentlich auf dem Corso in einer Kalesche an der Seite der einen oder anderen schönen Frau gesehen hatte. Es war die Schönheit dieser Frauen gewesen, die die Blicke auf sich zog, weshalb Rubinov im Hintergrund blieb wie ein Weinstock, an dem nur die Trauben glänzen. Sein Name aber war ihm durchaus ein Begriff.

Er war etwa vor einem Monat in Rom angekommen, und sein Auftauchen glich einer Erscheinung. Er fuhr in den ruhigen Gang des Sommers wie ein Blitz. Mit Kunst hatte er nichts zu schaffen. Im Grunde war es ein Rätsel, warum er sich für sein Treiben ausgerechnet Rom ausgesucht hatte. Nach Paris hätte er gepasst im Winter. Nach Baden-Baden im Sommer. Vielleicht nach London, wo es eine umtriebige russische Gemeinde gab, oder schließlich, wenn es schon der Süden sein musste, Mailand mit seinen Pferderennen, Venedig mit seinen Festen, Neapel mit seiner berühmten Oper. Aber ausgerechnet das weltvergessene Rom? Die schlafende Königin? Vielleicht mied er die mondänen Städte und Bäder mit ihren russischen Salons, wo er nur einer unter vielen wäre – wenn auch einer der wildesten. Vielleicht suchte er gerade eine Stadt, in der er der eine war: der Russe. Es gab natürlich ein versprengtes Häuflein weiterer Russen, den Gesandten mit seiner bleichen und knochigen Gemahlin, die die Sonne nicht vertrug und ihren *palazzo* kaum jemals verließ, eine Handvoll Kaufleute, die gelegentlich auf den abendlichen Gesellschaften auftauchten, um ihre Beziehungen zu pflegen, und tatsächlich auch drei Künstler, die sich allerdings nicht einmal untereinander grün waren und zurückgezogen an ihren freudlosen Werken schafften. Nur schemenhaft tauchte einer von ihnen, schwarz und spitzbärtig, in einem Winkel der Vatikanischen Museen auf, skizzierte schweigend und verbissen einen Torso und verschwand wieder. Doch im gesellschaftlichen Leben der Stadt bemerkte man sie nicht. Es war, als ob die Orthodoxie von der Übermacht des Katholischen erdrückt ein nächtliches Schattendasein führte. Regeren Austausch mit Russland gab es wohl im *ghetto*, wo die Beziehungen – geschäftlicher sowie familiärer Natur – vielfältig waren. Doch auch das war in der übrigen Stadt natürlich nicht zu bemerken. Erst recht nicht mehr, wenn abends die Tore des jüdischen Viertels geschlossen wurden.

Aber dann erschien eben Rubinov. Er war jung, er war reich, und er war unverheiratet. Der würdige *palazzo*, den er bezog, wandelte sich zu einem Ort lautstarker Männergesellschaften. Während das übrige Rom längst schlief, wurden hier die Glocken zu Ave Maria überhört. Die Kerzen brannten in den ersten Sonnenstrahlen aus, Musik und Gesang erfüllten den Park, und mehr als einmal wurde der neue Bewohner behördlicherseits ermahnt, die gottgegebene nächtliche Ruhe zu respektieren. Was ihn jedoch nicht im Geringsten scherte. Auch weiterhin torkelten im Morgengrauen Betrunkene aus seinem Tor oder wurden von seinem Kutscher nach Hause gefahren.

Und wenn man zunächst noch glaubte, er werde bald weiterziehen, weil ihn die unbequeme Stadt schnell langweile, so wurde diese Hoffnung getäuscht. Es stellte sich heraus, dass er Rom liebte, auch wenn ihm nicht die Möglichkeiten zu Gebote standen, es zu malen oder in Gedichten zu besingen. Wenn man so will, ließ er die Klassik auf seine Weise aufleben: in Form von Saturnalien. Tatsächlich kam bald ein Witzbold auf die Idee, allabendlich einen *rex bibendi* zu küren, wie es im alten Rom beim Fest des Jupiter üblich gewesen war. Die Gäste an diesen Abenden waren junge Kavaliere, die sich auf Europatournee befanden und froh waren, in Rom nun doch das gleiche Amüsement zu finden wie an den anderen Stationen ihrer Reise. Und wenn bei diesen Männerabenden Frauen mitfeierten, so waren sie jung und keineswegs Damen der Gesellschaft.

Die deutschen Künstler nahmen das Treiben aus der Ferne zur Kenntnis. Auch sie feierten und tranken gerne, doch immer maßvoll, und mit jedem Becher Wein tranken sie auch schon einen Schluck Reue mit, weil man am nächsten Morgen wieder in stiller Disziplin über dem Zeichenbrett oder hinter der Staffelei arbeiten würde. Ohnehin gab es ja zwischen den Künstlern, die zumeist sparsam und sorgfältig mit ihren Ausgaben umgehen mussten, und den sorgenfreien Kavalieren einen tiefen Graben.

»Komm mit, Kamerad. Du brauchst etwas Trockenes auf dem Leib.« Und da Franz nicht wusste, wohin, überstieg er den Graben. Der Russe und der Deutsche in ihren nassen Anzügen gingen zu Fuß durch die erwachende Stadt, und hinter ihnen her trottete der Rappe, der sie zusammengebracht hatte.

Die römische Familie, die Rubinovs prachtvolle Villa einst hatte erbauen lassen, konnte sicherlich gleich mehrere Päpste aufweisen. Als ein aufmerksamer Diener ihnen das Tor öffnete, kamen zwei Windhunde aus dem Schatten herbeigelaufen, die freudig um sie herumsprangen und von Rubinov herzlich begrüßt wurden. Im Inneren der Villa war es dunkel und angenehm kühl. Das klare Licht drang kaum durch die Fenster, und wenn doch ein Sonnenstrahl seinen Weg fand, wurde er gleich von schweren Stoffen, tiefen Polstern, nachgedunkelten Gemälden und venezianischen Teppichen geschluckt. Die Welt im Innern hatte mit der Welt draußen nicht viel gemeinsam. Selbst die Luft war eine andere. Es roch nach Rauch und nach süßen Duftwassern, es roch nach jungen Frauen und nach Absinth.

Franz fand in seinem Gästezimmer eine Vielzahl edler Anzüge, und kaum waren sie trocken gekleidet, bot Rubinov ihm mit schweren Augenlidern Vodka an. Von irgendwoher erschienen drei junge Frauen, von denen Rubinov lachend erklärte, dass auch sie keine Namen hätten. Eine von ihnen war blond wie der helle Tag, die langen Haare der zweiten glichen dem Rot des Sonnenuntergangs, und die dritte war nachtdunkel. Die Blonde träufelte sich aus einem Flacon eine Flüssigkeit in die Handfläche, die Rubinov aufleckte, und Franz – vom ungewohnten Vodka leichtmütig geworden – tat es ihm gleich, als die Schwarzhaarige ihm ebenfalls ihre offene Hand anbot. Die Tropfen schmeckten bitter und süß und betäubten angenehm die Zunge. Rubinovs müde Augen aber begannen sich zu beleben, sie wurden tief und leuchtend und hoffnungsvoll.

Es begann eine eigentümliche Zeit. Franz hätte nicht sagen können, wie viel Zeit, denn die Begriffe verschwammen und lösten sich auf. Die Welt in seinem Inneren hatte mit der Welt draußen nicht mehr viel gemein. Männer waren da, die lautstark lachten und sangen, da war der Duft der namenlosen Frauen, sie sprachen französisch, was er nicht verstand, und sie lachten glockenhell, womit sie ihn ansteckten. Musiker spielten russische und italienische Lieder, es wurde getanzt, und Gläser wurden klirrend an die Wand geworfen. Irgendwann tobte Franz mit den grauen Windhunden über den Rasen, war über ihnen, unter ihnen, ihre langen Zungen im Gesicht, und Rubinov lachte wohlklingend und umarmte ihn herzlich, weil seine Hunde den Namenlosen liebten.

Wenn sie getrunken hatten und die Handflächen der Frauen geküsst, wurde gespielt und gewettet. Bei einer rauschhaften späten Ausfahrt mit drei vollbesetzten Wagen über den langen Corso, die prächtigste und einzig gerade Straße Roms, lobte Rubinov einen Preis für denjenigen aus, der über die Deichsel nach vorne balancierte und einem der Pferde als Trophäe eine Strähne der Mähne abschnitt. Franz hatte nicht verstanden, was der Preis sein sollte, aber es war ihm gleichgültig. »Behalte deinen Preis!«, rief er Rubinov zu. »Aber wenn ich es tue, dann tust du es auch!« Er nahm das Messer, das Rubinov hochhielt, steckte es zwischen die Zähne und kletterte nach vorne. Rubinov aber trieb die Pferde an, bis sie in vollem Galopp über den Corso sprengten. Um diese Zeit waren kaum noch Wagen unterwegs, aber die Pferde mussten immer wieder Hindernissen ausweichen. Noch bevor Franz den Wagen losließ, merkte er, dass die Lederschuhe zu rutschig waren, riss sie sich von den Füßen und warf sie fort. Rubinov lachte begeistert. Mehrmals rutschte Franz ab, konnte sich aber sicher halten, bis er weit genug war, um sich aufs Pferd zu schwingen. Mit einem Schnitt hielt er eine schwarze Strähne in der Hand und schwenkte sie triumphierend über dem Kopf. Ohne seine Rückkehr abzuwarten, übergab Rubinov irgendwem die Zügel, warf seine Schuhe fort und kletterte Franz hinterher, bis sie beide nebeneinander barfuß auf den Pferden saßen.

Ein anderes Mal kletterten sie draußen in der *campagna* auf das große Aquädukt des Claudius. Es war nicht viel schwieriger, als eine Leiter hinaufzusteigen, doch die verrotteten Ziegel saßen locker, und die Bögen waren so hoch, dass ein Sturz den sicheren Tod bedeutet hätte. Als sie oben saßen, leuchteten Rubinovs Augen wach und lebendig. Sie genossen einen einzigartigen Ausblick – und stellten fest, dass sie nicht wieder hinunterklettern konnten. Es dauerte lange, bis Rubinovs Diener einen Weg gefunden hatte, Seile hinaufzuschaffen, an denen sie auf sicheren Boden rutschten.

Die Eskapaden der beiden sprachen sich schnell herum, und Isolde wusste bald, wo Franz steckte. Sie dachte, der Russe werde ihn nach ein paar Tagen wieder fortschicken, weil er das Vergnügen an dem langweiligen Dichter verlieren werde, aber das geschah nicht. Rubinov fand den größten Gefallen an seinem neuen Freund, der keinen Namen hatte und als Einziger vor nichts zurückschreckte. Er fand bald heraus, dass sein Gefährte Cornelius hieß, aber er nannte ihn auch weiterhin nicht bei diesem Namen. Er respektierte, dass der Dichter verzweifelt darum kämpfte, seinen Namen zu vergessen.

Rubinov brachte sogar die Idee auf, gemeinsam weiterzureisen. Rom begann ihn zu ermüden, und er spielte mit dem Gedanken aufzubrechen. Nach Paris oder London, vielleicht könne man auch einmal nach Prag gehen. Er bot Franz an, für die Kosten der Reise aufzukommen, man könne gemeinsam wohnen und sehen, ob anderswo nicht auch Spaß zu haben sei.

Franz horchte auf: War das die Rettung? Bot sich hier die Möglichkeit zu entkommen? Er könnte alles hinter sich lassen, niemand würde ihn finden, er könnte sogar einen neuen Namen annehmen.

Mit Rubinov nach Paris.

Nach London.

Irgendwohin.

Aber erst einmal Vodka! Und die duftende Handfläche seiner dunklen Freundin, die ihm in ihrer weichen Sprache Geschichten erzählte, die er nicht verstand.

Weil er also nicht zurückkam, fuhr Isolde zu ihm. Als Franz zur Mittagszeit der Besuch seiner Schwester gemeldet wurde, brauchte er einige Momente, um zu begreifen, wen der Diener meinte.

Schwester.

Wie absurd das klang.

Schwester.

Als er in den Salon kam, sah er ihr gleich an, dass sich etwas verändert hatte. Ihr Blick war immer verächtlich und voller Abscheu gewesen, aber jetzt spürte er unter ihrer Strenge zum ersten Mal so etwas wie Angst. Konnte das Angst sein? Eine menschliche Regung? Und wenn das tierhafte Lauern, mit dem sich ihre Augen in die Höhlen kauerten, wirklich Furcht war: War es dann ein Zeichen der Hoffnung? Oder der größten Gefahr?

Keiner von beiden begrüßte den anderen. Isolde sagte: »Es reicht. Ich habe dein lächerliches Benehmen lange genug geduldet. Du kommst jetzt mit.«

»Es geht mir hier gut.«

»Du untergräbst meinen Ruf.«

»Im Gegenteil. Gib mir noch eine Woche, und unser Ruf wird legendär!«

Sie kniff die Lippen zusammen. »Dieser Agent war wieder da.«

»Greifstein mit den karierten Hosen?«

»Von Greifstein.«

»Was wollte er?«

»Der Roman verkauft sich gut. Er verkauft sich blendend. Rumohr hat ihn in mehreren Zeitungen in der Luft zerrissen. Seither sind die Leute ganz wild darauf.«

Franz schüttelte fassungslos den Kopf. War das zu glauben?

»Der Agent hat einen Vorschuss auf einen zweiten gebracht. Doch er muss schnell geschrieben sein.«

Franz konnte nicht anders als zu lachen. »Vielleicht ...«, lachte er, »hätten wir den zweiten nicht verbrennen sollen!«

Isolde funkelte ihn wütend an. Sie wurde von einem krampfartigen Husten gepackt, den sie aber mit eisernem Willen unterdrückte. »Komm jetzt.«

Franz spürte die Versuchung, zurückzugehen, den Roman zu

schreiben, vielleicht einen weiteren und noch einen. Hatte er sich danach nicht immer gesehnt? Reichte ihm das Schicksal hier nicht die Hand? Er konnte sie ergreifen und die Träume seiner Jugend wahr werden lassen. Es könnte so leicht sein.

So leicht ...

Doch er sagte: »*Nein.*«

Sie zuckte zusammen, als ob er sie geohrfeigt hätte. Für einen kurzen Moment verlor sie die Beherrschung, und ihr Gesicht verwandelte sich in eine gorgonenhafte Grimasse. Franz glaubte beinahe, Schlangen um ihr Haupt sich winden zu sehen. Er sah, dass sie sein *Nein* als Erniedrigung empfand – ebenso, wie es ihn einen Triumph fühlen ließ. Und zum ersten Mal sah er in ihren Augen ein Glosen, das er nie zuvor gesehen hatte: glühende Mordgier.

Isolde hatte sich augenblicklich wieder unter Kontrolle, doch blieb in ihrem Blick eine äußerste Entschlossenheit zurück. Und er begriff, dass sie nun entschieden war, zum Äußersten zu gehen.

In diesem Moment kam Rubinov mit schwerem, müdem Blick die Treppe herab. Während er sich noch die Schleife über dem weißen Hemd zuband, fragte er mit seiner tiefen Stimme: »Wir haben Besuch? Möchtest du mich vorstellen, Dichter?«

Franz lachte nur noch schallend. »Der *Besuch* will gerade gehen. Aber wir haben etwas zu feiern!«

»Zu feiern!« Rubinovs Augen erwachten und begannen zu leuchten.

*

Es war die natürlichste Idee. Wenn man schon in Rom war, um sich zu amüsieren, was lag dann näher als ein Wagenrennen im Circus Maximus? Rubinov jedenfalls begeisterte sich hellauf für seinen Einfall. Er hatte bei einem Wagenbauer in der Nähe des Theaters des Marcellus zwei Huntington Gigs, leichte zweirädrige Wagen, die gewöhnlich von einem einzelnen Pferd gezogen werden, umbauen lassen. Man hatte die Gabel abgenommen und eine Deichsel so erweitert, dass man vier Pferde davorspannen konnte. Am Tag vor dem Rennen gingen sie zu dem Wagenmacher, um die fertigen Gigs zu inspizieren. Rubinov vergewisserte sich, dass alles solide verarbeitet war, und prüfte jede einzelne Verbindung. Er hatte den größten Respekt vor der Sache, er sagte mit leuchtenden Augen, es gebe auf der Welt sicher nichts Kraftvolleres als vier Pferde, die gemeinsam galoppierten. Die Pferde hatte er am Tag zuvor ausgesucht, sie würden mit den Wagen gebracht werden. Rubinov und Franz hatten besprochen, dass sie es im Morgengrauen tun wollten, wenn die Pferde am frischesten und noch keine Hirten auf der weitläufigen Wiese wären. Am Abend zuvor gingen sie in die Oper und freuten sich an den Römern, die ihre Sänger wie immer mit maßloser Begeisterung feierten. Für die Oper hatte Rubinov eigentlich nicht viel übrig, aber für den römischen *fanatismo*, mit dem das Publikum seine Sänger feierte, konnte er sich begeistern. Sie tranken die ganze Nacht, und das Laudanum tropfte unaufhörlich aus dem kleinen Fläschchen. Rubinov hatte einige Sängerinnen und Sänger aus der Oper eingeladen, und für die fürstlichen Trinkgelder, die er fließen ließ, sangen sie die ganze Nacht hindurch Couplets und italienische Volkslieder, die ebenso schön waren wie die russischen, aber leider nicht so traurig.

Noch vor Morgengrauen verließen Rubinov und Franz das Fest und fuhren zum Circus Maximus. Mit dem ersten Blauen des Himmels stiegen sie aus der Kutsche – und stießen beinahe mit Clara zusammen. Sie hatte ihren Malkoffer und ihre leichte Staffelei dabei, und man hätte kaum sagen können, wer von beiden verwirrter war: Franz oder sie.

»Clara …«, stammelte er.

»Cornelius …«

»Wie geht es dir?«

Sie antwortete nicht, und er hätte sich die Zunge abbeißen mögen wegen der dummen Frage.

Sie blickte über seine Schulter auf Rubinov, der schon zu den Pferden hinüberging, die gerade angespannt wurden.

Keiner von beiden wusste, was er sagen sollte.

»So früh schon …«, begannen sie dann gleichzeitig und verstummten wieder.

»Ja, wir … wollen die Wagen ausprobieren …«

»So …«

Franz wusste, dass sie den Vodka roch. »Und du?«

»Ich will noch einmal raus in die Berge, bevor ich …«

»Bevor du?«

»Santigliani hat mich nach Neapel eingeladen. Wir fahren morgen.«

»Neapel …«

»Ja …«

»Mit dem Conte …«

»Ja … Er will mir alles zeigen. Er ist sehr großzügig …«

»Großzügig. Ja, er ist immer großzügig …«

»Um ehrlich zu sein …« Clara zögerte. »… Ich muss weiter.«

»Was? Was wolltest du sagen?«

Sie holte tief Luft. »Er will mich heiraten. Er hat mir angeboten, dass ich weiter malen könnte. Er sagt, ich hätte alle Freiheiten.«

Der Vodka und die Tropfen benebelten Franz' Geist. Er begriff nur langsam, was sie ihm da sagte. Und er war völlig außerstande, etwas Sinnvolles darauf zu antworten. Er stammelte nur: »Das ist wundervoll …«

»Mein Stipendium läuft bald aus.«

»Dann könntest du in Rom bleiben.«

»Ja …«

Rubinov rief nach ihm: »Dichter! Komm!«

Franz sah in Claras Blick die Hoffnung, dass er etwas sagen möge. Aber er wusste nichts zu sagen. Es gab doch nichts mehr zu sagen.

»Also … Leb wohl, Cornelius …«

In seinem Kopf drehte sich alles. Nur kein Lebewohl! Er konnte sie doch so nicht gehen lassen!

Doch dort ging sie schon. Und ihm fiel kein Wort ein, mit dem er sie aufhalten könnte.

Kurz darauf saßen sie auf den gepolsterten Bänken ihrer Wagen. Die Weite des Circus Maximus schien endlos. Die Grasflächen rechts und links, die tagsüber gelb und strohig strahlten, waren in der Dämmerung noch dunkel vom Tau. Vor ihnen lag ein breiter heller Streifen fester Erde, auf der nachmittags die Kutschen und Pferde der Flaneure um das Oval zogen, um gesehen zu werden und um zu freundlichen Plaudereien von Wagen zu Wagen gelegentlich anzuhalten. Jetzt lag die Ebene völlig verlassen.

Die Pferde tänzelten unruhig im ungewohnten Geschirr und drängten sich gegenseitig zur Seite. Franz und Rubinov tranken noch einen letzten Schluck, dann schrie Rubinov auf, die Zügel klatschten auf die Pferderücken. Die Diener, die die Pferde gehalten hatten, sprangen beiseite.

Es war unglaublich! Mit nichts zu vergleichen, was Franz je erlebt hatte. Die Hufe donnerten auf den harten Boden, und die Kraft der Pferde verwandelte sich in maßlose Euphorie. Er war besorgt gewesen, weil er kein geübter Wagenlenker war. Selten hatte er Gelegenheit gehabt, ein Kutschpferd zu führen. Doch Rubinov hatte seine Befürchtungen abgetan. »Was willst du machen, Dichter? Wenn diese Pferde abgehen, machst du nichts mehr! Sie führen sich dann nur noch gegenseitig. Gebe Gott, dass sie sich nicht in die Irre führen!«

Und so tat Franz nichts anderes, als sich mit den Beinen gegen den Wagen zu stemmen, damit er nicht abgeworfen wurde. Rubinov fuhr von Anfang an vor ihm, und Franz hörte seine Schreie und sein wildes Gelächter. Als die erste Kehre näher kam, steigerte sich die Euphorie zu beglückender Panik. Was, wenn die Pferde geradeaus weiterliefen? Doch Rubinov gelang es, seine Tiere um die Kurve zu zwingen, und seine Pferde folgten ihnen blindlings. Auf der Geraden nahmen sie wieder volle

Fahrt auf, und ihr Galopp war atemberaubend. In der zweiten Kehre dann passierte es: Das innere Rad schlug gegen irgendein Hindernis, Franz wurde abgeworfen, flog, schlug hart auf, rollte und blieb liegen. Er spürte keinen Schmerz. Er lag auf dem Rücken und sah in das Morgenblau des Himmels. Bald hörte er Rubinovs Wagen. »Dichter! Dichter! Lebst du?« Zwei der Diener kamen herbeigelaufen, packten ihn und hoben ihn hoch. Wenn er verletzt gewesen wäre, dann hätten ihn die groben Kerle jetzt völlig auseinandergerissen. Doch er stand auf beiden Beinen, hob die Arme, sah die unversehrten Hände – und lachte. Auch Rubinov lachte erleichtert auf. »Du Teufelskerl! Du Sohn eines Teufels und einer Gorgone! Weiter! Steig wieder auf!«

Doch er konnte nicht wieder aufsteigen. Die übrigen Diener hatten die Pferde von den Lederriemen losgeschnitten, denn sie waren gestürzt und lagen in einem wilden Knäuel am Boden. Die Tiere sprangen panisch auf und galoppierten davon. Nur eines blieb liegen: Die zerbrochene Deichsel hatte sich tief in seine Flanke gebohrt. Das Pferd mühte sich mit weit aufgerissenen Augen, auf die Beine zu kommen, und spuckte helles Blut. Seine Hinterläufe zuckten sinnlos. Franz starrte entsetzt auf das verletzte Tier. Es war offensichtlich, dass hier nichts mehr zu schaffen war. Einer der Wagenbauer zog ein langes Messer aus einer Scheide, die er an einem Strick um seine Hüfte trug, und trat entschlossen auf das Pferd zu.

»Nein!«, rief Franz. Die Männer blickten ihn erstaunt an.

»Es muss sein, Dichter«, sagte Rubinov mit tiefer Stimme.

Franz hielt dem Mann mit dem Messer die offene Hand hin. Der gab ihm das Messer. Franz ging entschlossen um das Pferd und kniete sich hinter seinen Hals. Als er mit dem linken Arm den zitternden Kopf umfasste, stieß es ihn hart vor die Brust. Doch er ließ den Griff nicht locker. Er setzte das Messer am Hals an, er spürte, wie die Pferdehaut nachgab, und dann machte er einen tiefen Schnitt.

Clara konnte nicht in die Berge. Nicht nach der Begegnung am Circus Maximus. Wie hätte sie sich darauf konzentrieren können, eine paradiesische Landschaft in feine Linien und harmonische Flächen zu übersetzen? Sie hatte den letzten Tag vor ihrer Abreise genießen wollen, aber das schien ihr jetzt unvorstellbar. Die Begegnung mit Cornelius hatte sie aufgewühlt. Zu sehen, was aus ihm geworden war, seine Sprachlosigkeit, sein Versteckspiel, der Alkoholgeruch hatten ihr tief ins Herz geschnitten. Warum konnte das Leben nicht so sein wie die Kunst? Wie schwer es oft war, gegen die Widerwärtigkeiten des Lebens anzumalen. Damals, nach Geoffroys Tod, war es ihre einzige Rettung gewesen. Doch es gab Tage, da war nicht einmal das möglich.

Noch als sie in ihre Wohnung kam, standen ihr die Tränen in den Augen. Doch als sie die Tür hinter sich schloss, nahm sie einen gefährlichen Geruch wahr. Was war das? Aus dem Augenwinkel sah sie auf dem Boden eine formlose Masse, die in Regung geriet. Vor Schreck ließ sie ihren Malkoffer polternd auf den Holzboden fallen und schrie auf.

Morten! Der missgestaltete Kutscher! Eine grobe, behaarte Hand fuhr unter dem Wust seines Mantels hervor und reckte sich ihr beschwörend entgegen. »Bitte!«, rief er, und seine Stimme klang, als ob sein Inneres, seine Lunge, sein Mund mit der gelben Flüssigkeit angefüllt wären, die ihm aus dem Auge troff. Clara hörte ihn das erste Mal sprechen, und er klang noch ekelerregender, als er aussah.

Sie wollte schon zur Tür hinaus, um ihm zu entfliehen, doch noch einmal flehte er: *»Bitte!«* Er kniete auf dem Boden und schielte inbrünstig zu ihr auf. Er war nicht hier, um ihr etwas anzutun.

»Was willst du?«, fragte sie ihn.

Er bog den Kopf zu ihrer Staffelei, dann senkte er ihn beschämt zu Boden.

»Sprich«, sagte sie und bemühte sich, freundlich zu klingen. »Sag nur, was du willst.«

»Ein Bild …«, gurgelte er.

»Ein Bild? Du möchtest, dass ich dir ein Bild schenke?«

Er wiegte den Kopf verneinend und legte die Hand auf seine Brust. »Bild von Morten …« Wieder fiel sein Kopf beschämt herab.

Clara konnte es nicht fassen: Dieses erbarmungswürdige Wesen wünschte sich sein Portrait? Sie war tief gerührt. Unter diesem grotesken Äußeren, in diesem abstoßenden Haufen, verbarg sich ein *Mensch*!

Es klimperte, als er in einer Tasche seines Mantels wühlte. Er brachte ein paar Münzen zum Vorschein, die er ihr auf der offenen Hand hinhielt. Es waren antike römische Münzen. Er musste sie auf einem seiner einsamen Streifzüge gefunden haben. Und er hatte sie Stunde um Stunde poliert, denn das Relief glänzte silbern. Und auch seine kurzen, krummen Hände, bemerkte Clara, waren sauber gewaschen. Auf Knien kroch er näher und schüttete ihr die Münzen in die Hände. Doch er wagte immer noch nicht, sie anzuschauen. Sein Kopf wiegte verzweifelt umher. Clara erkannte, dass für ihn eine Welt zusammenbräche, wenn sie ihn jetzt fortschickte. Aber wie sollte sie – *könnte* sie – nach den ewigen Stunden im Gipssaal, um die idealen Proportionen zu studieren, nach all dem Bemühen um Ebenmaß und Schönheit – wie sollte sie dieses *Wesen* malen?

Ein kaum hörbares Wimmern entrang sich seiner Brust.

Clara atmete mehrmals tief ein.

»Setz dich dorthin«, sagte sie. »Ich werde dich malen – *Morten.*« Sie wies auf die alte Bank, und der menschliche Haufen setzte sich schwankend in Bewegung. Die Bank knarrte beängstigend, als er sich auf die vorderste Kante setzte. Sein Kopf hing tief herab, er wagte nicht aufzuschauen.

Clara suchte die Materialien zusammen, die sie brauchte. Sie war froh, dadurch Zeit zu gewinnen, um ihre Fassung wiederzufinden. Unter den Leinwänden, die sie für die Reise nach Neapel auf Keilrahmen gespannt hatte, fand sich eine, die die richtige Größe hatte. Einerseits nicht zu groß – denn sein Bildnis eignete sich nicht für ein repräsentatives, überlebensgroßes Format –, andererseits nicht zu klein, um ihm nicht seinen Wert als Individuum zu nehmen. Sie konnte sogar noch Farben nutzen, die sie bereits angerührt hatte. Vom Mantel der Madonna war tiefes Blau übrig, das zu teuer war, um es ungenutzt zu lassen. Als sie ihn betrachtete, wie er da auf der Bank hockte, krampfhaft bemüht, sich im Nichts zu verstecken, fand sie, dass das Blau als Hintergrund einen wirkungsvollen Kontrast ergab zu seinem Mantel und den rötlichen Haarsträhnen, die sie beschloss, gewissenhaft und ehrlich wiederzugeben.

Bevor sie sich an die Staffelei setzte, ging sie zu ihm. Als sie ihn berührte, zuckte er zusammen. »Du musst aufschauen, Morten. Ich will doch dein Gesicht sehen.« Sie umfasste behutsam seinen Kopf, und während seine Verkrampftheit sich langsam löste, brachte sie ihn in eine angemessene Haltung. »Geht es so?«

Seine Lippen bewegten sich zu einem lautlosen Ja.

»Du wirst jetzt stillhalten müssen.«

Und schon regte er sich nicht mehr.

Als sie zur Staffelei ging, fiel ihr Blick auf die kleine Vase mit den blauen Kornblumen, die auf dem Tisch stand. Sie zupfte eine der Blumen aus dem Sträußchen heraus und steckte sie Morten behutsam in ein Knopfloch seines Mantels. Er rührte sich nicht, doch sein Auge schielte neugierig nach unten.

»Nur eine kleine Kornblume. Ihr Blau wird die Farbe des Hintergrunds schön aufnehmen.«

Während sie vor der Leinwand seine unglaublichen Formen skizzierte, merkte sie, dass sie niemals ein Modell gezeichnet hatte, das so vollkommen reglos saß. Immer wieder überlegte sie, ob sie diese Beule oder jene Verwachsung wirklich so wiedergeben und nicht behutsam korrigieren sollte, doch sie widerstand der Versuchung. Ihr war klar, dass hier nur schonungslose Ehrlichkeit half. Nur durch Ehrlichkeit würde sie den Dargestellten ernst nehmen – und also nicht lächerlich machen und dem Gelächter preisgeben.

Im Verlauf der ungewöhnlichen Arbeit staunte Clara über sich selber: Selten zuvor hatte sie einen Gegenstand mit sicheren Strichen so charakteristisch getroffen. Sein Äußeres war nicht schwer zu zeichnen, weil es ohnehin unverwechselbar war. Aber seine widersprüchliche Haltung – formlos und zugleich kraftvoll, abstoßend und zugleich voller Würde, tierhaft und doch zutiefst Mensch – gelang ihr auf Anhieb. Es dauerte nicht lange, und sie konnte beginnen, erste Farben auf die Vorzeichnung zu bringen. Zuerst die deutlichen Kontraste: das Blau des Hintergrunds und der kleinen Kornblume; auf dem Mantel die orangegelben Höhen und die schmutzbraunen Schatten; auf dem Gesicht die helle Lichtseite und die düstere Schattenseite mit dem schwachen Gegenlicht, um die plastische Wirkung herauszuheben, die Glanzlichter des triefenden Auges, um eine lebendige Wirkung zu erzielen. Und nicht ein einziges Mal regte sich Morten das geringste bisschen.

Plötzlich ertönten polternde Schritte auf der Treppe, und die Tür wurde aufgerissen.

»Clara, entschuldige, ich muss …« Franz stand in der Tür. Morton fuhr herum, erkannte ihn, packte den Kragen seines Mantels und verbarg sein Gesicht.

Franz starrte fassungslos auf das Geschehen. »Was geht hier …«

»Cornelius!«

»Entschuldige, Clara, ich wollte nicht …«

In diesem Moment sprang Morten auf und stürzte auf ihn zu. Doch er griff ihn nicht an, sondern huschte aus dem Zimmer und verschwand, schwer und grob, wie er war, lautlos die Treppe hinab.

XIII

Franz war überrascht, dass ihm das Geständnis nicht schwerfiel. Auf einmal schien es ihm das Natürlichste der Welt, Clara gegenüber offen zu sein. Die Worte wollten heraus. Die Hoffnungen seiner Kindheit und wie sie in der Kiste und im Kerker erloschen. Die Flucht bis zum Gardasee, wo er alles beenden wollte. Die Begegnung mit Lohwaldt, die Verstrickung ihrer Schicksale unter Wasser. »Das Leben hätte anders entscheiden können, wer von uns dort unten bleibt und wer leben darf. Aber ich war es, der mit dem nassen Rock des Ertrunkenen in der Hand am Ufer saß. Der ins Boot gerufen wurde …«

Während er berichtete, sah er Clara an, dass sie ganz bei ihm und seiner Erzählung war. Sie saß mit ihm am Ufer des Sees und wurde gerufen. Und auch wenn sie erst zögerte, dem Ruf zu folgen, so stand sie doch auf und begleitete ihn zum Boot und über den See. »Und dann endlich Rom, Clara! Und in Rom als Erstes du. Wie freundlich mich die Stadt durch deine Hand begrüßt hat! Die Schar der Maler, die *Düchter*, Caroline von Humboldt, Lukas, der Priester, und zu allem noch Georg, der Freund … Ihr alle habt mich zu einem besseren Menschen gemacht. Und doch musste ich euch alle belügen.« Franz erzählte, wie ihm die Maskerade immer natürlicher und selbstverständlicher geworden war. Wie der neue Cornelius zu leben begann. Und er ließ nicht aus, über Aura zu sprechen. Über die Nächte mit ihr. »Auch sie hat mich zu einem besseren Menschen gemacht, und ich muss ihr ewig dankbar sein. Sie hat mich zu mir selbst zurückgeführt. Aber als ich aufrichtig sein wollte, habe ich zum ersten Mal gemerkt, wie schwer es ist, der Lüge zu entkommen. Die Grenze zwischen Lüge und Wahrheit ist keine sichtbare Linie, die man einfach überschreiten kann. Sie ist krumm und verdreht, ihre Windungen durchziehen die Herzen der Menschen wie feine galvanische Nerven. Und jede einzelne löst Schmerzen aus!«

Franz erzählte weiter, dass er sich also darauf besonnen habe, sein neues Leben zum Guten zu verwenden und ein Werk zu schaffen, das etwas zurückgab an die Menschen, die ihn so reich beschenkt hatten. Und gerade als er einen Weg gefunden hatte, wenigstens durch sein Werk ehrlich zu sein – »*Kam sie!*«. Er berichtete ausführlich von Isoldes Erpressung. Diesmal hatte er keine Angst, dass es klingen möge, als wollte er Mitleid wecken. Er wusste, dass Clara verstehen würde. Er wusste, dass sie spüren würde, dass er nichts mehr verbarg, nicht taktierte und nichts bewirken wollte.

Während er sprach, wurde sein Blick immer wieder angezogen von dem erschreckenden Portrait Mortens, das halb fertig auf ihrer Staffelei stand. Die Allegorie seiner Lüge. Die Veräußerung dessen, wie es in seinem Inneren aussah. Ausgesehen hatte! Denn nun würde alles anders werden. Er erklärte, dass Isolde nicht seine Komplizin war. Voller Entsetzen hörte Clara von dem grausigen Totschlag Auras in der Villa Schultheiß und wie Franz ihren Leichnam zum Tiber geschleppt hatte. Er berichtete vom Geständnis, das er Georg gemacht hatte. Dass er zu spät gekommen war, um den Freund noch einmal zu sprechen. Er erzählte von den Nächten bei Rubinov und von seinem aussichtslosen Drang, vor allem zu fliehen. Zuletzt schloss er mit ihrer Begegnung am Morgen, die alles verändert hatte. »Wieder warst du es, durch die mir das Leben die Hand gereicht hat. Wann immer ich Gutes empfangen habe, war es durch dich. Als ich keine Wohnung hatte. Wenn ich krank war. Als ich geschrieben habe. Als mein Roman in die Welt hinaus musste. So oft durch deine Zuversicht. Immer und immer allein durch deine Nähe! – Weißt du noch, Clara, als ich Angst hatte, zu Ludwig zu gehen? Ich stehe so tief in deiner Schuld.«

All das hörte Clara in Ruhe an, und als er schließlich schwieg, sagte sie: »Franz heißt du also …«

»Ja, das ist mein wahrer Name. Franz Wercker.«

»Was erwartest du jetzt, Franz Wercker?«

Er blickte sie erstaunt an. Es war die einfachste Frage der Welt. Aber er wusste nicht, was er darauf erwidern sollte. Deshalb sagte er: »Ich erwarte nichts. Ich wollte dir nur endlich die Wahrheit sagen.«

»Ich mache dir keine Vorwürfe. Ich verstehe vollkommen, was dich am Gardasee dazu gebracht hat, Cornelius Lohwaldt zu werden. Ich verstehe, dass eine Lüge zur anderen gekommen ist. Ich verstehe, dass du vorher nicht bedacht hast, was hier in Rom passieren wird. Dass es nicht nur eine schöne alte Stadt ist, in der man Dinge besichtigt. Dass die Lüge dir immer schwerer auf die Schultern drücken wird, weil hier Menschen sind, denen du nahekommst. Die dir etwas bedeuten – denen du etwas bedeutest.«

»Deshalb wollte ich dir die Wahrheit sagen.«

»Ich danke dir. Dafür hast du meinen tiefen Respekt.«

»Nur deinen Respekt?«

»Franz! Gib mir Zeit. Du lebst mit dieser … Frau zusammen. Ich dachte immer, du lebst mit deiner Schwester! Aber jetzt …«

»Ich werde nicht zu ihr zurückkehren.«

Doch Clara schüttelte den Kopf. Sie suchte nach den richtigen Worten: »Du bist mit einem Mal – ein anderer … So weit entfernt …«

»Nein, Clara, das bin ich nicht. Ich war gezwungen, mich zu verbergen. Aber jetzt kann ich mich dir endlich zeigen. Du wirst sehen, ich bin ganz bei dir. Vertrau mir!« Ihm war klar, wie unmöglich das klingen musste.

»Franz, weißt du, was du von mir verlangst? Du kommst her – bist selber ratlos, was werden soll, aber du verlangst von mir, dass ich … einfach so …« Sie machte eine unschlüssige Geste, deren Hilflosigkeit ihn kalt ans Herz griff. Wieder machte er sie so ratlos. Clara, die in der größten Not zuversichtlich war und das Gute sah. Er wollte ihr sagen, dass er sie liebte.

Denn wenn es eines gab, das er wusste, dann dies. Aber nach diesem Geständnis? »Es tut mir so leid, Clara.«

»Gib mir Zeit, Franz. Du bist Schritt für Schritt hineingeraten. Wir werden Schritt für Schritt wieder herausfinden.«

Wir!

Sie hat *wir* gesagt!

Es gab Hoffnung!

*

Er wusste nur einen Ort, an dem er warten konnte. Mit aller Macht zog es ihn dort hin: Georgs Grab. Clara hatte ihm den Strauß Kornblumen mitgegeben, als er ihr beim Abschied gesagt hatte, wohin er gehen wollte. Jetzt legte er ihn auf dem frischen Erdhügel ab, der sich noch unbegrünt aufwölbte, wo der Sarg darunter den Platz für sich beanspruchte. Es lastete schwer auf seiner Seele, dass er nicht mehr Gelegenheit gefunden hatte, sich mit Georg zu versöhnen. Doch er war sicher, dass es noch dazu gekommen wäre, wenn das Fieber sie nicht für immer getrennt hätte. Es tat gut, jetzt in seiner Nähe zu sein. Er ignorierte sogar den Hunger, der ihn nachmittags mehr und mehr bedrängte, denn er hatte ja seit dem Vortag nichts mehr gegessen.

Franz hatte mit Clara vereinbart, dass er am nächsten Morgen zur Kutsche kommen dürfe, um sich zu verabschieden. Die Reise wollte sie auf jeden Fall antreten, weil sie bei Santigliani im Wort stand und ihn, der immer gutherzig und ehrlich zu ihr gewesen war, nicht enttäuschen wollte. Als er sie allerdings gefragt hatte, wie sie mit Santiglianis Antrag umgehen werde, hatte sie geschwiegen. Sie hatte nicht gesagt, dass sie ihn ablehnen werde, sie hatte aber auch nicht gesagt, dass sie ihn annehmen werde. Franz war sicher: Wenn er ihr am kommenden Morgen in die Augen sah, dann wüsste er, was die Zukunft brachte. In diesem einen Moment wäre alles klar. Doch bis dahin waren es noch lange Stunden. Und die wollte er bei Georg verbringen.

Die Sonne war untergegangen, und in dem Auf und Ab der Pfade, zwischen den Bäumen und Gebüschen, hinter den neuen und verfallenen Grabmälern, wurden die Schatten lang und düster. Hinter der Cestius-Pyramide, deren weiße Spitze über die Blätter ragte, erklangen immer weniger Fuhrwerke und Reiter, die Straße wurde mit Einbruch der Dunkelheit menschenleer, der Friedhof still und schwarz. Alleine zwischen den krummen Gräbern, die im Spiel der Blätter und Schatten selber lebendig zu werden schienen, wurde Franz unheimlich zumute. Und dann regte sich tatsächlich etwas.

Sie hatten seinen teuren Anzug und seine glänzenden Schuhe gesehen, die er am Abend zuvor bei Rubinov für die Oper angezogen hatte. Sie dachten natürlich, dass er reich war, und sie wollten sein Geld. Von vier Seiten kamen sie. Franz konnte sie im Dunkeln kaum sehen, aber er erkannte, dass es üble Kerle waren. Als sie ihm ein Messer an den Hals hielten, beteuerte er, dass er kein Geld habe, deshalb packten sie ihn, rissen ihm den Rock vom Leibe und fanden tatsächlich nichts in seinen Taschen.

Auf dem Lande draußen hätten sie ihn vielleicht entführt, um von seinen Verwandten ein Lösegeld zu erpressen, doch hier an der Stadt wagten sie das nicht. Deshalb waren sie wütend. Sie hatten stundenlang gewartet, bis es dunkel wurde, und gingen nun leer aus. Sie rissen ihm auch die restlichen Kleider herunter, nahmen ihm die teuren Schuhe weg und hörten erst auf, ihn zu prügeln, als er sich nicht mehr rührte und nicht einmal mehr unter ihren Fußtritten stöhnte.

Als sie sich trollten, blieb Franz bewusstlos liegen. Kalter Tau senkte sich auf seinen blutig zerschlagenen nackten Körper.

*

Andrea di Santigliani saß in seinem Reisewagen und beobachtete Clara, die auf der Straße auf und ab ging.

»Nur noch einen Moment«, hatte sie eben gesagt. »Er wollte kommen, um sich zu verabschieden.«

Doch er kam nicht.

Der Kutscher war etwas vorgerollt, damit die Pferde im Schatten stünden, doch der Schatten hier war nicht groß genug für Pferde und Kutsche. Deshalb begann es unter dem schwarzen Verdeck heiß zu werden. Santigliani machte das nicht viel aus, er hatte im Laufe seines langen Lebens schon unter schlimmerer Hitze gelitten. Er wusste, es war eine Frage des Willens.

Eher litt er unter Claras Unruhe. Wie wichtig konnte ein Abschied sein, für eine Sommerreise, dass man so sehr in Aufruhr geriet? Er erinnerte sich an eigene Abschiede, die ihn genauso umgetrieben hatten. Misslungene Abschiede, die ihn lange noch verfolgt hatten. Deshalb wollte er Clara auf keinen Fall drängen.

Aber er kam nicht.

Eben war *Eccellenza Umbolde* da gewesen. Sie hatte Clara zwei Bücher für die Reise gebracht und die Adresse eines Bekannten, der ihr Eintritt in eine Gemäldesammlung verschaffen könne. Als ob er das nicht auch konnte. Sein Name hatte auch in Neapel Klang. Caroline hatte ein paar Minuten mit Clara geplaudert, wobei ihr die junge Malerin oft über die Schulter geschaut hatte, und war dann vor der Abfahrt der Kutsche wieder gegangen, weil sie selbst einen Ausflug aufs Land unternahm und ihre Reisegefährten auf sie warteten.

Der Kutscher erkundigte sich bei Santigliani, wann es wohl losgehe, er wolle die Pferde bei der Hitze nicht zu sehr antreiben. Santigliani erwiderte in seiner ruhigen Art, wenn es zu spät werde, könne man ja unterwegs übernachten.

Als Clara die Worte der Männer hörte, kam sie zum Wagen herüber. »Es tut mir leid, lieber Conte …«

Er lächelte sie geduldig an. »*Mia cara* Fräulein Seidler …« Er liebte es, in seinen italienischen Sätzen das Wort *Fräulein* zu gebrauchen. »Was hat es schon für einen Sinn, auf einer Vergnügungsreise zu hetzen? Wir haben alle Zeit.«

»Ich danke Ihnen. Ich fürchte nur ...« Sie zögerte. »Er scheint nicht zu kommen.«

Der Conte lächelte zurückhaltend und war höflich genug, seine Meinung darüber nicht in Worte zu fassen. Denn dieser Eindruck hatte sich ihm längst aufgedrängt.

»Wir fahren«, sagte Clara. Der Diener, der im Schatten der Kutsche gewartet hatte, beeilte sich, ihr den Wagenschlag zu öffnen, als sie einstieg.

»Wir können gerne noch warten«, bot der alte Mann noch einmal an.

»Nein, es hat wohl keinen Sinn ...«

Also gab Santigliani dem Kutscher einen Wink, der Diener kletterte auf seine Bank am hinteren Ende des Wagens, und die Pferde zogen an. Doch auch während sie aus der Gasse rollten, bemerkte der Conte, dass Clara sich unruhig umsah.

*

Als Franz erwachte, sah er die schwarze Soutane eines Priesters. Und dann – undeutlich durch die Schleier vor seinen Augen – das freundliche Gesicht von Lukas.

»Bleiben Sie liegen!«, mahnte Lukas, als Franz sich hochmühte. Tausend Schmerzen brannten auf und in seinem Körper.

»Ihre Knochen scheinen nicht gebrochen zu sein, und Sie haben auch keine Schnittwunden. Aber trotzdem ... immer langsam.«

»Wie spät ist es?«, stöhnte Franz.

Lukas lachte. »Seien Sie froh, dass Sie überhaupt noch in dieser Welt sind!«

»Wie spät?«

»Ungefähr neun.«

Clara! Er hatte Clara verpasst! Vielleicht hatte sich die Abfahrt verzögert, und sie war noch da! »Wo bin ich?«

»Man hat Sie ins Pilgerhospiz an der Porta San Paolo gebracht. Sie haben wohl irgendetwas gestammelt, das deutsch klang, deshalb hat man einen deutschen Priester gerufen.« Er wies lächelnd auf sich.

Ächzend schaffte es Franz, sich aufzusetzen. Er lag in einem Saal mit niedrigen Gewölbebögen, der eng mit dreistöckigen Betten vollgestellt war. Hier und da packten Menschen ihre Sachen zusammen, doch um diese Jahreszeit waren kaum Pilger unterwegs. Als das Laken, unter dem er lag, herabfiel, bemerkte er, dass er immer noch nackt war.

»Ich muss los …«

»Ich habe Kleider mitgebracht«, sagte Lukas. »Aber ich halte das für keine gute Idee. Ich kann Sie später mitnehmen ins Kloster der …«

»Wo sind die Kleider?«

Lukas nahm eine schwarze Hose, ein Hemd und eine schwarze Jacke vom oberen Bett. Eilig schlüpfte Franz hinein.

»Schuhe habe ich allerdings auf die Schnelle nicht gefunden.«

»Egal«, erwiderte Franz. »Ich danke Ihnen. Ich … Wir reden später.«

Und damit lief er barfuß, die Schmerzen unterdrückend, zu einer niedrigen Eichenholztür.

»Warten Sie!«, rief Lukas. »Ich komme mit!«

Franz hörte ihn, aber er wollte keinen Moment verlieren. Er rannte den ganzen Weg bis zu Claras Haus. Als er ankam, war von dem Wagen nichts mehr zu sehen. Ohne stehen zu bleiben, lief Franz die Treppen zu ihrer Wohnung hinauf. Vielleicht war sie nicht gefahren! Sie saß sicher vor ihrer Staffelei und malte! Wenn er hereinkam, würde sie ihn anlächeln und sagen: »Franz, ich habe auf dich gewartet.«

»Clara!«, rief Franz, als er ins Zimmer stürmte. Doch am Tisch saß nicht Clara, sondern – Isolde. Sie blickte ihn ruhig an. In der Tür zum Nebenzimmer erschien Theresa, und an der Wand – hinter Franz, der barfuß mitten im Zimmer stand –, tief gebeugt unter seinem Buckel, Morten. Franz sah rote Striemen auf seiner schiefen Schläfe.

Clara war fort. Auf der Staffelei stand noch das absurde Gemälde des Buckligen. Die feuchte Ölfarbe glänzte in der Morgensonne, und das Auge glotzte ihn an, als lebte es.

Franz' Blick fiel in den kleinen Spiegel, den Clara an die Wand gehängt hatte. Sein zerschlagenes Gesicht sah nicht besser aus als das Gesicht auf der Staffelei.

»Du kommst also wirklich hierher. Ich hatte dich gewarnt«, sagte Isolde mit ihrer Krähenstimme.

Franz stand auf. »Ich werde nicht mehr mitkommen. Es ist aus.«

Isolde blickte ihn verächtlich an. »Das hatte ich erwartet. Wo ist sie?«

»Sie ist nicht hier. Sie ist abgereist.«

»So, ist sie das ... Nun, sie wird zurückkommen.« Sie wandte sich dem Buckligen zu, der die Tür versperrte. »Morten! Ich will nicht, dass er Dummheiten macht. Schlag ihn nieder.«

Morten zuckte bei dem Befehl wohl mehr zusammen als Franz. Doch er hielt seinen massigen Kopf gesenkt und mied Isoldes Blick. *»Morten! Hörst du nicht!«* Ihre Stimme wurde schrill.

Franz hatte Morten in den letzten Wochen beobachtet. Und er hatte den Eindruck gewonnen, dass er zwar beängstigend aussah, aber keiner Kreatur gegenüber grob oder gewalttätig war. Er tat alles für Isolde. Er kroch vor ihr im Staub, wenn sie ihm zürnte. Aber dies schien seiner Natur zuwider zu sein.

»Morten!«

Morten tat einen hilflosen Schritt auf Franz zu.

Die Tür! Er hatte die Tür freigegeben! Im selben Moment stürzte Franz an dem Buckligen vorbei und – sah sich Theresa gegenüber. Sie funkelte ihn aus ihren leichenfarbenen Augen an. Er zögerte einen Moment, die Frau mit Gewalt beiseitezustoßen. Isolde schlug Morten mit einem scharfen Klatschen ins Gesicht. *»Tu es!«*

Franz glaubte, zu sehen, wie Mortens Auge brach. Wie der hasserfüllte Schlag seiner geliebten Herrin etwas in ihm zerreißen ließ. Und ohne weiter zu zögern, stürzte er sich auf Franz. Wie ein Wackerstein fuhr die gewaltige Faust auf ihn herab. Er wich aus, und der Schlag traf ihn brutal auf der Schulter. Er stürzte, versuchte, auf den Beinen zu bleiben, und strauchelte gegen die Staffelei. Schon kam die Faust wieder herab. Diesmal traf sie seinen Schädel. Als ihm schwarz vor Augen wurde, suchte er noch irgendwo Halt, fuhr mit dem Arm über das Gemälde, verschmierte die nasse Ölfarbe mit seinem Ärmel, riss es herunter – und schlug mit dem Kopf auf dem Boden auf.

*

Sie hatten die *campagna* schon durchquert und waren weit in die Pontinischen Sümpfe hineingefahren, als der Conte den Wagen halten ließ. Der Kutscher mahnte, dass sie lieber schnell die Sümpfe durchqueren sollten, um nicht ein Opfer der bösen Luft zu werden, die hier besonders schlimm dräute. Und tatsächlich schlurfte auch schon ein Haufen erbärmlicher Gestalten näher, Verzweifelte, die keine andere Möglichkeit mehr hatten, als Gesundheit und Leben zu riskieren und hier in den dampfenden Sümpfen ihr armseliges Geld beim Straßenbau zu verdienen. Die böse Luft hatte ihnen übel zugesetzt: Fahl, dürr und geisterhaft hielten sie die knochigen Hände auf. Der Diener, der sich ein Tuch um Mund und Nase gebunden hatte, wusste, was er Bettlern gegenüber zu tun hatte, gab ihnen ein paar Münzen und schickte sie dann streng davon. Der Conte wandte sich ihr in aller Ruhe zu.

»Clara. Ich beobachte Sie schon die ganze Zeit. Verzeihen Sie mir. Sie sitzen schweigsam und still neben mir, Ihre Gedanken sind in Rom, und – Sie haben geweint.«

»Es tut mir leid …«

»Es hat keinen Sinn. Wir kehren um.«

Als der Kutscher den Befehl hörte, schluckte er seinen Ärger und seine Angst hinunter, denn jeder wusste doch, wie leichtsinnig es war, noch einmal durch die Sümpfe zu fahren!

Auf dem Rückweg konnte Clara nicht anders. Sie wollte, dass Santigliani ihre Not verstand, und erzählte ihm alles. Sie beteuerte, dass Franz kein Mörder sei, und er glaubte ihr. Er würde kein Wort darüber verlieren.

Der Wagen hielt vor dem Palazzo Zuccari. Santigliani stieg aus, um ihr selbst aus dem Wagen zu helfen. »Soll ich warten?«, fragte er sie.

»Ich danke Ihnen, aber das brauchen Sie nicht.« Clara versprach ihm, so bald wie möglich zu ihm zu kommen, und lief ins Haus. Die Wohnungstür wurde ihr von Theresa geöffnet. »Fräulein Seidler!«, sagte sie auf ihre herablassende Art. »Man erwartet Sie.«

Isolde saß in ihrem Salon und las ein Buch, das sie bei Claras Eintreten zuklappte, nicht ohne sorgfältig das Lesebändchen einzulegen.

»Wo ist Franz? Ich muss zu ihm«

»Clara! Gott sei Dank, dass Sie da sind. Wir haben auf Sie gewartet!«

Sie wich unwillkürlich zurück. Die verlogene Schwester war ihr zutiefst zuwider, auch wenn sie freundlich lächelte. Clara schaute sich um, hinter ihr, in der Tür, lauerte Theresa. »Wo ist er?«

»Die Polizei sucht ihn. Er versteckt sich.«

»Wo?«

Isolde lächelte. »Ich bringe Sie zu ihm.«

Kurz darauf gingen sie durch die glühenden Gassen – Clara und Isolde vorweg, hinter ihnen Theresa, und in einigem Abstand huschte Morten. Der Kutscher hatte, als er vor dem Haus zu ihnen stieß, sie nicht angesehen. Als sie ihn freundlich begrüßte, schnaubte er nur und hielt den Kopf gesenkt. Doch sie bemerkte, dass er immer noch die blaue Kornblume im Knopfloch trug. Auf dem Weg vermied Clara jedes Gespräch. Sie spürte, dass Isolde log. Aber was blieb ihr übrig, als mitzugehen? Zum Glück schwieg auch Isolde, denn jedes Wort aus dem verhassten Mund wäre Clara unerträglich gewesen. Schließlich gelangten sie an ihr Ziel: den halb verfallenen Zugang zu den Priscilla-Katakomben.

»Hier?«

»Hier«, erwiderte Isolde. Morten wühlte aus einem dichten Eibenbusch zwei angekohlte Fackeln, entzündete sie geschickt und gab eine davon Theresa, die das Holz mit ihrem weißen Taschentuch umfasste.

Clara war schon lange nicht mehr in den Katakomben gewesen. Natürlich hatte sie die berühmten Gänge wie jeder andere, der nach Rom kommt, auch einmal besichtigt, aber sie war damals froh gewesen, wieder am Tageslicht zu sein, und kein zweites Mal hineingegangen. Die unterirdische Totenstadt war ihr ein Grauen.

Und auch diesmal musste sie mit aller Macht gegen ihren Widerwillen ankämpfen, während sie tiefer und tiefer in die dumpfen Gänge hinabstiegen. Weder der Bucklige, der mit seiner Fackel vor ihr herwankte, noch die stechenden Blicke Isoldes in ihrem Nacken machten es erträglicher. Als Letzte folgte mit der zweiten Fackel Theresa. Clara wunderte sich, mit welcher Sicherheit Morten den richtigen Weg durch das Labyrinth fand. Wie oft mochte er seine Tage und Nächte hier unten verbracht haben! Niemals zögerte er, wenn seine Fackel in einen Nebengang leuchtete, wenn eine Treppe sich teilte oder in einer Kammer voller Knochen und Schädel mehrere Durchgänge zur Wahl standen. Auch drehte er sich kein einziges Mal um, wenn Clara sich unter einem Türsturz bückte, in den Unglückliche vor Jahrhunderten in langen Stunden ihre Namen oder die Palme der Märtyrer geritzt hatten. Sie konnte nicht sagen, wie viele Totenschädel ihr in den engen Tunneln ein lippenloses Grinsen nachgesandt hatten, bis Morten sich schließlich durch den engen Zugang zu einer Grabkammer zwängte. Auf dem Boden hockte Franz. Seine Hände waren mit einer Kette gebunden, die an einem eisernen Ring an der Wand befestigt war. »Clara!«, rief er entsetzt und sprang auf die Füße, dass die Kette klirrte. »Oh mein Gott! Lauf davon! Flieh!« Geblendet vom

Licht der Fackeln, musste er sich abwenden. Er zitterte am ganzen Leib. Clara konnte nur ahnen, was für Qualen er hier unten ausgestanden hatte – zum zweiten Mal lebendig begraben. Sie umfasste sein zerschlagenes Gesicht. »Franz, es tut mir so leid!«

Als Isolde die Kammer betrat, stellte sich Franz unwillkürlich schützend vor sie. Isolde blickte ihn aus wehmütigen Augen an. »Es hätte so schön werden können, Cornelius. So schön ...« Sie seufzte tief. »Aber es wird doch noch alles gut. Am Ende wird immer alles gut, das weißt du doch. Das war das Einzige, was an deiner Geschichte nicht stimmte. Am *Römischen Fieber*. Am Ende wird immer alles gut ...« Es war nicht klar, ob sie Franz anschaute oder ob sie durch ihn hindurchsah. Doch mit einem Mal wandte sie sich ruckartig ab, ging zurück zu Theresa, die vom Gang aus hereinsah, und sagte zu Morten: »Verschließ die Tür.«

»Nein!«, schrie Clara. »Nein!«

Franz sprang vor, um Morten umzustoßen, aber die kurze Kette riss ihn klirrend zurück.

»Ich beneide euch«, sagte Isolde, »dass ihr bis in den Tod zusammen seid. Wer kann schon von sich sagen, dass sich seine Liebe auf so wunderschöne Weise erfüllt!«

Morten hatte seine Fackel draußen an die Wand gelehnt und begann, mit seinen unmenschlichen Pranken dicke Grabtafeln, Marmorplatten und riesige behauene Steine herbeizuschleppen, die er in die enge Türöffnung stapelte.

»Habt ihr denn gar kein Mitleid? Lasst uns hier nicht zurück!«, rief Clara. Sie versuchte, durch die schmale Öffnung zu gelangen, doch während Morten neue Steine holte, drängte Theresa sie mit der brennenden Fackel zurück, als wäre sie nichts als ein wildes Tier.

Bevor er die Lücke schloss, sah Clara sein Auge, das sie anstarrte. »Morten!«, flehte sie. »Du bist ein guter Mensch! Hilf uns!« Doch dann schob er den letzten Block in die Öffnung, und in der Grabkammer wurde es vollkommen dunkel. Eine

Weile hörten sie noch, wie er draußen weitere Blöcke gegen seine schwere Mauer wuchtete, dann wurde es still.

Clara tastete sich zu Franz. »Er wird wiederkommen«, sagte sie, während sie seine Kette erfühlte und eine Möglichkeit suchte, sie zu öffnen. »Er wird wiederkommen. Ich weiß, dass er wiederkommen wird. Er ist ein Mensch. Ich habe gesehen, dass er ein Mensch ist. Er wird wiederkommen.«

Franz wurde klar, dass es kein größeres Glück gab, als mit Clara zusammen zu sein, die niemals die Hoffnung aufgab. Und er ließ sich davon anstecken: Sie würden wieder ans Licht gelangen. Sie würden eine Möglichkeit finden.

*

Isolde beaufsichtigte in ihrem Salon die emsigen Vorbereitungen. Tische wurden gebracht, mehr Stühle, weiße Tischtücher und unzählige Kerzenleuchter. Alles wurde blank geputzt und poliert, die Teppiche wurden ausgeklopft und strahlten in frischen Farben.

Sie hatte beschlossen, die unschöne Wendung anzunehmen und in ihren größten Triumph zu verwandeln. Der Abend, der ihr endgültig Ruhm bringen würde.

Natürlich war ihre Idee mit Bruder und Schwester, mit Dichter und Salonière, mit Künstler und Muse wirklich gut. Tatsächlich hatten sie in Rom bereits einen einmaligen Ruf. Gerne hätte sie gewusst, in wie vielen Briefen sie erwähnt wurden. Zumal sich der *Bruder* viel geschickter zeigte, als sie gehofft hatte. Schrieb nicht nur armselige Gedichte wie Cornelius, die niemandem zu Herzen gingen, nein, er warf diesen genialen Roman aufs Papier, der – so unscheinbar er daherkam – jedermann aus dem Herzen sprach und Gefühle erweckte, die die Leute zu lieben schienen. Es wäre herrlich gewesen, mit diesem *Bruder* noch eine Saison weiterzuarbeiten. Vielleicht sogar zwei. Aber wenn er seinen Platz in der Geschichte nicht kannte, wenn er zu hoch hinauswollte, anstatt dankbar die Gunst des Schicksals anzunehmen, dann musste er eben weg.

Wegen der Hitze würden sie ihn schnell begraben und seinen armseligen Stipendiumsbetrug mit ihm. Niemand würde je merken, dass er der falsche Cornelius Lohwaldt gewesen war. Kaum zu fassen, dass dieser Memminger Zimmermannssohn mit seiner lächerlichen Maskerade durchgekommen war.

Natürlich war ihr auch selbst schon immer bewusst gewesen, dass es nicht ewig so weitergehen konnte. Dass sie den *Bruder* irgendwann loswerden musste, bevor seine Gaunerei aufflog. Aber die Lösung, die sie sich jetzt ausgedacht hatte, war nicht nur eine elegante Möglichkeit, alleine weiterzumachen, es war schlichtweg ein Geniestreich! Der kommende Abend würde den schönen Bruder-Schwester-Entwurf durch etwas wirklich Großes ersetzen. Auf die Ruinen ihrer zerfallenden Idee würde sie ein Prunkschloss setzen, dessen goldene Dächer weit übers Land strahlten.

Isolde hatte alles genau geplant: Sie wollte, wenn Morten mit dem ertrunkenen Bruder auf den Armen in der Tür stünde, entsetzt aufschreien. Diesen einen Schrei würde sie effektvoll setzen, damit man ihren Schmerz begriff. Danach wollte sie mit bewunderungswürdiger Fassung einen oder zwei Teller vom Tisch nehmen, worauf natürlich gleich helfende Hände da wären, die Tafel freizuräumen, bis nur noch die Kerzenleuchter auf dem weißen Tischtuch stünden. Dann würde Morten den Toten darauflegen. Sie würde an seiner Seite stehen und seine leblosen Arme, die kraftlos herabhingen, liebevoll auf seinem kalten Bauch falten. Und seine Augen schließen. Hoffentlich waren seine Augen noch offen. Sie musste Morten anweisen, seine Augen offen zu lassen, damit sie selber diese symbolträchtige Handlung ausführen könnte. Anschließend könnte sie über dem Toten niedersinken. In welchem ihrer Kleider würden ihre Arme dabei am besten zur Geltung kommen? Dies wäre der große Moment. Sie überlegte, in welche Richtung sie die Tische aufstellen lassen sollte, damit möglichst jeder gut sehen könnte, wie die Schwester über dem toten Bruder niedersank. Sie ahnte das Gemälde schon vor sich, das einer der vielen Maler, die Zeuge dieser herzergreifenden Szene wären, malen würde. Das Gemälde würde eine Ikone werden! Das Bild der tragischen Geschwisterliebe. Unzählige junge Künstler und Künstlerinnen würden davorsitzen und es kopieren und sich fragen, ob sie in ihren eigenen Werken je so einen Ausdruck, so eine tragische Größe erreichen würden. Die Tragödie von Isolde und Cornelius wäre nicht Lessing, nicht Schiller, nicht Goethe. Sie war nur mit einem zu vergleichen: Shakespeare!

Und nach diesem weihevollen Abend würden die Gäste in ihren Salon strömen, um daran teilzuhaben. Isolde Lohwaldt würde eine ganze Generation von Künstlern inspirieren! Isolde versenkte sich so sehr in ihren Schmerz um den jäh verstorbenen Bruder, dass sie zu weinen begann. Tränen rannen ihre bleichen Wangen herab, und sie tupfte sie mit einem Taschentuch vorsichtig ab. Schnell an etwas anderes denken, bevor der Schmerz unangenehm wird!

»Hier herüber die Tische!«, rief sie also. »In eine lange Reihe – wie beim Letzten Abendmahl! Und Leuchter! Bringt mehr Leuchter! Nur in der Mitte lasst Platz. In der Mitte des Tisches brauchen wir viel Platz!«

*

Am Abend dann kamen sie alle. Isolde hatte keine Kosten gescheut und Boten überall hingeschickt. Sogar in die nahen Albaner Berge, nach Albano, nach Ariccia, nach Frascati, nach Genzano und wo sie überall die kühlen Nächte suchten und dem römischen Fieber auswichen. Überallhin hatte sie die Einladung gesandt, der sich niemand versagen konnte: Cornelius Lohwaldt feiert Geburtstag! Natürlich war es gelogen, aber es war ja ohnehin sein letzter. Und wer würde das später noch wissen, wenn jedes Kind in der Schule lernte: Der Geburtstag des genialen jungen Dichters, dessen reifste Werke noch der Niederschrift entgegensahen, ganz wie der junge Novalis, der ja auch vor allem geliebt wird, weil man das ungesungene Werk beweint, das mit ihm zu Grabe getragen wurde, der Geburtstag Cornelius Lohwaldts ist zugleich sein Todestag.

Kronprinz Ludwig war leider schon abgereist, und auch sonst war dieser und jener in die Heimat aufgebrochen oder ins angenehmere Florenz abgewandert. Aber das fiel kaum ins Gewicht. Kutsche um Kutsche hielt vor dem Haus, Kleider raschelten die Treppe herauf, und selbst der ärmste Künstler trug einen Kragen, so gestärkt und so scharf gebügelt, dass er kaum den Kopf drehen konnte.

Cornelius hat Geburtstag! Wie schön! Endlich etwas los in diesem trägen Monat! Endlich eine Abwechslung!

Caroline von Humboldt kam, Dorothea Schlegel, Henriette Herz, Auguste Klein, der Prinz von Gotha, der Dichter Rückert, und all die guten Künstler brachten ihre klingenden Namen in Isoldes Tragödie ein: Schnorr von Carolsfeld, Overbeck, Catel, Rehbenitz, Joseph Anton Koch, Wilhelm Schadow und sein Bruder Rudolph, der große Thorvaldsen, Helmsdorf, Gmelin, Eggers, natürlich Johannes und Philipp Veit, Riepenhausen, Ramboux, der gerade erst in Rom angekommen war, Peter Cornelius, Naecke, Rohden, Maler Müller, Adolf Senff, Carl Wilhelm Tischbein und wie sie alle hießen. Generalkonsul Bartholdy kam, Legationssekretär Brandis, natürlich von Niebuhr. Und all die herrlich herausgeputzten Damen! Eingeheiratete Römerinnen und mitgebrachte Preußinnen, junge und ältere, schöne und würdevolle. Isolde schwebte auf ihrem bauschenden Rock von Gespräch zu Gespräch, nahm Handküsse entgegen, begrüßte, dankte und lachte. (Sie hatte eigens ein feierliches Lachen vor dem Spiegel ausprobiert.)

Aber wo war der Bruder? Wo war das Geburtstagskind? Erst wunderte man sich, dann lachte man und fantasierte komische Zwischenfälle, die ihn aufgehalten hatten – vielleicht eine unbekannte Schöne? –, und schließlich begann man, sich doch zu sorgen. Clara wurde natürlich nicht vermisst. Man bedauerte lediglich, dass sie nicht dabei sein konnte, weil sie ja nach Neapel abgereist war.

*

Franz und Clara hockten auf dem Boden, die Arme umeinander gelegt, um in der klammen Dunkelheit wenigstens die Wärme des anderen zu spüren. Franz drängte mit übermächtiger Anstrengung die aufwallenden Schübe von Todesangst zurück, um Clara ablenken und trösten zu können. In den langen Stunden erzählte er ihr alles. Jeden Tag seiner Kindheit – seiner wahren Kindheit –, an den er sich erinnerte. Und in der Dunkelheit kamen im Strom seiner Worte Erinnerungen zurück, an die er nie wieder gedacht hatte. Eine führte zur nächsten. Es war, als ob er durch die dunklen Räume seiner Erinnerungen eine Kerze trüge und mit jedem Schritt, den er tat, leuchteten neue Bilder und Begebenheiten auf. Zum ersten Mal begriff und erlebte er den Wert dieses Lebens und wie falsch es gewesen war, es durch ein fremdes zu ersetzen. Und er stellte Fragen. Er wollte alles über Clara wissen. Je mehr sie erzählte, umso mehr fragte er. Auch ihr Leben liebte er, je weiter sie es beleuchtete. Er wollte alles über ihre Kindheit in Jena hören – einiges kannte er ja schon: den Vater, der die Ställe der Universität beaufsichtigt hatte, ihre ersten Versuche im Zeichnen bei der Großmutter –, doch immer weiter beleuchtete auch sie ihre Erinnerungen. Ihre Freundinnen im Pensionat und die geselligen Abende rund um die Universität in Jena. Sie warf ein Schlaglicht auf Schiller, der sich in Gesellschaft immer in einen Winkel zurückzog, auf die ungleichen Brüder von Humboldt, auf die streitbaren Brüder Schlegel, auf Hegel, Fichte, Tieck, Voß – alle, von denen man sonst nur las, hatten Claras Seele im direkten Gespräch bereichert! Dann kam der Krieg auch nach Jena und mit ihm die Liebe zu Geoffroy, von dem Clara in liebevoller Erinnerung sprach. Nach seinem Tod tauchte sie in eine dunkle Zeit ab, aus der ihre Eltern sie herausheben wollten, indem sie die Tochter ins prächtige Dresden mit seinen Gemäldegalerien schickten. Dort beschloss sie also, ihr Leben der Malerei zu widmen. Franz sah die junge Clara in Dresden an der Akademie sich mit Pinsel und Farbe mühen, und er erlebte durch ihre Worte mit, wie sie das Studium aufgeben musste, als die Mutter starb, da sie dem Vater den Haushalt führen musste. Voller Dankbarkeit schilderte sie Goethe, der schließlich ein Stipendium für München für sie erwirkte, wo sie zum ersten Mal frei atmete und ihr Glück in der Malerei fand. Und wo vor allem ihre Sehnsucht nach Rom erwachte, weil unter den dortigen Künstlern alles flüsterte und raunte: *Campagna ... Kapitol ... Tiber ... Laokoon ... Michelangelo ... Raffael ...* Und dann das Stipendium für Rom! In der völligen Dunkelheit hörte Franz nur ihre Stimme – ihre wundervolle Stimme! –, doch was sie erzählte, sah er vor sich, als wäre er selbst dabei. Und nur nicht Ruhe einkehren lassen! Sich nur von der Dunkelheit und der Gefangenschaft nicht beherrschen lassen!

Plötzlich sahen sie durch die Ritzen einen flackernden Schimmer.

»Er ist wieder da! Er ist zurückgekommen!«, rief Clara.

Die Steine bewegten sich knirschend, wurden herausgezogen und polterten zu Boden. Mehr und mehr Licht strömte ins Dunkel, bis Morten über den Wall kletterte und seine Fackel darauflegte. Niemand folgte ihm, er war alleine gekommen.

»Morten!«, rief Clara. »Gott sei Dank! Hol uns hier heraus!« Er wühlte einen Schlüssel aus seinem Mantel und öffnete wortlos das Schloss an der Kette. Sie konnten ihr Glück kaum fassen. Doch sobald er die Kette gelöst hatte, schlang er sie Clara eng um den Leib und ließ das Schloss wieder einschnappen. »Morten! Nein! Was tust du?«

Er packte mit eisernem Griff Franz' Arm und zerrte ihn mit sich. Als Franz begriff, dass Morten Clara zurückließ, wehrte er sich mit allen Kräften. Doch gegen Mortens unglaubliche Stärke kam er nicht an. Er konnte nicht einmal Mortens huschende Bewegungen den niedrigen Gang entlang verlangsamen. Claras Schreie entfernten sich mehr und mehr, während Franz erbarmungslos fortgezerrt wurde. Immer wieder trat er mit den nackten Füßen schmerzhaft auf scharfkantige Steine, und diesmal war der Weg lang. Es ging nicht zum Ausgang, sondern tiefer hinab. Immer wieder überschritten sie Rinnsale schwarzen Wassers, das in die Richtung tröpfelte, in die sie stolperten. Irgendwann, endlich, schimmerte vor ihnen Licht, und dann traten sie ins Freie hinaus. Obwohl die Sonne schon untergegangen war und der Tiber vor ihnen in der Dämmerung lag, war das Blenden des Abendlichts überwältigend. Franz konnte nichts mehr erkennen. Er konnte nicht sehen, ob Menschen in der Nähe waren. Gerade als er um Hilfe rufen wollte, zerrte Morten so hart an ihm, dass er im Uferschlamm ausrutschte. Morten schleifte ihn ins Wasser. Verzweifelt versuchte Franz, auf die Füße zu kommen, doch der Bucklige packte seine Haare und drückte ihn in den Tiber. Franz schluckte brackiges Wasser und suchte irgendwo Halt – mit Händen, mit Füßen. *Er will mich ersäufen! Wie eine lästige Katze! Der Mensch ersäuft mich!* Immer wieder griff Franz ins Leere. Das Wasser vor seinen Augen war trüb und braun, wilde Atemnot wühlte in seiner Brust, er bog die Arme hoch, an die Luft, und plötzlich bekam er etwas zu fassen. Der Kragen! Er zerrte an Mortens Kragen! Nur jetzt nicht loslassen! Doch seine Hand verlor den Halt und rutschte ab. Es war aus. Der Drang einzuatmen war übermächtig. Gleich würde das Wasser in ihn eindringen und alles beenden. Alle Hoffnung war dahin.

Da fühlte er sich am Kopf losgelassen, und stattdessen packte der Kutscher seinen Arm. Franz fuhr aus dem Wasser hoch und – atmete! Tief atmete er die Abendluft ein. Herrliche Luft! Morten aber hielt seinen Arm und starrte fassungslos darauf. Es dauerte eine Weile, bis Franz wieder sehen konnte, und immer noch starrte der Kutscher auf seinen Arm. Er folgte seinem Blick: Sein Ärmel war verschmiert mit der Ölfarbe von Mortens Portrait, das er im Kampf von Claras Staffelei gerissen hatte.

Blau – Ocker – Braun – der rötliche Ton der Haarsträhnen. Und seine Finger pressten sich um etwas Blaues.

Die Blume!

Claras Kornblume aus Mortens Knopfloch!

Morten starrte tief bewegt mit seinem gelben Auge auf die Farben und die Blume.

Erst jetzt begriff Franz, was es für ihn bedeutet haben musste, von Clara gemalt zu werden. Er selbst hatte ja die Erfahrung gemacht, wie sich zwischen dem Malenden und dem Gemalten eine Gleichheit einstellt. Respekt und Vertrauen. Vielleicht war dies der einzige Moment in Mortens Leben gewesen, in dem er so etwas erlebt hatte.

»Clara …«, sagte Franz. »Clara!«

Und Morten nickte langsam.

»Clara …« Er wiederholte mit seiner dunklen, triefenden Stimme den Namen der Frau, der er sich anvertraut hatte – und die ihn angenommen hatte, wie er war.

XIV

Clara war es nie so schwergefallen, ihren Glauben zu bewahren, doch jeden einzelnen Moment, den sie in der Dunkelheit alleine war, hoffte sie. Sie wusste, dass dies nicht ihr Ende sein konnte. Als sie das Licht der Fackel sah, war sie nicht überrascht, aber zutiefst dankbar. Franz kam über die Steinblöcke hereingeklettert und stürzte zu ihr. Er warf seine Arme um sie und ließ lange nicht los. »Clara! Es tut mir so leid! Es tut mir so leid! Alles ist meine Schuld! Komm! Hinaus hier! Komm!«

Morten schloss auf und warf die Kette klirrend zu Boden. Er blickte sie nicht an, sondern drängte zum Durchgang und hob seine Fackel auf. Franz nahm ihre Hand und ließ sie auf dem gesamten Weg nach oben nicht mehr los. Morten schwankte mit der Fackel vor ihnen her und wandte sich nicht ein Mal um. Erst als sie durch den Ausgang in die warme Abendluft traten, blieb er stehen. Inzwischen war es dunkel, die Sterne schimmerten über ihnen. Clara trat auf Morten zu, doch er wagte nicht, den Blick vom Boden zu heben.

»Danke, Morten«, sagte sie und legte die Hand auf die Beulen seiner Wange, die im schattigen Licht der Fackel noch deutlicher hervortraten. »Ich danke dir. Du bist ein guter Mensch.«

Sein huschendes Auge blickte sie für einen Moment leidenschaftlich an. Als sie lächelte, wurde sein Blick ruhig und friedlich. Dann riss er sich plötzlich los und verschwand wieder zwischen den verfallenden Steinen der Katakombe.

»Morten!«, rief Clara ihm hinter. »Morten!«

Doch der Schein seiner Fackel wurde schwächer und verschwand schließlich vollkommen.

Franz klopfte laut und heftig. Als geöffnet wurde, stand Theresa vor ihm. Ihrem Gesicht war die Überraschung deutlich anzusehen – es war das erste Mal, dass er eine Regung auf ihrem Gesicht sah. Ein Wort brachte sie nicht heraus. Auch Franz verschwendete kein Wort an sie und zog Clara, die er immer noch an der Hand hielt, als wollte er sie niemals wieder loslassen, an ihr vorbei. Als sie in den großen Salon traten, richteten sich alle Augen auf sie. Ein großes Ah! und Oh! ging durch den Raum. Das Essen war gerade beendet. Man saß noch zu Tisch, und die Herren rauchten ihre Pfeifen. Da die Tafel bei Weitem nicht für alle ausreichte, hatten einige, mit dem Teller in der einen Hand und einer Gabel in der anderen auf Sesseln und Sofas sitzend, gegessen, doch die für den Abend gemieteten Diener hatten Teller und Besteck bereits eingesammelt.

Nach der ersten freudigen Überraschung trat Stille ein. Nicht nur, dass seine nackten Füße dreckig und blutig waren, sein Anzug und Claras Kleid schlammig verschmiert, sein Gesicht vom Überfall auf dem Friedhof immer noch deutlich gezeichnet – vor allem sein todernster Gesichtsausdruck ließ jedermann erstarren. Sein Blick fand Isolde, die in ihrem schönsten Kleid im Kreise ihrer Gäste in der Mitte der Tafel saß. Sie stand langsam auf und sah ihn kalt an. Obwohl sie auf das laute Klopfen hin offenbar einen anderen Anblick erwartet hatte – Franz leblos in den Armen des Kutschers hängend –, fasste sie sich schneller als Theresa. Er nahm ihren drohenden Blick zur Kenntnis, der ihn so lange im Zaum gehalten hatte, doch er wankte nicht in seinem Entschluss.

Er blickte in die Runde. »Ich danke euch für alles Gute, das ihr mir getan habt. Ich will mich nicht rechtfertigen. Aber ihr sollt wissen, dass ich niemandem Böses wollte. Ich habe es nur getan, um einer von euch zu sein.«

Caroline von Humboldt, Niebuhr, die Künstler, die Damen, niemand sagte etwas.

Dann erklärte er geradeheraus: »Ich bin nicht Cornelius Lohwaldt. Mein Name ist Franz Wercker. Ich war Zeuge von

Lohwaldts Tod und habe seinen Namen angenommen. Ich bitte euch alle, mir zu verzeihen.«

Die Luft war aufgeladen wie vor einem Gewitter. Als man begann, sich nach Isolde umzublicken, stellte sie sich unwillkürlich in Positur. Sie hatte sich jetzt vollkommen gefasst. Sie wies mit ihrem spitzen Finger auf Franz: »Dieser Mann hat meinen Bruder getötet. Er hat mir gedroht, mich ebenfalls zu töten, wenn ich nur ein Sterbenswort sage. Ich war wochenlang in seiner Gewalt.«

»Das ist nicht wahr!«, rief Clara, aber das ging bereits im Tumult unter, der augenblicklich losbrach. Alles fragte und rief durcheinander.

»Die Polizei!«, bat Isolde flehend. »Ruft die Polizei! Schützt mich vor diesem heimtückischen Mörder!«

Franz apellierte an die Freunde, ihm zu glauben, er werde sich den Behörden stellen – auch sei er ja freiwillig hierhergekommen, um allen römischen Freunden aus eigenem Munde zu gestehen, was er getan habe. »Ich bin ein Betrüger«, sagte er. »Aber ein Mörder bin ich nicht!«

»Kein Mörder?«, versetzte Isolde scharf. »Aus der Heimat ist er geflohen. Er hat den eigenen Vater erschlagen!«

Henriette Herz schlug sich entsetzt die Hand vor den Mund. Die tiefste Stille herrschte in dem Salon voller Menschen.

Franz schwieg und blickte flehentlich in die Runde.

»Ist das wahr?«, fragte Caroline von Humboldt mitfühlend.

»Es ist wahr«, erwiderte er. »Aber ...«

Doch Isolde fiel ihm ins Wort: »Nur um Kerkerhaft und Schafott zu entkommen, versteckt er sich hier unter falschem Namen!« Und dann begann sie, haltlos zu schluchzen.

Unter Tränen – und indem sie den Beistand aller gegen seine Rache erflehte – gab Isolde an, Franz habe nicht nur Aura getötet, sondern auch den Künstlerfreund Georg Reichhard. Diese Anschuldigungen wiederholte sie, nachdem mehrere *carabinieri* unter der Führung eines *brigadiere* mit Zweispitz und weißem Schnurrbart eingetroffen waren, von denen einer Franz wiedererkannte, weil er zu den Männern gehörte, die ihn vor der bayerischen Gesandtschaft abgeführt hatten. Isolde erklärte dem *brigadiere*, dass Franz zwischen seiner Wäsche Aura Kauffmanns Kette versteckt halte, die er ihr nach dem Mord abgenommen habe. Tatsächlich wurde sie zum Entsetzen aller dort gefunden, und die anwesenden Gäste bestätigten, dass Aura Kauffmann die Kette mit dem Bernstein, in dem ein winziges Insekt eingeschlossen war, an ihrem letzten Abend, auf dem Fest in der Villa Schultheiß, getragen hatte. Und dann brachten die beiden *carabinieri*, die den Befehl erhalten hatten, sein Zimmer einer ersten Untersuchung zu unterziehen, ein Fläschchen mit Arsen, das sie in der Schublade seines Nachttisches gefunden hatten.

Franz starrte betroffen darauf. Isolde hatte mit aller Sorgfalt eine Schlinge gelegt, die sich nun um seinen Hals zuzog.

Auf die Fragen des *brigadiere* wollte Isolde zunächst nichts weiter sagen, da ihre glückliche Befreiung sie zu sehr aufwühlte. Doch der *carabiniere*, der inzwischen der Hitze wegen seinen Zweispitz unter den Arm geklemmt hatte, machte ihr klar, dass sie verpflichtet sei, gewissenhaft zu antworten. *»Con tutta sincerità!«* Also berichtete sie, indem sie sich Luft zufächelte, dass der Maler Georg Reichhard keineswegs am römischen Fieber verstorben sei, wie man allgemein angenommen habe, sondern von Franz mit eben jenem Gift getötet worden sei.

Doch da trat Rückert mit zusammengezogenen Augenbrauen vor. »Warum sollte er den eigenen Freund töten?«, fragte er. »Ich kann das nicht glauben!«

»Warum?«, fragte Isolde scharf zurück. »Weil Reichhard die Wahrheit erfahren hatte! Er kannte sein Geheimnis!«

»Aber doch nur, weil ich es ihm gestanden habe!«, rief Franz aus. »Ich habe Georg ins Vertrauen gezogen! Er ist am Fieber gestorben! Ihr wisst doch, wie krank er war! Das wisst ihr!«

Doch alle schwiegen, denn keiner wusste wirklich, wie es Georg ergangen war.

»Traut ihr mir das etwa zu?«

Niemand antwortete.

Nur Philipp Veit meldete sich zu Wort: »Ich meine auch … Wir haben doch alle gesehen, wie sehr Georgs Tod ihn erschüttert hat.«

»Wer weiß … Dass er ein guter Schauspieler ist, scheint wohl gewiss …« Es war Schnorr, der das eingeworfen hatte. »Entschuldige, Cornelius – Franz … Ich will nur ehrlich sein.«

Auf Nachfragen des *brigadiere* bestätigten einige, dass Georg die Freundschaft mit Cornelius – oder Franz – beendet und sich von ihm zurückgezogen hatte, was im Licht der neuen Erkenntnisse plötzlich verständlich werde.

»Ist das aufregend!«, raunte Dorothea Schlegel.

Caroline von Humboldt sah die Freundin streng an. »Wir werden doch einen Freund nicht verurteilen, nur auf bloße Worte hin!«

Niebuhr pflichtete ihr bei: »Das meine ich auch. Gewiss werden wir auf Beweise warten!«

Clara trat verzweifelt vor. Wie ein gestelltes Tier drehte sie sich im Kreis, um jeden Einzelnen anzusprechen. »Verurteilt ihn nicht! Er hat mir doch alles anvertraut. Sie verzerrt auf bösartige Weise die Wahrheit!« Sie wies auf Isolde. »Diese da hat uns einmauern lassen! In den Katakomben! Sie hat ihrem Kutscher befohlen, Franz zu ertränken! Nur Mortens Gutmütigkeit danken wir unser Leben!« Morten? Gutmütig? Wer konnte sich das vorstellen? Er war ohnehin nicht da, um ihre Aussage zu bezeugen, und Theresa stieß nur verächtlich aus: »Man redet wirr!«

Es half nichts. Der *brigadiere* setzte seinen Zweispitz wieder auf und gab Befehl, Franz abzuführen, weil seine Schuld offensichtlich war. Auch galt es, das Leben der bemitleidenswerten jungen Dame zu schützen, die so furchtbare Wochen hinter sich hatte.

Und so wurden Franz von den *carabinieri* unter den mitleidigen und betroffenen Blicken der versammelten Deutschrömer –

aber auch dem einen oder anderen vorwurfsvollen Tuscheln – eiserne Handfesseln angelegt.

*

Isolde wiederholte die Angaben noch einmal *en détail* vor den kirchlichen Vertretern der Heiligen Inquisition, der obersten polizeilichen Behörde im Kirchenstaat, und sie wiederholte sie unzählige Male vor den Besuchern, die in den folgenden zwei Wochen zahlreich in ihren Salon strömten. Alle kamen sie. Die einen aus reiner Sensationslust, um die Geschichte und ihre Fortsetzung aus dem Munde des Opfers direkt zu hören und sich mit wohligem Schauer vorzustellen, wie der Mörder das arme kränkliche Wesen gezwungen hatte, mit ihm unter einem Dach zu wohnen. Andere, wie etwa der Maler Overbeck, kamen, um ihrer Verwirrung Herr zu werden. Konnten sie sich so sehr in dem Künstlerfreund getäuscht haben? War die reine Idee ihrer Künstlergemeinschaft missbraucht worden? War die Künstlergemeinschaft überhaupt ein naiver Wahn und das Vertrauen ineinander nichts als ein schöner Schein? War Rom selber nur ein Trugbild, das jeder benutzte, wie es ihm in den Kram passte? Isolde gelang es in einem innigen Gespräch, seinen Glauben wiederherzustellen, und er war ihr sehr dankbar dafür.

Rumohr kam in der selbstgefälligen Überzeugung, so etwas längst geahnt zu haben. Es sei ja jedem vernunftbegabten Menschen offensichtlich gewesen, dass mit dem vorgeblichen Dichter etwas nicht stimme. Das sei schon aus seinem Werk herauszulesen gewesen. Rumohr habe ja in seinen Rezensionen darauf hingewiesen, dass die Falschheit aus jeder Zeile spreche. Er drückte Isolde sein Mitgefühl aus und entschuldigte sich als Kavalier, nicht früher entschieden eingeschritten zu sein.

Sogar Francesco kam. Er war ehrlich ergriffen und weigerte sich, anzuerkennen, was doch so offensichtlich war. Er ging sogar zu den *carabinieri* und schwor einen Eid, dass Franz unschuldig sei. Da er jedoch nichts Gerichtstaugliches auszusagen hatte, verabschiedete man ihn mit einem aufmunternden Schulterklopfen.

Doch es gab auch einige, die nicht kamen. Caroline von Humboldt spürte ohne jeden Zweifel, dass Isolde log, und wollte ihr nicht unter die Augen treten. Aus ihrer Überzeugung machte sie keinen Hehl und bestärkte einige der verunsicherten Künstler in ihrer Meinung, dass Franz seinen Freund Georg niemals vergiftet haben könne. Der Mord an Aura Kauffmann war allerdings ein Bissen, der schwer zu schlucken war. Mochte Georg tatsächlich am Fieber gestorben sein – aber Aura? Die Bernsteinkette in Franz' Schrank. Sein überstürztes Verschwinden auf dem Künstlerfest, an das sich im Nachhinein mehrere erinnerten. Dass die blutarme, kränkelnde Isolde zu solch einer Gewalttat überhaupt die Kraft besitze, bezweifelten alle. Und dann machte auch noch Franz' Geständnis die Runde, Auras Leichnam zum Tiber geschleppt zu haben.

Wenn dagegen jemand fragte, warum Isolde nicht früher zur Polizei gegangen sei und Franz angezeigt habe, dann wurden gerade die beiden Morde ins Feld geführt. Wer wollte dem armen gepeinigten Wesen seine Todesangst verübeln? Clara, die beharrlich Franz' Version der Geschichte erzählte und von seiner Unschuld, die römischen Morde betreffend, überzeugt war, hatte einen immer schwereren Stand.

*

Franz hatte um die Gnade gebeten, eine Zelle zu bekommen, in die wenigstens ein winziges bisschen Tageslicht falle, aber man hatte sie ihm nicht gewährt. Er wurde in ein Verlies gesperrt, zu dem er viele Stufen hinabsteigen musste. Auf der Höhe des Gewölbes war ein rundes Gitter, durch das der Schein einer Flamme herabflackerte, und die schwere Holztür hatte eine vergitterte Öffnung, an die gelegentlich ein Wächter mit entzündeten roten Augen eine Fackel hielt, um hereinzuschauen. Franz schlief auf einer gemauerten Bank auf feuchtem Stroh und verrichtete seine Notdurft in ein Loch in der Ecke, aus dem die schauderhaftesten Geräusche heraufdrangen. Wenn er sich eine Weile nicht rührte, kam allerlei Ungeziefer aus den Ritzen, Ratten quetschten sich unter der Tür hindurch und huschten an den Wänden entlang. Allein deshalb ging er unermüdlich auf und ab. Beständig musste er an den abgetrennten Kopf denken, den man bei der Hinrichtung in die Runde gezeigt hatte. Dabei rasten tausend Fragen durch den seinen: Was hätte er anders machen können? Hätte er fliehen sollen? Dankbar war er, dass er der kurzen Versuchung widerstanden hatte, Isolde Gewalt anzutun.

Durch den Diebstahl von Lohwaldts Namen, so glaubte er nach wie vor, habe er niemanden geschädigt. Und wenn er sich fragte, ob er bereute, es überhaupt getan zu haben, dann war die Antwort laut und vernehmlich: *Nein!* Die unbeschwerten Wochen in Rom waren von so unglaublicher Schönheit gewesen. In den Kreis der Künstlerfreunde aufgenommen worden zu sein, dieser stolzen, hoffnungsvollen und freiheitsliebenden Menschen, die bereit waren, für ihre Ideale alle Mühen auf sich zu nehmen, erfüllte ihn mehr denn je mit Dankbarkeit.

Und auch die Zeit der Bedrängnis mochte er nicht missen. Sie hatte ihn Clara nahegebracht. Ihr gemeinsamer Ausflug nach Tivoli, ihr zuzuschauen, wie sie ihn malte, sogar die Stunden mit ihr im Grab der Katakomben, wo ihm die Wärme ihrer Nähe das ganze Leben bedeutet hatte – für all das schuldete er Dank. Umso mehr quälte ihn die Vorstellung, dass sie nun litt. Im Gewitter hatte sie ihm gestanden, durch seine Hilfe sei sie über den Tod ihres Verlobten hinweggekommen – und nun tat er ihr dies hier an! Ihm war klar, eine Verlobung mit ihr wäre mehr gewesen, als er je hätte hoffen können. Und doch war da etwas gewesen – der feine Nebel um die Wasserfälle ihres Lebens.

All das trieb Franz wieder und wieder von einer Wand seines Verlieses zur anderen. Irgendwann öffnete sich mit einem trostlosen Knarren der rostigen Angeln die Tür, und jemand trat ein. Er traute seinen Augen kaum: Es war Lukas. Er legte Polenta, Brot und Wein auf die steinerne Bank, drückte seine Hände und versprach, alles zu tun, was er nur könne, um ihm zu helfen. Er kannte ja aus seiner Beichte die Wahrheit, aber durfte aufgrund des Beichtgeheimnisses nicht sprechen. Auch würde es kaum hilfreich sein, da auch seine Aussage nur auf Behauptungen des Angeklagten beruhte.

»Was habe ich zu befürchten? Und bitte – keine Ausflüchte!«

Lukas zögerte mit einer Antwort.

»Den Tod?«

Lukas schüttelte den Kopf. »Es ist lange kein Ausländer hingerichtet worden. Und Kardinal Häffelin hat einen Antrag im Namen des bayerischen Königs eingereicht, Sie auszuliefern. Wegen des Vatermordes und weil die weiteren Opfer ebenfalls deutsche Untertanen sind.«

»Aura war Schweizerin ...«

Lukas nickte. »Auf der anderen Seite gibt es einige, die den Kardinalstaatssekretär della Somaglia drängen, den Fall nicht aus der Hand zu geben, um ein Zeichen zu setzen.«

»Ein Zeichen?«

»Der Kirchenstaat ist gerade erst wiederhergestellt worden. Jahrelang war man ein Spielball zwischen Frankreich und Österreich. Die Wunden sitzen noch tief. Man will jede Gelegenheit nutzen, Souveränität zu beweisen.«

»Ich gerate in die Politik?« Er schüttelte ungläubig den Kopf. »Dann ist wohl ein hartes Urteil zu befürchten ...«

»Bleiben Sie zuversichtlich, Franz! Verlieren Sie Ihren Glauben nicht! Ich werde einen Weg finden, Sie zu retten.«

Schließlich beteten sie gemeinsam, und dann musste der Priester auch schon wieder gehen.

Als sich bald darauf, vom ungewohnten Duft der Polenta angelockt, die erste Ratte hereinwagte, nahm Franz seine einsamen Wege von Wand zu Wand wieder auf und bemühte sich erfolglos, nicht an den abgetrennten Kopf zu denken.

Die Verhandlung erlebte Franz wie einen Albtraum. Der krumme und missmutige Wirt war aus Torbole am Gardasee herbeigeschafft worden und erkannte in ihm den Mann wieder, der das Boot in den Süden bestiegen hatte – vollkommen durchnässt vom Wasser des Sees, wo er wohl den bayerischen Dichter ertränkt hatte. Die Gendarmerie in Trient hatte amtlich bestätigt, dass er unter Anwendung brutaler Gewalt aus ihrem Gefängnis geflohen sei. Mithilfe eines Verbündeten habe er einen Dragoner niedergeschlagen. Ein Schriftstück der geheimen Polizei aus Bayern wurde verlesen, in dem sein Vatermord aufgrund der Aussage der eigenen Mutter als erwiesen angesehen wurde.

Clara machte in ihrer Aussage geltend, dass sowohl Aura Kauffmanns Bernsteinkette als auch das Giftfläschchen in seinem Zimmer versteckt worden sein könnten – von Isolde Lohwaldt oder von Theresa. Doch man wies sie streng darauf hin, dass man von einer Zeugin keine Vermutungen hören wolle, und bedrohte sie sogar tatsächlich mit einer eigenen Anklage, weil sie die Wahrheit über seinen Betrug gekannt und nicht angezeigt hatte.

Kommerzienrat Lohwaldt war mit seiner Gattin angereist und forderte empört eine unnachgiebige Bestrafung, weil Franz ihm nicht nur den Sohn gemordet, sondern durch seine widernatürlichen Triebe und seine Unzucht mit Männern auch dessen Namen aufs Liderlichste beschmutzt habe.

Lohwaldts Eltern hatten Professor von Schabeisen mitgebracht, der ebenfalls eine schwerwiegende Aussage vorbrachte: Er hatte veranlasst, dass man den Leichnam Georg Reichhards exhumierte, und ihn, den neuesten Methoden eines englischen Gelehrten gemäß, die er umständlich ausführte, untersuchen lassen. Diese Untersuchungen hatten den eindeutigen Nachweis von Arsen im Magen des Verstorbenen erbracht, womit der gemeine Giftmord an Georg Reichhard durch den Franz Wercker als erwiesen gelten könne. Franz dagegen begriff durch die Ausführungen des Professors erschüttert, dass Isolde den Freund ermordet hatte.

Der Priester, der seine Verteidigung vor Gericht übernommen hatte, sprach am Ende ein paar lustlose Worte, und dann wurde das Urteil verkündet: Tod durchs Fallbeil.

Franz hörte das Urteil mit Fassung an, denn er hatte nichts anderes erwartet. Doch unwillkürlich ging sein Blick bei der Verkündung zu Isolde. Sie lächelte.

*

Caroline von Humboldt hatte durch Andrea di Santigliani erfahren, dass man das Urteil schnellstmöglich vollstrecken wollte, um diplomatische Verwicklungen, die sich durch die bayerische Forderung der Auslieferung ergeben könnten, ohne weitere Umstände abzuschneiden. Sie sprach persönlich bei verschiedenen Stellen der Heiligen Inquisition vor, um für Franz Gnade zu erbitten und das unmenschliche Urteil abzumildern. Aber ohne Erfolg: So sehr man Wilhelm von Humboldt für seine Bemühungen auf dem Wiener Kongress, den Kirchenstaat wiederherzustellen, zu Dank verpflichtet sei, wollte man sich von der Ehefrau eines preußischen Diplomaten nicht in Rechtsprechung belehren lassen.

Als alle Mittel ausgeschöpft waren, wagte Clara noch einen letzten, unerschütterlichen Rettungsversuch: Sie ging zu Isolde. Als sie vor der Tür der Wohnung stand, in der Franz gewohnt hatte, wurde ihre Hand so schwer, dass sie kaum klopfen konnte. Sie wusste natürlich, wie sinnlos es war, aber sie würde es trotzdem versuchen. Sie würde ihr Bestes geben. Sie klopfte, und als die Tür geöffnet wurde, stand Theresa vor ihr. Theresa blickte sie unverhohlen verächtlich an.

»Ich muss zu Fräulein Lohwaldt«, sagte Clara. Theresa antwortete nichts und ließ sie ein. »Warten Sie hier«, sagte sie und verschwand den langen Gang entlang. Obwohl es draußen bereits dämmerte, staute sich in dem düsteren Gang die Hitze.

Clara wartete voller Ungeduld. Endlich kam Theresa, um sie

zu holen. Als sie den Salon betrat, war Isolde alleine. Sie stand auf und schloss die Flügeltüren zum Esszimmer. Die Fenster standen weit offen, die Schlagläden draußen waren gegen das Sonnenlicht noch halb geschlossen.

»Sie wünschen?«, fragte Isolde mit ihrer rauen Stimme, als ob sie einander völlig fremd wären.

»Ich bin gekommen ... Ich bin gekommen, um an Ihre Menschlichkeit zu appellieren.«

Isolde lächelte belustigt.

»Ein Unschuldiger geht zum Schafott! Man wird Franz hinrichten für Verbrechen, die er nie begangen hat!«

»Er hat genug andere begangen. Was er bekommt, verdient er vollkommen.«

»Ich bitte Sie! Sie haben doch ein Herz! Sie sind doch ein fühlendes Wesen!«

»Und wenn ich es wäre?«

»Sagen Sie die Wahrheit!«

Isolde lachte hässlich auf. »Ha! Sie wollen, dass ich mich ans Messer liefere? Um diesen Menschen zu retten?«

»Es gibt noch andere Möglichkeiten. Reisen Sie ab! Hinterlassen Sie einen Brief!«

»Machen Sie sich nicht lächerlich. Sie sind noch naiver, als ich dachte.«

»Eines Tages werden Sie vor Gott treten müssen!«

»Aber erst wird Franz Wercker vor Gott treten. Und ich werde mir anschauen, wie er stirbt. Dieser erbärmliche kleine Betrüger. Er wollte mich um mein Verdienst betrügen. Mit Genuss werde ich in seine toten Augen schauen, wenn sie seinen Kopf ums Schafott tragen. Vielleicht bezahle ich einen Künstler, der die Szene für mich malt. Ja, das ist eine nette Idee. Wollen Sie den Auftrag nicht annehmen? Wie ich höre, brauchen Sie dringend Aufträge.« Und als sie lachte, hörte es sich an wie eine Krähe, die ein Aas verteidigt.

Doch im selben Moment drängte etwas Gewaltiges durchs offene Fenster. Isolde schrie entsetzt auf. Es war Morten! Er grunzte, als er hereinsprang. Geduckt huschte er über die Teppiche und packte Isolde. Sie kreischte vor Wut und Entsetzen, doch er hielt sie gnadenlos fest. Ein tollwütiger Dachs, der sich in eine Krähe verbissen hat. Isolde schlug mit der freien Hand um sich und riss den Glassturz mit ihrer Reliquie klirrend zu Boden.

Im selben Moment schon war Theresa da. »Du Tier!«, schrie sie. »Lass sie los!« Clara war es ein Rätsel, wo sie den Rohrstock so schnell herhatte, mit dem sie zischend auf Morten einschlug. Er aber kümmerte sich um die Schläge nicht im Geringsten, sondern hieb ein einziges Mal mit seinem Arm zurück. Theresa flog förmlich gegen die Wand, wo es in ihrem Nacken hässlich knackte, und blieb reglos liegen.

»Morten!«, rief Clara. »Was tust du?«

Doch Morten war wie von Sinnen. Er riss die kreischende Isolde hoch und warf sie sich über die Schulter. Die Tür zum Esszimmer flog auf, ihr Vater stürmte herein, und ihm folgte seine Gattin, wimmernd, die Faust vor den Mund gepresst.

Morten aber, für den das Gewicht der kränklichen Isolde nicht nennenswert war, kletterte mit ihr auf das Fensterbrett – und sprang hinaus. Clara stürzte zum Fenster und sah gerade noch, wie er schwankend über die Ziegel des Vordachs huschte, über die Balustrade eines Balkons setzte und in einem offenen Fenster des Nachbarhauses verschwand.

Kommerzienrat Lohwaldt rief lauthals um Hilfe und eilte hinunter auf die Straße, wo im Nu eine Menschenmenge zusammenströmte. Niemand begriff seine Aufregung, bis Clara dazukam und italienisch sprach. Sofort schwärmte man aus, blickte hoch zu den Dächern, rannte treppauf, treppab durch die benachbarten Häuser und durchsuchte die Gärten. Clara aber begriff, wohin Morten seine Herrin schleppte. Sie rief einige Männer zu sich und lief mit wehendem Rock voraus. Als sie am Zugang der Priscilla-Katakomben ankamen, fanden sie am Gebüsch einen Fetzen schwarzen Stoffs, der von Isoldes Kleid stammen musste. Clara lief in die dunkle Öffnung und rief wieder und wieder nach Morten. Doch es antworteten nur Dunkelheit und Stille.

Kommerzienrat Lohwaldt ließ die Katakomben tagelang mit Fackeln durchsuchen. Ohne Erfolg. Morten und Isolde blieben spurlos verschwunden.

*

Lukas war nahe daran, dem Wahnsinn zu verfallen. Im gesamten Vatikan fand sich niemand, der den Richterspruch infrage stellen wollte. Jeder in der Inquisition wusste um die politischen Aspekte des Urteils, und jeder empfand Befriedigung bei dem Gedanken, dass man den weltlichen Regierungen endlich einmal einen empfindlichen Nadelstich versetzen konnte. Lukas hatte in jeder einzelnen Schreibstube des Klosters Santa Maria sopra Minerva, des Hauptsitzes der Heiligen Römischen Inquisition, gesessen und versucht, die Dominikaner bis hin zum Magister sacri palatii davon zu überzeugen, dass ein milderes Urteil angemessen sei. Doch das Einzige, was man ihm entgegnete, war: *oculum pro oculo.* Auge um Auge.

Schließlich gab es nur noch einen, an den er sich wenden konnte: Giulio Maria della Somaglia, Kardinalstaatssekretär des Papstes, Sekretär der Kongregation der römischen und allgemeinen Inquisition. Doch della Somaglia war nicht in Rom. Er hielt sich mit Seiner Heiligkeit in dessen Sommerpalast in Castel Gandolfo auf.

Also besorgte sich Lukas eine Kutsche und machte sich auf den Weg. Als er nach der zermürbenden Fahrt am Albaner See ankam, wurde er nicht vorgelassen. Lukas wies sich als Mitarbeiter della Somaglias aus, doch der Kardinal hatte strikte Anweisung gegeben, seine Sommerfrische nicht zu stören. Mit der glühenden Beredsamkeit des mitfühlenden Menschen drang Lukas auf die Sekretäre ein, doch sie blieben stur. Wegen so einer nichtigen Angelegenheit – wegen eines Mörders, noch dazu eines Ausländers – wollte sich niemand den Zorn des Kardinalstaatssekretärs zuziehen. Lukas blieb nichts weiter übrig, als abzuziehen. Doch gleich am nächsten Tag machte er sich wieder auf den Weg und sprach erneut vor. Am dritten Tag schließlich weigerte er sich so vehement, unverrichteter Dinge abzuziehen, und wurde so laut, dass er von Schweizer Gardisten aus dem Palast gedrängt wurde. Und obwohl man ihm klar in Aussicht gestellt hatte, beim nächsten Mal werde man ihn einkerkern, ließ er sich noch einmal ins Schreibbüro zurückführen und schrieb einen Brief an della Somaglia, den er abgeben durfte, obwohl er nicht viel Hoffnung hatte, dass man ihn weiterreichen würde.

*

Jedes Mal, wenn sich die Zellentür öffnete, erwartete Franz, dass es ein Priester sei, der ihm seine letzte Beichte abnehmen wolle. Man brachte ihm gutes Essen – das war die einzige Gnade, die man ihm in seinen letzten Tagen gewährte –, doch er aß es genauso appetitlos, als wäre es altbackenes Brot. Eigentlich wünschte er, es wäre Brot gewesen. Das gute Brot aus der Heimat. Doch was er sich wirklich von Herzen wünschte, war ein würdiger Abschied von Clara. Und als sich wieder einmal die Tür öffnete und Franz glaubte, es sei der Priester, trat Clara tatsächlich zu ihm ins Gewölbe. Sie trug ihr lichtblaues Kleid und hatte sich blaue Kornblumen ins Haar geflochten. In der Hand hielt sie ihren Sonnenhut, also musste draußen heller Tag sein. Franz zögerte, weil er voller Schmutz war, doch sie stürzte auf ihn zu und umarmte ihn. Wieder war es eine lichtlose Gruft, in der sie sich nahekamen, und wieder bedeutete ihre Körperwärme ihm alles.

»Franz!«

Wie gut es tat, dass sie ihn bei seinem richtigen Namen nannte.

Eine Weile standen sie so still, dass sogar die mutige Ratte erschien. Es war immer dieselbe, die zuerst hervorkam. Franz konnte sie längst unterscheiden. Er fütterte sie sogar mit seinem Essen, um wenigstens etwas Leben um sich zu haben.

»Clara! Es tut mir so leid, was ich dir antue! Dieser unselige Betrug! Welches Leid ist daraus erwachsen!«

»Es ist gut, Franz. Ohne diesen Betrug wären wir uns nie begegnet.«

»Für dich wäre es besser gewesen.«

»Glaubst du das wirklich? – Glaube das nicht!«

»Was ist mit den Freunden? Halten sie mich für einen Mörder?«

»Nein, die meisten nicht. Und wenn Rückert dabei ist, traut sich ohnehin niemand, es zuzugeben.«

»Rückert?«

»Er kämpft für dich wie ein Löwe.« Sie lächelte bei dem Gedanken. »Aber vor allem lässt Caroline von Humboldt nicht nach, für dich einzustehen. Es gibt keinen Geistlichen und keine Regierungsstelle, bei der sie nicht gewesen ist. Erst hat sie um Gnade für dich ersucht. Inzwischen protestiert sie immer heftiger. Gegen die barbarische und unmoralische Todesstrafe überhaupt. Und erst recht in deinem Fall, weil das Urteil aufgrund so zweifelhafter Umstände gefällt wurde.«

Er war zutiefst gerührt von der Güte dieser Frau und bat sie, ihr in seinem Namen aufrichtig zu danken.

Weiter berichtete Clara von Mortens und Isoldes spurlosem Verschwinden in den Tiefen der Katakomben und dass Theresa seit Mortens Überfall mit offenen Augen im Kloster der Schwestern von der Schmerzhaften Mutter liege, aber sich nicht einmal geregt habe. »Und dein russischer Freund ist abgereist. Es heißt, nach Paris.« Dann zögerte Clara und sagte schließlich: »Auch ich werde Rom verlassen.«

»Du wirst … Warum? Du bist so glücklich hier!«

»Ich muss zurück nach Weimar. Mein Vater ist krank. Ich muss ihn pflegen.«

»Das tut mir leid. Was ist mit deinem Vater?«

»Man schreibt mir, er leidet an der Rückenmarkschwindsucht. Er wird nicht mehr lange leben. Ich muss so bald wie möglich abreisen.«

Franz wusste nicht, was er sagen sollte. Auf der einen Seite die Sorge um den Vater – auf der anderen Seite wusste er, wie viel ihr Rom bedeutete.

»Dabei hat Caroline gerade durch eine Freundin erreicht, dass mein Stipendium um ein Jahr verlängert wird …« Sie lächelte wehmütig. »Aber vielleicht ist es gut, wenn Carl August mich einmal sieht. Falls später einmal eine Stelle zu besetzen ist …«

Eine Stelle. Er musste an Georg denken, der so viel Hoffnung in seine Anstellung gesetzt hatte. Clara konnte er sich beim besten Willen nicht in irgendeiner staubigen Gemäldesammlung vorstellen, Ankäufe und Aufträge katalogisieren und die Bestände im Archiv vor Mäusen schützen. Die Aussicht brach ihm das Herz. Sie war so untrennbar verbunden mit der sonnigen Landschaft – wenn sie in ihrem blauen Kleid unter einem schattigen Baum saß – behutsam einen Skorpion aus ihrem Malkasten verscheuchte – ein neugieriges Bauernmädchen skizzierte und ihm das Blättchen schenkte – am Abend in ihre Kammer zurückkehrte, erschöpft und beseelt und trunken vor Glück – das war Clara! Hellblau auf Ocker im lichten Schatten der Eichenblätter. Clara ohne Rom – Rom ohne Clara – beides war nicht vorstellbar.

Sie sah seine Bestürzung und musste lächeln, weil ihn der Gedanke an ihre Abreise noch härter traf als seine bevorstehende Hinrichtung. »Ich werde wiederkommen. So bald wie möglich. Ich werde wiederkommen.«

Und mein Grab besuchen, dachte er.

»Ich habe dir etwas mitgebracht, Franz.« Sie öffnete den kleinen Beutel, der an ihrer Armbeuge hing, und nahm ein Fläschchen heraus.

Im ersten Moment dachte Franz, es sei Gift, um ihm sein Schicksal zu erleichtern, aber an ihren freundlichen Augen erkannte er sofort, dass es das nicht war. »Was bringst du da?«, fragte er.

»Wasser«, antwortete Clara. »Aus der Fontana di Trevi. Du weißt, wer beim Abschied von Rom aus dem Trevi-Brunnen trinkt, der kehrt zurück. Und ich dachte, da du jetzt nicht selber hingehen kannst ... bringe ich dir einen Schluck ...« Tränen standen in ihren hellen Augen. »Man darf nichts unversucht lassen ...«

Sie entkorkte das Fläschchen und hielt es ihm hin. Anstatt es zu nehmen, umfasste er ihre Hände, die so gebräunt waren wie die einer Landfrau und so schmal wie die einer Dame.

»Du hast Recht«, sagte er. »Man darf nichts unversucht lassen.«

Er trank und gab ihr die Flasche zurück. »Du musst mir etwas versprechen, Clara. Du musst es heilig versprechen.«

»Was?«

»Du darfst nicht hingehen, wenn sie mich ... Du darfst auf keinen Fall kommen. Hörst du?«

Sie antwortete nicht.

»Ich brauche gar nicht zu kommen, Franz. – Du hast ja das Wasser getrunken ...«

Die Tür wurde aufgestoßen, und der Wächter mit den entzündeten roten Augen hielt seine Fackel herein. Clara zog eine Kornblume aus ihrem Haar und steckte sie Franz ins Knopfloch seines schmutzigen Hemdes.

»Auf bald, Franz Wercker.«

»Auf bald, Clara Seidler.«

*

Als die Tür das nächste Mal aufging, war es ein Priester. Ein junger Mann mit pockennarbiger Haut und knochigen Wangen. Franz legte seine letzte Beichte ab. Als die Wächter ihm den Kragen seines Hemdes abschnitten, fiel Claras Blume auf den Boden. Noch bevor er sie aufheben konnte, hatte einer der Männer sie zertreten, und schon stießen sie ihn aus der Zelle. Die Fahrt durch die herrliche Morgensonne war furchtbar. Er kniete mit gebundenen Händen auf dem Karren, vorweg ging der pockennarbige Priester mit einem hohen Kreuz, dem Wagen folgten berittene Dragoner. Jeder, der von Rom Abschied nahm, machte einen letzten Spaziergang, um voller Wehmut noch einmal die großen und kleinen Sehenswürdigkeiten zu sehen. Um ein letztes Mal all die Stätten zu besuchen, die bei der Ankunft mit Geschichte erfüllt waren und beim Lebewohl mit persönlichen Erinnerungen. Sein Abschied von Rom war nun zugleich sein Abschied vom Leben. Zum letzten Mal sah er nicht nur die Häuser und Gassen und Brunnen und Ruinen Roms, zum letzten Mal sah er die Sonne, die Wolken, das Grün der Bäume, das Blau des Himmels und die Gesichter der Menschen.

Neugierig und zugleich teilnahmslos blieb man stehen, zeigte auf ihn und sah dem Wagen nach. Kinder liefen rufend und lachend neben ihm her. Jeder hatte von dem *poeta tedesco* gehört, der gleich vier Morde auf dem Gewissen hatte.

*

Endlich! Endlich kehrte della Somaglia wenigstens für einige Tage aus Castel Gandolfo zurück. Und Lukas brauchte ihn nicht einige Tage, sondern nur wenige Minuten. Aber von diesen wenigen Minuten hing Franz' Leben ab. Lukas hatte nur eine Chance, den Kardinalstaatssekretär zu überzeugen. Er ließ sich in aller Frühe bei ihm melden. Della Somaglia, der den jungen deutschen Priester nur gelegentlich gesehen, aber in guter Erinnerung behalten hatte, empfing ihn.

Der Kardinal trank gerade Kaffee, als Lukas eintrat, und erwies dem jungen Deutschen die Gnade, ihm eine Tasse anzubieten. Lukas, der sonst jederzeit viel dafür gegeben hätte, lehnte untertänigst ab mit dem Hinweis, dass die Angelegenheit, in der er vorspreche, von höchster Dringlichkeit und Eile sei.

Tatsächlich wusste der Kardinal nichts von seinem Brief, deshalb erklärte der Priester ihm den Fall in kurzen Worten. Er hatte sich genau überlegt, von welcher Seite er das Pferd aufzäumen wollte. Denn worauf er das Augenmerk des Kardinals vor allem lenkte, war der empörende Umstand, dass ein Professor aus Bayern im Kirchenstaat eigenmächtig eine Exhumierung hatte vornehmen lassen. »Dieser Mensch hat die gottgegebene Grabesruhe gestört! Er hat den Körper des Verstorbenen geöffnet und den Inhalt des Magens untersucht! Dies Vorgehen beleidigt nicht nur die wichtigsten Glaubensgrundsätze der römisch-katholischen Kirche, sondern versetzt vor allen Dingen der Souveränität des Kirchenstaats eine freche Ohrfeige.«

Della Somaglia nahm das goldene Kreuz, das über seiner scharlachroten Soutane hing, und drehte es zwischen den Fingern.

»Mein Sohn«, sagte er. »Dies scheint mir eine diplomatische Spitzfindigkeit. Wo sind die Eile und die Dringlichkeit, wegen der du meinen hervorragenden Triester Kaffee ablehnst?«

»Eure Exzellenz«, erwiderte Lukas und gab sich größte Mühe, ruhig und höflich zu bleiben, was ihm kaum gelang. »Es geht um das Leben eines Menschen. Um das Wohl eines Schutzbefohlenen. Ich wüsste kaum etwas, das in den Augen Jesu Christi dringlicher ist.«

Der Kardinal blickte ihn nachdenklich an.

»Und ich dachte, wir Italiener gelten als die Leidenschaftlichen …«

*

Als der Wagen auf den Richtplatz rollte, durchquerte Franz dieselbe Menschenmenge, die er von der Hinrichtung des Pilgermörders kannte. Dieselben Dragoner kamen aus demselben Schatten und stellten sich um dasselbe Podest auf. Er hatte sich vorgenommen, niemanden anzusehen, doch er konnte nicht anders. Und er begegnete genau den verächtlichen Blicken von Kommerzienrat Lohwaldt und Professor von Schabeisen. Sie waren gekommen, um seine Hinrichtung mit eigenen Augen zu sehen.

Franz wurde die Stufen zum Schafott hinaufgeführt, trat durch den Schatten des hohen Fallbeils und blieb vor der hölzernen Liege mit der Aussparung für den Hals am Ende stehen. Er wusste, dass es nun ganz schnell ging. Doch als der Scharfrichter die Fesseln löste, sah Franz getrocknete Blutstropfen auf dem gebleichten Holz. Er wich zurück: Sein Blut gehörte nicht zu diesem! Sein Blut war nicht das eines Mörders! Gleichmütig packte ihn der Henker am Arm und zog. Doch Franz stemmte sich dagegen.

Plötzlich ging eine Welle der Unruhe durch die Menschenmenge. Galoppierende Pferde und laute Rufe kamen näher. *»Alt! Alt! Cessare! Alt!«* Franz hob den Kopf: War das nicht die Stimme von Lukas? Vier Dragoner sprengten aus einer Gasse, und auf einem fünften Pferd schwankte in seiner schwarzen Soutane der junge Priester auf den Platz. Die Menschenmenge drängte auseinander, durch die entstandene Lücke ritten sie bis zum Schafott. In seiner Hand schwenkte Lukas ein Papier, das er, vom Pferde rutschend, dem Befehlshaber der Dragonereinheit, die das Schafott umstellte, übergab. Der Mann las, salutierte und rief dem Scharfrichter einen Befehl zu. Lukas aber drängte sich durch die Wachen, sprang, zwei Stufen auf einmal nehmend, zu Franz hinauf und zerrte ihn aus dem Griff des Henkers. Er starrte den jungen Priester fassungslos an. Er begriff nicht, was vor sich ging.

»Begnadigt!«, rief Lukas und weinte vor Glück, weil er es noch rechtzeitig geschafft hatte. »Du wurdest begnadigt!«

Eine geschlossene Kutsche rollte heran. Lukas wollte ihn vom Schafott ziehen, doch seine Beine versagten ihren Dienst und klappten zusammen. Zwei Dragoner mussten ihn zu dem Wagen stützen, dessen Schlag von Lukas aufgehalten wurde, und schoben ihn hinein.

Lukas wollte hinterherklettern, doch eine Hand packte seine Schulter, und als er sich umdrehte, sah er in die erbosten Gesichter von Kommerzienrat Lohwaldt und Professor von Schabeisen. »Wir protestieren aufs Schärfste«, sagte Kommerzienrat

Lohwaldt empört. »Dies gerechte Urteil muss vollstreckt werden. Ich verlange eine Erklärung!«

Lukas zeigte ihm das Schreiben des Kardinalstaatssekretärs mit päpstlichem Wappen, rot glänzendem Siegel und herrischer Unterschrift della Somaglias. »Das Urteil wird selbstverständlich vollstreckt«, erklärte Lukas mit fester Stimme. »Aber der Kardinalstaatssekretär und Sekretär der römischen und allgemeinen Inquisition verlangt eine härtere Strafe als den Tod. Der Verurteilte wird für den Rest seines Lebens in den Eisenminen Zwangsarbeit an der Kette verrichten.« Und damit nahm er das Schreiben wieder an sich und kletterte in die Kutsche. Er zerrte Franz, der kraftlos auf dem Boden hockte, auf den Sitz, setzte sich ihm gegenüber, und schon rollten sie vom Richtplatz.

*

Lukas berichtete ihm hastig, wie er das Begnadigungsschreiben von della Somaglia erwirkt hatte. Doch er konnte seine Erzählung nicht zu Ende bringen, denn bald saßen sie sich gegenüber und vergossen nach all der Anspannung und der Angst haltlose Tränen.

Als der Wagen vor dem Apostolischen Palast hielt, hatte Franz halbwegs zu Kräften gefunden. Er konnte ohne Unterstützung gehen, und bald standen sie dem Kardinalstaatssekretär und Sekretär der römischen und allgemeinen Inquisition gegenüber. Er kniete sich auf den Boden und dankte für sein Leben.

»Danke mir noch nicht, mein Sohn«, erwiderte della Somaglia lächelnd und ließ sich den Kardinalsring küssen. »Es steht nicht in meiner Macht, das Urteil aufzuheben. Ich kann es lediglich umwandeln. Aber ich habe dir ein Angebot zu machen. Bitte sehr.« Er wies auf zwei Stühle, die vor seinem goldenen Tisch standen.

Franz blickte Lukas erstaunt an. Der lächelte kaum merklich, und sie setzten sich.

»Du hast die Wahl, Franz Wercker. Du wirst für den Rest deines Lebens in den Eisenminen arbeiten – oder du wirst für die Kirche einen Dienst übernehmen.«

Der Kardinal öffnete eine Schublade, nahm Papiere heraus, die er über den Tisch zu ihm schob, und legte einen Lederbeutel mit Geldmünzen dazu. Das oberste Dokument war ein Pass mit dem Wappenadler und dem Siegel des Königreichs Preußen. Der Pass war ausgestellt auf den Namen Robert von Stargard.

»Wer ist Robert von Stargard?«

»Ein geschickter junger Deutscher, der zu allem entschlossen ist und einen vertraulichen Auftrag in Venedig für uns ausführen wird – das ja nun leider eine Provinz Österreichs ist.«

»Was für ein Deutscher?«

»Ein aufstrebender Kunsthändler. Über Venedig werden viele Kunstwerke und antike Fundstücke gehandelt. Echte und gefälschte. Gekaufte und gestohlene. Vor allem bei der Rückführung unserer von Napoleon geraubten Kunstwerke kommt einiges niemals bei uns an – obwohl die Franzosen es angeblich auf den Weg gebracht haben. Ein Aderlass unserer Kultur und unserer Schatzkammern, den wir nicht länger hinnehmen werden.«

»Aber …« Franz wusste gar nicht, wo er mit seinen Einwänden beginnen sollte.

Della Somaglia zog eine Augenbraue hoch. »Du wählst die Eisenminen?«

*

Als sie aus dem Palast kamen, wandte sich Franz zu Lukas. Er rang um die richtigen Worte. Da ihm nichts einfiel, was die Ungeheuerlichkeit seiner Gefühle ausdrückte, umarmte er den Priester. Lukas war überrascht, doch dann legte auch er seine Arme um ihn.

Als sie die innige Umarmung lösten, sagte Franz nur: »Zu Clara, schnell!«

Lukas zog ihn zur Kutsche, die noch wartete. »Clara hat die Zeit deiner Hinrichtung bei Frau von Humboldt verbracht. Ich habe schon einen Boten hingeschickt, damit sie auf dich wartet.«

Franz trieb den Kutscher beständig zur Eile an, und obwohl der Mann raste wie vom Teufel gehetzt, ging es doch viel zu langsam. Während die Kutsche lärmend übers Pflaster rasselte, rief Lukas: »Du kannst dich später bei mir bedanken, mein Freund!«

»Bedanken? Ich dachte, dieser Albtraum sei endlich zu Ende! Ich könnte endlich wieder ich selbst sein! Franz Wercker! Und jetzt?«

»Daraus wird wohl nichts. Aber Robert von Stargard klingt doch auch nicht schlecht.«

»Wieso ausgerechnet *von Stargard*?«

»Der Liebhaber meiner Großmutter kam aus Stargard.«

»Wie, bitte?«

»Mein Großvater hat ihn niedergeschossen.«

»Du willst mich nach dem erschossenen Liebhaber deiner Großmutter benennen?«

»Er hat überlebt. Und er hieß ja nicht so, er kam nur von dort.«

»Und das soll mir Glück bringen?«

»Du bist doch nicht abergläubisch?« Lukas sah ihn vorwurfsvoll an.

Franz seufzte. »Nein, nein ...«

In der Via Sistina sprangen sie aus dem rollenden Wagen und liefen ins Haus. Im Salon eilte ihnen Caroline bereits entgegen.

»Wo ist sie?«, rief Franz.

»Fort!«, entgegnete Caroline. »Sie war den ganzen Morgen so tapfer. Wir haben für Sie gebetet. Und – Clara hat fast gar nicht geweint. Sie hat in einem fort gesagt: Man darf die Hoffnung nicht aufgeben. Aber irgendwann hat sie es nicht mehr ertragen. Sie ist einfach davongelaufen. Bevor der Bote kam!«

»Wohin?«

»Sie wollte gleich abreisen, sobald – es vorbei ist. Vielleicht ist sie noch in ihrer Wohnung.«

Franz wollte schon zur Tür laufen, doch er besann sich und wandte sich noch einmal an Caroline. »Ich danke Ihnen, dass Sie an mich geglaubt haben. Es hat mir im Kerker viel bedeutet. Ihr Glaube an mich wird immer mein Leitstern sein.«

»Wo werden Sie hingehen?«

Franz zögerte und blickte Lukas an. Caroline winkte ab. »Wo auch immer der Wind Sie hinweht, ich wünsche Ihnen alles Glück. Sie haben es verdient.«

Doch in der Tür wandte er sich noch einmal um. »Die verschwundene Zeichnung aus Ihrem Salon ... Das war ich.«

Caroline lächelte: »Das weiß ich doch.«

»Und Sie haben nichts gesagt?«

»Sie waren so aufgewühlt an diesem Abend. Ich dachte mir, dass irgendeine Not Sie treibt! Und dass es sich irgendwann aufklärt. – Und jetzt laufen Sie!«

Vor dem Haus trennten sie sich: Lukas fuhr mit der Kutsche zur Porta del Popolo, um sich zu erkundigen, ob Clara schon die Stadt verlassen hatte, und Franz lief zu ihrer Wohnung. Als er in ihre Kammer kam, fand er alles verlassen. Die persönlichen Sachen, die sie besaß, waren fort, die wenigen Möbel warteten darauf, dass der nächste Fremde kam – vielleicht ein dänischer Maler, vielleicht ein britischer Archäologe, vielleicht ein deutscher Philologe. Die große Staffelei, die sie bei ihrer Ankunft im letzten Jahr von einem abreisenden Maler übernommen hatte, war wohl in ein anderes Atelier gewandert, um weiter Gemälde zu schultern.

Franz lief direkt die Treppe wieder hinab, um zum Palazzo Zuccari zu laufen. Vielleicht war sie ja dort! An der *osteria* der drei Grazien vorbei eilte er die Gasse entlang, bog um die Ecke und wollte am Tor der Villa Malta vorbei. Die hohen Pinien im Park der Villa warfen ihre lebhaften Schatten in die Gasse, und mit einem Mal merkte er, wie still es war. Verwundert blieb er stehen und sah zum Himmel hinauf. Er begriff, dass er den

Himmel wiedersah, die Wolken, jede einzelne Piniennadel über seinem Kopf, das warme Leuchten der Sonne auf den fleckigen gelben Hauswänden – und er sah sogar einen verlorenen jungen Mann auf seinen Koffern sitzen und nicht wissen, wohin. Wie lange war das her? Ein halbes Jahr? Er hörte Schritte die Gasse heraufhallen. Leichte Schritte kamen näher, und dann erschien eine junge Frau über der Kuppe. Sie trug ein lichtblaues Kleid und auf ihren hellen Haaren keinen Hut.

Clara blieb stehen, als sie ihn sah, und konnte es nicht glauben. »Franz …«

»Clara …«

Sie liefen aufeinander zu und fielen sich in die Arme.

»Ich hatte so Angst, dich nicht mehr zu sehen«, sagte Franz.

»Ich konnte nicht abreisen«, erwiderte Clara. »Man darf die Hoffnung nie aufgeben.«

»Man darf die Hoffnung nie aufgeben …«

»Und wenn du mit mir kämest?«, fragte sie. »Nach Weimar?«

»Ich wünschte, es wäre möglich. In deutschen Ländern würden sie mich sofort einkerkern. Wegen des Vatermordes. Ich werde niemals zurückkönnen. Wir müssten unter falschem Namen leben, das kann ich dir nicht antun. Jederzeit die Gefahr, entdeckt zu werden. Immer in Angst, alles zu verlieren. Sie würden auch dich hart bestrafen. Du könntest nie wieder malen. Ich habe Georg ins Unglück gerissen. Du wirst dein Glück ohne mich finden.«

Sie umarmten sich und standen lange in der stillen Gasse. Franz prägte sich das Tanzen der Schatten auf ihrem Nacken ein, das lichte Blau ihres Kleides, ihren Duft, ihre Wärme.

»Werden wir uns wiedersehen?«, fragte sie.

»Eines Tages …«

Und dann küssten sie sich zum ersten und wohl auch zum letzten Mal.

Clara ging die Gasse hinunter, wandte sich noch einmal um und blickte ihn lange an. Franz wusste, diesen Augenblick würde er sein Leben lang im Herzen bewahren. Er würde jeden einzelnen Moment hüten, den er mit ihr in Rom erlebt hatte.

*

Als Claras Kutsche aus der Stadt rollte, drängte sich ein Dutzend Künstler auf den Sitzen und auf dem Kutschbock, einige standen sogar in den offenen Türen auf den Trittbrettern. Zwei Ochsenwagen, vollbesetzt mit Malern, folgten, um ihr bis zur Ponte Molle das letzte Geleit zu geben, wie es für scheidende Künstlerfreunde, die Rom verlassen mussten, üblich war. Alle waren sie gekommen. Beim Abschied der Freundin, die ihnen mit ihrer Zuversicht so oft Mut gemacht hatte, wollte keiner fehlen. An der Porta del Popolo ließ sie kurz halten, um sich von Lukas zu verabschieden, der in seiner langen schwarzen Soutane unter dem römischen Bogen stand, auf sie wartete und ihr herzlich die Hand reichte.

Die meisten schwiegen während der kurzen Fahrt, und als sie an dem halb verfallenen Brückenturm über dem gelben Wasser des Tiber Lebewohl sagten, floss manche Träne. Sie wussten, dass es für die meisten ein Abschied für immer war. Auch falls Clara einst zurückkehren würde, fände sie die wenigsten wieder. Sie wären längst in alle Winde zerstreut. Die Zeit in Rom war für alle begrenzt. So wie in diesem Sommer würden sie nie wieder zusammenkommen.

Während die beiden Wagen mit den stillen Künstlern in die Stadt zurückkehrten, stand Clara noch lange und blickte ihnen nach. Die Dächer, Türme und Kuppeln Roms schimmerten hell und licht inmitten der Graslandschaft, fern strahlten die violetten Berge, und zum letzten Mal atmete sie tief die herrliche Luft der *campagna* ein, die heute schon frischer über das flache Land wehte. Mit dem Ende des Augusts schien auch die ärgste Hitze vorbei zu sein.

Alles, was sie sah und fühlte und roch, prägte sie sich tief ein. Sie konnte sich nicht vorstellen, jemals wieder so glücklich, so frei und so hoffnungsvoll zu sein wie hier. Bevor sie in die Kutsche stieg, bückte sie sich und pflückte eine Kornblume, die sie während der ganzen langen Fahrt zurück in die Heimat nicht losließ.

*

Die Wohnung lag still und verlassen. Die junge Köchin hatte Franz die Tür geöffnet. Obwohl sie gehört hatte, dass er vom Schafott wieder herabgestiegen war, erschrak sie furchtbar, als sie ihn sah, bekreuzigte sich mehrmals und erstarrte. Ihre Augen sahen verweint aus. Sie wusste nicht, ob sie gehen durfte oder ob sie bleiben sollte, weil sie ihren letzten Lohn noch nicht bekommen hatte. Er bezahlte sie großzügig aus. Die Köchin berichtete, die Lohwaldts hätten schon am Vortag ihre Koffer gepackt, um gleich nach der Hinrichtung abzureisen, und seien nach seiner Begnadigung verbittert in die Kutsche gestiegen. Dann verließ sie eilig die Wohnung, für die wohl nach all den unglücklichen Ereignissen nur schwer ein neuer Bewohner gefunden werden würde.

Franz schaute sich in der Stille um. Der große Salon, das Esszimmer, Isoldes Schlafzimmer, sein eigenes, die Kammer Theresas – alles lag verlassen im Halbdunkel der geschlossenen Fensterläden. Er überlegte, was er mitnehmen sollte, aber er entschloss sich, alles zurückzulassen. Es gab nur eine Sache, von der er sich niemals trennen würde: die Freundschaftsmappe mit all den Zeichnungen, die die Künstlerfreunde ihm geschenkt hatten, und der Portraitzeichnung Claras, die er sorgfältig darin aufbewahrte. Sie nahm er mit.

Als er unten auf die Gasse trat, wartete Lukas auf ihn. Und so verließ Franz in aller Stille Rom. Am Stadttor umarmte er noch einmal den Priester und dankte ihm für das Leben, das er ihm geschenkt hatte.

»Mach etwas Gutes daraus, Franz.«

»Robert«, korrigierte ihn Franz.

Sie lächelten einander an, dann stieg er in die Kutsche und ließ abfahren. Auch er warf aus der Ferne noch einen letzten Blick zurück auf die träumende Königin, die ihn so reich beschenkt hatte und ihm ihre wertvollsten Gaben mit auf den Weg gab: Dankbarkeit und Zuversicht.

Ein letztes Mal winkte er Lukas, der in seiner schwarzen Soutane unterm Stadttor stand, und wandte sich seinem neuen Leben zu.

ENDE

Nachwort

Neben den erfunden Figuren – allen voran Franz Wercker, Georg Reichhard sowie Cornelius und Isolde Lohwaldt – spielen einige Zeitgenossen eine Rolle, die ich mich bemüht habe, gewissenhaft zu zeichnen: von den deutschen Künstlern – Fohr, Overbeck, Cornelius, Schnorr, Horny und all den anderen – über die *Düchter*, die Gesandten Niebuhr und Häffelin, den schönen Francesco, die drei Grazien, Kardinal della Somaglia, Kronprinz Ludwig, den Prinzen von Gotha bis hin zu Auguste Klein und Fräulein Sturmfeder. Und natürlich die bewundernswerte Caroline von Humboldt.

Drei Charaktere bedürfen einer kurzen Erläuterung: Sie sind ihren historischen Vorbildern deutlich nachempfunden, aber sie sind so sehr im *Römischen Fieber* aufgegangen, dass sie den ursprünglichen Lauf ihres Lebens verlassen haben. Um das zu verdeutlichen, haben sie einen neuen Vornamen bekommen: Aus Louise Seidler wurde Clara Seidler, aus Carl Friedrich von Rumohr wurde Caspar Friedrich von Rumohr, aus Angelica Kauffmann wurde Aura Kauffmann. Während die ersten beiden große Ähnlichkeit zu ihren Vorbildern haben, muss ich mich bei Letzterer entschuldigen: Nicht nur, dass sie aus einer etwas früheren Zeit hierherversetzt wurde, auch ihre Affären mit Künstlerkollegen sind freie Erfindung.

Danksagung

Ich danke vor allem Daniela für die vielen Abenteuer, die wir gemeinsam erlebt haben. Du hast mich unendlich bereichert und steckst in allem, was ich schreibe.

Ich danke Dorothee Hock und Dr. Claudia Nordhoff von der Casa di Goethe in Rom, die den Roman gelesen und mir mit ihrem wertvollen Fachwissen geholfen haben. Zugleich bitte ich um Nachsicht, wenn ich gelegentlich der Poesie vor der Historie den Vorrang gegeben habe.

Ich danke Olaf Petersenn und den vielen anderen inspirierten Menschen bei Piper, die ihr Herz und ihr Können eingesetzt haben, um der Geschichte eine Gestalt zu geben.

Ich danke Nadja Kossack und Lars Schultze-Kossack für ihre Begeisterung und Unterstützung.

Ein Dank an Volker Kutscher für frühen Zuspruch.

Nicht zuletzt danke ich Tom Saller. Ich freue mich, dass Du von Anfang an dabei warst. Es hat mir viel bedeutet.